U0647844

丰子恺译文集

第十八卷

丰陈宝 丰一吟 杨朝婴 杨子耘 丰睿 编

ZHEJIANG UNIVERSITY PRESS
浙江大学出版社

本卷说明

本卷收录丰子恺先生翻译的苏联学者关于音乐教育的著作三种，分别是：维特鲁金娜编《幼儿园音乐教学法》，梅特洛夫、车舍娃著《幼儿园音乐教育（教学法）》（与丰一吟合译），鲁美尔、洛克申、格罗静斯卡雅、班季娜著《小学音乐教学法》（与杨民望合译）。《幼儿园音乐教学法》根据音乐出版社一九五四年六月第一版校订刊出，《幼儿园音乐教育（教学法）》根据人民教育出版社一九五六年二月第一版校订刊出，《小学音乐教学法》根据人民教育出版社一九五六年十月第一版校订刊出。

本卷目录

幼儿园音乐教学法 …… 001

幼儿园音乐教育(教学法) …… 299

小学音乐教学法 …… 361

幼儿园音乐教学法

［苏联］维特鲁金娜　编
丰子恺　译

译者附言

本书内所附乐谱，原本只二十四首，译者为读者便利起见，另增十七首，故共为四十一首。这十七首选自《学龄前儿童唱歌集》(Песни для дошколъников，Музгиз，1948)。

序　言

幼儿园里的音乐,是共产主义教育的手段之一种。

苏联共产党第十九次代表大会决定了我国共产主义建设的伟大程序。大会对于正在成长中的一代的共产主义教育加以极大的注意。共产主义教育的最重要的手段之一,是苏维埃的音乐文化。

这原则应该取作幼儿园音乐教育的基础。音乐可以加深幼儿对于环境情况的观念。靠音乐的帮助可以养成幼儿对于现实物象的正确态度。在音乐课业的过程中,实现着儿童的全面发展。

幼儿园音乐教育的制度,规定为教幼儿认识他们的感受力所能及的艺术的音乐作品。教幼儿唱歌和活动——音乐游戏和舞蹈。所规定的技术的分量很有限,但是正确地规定着。

教养员教幼儿认识歌曲和器乐曲,教幼儿唱歌和活动,必须努力向他们展示音乐的内容,使他们的注意力集中于音乐的内容,启发他们的感受力,培养他们的音乐趣味。在教学的过程中,必须培养幼儿的音乐才能、想象力、创作力和意志;发展幼儿的思想和语言。最后一项,在对斯大林关于语言学问题的著作中的学龄前教育任务的联系上,具有特别重大的意义。

要完成这一切工作,教师必须具有特殊的音乐教育修养。因这原故,幼儿园的音乐教育必须由音乐教育专家来担任。

但这不能解决每天教育幼儿的教养员的音乐修养问题。教养员每天教幼儿课业,熟悉每一个幼儿和他的发展的特点。教养员可在幼儿园的日常生活中施行歌曲和舞蹈教学。教养员担负着音乐教育的重要任务。在学龄前师范学校里的音乐教育是未来的教养员的专门教育修养之一,是他的共产主义教育手段之一。为了保证多方面的音乐修养,在学龄前师范学校的课程中,列入音乐教育的各种学科:合唱、音乐知识、声乐练习、音乐作品、节奏学、乐器演奏法,以及学龄前音乐教学法。这一切学科密切地互相关联,同时又各具有特殊的使命。

教养员教幼儿唱歌,演唱歌曲给他们听赏,同时又用歌曲来随伴他们的活动。教养员又可在他的工作中利用唱片。

为了适应这些课程,本书中规定下列的若干章:在开始两章中,说明音乐教育的意义,确定音乐教育的任务、原则和内容。在这两章中,所说的只是音乐教育的基本原则的概论。具体的方法则在以下的几章中说明。第三章是音乐教育的基本部分,即关于唱歌的。这一章中说明着唱歌教学的内容及教学的方法。在第四、第五章中讨论的是基本内容的问题,及音乐听赏和活动的方法问题。第六章说明音乐课的形式。第七章说明教养员在课外实行的音乐教育的内容、形式和方法。第八章说明幼儿园中节日演奏用的音乐的地位及意义。第九章说明幼儿园音乐教育中教养员的责任及音乐指导者的任务。

每章后面,附有关于本章的学习的问题。有几章(第三、四、五、六、七、八章)附有课内用的及课外用的习题。这些习题的用意,是要使读者自动地解决教学法的问题。

本书中所举的教学参考用的音乐图谱,只是作为范例的。在新版的《幼儿园教养员指导》出版后,可采用基本目录。

参加本书的讨论和批评的，有艺术教育学院的音乐教育家的积极分子、列宁格勒学龄前教育研究室的音乐指导者的积极分子、莫斯科学龄前师范学校和列宁格勒学龄前师范学校的教师。

维特鲁金娜所作的是：第一章；第二章；第三章第一节及第四节；第四章第一、二、三、四节；第六章第一、二、三、四、五、六节。还有和其他作者合作的是：第三章第二节；第五章；第七章；第九章。

参加本书著作的人如下：阿加查诺娃（第三章第二、五、六节）；捷尔仁斯卡雅（第四章第五节）；[1]萨科尔普斯卡雅（第六章第七、八节；第五章）；玛特维耶娃（第七章；第九章）；梅特洛夫（第三章第三节）；米海洛娃（第八章）；彼得罗娃（第七章；第九章）；鲁德涅娃（第五章）；托芙比娜（第六章第七、八节；第五章）；弗林凯尔（第三章第五、六节）。

---

〔1〕 第四章没有第五节，应是原译文有误。——本集编者注

目　录

第一章　作为共产主义教育手段的音乐的意义 ……… 013
第一节　音乐教育的意义 ……… 013
第二节　作为审美教育的一部分的音乐教育 ……… 014
第三节　作为儿童全面发展的一部分的音乐教育 ……… 016
第二章　音乐教育的任务、原则和内容 ……… 024
第一节　音乐教育的任务 ……… 024
第二节　音乐教育的原则 ……… 025
第三节　音乐教育的内容 ……… 031
第三章　歌唱 ……… 036
第一节　唱歌的意义 ……… 036
第二节　幼儿园唱歌教学的内容 ……… 039
第三节　歌曲目录 ……… 053
第四节　教养员的准备 ……… 059
第五节　唱歌教学的方法 ……… 067
第六节　唱歌教学的形式 ……… 096

第四章　音乐听赏…………………………………… 100
第一节　音乐听赏的意义和任务……………………… 100
第二节　音乐作品及对它的要求……………………… 104
第三节　三班课业的内容……………………………… 113
第四节　音乐听赏的教学法…………………………… 121
第五章　音乐游戏和舞蹈…………………………… 136
第一节　基本任务……………………………………… 136
第二节　活动的内容和方法…………………………… 137
第三节　基本内容……………………………………… 142
第四节　一般的方法指示……………………………… 161
第五节　小班幼儿的教练法…………………………… 162
第六节　中班幼儿的教练法…………………………… 172
第七节　大班幼儿的教练法…………………………… 177
第八节　配合歌曲的活动……………………………… 182
第九节　民间游戏和民间舞蹈………………………… 190
第六章　音乐课的形式……………………………… 197
第一节　基本形式……………………………………… 197
第二节　音乐必修课…………………………………… 198
第三节　小班的音乐必修课…………………………… 200
第四节　中班的音乐必修课…………………………… 204
第五节　大班的音乐必修课…………………………… 206
第六节　综合幼儿园中的必修课……………………… 209
第七节　个别幼儿园教学和小组幼儿教学…………… 213
第八节　音乐教学的设计和记录……………………… 217

第七章　幼儿园日常生活中的音乐 …………………… 224
　第一节　创作游戏中的音乐和歌曲 …………………… 225
　第二节　音乐和其他教育工作部门的关联 ………… 227
　第三节　娱乐和音乐 ………………………………… 236
第八章　节日朝会和音乐 …………………………… 240
第九章　教养员的任务 ……………………………… 255
　第一节　对教养员的要求 …………………………… 255
　第二节　幼儿园中有音乐指导者时教养员的任务 …………………………………… 256
　第三节　幼儿园中无音乐指导者时教养员的任务 …………………………………… 262
附录一　本书歌曲简谱 ……………………………… 273
附录二　本书专名华俄对照表 ……………………… 290

第一章　作为共产主义教育手段的音乐的意义

第一节　音乐教育的意义

共产主义教育的目的,在学校中和在幼儿园中是共通的,但达目的的道路各不相同。学龄前儿童教育的具体内容,必须按照幼儿身体的和心理的发展而制定。

艺术在幼儿的全面发展中具有重大的作用。音乐作品的艺术形象,以及表现在这些作品中的感情和思想,可以帮助幼儿发展想象力,加深幼儿对现实的观念,尤其有助于幼儿的感情教育。艺术的形象给幼儿的影响之大,有时远在教训之上。

我们用音乐来影响幼儿的感情,同时又培养并形成他们的意识、他们的道德观念:我们利用音乐作品来培养他们对于苏维埃祖国的爱、对于我们的领袖的爱、对于祖国大自然的爱。

音乐在幼儿的生活中灌注很多的欢乐和生气。音乐课可以帮助组织幼儿,使他们联成统一而和爱的集体。

音乐是幼儿的共产主义教育的重要手段之一,是幼儿的全面发展的道路之一。

第二节　作为审美教育的一部分的音乐教育

苏维埃教育学规定幼儿的审美教育的任务,是培养他们对于正确地反映我们的现实的艺术作品的理解力。

审美教育的目的,也在于教幼儿会唱歌,会描画,借此保证幼儿的艺术才能的发展。

幼儿的审美的体验,在教养员的指导下和艺术课业的过程中发展起来。除音乐课之外不能发展音乐趣味,除描画之外不能养成图画才能。

在幼儿园中,审美教育具有重大的意义。建筑物的外观、幼儿园中一切美观的设备和装饰、教养员的容貌、幼儿的容貌、辉煌的节日、整个幼儿园的风格——这一切都有影响于审美教育。

但在审美教育中具有特别重大的意义的,是采用到幼儿园生活中去的各种形式的艺术教育。

音乐是反映现实的手段之一,它首先反映人生的体验和心情。音乐作品传达人的感情和思想。音乐反映现实时,应当特别真实而富有表情。音乐表现的手段(曲调、调式、节奏、速度、强弱)应当能明显地表出音乐作品的内容。

幼儿音乐教育的内容,应具有下列四项:(一)培养对音乐的积极的情绪的感受力;(二)教练唱歌和活动;(三)培养对音乐内容和音乐表演的自觉态度;(四)培养音乐才能。

培养音乐的感受力

音乐的审美的感受力所异于一般感受力者,是我们一听到音乐的音,同时便理解它的内面的表情。例如,我们听音乐的时候,不仅感受到高低不同的许多音的结合,又体验着关联了音乐的内容而发生在我们心中的情绪和感情。

对于幼儿,应该注意培养音乐感受力的哪些方面呢?

要使幼儿积极地感受音乐作品,先须集中他们的注意力。在这里教养员[1]须负领导责任,他必须组织幼儿的注意力,指导他们听赏所指定的作品,适当地调节他们的情绪。

教养员令幼儿听赏音乐的时候,可先把音乐的内容作短简的说明,使幼儿注意这音乐的性质。例如,要比较两个对照的作品,教养员令大班的幼儿注意倾听音乐,问他们:“你们知道我起初奏的是进行曲还是圆舞曲?”

音乐感受力发展中的主要方面是培养对于音乐的情绪作用。幼儿听赏音乐作品,不应该态度冷淡。音乐所传达的情感,应该在幼儿心中唤起相应的体验。教养员的工作应该是使幼儿的情绪感受力活跃起来,渐渐地发展幼儿的体验能力。

培养幼儿对音乐的情绪的共鸣,其方法有种种。教养员应该培养幼儿对音乐作品的直接表演的兴味,指导他们注意音乐中所表出的感情。

有时教养员可利用辅助的材料(图画、艺术的玩具、诗、童话)。这些材料能够加深音乐在幼儿心中所唤起的体验。

音乐感受力的性质,和音乐听赏的先入经验有密切的关系。巴甫洛夫强调已有的经验对于感受力的意义。他说:“说到感受力,我们常常把

---

〔1〕 为便利叙述起见,本书中把实施音乐教学工作的人一概称之为“教养员”,不管他是专门音乐家或是教师。

自己过去的经验附加进去,这是毫无可疑的。”[1]要使幼儿能在自己的音乐感受中凭借自己过去的经验,必须系统地反复听赏已经熟悉的作品。幼儿越是多听熟悉的作品,他的音乐感受力越是积极的,越是集中的。

教养员和幼儿谈话,可以促进他的音乐感受力,使成为更加自觉的。教养员可用问题或简短的解释来阐明音乐作品的内容,确定音乐的性质。

由此可知,用音乐艺术为手段来教育幼儿,首先必须注意发展幼儿积极地、情绪地、自觉地听赏音乐的能力。

幼儿表演唱歌、音乐游戏和舞蹈

音乐感受力的发展,是幼儿的音乐教育的主要部分。幼儿倘能积极地理解音乐,他唱起歌来一定唱得更好,伴着音乐而活动起来一定也更好。

唱歌是幼儿音乐教育最容易而又最重要的手段。幼儿的音乐才能最初表出在唱歌的过程中。一岁的婴孩,已经能够发出声音来答应母亲的歌声了。

幼儿又有活动的要求,所以应该为了音乐教育的目的而利用音乐的游戏和舞蹈。

对于幼儿的唱歌和活动,应该提出怎样的要求呢?

学龄前幼儿的歌曲、舞蹈、音乐游戏的表演,不能称之为艺术的。

但无论在幼儿的唱歌还是活动中,其基本特色必须是富有表情。教

---

〔1〕 见《巴甫洛夫星期三座谈会资料汇集》,一九四九年版,第二卷第五六五页。

养员领导课业时,务须使幼儿自觉地、积极地要求表达音乐的感情。例如,教养员和三四岁的幼儿唱拉乌赫维尔格尔所作曲的《小鸟》(见例23)的歌。这愉快而轻松的小歌曲符合着活泼而灵敏的小鸟的形象。幼儿跟着教养员唱歌,模仿着他,表达出歌曲的愉快的特性,并且带着生动的脸和愉快而顽皮的眼睛来表演。音乐的感情就表出在他们的自然而真诚的演唱中了。

教导幼儿的时候,必须渐渐地使课题复杂起来。例如,在“熊和兔子”的游戏中,中班的幼儿必须表出缓慢地跨步而找寻兔子的熊的形象(列比科夫作的音乐),活泼地跳跃的兔子的形象。在大班幼儿的音乐活动中,艺术的形象更为多样,艺术的形象在音乐作品中逐渐发展。幼儿的表演就适应了它而复杂起来。

教幼儿富有表情地唱歌和活动,能帮助幼儿的创作想象力的发展。

创作才能的发展

用音乐艺术为手段来发展学龄前儿童的创作才能,是十分重要的任务。教养员在课业中宜采用幼儿能力所及的、能够唤起幼儿兴味而使他们争取主动的音乐。用音乐为手段来培养创作才能,必须首先训练幼儿,使他们的唱歌和活动富有表情。必须努力培养幼儿,使他们能够表出主动性,能够表出自己对各种形象的态度。例如,幼儿手中高举着花束或小旗,在庄严的节日的行列中行进。他们为音乐所鼓舞,一气联合在共通的感情中,然而每一个人都有他自己所特有的表情。每一个幼儿的动作都有他的个性的特色。

在音乐游戏的过程中,幼儿的艺术创作的才能最容易发展。幼儿在音乐声中游戏,表现游戏中的形象,最容易养成自觉地、独立地行动的能力。

要使幼儿能够表现形象,必须系统地培养他们所应有的技能。

这样,在幼儿的音乐表演的发展中和创作才能的形成中,教养员的领导任务便很明显了。

培养幼儿对音乐的自觉态度

教养员必须发展幼儿对音乐的积极感受力。教养员掌握并指导他们的注意力,同时帮助他们理解所感受到的,帮助他们思考、比较,使他们发生兴味和好奇心。在这一类课业的过程中,大班的幼儿就会对音乐的内容产生自觉的态度,而培养出音乐的趣味。

幼儿能够在音乐中理解些什么呢?

幼儿熟识了周围现实中的种种现象,体验了音乐所表现的思想和感情。教养员把幼儿的注意力牵引到音乐的内容上,促使他们对音乐表示反应。在声乐中,歌词表出着内容的意义,可以唤起幼儿的思想,引起幼儿的问题。但对器乐曲的内容,也不可以任幼儿漠然无所感觉。幼儿容易理解并辨别音乐作品的特性,二部曲和三部曲的对比部的变化和交替,以及音乐表情的要素的多样性。当然,即使是并不复杂的音乐作品,要年长的学龄前儿童在口头上说出它的明显表出的特性和情趣来,在他是感到困难的。但是当他跳舞、游戏和唱歌的时候,就表示出他十分理解音乐所表达的趣味和感情。这一点是容易相信的,你只要观察:幼儿何等热心地唱节日的歌曲,他们何等富有表情地表现游戏中、舞蹈中的形象,何等正确地联系了音乐性质的变更而变更自己动作的性质。

要养成幼儿对音乐的自觉态度,教养员必须教他们注意音乐表演的性质。教养员指出唱得好的幼儿来,又指出别的幼儿的表演的缺点来。

他教幼儿们注意:扮演熊的幼儿在音乐声中走步应该怎样迟缓而笨重,扮演“雪片”的幼儿在活泼的音乐声中动作应该如何轻快。

培养幼儿对音乐的自觉态度,有下列各种方法:

(一)用提问题及个别的指示来帮助阐明音乐的内容。例如:教幼儿注意节日的歌曲和活泼的进行曲及舞蹈的愉快的特性,注意抒情作品的悠闲的特性。

(二)令幼儿注意:在音乐作品的艺术形象中怎样表现出现实的各方面。例如:令幼儿观察进行中的少年先锋队队员,以后他们听见了少先队进行曲的勇敢的声音,便高兴地想起他们来。令幼儿观察自然界的现象,以后他们听见了描写自然界形象的作品也便想起它们来。

(三)利用可以加深幼儿听赏标题音乐所得的印象的别种艺术(欣赏与该音乐作品同一主题的图画,诵读与该音乐作品同一主题的诗歌)。

(四)确立音乐的内容和音乐表情的要素之间的一致性。阐明音乐的内容的时候,应该使幼儿注意借以表现这内容的手段。例如,教幼儿听赏摇篮歌的时候,教养员说:母亲唱这只歌的时候摇摆着小孩子,音乐要和这动作相一致,所以是慢慢的,轻轻的。

有系统的教学,可以渐渐地养成幼儿对音乐的自觉态度。

培养音乐才能

必须发展一切幼儿的音乐才能,这问题在音乐教育方法上是极重要的。教育学的经验告诉我们:虽然有若干幼儿缺乏音乐才能的表现,但教养员的有系统的努力可以达到良好的结果。

教养员首先要努力培养幼儿对音乐现象作情绪的反应的能力。幼儿无论唱歌,无论听音乐,无论在游戏中表现何种形象,——他必须体验着音乐作品的形象所唤起的感情。

教养员又必须发展幼儿的音乐听觉和节奏感情。教养员培养幼儿的音乐感受力的积极性,培养幼儿听赏音乐而使音乐再现在唱歌和活动中的能力,可以帮助幼儿的音乐听觉和节奏感情的发展。

只有在有系统的音乐课业的过程中,在音乐听赏、唱歌[1]和活动的过程中,才能发展一切音乐才能,其中包括音乐的记忆力。

发展积极的情绪的感受力,教练唱歌和活动,培养创作才能和音乐才能以及对音乐的自觉态度,便是音乐的手段所可能实现的审美教育的内容。

第三节　作为儿童全面发展的一部分的音乐教育

无论何种年龄的幼儿的教育,必须遵守基本的、领导的原则——教育的思想方针。

音乐作品的正确的选择,是用音乐为手段来实现共产主义教育的必要条件之一。音乐作品必须具有高度的艺术性,必须是幼儿的感受力所够得到的,必须能够养成苏维埃教育学观点所认为正确的、对社会现象的态度,能够使幼儿认识种种现象而借以增广他的眼界,丰富他的感情,创造乐观的生活体验。特别重要的,是必须选择艺术地反映苏维埃人民的生活、表现我们领袖的形象、表现我们英雄的形象、表现苏维埃儿童的幸福生活的音乐作品。(例如克拉谢夫的《列宁之歌》〔见例 22〕,亚历山大罗夫的《最幸福者之歌》〔见例 21〕,拉乌赫维尔格尔的《节日》〔见例

---

[1] 以后凡称“音乐、歌曲”时,“音乐”是指器乐。

29〕等。)

这样,依靠正确地选择的音乐作品的帮助,教养员方可以音乐为手段来实行道德的、智慧的教育。

教养员在音乐课业的过程中所进行的教育工作,也是同样地重要的。教养员和幼儿们一起练习歌曲,做音乐游戏,演奏音乐作品给他们听赏,帮助他们正确地理解音乐中所反映的现实环境的现象,解释这些现象,符合着共产主义教育的任务而培养幼儿。

教养员在课业的过程中利用音乐来发展幼儿的同情心、乐观性、主动性、对克服困难的坚忍心。共同的课业,要求在唱歌和活动中有团结一致的集体行动。正确地考虑过的方法,可以帮助道德教育的实现。

以音乐为手段来发展幼儿的智慧,也是在音乐课业的过程中实行的。

音乐和现实环境的直接的、密切的联系,可以培养幼儿对照和比较的能力。幼儿在节日游行队伍中看到了拿着旗帜行进的人,便生动地想起幼儿园中的节日,那时他们也曾唱节日的歌而行进。幼儿观察自然界,便想起他所熟悉的歌曲——《杜鹃》《蓝毛山雀》《小兔子》(见例6),便把所看见的和所听到的对照起来。

教养员引导幼儿注意音乐,指出存在于这作品中的、音乐内容及其表情要素的相互联系,便可借此教幼儿学会对照。例如,即使是小班的幼儿,听见钢琴上弹出拉乌赫维尔格尔的《小鸟》《小马》《雪花盘旋》,便会正确地认识音乐演奏的特性,及其对歌曲中所反映的生动现象的联系。幼儿不一定会把这感觉用言语表达出来,但他们听到《小马》时的鼓舌作声,听到《小鸟》时的手舞足蹈,证明着他们是正确地感觉到并认识到音乐的性质的。

音乐作品的内容的多样性,常常是帮助幼儿发展好奇心、想像力和幻想的源泉。在这点上说来,音乐游戏是培养幼儿性格的此种方面的特别有力的手段。幼儿感受音乐,用动作来表现它的性质,在游戏中摹拟各种形象,同时也就对它们作幻想。他在轻快活泼的音乐声中动作而摹拟“小兔子”的时候,他感觉到自己便是这小兔子。

由此可知,在音乐教育的过程中,幼儿的智慧也得到某程度内的发展:他们的观念的范围渐渐扩大,他们的智慧才能渐渐发展。

音乐对于幼儿的体力发展也有良好的影响。教养员利用音乐能唤起幼儿的良好的情绪,这种情绪在他的神经系统上起着良好的作用。

音乐和歌曲对于动作的性质有确实的影响。音乐能使动作正确,精密而富有节奏;这便可养成幼儿端正的举止。

唱歌能帮助幼儿发展嗓子,使嗓子稳固起来,又能矫正幼儿的语言的缺点。

以音乐为手段来实现幼儿的体力教育、道德教育、审美教育、智慧教育之间的密切的相互联系,正确地选择音乐作品,正确地考虑教学法——这样,教养员便能促进幼儿的全面发展了。

问　题[1]

1. 试说明作为共产主义教育手段之一的音乐的意义。
2. 以音乐为手段的审美教育,其内容如何?
3. 试说明培养音乐感受力的基本问题。

---

〔1〕 本书中复习用的问题及为课外作业与课内作业而设的习题,是维特鲁金娜和奥尔罗娃所编制的。

4. 对于幼儿的唱歌和活动的表演,有什么基本要求?

5. 用什么方法可以培养幼儿对音乐的自觉态度?

6. 试列举基本的音乐才能。

7. 试说明以音乐为手段来使幼儿全面发展的基本条件。

第二章　音乐教育的任务、原则和内容

第一节　音乐教育的任务

共产主义教育的目标,确定着音乐教育的任务。这些任务的制定,和音乐艺术的基本相一致。这些任务的制定,又顾到学龄前儿童的年龄特征。

教养员担负着下列的任务:

(一)以音乐为手段来培养幼儿对祖国的爱、对苏维埃人民的爱、对领袖的爱、对我国优秀人物的爱、对祖国自然界的爱,培养友爱和集体主义的感情;扩大幼儿对于现实环境的观念的范围,培养对现实环境的正确的态度。因此必须:

甲、教幼儿在音乐听赏、唱歌和活动的课业的过程中仔细而专心地理解音乐;系统地、循序地向儿童阐明音乐作品的内容。

乙、教幼儿爱好音乐,情绪地对音乐发生反应,培养幼儿的活泼而乐观的心情。

(二)教幼儿富有表情地唱歌及活动。因此必须:

甲、系统地发展幼儿的嗓子,系统地教幼儿以唱歌技能。

乙、系统地从事幼儿的音乐教育,在教练音乐游戏及舞蹈的过程中系统地发展他们的动作。

第二节　音乐教育的原则

以音乐为手段而教育幼儿的时候，教养员负有领导的责任。教养员是音乐和唱歌的直接演奏者；他是音乐教育全部过程的组织者和领导者；他以音乐为手段而教育幼儿。

积极性和自觉性的培养

学龄前幼儿的唱歌及活动的教学过程，音乐教育的发展过程，是和幼儿园其他教育工作根据于同一教育原则的。

培养积极性和自觉性，是苏维埃教育学的基本原则之一。教师教幼儿认识音乐，辨别音乐的性质和乐语的最明显表出的要素，例如拍子及强弱的变换。幼儿在活动中，必须表出标题音乐或歌曲所描述的形象，例如在拉乌赫维尔格尔的《飞机》的音乐声中，幼儿表现正在飞行或降落的“飞机”的动作。

唱歌的时候，教养员必须教幼儿——尤其是大班的幼儿——注意富有表情的表演，这就是说要认真地、自觉地表达歌曲的内容。因此，在游戏和唱歌的过程中，要求幼儿活动他的思想、想象力和记忆力。他们必须表出自己对于所理解的事物的态度，这便证明了他们的积极性。唱歌、活动、听赏音乐的教学方法，必须能保证幼儿积极地理解音乐，积极地掌握唱歌和活动的技能。

同时，幼儿的兴味有很大的意义，兴味能帮助幼儿更积极地理解和表现。顾到幼儿的要求，是很重要的事。例如游戏，往往是幼儿所最欢喜的课业。游戏可不仅在活动部门中占有地位,教养员又可利用游戏作为教学唱歌和听赏的手段。例如,在小班里,幼儿听了摇篮歌《小公鸡》(见例3),便装作"睡觉"了;但听到了"喔喔喔"的声音,幼儿便"醒"了。

但是不可认为只有游戏能唤起幼儿的兴味。为幼儿所设置的、幼儿能力所及的课业,教学的时候常常唤起幼儿很大的兴味。例如,教大班幼儿唱维尔科莱斯卡雅的《我们的节日》的时候,幼儿往往把伴唱部句尾的三个字("生活好")的曲调唱错。因为伴唱部反复两次,而每次句尾的曲调不同。教师须令幼儿注意这一点,指出两次的区别,教他们用不同的曲调来正确地唱"生活好"三个字。幼儿对于这练习发生了兴味,大都能够正确地学会这三个字的不同的唱法。

我们的节日
例1
不急速，婉转地
列斯娜雅词
维尔科莱斯卡雅曲
mf
p
1. 为什
么 今 天 的
太阳光 比 昨
天 的 更 加
好? 为 什

渐慢
么 窗前的 太 阳 一早 就 对我们
（伴唱）稍快，进行曲速度
笑？ 因为 mf 节 日 到，因为 节 日
到，因为 大 家 都 生活 好． 因为
f 节 日 到，节日 到， 因为 大 家
1.
2. 渐慢
都 生活 好． 因为 都 生活

2. 为什么今天的城市里比那花园更美妙?

为什么这许多红旗映着太阳飘又飘?(伴唱)

3. 莫斯科的歌曲唱得高,一片欢声彻云霄。

全国到处庆祝,到处欢笑,越来越热闹。(伴唱)

教养员必须努力巩固幼儿这种兴味,这种兴味可以促成正确的音乐教育。

幼儿的集体教育和个别教育

唱歌和活动的课业的特点,是表演唱歌、跳舞、游戏都是集体性的。这一点确定了音乐课业的特殊的教育意义,在教养员的正确的领导下,音乐课业常常能把幼儿组成集体。

这种集体课业对于胆怯而不确信自己的力量的幼儿,有特别宝贵的作用。别的幼儿的各种表演的明显的榜样,——尤其是领导得好的音乐课业中全体幼儿所共感的热情、欢喜和兴趣,支配了这些胆怯的幼儿,会使他们高兴地唱歌并游戏。

在这些集体课业的过程中,又实现着个别幼儿的发展。个别幼儿的技能,他们所积集的经验,他们的才能和他们的困难,明显地表出在集体课业的过程中。在集体的舞蹈或游戏中,如果有一两个幼儿不能对付这课业,如果唱歌时有几个幼儿唱得不正确,那么全体幼儿的表演就不正确。教养员指示榜样，教他们比较，表扬优点，矫正缺点，便可在集体课业的过程中发展个别的技能了。

音乐教育中的直观性

直观的原则，在音乐教育中，尤其是在唱歌和活动的教学中，起很大的作用。音乐是一种很动人的艺术，但比较起造型艺术来缺乏具体性。而学龄前儿童的思想的特点，正是形象性和具体性。

要使幼儿充分理解音乐作品的内容和性质，教师可从现实中举出实例来，拿它来与表现这现实的音乐形象相比较。例如，先教幼儿在自然界中观察云雀的唱歌，然后他们便会更积极地了解柴科夫斯基的《云雀之歌》了。

在听赏音乐的过程中，也可以引用别种艺术形式(图画、童话、诗、艺术的玩具)。再就柴科夫斯基的《云雀之歌》说，如果先令幼儿诵读茹科夫斯基的诗，他们听赏音乐时便能更充分、更明了地理解它了。

> 暗暗的树林在朝阳中发出红光，
> 山谷里的薄雾一片白茫茫，
> 嘹亮的云雀儿呀，
> 一清早就在高空歌唱。

幼儿必须能在他所已有的经验和观念范围的基础上理解音乐。教养员演奏音乐作品时演奏得好，便可使幼儿更明了地理解它。

系统性和顺序性

要教幼儿学会简易的音乐技能和活动技能,必须在教学中制定严格的顺序。

在《幼儿园教养员指导》中关于音乐教育的一章中,指示着各种年龄的幼儿的技能的范围。在唱歌和活动的教学中,最重要的是要选择恪守技术培养的顺序性的音乐教材。选择幼儿练习用的歌曲和舞蹈时,不可仅仅从教育意义的观点出发。选择音乐教材时,应该顾到幼儿原有的基础,顾到幼儿的音乐才能。教养员顾到幼儿的这种要素,依据所定的大纲,就能对幼儿施行有系统的教学。

易解性

选择音乐作品,应该顾到幼儿感受及表演时的易解性。

日丹诺夫同志在联共(布)中央召开的苏联音乐工作者会议上的发言中,指出古典音乐的思想性和内容的丰富,强调地说:音乐作品应该“把最高级的技巧跟朴素性和平易性结合起来”。[1]

选给学龄前幼儿用的音乐,尤其应该极度地简易而富有表现力。音乐的内容,换言之,就是表现在音乐中的思想和感情,必须是幼儿所能接近的,所能理解的。

教养员的教学法,也应该采用幼儿易解的方式,尽量地利用形象来表达教材。

---

〔1〕 见《苏联文学艺术问题》,人民文学出版社版,第一〇八页。——译者注

第三节　音乐教育的内容

音乐教育的内容,在《幼儿园教养员指导》中说明着。

在该书中把音乐教育区分部门。其中的基本部门是唱歌。其他两部门是听赏和活动(音乐游戏、舞蹈和练习)。

音乐教育各部门概说

音乐教育是在唱歌、音乐听赏、活动这三种课业的过程中实行的。唱歌是音乐教育的基本。

唱歌是音乐教育中最容易理解的一种方法。歌曲中的文词,说明着音乐作品的内容。歌曲中的音乐,使这内容深切起来,在幼儿心中唤起一定的体验。集体的唱歌,是一切幼儿所能胜任的。幼儿在唱歌中表现出自己的感情、自己对歌曲内容的态度。幼儿在唱歌的过程中发展嗓子,培养听觉,训练语言。集体的唱歌能培养幼儿的感情和兴趣的共同性。

在学校里,唱歌也是音乐教育的基本部分。所以幼儿园里的正确的唱歌教学,便是幼儿将来在学校里的音乐课业的准备工作。

音乐听赏对唱歌和活动有密切的关联。幼儿在唱歌之前,先听音乐;他们的跳舞和游戏,也是一边听着音乐作品演奏而进行的。但音乐听赏也是独立的一部门。它的使命是:不但使幼儿听赏他所能够唱的或能够用动作表演的音乐,而又教他们听赏内容更复杂、更多样化的音乐。在音乐听赏的课业过程中,能扩展幼儿的音乐的眼界和一般的眼界,尤其能发展幼儿对音乐的感受性,使他们能够听懂并感得音乐的内容。

活动——音乐游戏、舞蹈、练习——能帮助幼儿更情绪地听赏音乐。活动的内容和性质,从一方面说,要适应体育练习的程序;从另一方面说,要适应音乐的内容和性质,以及明显地表出的音乐表情的方法(速度、强弱、声量、节奏)。幼儿在游戏中表演人物和动物的形象及其动作,又表演自然界的各种现象("小溪""雪片"等)。音乐赋给这些形象以特殊的表现力。音乐帮助集体活动培养正确性、协和性和组织性。

音乐教育的方法

音乐教育的任务、原则和内容,确定着教育的方法。

教育和教学的方法,必须能保证幼儿获得唱歌、活动和听赏的知识和技能。这些方法必须能促进幼儿的全面发展;培养他们对社会现象的正确态度,发展幼儿的主动性、创作才能、自觉性和积极性。

教育的方法,必须是按照所授给幼儿的教材的任务、性质和内容而多样化的。例如,教大班幼儿听赏声乐的时候,可以根据文词而说明音乐的内容。教他们听赏器乐的时候,教养员可令幼儿注意音乐的性质、情感,强调说明乐语要素的意义。教唱吟咏风的歌曲,练习发缓长的声音的时候,教养员可令幼儿延长个别的音,听它们发音如何。教唱愉快而活泼的歌曲的时候,要使他们发音明了,教养员可令幼儿低声诵读歌词,清楚地发出每一个字的音来。教简易的舞蹈的时候,教养员可立刻和幼儿一起跳这舞,把一切动作做给他们看。教较复杂的舞蹈的时候,教养员须令幼儿先学习这舞蹈中的各种要素,掌握了这些要素,然后整个表演给他们看。

在小班里,教养员教幼儿游戏,必须同时和他们一起游戏。在大班里,则动作不一定要示范,可以用言语向他们说明。

因此，每种课业里的具体问题、音乐目录、年龄特征，也决定着幼儿音乐教育的方法。

音乐教育的基本方法是：(1)演奏音乐作品；(2)教学唱歌和活动时指示个别方法；(3)教养员对幼儿解释并谈话。

音乐的演奏必须富有表情而且简易。教养员必须熟悉这音乐作品(最好能背诵)，认识音乐的情趣，细察音乐的内容，深知这内容的思想和性质，感得这内容的精神。音乐作品的内容和性质，又暗示着这作品的演奏的性质：教养员令大班幼儿听赏的格尔奇克的《克里姆林的钟》，必须演奏得宽广而庄严；俄罗斯民间舞蹈的曲调必须演奏得愉快而热烈；格里格的《小鸟》必须演奏得轻快而优美。

为幼儿们演唱歌曲，应该和为成年人演唱略有不同。为幼儿们唱歌，不应该以声音响亮为特色。适度的音响、热诚、天真，是为幼儿演奏音乐的特点。

音乐必须常常对幼儿发生情绪作用。教养员的良好的演唱，在某程度内也能决定幼儿演唱的性质。

示范在唱歌和活动的教学中占有重要的地位。教成人学音乐的时候，和说明同时作各部分方法的示范，也是完全必要的；教幼儿学音乐，这示范尤为不可缺少。例如，要养成幼儿唱歌时正确呼吸的习惯，教养员自己必须在演唱时正确地吸气和呼气。幼儿留心地听着，便能模仿教养员的示范。

有时，示范可以补充教养员的说明。“小朋友们，两个人站作一对，拉着手，转过身来，面对面。”教养员这样说，同时自己也同幼儿中的某一个人站作一对。用示范作为提高幼儿的表演情绪的一种手段，尤为有效。例如，幼儿唱歌时萎靡不振，没有体验得歌曲的精神，这时候教养员便加入唱歌,表情丰富地唱起来,这样便唤起了幼儿的唱歌兴趣。

由此可知,示范在唱歌和活动的教学方法中占有重要的地位。

教养员的解释和谈话,在音乐教育的过程中起着重要的作用。谈话的形式按照教育工作的内容而变更。领导唱歌、游戏、演奏音乐的时候,对幼儿发问,回答幼儿的问题;说明游戏、舞蹈和练习的方法;在唱歌和活动的教学过程中指示并说明;最后,用简短的谈话来说明音乐作品或音乐游戏的意义和内容,——这便是音乐教学的各种方法的大体概要。

但是这些言语的指示,决不可用以代替音乐本身的听赏。音乐的演奏,必须常常成为注意的中心。谈话和指示,必须简短、精洁而富有表现力。

对幼儿唱歌和活动的指示,往往是和一定的形象相关联的。例如,幼儿合唱《亚麻》,开始的时候两只手举起得太快了,教养员便问:"草是不是立刻长大的?"幼儿回答:"不是立刻长大的。"教养员说:"亚麻也不是立刻长大的:它高起来,高起来(用手作缓慢的举动),后来长大了。"

说明和指示,又可以有别种性质,并不和形象相关联。例如:"孩子们,大家坐得正,我们就要唱歌了。"教养员说。或者:"这音乐是勇敢的,愉快的。大家走得活泼些,身子挺直。"这种提示带有直接指示的性质。

指示和发问的性质,是按照教学的内容而在各种年龄的班级里变更的。教养员和小班幼儿在音乐课业的过程中的关系,常常带有共同游戏的性质。例如:"我闭上眼睛,你们轻轻地走过,要走得轻,不让我听见。"教养员在结束游戏的时候这样说。在大班里,教养员可用别种方法来使幼儿懂得静静地散课。

应该指出:施行音乐教育时,可以利用各种各样的方法。教养员个人的机敏、急智、适度感,特别是仔细考虑方式,都可以使教学的方法具有特色。

问　题

1. 试列举幼儿园音乐教育的任务。
2. 试说明幼儿园音乐教育的基本原则。
3. 试说明音乐教育的内容。
4. 对于教养员的演奏音乐作品,有什么要求?
5. 教学唱歌和活动时的示范,在音乐教育中占有何等地位?
6. 试概述教养员在音乐课业的过程中的谈话和说明。

第三章　唱　歌

第一节　唱歌的意义

唱歌在学龄前幼儿的音乐教育中占有主要的地位。

良好的儿童歌曲能使幼儿快乐、安静,能发展并教育幼儿。歌曲从很早的婴孩时代起就随伴着幼儿的生活。歌曲影响幼儿的感情,排遣幼儿的寂寞,帮助游戏的组织。歌曲在明朗、生动、有趣的形式中加深幼儿对现实环境所已有的观念。

唱歌比较起器乐来,对于幼儿具有更大的情绪影响。

首先,唱歌是演唱者对幼儿的生动而直接的联系。因为人声的富有表现力的音调,随伴着相应的脸部表情,能够牵惹最年幼的听者的注意。幼儿还没有懂得全部歌词的内容,其心情便已同化在歌曲的音调中,而对它表示反应;幼儿跟着愉快的音乐而唱歌、跳舞;幼儿听了摇篮歌的幽静的曲调,便要睡了。

随着幼儿的发展——思想的形成、新观念的积集、语言的发展——他的情感的体验复杂起来,对音乐内容的兴味增长起来。歌曲的文词帮助幼儿理解音乐的内容。

幼儿连同着歌词而理解音乐作品的性质,便能更深切、更自觉地了解歌曲所描写的形象。五岁的尼娜在幼儿园里听了卡林尼科夫的歌曲《猫咪》的演奏。小猫“诉苦”:“教我猫咪怎么不哭呢?厨子舐食了牛奶上的膜,说是我猫咪吃的!”悲哀的猫咪的感情在音乐中用带休止符的断断续续的曲调来表出。尼娜诧异地说:“音乐完全像猫咪哭一样!”

唱歌不但影响幼儿的感情,又使他们能够表现自己的感情。

共同唱歌可以发展幼儿的集体主义的感情。乌申斯基曾经特别注意唱歌的这个特点,他写道:“在歌曲中,尤其是在合唱歌曲中,大都不但有一种使人振奋、使人精神爽快的要素,又有一种组织劳动、使齐心协力的唱歌者从事齐心协力的事业的要素;正因为这原故,我们的农人凡从事需要团结力量的工作时,就唱合唱歌曲;正因为这原故,学校里也必须采用歌曲:歌曲能把几种个别的感情融合为一种强有力的感情,把几颗心融合为一颗感情强盛的心;在必须用共同的努力来克服学习的困难的学校里,这一点是很重要的。除此以外,歌曲中又有一种培养精神——尤其是培养感情——的要素。……”〔1〕

苏维埃教育学特别强调唱歌的教育意义。民间歌曲,革命前作曲家的歌曲,尤其是苏维埃作曲家的歌曲,在幼儿面前展开了新的观念和感情的整个世界;这种新的观念和感情,全靠文学和音乐的结合,使幼儿能够深深地感受并理解它们。教养员以唱歌为手段而培养幼儿对苏维埃现实的正确态度,培养他们对祖国和我们领袖的爱。

幼儿园里的唱歌教学,是幼儿将来进入学校课业的准备,在学校里唱歌是列入课业的。按照大纲而作有系统、有计划的教学,能为最简单

---

〔1〕 见乌申斯基《瑞士教育旅行》,该文载《教育论文选集》,一九四五年国立教科书出版社版,第二六五至二六六页。

的唱歌技能奠定基础,这基础将来在学校里再加以发展。

为求唱歌教学的正确布置,教养员必须实行下列的任务:

(一)利用各种内容的歌曲来发展幼儿的音乐感受力,又借此促进幼儿对现实更深切、更明了的认识。

(二)教幼儿以唱歌的技能。

(三)在唱歌课业的过程中发展幼儿的音乐才能。

(四)教完大纲中所指定的歌曲。

成人合唱概说

声乐合唱艺术的特点,是其中存在着决定内容的两个方面:歌词和音乐。歌曲的性质,须由作曲者和作词者共同所要表现的艺术内容来确定。

造型艺术(例如绘画)有艺术家亲手所作的一幅画给人们观赏;但音乐艺术和它不同,它需要一位能够传达这作曲者和作词者的艺术构想的演奏者,由这演奏者演奏给人们听赏。

要富有表现力地传达歌曲的艺术内容,演奏者应该有怎样的技能呢?

富有表现力的唱歌要求唱歌者有悦耳的、清楚的嗓子,有明白的口音,以及正确地应用呼吸的技能。这几种技能是有关所谓声乐的。在合唱中,每一个唱歌者必须顾到别的唱歌者的声音,使自己的声音在高低、强弱、拍子、节奏和音色上都与别人相等。集体唱歌所必需的技能,称为合唱技能。不能掌握声乐技能与合唱技能,其唱歌表现不能成为艺术的。

第二节　幼儿园唱歌教学的内容

幼儿唱歌的表现力

幼儿和成人不同,他们所要学的是唱歌技能的最简单的要素。

还有和成人不同的,是歌曲的选择:幼儿的歌曲目录必须全是幼儿所易解的。

教养员必须明白地想像歌曲的内容、歌曲的艺术形象、歌曲中所表现的基本思想和感情。他还必须指出歌曲表演的性质,考虑音乐的意味。

还须确定:要富有表现力地演唱各个歌曲,应该具有何种唱歌技能。歌曲的内容是各不相同的。例如,克拉谢夫的《列宁之歌》充满着对伟大领袖的爱。这歌曲的音乐是吟咏风的、真挚的。克拉谢夫的歌曲《节日的早晨》(见例 10)描写着盛装的大行列和旗帜招展的情景所唤起的乐观的感情和节日的热烈的感情。这音乐使这情景深刻化,它是热烈的、庄严的。俄罗斯民歌《田野里有一株小白桦》(见例 2)描写周围正在举行轮舞的白桦树的诗的形象。这曲调是轻快而活泼的。

歌曲演唱的性质必须适应于歌曲的艺术形象。

要使幼儿的唱歌富有表现力,必须教他们唱歌的技能。例如:克拉谢夫的《小鱼》(见例 16),必须演唱得吟咏风的,同时又必须用轻快的声音。克拉谢夫的《进行曲》(见例 19)的伴唱中,必须强调节奏的正确和旋律的明了,使歌曲具有勇敢的进行曲的性质。

所以,教唱歌曲的时候,教养员必须特别注意那些能帮助更清楚地表现歌曲的艺术形象的技能。

图 1　幼儿唱歌时的正确姿势

大中小三班唱歌教学的基本内容

唱歌教学的基本内容,是教学歌曲以及在这教学过程中教练唱歌技能。在《幼儿园教养员指导》中,明确地规定着唱歌技能的范围和基本目录。

教养员必须知道:(一)技能的概要;(二)每班中的唱歌技能的精确范围;(三)基本目录。

唱歌技能概说

唱歌时身体的姿势　教幼儿唱歌,必须注意他们的身体和头的正确的姿势。歌声的良好的性质在某程度内关系于幼儿唱歌时的姿势。身体弯曲的姿势使呼吸困难,妨碍正确的发声。幼儿坐的时候,必须把背靠在椅子背上,把手放在膝上。头必须正直,肩膀不可耸起,项颈的筋肉不可紧张。必须注意,使幼儿在唱歌的时候适度地张开嘴巴。

呼吸 呼吸在幼年的儿童还没有充分发展,他们的呼吸很微弱、很短促。这情形在唱歌的时候尤为显著。他们常常在一个字或一个乐句的中间换气,因此打断了歌曲的曲调。关于幼儿的呼吸的教法,主要的是由教养员示范,正确地更换呼吸。关于呼吸不可对幼儿解释,因为这是他们所不能理解的。

唱歌的发声 保证幼儿发声良好的首要而基本的条件,是自然地唱歌,不用紧张的和叫喊的声音。

唱歌的正确发声,又有关于音的舒缓性和吟咏风的发展。幼儿欢喜唱歌,但不一定能够唱得舒缓。幼儿唱歌的特征是像说话一般地唱,这特征在小班的幼儿尤为明显。

对于小班的幼儿,教养员已可开始作唱歌声调教练的工作。

发音(咬字)的正确和清楚 歌曲内容表现的成功,不仅关系于曲调的正确演唱,又关系于字眼发音(咬字)的正确和清楚。曲调发声的好坏常常有关于唱歌者的咬字。字眼发音不够清楚,不够正确,唱歌便萎靡不振,柔弱无力;其中缺乏音的舒缓流畅和表现力。但过分夸张歌词,会使声音过分紧张而刺耳。

教养员必须小心注意幼儿的发音。

凡是字,大都是由母音和子音组成的。唱歌中的字眼的发音,母音(a o y э и)特别重要。母音的延长是唱歌的基本。但为了咬字清楚,又须注意子音的明确的发音。

如果在唱歌中子音发音萎靡,不够清楚,这唱歌便没有表现力而缺乏效果。歌词的演唱,必须明白,有意味,有表情。在歌词演唱中,必须能适应了曲调而用声音来强调逻辑的重音。例如,在俄罗斯民歌《田野里有一株小白桦》中,"田野里有一株小白桦,一株枝叶茂盛的小白桦"唱时须着重"小白桦"和"枝叶茂盛"等字。

曲调的正确和纯净(谐调)　唱歌时必须能正确而纯净地唱曲调,这就是说必须毫不含糊地唱。

对学龄前的儿童,已经必须努力发展他们的谐调而纯净的唱歌技能。

例 2　田野里有一株小白桦

(俄罗斯民歌)

不急速　　鲁贝茨改编(简易化)

1. 田野里有一株小白桦,

一株枝叶茂盛的小白桦。

2. 小白桦树没有人来砍它，茂盛的树儿没有人来砍它。溜哩，溜哩，没人砍它。

3. 我要到田野里去玩耍，小白桦树让我把它砍伐，溜哩，溜哩，把它砍伐。

4. 我要砍它三根小的树枝，把它做成三根小的笛子。溜哩，溜哩，小笛子。

5. 再砍第四根，做个三角琴，（重复）溜哩，溜哩，三角琴。

6. 我把三角琴儿弹起来呀，（重复）溜哩，溜哩，弹起来呀。

幼儿唱歌的谐调，主要地有关于教养员发展幼儿的音乐听觉的系统工作。也有关于教养员的选择曲目；曲目必须适合于幼儿的音域。

幼儿的集体组织，对于幼儿唱歌的谐调也起着不小的作用。因为集体组织有影响于该班的一般情况（幼儿的注意力、趣味等）。

幼儿唱歌的协和　所谓幼儿集体唱歌的协和，是指这样的一种唱歌技能：互相不落后，不超过，不在共同的唱歌中使自己的声音突出，同时又须齐心一意地表现音乐的情趣。教养员对于小班幼儿，已经要注意简单的技能教学，即教他们唱歌时互相不落后，不超过，不大声叫喊歌曲中的个别词句。曲目渐渐地复杂起来，教养员就可在唱歌教学的过程中发展这一切技能了。这些技能的发展，可以促进幼儿唱歌的表现力。

幼儿嗓子的保护

教幼儿唱歌,必须特别注意保护他们的嗓子。教养员必须顾到学龄前儿童的发声器官的脆弱,因此他在教学中必须使幼儿唱歌及说话时不紧张、不叫喊。

教养员必须注意:幼儿往往喜欢模仿成人唱歌和说话的态度。所以教养员唱歌时声音不可太响,必须用柔和的声音,富有表情地唱。教养员对幼儿谈话时,声音也必须和蔼,不可用大声。成人的和蔼声音,不但确实地影响于幼儿的唱歌和说话,又对他们的神经系统发生安静的作用。

不可令幼儿唱成人的歌曲,因为这些歌曲的音域,大部分是不适合于学龄前儿童的嗓子的。

某些成人歌曲,富有教育价值的,而且为幼儿所能够理解的,可以利用来给幼儿听赏。

关心幼儿的唱歌,不可仅限于幼儿园之内。为了保护幼儿的嗓子,教养员必须和幼儿的父母合作,对他们说明幼儿在家里及街上大声唱歌或大声说话的害处。只有在干燥、温暖的天气方许幼儿在室外唱歌,因为寒冷和潮气对于幼儿的声带也有不良的影响。

唱歌技能的基本内容

小　班　三四岁的幼儿,嗓子的范围不广,呼吸短促。他们还不能掌握自己的嗓子,还不能集体唱歌。因此,小班幼儿的唱歌技能的范围也很狭小。教养员大都只能用自己唱歌作实例而引导他们学习一些技能,或者教他们学习一些其中最简单的技能。要使幼儿的唱歌技能得到良好的发展,必须教他们舒缓地唱歌的方法。例如教唱《小公鸡》的歌,教养员教幼儿和气地请求小公鸡,请它不要吵醒了小弟弟睡觉。幼儿便会舒缓地唱,仿佛是在请求小公鸡。

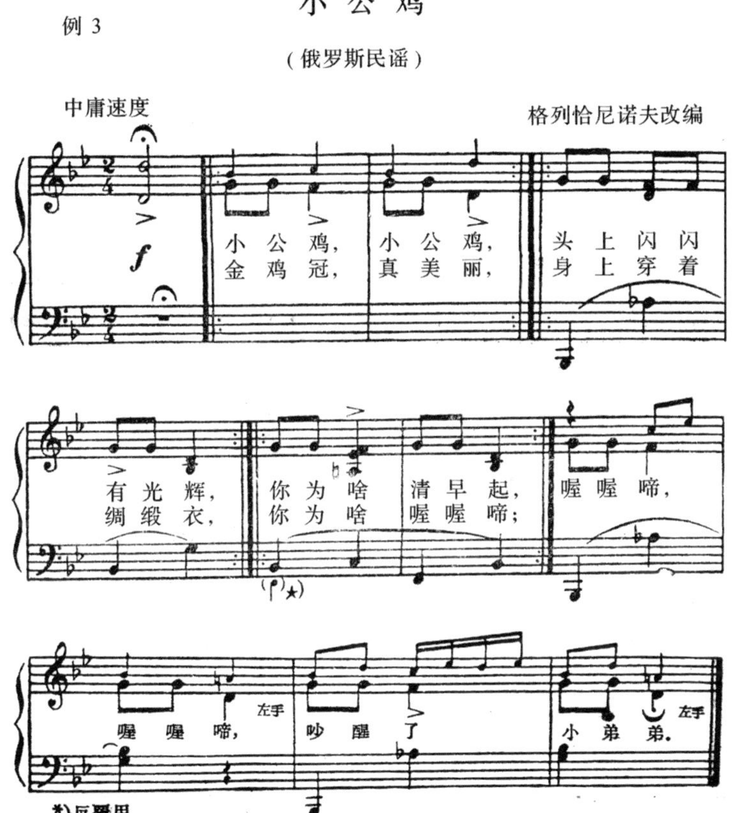

要发展幼儿舒缓地唱歌的技能,教养员可教幼儿练习,把各个字的音延得较长。

学会了把一两个字延长声音而舒缓地唱的初步技能之后,便可渐渐地进而发展幼儿歌喉的吟咏性。

字眼发音(咬字)的正确,从小班起就要开始练习了。幼儿还不会自由应用自己的呼吸和语言,有许多字发音不正确,不完全。幼儿说的话,往往好像半吞半吐的。例如:“小公鸡”,幼儿往往说作“奥公鸡”或者“小翁鸡”。有时字眼发音不正确,是因为幼儿不懂得它的意义的原故。所以教养员必须留心检查,经常而有系统地教幼儿,务使他们理解每一个字。

教养员必须教幼儿正确地表现曲调。教养员自己把曲调唱得很清楚、很正确,又常常和幼儿反复熟悉的歌曲,——这对于幼儿曲调表现的技能的发展有特别重大的作用。

教养员又须注意幼儿唱歌的协和,努力防止幼儿唱歌时拍子落后或超过众人,勿使大声叫喊个别的字句。在小班里,往往是教养员先开始唱,然后所有的幼儿跟着唱。

根据《幼儿园教养员指导》所阐明的基本要求,教养员必须:

(一)用富有表情的演唱和说明来引导幼儿理解歌曲的内容;

(二)教幼儿舒缓地唱歌,正确地唱出歌曲中的字眼,正确地表现曲调,唱歌时勿使落后或超过众人。

到学年终,幼儿必须能全班合着钢琴伴奏而和教养员一起唱歌。

中　班　幼儿在小班受了系统的唱歌教学,由此发展了最简单的唱歌技能,稳固了嗓子,音域略微扩大了些,呼吸也更深而更延长了。因此,在中班里就扩大了唱歌技能的范围。

教养员可教幼儿唱性质各异的种种歌曲,例如,唱克拉谢夫的生气蓬勃的《愉快的小风笛》,唱维特林的吟咏风的歌曲《大寒公公》。

3. 大鸭和小鸭,大家一起来舞蹈,两脚水里划,两只翅膀摇又摇。

4. 嘟嘟嘟嘟嘟,小小风笛在唱歌!青青的花园里,风笛唱歌多快乐。

例 5 大寒公公

不急速
维特林曲
f
1.大寒公公来啦,大家都欢迎。
2.大家打扮枞树,美丽又端正。
带来新年枞树,大家都高兴。
挂上许多星星,颜色多光明。
(伴唱)
满屋子里照耀红灯和绿灯。

3. 新年佳节来啦，到处歌舞声。向敬爱的领袖，向斯大林致敬。（伴唱）

教养员必须注意幼儿的发音，勿使他们紧张或叫喊。教养员自己轻轻地唱歌，可以帮助幼儿自然地发音。教养员又可把不很复杂的吟咏风的歌曲教给幼儿。幼儿不但已经能舒缓地唱各个音，又能舒缓地唱短短的乐句了。

教养员力求幼儿字眼发音的正确和清楚，同时又须注意：使幼儿在唱歌时适度地张开嘴巴，懂得歌曲的内容，懂得全部词句的意义，体会歌词的表情。

教养员又须教幼儿正确地表现歌曲的曲调。发展这技能时，可渐渐地引导幼儿独立地唱歌——没有教养员的帮助，但有钢琴伴奏。这时候钢琴伴奏必须是完全依附这曲调的。

要发展幼儿正确表现曲调的技能，有效的方法是不用音乐伴奏而单靠教养员的帮助。

教养员须力求幼儿的唱歌表演协和一致，训练他们唱歌时大家同时开始。

教养员须教幼儿大家用同一拍子唱歌，并注意简单的歌曲的节奏正确的表现。

教养员使幼儿的音量平均，勿使在共同唱歌的时候把声音突出来；又须教他们按照曲调的意义和性质而富有表情地唱歌。

根据《幼儿园教养员指导》所阐明的基本要求,教养员必须:

(一)教幼儿学唱性质不同的各种歌曲(安静的、活泼的、行进的)。

(二)留意防止幼儿唱歌时的紧张或叫喊;教他们唱不很复杂的舒缓的歌曲;系统地注意唱歌时字眼发音的清楚及歌曲的曲调表现的正确;教幼儿唱没有乐器伴奏的最简单的歌曲(这时候须由教养员自己先开始唱,然后幼儿们独立地继续唱)。

(三)教幼儿大家同时开始唱歌,和教养员一起用同一拍子唱歌,节奏正确地演唱最简单的歌曲,按照曲调的意义和性质而唱得适度地响或适度地轻。

到学年终,幼儿必须能全班借教养员的帮助而唱基本曲目中的歌曲;唱小班的曲目中的歌曲时,应该不靠教养员帮助(用钢琴伴奏)。

大　班　由于前两班的系统教学的结果,大班的幼儿已经获得了较发达的唱歌技能。他们能够倾听音乐,能够在集体唱歌中倾听别的幼儿的歌声,能够更富有表情地唱歌了。

要使幼儿的歌声自然而正确,必须教他们富有表情地唱歌。有的歌曲要唱得轻快而断断续续,例如克拉谢夫所改作的《小兔子》便是;有的歌曲要唱得流畅而优美。幼儿必须能够适应了歌曲的内容,或是富有吟咏风地唱,或是浩荡地唱,或是轻快而活泼地唱。他们又必须能够在同一歌曲中改变演唱的性质。例如维尔科莱斯卡雅的《我们的节日》,第一部分必须唱得有吟咏风,第二部分必须适应它的进行曲性质而唱得较活泼,有顿挫(尤其是开头的地方)。

例 6
小 兔 子
（乌克兰民歌）
克洛科娃意译歌词
克拉谢夫改编曲调
不很急速，轻快地
f
1. 一只小小兔子坐在林边，两只灰色耳朵竖立起来。
2. 一只小小兔子在山上跑，四只灰色小脚一跳一跳。
如果我有这对耳朵，我也和这兔子一样都能听见，都能听见。
如果我有四只小脚，我也和这兔子一样能够快跑，能够快跑。

大班里继续训练咬字的时候，教养员必须指导幼儿理解歌词的意义。

教养员要训练幼儿,使他们能把曲调唱得正确。幼儿倾听教养员的歌声或音乐的伴奏,便能在他们的唱歌中自觉地注意曲调的正确表现。

训练幼儿发音纯净,教养员同时须发展他们的音乐听觉和音乐趣味,教他们注意歌声的表情和美。

为了使幼儿唱歌协和,教养员对于大班幼儿的唱歌的性质,宜提高要求。教养员可令幼儿唱各种拍子的歌曲(活泼的、徐缓的、适中的)。教幼儿在同一歌曲中按照音乐的性质而加快速度或延缓速度;注意节奏较复杂的歌曲的正确演唱,注意各种强弱变化(声音加强或减弱)时幼儿的歌声的力量的平均。

应当注意:在歌曲教学的过程中,同时又发展各种技能。例如,舒缓地唱歌(发声练习)要求较深的呼吸、发音的纯净(谐调)、母音和子音拼合的正确(咬字);而在集体唱歌中,除此以外还要求强弱、拍子和节奏的协和。

但要发展这一切技能,必须向幼儿阐明作品的艺术形象和思想本质。

根据《幼儿园教养员指导》所阐明的基本要求,教养员必须:

(一)注意幼儿演唱性质不同的各种歌曲时的表情。

(二)教幼儿因了歌曲性质的不同而或者吟咏风地、舒缓地唱,或者轻声地、活泼地唱;富有表情地、清楚地唱出歌曲中的字眼,正确地表达歌曲的曲调;在唱没有乐器伴奏的歌时,须由教养员决定调子,和幼儿们同时开始唱歌。

(三)教全班幼儿适应了歌曲的音乐内容而唱各种各样的速度:活泼的和徐缓的,加速的和延缓的;幼儿必须能从响的声音转到较轻的声音,从轻的声音转到较响的声音,用正确的节奏来唱熟悉的歌。

到学年终,幼儿必须能不靠教养员帮助而用钢琴伴奏,全班或分小组而演唱基本曲目中的歌曲了；有几首歌可由个人演唱；他们唱小班和中班的歌曲时不需要音乐伴奏了。

第三节　歌曲目录

指定给各班幼儿唱的歌曲，其曲调和歌词都必须具有艺术的、思想教育的价值。例如，卡拉肖娃的《冬天》（为四五岁幼儿所作，见例 14），其歌词用艺术的形式来增长幼儿对于冬天、对于乘雪橇的知识；它的纯朴而优美的曲调，短短的钢琴序奏和终奏，使这艺术形象深切化、情绪化。

歌曲的曲调的性质，必须是纯朴的、明了的、多样的（见第一表）。

第一表

曲调的性质	小班	中班	大班
安静的，吟咏风的	《小公鸡》（俄罗斯民歌） 《母牛》（拉乌赫维尔格尔作曲） 《母猫》（维特林作曲）	《猫儿》（斯大罗卡陀姆斯基作曲） 《睡呀，睡呀》（克拉谢夫作曲） 《鹅》（俄罗斯民歌）	《小猫》（俄罗斯民歌） 《秋天》（华西里耶夫-布格莱作曲） 《小鱼》（克拉谢夫作曲）
朝气蓬勃的，热烈的		《节日》（拉乌赫维尔格尔作曲）	《进行曲》（克拉谢夫作曲） 《十月之歌》（克拉谢夫作曲） 《节日》（弗里德作曲）
愉快的，活泼的，		《愉快的小风笛》（克拉谢夫作曲）	《篱笆》（卡林尼科夫作曲）

歌曲内容的题材也必须是多样的,如第二表所示。

第二表

题材	小班	中班	大班
关于社会生活		《节日》(拉乌赫维尔格尔作曲)	《列宁之歌》(克拉谢夫作曲) 《进行曲》(克拉谢夫作曲) 《节日》(弗里德作曲)
关于儿童生活的	《膀膀拍》(俄罗斯民歌)	《睡呀,睡呀》(克拉谢夫作曲)	《小猫》(俄罗斯民歌) 《小树》(齐里且耶娃作曲)
关于自然界的(四季、鸟兽)	《小公鸡》(俄罗斯民歌) 《母牛》(拉乌赫维尔格尔作曲) 《母猫》(维特林作曲) 《白鹅》(克拉谢夫作曲) 《冬天》(卡拉肖娃作曲)	《鹅》(俄罗斯民歌) 《猫儿》(斯大罗卡陀姆斯基作曲) 《小兔子》(斯大罗卡陀姆斯基作曲) 《小橇车》(克拉谢夫作曲) 《春天的歌》(乌克兰民歌) 《在别庄上》(波帕津科作曲)	《蓝毛山雀》(克拉谢夫作曲) 《小鱼》(克拉谢夫作曲) 《秋天》(华西里耶夫-布格莱作曲) 《冬天》(查尔科夫斯基作曲) 《春天的歌》(乌克兰民歌) 《散步》(克拉谢夫作曲) 《田野里有一株小白桦》(俄罗斯民歌)

歌曲的曲调,必须适合于该班幼儿的声乐程度及音乐发展状况。

小班幼儿到学年终时,能够唱(c^1)d^1—a^1 音域内的音了。小班用的歌曲的乐句,普通都是短短的(不超过两小节),$\frac{2}{4}$拍子的;而且大多数用四分音符或二分音符结束的,这样,可使幼儿在开始下一乐句之前来得及作自然的呼吸。小班幼儿用的歌曲普通都用慢拍子,因为幼儿用快速的拍子唱歌是困难的。曲调的节奏由四分音符、二分音符、八分音符的简单结合组成。多样结束的乐句,小班幼儿须到下半年才会唱。

根据《幼儿园教养员指导》中所指示的曲目,小班幼儿唱的歌曲,大致如第三表所示。

第三表

时期	歌曲名称	音域	乐句,节奏形式
学年初	《小公鸡》(俄罗斯民歌)	d^1-g^1	
	《劈劈拍》(俄罗斯民歌)	$(c^1)d^1-g^1$	
	《母牛》(拉乌赫维尔格尔作曲)	$d^1-{}^{\sharp}i^1$	
学年中	《冬天》(卡拉肖娃作曲)[1]	c^1-a^1	
学年终	《母猫》(维特林作曲)	d^1-a^1	
	《白鹅》(克拉谢夫作曲)	${}^{\flat}e^1-g^1$	

中班幼儿,到学年终已经在幼儿园住了两年,能够唱$(c^1)d^1-b^1$的音域了。乐句略略加长了,因为幼儿的呼吸已经加深,给他们唱的歌曲,都用热烈的拍子。倘旋律是下行的而不是上行的,他们用一个缀音唱两个音符已经不感觉多大困难了。多样结束的乐句,他们也会唱了。

---

〔1〕 困难处:乐句结束不同。

给中班幼儿唱的歌曲，大致如第四表所示。

第四表

时期	歌曲名称	音域	乐句，节奏形式	曲调的困难点
学年初	重复小班唱的歌曲《鹅》(俄罗斯民歌)	c^1—$^\flat b^1$		用一个缀音唱两个音符，向下行。
	《猫儿》(斯大罗卡陀姆斯基作曲)	c^1—$^\flat b^1$		
	《节日》(拉乌赫维尔格尔作曲)	c^1—$^\flat b^1$		
	《大寒公公》(维特林作曲)	d^1—b^1		
学年中	《小橇车》(克拉谢夫作曲)	d^1—b^1		
	《催眠歌》(俄罗斯民歌)	$^\flat e^1$—$^\flat b^1$		
	《春天的歌》(乌克兰民歌)	d^1—b^1		呼吸困难，因为乐句是用八分音符结束的。
	《在别庄上》(波帕津科作曲)	d^1—b^1		用一个缀音唱两个音符，向上行。呼吸困难。

续表

时期	歌曲名称	音域	乐句,节奏形式	曲调的困难点
学年终	《愉快的小风笛》(克拉谢夫作曲)	d^1-b^1		第一乐句呼吸困难,因为是用八分音符结束的。
	《小兔子》(斯大罗卡陀姆斯基作曲)	d^1-b^1		
	《睡呀,睡呀》(克拉谢夫作曲)	d^1-b^1		

大班幼儿到学年终,已经在幼儿园住了三年,他们能够用自然的、不紧张的声音来唱(c^1)d^1-c^2(d^2)的音域。大班幼儿能够更自由地掌握自己的声音和语言。因此大班的曲目中,有吟咏风的歌曲,其拍子缓慢,乐句较长(继续到六个至八个四分音符)。例如克拉谢夫的《散步》便是;还有用快拍子作的歌曲,例如民歌《在薄冰上》(见例8)便是。

给大班幼儿唱的歌曲,大致如第五表所示。

第五表

时期	歌曲名称	音域	乐句,节奏形式
学年初	重复中班所唱的歌曲		
	《进行曲》(克拉谢夫作曲)	d^1-b^1	

续表

时期	歌曲名称	音域	乐句,节奏形式
学年初	《秋天》(华西里耶夫-布格莱作曲)	d^1-c^2	
	《小猫》(俄罗斯民歌)	d^1-c^2	
	《冬天》(查尔科夫斯基作曲)	d^1-c^2	
学年中	《列宁之歌》(克拉谢夫作曲)	c^1-c^2	
	《飞机》(齐里且耶娃作曲)	$^{\flat}e^1-c^2$	
	《春天的歌》(乌克兰民歌)	e^1-c^2	
	《蓝毛山雀》(克拉谢夫作曲)	d^1-c^2	
	《田野里有一株小白桦》(俄罗斯民歌)	e^1-c^2	

续表

时期	歌曲名称	音域	乐句,节奏形式
学年终	《小树》(齐里且耶娃作曲)	d^1-b^1	
	《节日》(弗里德作曲)	d^1-c^2	
	《小鱼》(克拉谢夫作曲)	d^1-b^1	
	《散步》(克拉谢夫作曲)	$^\flat e^1-c^2$	
	《篱笆》(卡林尼科夫作曲)	f^1-c^2	

第四节　教养员的准备

教养员在幼儿园里教导唱歌,是一种重要而严正的任务。由这样的任务出发,教养员必须考虑他的工作的内容,选择曲目,建立工作法。

教养员必须:(一)从《幼儿园教养员指导》中选出适合于大纲的歌曲;(二)用心地练习歌曲,考虑如何在幼儿面前演唱;(三)考虑教学歌曲的方法。

歌曲的选择

教养员从《幼儿园教养员指导》中选出歌曲,保证循序地教完曲目中所列举的歌曲。这些歌曲必须教幼儿好好地学熟,并在课业的过程中系统地反复。

如果幼儿已能掌握基本曲目,那时教养员也可根据自己的意思而从补充曲目中选择歌曲。选择歌曲的时候,教养员必须确定这歌曲应符合怎样的教育任务,例如,这歌曲是庄严而热烈的,如拉乌赫维尔格尔的《节日》,教给幼儿,作为庆祝伟大的十月社会主义革命纪念日的准备;或者其歌词是适合于某一季节的;或者是描写幼儿所熟悉的松鼠、兔子、熊的。

教养员必须考虑:歌曲中所表达的感情是否幼儿所能体会得到的。例如小班里唱的催眠歌,其中“睡呀,睡呀,睡呀,拍拍我的泥娃……”的词句表现的是幼儿所能体会得到的感情,因此幼儿就高兴地唱这曲歌。

例 7　**睡呀,睡呀**

婉转地,徐缓地
恰尔娜雅词
克拉谢夫曲
p
mf
1.睡 呀, 睡 呀, 睡 呀
泥 娃 衣 裳 脱 啦。
一 天 到 晚 玩 耍, 泥 娃 玩 得 倦 啦。

2. 丹娘我的宝宝,你的枕头摆好,你的小脚放好,宝宝快点儿睡觉。

3. 睡呀,睡呀,睡呀,拍拍我的泥娃。丹娘要睡觉啦,两只眼睛闭啦。

4. 苍蝇不要吵呀,我的丹娘睡啦! 我把苍蝇赶掉,睡呀,睡呀,睡呀!

对于大班的幼儿,教养员可以教唱克拉谢夫的《今天苹果树哗喇哗喇响》。这歌曲的内容是收获,苏维埃人的劳动。

教养员所选择的作品,必须是能够保证幼儿在一定的系统中学会基本技能的。例如:如果大班的幼儿还不能充分把握表现歌曲强弱变化的技能,教养员可选卡林尼科夫的《篱笆》(见例 39)来教他们。这歌曲中有各种各样的动物、明朗的音乐以及种种描写要素,能帮助幼儿体会并表现歌曲中的强弱变化。

替中班和大班的幼儿选择歌曲,不但必须注意该班幼儿的年龄,又须注意他们的音乐技能。

教养员的歌曲练习

教养员自己的唱歌,对幼儿有很大的作用。幼儿怎样接受这歌曲,他们对这歌曲能够理解多少,这歌曲能够抓住他们多少思想感情,都与教养员自己的唱歌有关。而且幼儿的唱歌,也与这有关。

因此,教养员必须用心练习歌曲,考虑应该如何演唱这歌曲。教养员选定了歌曲,必须明白一个要点:作曲者所要表现的是什么。然后循序地考虑歌曲的全部演唱法。例如,民歌《在薄冰上》,是叙述伊凡的发生事件,必须唱得生动、愉快、急速。又如乌克兰民歌《春天的歌》,是描写春景的,必须唱得温暖而热诚。

克拉谢夫的歌曲《节日的早晨》(大班用的)可以引起幼儿节日的心情,使他们体验到节日的欢乐感情,加深他们这种感情。

这歌曲的一般性质是勇敢的、热烈的。歌曲的情趣由音乐的序奏强调起来,这仿佛是喇叭的号召声。歌曲中所表达的感情,也就决定着歌曲的演唱法。

这歌曲第一段和第二段的领唱部要唱得欢乐而有生气。第三段的领唱部则须适应它的内容而唱得稍有力些。“街上人们像河流奔腾,红旗声音像波浪声”这两句要求用流畅而较宽广的声音来唱。领唱的末了(“对着孩子们笑盈盈”)要唱得柔和。伴唱要唱得庄严而热诚。伴唱的结句(“都听到那雄壮的歌声”)要用缓慢而有力的声音来唱。这歌曲要唱得富有表情,必须懂得在较宽广的乐句之间换气的技能。伴唱要特别注意子音发音的正确和清楚明了,例如“今朝是它的诞生辰”或“十六个相亲爱的苏维埃共和国”便是。伴唱的开头两句,要注意其曲调末尾的不同。[1]

必须用心研究这歌曲的曲调和伴奏,好好地学会它的曲调,务求正确而清楚地演唱它。同时必须确定:这音乐中用何等富有表情的方法来表现歌曲的内容,这歌曲的演唱有何特别重要点。

例 8

在薄冰上

(俄罗斯民歌)

急速
鲁贝茨改编
1.在 薄 冰 上, 薄 冰 上, 一 片 白 雪 今 朝
(伴唱)
降。红 莓 花, 红 莓 花, 可 爱 的 红 莓 花!

[1] 唱歌时降低八度。如欲简易化,可仍用第一首歌的伴奏。

2. 一片白雪今朝降，伊凡骑马去游逛。(伴唱)

3. 伊凡骑马匆匆跑，一不小心跌一跤。(伴唱)

4. 伊凡躺在雪地里，没有一人来扶起。(伴唱)

5. 两个姑娘一看见，连忙向他跑过来。(伴唱)

6. 连忙向他跑过来，双手扶起小伊凡。(伴唱)

7. 双手扶起小伊凡，帮他好好上马鞍。(伴唱)

8. 引导马儿上路径，且把伊凡骂两声。(伴唱)

9. “伊凡骑马真不行，以后不可太粗心！”(伴唱)

例 9

春天的歌

（乌克兰民歌）

维索茨卡雅译词
洛巴乔夫改编

蓬勃地
1. 春 天已经 到，太阳 多光 明，多光
3. 林 中福寿 草，已经 开花 了，开花
明。阳 光普遍 照，大地像 黄 金，像黄
了。这 有许多 花，开得满 春 郊，满春
金。2. 鸽 子 爱 春 天，叫 得 更 高 声，更 高
郊。4. 我 愿 好 太 阳，天 天 向 我 照，向 我

声。仙鹤爱春天，飞回向我们，向我们。
照。大地真可爱，谷物收成好，收成好。
例 10
节日的早晨
进行曲速度
维索茨卡雅词
克拉谢夫曲
sf
mf
1.早晨我们快乐地起身，大
家一同去看阅兵。斯大

林 的肖像 多么可 亲， 他
(伴唱)
对 孩子们 笑盈 盈， 我
们 祖国是 多么强 盛， 今
5

2. 全城打扮得多么齐整！家家挂红旗崭崭新。

我们住在自己的家里，听到远处的喇叭声。(伴唱)

3. 街上人们像河流奔腾，红旗声音像波浪声。

斯大林高高地在讲台上，对着孩子们笑盈盈。(伴唱)

教养员的演唱必须富有表情、单纯，使幼儿们容易理解。要使唱歌富有表情，教养员必须明白地表出歌曲的一般性质，表出歌曲的速度、力量和音的性质；先把开头的几个音符轻声地试唱，看哪一种音调适合于幼儿的嗓子[1]。使所有的幼儿都集中注意力，这是很重要的事。唱歌的时候必须观察幼儿们的积极性和注意力的程度。因此布置幼儿时，必须使教养员能够看到每一个人。

做这一切工作，教养员必须十分郑重，十分仔细。因为他的工作对幼儿们的唱歌的性质大有关系。

第五节　唱歌教学的方法

前面已经说过：教幼儿唱歌，最重要的事是使幼儿懂得歌曲的艺术的内容，因而使他们能够富有表情地演唱。

例如教幼儿唱《兔儿》（孔德拉且夫改编），教养员把歌曲的活泼而生动的性质和愉快地跳跳蹦蹦的小兔儿的形象联系起来，说："小兔儿跳起来很快、很活泼，所以歌曲也很快速、很愉快。"各首歌词因为内容不同，唱法也不同：第六首领唱歌词中"踏踏脚"这三个字要唱得加重，借以强调小兔儿的动作的灵敏；第七段必须适应歌词内容而唱得稍快；第八段仍用以前的速度，但将要转入伴唱时的最后几个字"鞠个躬"，必须唱得略微缓慢些。

要使幼儿正确演唱拍子迅速的歌曲，必须在教歌曲的时候令他们唱得稍慢些，以便注意曲调的正确。在开始教这歌曲的时候利用下述的方法是有效的：教养员唱了一句，教幼儿跟他一起唱随后的重复句（即第二

---

[1] 这是指教养员不用伴奏而教唱的时候。

句与第四句);这可使幼儿用心倾听教养员演唱的曲调和表情变化。要使幼儿咬字清楚,可同幼儿一起用轻轻的声音来练习歌词中每个字的发音(用适当的速度)。

2. 小兔儿采花花,灰兔儿采花花!

特噜得呶得采花花(重复)。

3. 小兔儿编花环,灰兔儿编花环。

特噜得呶得编花环(重复)。

4. 小兔儿戴花环,灰兔儿戴花环。

特噜得呶得戴花环(重复)。

5. 小兔儿旋转身,灰兔儿旋转身!

特噜得呶得旋转身(重复)。

6. 小兔儿踏踏脚,灰兔儿踏踏脚!

特噜得呶得踏踏脚(重复)。

7. 小兔儿跳个舞,灰兔儿跳个舞。

特噜得呶得跳个舞(重复)。

8. 小兔儿鞠个躬,灰兔儿鞠个躬!

特噜得呶得鞠个躬(重复)!

幼儿唱歌教学的方法的选择,视教育任务和教学内容而决定。同时教养员必须顾到该班幼儿的声乐能力;教养员采用各种教法,须视歌曲的内容和表现歌曲所必需的技能的复杂程度而决定。

例如,要使幼儿学会舒缓地唱,教养员必须替大中小各班选择各不相同的歌曲。教小班幼儿练习舒缓地唱歌,可选用维特林的《母猫》(见例13);教中班幼儿逐渐发展舒缓地唱歌的技能,则可选用维特林的《大寒公公》;教大班幼儿可用斯大罗卡陀姆斯基的《咕咕》(见例20)——在这教学过程中,教养员已经在着手幼儿嗓子的圆润和流畅的训练了。

上述的第一曲歌,其特色是内容的具体和简单:母猫等候小猫,叫它们来睡觉。教养员舒缓地、轻轻地唱,富有表情地装出母猫的不安心的声调(“我的灰色小宝宝,你们到哪里去了?”)以及它对小猫讲话的样子(“时候已经不早,宝宝快来睡觉”)。借此引导幼儿情绪地理解这形象,体验歌曲的情趣。

教中班幼儿唱《大寒公公》的时候,教养员向幼儿说明歌曲的内容,教他们注意这歌应该如何演唱:“大寒公公是好人,我们都爱他。我们亲切地唱给他听。”教养员就用自己的示范和口头的指示来帮助幼儿认识这艺术形象和音乐性质之间的一致。

斯大罗卡陀姆斯基的《咕咕》的性质是抒情的,唱的时候需要更细致的表情,要达到这种表情,须和大班幼儿仔细理解其演唱法。

在幼儿集体唱歌教学的过程中,教养员对幼儿须采用个别指导的方法。教养员必须熟悉每一个幼儿的声乐能力。这对于保护幼儿嗓子和正确组织唱歌教学是很重要的。因此,在学年开始,在学年中央,在学年终了,都要检查每一个幼儿的唱歌。

在小班里,教养员须在音乐课业的过程中顾到全班的一般水准,注意会唱的人和不会唱的人。在中班和大班里,教养员须在若干课中对个别幼儿施行单独检查。性情比较接近音乐的幼儿,富有积极性的幼儿,可在集体唱歌中检查。检查方法例如:教养员令一个幼儿唱歌曲的领唱部(令其余的人唱伴唱部);令另一个幼儿独立地唱全部歌曲;令若干个幼儿轮流地唱:每个人唱一首。对其余的幼儿,教养员再作个别的检查。

检查时最好用乐器。同时教养员可用自己的唱歌来帮助幼儿。

检查幼儿的唱歌,必须用较轻便而为幼儿所熟悉的歌曲——从中班或小班的曲目中选取,同时又须顾到幼儿对歌曲的趣味。如果这幼儿唱这歌曲毫不感觉困难,教养员便可把这歌曲的调子移高半音,或者移高一音,或者换另一曲音域更广的歌给他唱。如果他唱起最高的音来很紧张,或者完全不能唱,那么这歌曲必须把调子移低,选取适宜于这幼儿的调子。

新来的幼儿,如果是已经能够唱某一个歌曲的,教养员也要检查他。如果这幼儿一点也不会唱,或者怕羞,不敢唱,那么教养员不可急于检查他;应该等他驯染了,渐渐地把他编进集体唱歌中去。

同一班里的幼儿,往往音域各异(即幼儿所能唱的声音的广度不同),高低各异(嗓子或较高,或较低)。一部分幼儿宜于唱较高的调子,另一部分幼儿宜于唱较低的调子;还有些幼儿竟只能唱两个至四个音的音域。还有这样的情形:有的幼儿的嗓子有了足够的广度,但唱起歌来音调不纯净,不正确。

教养员根据个别检查的材料,估计到每个幼儿的声乐能力,来建立幼儿集体唱歌的教学工作。

教养员教幼儿练习歌曲,其调子必须是适宜于大多数幼儿的。在音乐必修课中所学会的歌曲,有时可由幼儿分小组来唱,适应了该小组幼儿的嗓子的广狭而把调子移高或移低。音域不广的幼儿,往往唱得不正确,他们的声音从共同的唱歌声中突出来。但教养员仍须引导他们加入集体唱歌,训练他们的唱歌技能,使他们习惯于倾听音乐,使他们不叫喊,富有表情地唱歌。

教练唱歌的时候,教养员须令这些幼儿以及音域虽广而声音不纯净的幼儿坐在唱得好的幼儿的中间。这是很重要的,因为这样可使音乐听觉不够发达的幼儿能够清楚地听到正确唱歌的实例,而融合在集体唱歌的共通歌声中。

在大班和中班里教练新歌的时候,有一种有效的办法,便是叫出几个唱得好的幼儿来演唱某些部分——或者一个人唱,或者合成小组唱,例如令他们唱所教练的歌曲的伴唱部,和教养员一同唱或独自唱曲调较困难的乐句等。这办法是为了要使其余的幼儿能够听到正确而纯净的唱歌;同学们的良好的演唱,可以唤起别的幼儿模仿的愿望。

对于音域不广的幼儿或唱得不正确的幼儿,教养员可令他们唱较容易的、他们所胜任的歌曲,并令唱得正确而纯净的幼儿帮助他们(共同演唱)。这办法可以帮助未能把握课题的幼儿参加到集体作业的过程中去。

要发展只能唱两个至四个音的音域的幼儿的嗓子,首先必须巩固他这音域内的音。音域不广的、短而容易的歌曲(例如波托洛夫斯基的《甲壳虫》,民歌《乌鸦》等),对于这种训练特别适宜。

例12
乌 鸦
(俄罗斯民谣)
中庸速度
伊凡尼科夫改编
mf
小 朋 友 们 啦 啦 啦! 高 高 山 上
山 上 有 株 小 橡 树, 乌 鸦 坐 在
还 有 山, 乌 鸦 穿 着 长 统 靴,
树 上 面。 身 上 穿 着 黑 衣 服,

《乌鸦》是一曲愉快而滑稽的歌。其曲调由短而重复的主题组成。音域只有四个音。曲调和歌词的容易，题材的鲜明和生动，都能牵惹幼儿的兴味。唱这歌的时候，节奏必须唱得清楚。从“喇叭新，亮晶晶”一句开始,歌的速度加快起来。这歌曲对于训练幼儿发音的清楚,训练他们唱歌的协和一致,是很有效的。

这种歌曲给其他的幼儿唱,也是有益的,所以可以用全体幼儿都适宜的调子来给全班一起唱。为了要使大家有兴味,教养员可提出这样的方法:哪一个幼儿记诵歌曲最快而最正确?教养员把歌教会了全班幼儿以后,可以叫出欢喜独立唱歌的几个幼儿来,把调子移高或移低,叫他们唱。以后,为了同一目的,教养员可顺次利用建立在五个到六个音的音域上的歌曲。

为了要巩固幼儿的嗓子,训练他们发音的纯净,必须教中班幼儿复习小班曲目中他们所熟悉的歌曲,教大班幼儿复习小班曲目和中班曲目中他们所熟悉的歌曲。

对于音域不广(两个到四个音)、发音不纯净的幼儿,必须在必修课之外常常检查他们。教养员检查幼儿,同时给他们以个别的指导。他可教他们复习他们所熟悉的、音域够得上的歌曲,同时须顾到他们对于歌曲内容的兴趣。幼儿欢喜唱他们所爱好的歌曲。系统地复习这些歌曲,可以很快地促进幼儿的嗓子和听觉的发展。个别的指导以及教师对幼儿的联系,也可帮助他们主动地参与唱歌的集体课业。

小 班

小班的唱歌课业和中班的及大班的不同。

小班的幼儿,思想还没有发达,他们具有很大的模仿性。对于他们,唱歌教学的基本方法是采用游戏方式,以及成人的富有表情和情绪的唱歌示范。

因为这些幼儿还不会唱歌,只会听教养员唱,所以重要的是必须选择内容为幼儿所接近、为幼儿所能理解的歌曲。在另一方面，教幼儿注意歌曲，唤起他们再听一遍的愿望，也是重要的事。幼儿在几课中听了歌曲，便渐渐地开始跟上去唱；这时候他们留心地看着教养员，跟着他的嘴唇的动作。教养员的发音必须清楚；幼儿获得唱歌中字眼的正确的发音，其基本的方法是模仿。

要使幼儿会唱，而不是像说话一般唱，教养员自己必须唱得抑扬悦耳，舒缓流畅。例如民歌《小公鸡》、维特林的《母猫》，由于其乐句末了的节奏的延长，适于教幼儿练习舒缓地唱歌。

母　猫
例13
娜伊杰诺娃词
维 特 林 曲
中庸速度
1.灰 色 母 猫 样 子 好，
2.我 的 灰 色 小 宝 宝，
p
渐缓
坐 在 窗 边 咪 咪 叫，　她 的 尾 巴 摇　摇，
你 们 到 哪 里 去 了？　时 候 已 经 不　早，

《母猫》的曲调是吟咏风的、舒缓的、温和的。这曲调很能表出歌词的内容:母猫等候小猫,心绪不安。摇篮歌性质的音乐序奏引导幼儿进入歌曲的情趣中。唱这歌曲的时候,必须舒缓而柔和地唱出适合于歌词的逻辑重音的音来。后面两个乐句的结尾不同,教养员范唱的时候必须把这不同之处充分地表出。

正确的呼吸,幼儿也是由模仿而学会的。幼儿听着教养员富有表情地唱歌,积极地理解并体验歌曲的内容,自己便开始同教养员一样地应用呼吸了。如果幼儿的呼吸仍是应用得不正确,——在一个词中央呼吸,——教养员可把这一个词提出来唱,教他们同他一起反复练习。

教小班幼儿正确表达曲调的基本方法,是教养员自己唱得纯净而正确。所以稳固而标准的曲目是很重要的。

教唱新歌的时候,教养员须在几课中反复教练,努力使幼儿对内容发生积极的兴味。为此,教养员可利用各种各样的方法来活动他们的注意力。例如要唱卡拉肖娃的《冬天》给幼儿们听,教养员先对他们说:"现在是冬天。下着雪。雪下得多大! 屋顶是白的,街道完全是白的——一切都变白了。我唱关于伊凡的歌给你们听,他怎样拿了小橇车,到小山上去滑雪。"幼儿对这歌曲发生了兴味,大都会在以后的几课上自动要求教养员唱这歌。为了要巩固他们的兴趣,教养员有时可以对他们发问。

(例如:“伊凡要小橇车做什么？伊凡对哪一个喊‘当心啊!’”等等。)这样,可以养成幼儿对歌曲内容的积极的态度。如果幼儿还不能十分掌握语言,不能独立地回答教养员的问话,教养员便自己代他们回答,借此把歌词的内容更充分地向幼儿们解释,例如:“别的小朋友们站在这个小山的旁边,所以伊凡向他们喊‘当心啊!’这样,他们便可跑开些。因为橇车从小山上滑下来是很快的,会冲撞人的……”等等。

冬　天
例14
弗林凯尔词
卡拉肖娃曲
中庸速度
mf
渐缓
1.冬 天 四 周 白 茫 茫, 大 雪 纷 纷 下 一 场。
2.我 们 园 里 有 小 丘, 大 家 滑 雪 真 自 由。
早 上 伊 凡 乘 橇 车, 沿 着 小 路 去 游 逛。
伊 凡 喊 声 “当 心 啊!” 就 从 丘 上 往 下 溜。
终结用

幼儿们一连几课听过了这歌曲,又跟着唱过几遍之后,教养员可略作停顿。如果以后上课时有一次幼儿不能自己想起这歌,不要求他唱这歌,教养员可用种种方法来提醒他们。例如,教养员可对他们说“我们还忘记唱了一只歌”,说着,便唱出这歌的曲调,叫幼儿们猜这是什么歌;教养员可用轻轻的声音来把歌词或歌名向他们暗示。

下面是从幼儿园工作经验中得来的一个实例:教养员教幼儿唱维特林的《母猫》。后来他们有好几课一直忘记了唱这歌。教养员想唤起他们对这歌曲的兴味,在幼儿走进教室来之前,先在窗上安置一只玩具的母猫。幼儿们一走进来,立刻看到了这母猫。教养员说:“你们知道母猫为什么到我们这里来? 她想你们唱她的歌呢。”幼儿们便很高兴地唱母猫的歌了。

小班里开始教唱歌的时候,往往有若干幼儿完全不唱,却很用心地听教养员唱。性情较为接近音乐的幼儿,一开始就跟着教养员一起唱,其余的幼儿便渐次地参加进去。这时候往往有几个幼儿赶不上一般的速度,每次要等大家唱过之后他才重复地唱。另有几个幼儿和他们相反,唱得很快,超过一般的歌声。这时候教养员必须维持适合于大多数幼儿的中庸速度。

用下列的方法,可使小班的唱歌一致和谐。

(一)在开始唱歌之前,教养员必须使幼儿准备注意倾听他。

(二)教养员的唱歌必须十分富有表情,务使幼儿立刻明白地感觉到歌曲的性质。

(三)如果有人赶不上或超过一般唱歌,教养员必须用教育的方法来帮助他们,使他们能够参与共同唱歌。

小班里开始唱歌的时候,教养员不用钢琴伴奏,和幼儿们一起唱。

渐渐地改用有简单的音乐伴奏的歌曲。如果歌曲是有序奏的,这序奏必须弹得富有表情,必须唤起幼儿相应的情绪。

在小班里,特别是在学年初,唱歌常常是和活动及游戏交互轮流的。要使幼儿注意歌曲的内容,教养员往往采用图画、玩具和讲故事。到学年终了,必须教会小班的幼儿,使能连续不断地唱两三个很熟悉的歌曲。对于比较积极的幼儿,教养员有时可单独唤他出来唱,用自己的歌声帮助他。

中　班

中班的幼儿(四岁半到五岁的)比较起小班的幼儿来,已经获得较为坚定的注意力。他们具有较大的积极性,说话较有联贯性。他们能更自觉地表现对歌曲及其内容的态度,他们往往已能显示个人的趣味,欢喜这个歌,不欢喜那个歌。

发展中班幼儿唱歌技能的基本方法,仍是教养员自己的富有表现力的、情绪的示范。但也要训练他们自觉地练习发音的正确,适合了歌曲内容而表出歌声的性质,练习曲调的正确表现等。例如,教唱民歌《鹅》,必须顾到下列的指示:歌曲的一般性质是安静的、从容的、带幽默趣味的。歌曲是取问答体裁的:幼儿问,鹅回答,仿佛叙述一桩发生的事件。歌曲的领唱部要求流畅的声调;伴唱部要求清楚的节奏表现,每一个音节上都要有轻快的重音。

教养员富有表情地演唱这歌曲,教幼儿注意领唱部和伴唱部的性质,努力使幼儿适当地演唱。这歌曲中的乐句很短,适宜于幼儿的呼吸。教练这歌曲,除了训练幼儿舒缓地唱之外,还可培养他们正确地发母音(主要的是“ㄜ”〔鹅〕和“ㄚ”〔卡〕)。练习的时候,教养员先令幼儿跟着他唱伴唱部。要等到幼儿学会了全曲的时候,方可让他们分部(鹅和幼儿)演唱。

2.（幼儿）鹅儿鹅儿远处飞，飞到那边看见谁？（鹅）

3.（幼儿）我们看见一只狼，拖住小鹅不肯放。（鹅）

4.（幼儿）这只小鹅顶漂亮，这只小鹅顶肥胖。（鹅）

5. 同 1。

6.（幼儿）鹅儿快把狼捉牢，救了小鹅赶快跑。（鹅）

音的练习　中班的幼儿，已经能够积极地和教养员一起唱歌了。这时候便要训练幼儿自然地发音，勿紧张，勿叫喊。继续的工作是训练他们发音的舒缓流畅，因为幼儿有时唱得声音不够舒缓流畅，而像说话一般；他们还没有理解唱歌的声调和说话的声调之间的分别。这时候教养员可对他们说："你们是在说话，不是在唱歌，歌是要唱的。"便向他们示范，应该怎样唱。

有时教养员可在自己的演唱中强调应该唱得舒缓的字的长度，例如："小鱼小——鱼，游在水——里。"

例 16
小　鱼
克洛科娃词
克拉谢夫曲
不急速，轻快地
1. 小鱼 小 鱼，游在 水 里，小鱼 小 鱼爱游 戏。 小鱼 小 鱼，真真 顽 皮，我们 要 来捉住 你。
2. 小鱼 小 鱼，弯转 身 体，吞了 面 包一小 块。 小小 尾 巴，摇来 摇 去，赶快 逃 走好像 飞。

中班的幼儿比起三四岁的幼儿来,呼吸已经较稳定,较持久了。教养员要注意,务使幼儿换气时勿打断词句的意义。适宜于这练习的,是乐句短的歌曲。例如民歌《鹅》、维特林的《大寒公公》、斯大罗卡陀姆斯基的《小兔子》等。

如果有几个幼儿在某一乐句中换气换得不正确,教养员自己来唱这乐句,然后教幼儿和他一同反复演唱。

发音的正确和清楚 幼儿唱歌的时候字的发音往往不清楚,不正确。不正确有种种性质。幼儿因为不理解词句的意思,便歪曲字眼的发音。例如把"夜莺"唱作"夜林",把"灰色的鹅儿"唱作"灰希的鹅儿"等。有时幼儿把字的音发得不完全,仿佛半吞半吐的。这往往是由于呼吸不正确的原故。有时字的发音虽然正确,但不清楚。这是由于咬字不够明了的原故(幼儿唱歌时嘴巴不够张开,嘴唇几乎不动)。

明白了幼儿唱歌词发音的各种缺点的原因,教养员便可在教练的时候探求适当的矫正法。如果幼儿歪曲字眼的发音是由于不理解意义的原故,教养员便须教他理解这词句的内容意义。

如果教养员能够使幼儿明白艺术的形象,唤起他们对歌曲内容的情绪的态度,幼儿唱歌的发音也会清楚起来的。例如:唱《松鼠》的伴唱部时,可令幼儿唱得"仿佛松鼠跳跃的样子"。

在唱歌萎靡不振而模糊不明的时候,可令幼儿用轻轻的声音来念歌词。要使幼儿感到兴趣,这工作可以取游戏的形式:教养员离开幼儿们若干距离,用轻轻的声音念一两句歌词,教幼儿们也用轻轻的声音重复念,但是要念得使教养员能全部听到。有时教养员可以说:“我听不见你们唱的是什么,什么东西游在水里?”(《小鱼》)

教养员的有生气、有情感的音调,以及有时顺便说出的笑话,能够引起幼儿的兴味和积极性,借此可以帮助幼儿唱歌发音的清楚。

曲调的正确和纯净(谐调)　如果幼儿把歌曲中有几个字唱得不正确,教养员就令幼儿注意这地方,而自己唱一遍,令幼儿仔细倾听,并正确地重复唱。和幼儿一起重复唱熟悉的歌曲,是有益的,因为曲调表现的正确,是在多次的重复演唱中进步起来的。

要发展幼儿的听觉、音乐的记忆力和正确表现曲调的技能,唱歌时不用音乐伴奏而仅用教养员的歌声帮助,是有效的办法。

唱歌的协和　在小班里,是教养员先开始唱歌,幼儿慢慢地参加进去唱的;在中班里,幼儿已经能够按照教养员的示范、借教养员歌声的帮助而同时开始唱歌了。但在开始唱歌以前,教养员必须集中幼儿的注意力。

如果这歌曲是有音乐序奏的,教养员为欲使幼儿能够倾听序奏,必须教他们注意这序奏的性质。例如在唱克拉谢夫的《松鼠》以前,可对幼儿说“大家听,松鼠是怎样跳的”,便把这音乐序奏单独演奏一遍。

如果幼儿唱歌唱得太慢了,教养员便教幼儿注意音乐的速度。例如唱《松鼠》这歌,教养员可对他们说:“松鼠是跳得很快的,很敏捷的。”反之,例如唱乌克兰民歌《小手帕》,如果幼儿唱得比歌曲的性质所要求的速度快了,教养员可对他们说:“卡丽亚找寻小手帕,她不是快跑的,是慢慢走的。”凡遇到此种情形,可令幼儿听教养员再唱一遍,或者不唱歌,在钢琴上弹一遍给他们听。

例 17
小 手 帕
(乌克兰民歌)
宾耶夫斯卡雅意译歌词
列符茨基改编曲调
不急速
f
1. 卡 丽亚姑 娘 呀 花 园 里 跑, 她的 小手 帕 忽 然 落 掉。她 在 花 园 里 到 处 寻 找, 她 的 蓝 手 帕 哪 里 去 了?
2. 卡 丽亚姑 娘 呀 不 要 懊 恼, 我们 替你 把 手 帕 找到 了。在 那 覆 盆 子 底 下 找到 了。在 那 绿 叶 最 底 下 找到 了。

幼儿唱歌的节奏的正确,大有关于教养员的范唱。教养员倘能唱得富于节奏表情,幼儿的节奏自会正确起来。(例如克拉谢夫的《松鼠》、斯大罗卡陀姆斯基的《小兔子》。)

在集体唱歌中,往往有几个幼儿唱得比别的幼儿响。他们的声音突出,遮掩了乐器的演奏声和同学们的歌声。幼儿在唱歌时叫喊,往往是由于缺乏唱歌技能,或者不注意音乐,或者积极性过强,或者希望在共同唱歌中突出来。要防止这种叫喊,教养员必须不仅训练幼儿发声的轻快和自然,又须使他们的音量平均而协和。这时候教养员可以对幼儿说:“不但要听到你唱的,也要听到别的小朋友唱的。”反之,如果有几个幼儿唱得萎靡不振,模糊不明,则又必须引导他们积极地参与唱歌。

训练唱歌中的强弱变化时,应该避免这样的指示,例如:“大家唱响些”,或者“大家唱轻些”。因为这样的指示可能引起不良的结果。幼儿听了这话,便大叫大嚷,或者萎靡不振。要指示幼儿唱歌的强弱变化,必须依据歌曲的内容而作说明。例如教幼儿唱斯大罗卡陀姆斯基的《小兔子》,教养员须使幼儿注意:蒲公英的毛是飞得怎样轻飘的,因此唱这歌的时候也要唱得轻快而幽静。

不是每一个歌曲都有声音的强弱变化的指示的,所以教养员必须自己能够找寻出来。要找出强弱变化,必须根据该歌曲的内容而在生动的富有表情的音调中表达其声音的抑扬。例如克拉谢夫的歌曲《小鱼》中有一句“吞了面包一小块”,教养员可唱得轻些,使幼儿们感觉到小鱼的动作的小心。又如“小小尾巴,摇来摇去”等句子,可以唱得活泼些、响些。

中班的幼儿在一课中已能唱三四个歌曲。教养员教唱歌,开始时大都用短短的、轻便的歌曲,音域不广的歌曲,或者从小班的曲目中选出来的歌曲。然后再复习幼儿们在前几课中所唱过的新歌曲。

介绍新歌曲,或初次学习新歌曲(听赏或跟着教养员唱),在唱歌课开始时进行。

一课终了时,可从过去的曲目中选出一两首他们所熟悉的歌曲来和幼儿们一同唱。

大　班

大班幼儿的课业,其性质和中班及小班的课业不同。

大班的幼儿已经具有积极地思考的能力,评论同学的唱歌和自己的唱歌的能力。他们的语言已经充分发达,能够发表自己对于歌曲内容的判断了。他们如果在歌曲中遇见不认识的字或者不了解的句子,便会自动要求教养员解释了。因了系统地教练富有表情的唱歌,他们的音乐趣味发展起来,并能理解音乐表现的更细致的变化了。

呼吸　教养员在较复杂的歌曲教练过程中继续发展大班幼儿的正确的唱歌呼吸法。这种较复杂的歌曲,包括吟咏风的和活动性的。在大班里,强弱变化的应用比在中班里有更大的意义。大班幼儿的呼吸的发展,和中班小班的一样,基本的方法只是教养员的正确呼吸的示范和幼儿对他的模仿。幼儿在课业的过程中模仿着教养员唱歌时的榜样,便能渐渐正确地应用自己的呼吸。

发声　大班幼儿的曲目中,歌曲的性质和情趣是多样的,所以要求更鲜明的、情绪的表演。

例如克拉谢夫的《节日的早晨》的伴唱部,要求积极的、热烈的声音。所以教养员必须在大班里继续教练发声的自然,严防幼儿唱歌时紧张或

图2 有领唱者的唱歌

叫喊。教吟咏风的歌曲,例如别克曼的《公公和孙子》、民歌《寒鸦在前面飞》,教养员须训练幼儿发声的流畅。

唱活泼的歌曲,要求特别轻快的发声,因为只有如此才能获得歌词发音的敏捷和曲调表现的正确。教练发声的轻快,教养员可令幼儿注意歌曲的内容,借此唤起适当的表演。例如教唱斯大罗卡陀姆斯基的《小兔子》,幼儿唱得声音不够轻快,教养员可对他们说:"你们要知道,小兔子的脚不是像熊的脚一样的,小兔子跳得很轻快。"

发音(咬字)的正确和明了 大班的幼儿读起歌词来发音正确了,但有时唱起歌来仍是萎靡不振,没有表情。这种情形往往是由于幼儿没有充分理解歌词的内容而发生的。要帮助幼儿,使他理解并体会他所唱的是什么,要养成他对歌曲内容的积极态度,教养员必须在幼儿的想象中唤起关联于该歌曲的形象的具体观念。有时也可以就歌曲的内容向幼儿提出问题,使他的想象、感情、思想积极化。问题必须能引导幼儿作正确的回答,帮助他对艺术形象作更充分的理解。

教养员力求幼儿的发音富有表情而清楚,同时又必须留意防止幼儿的唱歌变成叫喊。

在大班里,教养员训练幼儿发音的清楚和正确,可用与中班同样的方法。

如果子音及其组合具有特别的情绪的或描写的意义,则训练其发音的清楚时必须特别明显地强调它们对歌曲的艺术形象的联系。例如在俄罗斯民歌《田野里有一株小白桦》中,教养员唱"我要砍它三根小的树枝"一句时,必须用自己的歌声相应地强调其子音,务使幼儿感到这一句所描写的动作的性质。

唱歌的咬字,不但有关于子音的发音,又有关于发各母音时口腔的形状。因此,母音发音的正确特别重要,这和发缓长的音的教练有密切的关系。例如克拉谢夫的《咕咕》,可以帮助母音"ㄨ"的发音。《进行曲》

的伴唱部可以帮助母音“ㄚ”“ㄨㄥ”的发音。(“吹喇叭！敲铜鼓！嗒嗒嗒嗒嗒嗒！冬冬冬！”)

歌曲《公公和孙子》可以帮助一切母音发音的正确。但训练母音发音时，教养员不可使幼儿的注意力固定在嘴巴的形状上。因为这会使幼儿脱离歌曲的内容，而且往往引起夸大的脸部表情的动作。教养员必须用自己的演唱来强调母音发音的表情，使幼儿理解歌曲的内容和情趣。例如唱克拉谢夫的《咕咕》时，教养员使幼儿注意：杜鹃鸟躲避着，仿佛逗引他们的样子。《咕咕》的伴唱部倘能唱得热情而滑稽，可以帮助幼儿，使他在唱母音“ㄨ”的时候嘴唇的动作更加积极。

母音发音正确的富有表情的唱歌，可使歌曲的表现更加深切，更加富于情绪。

曲调表现的正确(曲调的抑扬、谐调) 大班的幼儿倾听了教养员的唱歌和自己的唱歌，已经能够自觉地注意曲调表现的正确了。教养员的任务，是指点他们注意这一点。

因为班里的幼儿有各种音域，而且他们并不是每人都具有发达的音乐听觉，所以要训练他们的曲调抑扬的纯净，教养员必须对每一个幼儿按照其声乐能力而施行个别教练。

曲调抑扬的正确，主要是在唱歌练习的过程中训练；使幼儿在最初开始的时候就正确地记住曲调，是重要的事。所以教养员必须令幼儿注意个别不正确的地方，告诉他们怎样唱才是正确。

要发展幼儿曲调抑扬的正确性，最有效的方法是不用音乐伴奏而唱歌(a cappella——无伴奏体)。这一点必须逐渐地训练幼儿：

(一)教几个唱得好的幼儿个别地演唱没有钢琴伴奏的简单轻便的歌曲。

(二)不用乐器——只跟着教养员的歌声而教练若干首歌曲。

(三)幼儿学会了随着音乐伴奏而熟练地独立演唱某歌曲以后,可教他们再离开钢琴伴奏而演唱这歌曲(有时在最困难的地方用教养员的歌声来帮助他们,或者在钢琴上弹曲调来随伴他们)。

(四)教养员鼓励幼儿在课外独立地唱歌,帮助他们定出适当的调子,指导他们唱。

(五)为了训练不用钢琴伴奏的唱歌,也可利用有领唱部和伴唱部的歌曲,选出音乐能力较强的幼儿来担任领唱。不用钢琴伴奏而唱民歌,是特别容易的。

不用乐器伴奏而唱歌的时候,有几个幼儿(成人也如此)往往把调子唱得很低,以致唱起来很困难,并且减弱了唱歌的表现力。因此,不用伴奏的唱歌开始之前,必须靠钢琴(或者音叉)的帮助,给幼儿指定一个正确的音调,让他们由此开始;或者教养员先唱第一句,引导幼儿把握歌曲所需要的调子和速度。有时,幼儿自己也能正确地记得教练唱歌时所用的调子,而能独立地开始唱歌。

要巩固曲调抑扬的正确性,而使他们更好地掌握歌曲,有效的办法是常常复习以前学会的歌曲。

唱歌的协和　幼儿唱歌的融合与协和,有关于教养员的技能:教养员须使幼儿统一在共同的情绪体验中,结合着所唱的歌曲的情趣。

大班的幼儿必须不但能够借教养员歌声的帮助而唱歌,又能随着钢琴伴奏而独立地唱歌。如果歌曲是没有序奏可以使幼儿准备富有表情地开始演唱的,教养员可用神色、脸部表情、简短的开场白、富有表情的引唱来引导幼儿进入该歌曲的情趣中。这可使幼儿们同时感奋,而加强唱歌开始的统一。

在大班里,歌曲目录较为复杂;因此集体唱歌技能的范围也要相应地扩大。

必须使幼儿能够适应了音乐的内容和性质而在同一歌曲的各部分中变换速度。教养员必须注意各种强弱变化中幼儿的歌声的力量的平均,必须训练幼儿用正确的节奏来演唱较复杂的歌曲。例如,如果幼儿唱克拉谢夫的《进行曲》的伴唱部(“吹喇叭! 敲铜鼓!”)唱得不清楚,没有表情,教养员便单独地演唱这部分,使幼儿注意音乐的性质。教养员可对幼儿说:“大家听,喇叭是怎样吹的,铜鼓是怎样敲的?”便教他们照样唱。幼儿模仿喇叭的悠长的声音,便会把“吹”字延长了唱,这样,他们便会用正确的节奏来演唱这伴唱部了。唱“铜鼓”这个词的时候,不但后面的音要唱得重,前面的音也要唱得重。这样可以强调这模仿鼓声[1]的全句歌词的性质。幼儿唱歌时的理解力和表现力,他们的共同感情和对歌曲内容的情绪态度的统一,便是发展幼儿唱歌的协和的基础。

例19 进行曲

〔1〕 “铜鼓”的俄文是барабáн,读如“罢拉邦”,是模仿鼓声的。原文重音在最后的音节上,唱原文歌词时,为强调鼓声,前面的音节也要唱得重。译成中文“铜鼓”后,就无法表出此点了。——译者注

2. 听见号令队伍快排好。好像小小军队开到了。(伴唱)

3. 看呀,我们纪律多么好。彼佳敲着铜鼓前头跑。(伴唱)

唱歌课的构成　大班里的唱歌课,基本上由三部分构成。

第一部分的任务是集中幼儿的注意力,准备他们的歌喉,调整他们的听觉。大概起初教他们听新的歌曲(范唱),或初次练唱这新歌曲(例如听教养员的演唱或由幼儿唱伴唱部),或者用不同的调子来演唱简短轻便的歌曲。

第二部分是复习幼儿已经熟悉的歌曲,注意于富有表情的演唱以及唱歌的技能,这是幼儿唱歌教练的基本工作。

第三部分是复习并巩固以前学过的歌曲;这时候可采用各种形式的演唱。可使个人和集体轮流演唱。

还须满足幼儿的兴味,即有时教幼儿自已从过去的曲目中选出歌曲来唱。

在大班里,一课中幼儿可唱三个至五个歌曲。

大班幼儿唱歌练习范例

斯大罗卡陀姆斯基的《咕咕》。

咕　咕
例 20
德奇纳作词(乌克兰文)
兹·亚历山大罗娃译词
斯大罗卡陀姆斯基曲
婉转地,安详地
p
1.我 走 到 树 林 里 采 了 许 多 小 花 花。小 白 桦 向 我
2.我 看 见 小 兔 子 紧 紧 靠 在 树 根 上。我 想 把 兔 子

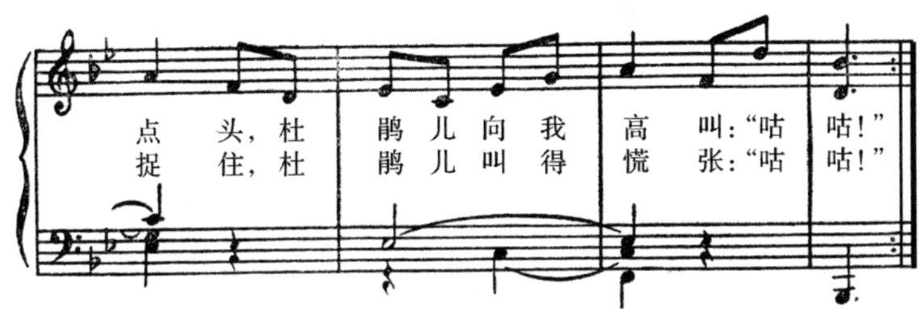

教养员把歌唱给幼儿听。他说明这歌的艺术形象，帮助幼儿更明了地理解歌曲的内容，例如："这女孩子到树林里去玩，去采花。轻轻的风吹动白桦树的树枝。树林里很静，只听见杜鹃的叫声。"其次，在第二次听唱的时候，教养员教幼儿和他一同唱每一首的末句"杜鹃的叫声"("咕咕")。这可使幼儿感到兴味，对歌曲取积极的态度，又帮助他们从开始就注意发音的纯净。在以后的课中，幼儿渐渐地会跟着唱歌曲的全部，于是教养员开始正式教练。他教幼儿注意演唱的性质，教他们唱得悠闲，唱得优美。唱"紧紧靠在树根上"一句时要幼儿唱得更富有表情，教养员可教他们唱得"好像兔子躲藏了"。教养员教幼儿唱歌富有表情，同时还须注意幼儿的歌声的调和。例如唱"紧紧靠在树根上"这句时，教幼儿依照教养员的唱法，唱得稍轻，唱得稍慢；反之，唱到"我想把兔子捉住"的时候，要教他们唱得稍快、稍重。

幼儿完全学会了这歌曲之后，教养员可变化其演唱的方法：例如教全班幼儿唱歌，而教其中一个幼儿(杜鹃)唱每首末了的两字("咕咕")；或者相反，教一个音乐能力较强的幼儿唱歌，而教另一个人或若干人唱每首末了的两字。这种办法可使幼儿的注意力积极化，使他们对这歌曲感到深长的兴味，而更牢固地学得这歌曲。

教练歌曲的方法

在教幼儿唱歌之前,教养员必须先把这歌唱给他们听。要使歌曲给幼儿鲜明的印象,牵惹他们的注意,使他们发生兴味,教养员的演唱必须是艺术的、富有表情的。教养员必须把歌曲从头至尾唱一遍。

有几个歌曲,教养员必须对幼儿说明歌词的内容意义,解释他们所不懂的词句。有时在唱歌示范之前,教养员先说几句话,把幼儿的注意力引导到歌曲的内容上。

如果歌曲是有反复的伴唱部的,可从这伴唱部开始教练。

在教练的过程中,教养员注意幼儿唱歌时的曲调和歌词的正确表现,同时又注意演唱时的表情。

在以后诸课中,教养员把唱歌技能的教练结合并依据了表情教练,向幼儿展开歌曲内容的新的方面。他说明幼儿演唱中的缺点。特别注意使他们掌握某些技能。

已经学会的歌曲必须变化其演唱形式而时时反复演唱。例如教一个或几个幼儿唱领唱部,教其余的幼儿唱伴唱部。有重复曲调的歌曲,可教几个幼儿(或几个小组)轮流唱——每人唱一首词。像克拉谢夫的《蜜蜂》《蓝毛山雀》,别克曼的《公公和孙子》,可以分角色来演唱。

第六节　唱歌教学的形式

唱歌教学是幼儿园音乐教育的主要手段,以各种不同的形式来施行:唱歌必修课;听成人们唱歌;用唱歌随伴活动;游戏时和自由活动时的唱歌。

基本形式是必修课，必修课中主要的课业是教幼儿唱歌。

唱歌是音乐教育的最普遍、最简易的方法，唱歌也可列入音乐听赏和活动的范围中。

幼儿园中除了幼儿自己唱歌以外，又可教幼儿听赏成人演唱的较复杂的但为幼儿所能理解的歌曲；又可教幼儿听赏广播的歌曲，或者唱片中的歌曲。听赏优良的歌曲演唱，可以开拓幼儿的眼界，发展他们的艺术趣味，因此也能使他们自己的唱歌更加富有表情。

在活动中，唱歌也占有重要的地位，可以广泛地利用民歌（轮舞的、游戏的、舞蹈的），苏维埃作曲家的歌曲（儿童歌曲和某些群众歌曲），又可利用俄罗斯及西欧古典音乐中的某些歌曲。活动有唱歌随伴。可以加强幼儿集体的组织；更可贵的，是能使歌曲深入于幼儿园生活中、幼儿日常生活中和家庭生活中。活动可在教养员的唱歌声中进行（主要是在小班），又可在幼儿自己的唱歌声中进行。倘用后者，必须预先教幼儿把歌曲唱得很熟。

在幼儿的团体中，各人的音乐水准高低不同。教养员必须采用个别教练，好好地研究每一个幼儿的声乐能力。为此必须举行预先的及以后的（在一学年中）个别检查，检查幼儿的声乐能力和他们掌握技能的程度。

个别教练在该班全体幼儿的必修课中施行。除此以外，又必须常常对个别幼儿或小组的幼儿施行个别课业。唱歌教学的良好措施的结果，使幼儿有了独立唱歌的要求。因此，除了以上列举的教学形式之外，在幼儿园的游戏课和自由活动中也须采用唱歌。这可使幼儿的生活富有情感，促进他们的创作的积极性。

教养员照顾幼儿的课外游戏时，须鼓励他们独立唱歌，必要时须帮助他们。

唱歌时幼儿的组织

在唱歌必修课中,幼儿的正确的组织和分配,是很重要的事。

基本条件,是教养员和幼儿的经常接触。教养员必须注意他们的行为的一切特点,顾到他们对于各种课题的反应、他们的心情的变化等。幼儿们也应该看着教养员脸上的表情,感到他的注意和鼓励,留心他的示范。依照幼儿人数的多少,可把他们分作两行或三行,排成半圆形,使他们每个人都看得见教养员,教养员也看得见每一个幼儿。椅子不可排得太密,务使幼儿们坐得自由,不致互相挤轧。

通常,教养员把幼儿照身材高低分组:身材较高的坐在后面一排。但最好坐在接近教养员的地方的是因各种原因而需要个别注意的幼儿,例如,萎靡不振的,缺乏主动性的;或者过分活动的,注意力不坚定的;或者怕羞的,需要鼓励的等。

必须经常注意:幼儿的衣服和头发要整齐,鼻子、手、脸都要干净。必须令幼儿有组织地走进教室,坐在自己的座位里。小班的幼儿在学年开始时不一定能按照顺序而坐椅子,但必须教他们习惯于静静地走进教室。中班和大班的幼儿则必须顺次就座。

和小班幼儿上课时,可取随意的、活泼的方式;但在中班里,尤其是大班里,教养员就必须要求幼儿有一定的秩序、集中力和积极的注意。必须教他们记住:上课的时候不可互相谈话;要坐得正,要看着教养员。

教养员要求幼儿有纪律,同时又须使课业有生气,有情感,助长幼儿对音乐的积极的注意力。在唱歌的时候,不可大声责备幼儿,因为这会分散幼儿的注意力,妨碍音乐所及于幼儿的感情上的作用。

问　题

1. 唱歌在幼儿园中具有怎样的意义？

2. 试列举幼儿唱歌教学的任务。

3. 试述保护幼儿嗓子的条件。

4. 试述《幼儿园教养员指导》中所指示的三班唱歌教学的基本内容。

5. 试述三班幼儿所用的歌曲的题材和性质。

6. 教养员应有何种准备？

7. 唱歌教学有何种基本方法？

8. 试述三班唱歌教学的方法。

9. 试列举并说明唱歌教学的组织形式。

10. 唱歌课中幼儿的组织如何？

课堂作业及家庭作业

1. 用音符来唱以前学过的歌曲。

2. 不用音乐伴奏而唱歌(a cappella)。

3. 不用歌词而哼唱歌曲。

4. 用各种调子唱歌，升高二度、降低二度，或升高三度、降低三度。

5. 找出所指定的歌曲的主音来(用钢琴、音叉或木琴来帮助)，在这上面造一个三和弦，用指定的调子唱歌。

6. 唱一首歌，自己伴奏。

7. 你如何说明所指定的歌曲的艺术的内容？

8. 你在教课的过程中教练所指定的歌曲时将努力培养幼儿哪些技能？

第四章　音乐听赏

第一节　音乐听赏的意义和任务

音乐听赏在学龄前儿童的音乐教育的各部门中占有特殊的地位。音乐听赏在唱歌及活动的课业中是不可缺少的一个部门。在开始教练歌曲之前,教养员必须自己唱歌,教幼儿们听他唱;在音乐声中活动、舞蹈或游戏的时候,幼儿们也在听赏音乐。在唱歌和活动的课业中,用幼儿自己能够演唱的音乐和歌曲。但也不可局限于这些音乐和歌曲。有许多歌曲和器乐作品,幼儿完全能够理解,但演唱起来是很复杂的。应该使幼儿们更多样地、广泛地认识各种音乐作品。

因此,对音乐的认识,不仅在唱歌和活动的课业过程中进行,又须在音乐听赏的专门课业中进行。

苏维埃作曲家作了不少作品,是幼儿所能完全理解的,是反映苏维埃儿童生活、祖国自然界景象的,这些音乐作品中表现着对苏维埃人民及其领袖的爱。

使幼儿认识古典音乐作品、民间歌曲,也可开拓他们的眼界,培养并加深他们的感情。

教养员的积极作用,不仅在于适应了所规定的任务而选择所需的作品。教养员必须积极地发展幼儿的感受力,使他们的注意力集中于音乐作品的内容。通过课业,必须养成幼儿爱好音乐,有听赏音乐的要求。

这样看来,音乐听赏的意义,在于教养员教幼儿认识各种内容的音乐作品,由此加深并扩大幼儿的观念范围,培养他们的感情。

最幸福者之歌

例 21

萨康斯卡雅词
亚历山大罗夫曲

戏 多愉 快，
我 们 的
幼 儿园 里 更好 玩，
最 快 乐 的、 最 美

2. 太阳儿发出了多少光辉，我们的游戏有多少趣味，

最快乐的、最美丽的、最幸福的好游戏。

3. 海底里生长了多少泥沙，祖国里生长了多少娃娃，

最快乐的、最美丽的、最幸福的好国家。

4. 山谷里有多少溪水声音,我们有多少歌声唱斯大林,
最快乐的、最美丽的、最幸福的唱歌声。

音乐听赏还有一种意义,即在这课业的过程中能培养幼儿的音乐感受力和音乐趣味。

教养员施行这部门的教育工作时,有下列的任务:

(一)教幼儿爱好音乐,对音乐发生情绪反应,不可漠不关心。

(二)教幼儿理解音乐的内容,辨别作品的性质。

(三)使幼儿认识优良的、幼儿所能理解的、各种内容和性质的苏维埃音乐作品,古典音乐作品,以及民间歌曲。

要做到上述的事,必须:

(一)教幼儿在听赏音乐时集中注意力,对音乐发生兴味,能积极地了解音乐。

(二)引导幼儿注意音乐的内容。音乐不可使幼儿仅感到愉快的或不愉快的音响而缺乏思想和意义。

(三)逐渐引导幼儿理解音乐表情要素的意义。

音乐听赏的全部教学工作,必须从属于共产主义教育的目的,必须促进幼儿的全面发展。这课业能借音乐印象的积集而扩充幼儿的眼界,能培养幼儿的感情,能以新的体验来充实幼儿。

第二节 音乐作品及对它的要求

在《幼儿园教养员指导》的各章中(例如《对日常生活和社会生活的认识》《对自然界的认识》等章中),规定着幼儿在教育过程中所受得的概

念的范围，又指示着幼儿所养成的感情的性质。

关于社会、自然界、日常生活的某些现象的概念，可用音乐的方法来加深，音乐对于幼儿的感情的影响特别强大。例如教养员令幼儿听赏《列宁之歌》。

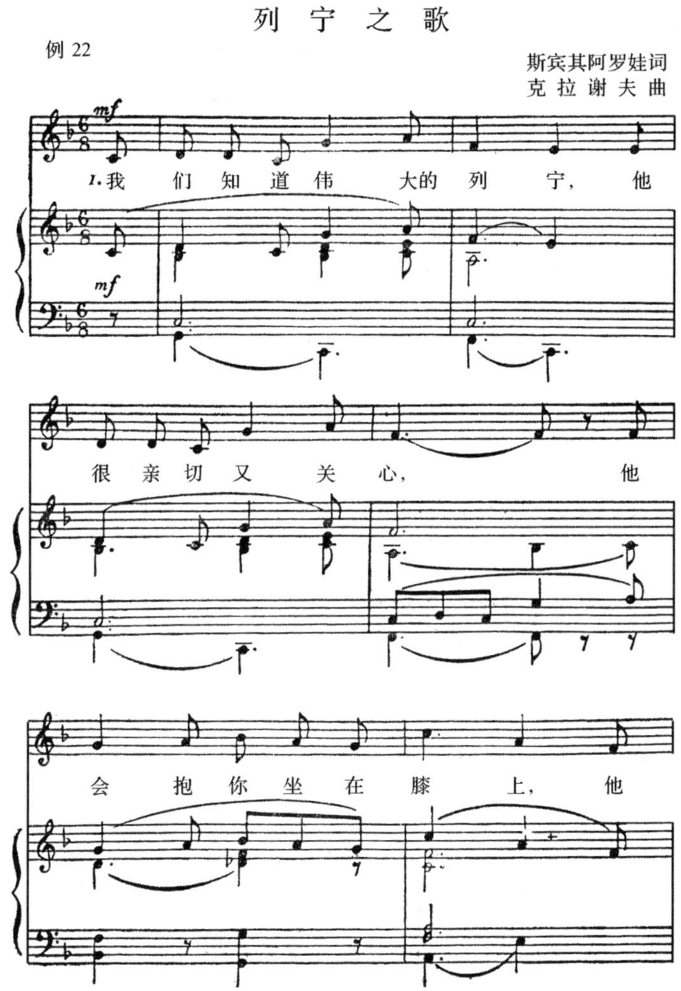

2. “孩子们呀,你们都好?”我们大家回答道:

“我们生活都很幸福,我们生活都很幸福,你的遗训实行了!

3. 你发动了十月革命,送我们许多礼品:

许多宫馆,许多公园,许多宫馆,许多公园,还有绿色的夏令营!

4. 你为了我们的幸福,多么努力又辛劳,

现在我们生活美好,现在我们生活美好,比歌中唱的更好!”

在这歌曲中,热诚的曲调结合了关于列宁同志的歌词,在幼儿心中唤起对于领袖的爱的温暖的感情,以及亲睦地生活和工作的愿望。

音乐有声乐和器乐两种。[1]

声乐因有音乐和文词的结合，所以特别有力地影响幼儿的感情，加深他们对环境的概念。

首先必须选择反映幼儿所特别亲近而感兴趣的形象的歌曲；渐次地加入新的形象，借此扩大幼儿的眼界。乐语的形象化和曲调的表现力，能够加深幼儿对于所观察的现象的印象。

苏维埃作曲家作了许多歌曲。这些作曲家便是：克拉谢夫、斯大罗卡陀姆斯基、约尔丹斯基、齐里且耶娃、维尔科莱斯卡雅、波帕津科、拉乌赫维尔格尔等。他们所作的歌曲有以社会生活为题材的，例如：克拉谢夫的《节日的早晨》、维尔科莱斯卡雅的《我们的节日》。在曲目中有训练幼儿对劳动的正确态度的歌曲，例如：齐里且耶娃的《小树》、克拉谢夫的《收获》、俄罗斯民歌《亚麻》；有反映自然界现象的歌曲，例如克拉谢夫的《杜鹃》《松鼠》。

还有不少以愉快的儿童娱乐和游戏为主题的歌曲，例如：克拉谢夫的《我们的枞树》《愉快的小风笛》《手鼓》《摇摇响》，约丹尔斯基的《蓝橇车》，拉姆的《冰山》。其中有几曲带着愉快的滑稽的性质，例如：斯大罗卡陀姆斯基的《雪兔》，克拉谢夫所改编的《喜鹊》（滑稽歌曲）。有名的俄罗斯作曲家卡林尼科夫的《仙鹤》（见例41）、《篱笆》（见例39），也是属于这一类的。

摇篮歌也是幼儿所亲近的，他们听到摇篮歌总是很高兴。例如克拉谢夫的《睡呀，睡呀》、维尔科莱斯卡雅的《摇篮歌》便是。

---

〔1〕声乐是为唱歌而作的音乐，器乐是为钢琴、小提琴等乐器演奏而作的音乐。

民歌也是培养幼儿对祖国的爱的宝贵手段。民歌有丰富的内容、特殊的美和表现力、各种各样的体裁,因此民歌成了教育幼儿的重要手段。

必须使幼儿认识亲切的摇篮歌(《小猫》《催眠歌》),认识愉快的滑稽歌曲(《跳呀跳,小鸫鸟》《有角的山羊来了》),认识劳动的歌,认识民间的舞蹈音乐。这样,幼儿听了民间歌曲和民间舞蹈音乐(俄罗斯的、乌克兰的、白俄罗斯的等),便能认识各种性质的作品,熟悉祖国的曲调,爱好自己人民的歌曲。幼儿长大起来,便可更透彻地理解根据民歌曲调的古典音乐和苏维埃音乐了。

图 3 幼儿听愉快的音乐

对于祖国的自然界——无边的草原、深广的河流、茂密的森林——的爱,是每一个苏维埃人所固有的感情。

这种感情必须从幼年就培养起来,音乐可以加深并发展这种感情。

指定给小班幼儿唱的歌曲，大都是描写一种形象的，例如松鼠、小兔子、小鸟等。因此，音乐的手段也简朴而没有充分发展。

对于中班的幼儿，教养员可选择文学和音乐的内容较为复杂的歌曲。自然界的形象及其现象较为多样，较为发展。例如，常常有采用对话式的歌曲。在克拉谢夫的《蓝毛山雀》中，幼儿问这鸟住在哪里，做什么事；在克拉谢夫的另一首歌《蜜蜂》中，幼儿也同样地问蜜蜂。

大班幼儿用的关于自然界的歌曲，内容更为丰富。展示在幼儿面前的已经是全部的情景：春天自然界的觉醒，严冬的景象，兽类和鸟类生活中的各种各样的现象。较复杂的题材发展了幼儿的想像力和幻想。音乐的内容也相应地复杂起来，其感情的力量和深度，其音乐形象的发展，具有更加多样的性质。格尔奇克的《春天》便是其例。

劳动在苏维埃人的生活中占有光荣的地位。我们必须教幼儿从小就习惯于尊敬并重视成人的劳动，并且自己也爱好劳动。人民常常在歌曲中反映他们对劳动的态度，叙述劳动的过程。歌曲帮助人们劳动。我们要使幼儿认识表现各种劳动的歌曲，描写勇敢和热烈的心情的歌曲。

唱着歌劳动快速，
唱着歌工作快乐……

卡林尼科夫的《劳动歌》中这样唱着。快乐的劳动、对于种植的关怀而郑重的态度，表现在齐里且耶娃的富有诗趣的歌曲《小树》中。民歌中的劳动描写得很好，例如俄罗斯民歌《亚麻，我的亚麻》《我坐在小石头上》便是。

随着幼儿的发展,听赏曲目中渐渐地增加社会题材的作品。教幼儿听赏关于我们的领袖的歌,关于十月革命节及五一节的歌,关于飞机、无轨电车的歌,关于集体农庄的收获的歌。例如克拉谢夫的《五一节》这歌,曲调富有表情,优美而欢乐,我们给中班的幼儿听赏这歌曲。朝气蓬勃的、愉快的进行曲速度,高音区中的音乐伴奏的经过句,造成这歌曲的欢乐的、节日的性质。这歌曲在这班小听者心中唤起了他们生活在苏联的欢喜和满足的感情。

我们领袖的形象,反映在苏维埃作曲家的许多歌曲中。例如在《列宁之歌》中,描述着幼儿对伟大的领袖的致辞,表示着他们的感谢和爱,因为"生活美好,比歌曲中唱的更好"。这歌曲的曲调中充满着诚恳、热情和对列宁的高度的爱。

斯大林同志的天才的领导,苏维埃军队的英勇的胜利,被歌咏在许多苏维埃歌曲中。胜利的狂欢和庆喜充满在克拉谢夫的《胜利的日子》的音乐和歌词中。这歌曲的音乐序奏模仿着纪念日的勇壮的喇叭声。明快而热烈的曲调,浩荡而悠扬,表现着胜利的欢乐,赞颂着斯大林:

> 我们向着战斗的旗帜
> 行个敬礼,
> 我们赞颂斯大林的名字,
> 我们唱歌给斯大林听。

由此可知,声乐能帮助扩大并加深幼儿的眼界,使他们体验歌曲中所表现的感情。

但是可作幼儿教育的手段的，不仅是声乐。

器乐的特色是内容极为丰富。器乐中表现着人的意念和思想、高尚的感情、多样的心情。没有歌词，音乐就具有一般的性质。没有歌词的音乐不像有歌词的音乐那么具体。

器乐有标题的和非标题的。

描写一定的具体的题材的音乐，叫做标题音乐。这种题材大都是从文学作品中借来的。柴科夫斯基和舒曼的《儿童曲集》中的某些作品，可作为标题音乐的实例。

非标题音乐的特色是其内容和性质十分多样。教养员可使幼儿认识各种各样的作品。活跃的、舞蹈性质的音乐，最容易为幼儿所理解，例如民间舞蹈的曲调、波尔卡舞曲、短小的圆舞曲便是；进行曲也可归入这一类。这类作品举例如下：柴科夫斯基的《儿童曲集》中的《圆舞曲》《波尔卡舞曲》《卡马林舞曲》，格林卡的《儿童波尔卡舞曲》，科新科的《波尔卡舞曲》，克拉谢夫的《波尔卡舞曲》，等等。进行曲举例如下：柴科夫斯基的《木制小兵进行曲》，格其凯的《进行曲》，瓦西林科的《红军出征进行曲》，洛巴乔夫的《进行曲》，等等。这些进行曲性质颇不相同：洛巴乔夫的进行曲是庄严的，瓦西林科的进行曲是性质勇健的，柴科夫斯基的进行曲是滑稽的、“玩具式的”。

抒情的、歌曲风的音乐，是幼儿所能完全理解的。富有表情的容易记忆的曲调、安静的伴奏，是这种性质的音乐的特色。这种性质的作品的实例是：柴科夫斯基的《洋娃娃的病》，里亚陀夫的几首摇篮歌等。有许多民间的抒情歌被作曲家改编为器乐曲形式。

在幼儿园的曲目中，有表现较为庄严的、热烈的、英勇的感情的作品。其实例便是：伊波里托夫-伊凡诺夫的《纪念日进行曲》，克拉谢夫的

《胜利的日子》,以及其他作品。

在声乐中和器乐中,有必不可缺的要求,即音乐所表现的内容和作曲家所用的表现手法之间的极密切的关联。这种结合能保证作品的艺术性,其范例便是柴科夫斯基的《云雀》。这小鸟的诗趣的形象,被用各种各样的手法美丽地表出着。其手法便是:富有表情的曲调,模仿鸟的歌声的高音区的响亮的经过句,音乐的悠闲的速度。

概括以上所述,对于音乐听赏的曲目,必须确定具体的要求:

(一)音乐作品必须正确地反映现实,反映各种最接近幼儿的社会现象、自然界现象和日常生活现象。首先,音乐作品必须能使幼儿认识最接近他们的现象,认识苏维埃现实的现象,借此促进幼儿的共产主义精神的教育、幼儿的全面发展,养成他们生气蓬勃的、乐观的心情。

在这里必须记住:音乐主要是影响幼儿的感情,培养他们,指导他们。音乐作品必须常常是情绪的、激发的。

日丹诺夫说:"一部音乐作品愈能激动人的心弦,使之共鸣,它就愈高。"[1]我们对于为幼儿写的作品,也必须提出这个要求。

(二)音乐的曲调、调式、节奏、强弱变化和速度变化,必须是表现组成音乐内容的思想和感情的手段。内容和表现这内容的手段的联系越是密切,其作品就越是富有艺术性。在音乐作品中,内容和形式的统一,应该是基本要求之一。

(三)其次的要求,是音乐作品必须为学龄前儿童的理解力所能胜任。音乐中所表现的形象必须是幼儿所懂得的。这些形象必须能唤起幼儿纯朴而亲切的感情,必须特具明了而富有表情的音乐手法。

---

〔1〕 见《苏联文学艺术问题》,人民文学出版社版,第一一九页。——译者注

(四)声乐中有歌词,标题音乐中有具体的内容,能使学龄前儿童深切地感知并理解音乐的内容。因这原故,歌曲和标题音乐在幼儿园的曲目中应该占有较大的地位。

(五)音乐作品的性质应该是多样的。必须使幼儿认识乐观的、生气蓬勃的作品,认识抒情的、悠闲的作品,认识愉快的、舞蹈的作品。作品性质的多样,可以丰富幼儿的感情,发展他们的音乐趣味。

(六)音乐听赏的曲目中,应该有反映幼儿所能理解的苏维埃现实的、苏维埃作曲家的作品。民歌和革命前作曲家的作品,必须选取较简易的,符合于共产主义教育任务的。

这一切要求,在《幼儿园教养员指导》的音乐教育这一章中制订基本目录时规定着。

第三节 三班课业的内容

音乐听赏的课业内容,同别的部门一样,在《幼儿园教养员指导》中明确地规定着。音乐听赏这一部门,与唱歌和活动的部门有显著的不同。唱歌和活动的课业,幼儿是在教养员领导之下独立地实行的。而在音乐听赏的课业中,教养员是音乐演奏者,同时又是指示幼儿理解的领导者。

小 班

幼儿一进幼儿园,教养员就开始教他们音乐听赏。这工作先从唱歌和活动的课业开始。幼儿在唱歌之前,先听唱好几遍。教养员的首要任务,是引导幼儿注意于唱歌,教他们听。教养员的歌喉如能充分传达歌曲所表现的感情,便特别能吸引幼儿的注意。小班的幼儿对音乐很会直接地反应。

音乐作品 听赏没有伴奏的唱歌,是小班幼儿的课业的第一阶段。幼儿用的歌曲是简单的。但它们在性质上也已经有些差异。例如,民歌《小公鸡》的音乐是亲切的、安静的;卡拉肖娃的歌曲《冬天》的特色是活泼的。因此,从最初的日子起,教养员已经要使幼儿学习体验各种感情,学习听赏各种性质的歌曲。

引导幼儿听赏器乐时,教养员必须先多教他们认识有钢琴序奏或终奏的歌曲。例如拉乌赫维尔格尔的歌曲《小鸟》的序奏,便是描写小鸟的形象的。歌词给这序奏和终奏以具体性,使幼儿理解它们,对它们发生兴趣。

同时教养员又给幼儿听赏器乐曲。这些器乐曲必须是形式很简单而明了的,富于表情的,具有十分明确的性质的,例如民间舞蹈的愉快的曲调、安静的摇篮歌或进行曲的音乐。这些短小的作品——歌曲和器乐曲——都是很简单的,根据于没有特殊发展的一种形象的,例如克拉谢夫的歌曲中的“愉快的小风笛”,维尔科莱斯卡雅的歌曲中的“欲睡的母猫”,民间舞蹈曲调《啊,我的门厅》(见例 37)、《从橡树底下》(见例 26)、《从榆树底下》。

小　鸟
例 23
巴 尔 托 词
拉乌赫维尔格尔曲
蓬勃地
〔1〕
p
窗 上
停 下 一 只
渐慢
小 鸟, 多 停
一 会儿好 是
不 好? 等 一
原速
等, 你 别 飞
掉! 鸟 儿
飞 了!
啊!

音乐感受力的培养　这教育工作的基本任务,是引导幼儿注意音乐,培养他们注意倾听音乐的能力,在他们心中唤起相应的感情。例如,给幼儿们听赏节日的歌曲,教养员用简短而易解的叙述来努力唤起幼儿的欢乐的感情。

必须建立安静的环境,使没有一种东西可以分散幼儿的注意力。音乐的演奏必须纯朴而富有表情。必须使音乐在幼儿生活中常常是一件

---

〔1〕练习时奏低八音。

欢乐而新鲜的事情。

三岁的幼儿对音乐发生了情绪的反应,感知了音乐的内容,他当然不能表达出自己的思想和感情。但是精细选择而美妙演奏的音乐所唤起的印象,会在幼儿的意识和感情上留下痕迹。

教养员使幼儿辨认熟悉的作品,以培养积极的感受力。对作品的认识,证明幼儿具有对于这音乐的观念。这时候重复听赏有特别的效用。常常重复听赏作品,可以使幼儿容易记忆,使幼儿爱好音乐。教养员教幼儿依据不唱歌词的曲调而辨认歌曲,依据钢琴上演奏的序奏或终奏而辨认歌曲。这样,可以发展幼儿的音乐记忆力。

使幼儿注意十分对比的音乐作品的性质,也是培养积极感受力的一种方法。幼儿辨别音乐的性质,大都在游戏的过程中:例如在《麻雀》的愉快活泼的音乐声中,幼儿便"飞";在较为笨重而缓慢的音乐声中,幼儿便"走"。幼儿坐着的时候也可用手的动作来表示音乐的各种性质:奏愉快的舞蹈曲调时他的手"舞动",奏沉静的曲调时他的手藏在背后。

根据《幼儿园教养员指导》中所阐明的基本要求,教养员在小班中必须达得下列的结果:

(一)幼儿能听赏小班和中班的曲目中的歌曲,由成人演唱,可用钢琴伴奏,亦可不用。又能听赏简短的器乐曲。

(二)幼儿听赏音乐时,必须能依据不用歌词而演唱的或在钢琴上弹奏的曲调而辨认出学过的歌曲,又能依据熟悉的歌曲的钢琴序奏和终奏而认识这些歌曲。

中　班

过去一年教学的结果,使幼儿对于音乐的内容渐渐感到兴趣:他们渐渐能较多地提出关于内容的问题了。与音乐听赏相关联的观念的范围,也稍稍扩大了。幼儿已经不仅能对于性质极端对比的音乐发生反应。他们的个人的音乐趣味和才能也更加明显地表出而发展了。

音乐作品 声乐仍占有基本的地位。教养员唱大班曲目中的歌曲。这些歌曲的音乐的性质,随着歌词的内容而更加复杂起来。例如在卡林尼科夫的《篱笆》中,有各种动物的形象的鲜明的音乐描写。用心倾听这歌曲的钢琴伴奏,便可确信其中所表现的各种音乐形象是何等多样,何等有趣味。

教养员给幼儿听赏的器乐曲,有标题的,也有非标题的;它们的内容也较为丰富,较为多样;例如,要使幼儿认识性质活泼的作品,教养员给他们听赏梅卡帕尔的《波尔卡舞曲》和《小蝴蝶》之类的乐曲。这两个乐曲的性质都是轻快而活泼的,不过其中前者是舞曲性的,后者是描写性的,即描写飞舞的小蝴蝶的。幼儿能理解这种音乐,便表示他们已不仅能辨别作品的十分对比的性质,他们已经懂得:音乐是可以表现各种各样的感情的,音乐所奏的不是常常相同的。

音乐感受力的培养 教养员必须有目的地使幼儿的音乐感受力活动起来,引导他们理解音乐的性质,训练他们对音乐发生反应,辨认音乐,辨别乐语的最明显的要素。

教养员给幼儿听赏关于我们领袖的、关于我国优秀人物的、关于祖国自然界的音乐作品,可培养幼儿爱祖国的感情。屡次听赏这种音乐,情绪丰富地演奏它们,和幼儿谈话,都可发展幼儿这种感情。

教养员必须在他的谈话和说明中,强调音乐的内容,教幼儿注意,在音乐中如何表现着生活环境中的各种现象。例如演奏拉姆的《冰山》时,教养员说明这描写愉快的冬日娱乐的歌曲的欢乐而活泼的性质。

教养员扩大幼儿的概念范围,同时又引导他们理解音乐内容和音乐表现手段之间的联系。教养员教幼儿注意:民间舞蹈歌曲《兔儿》(孔德拉且夫改编)中的曲调多么愉快而活泼,里姆斯基-科萨科夫的《摇篮歌》中的音乐多么安静而亲切,涅克拉索夫的作品《牡山羊》中的音乐多么富有表情而"可怕"。

幼儿渐渐地懂得:音乐的表现手段,常常是音乐内容的表现手段。幼儿的发言可以证明这一点:幼儿听了克拉谢夫的《小鱼》的终奏,问道:"小鱼游去了吗?"因为这终奏里生动地描写着小鱼游去的动作。他们听了列比科夫的《熊》的音乐之后说道:"这音乐很笨重,熊走路是这样的。"

根据《幼儿园教养员指导》中所阐明的基本要求,教养员在中班里必须达得下列的结果:

(一)中班的幼儿能听赏歌曲和器乐(标题的和非标题的)。听赏的曲目中有各种内容和各种性质的音乐:安闲而抒情的、活泼而舞蹈风的、勇敢而热烈的。

(二)幼儿必须能够辨认钢琴上弹出的歌曲和器乐作品:能够确定歌曲和器乐作品的性质(愉快的音乐,安静的音乐),能够联系了音乐作品的内容而理解并辨别音乐表现的最明显的要素(慢的、快的、响的、轻的),能够辨别作品的两部形式、三部形式。

大　班

幼儿过去两年在幼儿园中所受的教育,扩大了他们的眼界,培养了他们对音乐及其内容的好奇心和兴趣。经常的有系统的音乐听赏,能养成幼儿随时集中注意力而听赏音乐的能力,能使幼儿更详细地感受音乐作品。幼儿有了新的思想和感情,他们养成了听赏音乐的要求。

音乐作品 听赏用的作品，选自幼儿园大班的曲目中和小学初年级的曲目中。歌曲的题材和性质都必须是多样化的。

幼儿听了克拉谢夫的《列宁之歌》、维特林的《国境守卫兵》、亚历山大罗夫的《最幸福者之歌》一类的歌，大感兴趣。这些歌曲中明显地反映着苏维埃现实。民歌占有较大的地位。音乐用鲜明的形象描写着自然界的各种情景。

器乐曲仍是音乐形象多样发展的。和中班一样，仍旧需要安闲而抒情的、活泼而舞蹈风的、勇敢而热烈的性质的作品，不过这些作品的对比性较少。例如要使幼儿认识舞蹈性质的音乐，教养员令幼儿听赏各民族的民间舞蹈的曲调：俄罗斯的舞曲、乌克兰的哥萨克舞曲、格鲁吉亚的"列兹庚卡"舞曲。

要使幼儿认识舞曲，教养员可演奏愉快的波尔卡舞曲，流畅而安闲的圆舞曲。这种作品的特色是音乐形象的大加发展，应用更复杂的音乐表现手法。例如在卡巴列夫斯基的《骑兵曲》中，描写着勇敢的苏维埃骑兵队的形象。这形象由全曲的急进的动作和中部的宽广的曲调表现出来。

除了必修课里的音乐听赏以外，教养员有时可以为幼儿组织小"演奏会"，这种演奏会的题材有种种。有时可以演奏一个作曲家(柴科夫斯基、克拉谢夫)的作品。有时这种演奏会可以结合同一主题的作品，例如以"春天"为主题的作品。教养员演奏关于春天的歌曲和器乐曲，随伴着文学词句、诗篇和说明。

音乐感受力的培养 三年教学的结果，大班幼儿被音乐所唤起的感情，有了更明显的社会性质。例如在公众的节日，音乐能影响他们，使他们具有热烈而欢乐的心情。音乐是培养对领袖的爱、对苏维埃人民的爱、对祖国自然界的爱的基本手段之一。要巩固音乐所唤起的感情,教养员必须屡次反复演奏熟悉的作品,令幼儿注意其中他们所尚未了解的新的特点。这种教育工作可以帮助幼儿将来在创作的游戏中表现所受得的印象,应用所熟悉的歌曲。这样看来,这种感情具有实际的性质,可以实现在活动中,实现在幼儿的游戏中。

唤起奋勇而乐观的感情的音乐应该占优势,这是无可疑议的。但在大班里,应该比中班里更多地培养幼儿的其他感情。例如要使幼儿认识安闲的抒情的音乐,我们可教他们听赏柴科夫斯基的《云雀》,让他们体味明朗的感情;教他们听赏柴科夫斯基的《洋娃娃的病》,让他们体味轻微的哀愁的感情;教他们听赏摇篮歌,让他们体味安静而稳定的感情等。各种各样的体验可以丰富幼儿的思想和感情。

要培养幼儿积极的、情绪的感受力,教养员可引导幼儿理解音乐的内容及其演奏。幼儿能够确定作品的性质;能够辨别音乐表现的最明显的要素,以及音乐作品的形式——乐句、乐段、乐章。幼儿能够更正确地辨别各种性质的作品并且说出它们的名称来——圆舞曲、进行曲、波尔卡舞曲。幼儿发表意见的例子如下:“云雀唱歌花样多,音乐也花样多。”(关于柴科夫斯基的《云雀》的音乐。)“这是进行曲,这是圆舞曲。”(听了进行曲和圆舞曲的音乐后这样说。)“音乐很柔和,因为铃兰是小的。”(关于克拉谢夫的《铃兰》的音乐。)……

根据《幼儿园教养员指导》中所阐明的基本要求,教养员在大班里必须达得下列的结果:

(一)和中班里一样,大班幼儿要能听赏各种性质的音乐——安闲而抒情的,舞蹈风的,奋勇的。教养员使幼儿认识苏维埃作曲家的作品、民歌和古典作品。

(二)必须使幼儿具有这样的概念:音乐是有种种性质的。使幼儿能够在表现最明显的作品中扼要地确定音乐的性质。大班幼儿应该能够辨别两部曲和三部曲的部分,能够了解并辨别乐节、乐句,以及乐语的最富有表现力的手法。

(三)必须使幼儿能辨认出他们在一年中屡次听赏的作品。

第四节 音乐听赏的教学法

音乐听赏的教学法根据了具体的教育任务、教学任务、教学内容和音乐目录而决定。

音乐听赏,是充实幼儿的感情、扩大幼儿的眼界的生动方法之一种。音乐听赏的教学法,必须能帮助幼儿个性的全面发展,帮助他的道德面貌的形成,必须能唤起他的思想和想像,发展他的记忆力、注意力和音乐趣味。

音乐听赏的基本是演奏音乐作品给幼儿们听。演奏时必须正确地表达作品的艺术形象,必须纯朴而富有情绪和表情。优良的音乐演奏,是正确的音乐听赏教学的主要条件。

但是仅乎演奏,还是不够的。又必须从教育任务出发来培养幼儿的音乐感受力,使他的发展具有一定的方向。

教养员利用简短的说明、谈话和发问,来向幼儿们解释作品的内容,帮助他们更深切地感受并领会这作品。有时这说明只需要关于该作品的几句话。

教养员的话必须密切关联于音乐作品,而且其内容和形式都必须是幼儿所能理解的。下面便是演奏柴科夫斯基的《卡马林舞曲》给大班幼儿们听赏时的说话的范例:

教养员说:“现在大家来听音乐,这音乐是作曲家柴科夫斯基所作的。这是舞曲。这舞曲叫做《卡马林舞曲》。”

例 24　　卡马林舞曲

f

于是演奏《卡马林舞曲》。教养员教幼儿注意:这音乐是愉快的、欢乐的;跟着这音乐跳舞是很好的。要知道幼儿们是否感觉到这俄罗斯民间舞曲的特色,即声音的渐渐增大,教养员可问幼儿们:他所弹奏的是否常常一样的?于是幼儿们回答:"起初很轻,后来响起来。"教养员看见幼儿回答不错,便告诉他们:俄罗斯舞蹈起初跳得慢慢的,静静的,轻快的;后来热闹起来,响起来。教养员要知道幼儿们是否感觉到最热闹、最响的声音,便又问:"这舞曲里什么地方跳得最热闹,最响?"可令幼儿们听到这地方的时候大家拍手。幼儿便正确地实行教养员的吩咐。

教养员为了顾到学龄前儿童的特点,可在说明和谈话中利用图画、艺术的故事、诗歌,在小班里可利用艺术的玩具。

教养员所提的问题,必须是能够组织幼儿的注意力,指导他们理解音乐作品的内容的。

在说明和谈话中,教养员可利用幼儿在生活环境和自然界中的观察经验。

听赏声乐的时候,教养员在谈话中说明音乐的内容和文学的内容的统一性;在关于器乐的谈话中,必须帮助幼儿理解音乐的性质。

例如,教幼儿认识列维陀夫的《摇篮歌》时,教养员对幼儿说:妈妈或保姆安排小孩睡觉的时候,她们唱摇篮歌给小孩听。这种歌的音乐是安静的、美丽的。小孩听着这歌便睡觉了。

听过《摇篮歌》之后,教养员令幼儿注意音乐的性质——描写妈妈对她的孩子的亲切的态度,又描写着摇篮的摇摆。

有时在听赏音乐之前,先作简短的谈话,或者讲故事,使幼儿对于即将听到的音乐先有了具体的概念,作为听赏的准备。有时可以在幼儿听过音乐之后再说明,开始听赏的时候只要说出乐曲的名称已够。

然而不可忘记:说明和谈话只是补充的方法,音乐听赏的基本方法,是音乐作品的富有表情的演奏,作品对于幼儿的直接影响。

小　班

小班幼儿的理解力和概念还很有限,他们还没有听赏音乐的经验。因此首先必须使幼儿对听赏歌曲发生兴趣,使他对于音乐听赏习惯起来。

艺术的玩具,很可帮助发展幼儿的兴趣,并且帮助组织幼儿听音乐时的注意力。教养员把玩具给幼儿看,使他们的注意力集中于歌曲中所唱的形象的特点、形象的外表和作用等。

例如给幼儿听赏《小公鸡》,教养员教幼儿注意玩具小公鸡的外表、它的鸡冠、它的漂亮的头等,并且教幼儿做做看,小公鸡怎样叫的。

教养员的简短的叙述示范如下:“小公鸡很早起身,唱起歌来,唤醒了孩子们。但是妈妈对小公鸡唱歌,教它不要那么早就叫醒她的孩子。你们大家听,妈妈对小公鸡唱的歌是怎样的。”幼儿带着很大的兴趣听赏关于小公鸡的歌,因为歌曲的内容已经是他们所理解而且亲近的了。但是教养员必须记住:玩具是为了要使幼儿对音乐听赏发生兴趣而给他们看的,因此并非每次听《小公鸡》歌曲时都要给他们看玩具。必须使玩具所唤起的兴趣帮助幼儿注意歌曲本身,对歌曲本身发生兴趣,而要求再听一遍。如果给他们听像《十月革命大检阅》之类的歌曲,给他们看某种玩具就不适宜了。歌曲有具体的形象——例如洋娃娃、兽类、鸟类等——的时候,才适宜于用玩具。

教养员必须巧妙地利用幼儿环境中的一切东西,以求他们对歌曲多感兴趣,充分理解并体会歌曲的内容。

例如,给幼儿听赏拉乌赫维尔格尔的歌曲《乌鸦》之前,教养员在散步的时候教幼儿注意乌鸦,它们如何叫,如何找寻食物。器乐的伴奏加强幼儿对歌曲的兴趣。教养员对幼儿说:"小朋友们,昨天我和你们散步的时候,我们看见过乌鸦。它们怎样叫的?"幼儿们说:"喀啦,喀啦!"一个孩子维嘉说:"它们找果壳吃。"教养员说:"它们为了果壳打架,后来飞回窠里去,睡觉了。现在大家听着,我唱乌鸦的歌给你们听。"便唱歌了。教养员教幼儿注意音乐中描写的地方,对他们说:"我不立刻唱歌。我开头先弹琴!你们听!(教养员弹序奏。)这音乐讲些什么?"一个孩子格里亚说:"喀啦,喀啦!"教养员说:"不错,小朋友们,这音乐是告诉你们乌鸦怎样叫的。再听一遍。"教养员把序奏再弹一遍。孩子们又说:"喀啦,喀啦!"

描写的地方是歌曲的短短的一个序奏,或者一个终奏。这是小班用的歌曲所特有的,这是教幼儿听赏器乐的良好的引导。

"小风笛吹得多么愉快。"教养员教幼儿注意克拉谢夫的《愉快的小风笛》的终奏时这样说。"再来一遍。"音乐奏完的时候幼儿们这样请求。

但如果教养员引导幼儿听器乐的时候只注意于它的描写,不是正确的教法。教养员必须给幼儿听赏对比的作品,使他们认识音乐的各种性质。

在《从橡树底下》《从榆树底下》的愉快的舞蹈曲调声中,洋娃娃在教养员的手里跳舞。幼儿们都微笑,大家拍手。舞蹈的音乐停止了,接着教养员在斯捷波伏伊的《摇篮歌》的曲调声中拍着洋娃娃。幼儿们肃静了,注意地倾听音乐。在他们的脸上可以看出他们很能体会这音乐的性质。洋娃娃的动作能帮助幼儿们理解音乐的内容。

例 26

从 橡 树 底 下

(俄罗斯民间舞蹈曲调)

引导幼儿听标题音乐的时候,教养员教他们注意音乐中所表现的具体的形象。要使标题音乐内容给幼儿明了的观念,可利用说明作品的意义的故事。例如教养员对幼儿们说:熊的身体很大、很笨重,走起路来很慢。兔子的身体很小,跳起来很轻快,它们看见熊来了,就很快地跑进自己的洞里,当熊找寻它们的时候,它们都悄悄地坐在洞里。

图 4 幼儿在摇篮歌的音乐声中摇着他们的孩子——洋娃娃

用这故事随伴音乐,音乐便给幼儿以很深的印象。

由此可知,教养员在小班里,可根据了幼儿对音乐的直接感受力而利用辅助的方法,即利用艺术的玩具或图画;对幼儿说明,谈话,向幼儿发问,但都必须是简短而具体的。

中 班

中班幼儿对于生活环境的理解力和概念,比小班幼儿的显然地广大了。教养员教他们听赏能唤起较深的感情的音乐作品,并利用说明来使幼儿注意音乐的基本内容。

例如,他教幼儿们听赏拉乌赫维尔格尔的《列宁之歌》,可对幼儿们讲述:列宁是很欢喜小朋友的。安静而抒情的音乐描出列宁对小朋友们说话时的亲切的面貌。

中班幼儿比起小班幼儿来,能够继续较久的时间集中注意力在音乐上。

对幼儿谈话,必须较完全地阐明音乐的内容。在中班里,已经可以使幼儿注意乐语的最明显的手法了。例如教幼儿听赏卡林尼科夫的《篱笆》。教养员在演奏之前对幼儿们说:他要唱一只关于动物的歌,这些动物是小朋友们大家所知道的。教养员便唱歌。根据幼儿的笑容,便可知道他们是了解这歌曲的内容的,“再唱一遍,再唱一遍”,他们要求。“什么动物聚集在篱笆下面?”教养员问。幼儿们说了动物的名称。“我再唱一遍,你们大家听,每一个动物怎样说大话。”教养员把歌曲再唱一遍,然后说:“现在我不再唱了,我光是弹琴。”每一种形象,因为有音乐的描写,都很显出特点,所以幼儿们都能够没有错误地回答。斯维塔说:“我听见熊咆哮。”加里亚笑着说:“我听见羊怎样用角来撞。”于是教养员把歌曲再唱一遍。这时候幼儿便带着更大的兴趣而听唱了。

在这作品里,描写的成分使作品稍稍分割,但这并非常常必须如此的。例如在斯大罗卡陀姆斯基的《静静的时刻》里,就不必如此,不必和幼儿们详细谈话。这里有一要点:必须使幼儿深入歌曲的一般情趣中。这歌词是他们所能充分理解的,这音乐是很富有表现力的。只要用短短的说明,已足够引导幼儿了解这歌曲了。

“我唱歌给你们听,唱的是小朋友们白天怎样躺在他们的床里休息。”根据幼儿听过这歌之后脸上的表情,以及支配着他们的静寂,可以断定幼儿们已经体会这摇篮歌的情趣了。

“我们也这样睡觉的。”教养员唱完歌之后伏瓦说。“再唱一遍。”幼儿们要求。

听赏器乐,在中班里比在小班里具有更大的意义。

怎样把器乐介绍给中班的幼儿呢?

其方法因了所介绍的作品而有种种不同。

“我弹小鸟给你们听。”教养员说。弹赛格里格的《小鸟》时,幼儿们微笑了。“小鸟叫得多么好听!”瑞尼亚叫起来。鲜明的形象,单纯的音乐内容,不用任何说明就可使幼儿们懂得。这时候只要说出歌曲的名称就够了。其余的可由幼儿自己的想像去补充。

要使幼儿理解较复杂的音乐,可用简短的谈话。例如在演奏梅卡帕尔的作品《蝴蝶》之前,教养员问幼儿们有没有看见过蝴蝶。“看见过的。”幼儿们回答。教养员使幼儿们注意蝴蝶是怎样飞的,它的身体怎样小巧,便对他们说:“小朋友们,大家听一首乐曲,这乐曲名叫《蝴蝶》。”教养员把这乐曲弹奏两遍。“小朋友们,你们喜欢听这乐曲吗?”教养员间。“欢喜听的。”幼儿们回答。“蝴蝶飞得轻飘吗?”“轻飘的。”华里亚回答。“它停在花上,”加里亚接着说,“后来飞去了。”

有时作简短的说明已经够了:“我弹琴,今天你们听新的乐曲,”教养员说,“这乐曲名叫《洋娃娃的病》。有一个女孩子的洋娃娃生病了。”幼儿们就听音乐。“洋娃娃不好过吗?”教养员问。幼儿们起初不开口。后来加里亚说:“她在哭。”可知幼儿们感觉到这作品的悲哀的性质了。这乐曲不再需要别的说明。

由此可知,教养员在中班里所采用的谈话、简短的说明、讲故事,因了作品的内容和它的艺术形象而决定。幼儿们的注意力已被音乐表现的最明显的手法所吸引了。

大　班

幼儿园中的系统的教育工作,是要发展幼儿对环境更坚固、更深切的趣味。幼儿渐渐富于求知欲,喜欢观察,他们企图建立各个现象之间的联系。他们的音乐感受力渐渐较为细致。他们能够较正确地感受音乐,懂得音乐的内容。因此教养员能在谈话及说明中把他们的注意力牵引到音乐作品中不能引起中班幼儿注意的那些方面来。

听赏歌曲的时候,对于歌词的兴味是很重要的。但音乐本身也已能牵惹他们的兴味。

听赏声乐的时候,不是常常必须对幼儿谈话的。如果教养员知道幼儿能充分理解歌词,那么他只要像对中班幼儿一样,把歌曲的名称告诉幼儿,作简短的说明,借以引导幼儿进入歌曲的情趣中。

例如,教幼儿听赏克拉谢夫的《杜鹃》,教养员对幼儿们说:“今天我唱一只新的歌曲给你们听。这歌曲名叫《杜鹃》。这歌曲里所说的是树林中多么美丽。”歌词是幼儿所懂得的,他们听了唱歌,立刻进入歌曲的情趣中了。“这只歌真好听,”列娜说,“再唱一遍。”别的幼儿跟着她说:“再唱一遍!”音乐课结束之后,丽达提议:“我们到树林里去,在树林里唱这只歌。”

器乐听赏,在大班里比在中班里占有更大的地位。标题音乐也占优势,但其内容更为多样,所以要求对于音乐表现手法有更精细的感受力和理解力。

例如教幼儿听赏柴科夫斯基的《木制小兵进行曲》。幼儿们说:“这音乐声音很轻,因为这些兵是很小的。”萨霞表示意见:“在有一个地方他们走得很响。”教养员教幼儿们听见“兵士们走得较响”的时候,大家举起手来。萨霞和其他几个幼儿在作品的中部开始的时候举起手来。教养员便加以说明:在这地方音乐较响,因为兵士们走得近了,但后来他们又走远去,所以音乐的末了和开始处一样,都是声音很轻的。

听赏器乐的时候,也可以用谈话。例如,在演奏柴科夫斯基的《云雀》之前,教养员教幼儿们回想在田野中散步时的情景和田野中的美景。

“我们在那边听见什么?”教养员问。“云雀叫。”幼儿们回答。“我要奏《云雀》的歌曲给你们听,”教养员说,“这歌曲是作曲家柴科夫斯基作的。”就演奏《云雀》的歌曲。“这音乐好听吗?”教养员问。“云雀唱得很好听。”加里亚说。“云雀唱的歌是不是常常一样的?”教养员问。“不是常常一样的。”有几个幼儿回答。“那么是怎样的呢?”教养员问。“花样很多,”伏瓦回答,“有的时候响起来,有的时候轻起来。”“云雀有时飞近来,有时飞远去。”加里亚补充说。但并不是常常可能或必须分析音乐表现的手法的。也有些作品没有这需要。

由此可知,教养员必须顾到幼儿的经验、幼儿所已经获得的音乐听赏技能,根据他们对环境的较广的认识,而广泛地利用上述的方法在大班的音乐听赏教学工作中。

教养员的谈话、说明、发问的基本特色,必须是叙述得清楚、正确,为幼儿所能够理解。教养员不可忘记:音乐听赏教学工作的主要事项,是演奏音乐作品给幼儿们听,这演奏必须是单纯的,而又是艺术的。

问　题

1. 教幼儿听赏音乐,其意义何在?

2. 音乐听赏有何种任务?

3.《幼儿园教养员指导》中关于大中小三班的音乐听赏,有怎样的基本内容?

4. 试述大中小三班的音乐听赏教学法。

课堂作业及家庭作业

1. 试在教师演奏之后分析音乐作品。确定作品的性质,乐语要素的表情意义。指出这作品可在幼儿园的哪一班中演奏。

2. 从《幼儿园教养员指导》中的基本目录中列举演奏用的作品的名称,并指出其应该给哪一班用。

3. 选择音乐听赏用的唱片,并考虑利用这些唱片上课的方法。

第五章　音乐游戏和舞蹈

第一节　基本任务

幼儿从很小的时候起就要求活动——游戏和舞蹈。游戏在学龄前儿童的教育中占有特殊的地位。有名的苏联教育家马卡连科说:“游戏在幼儿的生活中具有重大的意义,具有与成人的事业、工作、服务同样的意义。小时候在游戏中怎么样,长大后在工作中大都也怎么样。”[1]游戏的时候,幼儿练习活动,熟习了活动;在游戏的过程中发展着幼儿的个性的优良品质;幼儿通过了游戏而认识生活。

音乐使幼儿在游戏和舞蹈中的活动获得特殊的表现力。幼儿在音乐声中活动,便更加积极地理解音乐。他们适应了音乐的性质而活动。例如在五一节那天,幼儿在进行曲的庄严的声音中拿着旗帜和花束在庆祝的行列中前进,他们的一切动作都表现着他们的欢喜。

为幼儿特别选定的音乐游戏和舞蹈,可以影响幼儿的感情,可以加深他们对于生活的某些方面的概念、对于苏维埃人的事业的概念、对于各种

---

〔1〕 见马卡连科著《教育论文选集》第一册,《儿童教育讲话》,一九四五年莫斯科版,第四三页。

自然界现象的概念;这种游戏和舞蹈能培养幼儿对环境的正确的态度。

共同的游戏和舞蹈,能培养幼儿集体的感情,提高幼儿对自己的行为和对同学们的行为的责任感。

在这些集体课业的过程中,又可发展每个幼儿的个别才能。在游戏和舞蹈中,教养员教幼儿必须表现主动精神、积极性、随机应变、坚决果断。歌曲和音乐随伴着活动,可以提高幼儿的生活力,改善动作的性质,使动作更加协和而富有节奏,养成他们正确的举止态度,又可以组织幼儿。在另一方面,幼儿习惯了使自己的动作与音乐的性质相一致,便能更深刻、更实际地感受音乐。幼儿的音乐感受力越是积极的、情绪的、自觉的,他活动起来,舞蹈起来,表现起游戏的形象来就越是富有表情。

活动就具有这样的教育意义。

除了整个音乐教育的一般任务之外,教养员必须在活动的课业过程中解决下列的任务:

(一)使幼儿的活动(舞蹈、游戏、练习)符合于音乐作品的性质,符合于音乐表现的最明显的手法。

(二)发展幼儿的活动,务求正确、明了而富有表情。

要实行这些任务,必须培养幼儿对音乐的积极的感受力,使他们能够理解音乐的内容,能够辨别音乐的性质和音乐表现的最明显的手法。

第二节 活动的内容和方法

概 论

根据活动教学的任务,可分为以活动为手段的音乐教育,以及活动的发展。

以活动为手段的音乐教育　第一步,教养员引导幼儿注意音乐,培养他们在音乐声中活动的愿望。明朗而富有表情的音乐,可以产生幼儿欢乐而生气蓬勃的心情,借此能使他们身不由主地愿望用活动来响应音乐。幼儿渐渐地就惯于在愉快的音乐声中舞蹈,在进行曲声中行进。

在这第一步之后,教养员必须努力使幼儿的活动适应音乐的一般性质。在小班里,使幼儿在游戏及舞蹈中辨别并表达具有明显的对比性的音乐。例如,幼儿在游戏中听到轻快活泼的音乐,便装作"鸟儿飞";听到安闲而幽静的音乐,便装作"鸟儿睡"。这种技能渐渐发展起来,教养员必须使中班的幼儿——尤其是大班的幼儿——能在活动中辨别并表达音乐表现的最明显的手法(音量、速度、声域)。例如,在做练习时,在沉静的音乐声中,幼儿们轻声地跑成小圆阵;在响亮的音乐声中,他们用大步跑成大圆阵。

在有主题的游戏中,教养员必须发展幼儿的技能,使他们能够了解并表达歌曲或标题音乐所指出的形象。例如小兔子在性质活泼的音乐声中愉快而敏捷地跳跃;熊在徐缓而低沉的音乐声中笨重地、慢慢地跨步。在大班里,这种形象因了游戏的丰富的主题而更加多样。

教养员又须使幼儿的动作符合音乐作品的形式(乐句、乐节、乐段、乐章)。幼儿必须能适应了音乐作品的形式,有时变更动作的性质,有时变更动作的方向,变更队伍的形式。例如,在性质安静的歌曲的领唱部声中,幼儿绕成一个圆阵;唱到性质活泼的伴唱部的时候,幼儿舞蹈起来,旋转来,拍手。余例推。

音乐技能的教练工作也同时进行,靠着每一种游戏的帮助而培养种种技能。例如在"乘火车游玩"的游戏中,幼儿们表现音乐性质、音乐作品的形式，同时又表现相适应的形象。音乐的技能就适应了系统地复杂起来的音乐而在游戏和舞蹈的教练过程中巩固起来。

活动的发展 教养员教幼儿活动，可利用幼儿在体操课的过程中所修得的基础。选择这些活动的时候，必须顾到它们能否和音乐结合。例如对于步行、跑步、各种跳跃，音乐能够给它们以特别的表现力。但倘是练习抛掷、攀登、平衡，就不能利用在音乐课业中，因为音乐要妨碍这些技能的发展，有许多在游戏中和舞蹈中不可缺少的体操练习以及简单的队形变换，都能够很好地和音乐相结合。活动的教练中有时包含简单的舞蹈要素，例如交替步、波尔卡舞和急调舞的步调等。

在练习中，游戏中，舞蹈中，应用手的各种各样的动作，例如平稳地把手举起来，放下去等。

在游戏中，幼儿利用模仿的动作来表现各种形象。例如在关于鸟的游戏中，用手装出翼膀的动作；在关于马的游戏中，高高地举起膝盖而跑步等。

对音乐的要求 音乐作品的内容和性质，在活动教练中具有重大的意义。按照一般教育的任务，音乐必须是艺术的、有思想方针的。音乐必须是能够加强乐观的感情和奋发的感情的。

为游戏和舞蹈而选择的音乐，其内容必须是幼儿所能够理解的，其特色必须是有明快的表情的、单纯的、富于情绪的、能引起活动的愿望的。

选择音乐的时候，必须常常顾到：这音乐为什么应用在活动的教练中，如何用法。在活动中，常常采用舞曲性质的音乐，例如民间舞蹈的曲调、波尔卡舞曲、圆舞曲、进行曲。音乐的性质变更了，动作的性质也跟着变更。例如：圆舞曲的音乐，适用于较安闲的、平稳的动作；波尔卡舞曲的音乐，适用于轻快的、活泼的动作；进行曲的音乐，适用于果敢的、有力的动作。但进行曲、圆舞曲、波尔卡舞曲也有种种。例如杜那耶夫斯基的《快乐的人们》这进行曲的性质是奋发的、愉快的、热情的。诺维科夫的《世界民主青年进行曲》的性质是英勇的、庄严的。在这些进行曲声中,活动和队形组织的性质当然也必须适应了音乐的性质而变化。

在活动中采用各种性质的音乐。音乐游戏的内容和构想极其多样,它表现人物的行动,例如“少先队队员行进”“孩子们散步”等;表现动物的形象,例如“小兔子跳”“小兔子躲藏”等。因此,音乐的性质必须是表现各种感情的;孩子们散步时的欢乐的活跃,少先队队员的勇敢,小兔子躲避狼的时候的恐怖和胆怯,等等。

活动的方法

在活动的教练中,利用音乐游戏、舞蹈、练习、队形组织等。教养员借这些手段的帮助,教练幼儿们基本的技能,使他们全面发展。根据音乐教育的任务,游戏和舞蹈的构想和音乐形象,必须能够扩大并加深幼儿对于现实的概念,能够培养他们对环境的正确态度。音乐游戏、舞蹈、练习,必须使幼儿感到兴味,必须能够吸引幼儿,能够助长他们的乐观精神。

一、音乐游戏 音乐游戏是音乐活动的基本方法,从一方面讲,幼儿在音乐游戏中加深他对于生活的某些方面所已有的概念,学习积极地了解并听赏音乐,学习富有表情地活动;从另一方面讲,游戏在幼儿是快乐的体验。幼儿在游戏中养成积极性和创作的主动精神。

音乐游戏分为有主题的和无主题的。有主题的游戏在基本上有一定的构想,这种游戏中表示着形象和行动。属于这一类的,是“小鸟和汽车”“飞机”“兔子和狐狸”等。

无主题的音乐游戏没有一定的构想。其中含有各种各样的空间的队形组织变化,有舞蹈的成分,有时又有捕捉或竞赛的要素,例如“篱垣”等便是。音乐游戏的结构有种种。最常用的有下列各种游戏:

甲、捕捉或竞赛的要素在音乐活动完结后进行的游戏。例如在“篱垣”的游戏中,伴着音乐的舞蹈结束之后,大家竞赛很快地找到自己的位子。

乙、动作和音乐作品一起结束的游戏。例如“麻雀和猫”“火车”等便是。

二、舞蹈 在幼儿园里,幼儿们学习极简单的舞蹈的活动。幼儿越是能够掌握自己的动作,他越是觉得自由而高兴。舞蹈有种种。

“自由”舞蹈,使幼儿能够在已经获得的极简单的舞蹈要素的基础上表现独立性、积极性和主动性。

在有示范的舞蹈中,幼儿看了教养员或同学的榜样而表演动作,这可以把全体幼儿一起导入舞蹈中,使他们的动作丰富起来。

有正确地规定的动作的舞蹈,可以培养幼儿记忆动作顺序的能力,可以培养对自己和对集体的责任感。这种舞蹈必须建立在已有的舞蹈要素的基础上;这种舞蹈可令全体幼儿学习。幼儿在全年的过程中学习这种舞蹈。对于有几个音乐才能较丰的幼儿,可教以较复杂的有规定动作的舞蹈。这种舞蹈可以在节日上表演,在别的幼儿看来是很新鲜的光景。

三、练习 练习所异于游戏者,是没有捕捉或竞赛的要素。幼儿的注意力经常集中在所规定的表演的性质上。

练习的目的,是帮助幼儿学得舞蹈的要素。

有许多练习能发展幼儿动作的能力,以及表演游戏和舞蹈中所应用的各种队形组织和队形变换的能力。

四、队形组织和队形变换 与这有关的是节日出游、花式行进和队形变换。庄严的队容,能帮助幼儿更明显地感到节日的内容意义,能在幼儿心中唤起很大的情绪的兴奋。队形组织必须单纯、正确、动作配置得清楚。队形组织的结构必须很明了、简捷,同时其表演必须使表演的幼儿和观赏的幼儿同样地获得美感的满足。

第三节　基本内容

小　班

小班的幼儿在学年开始时缺乏积极性,没有决心,迟钝缓慢;他们还难于参加集体,他们在游戏的时候往往还不会顾到别的孩子。同时他们对于活动有很大的要求。音乐游戏的有趣味的内容、明朗的音乐、幼儿所能够理解的形象,能使幼儿产生兴奋而欢乐的心情,使他们更加积极起来,更加活泼愉快起来。例如幼儿表演汽车、兔子的形象,在相配的音乐的影响之下动作更加快速,更加自由;那些缺乏积极性的幼儿也渐渐地被带进共同的愉快中去了。

教养员靠活动的帮助,教幼儿参加共同游戏,顾到别的幼儿的愿望。(例如在“布娃娃游戏”中,幼儿和布娃娃玩了一会,应该把它递给别的孩子。)在游戏和舞蹈中必须服从音乐,这一点能培养幼儿的坚毅、敏捷和机智。例如在“小兔子”的游戏中,小兔子们在音乐结束的时候必须抓住胡萝卜。

教养员在各种内容易解的艺术的音乐声中领导音乐游戏或教练舞蹈,能使幼儿的音乐印象丰富起来。他发展他们的音乐感受力、对音乐的兴趣和爱好。

音乐游戏和舞蹈的概说 活动教练的最重要的方法,是具有各种各样的内容、形象、音乐和组织的音乐游戏。游戏中的音乐,必须是十分明朗、十分生动的,必须不但能唤起幼儿对于活动的单纯的欲望,又能帮助他们在活动中体验并表达该游戏中的形象。

游戏中的形象和题材必须是幼儿所亲近的、所懂得的,像捕捉形式的、追逐形式的游戏,是属于幼儿所爱好的一类的。做这类游戏时,教养员只要装作捕捉幼儿的样子就够了。

音乐游戏的结构必须顾到年龄特征:在游戏中伴随音乐的活动必须和休息交替轮流。在有的游戏中,可使幼儿在活动之后休息的时候听赏音乐或歌曲(例如在“散步”的游戏中听《小雨》的乐曲);在有的游戏中,音乐停止了,教养员可同幼儿谈话(例如在“躲迷藏”“火车”的游戏中)。有时听赏和教养员或年长幼儿的动作示范相结合,例如在“小鸟和汽车”的游戏中便是。

教养员又可教幼儿作歌曲的游戏表演。这时候幼儿必须把熟悉的歌曲的歌词内容和音乐性质都表达出来。

音乐的和活动的课题,可令幼儿在舞蹈的形式中练习。在有几种舞蹈中,幼儿看着教养员表演动作,模仿着重复演习,借此使自己的动作丰富起来。这种形式的舞蹈也可帮助较被动的幼儿,使他们积极起来;这种舞蹈要求教养员能选择幼儿能力所及的动作来示范,同时又要求这些动作符合音乐的性质。另有一种舞蹈形式,是有规定的动作的,例如舞蹈“我们的手手哪里去了?”在这舞蹈中,幼儿起初跟着教养员的示范而演习动作,后来独立地演习。

舞蹈顺序 幼儿们坐在小椅子上。唱三首歌词时动作如下:

第一首:教养员令幼儿把两手藏在背后,然后唱歌曲的领唱部:“我们的手手哪里去了?”唱歌的时候,教养员装出找寻幼儿们的手的样子来。在伴唱部(歌词是“看呀,看呀,手手来了……”)声中,幼儿们愉快地伸出手来,转动手腕。

第二首:教养员令幼儿们把两只脚藏过——屈曲了,或者用衣服遮盖。唱伴唱部的时候,幼儿们坐在小椅子上踏脚。

第三首:教养员令幼儿们躲藏。幼儿们躲在小椅子后面,或者蹲在小椅子旁边,背向教养员,用两手遮住头。唱伴唱部的时候,幼儿们一齐跑向教养员来,自由地舞蹈。

我们的手手哪里去了?[1]

例 28
普拉基达作游戏及歌词
洛　莫　娃　曲
不快
我 们的手手 哪 里 去 了? 手 手 哪 里 去 了?
我 们的手手 哪 里 去 了? 手 手 都 没 有 了。
较活泼
看呀, 看呀, 手 手 来 了, 看 呀, 手手 来 了,
我 们的手手 来 跳 舞 了, 手 手 来 跳 舞 了。

〔1〕第二首和第三首歌词与此第一首相同,只是“手手”两字在第二首里换了“脚脚”两字,在第三首里换了“孩子”两字。

练习在小班里并不注重,带着游戏的性质。

以活动为手段的音乐教育　首先,教养员要唤起并培养幼儿用动作来反应音乐的欲望。(例如在舞蹈歌曲《洋娃娃跳舞》的歌声中,幼儿拍手;或者相反,幼儿跳舞,“洋娃娃拍手”。)教养员领导幼儿游戏和跳舞,在这游戏和跳舞中,教幼儿注意倾听音乐作品,注意音乐的开始和音乐的终结,因为游戏的最有趣的部分往往是和音乐的开始与终结相关联的(游戏舞蹈“躲迷藏”)。这样,教养员在教练的过程中渐渐地教幼儿感知短小而成段落的音乐断片或作品的结束部分的临近。

所有的游戏都配合着适合于游戏的形象和主题而性质明显的音乐。对游戏的兴味唤起幼儿对该音乐的兴味,由此培养幼儿在活动中理解并反映音乐的一般性质的能力。例如,在轻飘快速的音乐声中幼儿作“小鸟飞”;在摇篮歌声中幼儿拍着洋娃娃;在进行曲声中幼儿像少先队队员一般走路。

教养员渐次引导幼儿理解并辨别性质极端对比的两种音乐作品;他利用这些作品在这样的游戏和练习中,例如“小鸟和汽车”“小兔和熊”。

同时教养员又把和具有极端对比的两部分的音乐作品相配合的游戏和舞蹈教给幼儿。这种作品就是极简单的两部曲。例如前述的舞蹈游戏“我们的手手哪里去了?”便是。

活动的发展　这种游戏、舞蹈和练习,同时又是培养《幼儿园教养员指导》中所阐明的活动技能的手段。

教养员教练幼儿的时候,利用那种基本的动作,即发展三岁幼儿的活动所用的那种动作(步行、跑步、跳跃)。但教养员教幼儿活动,须根据所用的音乐的性质和游戏或练习的主题而改变活动的形式,给以所需要的表情。

例如,做“少先队队员”的游戏,在勇壮的进行曲声中行进的时候,幼儿用力地跨步;在做“不要吵醒洋娃娃”的游戏的时候,幼儿们在相应的音乐声中走得很轻,很小心,没有声息。“汽车”的形象结合了适当的音乐,使幼儿大家要用蹀足的小步走路。跑步和跳跃,也是同样地变换性质的。

以后,教养员教幼儿在同一游戏或同一舞蹈中变换动作的性质,这变换是适应着游戏的主题和相对比的音乐断片或音乐的部分的。

要使幼儿能够充分地表出游戏的主题,教养员可教幼儿应用模仿的动作(两手向两旁举起,模仿鸟的“翼膀”;两臂弯曲了向前后推动,踏脚,模仿火车头等)。

在舞蹈中,教养员可利用小班幼儿所已经学得的各种最简单的动作,例如:幼儿舞踊(弹性的半蹲,又伸直两膝),拍手,转动两肘,一只脚踏拍子,或者两只脚踏拍子。舞蹈中又可利用步行、轻快的跑步、两脚跳跃。

为了要提高舞蹈和练习的情绪,确定动作的性质,并加深对事物的认识,教养员可利用玩具及小小的辅助品(旗帜、摇摇响、手帕)。

教养员领导幼儿游戏、舞蹈、练习,渐渐地培养他们在空间确定方向位置的能力,把自己的动作和别的幼儿的动作结合起来的能力。

游戏的内容(形象)和适当的音乐相结合,指示着动作的各种构成或方向。幼儿装作“小鸟”而跑路,学得了群集的动作或四散的动作;“少先队队员”的行进、“火车”的游戏,帮助他们学得排成纵列而步行的能力;有许多游戏帮助幼儿各自就座,或者记住群集的地点(“小洞”“小屋子”)。在舞蹈中,教养员教幼儿一对一对地走路;两个人旋转来面对着面,互相握住两手。

幼儿在拉乌赫维尔格尔的《节日》的歌声中作节日的游行时,表现出他们的欢乐。在这方式中活动是幼儿所完全胜任的，但要求幼儿能够符合了歌曲的内容和结构而变换动作的方向。

行进顺序　唱《节日》三首歌词时动作如下：

第一首：幼儿团集在一起，各人手里拿一面红旗，在室中步行。

第二首：幼儿旋转身来，面向着客人，向他们走近去；站定在他们前面，挥动红旗。

第三首：幼儿旋转身来，面向着斯大林同志的肖像，向肖像走近去，站定在肖像面前，挥动红旗，歌唱完了的时候喊“万岁！”

节　日
例 29
（庄严进行曲）
进行曲速度
拉乌赫维尔格尔曲
1.节 日 喜 气
f
洋 洋， 排 队 到 会 场。

歌 声 多 么 愉 快, 歌 声 多 响
亮。 响 亮, 响 亮,
歌 声 多 响 亮。 响 亮,

2. 到了许多来宾，会场闹盈盈。他们大家高兴，大家看我们。

我们的来宾，大家看我们。我们的来宾，大家看我们。

3. 高挂斯大林肖像，装饰很齐整。我们高举红旗，向斯大林致敬！

大家齐声向斯大林致敬！大家齐声向斯大林致敬！

根据《幼儿园教养员指导》，教养员在本班里必须达到下列的结果：

(一)必须使幼儿能够参加共同游戏；能够辨别音乐的最明显表出的性质，用自己的动作去配合它；能够懂得音乐的开始和结束。

(二)必须使幼儿能够在音乐游戏中表现他们所熟悉的形象；学会若干种舞蹈和游戏；到学年终了，能够靠教养员的帮助(其中有一部分必须是独立的)而在音乐声中游戏或舞蹈。

中 班

对于中班幼儿的活动课业，有更大的要求：教养员教他们更正确地演习课题，自觉地矫正错误；要幼儿懂得教养员对于活动的性质及形式的要求；唤起他们的想像力和观察力，发展他们演习课题时的主动精神和独立精神。

教养员教练活动时,须加深幼儿在班上所受得的知识和概念。例如,在少先队的歌曲声中游戏或练习,能帮助幼儿在活动中表现苏维埃少先队队员的勇敢和组织性;表演《春天的歌》的愉快的轮舞,能使幼儿在春日散步时所获得的观察具有明朗而欢乐的感情。

音乐游戏和舞蹈的概说 中班幼儿可用分小组的游戏;这种游戏含有竞赛的要素("谁的队伍组织得快?"练习时更换领导者)。

教养员可采用组织较多样的(二人舞、三人舞、圆阵舞)、舞蹈动作也较多样的舞蹈。教养员又可教幼儿各种轮舞、轮舞游戏、唱歌游戏;这种练习能帮助幼儿在活动中表达歌词的内容。其实例便是轮舞游戏"小兔儿,到林中",这是在俄罗斯民歌《兔儿》声中进行的。(这民歌是孔德拉且夫所改编的。)

游戏顺序 作"小兔儿,到林中"的游戏时顺序如下:

幼儿站成圆阵。圆阵的一个地方留一个空隙,被选作"兔儿"的幼儿在圆阵外面对着这空隙坐在小椅子上。

第一首:幼儿们招呼"兔儿",请他"到林中来"。

唱伴唱部的时候,"兔儿"从椅子上起身,跑进圆阵里去。

唱第二首到第七首的时候,"兔儿"依照歌词内容而表演:采花,编花圈,戴花圈,旋转身体,踏脚,跳舞。圆阵里的幼儿们在唱每首的领唱部的时候拉住手,向右作轮舞。唱伴唱部的时候,大家站定,模仿"兔儿"的动作。

唱最后第八首歌词时,"兔儿"向圆阵中某一个幼儿鞠躬。这幼儿就当"兔儿";游戏继续反复表演下去。

教养员又可教幼儿作各种音乐练习:一种是帮助幼儿改良他们的动作的;另一种是使幼儿的动作符合于音乐的性质和形式的。教养员靠音乐练习的帮助，教幼儿正确地、富有表情地表演各种步法和跑法，学会快步跳跃（“马儿”），应用各种物件（小旗、手帕等），养成在空间和在集体中活动的习惯，等等。

以活动为手段的音乐教育　教养员要继续教导中班幼儿，使他们的动作符合于音乐的性质，这时须选用内容和形式更加多样的音乐作品。游戏和练习的内容渐渐复杂起来。例如作“骑手”的练习，幼儿们起初牵住正在跺脚的马；后来快步跳跃了，音乐结束的时候拉住缰绳，制止了马（维特林的《游戏》的音乐）。教养员令幼儿在有明显对比的部分的两部曲或三部曲声中活动，教他们符合了音乐性质的变换而变换动作。例如在“手鼓游戏”中，教养员向幼儿说明游戏的动作，强调这游戏中一切要素的相互关联和对音乐内容的关联。

游戏顺序　幼儿站成圆阵。一个幼儿手里拿着手鼓；坐在圆阵的中央。

音乐的第一部分——这个幼儿打手鼓。别的幼儿在各人的位置上用自己的动作来适应了音乐的性质而任意跳舞。

第二部分——排圆阵的幼儿们闭上眼睛，蹲下来；拿手鼓的那个幼儿悄悄地走出圆阵，在蹲着的幼儿们的背后环走，把手鼓轻轻地放在其中一个幼儿背后的地上了。最后一个和弦响出的时候，教幼儿们不回转身子而用手向背后找寻手鼓。

找到手鼓的幼儿走进圆阵中央去。

第三部分——找到手鼓的幼儿在圆阵中央舞蹈，其余的幼儿拍手。

以后是重复表演这游戏，但换了一个新的领演人。

教养员顺便引导幼儿辨别并领会音乐表现的最简单的要素。教幼儿懂得用自己的动作去配合音乐作品的音量的变换(响的和轻的)、声域的变换(高的和低的)、速度的变换(快的和慢的),以及音乐作品的最简单的形式(二部曲和三部曲,领唱部和伴唱部,序奏和终奏)。靠游戏和练习的帮助,教养员教幼儿充分结合了音乐的性质而理解其音乐表现的要素。例如,留里的进行曲有三部分:第一部分和第三部分是有力的、坚决的,要奏得响;第二部分有小心谨慎的性质,要奏得轻。幼儿们在这进行曲声中活动,音乐响的时候要高高地举起膝来,有力地跨步;音乐轻的时候,要小心地跨步;音乐又响起来的时候,仍回复以前的动作。在轮舞曲《亚麻》(俄罗斯民间曲调)中,幼儿们用轻快的动作来表现领唱部的抑扬的性质,其伴唱部则用快速的舞蹈风的动作。

动作的发展　适应中班幼儿所已经获得的音乐技能,教养员主要地宜注意培养幼儿迅速地变换动作的性质的能力。教幼儿适应了音乐而迅速地从缓步变成跑步,从踏步变成跨步或向前快跑,从用力的踏步变成轻轻的跨步等。同时教幼儿用各种各样的方法来表演动作:用力挥动旗帜,自由地挥动丝带,柔软地弹性地舞蹈等。

教养员必须发展幼儿的动作的节奏性。他教幼儿自动地注意自己的脚步的清楚和平均,脚步与音乐的合拍;要求幼儿整齐地和音乐的结束一同停止动作,要求幼儿在动作中表出明确的节奏性,例如在舞蹈"招待"中。

音乐的各种各样的性质,要求各种各样的动作。中班的幼儿在性质坚强的进行曲声中,必须跨步有力,高高地向前举足,弯曲膝盖,又使劲地摆动两手;高高地整齐地用双脚跳跃,同时旋转身子,使这动作复杂起来(在"兔子"的舞蹈游戏中);轻快地或弹性地跑步。

到学年终了,幼儿已学会从一只脚换跳到另一只脚。舞蹈中有这样的动作:脚向前踢起,在乐句末了踏三步,打铙钹。

教养员必须特别注意幼儿的模仿动作的表现,这种动作大都是伴着歌曲的(在歌曲表演中,在轮舞中,在游戏中)。用器物的活动在大班里也有了各种各样的性质。例如在"和洋娃娃跳舞"中,幼儿根据了音乐的三部分的性质的变换而几次变换对洋娃娃的动作。

教养员在游戏、舞蹈、练习中教幼儿适应了各种各样的音乐而行动：向四处分散，排成圆阵，两人一组，三人一组，分成若干小组，改变队形组织，变换方向，缩小圆阵或扩大圆阵等。

根据《幼儿园教养员指导》，教养员必须在中班里达得下列的结果：

(一)幼儿必须能理解音乐，使自己的动作更正确地符合音乐作品的性质。

(二)在二部或三部形式的音乐作品中，因了音乐性质的改变而改变自己的动作。

(三)不靠教养员帮助，而在音乐声中自由地、正确地表演《幼儿园教养员指导》中所规定的游戏和舞蹈。

大　班

在大班里，教养员巩固幼儿所已经获得的全部知识和技能，准备他们由幼儿园转入学校。

教养员教幼儿自觉地用自己的动作去配合音乐，达到正确的动作表演，培养幼儿对课业的兴味，以及达到必需的结果时的忍耐力。

同时，教养员不但教幼儿一起游戏，又教他们集体地完成较复杂的课题，用集体的活动来表现全体共同的感情。养成幼儿力求美满完成课题的愿望。发展友谊的感情：使幼儿能在表演舞蹈和游戏的时候互相帮助。

教养员在舞蹈和游戏中教幼儿以个人的或集体的课题；教幼儿在练习、舞蹈、队形组织中担任主导的任务。教养员辅助他们完成这种课题，可以发展幼儿的主动精神和创作的积极性。

音乐游戏和舞蹈的概说 在大班里，基本的方法仍是游戏，但练习和舞蹈，比在中班里占有更大的地位。

大班里的游戏是多样的。最普及的是活动式的游戏；其中竞赛或捕捉的部分在音乐结束之后进行。游戏中常常加入舞蹈或行进（视音乐的需要而定）。

教大班幼儿演习的游戏中，有不少是以主题表现为主体的。这些游戏中不必常常含有竞赛的要素，因为幼儿的兴味会转向动作本身。例如在“乘火车游玩”的游戏中，幼儿乘火车前进，走下火车来，散步，汽笛一声叫，又乘上火车。

教养员又采用舞蹈。有规定的动作的舞蹈，形式上可较为复杂，但必须是幼儿能力所及的。这种舞蹈不宜太多。必须使幼儿熟悉并爱好它们；必须使这种舞蹈进入幼儿园的日常生活中去。

有几种舞蹈中表现着节日的构想，例如枞树节（雪片、小公鸡、小兔子们的舞蹈等），五一节（苏联各民族的舞蹈、春天的和体育的舞蹈）。

教养员选择练习的材料，须适应他在这时候所要发展幼儿的那种技能，同时又须顾到音乐教育和活动发展。这种练习种类甚多：有的是为了教练幼儿表演新的动作，而把这动作配合音乐的性质；有的是为了教幼儿在空间决定方向位置。幼儿所学得的这些动作和队形变换，以后就应用在游戏和舞蹈中。

在苏维埃歌曲或进行曲的欢庆的音乐声中举行庄严的节日出游和队形组织，具有很大的教育意义。中班幼儿和大班幼儿一起参加，使幼儿们特别高兴。在庄严的游行和行进中，必须表现出节日行列和人民欢庆的基本主题。队形组织必须简单而合理，这才可使幼儿不感到困难，不妨碍他们对于节日的意义的注意力。

以活动为手段的音乐教育　在大班里,教养员继续加深幼儿对于音乐性质的理解力,并使其精确起来。

例如,舞蹈音乐(波尔卡舞、急调舞)的性质结合着幼儿对于舞蹈——像对于游戏娱乐一般——的最初概念。

教养员要使幼儿对于音乐性质的理解力精确起来,必须教他们在活动中多样地反映名称相同(例如进行曲、舞曲等)而性质不同的作品。幼儿在各种进行曲声中作各种步伐。幼儿在勇健的进行曲(例如约丹尔斯基的进行曲)声中走进教室去上课。在留里的明了而雄伟的进行曲声中,他们弯曲膝盖,高高举起脚来跨步。在杜那耶夫斯基的《体育员进行曲》或诺维科夫的《青年们,向前进》的音乐声中,幼儿跨步更广阔,更有力。

教养员可在工作中利用较复杂的音乐,而教幼儿在活动中辨别并表达他们所熟悉的、但形式更为复杂的音乐表现要素(强弱、高低、速度)。例如教养员教幼儿在活动中辨别并表现渐快的速度和渐慢的速度。

同时,教养员发展幼儿对于节奏要素的感受力。他教幼儿注意节奏不变的音乐(例如俄罗斯民歌《林中草地》),又教他们注意强弱平均的音乐,然后教他们注意强弱不平均的音乐。

教养员还须详细研究幼儿对音乐作品的形式的理解力。在舞蹈和练习中,他可为幼儿弹奏带有不相对照的部分的二部、三部和四部的音乐作品。例如,在格林卡的《初步波尔卡舞曲》中,全曲四部分始终保持同样轻快的舞曲性质,但其曲调和节奏形式等又各不相同,所以活动的性质也得变更。

波尔卡舞曲

例 31

舞蹈顺序　把幼儿分为两人一组,教他们随意站在室中各处,但脸向着同一方面。每组的两人牵着手。另一只手稍稍伸向一旁,手掌向外。

音乐的第一部分——在第一拍上,每两个幼儿中一个伸出右脚来,另一个伸出左脚来,先用脚跟着地,再用脚尖着地。在第二拍上,幼儿们放开手,轻轻地踏三脚,就把脸向着另一方面,换一只手牵着了。在第三拍和第四拍上,反复以上的动作,于是幼儿都回复原来的位置,然后第一部再反复一遍。

音乐的第二部分——每组两人各用右手握住,把这握住的手抬得高些,用跳步转圈子。

音乐的第三部分——每组两人相对立,大家拍手;在音乐重复的时候,用一只脚的脚尖在地上轻轻地踏。

音乐的第四部分——每组中一个幼儿站着拍手,看另一个幼儿用波尔卡舞步盘绕他。音乐反复的时候,两人交换动作。

从学年开始,教养员就给幼儿听赏有明确表现的乐句的音乐作品。教幼儿练习在活动中用变更方向、正确的停止动作和明确的开始动作来表出这些乐句(例如在“篱垣”“鼓手”等游戏中)。

这一切教练工作,由教养员在配着性质较多样的音乐的游戏中、舞蹈中、行进中、队形组织中综合地施行。理解了这种音乐,幼儿便能积极地、仔细地注意这发展着的“音乐故事”而在活动中表现它了。“兔子和狐狸”(拉杜兴作曲)的游戏可以作为实例。在这游戏中,幼儿在动作中不但表现音乐的一般性质,又表出音乐的形式、节奏、音量的变化等。

活动的发展　要使幼儿更正确地理解音乐的性质,必须要求幼儿更正确地活动。

教养员必须系统地使幼儿注意动作的正确,帮助幼儿更自觉地用动作去配合音乐。教幼儿认识自己的动作的正确和不正确。

音乐断片复杂起来,要求幼儿的动作也复杂起来,更加多样起来。

大班幼儿的一般的体力发展,帮助他们学会必需的动作。教养员教幼儿改良基本动作的表现,同时又教他们学习新的步法,例如不弯曲两腿而用脚尖走路,以及各种跳法(两脚跳向两旁,两脚跳拢在一块等)。

教养员教幼儿在形象化的游戏练习中把某些动作做得更正确,更完善,例如"马儿"的急调步法、双脚跳等。

在舞蹈中,教养员把波尔卡舞的步法、急调舞的步法示范给幼儿看。民间游戏和舞蹈,最能使幼儿的动作丰富起来。

在大班里,游戏的形象和模仿的动作也复杂起来。幼儿在教养员的领导之下学习更正确地、富有表情地模仿人的行动、兽的行动、童话中的人物。

幼儿必须能在各种队形组织中和各种方向中活动:例如由小的圆阵改变为大的圆阵,以适应音乐的对比部分;排成小的横列,拉着手而向前走又向后退。在民间舞蹈的教练中,教养员使幼儿认识各种舞蹈组织("星形""小门形"等)。在若干种游戏和练习中。教养员继续教练几组幼儿、几对幼儿的轮流动作,教他们及时开始动作,教他们明确地结束动作。

与这一切工作同时,教养员又教幼儿若干种辅助的练习,把在中班里开始的工作继续下去。这种练习可帮助幼儿理解动作表演的某些方式:流畅的、弹性的、挥动的、激烈的、抵抗性的(这些都是他们在游戏中和舞蹈中所必需的)。

根据《幼儿园教养员指导》,教养员必须在大班中努力达得下列的结果:

(一)使幼儿能够适应了音乐作品的各种性质而活动,适应了音乐表现的较复杂的要素而活动。

(二)适应了音乐的特色而富有表情地表达游戏和舞蹈的内容。

(三)独立地、明了地、富有表情地表演《幼儿园教养员指导》中所规定的舞蹈、游戏、练习和队形组织。

第四节　一般的方法指示

教养员必须顾到学龄前儿童的年龄的特点,而大部分采用游戏、舞蹈和练习的形象化的表演,并广泛地利用游戏的方式。

游戏的形象帮助幼儿具体地了解音乐的内容和性质。游戏的形象帮助幼儿正确地、富有表情地表演动作,又在音乐中听到并了解他以前未曾注意到的那些方面。例如,在伴着维尔斯托夫斯基的音乐的“雪片”的舞蹈中,具体的形象帮助幼儿用各种各样的轻快的动作和队形变换来表现音乐的性质。

正确地选择游戏、舞蹈和练习,是教学工作中很重要的一件事。教养员选择教材,必须依照《幼儿园教养员指导》所指示,适应着教学大纲、教育任务、年龄、幼儿的程度以及幼儿的趣味。

幼儿的动作的表现力,大有关于教养员演奏音乐时的表现力和才能。因此音乐演奏绝对不可歪曲:决不可为了“帮助”幼儿演习课题而任意停顿,加重声音,或在乐句的末了延长时间。这种方式会减弱幼儿的感受力的积极性,使他们惯于依靠教养员的暗示而动作了。

教一种新的动作时,必须立刻使幼儿感觉到该动作的性质和形式,同时又感觉到这动作对音乐的有机的联系。教新的动作时,必须或者伴着音乐,或者(倘是教养员示范表演)先奏音乐给幼儿们听,然后唱着曲调而示范动作。教养员的说明可在示范之后(在中班及大班里)。

在各班里,教幼儿认识新的游戏、舞蹈和练习的时候,教养员要预先使幼儿发生兴味,教他们获得对于游戏的内容和形象的概念、对于舞蹈和练习的组织和性质的概念。教养员在各班中应用顾到幼儿特点的各种各样的方法和方式(谈话、讲故事、利用说明的材料、整个舞蹈的示范、个别动作的示范、听赏音乐等)。教养员务须把新的游戏或舞蹈全部向幼儿示范表演,然后教他们详细地正确地理解并表演各局部。

教养员必须适应了他和幼儿目前的任务而决定游戏、舞蹈及练习的教学法。同一种练习,因了幼儿程度的不同而有种种教学法。例如舞蹈练习"镜子"(全体幼儿依照一个幼儿的示范而正确地重复他的动作),倘是为了教大班幼儿学习新的舞蹈动作而采用的,教养员可以先教练少数几个幼儿,后来教这几个幼儿领导练习。倘是为了使幼儿的想像力和创作能力积极化而采用这课题的,则教养员听凭幼儿自己考虑动作。如果教养员教舞蹈练习"镜子"是为了巩固并改善已经示范过的动作,那么他只要和领导的幼儿讲定表演的顺序。余例推。

第五节　小班幼儿的教练法

概　论

小班幼儿的课业,主要是采用游戏的形式。游戏可以使幼儿积极化,逗幼儿欢喜,引起幼儿的注意。教养员教练游戏,可用各种各样的方式。有时他领导音乐游戏时,利用幼儿所欢喜的玩具:洋娃娃、玩具的熊、兔子,给幼儿手里拿摇摇响、手帕、小旗等。今举小旗的游戏,作为此种游戏的实例:

---

〔1〕唱小朋友的姓名。——译者注

游戏顺序　幼儿们坐在摆成圆阵的小椅子上。教养员手里拿着一面小旗,坐在圆阵中央。

第一首——教养员唱,把小旗给幼儿们看。

第二首——歌曲里所唱到的一个幼儿走近教养员来,拿了小旗,把它高高地举起来。

然后这幼儿走出圆阵,绕着圆阵跑(这时候不奏音乐)。

歌曲的音乐序奏响出的时候,这幼儿又跑进圆阵来,坐在圆阵中央的椅子上。

游戏重复表演,这时候教养员在歌曲中唱别的幼儿的名字。

除了游戏之外,教养员又可教幼儿各种游戏练习,例如:“谁要跑”,哪一个“小皮球”(幼儿)跳得好。

基本技能的教练法

要使幼儿注意音乐,注意音乐的开始和结束,教养员可顺次采用各种游戏,务使每一种游戏渐渐地更多要求幼儿积极的注意,要求幼儿与音乐结束同时明确地结束他的动作(例如在“躲迷藏”的游戏中)。教养员教幼儿注意音乐的一般性质,并且学习在动作中表现这性质。例如演习“小鸟”的游戏,如果幼儿顿脚,教养员可指示他们:音乐是很轻的;又指示他们:小鸟飞的时候是没有声音的。

教幼儿演习配着两个对照的音乐断片或音乐部分的游戏时,教养员教幼儿注意音乐性质的变换。例如教练“兔子和熊”的游戏(俄罗斯民歌《兔儿》和列比科夫的《熊》),他用故事来强调民歌《兔儿》的愉快的性质(“兔儿在林中草地上跳跃多么愉快”)。音乐结束的时候,教养员说:“兔子,赶快躲避,熊来了。”这时候便奏列比科夫的音乐。正在跳得高兴的

图 5 愉快的舞蹈

幼儿们连忙跑进“洞”里去,小心地躲藏着,他们听着并看着“熊”(教养员)走路。

在配着适应两种不同动作的两个音乐断片的游戏和练习中,幼儿学会了变换动作性质的技能。以后,教养员采用三个音乐断片——三种动作。这些断片可以不拘顺序地演奏;幼儿听到了熟识的音乐,便会变换动作。要在配着二部音乐的舞蹈中变换动作的性质,对幼儿说来比较困难,因为在二部之间动作没有间歇。教养员必须在初次示范这种舞蹈的时候立刻令幼儿注意动作是跟着音乐性质而变换的;例如在“长统靴”(伴着民间曲调《在马路上》)的舞蹈中,教养员令幼儿两人一组地散步,后来停止了,互相表演“他们踏脚踏得多么好”。幼儿渐渐地就学会了独立地表演这基本课题。

教养员广泛地利用教游戏和练习时的形象化的方法。例如,要教幼儿学会明确的跳跃动作,教养员预先告诉像“小皮球”一般跳跃着的幼儿,说他要选择一个跳得最好的“皮球”。

改善幼儿动作的良好方法,是使成绩最好的几个幼儿来表演动作。幼儿喜欢互相照样做,容易模仿同学。

教小班幼儿活动的时候,教养员必须顾到他们的年龄特征。不可催促他们,必须耐性地、顺次地教练他们所必需的技能。不可在同一游戏中力求幼儿正确地学会课题:新的游戏或同一游戏的新的变化,会重新使幼儿的注意力积极起来,会帮助他们获得必需的技能。也不可要求被动性的幼儿立刻参加游戏和舞蹈。强迫动作会引起幼儿的不高兴。

在这一切工作中,教养员必须努力使所有的幼儿大家渐渐地获得基本技能:他唤起他们更良好地、更富表情地、更愉快地表演动作的愿望,引导他们注意音乐,对游戏的内容发生兴味。

游戏和舞蹈的教练法

教新的游戏或新的游戏练习的时候,教养员可先和幼儿们作短短的谈话。例如教“敲鼓游行”的练习,教养员对幼儿发问:“你们看见过少先队队员行进吗?”等他们回答之后,便教他们“像少先队队员一样”走路(第一个音乐断片)。然后教养员问他们:“你们看见过鼓么?”就教幼儿们试敲真的鼓;然后教他们在第二断片的音乐声中不用鼓而“敲鼓”。在次一课中,教养员先教幼儿做行进的“少先队队员”的游戏,然后停止了,敲鼓。再把这练习全部做一遍。教养员的谈话不可太长,否则幼儿会听得疲倦。游戏的内容必须说明得形象化,明白而富有感情。

教练游戏、舞蹈和练习的时候,教养员逐渐地加入种种变化,使它们复杂起来,使幼儿注意于新的有趣味的细节。例如演习上述的“兔子和熊”的游戏时,起初由教养员口头预告“熊”的出现,以后教扮演兔子的幼儿们听见了第一断片的结束就自己跑走。然后教养员指示幼儿:兔子跳得怎样轻快而没有声息,“要使熊听不到”,这便改良了幼儿的动作的性质;以后,要他们不是仅仅跑到房间的那一端,而是四散地跑向预先指定的“洞”里。余例推。

“小鸟和飞机”的游戏也可用同样的设计来教练。

游戏顺序 幼儿在室中到处跑(“小鸟飞”)。第一个音乐断片结束时奏出第二个。扮演汽车的教养员(或年长的幼儿)在室中用踏步行走,“小鸟们”很快地飞进“窠”里。音乐结束的时候,“汽车”回来了。游戏重新来过。

例 33

“罗格涅达”

（歌剧中断片）

（游戏“小鸟和汽车”用）

急速

谢罗夫曲

例三四

汽车

（游戏“小鸟和汽车”用）

在这游戏中,幼儿起初成群地跑,后来教他们在室中四散“纷飞”,但不要冲撞。教养员指示他们:“小鸟”是轻轻地飞的,它们的“翼膀”是柔软的。起初“小鸟们飞到”随便哪只小椅子上,后来“飞到”指定的“窠”里。等到幼儿能掌握这游戏之后,“汽车”的角色换几个较活动的幼儿来扮演。教养员提醒他们:汽车走的时候怎样发出声响,怎样快速;教他们注意音乐的性质,注意音乐的开始和结束,指示他们:所有的“汽车”都朝同一方向走,这才可以不冲撞。余例推。

有许多游戏具有渐渐复杂起来的若干种变形。在这些变形的游戏中,教养员利用幼儿所已经熟悉的形象和音乐而顺次地教幼儿演习新的课题。例如“火车”的游戏便是其例。

游戏顺序 第一变形——幼儿坐在小椅子上,小椅子是排成纵队的,这便是“火车”。在歌曲声中,幼儿踏脚,或者弯曲两臂而向前后移动,这便是“火车开行”。歌曲唱完的时候“火车停了”,幼儿们站起来,在室中行走,这便是“游玩”;听见信号,——“火车头的汽笛”——幼儿们又“乘坐在车厢里”。

第二变形——游戏的开始同上。在“火车”停了之后,奏出或唱出某种熟悉的练习或舞蹈的曲调(例如舞蹈“长统靴”的曲调,或者拉乌赫维尔格尔的进行曲《踏脚》的曲调)。幼儿听音乐,记起了这音乐,便适应了音乐而活动。

第三变形——幼儿排成纵队。在“铃声”(歌曲的序奏)或“汽笛声”之后,幼儿的“火车”在室中行驶了。最前面的一个幼儿便是“火车头”。幼儿大家移动两臂,同第二变形中一样。歌曲结束的时候,“火车”停在“车站”上了。以后的游戏同第二变形中一样。听见“铃声”或“汽笛声”,幼儿们重新排成纵队。

在第一变形中，教养员和幼儿们一起“游玩”，和他们谈话，“和他们一起采花”，等等。在第二变形中，教养员可对幼儿们说：他们“乘火车来到树林里或花园里了”，便教幼儿猜谜语——“他们将在那边做什么？”以后便可奏出或唱出他们所熟悉的舞蹈、游戏、练习中的曲调给他们听。幼儿用动作来回答。第三变形迟一些教练，须在幼儿学会了鱼贯步行的时候。教养员靠这游戏的帮助，教幼儿在四散奔跑之后重新整队。

演习的节目必须限制。有几种游戏须在一学年中反复演习。这样,幼儿所欢喜的节目积集起来,其演习渐渐地完善起来。

第六节　中班幼儿的教练法

概　论

在中班里,同在小班里一样,活动教练的基本方法是游戏。但由于已有过去的教练,故必须本质地改变教养员对于课题的演习和基本技能的掌握的要求。因此游戏、练习、舞蹈的性质及其教练法也改变了。

教养员教幼儿自觉地矫正缺点。在许多游戏、练习和舞蹈中,教养员任幼儿独立地演习课题,必要时才用示范或说明来帮助他们。必须养成幼儿没有教养员参加而做游戏和舞蹈的能力,教他们在自由活动和散步的时候复习已经学会的游戏和舞蹈。

基本技能的教练法

教养员继续采用教材的形象化的表现法来使幼儿注意音乐。他指示幼儿这音乐的特点以及对游戏形象的配合;教幼儿听赏音乐,又和他们作简短的谈话。例如教幼儿作形象化的"骑手"练习。

演习顺序　开始处,幼儿模仿马的样子。把一只脚弯曲了膝盖向前举起,"用马蹄敲打地面"。然后用急步跳跃,尽力使两脚从地上跳起来。音乐结束的时候,"拉住缰绳,马站定了"("得泼噜!"[1])。

---

〔1〕"得泼噜"原文为 тпру,是喊马停步的声音。——译者注

游　戏

例 36

（“骑手”练习用）

中庸速度

维特林曲

教养员先把这练习的内容生动而详细地讲给幼儿们听。然后令幼儿们伴着音乐而试作练习,但这回并不大家都成功:有的幼儿听不出“马”应该在什么时候跳跃;有的幼儿不知道音乐作品的结束,不能及时停步。教养员就给他们听赏一次音乐。幼儿很高兴地在音乐中听出开始的地方(“马蹄敲打地面”);“马跳跃”时的音乐的愉快而强烈的性质;以及音乐将近结束时的“骑手到达”和最后一和弦的“骑手拉住缰绳”。教养员看见幼儿不能明了地表现音乐所指示的基本动作,便引导幼儿注意音乐的特殊性质,注意音乐的锐利的、断续的、清楚的节奏,教幼儿们也同样清楚地用急调步跳跃。

有时,要教幼儿一种新的舞蹈,教养员可先奏音乐给他们听,称这音乐为“舞曲”。幼儿们注意到了这音乐是愉快的。倘这音乐是二部的,教养员教他们注意:音乐不是始终一样的。幼儿们说:“起初跳舞很轻,后来跳舞响起来。”在这样的谈话之后,教养员和幼儿中某一人先来表演:在这音乐声中应该怎样跳舞。教养员矫正幼儿的动作,作正确的示范,教幼儿们用心听音乐,力求更明确地表现音乐的性质。

教养员必须力求明白地把游戏、舞蹈或练习的内容讲给幼儿们听,强调其各种动作(或形象)之间的相互联系,以及对音乐的相互联系。

教养员要教幼儿惯于自觉地改善自己的动作,可采用各种方法。

在许多情形下,教养员须用动作来示范。示范必须清楚而富有表情。必须能帮助幼儿正确地动作。有时教养员加入在幼儿中,和他们一起表演。在这种情况下,示范能引导幼儿参加共同的动作,而使动作配合音乐。在另一些情况下,起初教幼儿看教养员表演动作,然后让他们独立地重复这动作。

除此以外，教养员又可应用其他种种方法。他可用若干种辅助的练习，例如“弹性跳跃”的练习(俄罗斯民间舞曲《从橡树底下》)。

演习顺序 第一变形(中班用)——预备姿势:两手叉腰。在领唱部声中幼儿两腿弹性地半蹲八次。在伴唱部声中幼儿两脚轻轻地弹性地跳八次。

必须注意:半蹲的时候两腿必须轻轻地弯曲，轻轻地伸直;蹲下去和站起来之间不可有停顿。这可使动作具有舞蹈的性质。“弹性跳跃”必须在长期间内反复练习，这样才能使幼儿腿上的筋肉强健起来，使他们跑步和跳跃时轻便起来，帮助他们学会跳跃和舞蹈动作。

在教练的过程中，必须检查个别的幼儿:从班中叫出两三个幼儿来，令他们在音乐声中表演某种动作和练习。有时可叫出要求表演动作的幼儿来，或者叫出表演得最好的幼儿来。有时又可同时叫出缺乏积极性的幼儿来，教他们一起表演。最后这种办法可以加强幼儿的积极性，使他们的学业进步，动作良好起来，必要的时候，教养员矫正幼儿的动作。例如，如果幼儿在响亮的音乐声中萎靡不振地动作，教养员就须指导他，使他的动作有力起来。

教养员可采用模仿的动作。这时候大都不须示范，只要提示他们所熟悉的动作。例如教他们回想:少先队队员怎样拿喇叭，怎样仰起头，怎样吹喇叭。

说这些话的时候，教养员可用个别的动作来帮助说明自己的话，然后令幼儿自己表演:在克拉谢夫的《进行曲》声中练习时少先队队员怎样吹喇叭。

游戏和舞蹈的教练法

教养员选用配有二部曲或三部曲而具有较发展的主题的游戏和舞蹈时,必须顾到幼儿对于这游戏的准备工作的程度。有时,教养员可以在没有对幼儿说出新的游戏或舞蹈之前,先教他们做准备工作,他教他们练习较复杂的或者没有学过的游戏动作或舞蹈动作。这种准备工作不仅在音乐课中进行,又可在早晨、傍晚或散步的时候进行。那么到了演习音乐游戏的时候,幼儿已经能够掌握必需的技能,便容易表演得好了。

教练新的游戏的时候,教养员照旧用简短的谈话或故事来预先说明这游戏。游戏的时候,教养员给幼儿以必需的指示,但尽可能让幼儿独立表演。游戏做过之后,教养员指出理解得不正确的课题,动作中对音乐性质表现得不正确的地方以及表现形象缺乏表情的地方。教养员启发幼儿的想像力,唤起他们的主动精神,引导他们注意音乐,然后再来游戏。这样,他就可以渐渐地矫正并改善幼儿的游戏表演了。

教养员把新的舞蹈示范给幼儿们看,在表演动作时必须充分适应音乐的性质和形式。例如在俄罗斯民间舞曲声中示范表演舞蹈,或临时即兴表演动作,教养员不可采用乌克兰的或其他民族的舞蹈中的动作;必须在新的部分或乐句开始处改变动作;在响亮而愉快的音乐声中动作须较为活泼,在幽静而缓慢的音乐声中动作须较为轻快。

教练简单的对舞的时候,教养员往往可立刻同幼儿之中某一人先作示范表演,然后教这幼儿自己去找对手,教养员又同另一个幼儿对舞。这样,对舞的人数渐渐地多起来,后来所有的幼儿都配成对,全班幼儿大家舞蹈了。

如果舞蹈是较复杂的,必须预先教练几个幼儿,教他们在上课时教给其他的幼儿。舞蹈中最困难的动作,必须向全班幼儿示范,教他们不伴音乐而表演这些动作。

第七节 大班幼儿的教练法

概 论

大班幼儿的活动教练法的性质略有变更。教养员须使幼儿对音乐和动作取更自觉的态度。为了这目的,教养员采用各种方法。例如,有时教养员教幼儿一种新的练习,不仅说明如何表演,又说明它在游戏中及舞蹈中对幼儿有什么帮助。有时教养员和幼儿谈新的动作:教他们注意动作的形式,把新的舞蹈和练习与已经学过的舞蹈相比较。余例推。

教养员可教某些幼儿表演十分熟悉的练习,教其他的幼儿用心观看,然后矫正他们或提出意见。以后,在这一课里或在下一课里更换角色。教养员必须注意,务使全班幼儿大家都能表现出积极性,他把缺乏积极性的、怕羞的、少观察的幼儿唤出来,教他们发表意见,用启发性的问话帮助他们。

教养员教课时的说话也略有变更:在教练习的时候,他常常向幼儿作简洁而清楚的说明。他教幼儿学得几种术语、几种动作的名称(跳步、波尔卡舞步、交替步等)。幼儿渐渐地能够积极地理解音乐了。要使他们的注意力集中于正确的方向,往往仅作指示就够了。

教养员可以教幼儿一种课题,是要求他们表现积极性的。例如,要教幼儿在音乐中注意重音,教养员可教他们在音乐声中拍皮球,而由他们自己适应了音乐而规定拍皮球的拍子。或者,教养员观察幼儿在音乐声中游戏或舞蹈,仔细留意他们的创意的动作,把其中有趣的动作牢记在心,后来用这些动作来和幼儿们一起创造新的舞蹈、游戏或练习。

基本技能的教练法

教养员要发展幼儿对音乐性质的更正确的理解力,须和以前一样在基本上利用教材的形象化的表现。在学习游戏或舞蹈的过程中,教养员教幼儿理解指示动作变化的音乐中更细致的特点。例如教练“小兔子和狐狸”的游戏,教养员详细地讲给幼儿听:“勇敢的兔子”做什么。这样,便可帮助他们理解音乐性质的更细致的变化了。

教养员又利用伴着各种性质的歌曲而表演的模仿性活动。例如在伴着俄罗斯民歌《我坐在小石头上》的轮舞游戏中,一切动作(砍柱子、造菜园、种白菜)都因了歌曲曲调的性质而具有安闲的、故事风的性质,倘是伴着别种歌曲或器乐的,动作表演将完全不同。

教养员必须发展幼儿对音乐形式的注意力、表现乐句和乐节的开始和结束的能力。要达到这目的,必须教幼儿做某种练习(舞蹈、游戏),在这些练习中,把幼儿分成若干小组,教每一小组或每一幼儿轮流地在各乐句声中表演动作(如游戏“篱垣”等)。

幼儿最初演习课题,往往只能大体地符合于音乐的性质,只能反映音乐中最明显的对比。以后,教养员教幼儿反复听赏音乐,教成绩优良的幼儿作榜样,用启发性的问话,有时用几种详细动作的示范,把幼儿的注意力牵引到音乐表现的各种要素上。然后,他教幼儿在适应音乐性质的动作中表现这些要素。

教练新形式的动作的时候,教养员教幼儿自觉地注意音乐。

例如,幼儿学会了伴着轻快的音乐的、简单而自然的“跳步”,教养员便可给他们听较有力的、节奏明确的音乐,教他们在这音乐声中表演有力的跳步,把弯曲膝盖的脚向前高举,又用力地挥动两手。

较复杂的动作——波尔卡舞的步法、急调舞的步法——教养员须先示范给幼儿看,然后关联了相应的舞蹈练习的教练而向他们作说明。

这种练习之中,有许多是这样组织的:幼儿们个别地,或分为许多对,或分为许多小组,轮流舞蹈,大家努力表演得好。这样,教养员有可能个别地检查幼儿,又不致打断共同的活动。

在教练新的动作和已经学过的动作的过程中,教养员可教幼儿用各种方式来表演动作。为了这目的,教养员在音乐课业中系统地采用一两种辅助练习,在全学年的期间内渐渐地培养幼儿所必需的技能。

为课业选择练习时,须关联于目前的任务。要使幼儿很好地、轻便自由地奔跑,跳跃,作波尔卡舞和急调舞,教养员必须从学年开始就采用辅助的练习,如“弹性跳跃”等。

在第一首音乐声中,幼儿作弹性地半蹲的动作(在每一个四分音符上),第二首音乐声音较响,幼儿们弹性地用脚尖踮起来,再把脚跟放下去(也在每一个四分音符上)。

例 37

啊，门 厅

（俄罗斯民歌）

除了这些练习之外，教养员有时采用辅助练习作为教练的方法，其目的在于使幼儿认识动作的正确表演。幼儿在步行和跳步的时候往往不能使手臂的动作相一致。教养员教他们把两手臂向两旁举起，然后“像绳子一般挂下”，这就是说要放松肩膀上的紧张，勿使妨碍手臂的自由挥动。这种形象化的课题可以帮助动作的正确表演。

游戏、舞蹈、队形组织的教练法

由于大班幼儿的游戏和舞蹈所伴着的音乐较复杂，游戏和舞蹈的构想和结构较多样，教养员须作较精密的准备工作。他检查幼儿对于某种游戏或舞蹈中的动作的要素的知识，为此而复习旧教材；教幼儿某种练习和舞蹈，使他们在其中认识新的动作、新的队形组织和新的方法。为了使幼儿准备演习有主题的游戏，教养员教他们作一种游戏练习，借此加深他们对其中所有的形象和动作的观念。

教练的方法，关联于当前的一般教育任务，同时也关联于该游戏和舞蹈所解决的特殊任务。这时候教养员又必须顾到游戏和舞蹈的内容。例如教练有主题的游戏，要求幼儿表现各种形象和动作的，则教练的方法必须尽量采用能鼓励幼儿的积极性的，能引导他们独立解决课题的。例如教练“麻雀和猫”的游戏，教养员起初可以单教他们扮演麻雀。他唤起他们对于熟悉的形象的记忆，教他们在散步时观察麻雀怎样跳，怎样飞；然后使他们在形象化的音乐声中表演动作。音乐感受性较丰富的幼儿便立刻能在动作中表出音乐性质的变化，表现“麻雀”的跳或飞；别的幼儿则不能立刻听出这些。教养员演奏音乐作品给幼儿们听，逐渐地引导他们注意到音乐的各种细节，暗示他们个别的动作(例如“麻雀整理翼膀”)。以后，教养员指定某一幼儿表演猫的角色，这猫监视着“麻雀”，在响出最后一个和弦的时候扑过去捉它们。

有的时候情形相反：必须在游戏之前先说明它的组织，仔细地作准备，检查其中所有一切动作。

教练简单的对舞或圆阵舞，虽然在大班幼儿不感觉困难，但教养员也必须常常顾到幼儿对这些舞蹈的准备；倘有必要，先和他们反复练习动作,对他们说明新的队形组织的演习法。然后和某一幼儿示范表演新的舞蹈的全部。

较复杂的舞蹈,往往需要长期练习各种动作要素,方能完成(教练民间舞蹈的时候尤其如此)。这一切要素,教养员照例用舞蹈练习的形式或小舞蹈、小游戏的形式,和全班幼儿一起练习。然后教养员向一小组幼儿示范表演这新的舞蹈;到了下一课,就由全班幼儿表演这舞蹈。

准备节日的庄严出游时,教养员须在上课时教练幼儿一切必需的队形组织和队形变换的要素。节日即将来到时,教养员向幼儿说明他们出游的内容,并教他们认识音乐。然后,在最后的课上,教养员把各班联合在一起,上一次总课。上过总课之后,教养员可教每班分别复习幼儿所感到困难的要素。

第八节　配合歌曲的活动

配合歌曲的游戏、舞蹈和练习,广泛地被采用在活动教学中。幼儿很欢喜它们,又很容易记忆它们。配合歌曲的游戏和舞蹈,在课堂中练习,在游玩时表演,又由幼儿们带到家里去。

在游戏和舞蹈中,熟悉的歌曲的内容被实际表出在动作中了。歌曲便成为幼儿所亲近、所理解的了。

配合歌曲的游戏,能发展幼儿的主动精神、想像力和观察力。歌曲的文词能帮助幼儿理解音乐的性质而使它和动作相一致。在没有乐器的幼儿园中,配合歌曲或配合没有歌词的曲调的游戏、舞蹈和练习,具有特殊的意义。

基本技能

教养员靠配合歌曲的游戏、舞蹈和练习的帮助，引导幼儿注意曲调。他教幼儿在动作中理解并表现音乐的性质。由此培养幼儿的宝贵技能，即在听器乐的时候主要地注意曲调。

有些音乐表现的要素，像强弱(响的音和轻的音)和声域(高的音和低的音)，在配合无伴奏歌曲的活动中所起的作用，比配合器乐伴奏的活动中所起的作用要小。

由于这一点，活动的教练也略有改变。配合歌曲的活动，表演时较安静。用力的、激烈的动作——跳步、跳跃——都不大采用，因为这种动作的性质不宜配合人声所唱的曲调。

在配合歌曲的游戏中，民间曲调占着优势，因这原故，游戏中广泛地采用民间舞蹈的要素。

要使幼儿积极化，把动作表现得更有力、更清楚，教养员有时可以打手鼓，用这清楚而有节奏的鼓声来随伴自己的歌声。有时，他可以适应了曲调和动作的性质而采用铜鼓、手鼓、摇摇响。例如在配合舞曲的舞蹈的末了采用手鼓；在进行曲开始之前敲铜鼓等。

歌曲目录

教养员为活动选择歌曲时，必须选择曲调和歌词十分统一的歌曲。否则，动作不能表现音乐的性质，或者不能适合歌词的内容。

倘是轮舞的歌曲，则动作必须保持轮舞的性质；倘是行进的歌曲，则动作的性质必须适合于行进。

歌曲的文词可以各式各样地表现在游戏中。例如在小班用的“火车”的游戏中,只取歌曲的基本形象;在中班用的“小麻雀”的游戏中,就表现出每一首歌词的内容。

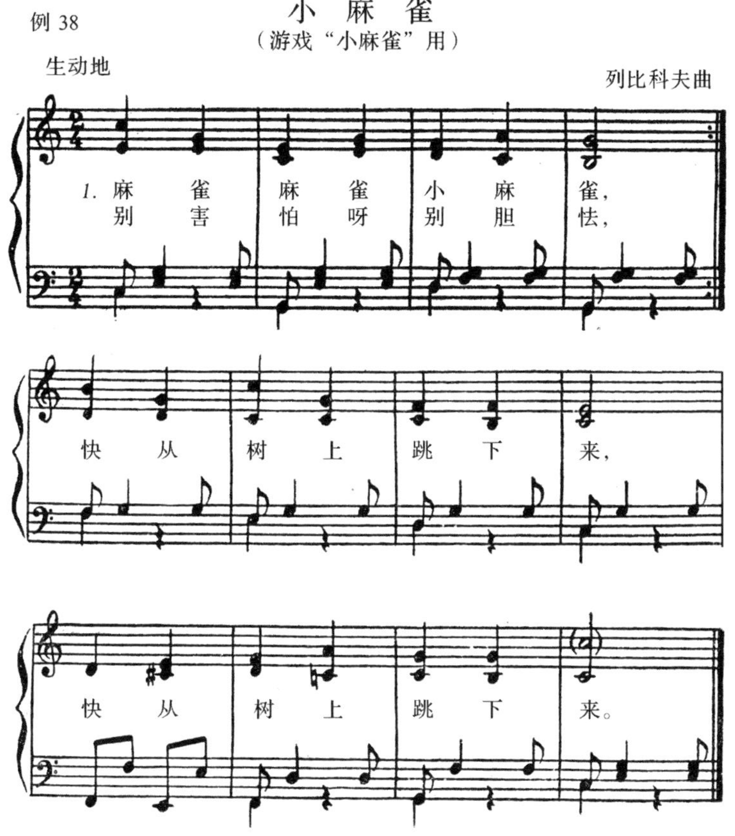
例 38
小 麻 雀
（游戏“小麻雀”用）
生动地
列比科夫曲
1. 麻 雀 麻 雀 小 麻 雀,
别 害 怕 呀 别 胆 怯,
快 从 树 上 跳 下 来,
快 从 树 上 跳 下 来。

2. 麻雀麻雀我爱你,我把谷粒送给你,

抚爱你又招待你,招待过后放了你。

游戏顺序　全班幼儿分为两队——“幼儿”和“麻雀”。幼儿蹲在摆成半圆形的小椅子背后。“麻雀”坐在小椅子上。

第一首——“麻雀”在室中“飞”。唱到“快从树上跳下来”的时候,它们向幼儿们“飞下来”,双脚跳到小椅子旁边,对着小椅子蹲下来。

第二首——唱“麻雀麻雀我爱你”的时候,幼儿抚摸他的“麻雀”;唱到“我把谷粒送给你”的时候,幼儿撒布想像的谷粒,“麻雀”便“啄食”(用手指在小椅子上敲)。唱到“抚爱你又招待你”的时候,幼儿又抚摸“麻雀”。唱到“招待过后放了你”的时候,“麻雀飞去”,幼儿向它们挥手。“麻雀飞去”之后,幼儿坐在小椅子上了。然后“麻雀飞”回来,停在小椅子背后了。这样,游戏反复的时候两个幼儿就更换角色。在大班的游戏中,歌曲的文词和音乐的性质表现得更详细,例如“动物”的游戏便是。

例 39
篱　笆
（游戏“动物”用）
不很急速
卡林尼科夫曲
f
p
篱　笆，高篱笆，
高过城头有篱笆，动物坐在篱笆下，

一天到晚说大话。 最先开口 是狐狸:
"全世界上我最美!" 兔子用手 摸胡须:
"我能快跑谁来追!" 刺猬看看 身上毛:
p

“我的皮袄 真真好。” 跳蚤听了 跳一跳：
“我的皮袄 也很好！” 熊大哥，
mf
吼一声：“我唱歌，真好听。”
3
3

游戏顺序 预备组织:两横排(六人至八人),各排的人互相牵住手,一排站在一排的后面,面向同一方向;八至十二个幼儿("动物")站在两排幼儿的后面、右边和左边。

第一段歌词——唱"篱笆,高篱笆"的时候,前排幼儿向前跨两步,踏三脚。

唱"高过城头有篱笆"的时候,后排幼儿走近前排幼儿(前排幼儿站定),举起携着的手来,套过前排幼儿的头,把手放在他们的前面(表示编篱笆)。

唱"动物坐在篱笆下,一天到晚说大话"的时候,那些"动物"从"篱笆"的两边跑出来,坐在"篱笆"下面了。

"山羊"坐在最靠边,即"篱笆"的左端。

第二段歌词以下——每唱两句歌词,歌词中所说到的"动物"站起来。它先向前走,然后向左走,坐在那里。

"山羊"最后出场。它走的时候伸开手指,表示山羊的"角",又踏脚。"山羊"没有走近"动物们"去的权利。它向前走,沿着"篱笆"的右壁,站停在和"动物们"相对的地方。

歌曲结束的时候,"动物们"跳起来,躲避那"山羊",逃到"篱笆"后面;“山羊”追它们。“动物们”刚逃到“篱笆”后面,两排幼儿放下了编篱笆的手,互相牵住手,迅速地改组为一个紧密的圆阵,这便是关动物的“栏”。“动物”必须重新跑到前面,跑进这“栏”内去。站在“栏”的两端的幼儿努力把圆阵关闭,紧紧地握着手(表示替“动物”关闭“栏”的门),不让“山羊”走进圆阵里来。如果这些动作做得不好,“山羊”便捉住了来不及躲进“栏”里的“动物”。

游戏、舞蹈和练习,可采用各种歌曲:俄罗斯民歌、苏联其他民族的歌曲(轮舞歌、舞蹈歌)、苏维埃作曲家的儿童歌曲和群众歌曲。这些歌曲的歌词和曲调必须单纯、明白而为幼儿所能了解。幼儿所早已熟悉的歌曲,可以很好地利用在游戏中。

有许多配合器乐的游戏、舞蹈和练习,很可以采用在配合唱歌或哼唱曲调的课业中。

某些民间曲调,教养员可带着歌词唱。有时,倘歌词不适宜于幼儿,他就唱没有歌词的曲调。

教练法

歌曲的演唱在教练工作中具有决定性的意义。歌曲的演唱必须富有表情、正确而清楚。每一首歌词里的音乐的情趣必须适合于歌词的内容,这才可使幼儿理解音乐,而更清楚地感得并表现歌曲的形象。

教养员遇到必须不唱歌词而唱曲调的时候,其曲调也要唱得富有表情。唱的时候,普通都用某种辅助的母音和子音。这种母音和子音的选择,必须适合于曲调和动作的性质。用“啦啦啦”来唱曲调,适宜于柔和而流畅的动作。用“得啦嗒嗒”来唱曲调,适宜于较明确有力的动作。

在小班里领导唱歌游戏的时候,由教养员自己唱歌。在中班里,尤其是在大班里,则一部分由幼儿唱歌,特别是在安闲的轮舞中;较用力的动作由部分幼儿来表演,这些幼儿在这期间不唱歌。

在大班里,可以教若干幼儿表演游戏或舞蹈,而教其他的幼儿唱歌。

在一切游戏和舞蹈中,唱歌的领导任务属于教养员。在节日的时候可由成人来担任唱歌。

教幼儿作唱歌游戏,教养员有时在唱歌之前说明歌曲的内容,有时一面唱,一面详细说明各首歌词的意义。如果游戏和舞蹈是需要由幼儿自己唱歌的,必须先教幼儿唱熟这歌曲,然后合着动作而表演。不用乐器而教练的时候,教养员也必须像用乐器时一样地有计划、有系统地教练。

第九节　民间游戏和民间舞蹈

民间游戏和民间舞蹈的意义

和民歌及民间故事一样,民间游戏和民间舞蹈也是培养幼儿对祖国的爱、对祖国人民的爱、对祖国文化和艺术的爱的手段。

幼儿表演民间舞蹈,便认识了该民族的生活、习惯和业务。

民间舞蹈及其许多动作要素都很复杂,在小班和中班里差不多不能应用。

民间游戏主要的是建立在“基本”动作上的。因此从小班开始这种游戏就为幼儿所能胜任。

但民间游戏和民间舞蹈之间没有明确的界限:游戏中常有舞蹈的要素,舞蹈中常有游戏的成分。中间的形式是轮舞和轮舞游戏。民间游戏往往结合歌曲、计数歌、俚谣曲,使游戏中具有音乐和节奏的要素。

民间游戏和民间舞蹈及其极简单的要素,是幼儿园中活动课业的基本要求。教养员应该把它们看作全部教学工作的有机部分,看作培养音乐技能和活动技能的重要方法之一。教养员必须系统地、循序地教学民间游戏和民间舞蹈。

民间游戏和民间舞蹈的目录

教幼儿活动时,教养员宜采用幼儿在幼儿园教育过程中所熟悉的民族的游戏和舞蹈。对于幼儿园中非俄罗斯民族的幼儿,除了俄罗斯舞蹈之外,又须教以该民族的游戏和舞蹈。

有几种民间游戏,在幼儿园中几乎就用本来的形式(例如游戏“跳呀跳,小鸫鸟”)。教养员又可采用活动式的游戏,配合以某种民族音乐(例如“篱垣”)。

轮舞也有种种组织。例如有一种轮舞的游戏表演,幼儿在其中表演歌词的内容和音乐的性质。有时轮舞用游戏的成分来结束;有时轮舞游戏用具有规定动作的舞蹈或“自由”舞蹈来结束。

教学的内容

小　班　教养员教小班幼儿时,采用配合俚谣曲(例如《劈劈拍》)或幼儿轮舞曲(例如《华尼亚走路》)的游戏。在配合俄罗斯民间舞曲的模仿舞蹈中,幼儿表演他们能力所及的、性质结合音乐的动作:他们半蹲,一只脚或两只脚踏脚;两人成对地携着手走步,转圆圈等。

中　班　在中班里,教养员教幼儿认识各种内容、各种性质的轮舞(例如轮舞游戏“小兔儿到林中”“亚麻”)。在轮舞中加入较接近于民间舞蹈要素的动作,例如:踏脚步,用全部脚掌走步,结束时踏三步;必须使幼儿学会缩小圆阵,放宽圆阵,“蛇形”跑步,在“小门”下跑步,懂得民间舞蹈和轮舞的最简单的组织。到学年终,中班幼儿能够表演他们所胜任的民间轮舞了。

大　班　在大班里,民间游戏和民间舞蹈的目录大加扩充了。教养员从学年开始就系统地、有计划地在课业中采用民间游戏、配歌曲的轮舞、表演以及各种民间舞蹈;他教幼儿学会在各种民族舞曲声中自由动作,教他们把已经学会的要素采用在自己的舞蹈中。

教养员必须努力使幼儿感觉到民间舞蹈的基本性质。俄罗斯民间舞蹈的姿势体现着其固有的美质,这里面有热情,有愉快,有幽默。教养员把俄罗斯舞蹈的动作向幼儿作示范表演时,必须特别努力表现姿势的性质,强调地表出俄罗斯的女孩何等美妙而愉快地跳舞,男孩何等热情而灵敏地跳舞。

教练法

教练幼儿民间游戏和民间舞蹈的时候,和教练配合古典音乐或苏维埃音乐的游戏和舞蹈一样,教养员的任务是培养幼儿在动作中正确地理解并表现音乐的性质。

教养员帮助幼儿理解舞蹈动作的内容,把这些动作和一定的情绪的形象结合起来。例如在俄罗斯舞蹈中,用脚跟跨步是表现舞蹈的热情;配合这步法的,普通是同样热情的挺直身子和仰起头的姿势。

教养员教练民间舞蹈的要素时,必须有系统,有顺序。开始时必须用幼儿所接近的、所理解的本国舞蹈。教养员从这舞蹈中选出形式上与幼儿所习惯的基本动作差异最少的要素来,以此作为最初的舞蹈练习。

例如用全部脚掌走步，幼儿在小班里玩“火车”“汽车”等游戏时已经熟悉了。这种步法在大班里，甚至在中班的一部分里，就可应用在俄罗斯舞蹈中。

教养员逐渐地教大班幼儿学会俄罗斯舞蹈的基本要素——交替步。交替步在幼儿是感到很困难的：第一，因为它的节奏很复杂；第二，两脚要常常替换。在中班里，就教幼儿在某些舞蹈中和轮舞中练习结束时的“踏三步”，使符合于许多民间舞蹈歌曲的结尾的节奏。在大班里，教养员教幼儿配合歌曲《啊，你这桦树》而作舞蹈练习。在这歌的伴唱声中，幼儿表演“踏三步”的动作，轮流使用右脚和左脚。这样，他们便学会了他们所感到困难的交替步的节奏，开始会换脚了。这种练习可以直接引导幼儿学会交替步。

教养员逐渐地把较复杂的要素教给幼儿，例如“带跳步”，这是幼儿所欢喜的动作，表现出明确的舞蹈的兴奋和热情；“半曲膝舞步”和“蹒跚步”，是用简单化的形式表演的；其中的跳跃改用了两膝的弹性的弯曲。“半曲膝舞步”可不移动地位而在同一地方跳，也可跳向前方。“蹒跚步”常常和可以换脚的“踏三步”相结合。

教养员把俄罗斯舞蹈中所用的手的各种姿势示范给幼儿看：(一)两手叉腰，手指握拳；(二)两手交叉在胸前；(三)两手静止地挂在躯干旁边(女孩子在跳舞开始时用)；(四)两手稍稍向两旁举起(向后方)，这时候除大指外的四根手指紧握在手掌中，大指向一旁翘起；(五)两手向两旁展开，肩膀向后。

男孩子出场舞蹈的时候，可用简单的大踏步的步法，用力挥动两手臂。

在俄罗斯舞蹈中，女孩子手里常常拿一块手帕。她们可以轻轻地挥动手帕,或者用力把手帕向上下挥动。有时女孩子用两手拿着叠角的手帕,两手向前举起,弯曲两肘。舞蹈的时候,女孩子平稳地把两手一会儿移向右,一会儿移向左。跳轮舞的时候,女孩子往往不牵住手,而拉住手帕的角。

男孩子可试学曲膝舞步。这种动作是俄罗斯人、乌克兰人、白俄罗斯人所特有的,是男子舞蹈的特征。妇女和女孩从来不跳曲膝舞。有时在"自由"舞蹈中,女孩子看看男孩子,也要试作曲膝舞步;教养员必须向她们说明:曲膝舞步是只限于男孩子用的。曲膝舞很复杂,所以不列入技能范围内。

配合含有舞蹈成分的民间音乐的游戏,可以帮助教练民间舞蹈的要素。幼儿在这些游戏中练习表现并结合他们所熟悉的该民间舞蹈的要素(例如游戏"篱垣")。

游戏顺序 幼儿排成四横队,靠着房间的四壁站着,各人用"编篮式"[1]互相携手。

在歌曲《少女们播种蛇麻草》的第一乐句声中,第一队向着对面的第二队前进;乐句结束的时候站定了,向他们鞠躬。这第一乐句反复的时候,第一队向后退走,回到自己原来的地方。

奏第二乐句及其反复的时候,第二队作上述的动作。

歌曲反复的时候,由站在另两面墙壁下的第三队和第四队作上述的动作。

---

〔1〕"编篮式"携手,据说是横队的一种交叉携手法,即横队中单数的人互相携手,把携着的手放在双数人的身前;双数的人也互相携手,把携着的手放在单数人的身前,如同编篮子一样。——译者注

然后演奏愉快的舞蹈曲调，幼儿们放下了手，四散在室中，自由地舞蹈。音乐停止的时候，幼儿们跑回原来的地点，排成队伍，用“编篮式”携手，哪一队最先排好，最先携好手，哪一队就赢了。

这游戏反复若干次。

方法的指示：游戏的第一部分有俄罗斯轮舞的性质；幼儿跨步及鞠躬时必须保持轮舞的特点，即用自由而突进的步调前进，平稳地鞠躬。教养员对幼儿说明：鞠躬是邀请另一队和他们一起舞蹈的意思，或者是感谢他们的邀请的意思。

在演习游戏之前，教养员示范给幼儿看：怎样用“编篮式”携手。起初用四人至六人的小队。

在游戏的第二部分中，教养员更换舞蹈曲调：有时奏（或唱）《从橡树底下》，有时改用《啊，我的门厅》《我走，我出去》《林中草地》等。并且在幼儿们学会了俄罗斯舞蹈的各种要素后，设法使他们把这些要素采用在自己的动作中。

由成人（教养员、家长、客人）表演这种舞蹈给幼儿们看，对于民间舞蹈的教练有很大的帮助。幼儿往往在节日看到了成人们表演舞蹈,便自己学会了所记得的动作,后来采用在自己的舞蹈中。

在一班里,往往有在家里常常看到俄罗斯舞蹈的幼儿;这种幼儿大都自己跳得很好,他们的榜样可以帮助全班幼儿。

问　题

1. 音乐活动的意义何在?

2. 音乐活动教学的任务如何?

3. 试述《幼儿园教养员指导》中关于三班的音乐活动的基本内容。

4. 试述音乐活动教学的基本手段。

5. 试述各班幼儿游戏和舞蹈的教练的基本方法和方式。

6. 配合歌曲的游戏和轮舞的特点如何?

课堂作业及家庭作业

1. 试分析教师在课内所演奏的音乐作品:

(甲)确定音乐作品的性质,指出音乐表现的最显著的手法;

(乙)什么性质的活动才适合于这音乐作品?

2. 试列举所熟悉的民间舞蹈曲调和轮舞歌曲,带歌词及不带歌词而唱它们,同时用相应的动作来随伴它们。

3. 按照教师的指示研读并分析舞蹈及游戏的表演顺序,准备在课中教练。

4. 试考虑在相应的音乐声中表现禽类或兽类的形象的动作(按照教师的指示)。

第六章　音乐课的形式

第一节　基本形式

幼儿园音乐教育的基本形式是必修课。必修课能使教养员在共同课业的过程中对班上每一个幼儿施行系统的、循序的音乐教育。教养员教幼儿唱歌技能和活动技能,使他们对于音乐的概念精确起来。在课业的过程中,教养员教幼儿养成集体学习的习惯。唱歌和游戏能使幼儿习惯于共同的动作。必须培养幼儿的组织性,培养幼儿完成各种音乐课题的能力,例如正确地唱歌曲的曲调,听赏音乐作品,服从音乐游戏的规则,正确地表演舞蹈中的动作等。这可以发展幼儿所不可缺的种种品性:注意力、记忆力、意志、积极性、主动性、组织性、纪律性。

此外,幼儿园中又施行个人的教练工作和小组幼儿的教练工作。

这种教练工作形式也是系统地施行的,但不是对每个幼儿必须施行,不是每课都要施行的。例如,某幼儿还不能掌握必需的技能。教养员在上课时对这幼儿加以特别的注意,而获得效果后,在以后的某时期中就可以像对别的幼儿一样地观察他、帮助他了。

音乐和歌曲必须在日常生活中每天奏唱,又必须在幼儿的创作游戏中奏唱;歌曲可被利用在散步中、体操课中,节日和娱乐晚会,没有音乐和歌曲是不可想像的。

教必修课,教个别幼儿,教小组幼儿,在幼儿园日常生活中应用音乐,——这样,教养员就能有计划地、全面地实现音乐教育的任务了。

第二节　音乐必修课

课业的内容

各班幼儿的音乐必修课每星期上两次。在音乐必修课上有系统地教幼儿掌握基本教材。《幼儿园教养员指导》中关于音乐教育规定着三部门,即唱歌、听赏和活动。每一部门规定着音乐知识和音乐技能的范围,教养员必须按照这规定而教练各班幼儿,并保证他们学会。

“音乐教育”这一部门中所规定的基本的知识和技能,必须在音乐必修课中循序地、系统地教练。每一部分中又规定着音乐教材的最小限度,教养员必须借这些教材的帮助而教练基本技能。必须保证幼儿掌握这些教材。

教养员必须根据教育任务、基本要求和教材目录而计划每一课。教养员教练新的歌曲和游戏,巩固并温习旧课,便可渐次地达得基本要求。例如,在大班里教齐里且耶娃的歌曲《我要系住小山羊》,教养员起初只是演奏,教幼儿注意音乐的性质。第二次上课的时候才教幼儿唱歌,而注意其曲调的正确。在以后上课时,教养员必须教幼儿表现各词句的不同的性质:“站定吧,我的小山羊,站定吧,不要用角来撞”这几句必须唱得严肃,稍稍有些断续;“小白桦,站定吧,不要摇摆”这几句必须唱得柔软。这样,教养员在若干课中教练一个歌曲,便可发展教学大纲所规定的若干技能了。

教养员在音乐必修课中教练某种教材时,必须明确地认识他的任务是要教会哪种技能。没有一定的任务而机械地反复过去的教材,不但无补于掌握教材和改进表演性质,反而使原有的错误巩固,以后就难于改正了。

教养员教练技能,加深幼儿对音乐的观念,还必须在音乐必修课的过程中注意幼儿的音乐才能的发展。

音乐必修课的性质,三班中各不相同。小班里的课业,主要是取游戏形式的,游戏中包含唱歌和舞蹈。中班里,尤其是大班里的课业,性质便不同。中班和大班的课业具有较明确的组织性;在课业过程中,要求幼儿正确地完成所指定他们的课题;教养员务使每一个幼儿都能符合全部基本要求。

必修课使教养员能够实现幼儿的音乐的全面发展。他在课业过程中教幼儿以技能,发展他们的音乐才能。必修课又使教养员能够对音乐教育的一切部门都平均地顾到,对一切幼儿都平均地顾到。

课业的组织

必修课的组织具有很大的意义。教养员必须考虑每堂课的开始。由于课业内容的不同,其开始也可有种种办法:或者就让幼儿走进教室来坐在小椅子上,或者让幼儿在音乐声中走进来,并且表演某种音乐活动。无论取哪一种办法,必须从最初开始就使幼儿的注意力集中。教养员必须使所有的幼儿都看得见他,听得见他。

教养员必须考虑整堂课的经过、顺序及教学法,并且确定对个别需要指导的幼儿的教学方式。

一课结束的时候必须使幼儿满足地、安闲地离开教室。

要正确地组织音乐课,必须实行下列的条件。

上课宜用厅堂或大房间。夏天可利用平坦的广场。上课的地方必须保持清洁,上课之前地板须用湿布揩过,广场上须撒些水。上课的地方不可有妨碍幼儿活动的多余物件。最好有乐器(钢琴、手风琴、民族乐器)。没有乐器时,可利用留声机来上课,或者由教养员唱歌。

上课的地方必须有幼儿用的椅子,在广场上可用长凳子,给幼儿唱歌及听音乐时坐用。椅子的大小必须适合各班幼儿的年龄。上课时必须具备些小物件:手鼓、铜鼓、铃、皮球、小旗、丝带等,又须有一个藏这些物件的柜子。幼儿上课时必须穿舒服的、不妨碍活动的衣服,脚上穿平底鞋。

具备了上述的一切条件,音乐课才有适当的组织。

第三节　小班的音乐必修课

课业内容

在小班里,幼儿最初过集体生活,共同唱歌和游戏。如果课业是幼儿所感兴趣的,就很容易使他们参加。教养员根据于这一点兴趣,努力使幼儿注意音乐,唤起他们唱歌、听赏音乐、在音乐声中活动的愿望。

在教练歌曲、音乐游戏、舞蹈以及音乐听赏的过程中,教幼儿以最简单的音乐技能。在小班里,尤其是课业初开始的时候,三个部门(唱歌、听赏、活动)密切地相结合。例如,给幼儿听赏俄罗斯民歌《小公鸡》。然后教养员教他们做这样的游戏:幼儿“睡觉”,教养员唱歌给他们听,唱完了歌,叫“喔喔喔”。幼儿便醒来,跑去“散步”了。这样,整课都融合在带有音乐听赏和活动的游戏中了。

课业的第一阶段是在团体室中举行,不用音乐伴奏。教养员在这种短短的课程中教幼儿们大家一起听赏歌曲,游戏,舞蹈。

第二阶段所教的已经不是单由歌曲和游戏组成的课业了。课业中包含歌曲、游戏、舞蹈和音乐听赏。课业随伴着乐器演奏(指备有乐器的时候)。但即使在这时候,也应该有某部分不用乐器伴奏。教养员不用乐器伴奏而唱歌,其歌曲更容易为幼儿所理解并学会。不用乐器演奏时,教养员可以直接参加幼儿的游戏和舞蹈,帮助个别的幼儿。

不可用大量的音乐目录和复杂多样的功能来加重幼儿课业的负担。在每一课中,可给幼儿唱两三个歌曲,听教养员唱一会儿歌,然后做一会儿游戏,舞蹈一会儿。教养员安排教材时,必须使复习的课题和新的课题交互轮流。

有一部分新课题只是由旧课题复杂化而成。例如,幼儿们已经学会《兔子和熊》的游戏。在愉快的音乐声中“兔子们”散步,跳跃,在列比科夫的《熊》的音乐声中扮熊的教养员走出来,“兔子们”惊吓了,逃走了。这游戏复杂起来,在散步之前教养员另外添唱一只《摇篮歌》,教“兔子们”听到这歌便睡觉。

课业教学法

首先,教养员必须用游戏、舞蹈和唱歌来使幼儿发生兴趣,引导他们注意音乐。课业的主要形式是游戏。例如教唱关于马的歌曲。教养员从幼儿中叫出一个人来当马,他和其他一切幼儿一同唱歌,一面抚摸这个扮马的幼儿。歌曲唱完的时候,这匹“马”就在房间里跑。用这方式可把歌曲反复唱三四遍,每一遍叫出一个幼儿来扮马。教养员必须熟悉每一个幼儿,知道他们的特性,这样才能逐渐地使大家参与共同课业。

应用玩具,可以唤起幼儿很大的兴趣。玩具能给幼儿带来很大的欢喜,能引起他们对课业的兴趣。幼儿往往十分注意地看教养员手中的洋娃娃;听着,看着:洋娃娃怎样“舞蹈”,后来怎样在《摇篮歌》声中“睡着”。

教养员教练音乐游戏、舞蹈、歌曲时,必须特别多用示范表演。幼儿模仿着教养员的示范,才能正确地唱歌并表演各种动作。教养员不但示范而已,又须积极地参加游戏,表演各种“角色”。

教幼儿上课,必须从容不迫:必须使年纪小的幼儿可以毫无困难地参加表演教养员所指定的课题。幼儿越是年纪小,上课时越是不可急迫,越是需要反复课题及音乐教材,而使缺乏积极性的幼儿渐渐地参加唱歌和活动。

实例　教养员唱拉乌赫维尔格尔的《雪》的歌曲,音乐作品结束的时候幼儿“像雪片一样”转圈子。无论教养员怎样吩咐,幼儿们在起初往往不是每个人都转圈子的。到了歌曲反复的时候,已经有大多数幼儿参加了。所以每次反复之前必须提醒幼儿们注意课题。教养员可对他们说:“现在要有许多雪片了,孩子们都要变成雪片了,伏瓦和尼娜也要变成雪片了。”(叫出没有参加游戏的幼儿的名字来。)于是歌曲反复的时候便有大多数幼儿参加表演了。

歌曲、音乐游戏和舞蹈的反复练习,在小班里具有特别重大的意义。反复练习一种教材的时候,必须特别仔细地考虑其教学法。

要使幼儿参加课业，最好所采用的教材其本身是能引起幼儿的兴趣的，能使一切幼儿都欢喜的。例如骑着马跑路，拿了旗走路。旗、马、摇摇响，是幼儿所最感兴趣的，所以他们即使怕羞，也会决心参加共同的游戏，不但如此，还欢喜个人做游戏。

课业的构成

课业的构成，有关于教养员为该课所定的教学任务，又有关于他为实现这些任务而选用的音乐目录。

小班里的音乐必修课的构成，最普通的如下：

(一)能使幼儿的注意力积极化的导入性的课题。

(二)新的或复习的唱歌、游戏、舞蹈。

(三)能使安静地下课的终结课题。

要使幼儿遵守纪律，发生兴趣，必须集中他们的注意力。教养员可在钢琴上演奏他们所熟悉的歌曲。教幼儿倾听这熟悉的曲调，辨认这歌，说出这歌的名称来。

有时可在开始上课的时候用音乐、手鼓、摇摇响的声音，或用玩具，来吸引幼儿的注意力，然后转到课业的基本内容上去。

教养员教课的时候，必须顾到：幼儿不能长久集中注意力于一种事情。所以必须交互轮流地采用唱歌和活动，使两种互相补充，不致减弱幼儿的注意力，并且使唱歌和活动在同一内容上互相结合。

例如，幼儿唱《小鸟》，然后演习“小鸟和大鸟”的游戏。演毕之后，他们静悄悄地退去，“不让大鸟听见”。在这课业中，幼儿又唱歌，又游戏，他们有种种课题。但这些课题又都以同一内容、同一构思互相结合。

幼儿必须安静地退出课室。

例如,幼儿们同教养员一起舞蹈,到结束的时候教养员领着他们走,给他们一个课题:“我走到哪里,你们也走到哪里。”幼儿感到兴趣,便安静地退出课室。

上课时间的长短,关系于该课的基本教材的内容,关系于幼儿的年龄特征,关系于幼儿上课的积极性如何,又关系于该课的组织。小班里的音乐必修课的时间大概是十五分钟到二十分钟。

第四节 中班的音乐必修课

课业内容

中班幼儿较富有积极性。教养员不必像对小班幼儿那样努力唤起他们的积极性,而只要教他们掌握积极性。中班幼儿已有独立性,但是他们的注意力还没有充分的耐久性和坚忍性。中班幼儿活动力很强。

中班的课业内容,性质已和小班的不同。音乐教育的一切部门都有了较独立的意义。

和小班里一样,各部门的教学必须平均。例如,不可把很多的时间分派给活动的部分,以致妨碍了像唱歌和音乐听赏这样的重要部门。

只有各部门平均发展,才能使幼儿在音乐教育中获得真正良好的成绩。

每一部门都有特殊的基本内容,如前所述。

课业教学法

和小班里一样,教材的选择、优良的教学方法、教养员的说话、教养员对幼儿的态度,是决定必修课的成功的。

对于这年龄的幼儿,教养员教音乐目录时的示范表演也有很大的效用。个别成绩良好的幼儿的示范表演,也具有某种效用。必须使幼儿习惯于不仅倾听并观察教养员的表演,而又倾听并观察同学们的表演。又须使幼儿惯于接受对于他自己的表演的评价。

游戏的方式仍被采用在各部门(唱歌、活动、听赏)的教学中。

教养员的口头指示具有很大的作用。例如,教练新的舞蹈,教养员可先演奏音乐作品,然后,在演奏了第二遍之后,告诉他们:在这音乐声中必须舞蹈("起初两人成对地走,后来转圆圈")。又教他们听,应该在什么时候开始转圆圈。

教养员在他的指示中,就应当指示幼儿各种表演法。

在中班里,教养员对于唱歌和活动的性质,必须更加仔细地注意。

必须培养幼儿对课业的更深固的兴趣。为此,必须找求能够唤起幼儿更多的积极性和对该课业的兴趣的各种教学方法。

教养员准备各种课业的时候,必须预先建立起对于掌握教材保证最大效果的教学方法。

教养员用这种方法,可以引导幼儿注意歌曲和游戏的形象,可以唤起他们相应的感情。例如:"你们喜欢小鸟吗?大家亲切地来唱关于小鸟的歌吧。"或者:"我们的少先队队员是强壮的、健康的。你们也要像少先队队员一样走路——走得样子好看,走得均匀。"

教养员又可利用笑话;应用玩具和画片;叫个别幼儿出来唱歌或舞

蹈;变更自己指示时所说的话等。

教养员采用各种教学方法,能使幼儿对所学的歌曲、游戏、舞蹈有始终不减的兴趣,因此便可使表演获得良好的品质。

长时间停留在同一种状态中,在幼儿是感到困难的。如果幼儿坐着唱歌感到疲倦了,只要教他们改变姿势,即教他们站起来唱,就可以使上课轻松了。行进的歌曲,可以使他们一边走一边唱;唱完之后教他们游戏;余例推。有种课题幼儿往往不能表演,但倘教养员能够利用有效的比较法,提示他们某种形象,或者用游戏的方式教他们,那么他们就很容易学会了。

课业的构成

实践中最普遍的音乐必修课构成如下:在使幼儿注意力积极化的练习(大都是音乐活动的课题)做过之后,教他们听赏音乐及唱歌,然后教他们舞蹈和游戏。下课的时候,普通是用较安静的、熟习的游戏、练习或队形变换。

教练新教材,因为要求较多的注意,往往是在一课的上半部时间中施行的。

中班里的音乐课的时间是十八分钟到二十分钟。

第五节 大班的音乐必修课

课业内容

大班幼儿无论在他们的一般发展方面或兴趣方面,都和中班幼儿有显著的不同。他们认识了环境现实中的许多现象,这些现象使他们颇感兴趣。此外,他们能够更自觉地表演课题,更持久地集中注意力于课题。

教养员的任务,是准备他们适应学校的课业。他必须教他们更专心地用功,完成他们的课题,有纪律,能实行。

教养员在音乐必修课过程中所施行的教学,是解决许多教育任务的手段。音乐作品的艺术形象,积极的音乐感受力的培养,能帮助幼儿的全面发展,并使幼儿的观念和感情丰富起来。

在课业中,必须注意教学大纲的三部门的技能的顺次发展。音乐技能的范围的狭小,唱歌教练、活动教练、音乐听赏教练的特点,使教养员差不多能同时进行全部技能的发展工作。例如,教养员在教练歌曲的时候教幼儿把曲调唱得正确,把字眼读得清楚,恪守音乐的抑扬顿挫等。而在同一课中,教养员可把下次教新舞蹈时所需要的舞蹈动作要素教给幼儿。这时候教养员必须力求幼儿动作的正确,力求其符合音乐。在下一课中,教养员重新用这教材,但对他们的表演的要求较高了。例如,他教幼儿回想上一课教歌曲的时候他曾经作过怎样的指示;教幼儿独立地表演它;他检查幼儿是否很好地掌握了这些舞蹈动作的要素,然后教授应用这些要素的新舞蹈。倘发现幼儿还没有掌握这种技能(例如幼儿唱歌时字眼发音很不清楚),他就特别注意于这技能的发展。教养员系统地、有计划地发展幼儿的一切技能,教他们练习逐渐复杂起来的教材,他便可逐渐养成幼儿坚强而巩固的技能。

课业教学法

大班里的教学法也有变更。这年龄的幼儿,已经能够更自觉地对付他在音乐课业过程中所接受的课题了。

幼儿的积极性随了他们的教学而增大起来。例如在听赏音乐的时候,起初教养员用启发性的问题来帮助幼儿理解音乐的内容。以后,幼儿便能在教养员的领导之下独立地决定音乐作品的性质,而注意到乐语的最明显的表现手法了。

在大班里,仍需要教养员示范表演动作及唱歌,但比较起中班里来,其意义已有变更。教养员在教练的过程中示范歌曲、舞蹈、练习中的个别的表演方法。

对年长的幼儿,必须力求其正确完成课题。教养员指示幼儿:用什么方法可以得到良好的效果;用怎样的方法可以改进唱歌和动作的品质;应该在音乐中注意哪一点;余例推。

大班幼儿对表演的品质已能感到兴趣。他们乐愿改进自己的动作和唱歌,教养员可引导他们注意这方面。他鼓励个别幼儿的成功,帮助幼儿掌握教材,教这几个幼儿帮助那几个幼儿,这样,便可保证全班幼儿有优良的成绩了。

及时帮助个别幼儿,是特别重要的事。有时可以施行个别教学,帮助幼儿克服他所感到的困难。

课业的构成

大班里的课业构成的设计,和中班里的相同,但各部门具有更独立性的意义。有时一课可以只含有两部门,甚至一部门。例如,演奏会式的音乐听赏,有时可以占用整课的时间,或者插入熟悉的歌曲的演唱;在这样的课中可以没有活动。

上课时间的长短,关系于课业的内容。大约是二十五分钟至三十分钟。

第六节　综合幼儿园中的必修课

综合幼儿园中及全日班中的课业,便是各种年龄(三岁至六岁)的幼儿混合上课。决定教学法的时候,必须顾到这种幼儿组织的特点。

课业内容

各种年龄混合的班级中的必修课,和其他的班级一样,包括全体幼儿。因此计划必修课的基本内容时,教材的选择发生了困难;教学法也发生了困难。基本要求仍是重要的,而困难在于必须保证课业的正确构成,保证本班中各种年龄的幼儿的技能教练。课业的基本内容,视本班的成员而决定。例如,如果大多数幼儿是五岁的,那么采用中班的基本内容。对于其他年龄的幼儿,规定别的基本内容,目的在于依照他们的年龄的可能性而使他们也获得进步。

教养员必须选定:

(一)大多数幼儿所胜任的教材;

(二)预定给个别小组用的教材。

教养员教授大多数幼儿所胜任的教材的时候,须把对于年龄较大的幼儿小组的要求适当地复杂化,而把年龄较小的幼儿小组的教材减轻。教全体幼儿唱歌的时候,教养员根据年龄所决定的基本规定而对各种年龄的幼儿提出各种不同的要求。例如教全体幼儿唱克拉谢夫的《松鼠》,教养员教年长的幼儿必须把伴唱部唱得轻快活泼。或者,例如给全体幼儿听赏齐里且耶娃的《我要系住小山羊》,教养员教年长的幼儿注意这音乐的安闲的、叙述的性质,以及第二乐段中的变化。他局部地演奏钢琴伴奏,教他们听关于小山羊的、关于小白桦的乐句。

在活动方面,也为了各种年龄的幼儿而变更基本课题。

实例　幼儿两人一组地走进教室,每组中由一个大幼儿引导一个小幼儿,大家四散地走来走去。后来教他们站定了。教养员给小幼儿每人一面小旗子,他们就拿着小旗子站着。大幼儿集合为纵队,在演奏音乐的第一部分的时候蛇形地在站着的幼儿中间穿走;演奏音乐的第二部分的时候,他们各自走近和自己配对的幼儿,而在音乐结束的时候取了他手中的小旗子。然后由小幼儿穿走,但他们不排成纵队,只要四散地穿走;音乐结束的时候他们也走近和他配对的大幼儿去。

这样,对于大幼儿,在音乐课题方面是要求他们辨别音乐作品中的部分,而用动作表现出来;在活动课题方面是要求他们作蛇形穿走。对于小幼儿,只是要求他们在音乐停止的时候停止动作,并找到同他配对的人。

在舞蹈中,教养员要求年长的幼儿的动作更加正确。

在游戏中,教养员对各种幼儿有各种要求。例如幼儿在音乐声中摹拟“小兔子”跳跃:教养员要求年长的幼儿的动作必须富有表情,所用的方法是个别指示,或者教成绩优良的幼儿作示范表演;他教小幼儿自由地跳跃,模仿大幼儿而改善其动作。

课业教学法

综合幼儿园中上音乐课时必须把幼儿按照年龄而分成小组。这可使每个小组的幼儿都能学得他们能力所及的教材。例如:小幼儿唱歌,大幼儿听;这样,小幼儿的歌声没有被大幼儿所盖倒,他们听着自己的歌声,便唱得更加稳确了。当教养员教小幼儿所不能胜任的唱歌技能时,就单教大幼儿唱。也可用这样的方法:领唱部由大幼儿单独唱,伴唱部由全体幼儿共唱。

发展活动的课题,各种年龄的幼儿也各不相同:一起走路,尤其是一起跑步或跳跃,在年龄不同的幼儿是困难的。所以教这种活动的时候,必须分成小组(大幼儿组、小幼儿组)。小幼儿不和大幼儿在一起,可以活动得更自由。大幼儿不和小幼儿在一起,可以不必顾到他们,不致冲撞他们,也可以活动得更自由。

在游戏中,可以这样分配:教大幼儿担任较重要的角色;这可以满足大幼儿的愿望,而让小幼儿自由活动(例如游戏"托儿所和幼儿园""猫和老鼠"等)。

大幼儿和小幼儿也可以一起活动,例如在两人一组的舞蹈中,每一个大幼儿和一个小幼儿组成一对。这时候大幼儿是小幼儿的榜样,是帮助他学习动作的。在行进中也如此:大幼儿牵着小幼儿的手一同行进,并指示方向。在圆阵舞蹈中,可教大幼儿和小幼儿相间而排列,小幼儿夹在两个大幼儿中间,更容易学会动作。

混合班课业中这一切教学方法,具有同一的目的:顾到混合班幼儿的年龄特征,帮助每一个幼儿进步。

混合班课业构成的设计所异于普通班的,便是上述的特点,这就是说,在课业中须布置:

(一)各小组的轮流活动;

(二)给大幼儿做的较复杂的课题。

混合班课业构成的设计在其他方面与普通班无异。

图6 幼儿跳民间舞蹈

第七节 个别幼儿教学和小组幼儿教学

如前所说,音乐教育工作中有必修课,同时又有个别幼儿教学和小组幼儿教学。

小组幼儿的个别教学,使教养员可以更详细地认识每个幼儿的特性,正确地发展这些特性,使较畏怯的幼儿积极起来,帮助新来的幼儿早些参加幼儿的集体。

这工作可以巩固幼儿所获得的知识和技能;又可帮助个别幼儿使他们更快地学会所需要的技能。另一方面,它又可使不阻碍才能较丰富的幼儿的发展。

小组幼儿的个别教学,由音乐指导者担任,又可由该班的教养员担任,基本上可利用必修课、早饭前的时间和晚饭后的时间,又可在散步时施行。

音乐必修课过程中的个别教学

教养员计划音乐必修课的时候,指定他在该课上需要更详细地检查的几个幼儿。他在课题的集体表演的过程中、在听赏音乐和唱歌的时候、在做音乐游戏和舞蹈的时候观察这几个幼儿。教养员可以教这几个幼儿个别地表演某种课题,例如唱一只歌,跳一个舞,在音乐声中做某种动作。

教养员在必修课的过程中检查个别的幼儿,同时又努力帮助他们学会各种技能。

在集体活动必须结合个别表演的课题中,教养员可利用他所要观察的幼儿,教他们在唱歌表演时担任领唱,在个别的练习中,在花式的队形组织中,在像“镜子”“这样做”等音乐游戏中,以及示范的舞蹈中当领导角色。

在每一次音乐课之后,教养员立刻把对这几个幼儿的观察的结果记录在手册里。做这工作的时候,教养员对付幼儿必须十分敏捷而仔细,常常顾到他所观察的幼儿的个别的特性。

在早晨及傍晚施行个别教学的时候,教养员可教幼儿唱某一个歌曲,这时候他必须常常顾到幼儿的嗓子,给他唱的歌曲采用他所适宜的调子。教养员可教练幼儿所没有学会的个别动作。这时候他可利用游戏的形式来教练。

每次上课的内容和节目的选择,视教养员设计该课时所负的任务而决定,例如这一课是要改良表演的性质,或者是要发展幼儿的嗓子,或者是要准备幼儿的节日,等等。

实例 大班幼儿个别教练的实际经验的一例如下:马丽娜进幼儿园已经第二年了,但在唱歌课中始终赶不上班中其他的幼儿。她的音域很狭,音调又不正确。对这女孩子便施行了系统的唱歌个别教练。音乐指导者和教养员在这教练中采用较容易的目录。这是中班目录中的歌曲,教这女孩子用各种调子来唱,借以开拓她的音域。有些歌曲,例如克拉谢夫的《蓝毛山雀》,采用这样的唱法:女孩子唱问话,教养员唱答话。这种教练使这幼儿十分情绪地感受。马丽娜常常问教师:“什么时候我们再来两人唱歌?”这教练工作得到了所希望的结果。到学年终,马丽娜的音域已经加广,她唱起歌来音调也正确得多了。

图 7 利用留声机听赏音乐

个别教学的设计和记录

幼儿的个别教学,和音乐必修课一样,必须在日程计划的册子里设计及记录,所根据的原则,与别的部门的个别教学工作设计和记录时所根据的原则相同。

这种课业设计时须考虑到:务使一切幼儿都以某种形式包括在这课业中,不论这课业是在音乐必修课过程中施行,或者是在特殊的个别教学过程中施行。

因了教养员所设定的目的(例如教基本课题,使胆怯的幼儿积极化,引导新来的幼儿加入课业,检查他们的唱歌技能和音乐活动技能等)而变更个别教学的次数。有时,教养员施行一次个别教学已经够了。而有时,对同一幼儿须施行时期较长的个别教学。

对每一个幼儿的个别教学的时间,不可超过五分至八分钟。这课业必须生动而富有情绪。

小组幼儿的教学

教养员对幼儿施行个别教学时所负的任务,在对小组幼儿施行个别教学时仍是有效的。组织形式改变了,这是因为教养员教幼儿的技能是要求集体解决的,例如:唱歌时不互相超越,歌声在力量上和别人的歌声相融合,在舞蹈中变更动作,两人一组活动,三人一组活动等。

如果在班中有难于学会某种基本技能的幼儿,必须选用适当的目录,拟定教练的方法,而对他们施行唱歌或活动的有系统的补充教练。

有时,教养员教两三个容易对付这课业的幼儿参加这教练。良好的榜样可以帮助幼儿,使他们很快地学会所需要的技能。

教练小组幼儿,和教练个别幼儿一样,须由教养员在日程计划的册子中设计并记录。为这些课业所选择的目录,必须符合于教养员目前的任务。这是关系于唱歌教材和音乐活动教材两方面的。

第八节　音乐教学的设计和记录

音乐教学的设计的意义

为了保证音乐教学的系统性及顺序性,必须有正确的设计。有了设计,可以望见音乐教育的前途,可以帮助教养员在时间方面正确地分配基本教材,借此保证幼儿充分而巩固地学得课业。

正确的有系统的设计,可以帮助在音乐教育的各部内实施工作。

由此可知,设计可使教养员自觉地实行音乐教育的任务,可使工作有系统,使它有一定的目的,保证它的品质良好。

基本教材选择的原则

应当怎样设计音乐教学工作?这设计在幼儿园每班的总日程计划中占有怎样的地位?在作日程计划之前,教养员须拟定一个月或一个半月的基本内容,以及音乐所帮助解决的教育任务,又选定适当的音乐教材。

在“音乐游戏和舞蹈”的部门中选择基本教材的时候,教养员必须使这基本教材和这一段时期所规定的“体育练习”部门的基本教材相适应。

决定工作内容的时候,必须依据计划的基本原则:渐渐使内容复杂化,顾到幼儿的个别特性及条件。

制订计划的时候,最重要的是要顾到幼儿程度的水平。

在学年开始时,必须检查幼儿的技能。为此,可以利用结合某种课题的集体表演和个别表演的音乐必修课。有时也可利用个别教练的课业。

教养员必须在他的日常工作中全面地熟识每一个幼儿,熟识他们的唱歌才能和音乐活动才能,这些才能在创作游戏中,在教练活动性的游戏和轮舞时,都明显地表出着。

目录选择的原则

在《幼儿园教养员指导》中规定着三部门教学工作的目录。教养员必须保证教会他所应用的目录。选择目录的时候,不但必须注意该班幼儿的年龄和他们的一般发展,又须注意他们在音乐和活动方面所已有的程度。由此可知,目录中只可编入该班幼儿所能胜任的歌曲、游戏或舞蹈。

为一个月或一个半月的节日用的目录选择教材及制订计划的时候,尤其必须注意这个原则。节日的准备决不可打破幼儿学习基本教材的计划和系统。

音乐指导者和教养员的共同工作

倘幼儿园中是有音乐指导者的,则在音乐指导者制定基本内容和音乐所帮助实行的教育任务之后,由音乐指导者和各位教养员一同选择保证完成这些任务的音乐教学各部门的目录。然后音乐指导者编制两三种发展的音乐课业,把这记录在日程计划的册子里。

教养员参加制订音乐教学的计划,可使他在对幼儿的日常教学中采用这计划内的个别要素,借以加强该课业的教育价值,或改进其教学的品质。

利用体育练习来计划课业,教养员可使成为某种音乐游戏和舞蹈中的要素的各种技能精确起来,借此帮助幼儿更迅速更良好地学会该课题。

日程计划编制的原则

编制音乐教育的日程计划的时候,必须指出作为该音乐必修课的基础的基本内容。例如,设计斯大罗卡陀姆斯基的《进行曲》和列维陀夫的《摇篮歌》的音乐听赏课时,教养员可把培养辨别两种性质相反的音乐作品的能力作为自己的任务。设计配合卡林尼科夫的歌曲《篱笆》的游戏"篱笆"的时候,教养员可在设计中指出:"帮助幼儿更富有表情地在动作中适合了音乐的性质而表现所描写的动物的特点。"

实施音乐教育和音乐教学的时候,教养员在工作过程中逐渐地、顺次地完成种种教育任务。

在每一课的计划中,必须只指出该课的基本点。

例如,给幼儿听赏新的歌曲《春天的歌》(乌克兰民歌),教养员可在计划中指出:"用音乐的形象来加深幼儿对于春天的概念。"

设计以后教练这歌的几次音乐课时,教养员可指出如下:"力求乐句的结束柔软,力求音调纯净、咬字清楚、表演富有表情等。"而在每一课的计划中,教养员都只要指出他在这一课上教《春天的歌》时基本上所要教练的技能。

但这并不是说,他在前一次的歌曲、游戏或舞蹈的课业中所教练的那种知识和技能,在以后复习这音乐教材的教课中都可以置之不理。在计划中这些课题虽然已不必再记载,但仍必须顾到。

实例　中班幼儿教练的实际经验中的一例如下:在音乐必修课的计划中指出着如下的课题:“引导幼儿理解音乐断片的结束。”

教练“飞机”的游戏,配合谢里瓦诺夫的音乐(作品《谐谑》中的断片)。教幼儿们四散奔跑之后,听见音乐结束,大家蹲在教室中任何地方。

在下一次音乐课的计划中记载着:“复习‘飞机’游戏时,须使幼儿在音乐声中轻轻地跑,在四散奔跑的时候利用教室中的空间。”在以后再复习“飞机”游戏的某一课中,可利用小椅子,把许多小椅子分置在教室中各处,教幼儿们在这音乐断片结束的时候各人占据一只小椅子。这办法不仅要求幼儿能在时间上支配自己的动作,又能在空间中支配自己的动作。

在教最后一课的时候,教养员当然仍旧要注意幼儿跑步的轻快,仍旧要注意幼儿在四散奔跑的时候利用空间的能力。虽然这一点并没有记载在课业计划中,但仍须顾到。

有时,复习歌曲、游戏或音乐时,教养员对幼儿并不提出什么新的要求,只是改进他们所已经学过的技能,这时候计划中可只写“复习”二字。

日程计划中的音乐课记载

在日程计划中记载音乐必修课的内容时,须依照该课进行的顺序。同时必须记出歌曲、游戏或舞蹈的名称,音乐作品作者的姓名,以及作为所给的课题的基础的基本内容。

编制日程计划的时候,教养员有时揭示所指定的课题的基本教法和研究。

有时,在教练的过程中使教学法更明确了,这时候必须在课后把这种教学法登载在记录中。

实例　中班幼儿教练的实际经验中的一例如下：教练轮舞《春天的歌》（乌克兰民间曲调）的时候，在唱到“林中福寿草，已经开花了”一句时，幼儿缩小圆阵的动作做得不好。教养员对他们说：“小心地走拢来，不要踏在花上。”这指示帮助了幼儿，使他们在复习这轮舞的时候不但均匀地缩小圆阵，又富有表情地动作。像这样的教学法，必须指出在记录中。

音乐教学的记录

每一次音乐必修课之后，必须作记录。记录是正确建立以后的工作的重要条件；而且教养员设计未来的教学工作的时候，必须常常根据过去各课的记录。

在记录中，写着整课的评价，又指出幼儿掌握个别技能的程度。

在记录中，必须记下教养员在课业过程中所发现的有效的教学法，即曾经帮助改进了幼儿对某种课题的表演的性质的教学法。

幼儿对基本教材掌握到如何程度，是教养员所必须特别郑重地顾到的。他必须常常注意在某方面特别显著的幼儿；在设计幼儿个别教练的时候，在设计小组个别教练的时候，都必须顾到这一点。

实例　中班幼儿教练的实际经验中的一例如下：在音乐必修课中做“小鸟”的游戏（用科甫涅尔的音乐）。教幼儿“像小鸟一样飞”，又教他们用下列的动作表出音乐的变换：蹲下去，“啄食谷粒”。在记录中写着：“除了娜塔莎、斯拉瓦、科里亚之外，全体幼儿都能很好地表演课题。对这三个孩子必须进行个别教练，教他们演习这游戏。”

注意课业中幼儿所特别欢喜的要素，教养员便可分析某种歌曲、游戏或舞蹈的成功的原因（容易理解、富有表情等）。

在另一方面，注意幼儿不能理解的课题，教养员便可阐明其失败的原因。这可使他在下次教别的歌曲、游戏或舞蹈时另找更有效的教学方法;或者竟删除这课题,因为它在这教学阶段上是太困难的。

若干幼儿表演某课题时感到困难,若干幼儿表演某课题时显示本领,教养员都必须及时注意。这可使他今后矫正他对幼儿的初次的、有时不完全正确的认识,而拟订个别教学的计划。

在记录中不可重复记述计划中所已有的东西。例如这样的记录,是无用的:“幼儿上课时在音乐声中拿着小旗子行进”,或者“幼儿作二人一组的舞蹈”等。因为这些在计划该课时已经写出了。也不可以混统地写道:“本课已完成。”

记录由该班的教养员和音乐指导者共同担任,写在日程计划的册子里。

下课后在日程计划册子里所作的记录,不能使教养员详细分析他的工作。所以还可备一册日志,这日志并不是必需的,但教养员在日志里可以较详细地记载幼儿对某课题的反应、他对个别幼儿观察的结果(可在上课时记录,也可在下课后记录)、教学法等。这样的一册日志,将是教养员工作上的可贵的辅助品。

幼儿园中倘没有音乐指导者,音乐教学工作的设计和记录的原则仍是有效的。这时可由各班教养员单独担任。

教混合班音乐课的时候,教养员必须根据于同样的设计和记录的原则,还必须在工作中顾到各个幼儿小组的年龄。这可帮助幼儿更好地学得适合的基本教材。

一学年结束后,必须编制各班的“音乐教育”部门的学年报告。这报告有机地加入在各班教养员为幼儿教育的一切部门所编制的学年报告中。“音乐教育”部门的学年报告根据一年的教学记录而编制,可作为记录的总计。

学年报告阐明幼儿对于教材内容的掌握程度,并结合着该班的一切条件。在学年报告中,教养员统计并分析所教的目录,找出最成功的例子来,并注意到幼儿教学的最优良的方法。经过郑重考虑而编制的学年报告,可以帮助教养员以后的教学设计。倘音乐教育是由教养员独立地施行的,那么学年报告就由该班的教养员一人编制。倘幼儿园中有音乐指导者,则学年报告由音乐指导者和各班教养员共同编制。

正确布置的、有系统的音乐教育工作的计划和记录,可以提高课业的品质。

问　题

1. 试述幼儿园音乐教育工作的形式。
2. 必修课的意义何在?
3. 试述大中小三班的必修课的内容。
4. 试述大中小三班的必修课的教学法。
5. 试指出必修课组织的特点。
6. 试述综合幼儿园中的必修课的内容、教学法和组织。
7. 试指出必修课过程中的个别教学和课外的个别教学的意义。
8. 试指出音乐教育计划的意义。
9. 试指出选择基本内容和目录的原则。
10. 怎样实行音乐教学工作的记录?

课堂作业及家庭作业

1. 试作各班的音乐课计划,并在班上实行其中的一种。

第七章　幼儿园日常生活中的音乐

音乐的意义

如以上数章中所说,音乐教育是用唱歌、活动、音乐听赏的形式来施行的。所有这三部门的教学工作,用全班必修课的形式来施行,又用个别教学的形式来施行。但除此以外,音乐——尤其是歌曲——必须应用在幼儿园的日常生活中。

在日常生活中什么时候可以应用音乐,应用歌曲呢?

幼儿园生活的很多方面,可以联系音乐,并且能因此而更显得光辉、深切而富有表情。例如上体操课的时候,教养员唱进行曲或者开留声机;幼儿在音乐声中行进得更整齐,更有节奏。讲故事的时候,教养员唱与童话或故事的文词有关的歌曲。歌曲可使童话和故事的形象明显起来,丰富起来。

音乐可以被应用在:

(一)幼儿的创作游戏中。

(二)各种课业中:谈话、图画和塑造、体育必修课、活动的游戏、早操、散步等。

(三)娱乐晚会中:小小的“戏剧”、傀儡戏、幼儿课余晚会等。

教养员观察幼儿的创作游戏,有时鼓励幼儿唱歌。例如,女孩子玩洋娃娃,后来让洋娃娃睡觉。教养员向她提示:“替它们唱《睡呀,睡呀》的歌吧。”女孩子便唱了。以后幼儿们玩洋娃娃的时候,便自己要唱摇篮歌了。

又如,枞树节之后不久,幼儿便在团体室里开始做“小兔子和狼”的游戏——这是他们在节日看到的。做过游戏之后,幼儿们很高兴,希望跳舞了。这时候教养员便开留声机,放送愉快的舞蹈曲调的唱片。

有一次,幼儿们用椅子和积木来搭了一只轮船,开始做“海员”的游戏。他们坐在轮船里,大声唱歌,过分地喊得响。教养员就对他们说:“你们的轮船是越开越远的,所以你们的声音也要越来越轻。”幼儿们就唱得轻了。

这样,教养员在适当的时候应用唱歌或音乐,矫正他们的唱歌表演和舞蹈表演,便使音乐积极地加入了幼儿们的创作游戏。

教养员必须明白考虑:用怎样的方法来处理这工作。

教养员的天然的“乐器”,便是他的嗓子。教养员唱歌给幼儿们听赏,领导游戏或舞蹈的时候替他们哼唱曲调,教练幼儿们唱歌,——都是利用嗓子的。

除此以外,他还可利用乐器:钢琴、民间乐器,又可用留声机。

第一节　创作游戏中的音乐和歌曲

幼儿在创作游戏中反映并体验着他们所能理解而最明白地感受到的生活现象。

音乐在幼儿的创作游戏中应该占有一定的地位。在游戏中加入音乐,可使游戏更有趣味,更有感情,更加动人。

内容和方法

大家知道,创作游戏的内容是很多样的;这种游戏中的音乐应用,也是很多样的。音乐的应用,关系于游戏的内容,又关系于教养员所负的最切近的教育任务。现在列举游戏中可以应用音乐的几个实例在下面。

三岁半的幼儿格那和马游戏:他用毛毯把马盖好,揭开毛毯,对它喊“嗬”,他想骑到马上去,但骑不上,试从前面来拉马,又拉不动。他动怒了,便开始拉马的尾巴……教养员便走过来帮助他——唱《我爱我的马》的歌曲,抚摸那匹马,再唱一遍。格那安静下来了,便和教养员一起亲切地抚摸那匹马。唱完之后,教养员帮他骑上了马。格那满足了,笑了。

在这时候,教养员的任务是安慰幼儿,在游戏中应用歌曲就帮助他做到了这一点。

大班里有几个幼儿发起,开始造火车了。不久,差不多全班幼儿都参加了这游戏。

他们坐到了车厢里,便开始唱《火车》歌(梅特洛夫作曲),同时用手模仿轮子的动作。唱完歌之后,大家走出车厢来。“我们到林子里了。”托里亚宣布说。“这里果子很多,我们来采果子吧。”尼娜接着说,“我也跟你们到林子里去。”教养员说,他以前只是看着他们游戏。于是大家采果子,采花,一边谈话:他们看见多少果子,林子里的花怎样多。然后教养员提议,大家坐在“小溪的岸上”,谈谈他们在林子里所看见的东西。教养员说:“小朋友们,我也看见一种东西,我把关于这东西的歌唱给你们听。”便把斯大罗卡陀姆斯基的《咕咕》唱给幼儿们听。“我在乡村里听到过杜鹃叫。”歌曲唱完之后科里亚这样说。

在这游戏中,歌曲加深了幼儿对于他们所认识的形象(火车、杜鹃)的概念。

再举一例:五岁的女孩子伊拉集合了她周围的一小群幼儿,和他们一起“做早操”。但他们的动作表演得不够满意。教养员劝伊拉唱歌:“在歌声中小朋友们会走得更好。”伊拉便唱克拉谢夫的《进行曲》,大家振奋起来,步伐便均匀起来,背脊挺直起来,幼儿们帮助伊拉唱歌。在这时候歌曲帮助改进了动作的品质。

可知音乐有时能影响于创作游戏的进行,使它有适当的方向。音乐和歌曲能在创作游戏的过程中组织幼儿的集体,又使他们安静。

要幼儿园里有歌曲的声音,必须使幼儿积集音乐必修课中所教学的歌曲和游戏,这样,他们便可自己发动或由教养员帮助而把它们应用在创作游戏中。

第二节　音乐和其他教育工作部门的关联

音乐教育和幼儿的各种活动形式相关联。音乐教育是幼儿园各种课业中的组成部分。

音乐在语言发展的教练工作中的意义

学龄前幼儿的语言发展的教练工作,依照斯大林在语言学问题方面的天才著作的见解,是具有特殊的意义的。

幼儿在幼儿园滞留期间所受的教育的结果,使他们的语言大大地变更而改进了。幼儿的语言全面发展了:发音、语汇、语法构造、表现力,都发展了。这发展工作的各方面都与音乐教育有关。唱歌可以改善发音,并帮助矫正语言的缺点。在音乐教学的过程中发展幼儿的注意力,可以帮助语言的正确发展。音乐能扩充幼儿的观念范围,丰富一般语汇(尤其是音乐语汇),由此可促进幼儿语言的发展。

音乐对于语言的丰富

促进幼儿语言发展的条件之一,是幼儿必须具有注意力,这就是说,必须能集中注意地听。

我们在唱歌教学过程中要求幼儿正确演唱曲调,便是要发展他们的注意力。

除此以外,幼儿的音乐教育工作中还有种种游戏和练习,是完全为发展注意力的。例如和最小的幼儿玩的游戏"快乐的小手指",小手指在教养员所唱的舞蹈歌曲声中跳舞(幼儿弹动手指,把向上举起的手转来转去)。歌曲唱完的时候,手"跑回家去了"(幼儿把手藏在背后了),手指没有音乐是不愿意跳舞的。歌曲再开始唱的时候,手指又跳舞了。这游戏可引导小班的幼儿积极地听音乐,使他们能把自己的动作结合音乐。

此外还有"猜猜看,谁在叫你"和"猜猜看,什么东西响"等游戏。这些游戏的目的,也都是培养发展音乐才能和发展语言所必需的注意力的。在音乐课业和日常生活的过程中,教养员采用着各种方法,来系统地培养幼儿的注意力。

歌曲对幼儿最为亲近。歌曲中结合着音乐和语言。因这原故,声乐作品是最容易理解的,最容易学会的。

能扩充观念范围的,不仅是歌曲。器乐也有一定的效果。音乐听赏关联于音乐作品的理解,但理解的全部工作都是用语言来表示的,例如幼儿表示对于他所听过的作品的态度。

音乐听赏随伴着谈话,教养员靠这谈话的帮助,可教幼儿认识联系所听过的音乐的内容的新的概念,同时又丰富幼儿的语汇。例如"快乐""悲哀""响""轻""慢""快"等概念,可以扩充幼儿的观念范围,同时也丰富了他们的语汇。

讲故事的时候也可以采用音乐。这时候当然要注意:音乐或歌曲不可破坏艺术形象的完整,反之,必须能补充艺术形象。歌剧所根据的故事,讲的时候采用音乐,最为适宜。讲"七只小山羊"的故事给幼儿听的时候,唱科瓦尔的歌剧《狼和七只小山羊》中的母山羊的歌,是很适宜的。这歌在故事的进行中反复不止一次,使这故事有了特殊的魅力。讲"天鹅"维斯贝尔格的歌剧《天鹅》的故事时,采用马霞的歌,或者讲"猫、雄鸡和狐狸"的故事时采用雄鸡的歌,都是很适宜的。

有许多故事可以在各部分中采用音乐(例如乌申斯基的《四个愿望》、童话《雪娘》等)。

有时谈话中也可以利用音乐。有一个教养员在关于五一节的谈话中就这样地利用了歌曲:教养员对幼儿(四岁的)说明了快要来到的是什么节日,然后教幼儿用预先准备着的小旗子和花来装饰教室。装饰完毕之后,教养员远远地望望装饰了的房间,对幼儿们说:"小朋友们!我们的教室多美丽,多热闹,多愉快!我真想唱歌了。"他就唱五一节的歌。幼儿们跟着他唱,兴奋地唱完了这歌。这歌就加深了幼儿对于以前所作的谈话和教室装饰的情绪的体验,造成了节日的兴奋。

音乐便是这样有机地进入在幼儿生活的各部门中,它用新的形象、新的概念、新的语言来丰富这些部门。

音乐对于发音教练

如前所述,唱歌是语言发展的重要因素。除了扩大观念范围以外,唱歌又可促进发音的正确,发展语言器官。在歌曲中,语言服从一定的节奏,这可使困难的发音容易起来。民间滑稽歌曲(《跳呀跳》《麻雀安德列》)在这方面是第一阶段。这种滑稽歌曲的曲调只用两三个音。然而这些已经不是诗,而是具有一定的声音高低和一定的节奏的歌曲。

唱流畅的、徐缓的歌曲,是极有效用的。唱这样的歌曲可使发音容易,因为拍子速度的缓慢可使年纪小的幼儿清楚地发出他所感到困难的音以及音的结合。

发音教练中除了应用徐缓的歌曲,同时又必须练习拍子较快的歌曲的明了发音。这可以训练幼儿语言发音的明了。

在许多情况下,唱歌可以帮助矫正发音的个别缺点。

年纪小的学龄前儿童,有些字眼的发音往往不正确,有时患着很严重的缺点。音乐——尤其是唱歌——对于矫正这些缺点可以奏一定的效果。

歌曲里的歌词,必须使幼儿记诵。这可使他练习歌词中所包括的一定的音。除此以外,歌曲中的缓长的声音可以帮助矫正语言。因为幼儿慢慢地唱字眼,仔细地听歌曲,便会逐渐地除去自己的缺点。替幼儿选择这样的歌曲,最为有效,即歌曲中所含有的幼儿发音困难的字眼,是在各种结合中反复多次的。

各种“急口令”“开场白”“滑稽谈”,对于语言发展有相当的效用。这些东西篇幅短小,形象明确,要求清楚的发音,具有节奏风的格调,因此能牵惹幼儿的注意力,很能逗他们欢喜。这些“开场白”和“急口令”之中有许多结合着相应的动作。幼儿游戏中类乎此的玩意儿很多,例如“跳呀跳,小鹁鸟”“麻雀安德列”和“叮铃当,叮铃当,母猫家里火烧啦”“契基,契基,契卡洛契基”“甲壳虫,甲壳虫,你的家在哪里?”等便是。配合着节奏清楚的语言而表演的动作,特别明显而富有节奏。这些谐语的文句的发音和多次反复的动作相结合,可以改进语言的发音。

由此可知,音乐和语言发展,在某程度内是互相联系的:音乐使幼儿的语言丰富起来,歌曲使幼儿的发音正确起来,使语言富有更多的表情。

音乐和幼儿对自然界的认识

幼儿很早就认识自然界。《幼儿园教养员指导》中指示:幼儿对自然界的认识,应当在他的体育教育、道德教育、智力教育和审美教育上起良好的影响。因此必须注重艺术教育,即必须在幼儿认识自然界的时候培养其美感。

在这里当然便可知道音乐的意义的重大。教养员培养幼儿对自然美的感受力和理解力的时候,不限制于观察自然界。艺术的图画、诗篇、音乐,都可以加深幼儿对自然界的印象,实际确是如此,当幼儿回想田野中的云雀的唱歌而听赏柴科夫斯基的《云雀之歌》的音乐时,心中是多么快乐。

观察自然界的时候,具有最大的可能性在这教育工作部门中利用音乐。例如,教养员和幼儿们坐在林中的草地上,忽然一只甲壳虫嗡嗡地飞来,停在教养员的手上了。这时候唱“甲壳虫,甲壳虫,你的家在哪里?”的歌曲,最为适当。幼儿带着兴趣听这歌曲,很快地学会了它。

幼儿在自然界中的时候,常常自己会应用他所熟悉的音乐作品。幼儿们在林中散步的时候采了许多花草。然后他们坐在林中的草地上,由教养员帮助而开始编花圈。花圈编好之后,格利亚忽然提议:“老师,让我们来跳‘好黑土’,像五一节那天一样。我们有花圈。”“来吧。”教养员同意了。教养员把幼儿分为两小组,把绿色的树枝给一小组,另一小组的幼儿戴了刚才编成的花圈,大家愉快地唱起《好黑土》[1]的歌曲来。这样,幼儿早就学会的轮舞由幼儿自己发动而再演了。在新的环境中,在自然界中,这轮舞有了特殊的魅力。幼儿明白地感觉到这种魅力。他们十分高兴地重复唱这歌曲,用动作来随伴它;而且在以后的散步中不止一次地重演这轮舞。有时在林中散步,幼儿注意到了一株枞树,这枞树单独地在别的树木的一边。“这株枞树多么好看。”幼儿之中有一人这样说,他便开始唱歌:“树林中生长了一株小枞树。”教养员提议:“大家一起唱。”于是大家接上去唱歌了。唱完之后,教养员教幼儿们环绕了枞树而游戏,舞蹈。幼儿用花圈和林中所采的花去装饰这株枞树,然后环绕着它而表演轮舞。幼儿热心地扮演小兔子,唱小枞树的歌,表演轮舞和其他的舞蹈。这次散步便留下很深的印象,引起许多谈话和回忆。

这样,教养员便以适当的歌曲或音乐来巩固了幼儿直接观察自然界时所得的印象。

这种教育的结果,幼儿不但学会了观察自然界现象,又感觉了自然界的美丽、丰富和多样。幼儿开始用歌曲的形象来和自然界的形象相比较了。

下面所举的例,说明这一点是再好没有的了。

初次教幼儿唱克拉谢夫的《咕咕》。幼儿带着兴味听唱,要求再唱

---

[1] 本卷收录的《小学音乐教学法》中译作《黑土地》。——编者注

一遍。伏瓦表示要说话。音乐指导者就注意到他。这孩子的脸上显出红晕，他说:“我也听见过杜鹃叫。我和爸爸在林子旁边走路的时候听到的……不过这是很久以前了，那时我还很小。”

又有一次，教幼儿唱克拉谢夫的《愉快的小风笛》。歌曲反复地被演唱，幼儿跟着唱。歌曲中有这样的词句:

池塘里的鸭，
听见风笛在唱歌，
唱的什么歌，
嘟嘟嘟嘟嘟嘟嘟。
大鸭和小鸭，
大家一起来舞蹈，
两脚水里划，
两只翅膀摇又摇。

谢廖查是一个很有音乐才能的、但很不活泼的男孩子，他显然兴奋了，说道:“那天我们到动物园里去玩的时候，那边奏着音乐，是管弦乐。天鹅在音乐声中游水，这样拍着翅膀……”这孩子便站起来，用两手装出天鹅拍翅膀的样子。

在这两个例子里，幼儿都把所听到的歌曲联系了他生活中的事件，因此歌曲的形象更清楚了，音乐更亲切了。

这样就互相结合了教育的两个部门:幼儿对自然界的认识和幼儿的音乐教育。音乐用它所固有的手段来反映现实，同时使幼儿更深切地理解现实。

在教音乐之前是否先要观察自然界,音乐是否能巩固幼儿的印象,音乐是否作为自然认识中的组成部分,——这有关于基本教材的内容,有关于教养员这时候所规定的任务。

音乐和造型活动

音乐又可和别的课业相联系。例如在音乐教育和造型活动(图画、塑造)之间,可以建立某种联系。音乐或者可以加深幼儿表现在图画中或塑造中的印象,或者音乐本身便是这课业的源泉,即供给以描写或塑造的材料。

实例　在塑造课中应用音乐的例子如下:新年过了不久,教养员在大班里教"幼儿自己设计塑造"的课。幼儿们塑造了参加枞树节庆祝的许多人物。伏瓦的兔子塑得特别好。塑造完毕之后,教养员把这兔子放在自己的手掌上,给全班幼儿看:"小朋友们,大家看,这小兔子多么漂亮。"她就唱歌:"一只小小兔子坐在林边。"幼儿们便接上去唱这熟悉的歌:"两只灰色耳朵竖立起来。"他们高兴地把这歌曲唱完。老师,我的也可以唱歌,我的橇车上坐着华尼亚和马林卡。"丹娘说。"但是你没有狗儿蒲央卡。"利塔打断她的话。"老师,我有蒲央卡,我有蒲央卡!让我的蒲央卡跑在橇车后面。""那好极了,"教养员说,"让我们把橇车和蒲央卡都放在板上,我们的橇车要开了。"教养员把所有的塑像都放在板上,幼儿们便开始唱《顽强的风吹着》(约丹尔斯基作曲)。

有时,幼儿的图画的主题往往是熟悉的歌曲的内容。教养员可教幼儿描写他所喜欢的歌曲中所唱的东西。幼儿在节日所获得的鲜明的印象,常常是儿童画的构想。

由此可知,音乐和造型艺术的结合,可以帮助幼儿更充分地理解艺术的各种形式。

音乐在体操课上的意义

音乐密切关联于活动的课业。音乐可以鼓励精神,可以在体操课中提高情绪,可以组织动作,并且往往使这些动作容易学会。音乐可以改良幼儿的姿势,使动作富有表情,使动作正确起来。

例如在步行和跑步的时候,音乐可以改进动作的品质。进行曲的爽朗的性质可使幼儿的步态良好起来,音乐影响幼儿身体的姿势,影响幼儿精神的振奋,使他们的动作更加一致。

因此,各种步行练习和跑步练习中可以利用音乐。音乐能帮助幼儿掌握动作。

然而并非一切动作都可立刻用音乐来随伴。例如,在初学跳跃练习的时候,有些幼儿的跳跃,其速度很不相同,并且相当费力。这时候不可立刻利用音乐。只有等到幼儿渐渐学会动作而能够用自己的动作去配合音乐的时候,方才可以利用音乐。

最后,还有这么多动作是不可以利用音乐的。这便是跑跳、投掷、攀登等动作。这些动作都是十分个别性的;音乐要求幼儿服从一定的节奏,这便使他们难于自由表演动作,限制他们的可能性了。

音乐不但影响基本动作的性质,又可帮助幼儿改进各种队形组织,这种队形组织通常是采用在体操课的开头或结束的。

在中班里,宜用这样的课题:即在教养员的唱歌中排纵队步行,在手鼓声中自由跑步。

在大班里,可教幼儿在教养员的唱歌声中四散奔跑,而要求他们在音乐的乐段结束的时候回到所指定的地方。

这样的例不胜枚举。

教养员在体操课中可以利用怎样的乐器呢?

为了长久的唱歌太费力,可轮流应用打乐器(手鼓、铜鼓)来调节它。例如教幼儿们在进行曲声中步行,而在手鼓声中跑步。又可以利用留声机,选择适合于这动作的唱片。最后,倘教养员是会演奏某种民间乐器的,便可利用民间乐器。

选择音乐时的基本要求,只音乐必须具有艺术价值而能适合于动作。

第三节　娱乐和音乐

娱乐的意义及其形式

娱乐是幼儿园日常生活中的生动而鲜明的要素。娱乐带来这么多欢喜和愉快,用新的、长久保留的印象来丰富幼儿的生活,所以娱乐具有很大的教育意义。

幼儿用的娱乐,基本上可分为两类。

第一类的娱乐是由成人准备和表演的。例如为幼儿举办的音乐演奏会、傀儡戏和影子戏。第二类的娱乐是最广泛采用的,即幼儿自己参加的娱乐。幼儿唱熟悉的歌曲,表演舞蹈,朗读诗篇,作歌曲表演和故事表演。

在实践中最多应用的,是娱乐晚会的混合形式。给幼儿看表演的时候,教养员可使他们参加在这表演的活动中。使幼儿和傀儡戏及影子戏中的角色一同唱歌,伴著拍手,跳舞,回答问话。有时在表演之后竟可教幼儿舞蹈或游戏。或者相反,教养员可在幼儿自己表演的晚会中添加某种表演。

音乐的意义

音乐在娱乐中占有显著的地位。这是因为:

(一)音乐能使戏剧中、傀儡戏中、影子戏中所表现的形象的情绪深刻化。

(二)音乐能使表演多样化(可轮流采用伴著动作的讲故事、唱歌、舞蹈)。

(三)教养员在娱乐中采用音乐,可使歌曲和舞蹈深入到幼儿园的日常生活中去。

在各种形式的表演中,音乐和歌曲的选择及采用,须视表演的内容而决定。例如,讲"猫、雄鸡和狐狸"的故事,并且用傀儡戏来表演这故事的时候,教养员唱"猫和雄鸡两个住在小屋里"这歌。给年纪小的幼儿看洋娃娃,教养员适应了动作而唱歌;有时安排洋娃娃睡觉,便替它唱克拉谢夫的歌曲睡呀,睡呀;有时和它跳舞,便唱舞曲。在五一节上,当幼儿拿著红旗走路的时候,教养员唱"我们幼儿园的小朋友们来了"(福明科的《十月之歌》)。教养员必须选择大都没有钢琴伴奏的不复杂的歌曲,以及容易结合动作的歌曲。

娱乐表演法

娱乐需要一定的准备。即使幼儿园中有音乐指导者,教养员仍须起特别积极的作用。晚会的准备顺序如下:首先,适应了普通教育任务而规定晚会的内容。这时候必须顾到教育工作的具体而首要的任务、幼儿的需求和趣味、他们的经验和年龄。例如教大班幼儿学会了《篱笆》(卡林尼科夫作曲)的歌曲,以后可以用演剧的形式或影子戏的形式表演这歌。有几个歌曲可以利用现有的角色而用傀儡戏形式来表演。这些角色便是“熊”“猫”“兔子”主洋娃娃等。“兔子”跳跃,舞蹈,躲藏。“兔子”出演的时候教养员唱斯大罗卡陀姆斯基的《小兔子》的歌曲给幼儿们听。洋娃娃游戏、舞蹈、睡觉的时候,教养员唱摇篮歌给他们听。

这种演出的准备是很简单的。只须选定适当的人物,而学会运用他们。

作类乎此的表演时,教养员必须特别仔细地学会歌曲,因为他一面唱歌,一面须用适当的动作来随伴这些歌曲。必须唱得很富有表情,发音清楚,又必须把动作结合音乐。

最好引导幼儿积极地活动,要他们唱歌,跳舞。例如,表演洋娃娃跳舞的时候,幼儿和教养员一同替洋娃娃唱舞曲,或唱波帕津科的歌曲《在青青的草地上》,或民歌《伊赫,伏赫》。安排洋娃娃睡觉的时候,幼儿和教养员一同轻轻地唱摇篮歌。

在课余晚会上结合着各种艺术教育:唱歌、舞蹈、音乐游戏、演剧、讲故事、读诗篇、游戏等。表演时幼儿或个别参加,或小组参加,或全班参加。成人也可参加。晚会普通是在团体室里为一班幼儿举行,或者联合几班而举行。倘是后一种情形,每一班幼儿都不知道别班幼儿将表演些什么,这是幼儿们所很感兴趣的。这种晚会具有家庭节会的性质,很可使幼儿亲近起来。这种晚会不要求特别的准备,只要教他们表演熟悉的歌曲和舞蹈。

教养员预先和幼儿们商量好课余晚会的事情。幼儿们回忆出他们所学过的歌曲、游戏和诗篇来。教养员指示他们,向他们提供意见,同意于幼儿的提议,删除多余的部分。这种晚会的组织有关于它们的内容,但也必须遵守几个条件。例如节目必须交替更换:在表演(幼儿的演出)或诗篇朗诵之后,不妨接着歌曲或舞蹈。幼儿在活动之后立刻唱歌是困难的,所以在活动性的舞蹈之后最好不要排唱歌节目。晚会的结束可用共同表演:唱歌或舞蹈。

幼儿园里的娱乐,是幼儿生活中欢乐的一页。

问　题

1. 试述音乐在幼儿园日常生活中的意义和地位。

2. 歌曲和音乐在幼儿的创作游戏中起什么作用?

3. 音乐教育和幼儿的语言发展、对自然界的认识、造型活动和体操有什么关系?

4. 娱乐晚会的意义如何? 试举晚会内容的范例。

课堂作业及家庭作业

1. 试根据你的实际经验而列举你在幼儿的创作游戏中采用歌曲、音乐的实例。

2. 试为音乐听赏用的音乐作品选择能够阐明音乐内容的诗篇或故事。

3. 试指出能够加深幼儿对于自然现象的观念的歌曲和音乐。

4. 试就你所服务的幼儿园中的幼儿的图画中,指出反映幼儿从音乐课得到的印象的图画,并加以分析。

5. 试设计采用歌曲和音乐(利用留声机)的体操课的范例。

6. 试设计某班用的娱乐晚会的节目。

第八章　节日朝会和音乐

节日的意义

节日是幼儿的共产主义教育的手段之一。

节日的教育作用的力量,在于用生动鲜明的手段来把节日的基本意义传达给幼儿。

在节日应用一切形式的艺术:音乐、唱歌、文学、造型艺术,这可以加强节日的基本意义的教育作用。

节日必须是幼儿生活中的光辉而欢乐的事件,节日可以促进幼儿的全面发展。节日,尤其是社会政治性的节日,可以发展幼儿对祖国、对领袖列宁和斯大林的爱,可以发展对兄弟民族的友爱感情。

幼儿在朝会的准备中及朝会中所获得的体验和印象、共同的欢乐的兴奋,把幼儿结合为友爱而亲切的集体,使幼儿亲近教养员。

幼儿参加节日朝会中的唱歌、游戏和舞蹈,可以培养他对"共同事业"的个人的责任感,发展他的坚忍性和注意力。

节日是艺术教育的重要的手段。节日的艺术布置(房屋的装饰、服装)可以促进幼儿的艺术趣味和美感的发展。

对幼儿有特别强烈的影响的,是音乐、唱歌和文学。

音乐创造欢乐的心情、节日的兴奋，用艺术形象来丰富幼儿的生活。

幼儿的节日朝会的准备，能帮助他们在唱歌、活动、语言发展的领域内的增长和进步。幼儿们有一种愿望：他们希望在节日朝会上把唱歌、游戏和舞蹈竭力表演得好，把他们的技能表演给爸爸妈妈看。

节日朝会的准备工作和朝会的举行，使幼儿心中产生欢乐的心情，因此对幼儿的身体有良好的影响。

节日朝会的内容

节日的表演节目的内容，因了每次节日的基本意义而变更。

例如，在社会政治性的节日，——伟大的十月社会主义革命周年纪念日、五一节，——表演的是节庆的歌曲、诗篇、故事，都是可以加深幼儿对祖国、对伟大的斯大林、对苏维埃祖国的优秀人物的爱的。

枞树节是冬节，这时候表演《大寒公公》《雪娘》以及林中动物的神奇的形象。

在夏节，幼儿由于训练的结果，都变得强健、敏捷而勇敢了，这时可表演他们在活动、游戏、练习中所达得的成就。

朝会因了内容的不同，其组织也有变更。

社会政治性的节日的朝会占有特殊的地位。这种朝会表演由庄严的部分开始，内中包括幼儿的有组织的行进，幼儿穿着节日的服装，手里拿着鲜明的标饰物——花、红旗、五角星。

庄严的行列进场之后，教幼儿们坐下来，坐的位置必须安排得使大家能看见会场中的来宾和指导者。（坐成半圆形，或俄文字母 П 的形状等。）

幼儿园主任向幼儿和来宾祝贺节日。主持者（教养员中的某一人）

致节日的祝词,高呼赞颂苏维埃祖国的口号,赞颂党的领导者和政府的口号。

然后幼儿表演节庆的歌曲和诗篇。歌曲可和喊口号、朗读诗篇、活动等轮流地表演。

庄严部分结束之后,幼儿分散到指定给每班的地方。庄严部分之后,继续的是幼儿的快乐的游戏、歌曲、舞蹈和表演。在这部分节目中,可以包含学生和成人的表演。

在朝会的末了,必须把礼物分送给幼儿们,即使是很节约的礼物也好。

礼物可用各种各样的方式送给幼儿们。例如可以由装饰了的汽车载来。

幼儿受得了礼物之后,在结尾的进行曲声中退出大厅。

在新年枞树节上,幼儿们走进大厅来,欣赏点满蜡烛的枞树,环绕枞树作轮舞,唱内容适合的歌曲(关于枞树的、关于冬天的)。大寒公公带着林中动物出来了,雪娘出来了。

参加新年节的人大家来同大寒公公和雪娘玩耍,舞蹈。大寒公公和林中动物表演各种有趣的舞蹈和游戏,带来巧妙装璜的礼物,例如一个很大的摔炮,这摔炮摔破了,里面撒出许多礼物来;或者用魔杖敲一下,敲出一辆驾着熊和兔子的橇车来。

幼儿园每年把满七岁的幼儿送进学校去。在"送幼儿入学"的一天,邀请入学的幼儿的家长来做客。大班的幼儿准备好一个不复杂的节目表,节目表中包括以学校和夏天为主题的诗篇,以及喜爱的歌曲、游戏和舞蹈。教养员们和幼儿园主任祝幼儿们好好地学习,不要忘记他们在幼儿园中所学得的,又送他们礼物:文具盒、书包、铅笔,以及幼儿在学校里所需用的其他的东西。中班的幼儿也可参加这庆祝会。他们也可为大班的幼儿表演某种简单的舞蹈、唱歌，或者朗读为这庆祝会而作的诗篇。

中班和大班的朝会继续约一小时，节目繁多而费时较长的朝会会使幼儿们疲倦。

节日朝会最好在早上举行，那时幼儿精神好，不会疲倦；如果这庆祝会在下午举行，其开始的时间不可迟于五点钟。

小班幼儿的节日朝会

小班幼儿的节日朝会最好分别举行。庆祝会上幼儿太多，会使年幼的孩子不自然和疲倦。中班和大班用的节日表演节目表，对小班幼儿说来嫌复杂，嫌吃力。同时年纪小的幼儿的游戏和舞蹈，在年纪较大的幼儿看来少有兴味。小班幼儿的节日表演节目中，包含着他们的年龄所胜任的行进、歌曲、游戏和舞蹈，以及有趣的表演，例如教养员的傀儡戏、大班幼儿或学生的故事表演，以及年长的幼儿的游戏、歌曲、舞蹈表演。分送礼物也必须用有趣的方法，像年长的幼儿的庆祝会上一样。小班幼儿的朝会继续约三十分至四十分钟。倘全幼儿园各班同时举行，则小班幼儿应该迟些出席，或早些退场。

中班幼儿和大班幼儿的准备

要使节日对于幼儿的教育发生充分的影响，只有使节日的准备、朝会的举行以及节日印象的巩固融合在统一的教育过程中。节日的准备必须给幼儿带来欢乐，加强他们对节日的期望，提高他们对这一天的兴趣，加深节日的意义。准备的最重要的条件，是正确地、合时宜地选择节日用的材料。倘材料选得合乎时宜，而且适应幼儿的能力，那么节日之前就不须匆促准备,不须"排演";排演往往会减低对节日的期望的欢喜。节日的表演节目(歌曲、游戏和舞蹈)由教养员在节日之前——大约在一个月至一个半月以前——早就预定好,并把这些节目编入在日常音乐课的计划中。普通是选择一两首新的歌曲和两三首幼儿所熟悉的歌曲。也可以这样计划节目:教大班幼儿一个节庆歌曲,教中班幼儿另一个节庆歌曲,又选一个歌曲来教大班幼儿和中班幼儿共同唱。除了节庆歌曲之外,又可在计划中采用滑稽歌曲、民间歌曲等。

节日的教育意义,多半关系于下列各种情形:怎样进行节日表演的准备,怎样引导幼儿理解节庆的歌曲,怎样使幼儿体会歌曲的内容,成人表演的歌曲情绪如何。还有重要的,必须对幼儿作适当的谈话,或者讲故事,借此引导他们听赏节庆的歌曲;歌曲必须是幼儿所明白理解的。必须仔细地、富有表情地教幼儿诗篇和舞蹈。幼儿倘对某民族的生活毫无一点概念,不可教他们学该民族的民间舞蹈。如果形式地教幼儿表演歌曲、舞蹈和诗篇,这些东西便不能唤起幼儿应有的情绪,不能创造适当的形象,因而失去了它们的教育作用。

节日表演的节目中,有一部分材料不是教全体幼儿的,而是教一小组幼儿或个别幼儿的,对其他的幼儿须"保守秘密"。例如为了庆祝新年节,教一个嗓子响亮的女孩子学唱雪娘的歌曲,教另外一小组幼儿学习雪片的舞蹈等。对其他幼儿"保守秘密"的节日表演准备,能使这些幼儿非常高兴而满意,保守秘密的学习又可培养他们的坚忍性。

教练一小组幼儿学习某种表演、舞蹈或其他材料的时候,不可使全体幼儿在场。因为不参加的幼儿会厌倦于看他们的同学演习,他们要吵闹,妨碍同学们的学习。

在节日之前,除对全班幼儿和对小组幼儿的普通音乐课之外,还可施行参加节日表演的几班的联合教课。倘每班都预先分别教练表演材料,预先规定幼儿在大厅里的布置和地位,以及出演的顺序,那么教练共同的唱歌、游戏和舞蹈的时候,施行一两次联合教课,已经很足够了。在节日之前,不可让幼儿们看见节日的全部节目,一切临时宣布的节目,不可让幼儿们先听到主持者的致词和口号等。别班的演出和表演的光景,在节日以前不可使幼儿们知道。

分配节日表演材料给幼儿们的时候,必须保证每一个幼儿都积极参加朝会。积极参加节日表演,可使幼儿充分感到节日的欢喜,理解节日的意义。幼儿可积极参加布置会场,准备装饰,准备服装,参加唱歌、舞蹈、游戏和演剧。不可让比较能干的幼儿在庆祝会上表演许多次,而其余的幼儿参加得太少。同一幼儿扮演不同的角色而在朝会中屡次出场,屡次改装各种形象,迅速更换衣服,会使幼儿神经兴奋、疲劳,会妨碍他对节日应有的情绪;此外还会增长他的骄傲和虚荣心。

分配节日表演材料给幼儿们的时候,必须顾到每一个幼儿的愿望和能力。必须记住:在节日的庆祝会上,除了表演的幼儿之外,还有观赏的幼儿,表演的材料必须是他们所感兴趣的,他们所欢喜看的。

幼儿的表演,在观者和演者看来必须都是欢喜的、率真的。必须使幼儿的舞蹈、唱歌和游戏表演得好,因为只有这样表演才能发展幼儿的艺术趣味。

倘幼儿希望在节日的会上表演某角色,而这角色在他是难能表演的,他不能表演得好,那么应该给他积极地参加节日庆祝的别种机会。例如大班里有一个女孩子很希望在节日会上表演“雪片”。教养员便把她加入在“雪片”群中;但她表演“雪片舞”的动作困难而拙劣;虽然教养员帮助她矫正动作,也不能达到所需要的结果。这时候教养员指给她看,有一组幼儿怎样表演“滑雪舞”。女孩子很欢喜这种舞蹈,尤其是掷雪球的部分;她就高兴地参加这舞蹈,不甚困难地学会了这些动作,毫无苦痛地退出了“雪片舞”。

教怕羞的和能力较差的幼儿参加节日的个别表演,可以大大地推动他们的音乐发展和一般发展,可以提高他们对音乐、唱歌、活动的兴趣,可以使他们确信自己的力量。

节日朝会的节目

节日朝会必须内容丰富,欢乐,愉快。必须仔细考虑节日的思想内容。

要实现这目的,必须保证材料的正确选择。

(一)朝会的节目中,采用幼儿在以前的节日所不会表演过的新材料,同时又采用熟悉的、重复表演的材料。

(二)编制节日表演节目的时候,必须交互轮流地安排歌曲、游戏、舞蹈和诗篇朗诵。单调的印象会使幼儿疲倦,会减低他们的兴趣。例如幼儿一连看了几种舞蹈,他们便开始分心,互相谈话,不注意同学们的表演了。

(三)除了使幼儿轮流地积极参加唱歌、舞蹈、游戏、诗篇朗诵之外,又须注意:不可使节日表演会结束的时候兴趣衰沉,必须使兴趣增长。要达到这目的,必须在节日表演会的末尾安排较有趣的、较精彩的表演节目。

(四)编制节目的时候,必须顾到每一种游戏、舞蹈,练习的体力担负。例如,节目的安排,不可使同一组幼儿连续表演带有跑步和跳跃的活动性的游戏、剧烈跳跃的舞蹈、横行的急调舞;不可在很费力的活动性的游戏之后立刻让幼儿们唱歌。

(五)节日的表演节目的安排,必须顾到这一点:务使表演临时节目的幼儿都能看到全部庆祝会中的节目,而参与共同的欢乐。倘需要穿衣服,只可在几分钟前离开大厅。(服装上的零星物件,例如帽子、帕子等可在大厅里戴上。)

节日表演节目中所采用的只限于《幼儿园教养员指导》中和已出版的集子中所指示的艺术的材料。音乐必须是高度艺术性的,适合节日的共同思想的。

节日朝会的音乐的选择

朝会的音乐布置具有很大的意义,它能引起幼儿适当的心情,影响幼儿艺术趣味的发展,影响幼儿的歌曲表演和活动表演的表现力。在幼儿的日常音乐课中,音乐作品的正确的、富有表情的、完善的表演,是必不可缺的条件。而在举行节日朝会的时候,这要求尤为迫切。

音乐必须仔细选择,务使适合节日的一般性质和个别要素。

幼儿庄严地走进朝会会场时所奏的音乐,宜选用内容情绪适合于节日的性质的进行曲。例如十月革命节的朝会入场时,可奏杜那耶夫斯基的《祖国进行曲》,或者波克拉斯的《莫斯科》,或者列平的《莫斯科》等音乐。小班幼儿入场时,选用别的进行曲,即年纪小的幼儿所容易理解的进行曲,例如拉乌赫维尔格尔的节日,或者弗里德的节日。幼儿平日上音乐课入场时用的进行曲,不能唤起他们的节日的心情,故不宜用。

在节日上,和在日常音乐教学中一样,大部分须用俄罗斯民间音乐及别的民族的民间音乐。在朝会中必须唱俄罗斯民歌,表演轮舞和民间舞蹈。不一定要所有的民间歌曲和民间舞蹈都由幼儿表演,也可由成人或学生表演。幼儿听成人表演民间音乐,或者自己积极地参加表演,可以发展他们对民间音乐的趣味,使他们更爱好又更理解民间音乐。

选择朝会的音乐的时候,应该采用苏维埃作曲家的作品、俄罗斯古典作曲家的作品和民间音乐。

节日朝会的歌曲

朝会宜选用反映节日的主题和内容的歌曲。不可在节日表演节目中编入大量的歌曲,可以用四个至五个歌曲,而且这四五个歌曲也不是连续表演的。幼儿们站着唱歌或者坐着唱歌,须视这歌曲在朝会中的地位和意义而定。在朝会的庄严部分,幼儿们唱关于领袖的、关于莫斯科的、关于苏维埃儿童的歌。这些歌应该站着唱。倘幼儿表演歌曲(例如表演乌克兰歌曲《春天的歌》),或者用歌曲伴随舞蹈(例如《山上有一株红莓花》),则可由一群坐着的幼儿担任唱歌。倘歌曲所伴随的动作是安静的、平稳的,则可由参加舞蹈的幼儿自己来唱(例如俄罗斯轮舞歌《我手持鲜花行走》)。

幼儿在节日表演歌曲的时候,往往比平日唱得响。这有时是为了幼儿在节日精神兴奋的原故,有时是为了要在爸爸妈妈面前尽力唱得“好”的原故。在准备的过程中和朝会上,必须注意教幼儿用清楚而自然的声音来唱歌。

游　戏

游戏是幼儿所最接近而最容易做的一种活动。节日朝会的节目中,必须有游戏。

游戏有种种:配合音乐的、配合唱歌的、民间游戏、没有音乐伴奏而有规则的活动性的游戏、吸引观众的游戏。节日朝会用的游戏,从幼儿音乐课和体操课上所教的游戏中选出。

节日朝会的节目中,须采用最适合节日内容的游戏,以及不但参加游戏的人所感兴趣的、而又是观赏的幼儿所感兴趣的游戏,例如,具有集体竞赛或个人竞赛的成分的游戏,如“拿旗”“谁的队伍先排好”,音乐游戏如“篱垣”等。又可用伴着唱歌的游戏、表演的游戏,例如“篱笆”“小阁楼”的游戏以及民歌《在薄冰上》的表演。在这些游戏中,歌词用动作来表明。例如在《在薄冰上》这歌中,伊凡“骑马”走出来。他“一不小心跌一跤”,两个女孩子向他跑来,扶他起来,拉着“马”,引导他“上路”。在节日上,这种游戏表演时可用华丽的装饰;例如在“小阁楼”“篱笆”的游戏中,幼儿戴上表出每个“动物”的特点的帽子。

有时游戏是节日场面中的一部分。例如在新年节上,“熊”拿一篮球果来赠送幼儿,就用球果来表演“保护东西”的游戏。这游戏的做法,是舞蹈音乐结束之后,“熊”抢夺球果:谁来不及用手遮盖球果,他的球果就被“熊”抢去。

或者带各种玩具来给年纪小的幼儿:风车、皮球、摇摇响。幼儿在“有赠品的躲迷藏”的游戏中受得这些玩具。

舞　蹈

节日表演节目中除了游戏之外,又采用舞蹈。舞蹈可使幼儿的心情欢乐、愉快,又可补充并展开节日的内容意义(例如新年枞树节上的“雪片舞”)。舞蹈的内容必须是幼儿所能理解的,能唤起幼儿所固有的情绪的。幼儿模仿成人的时候,常常使成人感动。但这种舞蹈姿态剥夺幼儿的自然性,教他们做作。

朝会中采用动作简单而自然(跑步、跳跃、横行急调舞、转圆圈)的儿童舞蹈和不复杂的民间舞蹈——这种舞蹈使幼儿认识苏联各民族的民间舞蹈的音乐和动作的性质和特点。自己民族的民间舞蹈,幼儿较容易学会。有许多民族的舞蹈,是幼儿所难于学会的,这种舞蹈最好由成人或学生表演给幼儿们看。

成人们的舞会用的舞蹈——克拉科维亚克舞、圆舞——对学龄前的幼儿说来是太复杂的,所以不应该教幼儿学习。

在有些幼儿园中,每次节日教幼儿学新的舞蹈,而不反复幼儿所已经学会的舞蹈。这样,幼儿的舞蹈便不能进入日常生活中。最成功的幼儿舞蹈最好使成为一切幼儿园所共通的,在节日朝会中反复演出,并且进入幼儿的日常生活中。最普遍的舞蹈,在幼儿园小班中采用的是:“小手指和小手手”(配合俄罗斯民间曲调)、“小舞蹈”(亚历山大罗娃作曲)、“长统靴”(配合俄罗斯民间曲调)。中班用的是“招待”(配合乌克兰民间曲调)。大班用的是俄罗斯舞蹈(配合民间曲调《啊,我的门厅》)、波尔卡舞“再会”(斯特劳斯作曲)。

除了教练全班的共同舞蹈之外,最好再教少数幼儿学一种舞蹈,这舞蹈在节日上表演,给其他幼儿观赏。例如“洋娃娃舞”或俄罗斯舞蹈“在小河旁边”均可。

朝会上也可表演不预先练习的舞蹈,即跟着示范表演的舞蹈。由主持者或节日表演中的人物(大寒公公、傀儡剧中人物)表演舞蹈给幼儿们看,幼儿们跟着他,模仿简单的动作。这种舞蹈是很愉快地进行的。最好再采用“自由舞蹈”,在这舞蹈中每一个幼儿按照自己所欢喜、所能够而任意跳舞。这时候大都奏愉快的舞蹈音乐,大部分是民间音乐。

朝会节目中所用的舞蹈,和其他一切音乐材料一样,编入在日常音乐课的计划中,逐渐地教练幼儿。不可在节日表演的节目中编入许多舞蹈。全班幼儿共同的舞蹈采用一两种,小组幼儿用的舞蹈采用两三种,已经足够了。

朝会的举行

使幼儿理解节日的内容意义,主要是靠节日的一切准备工作;而在朝会的举行中,这意义因了各种艺术手段的情绪作用和造型艺术的帮助而更加深刻了(布置会场、准备幼儿服装、音乐、文学等)。

朝会上最重要的,是造成幼儿的节日的心情、欢乐的兴奋,唤起关联于节日的意义的适当的情绪体验。要使幼儿能理解一切所见所闻,最重要的是正确地、富有趣味地掌握节日的庆祝会,在庆祝会的进行中对幼儿说明会中所发生的情形,指导他们的注意力。例如在五一节的庆祝会上,有成人和幼儿表演俄罗斯的、乌克兰的或白俄罗斯的民间歌曲、游戏、舞蹈。主持者对幼儿不可仅乎“宣告”“下一个节目是什么”,他必须强调地指出:苏联的一切民族亲爱相处,一起工作,一起娱乐,每一个民族都有自己的语言、自己的歌曲和舞蹈。主持者必须不仅熟悉大会的内容和节目,他必须能调节幼儿的心情和大会的进行,必须随机应变,富有机智。朝会中可能有种种意外发生,主持者必须能够随时矫正它们。例如,“枞树节”表演正在兴酣的时候,所有的“林中居民”都已聚集在枞树周围,照内容的次序应该是雪娘进场了。但是糟糕,扮演雪娘的女孩子因为看表演看得出神了,竟忘记了换衣裳。教养员急忙到幼儿群中去找她,这期间主持者便走近大寒公公去,对他说:“大寒公公,你的孙女儿雪娘为什么没有来?她大概是迷失路途了,你叫她吧。她也许会听见你的叫声而走来的。”大寒公公便开始大声地叫喊,这使得幼儿们发狂地高兴,而在隔壁房间里换衣裳的雪娘用轻轻的声音答应他。但大寒公公长久地叫喊,未免太单调,会使人感到无聊,而雪娘还没有出来。这时候主持者便聚集一切“林中的动物”,去迎接雪娘。他们在大厅里找了一会,然后在隔壁房间里找到了雪娘,带她到枞树旁边来,大家便满意了。在座的观众中没有一个人注意到这表演不符合内容。否则,意料不到的停顿会使表演脱节,而降低观众的情绪,现在却全都避免了。

主持者普通由教养员中的一人担任,但有时由音乐指导者自己担任。主持节日表演,同时又要演奏乐器,是很困难的工作。主持者坐在乐器后面,看不见幼儿们。常常离开乐器而走到幼儿这里来,会破坏了大会的顺利进行,而引起令人不快的停顿。所以在这些时候,音乐伴奏应该由另一个人担任,这人必须是充分胜任而熟悉全部音乐表演节目的。不可教幼儿担任主持者,因为这工作是很复杂而责任重大的。

在节日庆祝会中,只有某些个别的地方可以不需主持者说明,由幼儿听了相应的音乐而表演歌曲和动作。

朝会准备中成人的参加

全体教师共同担负着准备和举行节日庆祝会的责任。朝会的计划由音乐指导者和诸教养员共同编制。幼儿园主任批准其内容,并负庆祝会的全部责任。在教师会议上进行节日表演节目的讨论。在这会议上派定每人的任务。每人负责所委任他的工作部门:布置大厅,准备服装,分配并搜集标饰物,布置并收拾演出所需要的各种物件,等等。请教养员中的某一人担任主持者的任务。这任务是复杂的、责任重大的,故须由富有经验的教养员担任。

全体教师或个别教师,以及幼儿们的家长,都要好好地准备一个简短的演出,练习几首歌曲:合唱、二重唱或独唱。倘有懂得民间舞蹈、民间故事或诗歌的教养员,也可以把他们的表演列入节日表演的节目中。凡成人为幼儿表演的节目,必须表演得良好,这是很重要的事,因为从一方面说,只有良好的表演才有良好的影响及于幼儿的艺术趣味的发展和一般发展;从另一方面说,教养员的演出必须更加提高教师在幼儿前的威信,使幼儿更加敬爱他。成人的表演必须仔细地考虑,好好地准备。唱歌给幼儿听,须和唱歌给成人听略有不同。唱的时候音调和表情必须柔和,声音必须轻些。过分大声唱歌、过分多变化的表情,会使幼儿发笑;一个节目紧跟着另一个节目,对幼儿是不适宜的,必须把间隔稍稍延长。

更重要的,成人们之间不但要正确地分配工作,又必须及时完成这些工作。例如,在朝会开始以前,一切服装和标饰物都必须齐全。教幼儿仔细认清服装和标饰物,郑重地穿戴它们。教养员必须及时注意:务使一切服装上的纽扣和带子都齐全,务使幼儿穿着这些衣服感到自由轻快。穿戴服饰时有条有理,可以养成爱护物件的习惯;慌忙和混乱地穿戴服饰,会减低幼儿节日的心情。

节日朝会不但是对幼儿的教育手段,也是对家长的教育宣传的手段。

家长是节日庆祝会上受欢迎的客人。应该把他们列入节日的准备工作中,开会的时候必须相当地注意他们。必须教幼儿敬爱他们的家长,幼儿园应该在这点上做榜样给他们看。从幼儿园全体教师中选出一位教养员来,请他殷勤招待客人,指点他们在什么地方脱衣服,引导他们到大厅里去,指点他们坐的地方。有时幼儿园因为会场狭小,不能招待所有的家长来参加朝会。这时候可每班邀请家长若干人参加朝会,而在下一次举行朝会时邀请其余的家长。

节日庆祝会举行过之后,必须开教师讨论会,评判这一次的准备工作如何,朝会进行得如何,以便下次不再重犯错误。

节日庆祝会结束了,但教养员们还须加深幼儿对节日庆祝会的印象。他们必须使幼儿能够在节日过后的音乐课中复习节日所演的材料。幼儿做创作游戏时,应该把节日表演时所用的标饰物——旗帜、花、帕子、服装的某部分、帽子等给他们,帮助他们表演他们在节日初次看到或听到而尚未能充分学会的舞蹈和歌曲。教养员可和幼儿谈论过去的朝会的事,把节日的内容和意义明确起来。问他们欢喜什么,为什么欢喜。要使他们得到表现节日的印象的机会,教养员可令幼儿在图画中描写朝会,在塑造和讲故事中反映他们的印象,故事可以记录下来,然后把其中最精彩的读给全班幼儿听。

问　题

1. 节日朝会的教育意义何在?
2. 幼儿园里的节日朝会的内容和意义如何?
3. 举行社会政治性的节日庆祝会的特点何在?
4. 中班幼儿和大班幼儿的节日朝会的节目如何编制?
5. 小班的节日朝会如何举行?
6. 幼儿和成人的节日朝会应该如何准备?

家庭作业

1. 试选择五一节用的若干民间游戏歌曲。
2. 试为中班和大班幼儿选择若干种夏节用的游戏。
3. 试指出大、中、小三班用的一两种“绕枞树”舞蹈。
4. 试编制五一节朝会或十月革命节朝会的节目。

第九章　教养员的任务

第一节　对教养员的要求

为了实现音乐教育,要求教养员具有专门的音乐修养。教养员在师范学校受得音乐修养:学得器乐演奏、唱歌、舞蹈,认识体育原理。在幼儿园里即使另有音乐指导者,教养员对本班的音乐教育的责任也并不减轻。

在前面几章的叙述中,已经指出学龄前儿童的音乐教育的意义了。

光荣而重大的任务寄托在教养员身上。

教养员以音乐为手段而教育幼儿,他必须了解音乐的全面意义,而成为以音乐为手段的幼儿共产主义教育的积极的向导者。为此,教养员必须明确地设想:用怎样的音乐手段,用怎样的方法,才可以奠定对环境的正确的苏维埃态度的基础。

音乐教育的实现,要求教养员有很大的积极性。

教养员必须能够唤起幼儿对音乐及其内容的趣味,指导幼儿为音乐所引起的感情,保证幼儿学会基本的技能,注意并指导幼儿的创作的音乐才能的发展。

教养员必须用三部门工作来实施音乐教育,这三个部门便是:唱歌、音乐听赏和活动。

第二节　幼儿园中有音乐指导者时教养员的任务

音乐指导者和教养员的责任

音乐指导者所负的责任是幼儿园中音乐教育的正确的建立,教养员所负的责任是他自己一班里的教育工作。

音乐指导者的责任是教练幼儿和在音乐教育上指导教养员的工作。

音乐指导者教幼儿唱歌、音乐听赏、活动的必修课。全班的课业和小组的及个别的课业互相结合。

音乐指导者和教养员举行研讨、谈论、进修,目的是要使教养员认识音乐教育的原理和实际的教材。

教养员负着在自己的一班里实施音乐教育的责任,他必须使自己的工作在这方面和音乐指导者相一致。

音乐指导者为教养员所做的工作的内容和形式

音乐指导者为教养员所做的工作的内容如何?音乐指导者应当怎样帮助教养员?音乐指导者对教养员有下列的工作:

(一)使教养员认识音乐教育一切部门的理论问题;

(二)使教养员认识幼儿园各班幼儿的音乐教育的任务、内容和教学法;

(三)计划音乐教学工作,使教养员认识音乐必修课的内容;

(四)在计划的时候帮助教养员规定在日常生活中采用音乐的适当时间;

(五)评判对幼儿的教学工作的结果;

(六)和教养员共同计划节日庆祝会的举行;

(七)担任唱歌和活动的实际教课:教练歌曲、舞蹈和游戏,训练幼儿的唱歌技能和活动技能。

音乐指导者的工作的主要形式是研讨。在小规模的幼儿园里,小组工作难于实行,研讨便占有主导的地位。

在研讨会上,音乐指导者向教养员们说明目前的音乐课的内容,教他们练习实施的教材。

同时,音乐指导者使教养员认识他设计基本内容时所估计到的当前任务。例如教练歌曲,他向教养员指示:他要教幼儿学得怎样的唱歌技能。举实例来说,音乐指导者指出:在克拉谢夫的《小鱼》这歌中,必须努力达到声音的平稳。又如教练弗洛托夫的"捉迷藏"的游戏,音乐指导者说明他所拟定的任务:教幼儿辨别音乐的性质、音乐作品的部分和强弱变化(声音的"响"和"轻"),教幼儿学会轻快地跑步。

在研讨会上,音乐指导者又和教养员评论所授过的音乐课。教养员随着自己的音乐能力的提高而逐渐主动起来,能够和音乐指导者相一致而独立地实行音乐课的记录了。这只有在教养员理解每种基本课题的意义,而能明白幼儿们掌握的程度的时候,方始可能。

音乐指导者和教养员共同注意每个幼儿的成绩,指出需要辅导的幼儿,并决定对各个幼儿的帮助的办法。例如,幼儿中有一人唱起吟咏风的歌来声音断断续续,教养员就单独和这幼儿唱歌,做榜样给他看,使他知道应该怎样唱;另外一个幼儿做某种动作做不好,教养员就帮助他正确地表演这动作。

在研讨会上,根据了全部教育工作的计划而拟定在幼儿园日常生活中采用音乐的适当时间。计划和幼儿到林中散步时,教养员们和音乐指导者共同拟定这散步中所宜用的音乐、舞蹈和歌曲;又选定体操课中所宜用的音乐。

音乐指导者教教养员认识实施的教材(歌曲、游戏),认识每次音乐课的计划,由此逐渐地引导他理解音乐工作的一切组织。音乐指导者和教养员一同设计这部门的每月计划,一同讨论教养员所独立施行过的音乐教育工作。这时候音乐指导者必须顾到每一个教养员的能力和特点。有的教养员具有良好的嗓子,但他的动作不正确。有的教养员相反,动作表演得很好,但是歌曲的曲调总是不会唱。必须把各教养员的优秀的才能利用在音乐课中:嗓子好的教养员,宜乎请他教新的歌曲;动作表演得好的教养员,宜乎请他表演新的舞蹈给幼儿看,余例推。但音乐指导者为顾到每一位教养员的特点和愿望,须同时继续发展缺乏音乐才能的教养员的唱歌技能。对于不善于动作的教养员,音乐指导者也要帮助他改善动作。凡此种对每一位教养员的个别的指导工作,就在研讨的时候进行。然而应当指出:没有一位教养员能够避免教幼儿唱歌及领导舞蹈和游戏等的义务。所以借口听觉不发达、嗓子不良和缺乏动作的训练,是很不可置信的。

教养员没有良好的音乐听觉,而终于得到美满的结果——这在实际上是常有的事。例如,有一个幼儿园里的教养员,虽然自己的听觉不够发达,但她常常要唱得好的幼儿作歌曲示范表演,终于达得了良好的结果:全班幼儿都唱得很清楚而富有表情。同时,就在这个幼儿园里,有一位教养员具有良好的听觉和优美的嗓子,但是幼儿们完全不会唱歌,因为她没有充分地教练他们。这便证明:对幼儿的教学工作的性质,不仅关系于教养员的音乐才能,而主要地关系于她对工作的积极和关心。

音乐指导者的工作的另一种形式,是帮助教养员们进行团体学习。在这团体中,除了研究教学法问题和教练幼儿用的音乐节目以外,同时又提高教养员本身的音乐修养。

教养员逐渐获得唱歌技能和活动技能,便能够正确地教练幼儿。教养员的团体可在节日为幼儿们作某种舞蹈表演,或唱歌曲给幼儿们听。幼儿都欢喜这种成人的表演。

在这团体学习中,起初音乐指导者教练音乐材料,培养教养员们的实际技能。以后,等到教养员们获得了某些技能,这团体已经很巩固了的时候,音乐指导者可指定教养员的音乐课题,由他们自己讨论,进行学习。

实行幼儿音乐教育的公开课业,是很有价值的一种教学形式。许多教养员出席,由其中一人教音乐听赏、唱歌、游戏、舞蹈;在他自己的班上示范:他怎样把某歌曲或音乐采用在别种课业(自然界观察、图画等)中,或者组织公开的娱乐晚会。

全体教养员对于所授过的课进行讨论,可以帮助每一个人明白了解音乐教育的目的和任务,使他们能够为各种教材找得正确的教学方法,发展教养员对教材及其教学法的批判的态度。这种学习形式具有很大的意义,因为在这里教养员可以明显地看到自己的教育工作的成就和缺陷。由此可知,音乐指导者为教养员所做的教学工作的内容可采用种种形式。

这一切教学形式具有同一目的:帮助教养员在学龄前儿童的音乐教育的范围内更好地掌握知识和实际技能。

教养员的工作的内容和形式

那么有音乐指导者的时候,教养员的工作的内容是什么,其形式如何呢?

首先必须阐明教养员在音乐指导者所担任的音乐课上的任务。

教养员在这些课上的基本任务,是更深入、更充分地解决音乐教育上的基本课题,并良好地组织幼儿上课。

教养员的任务,可因了幼儿所应该学得的基本内容而有种种差别,又可因了幼儿的年龄而有种种差别。

音乐教学工作的各种不同的部门,要求教养员也作各种不同的参加。例如唱歌,不要求教养员主动参与。音乐指导者应该成为幼儿注意力的中心。教养员和幼儿们一起唱歌,而且他的声音不可比幼儿的声音响。在中班和大班里,他只在教练歌曲的时候唱歌,到了要求幼儿独立地唱歌的时候,他就不唱了。

倘教养员是有良好的嗓子的,那么他也可以(和音乐指导者商定)在音乐课上演唱新的歌曲。这时候他的任务就比较重大。

在音乐课中教练活动的时候,教养员起最积极的作用。这时候他参加工作多少的程度,因了所教练的课题的内容而决定,又因了幼儿的年龄而决定。例如在小班里,教养员直接参加舞蹈和游戏,可以使幼儿积极起来,可以增加情绪的兴奋。幼儿看教养员表演"猫",大家快乐地笑,游戏就自由自在地进行了。幼儿们模仿教养员的动作,便一致协和地舞蹈了。但这并不是说幼儿总是模仿着而舞蹈和游戏。有的时候,教养员停止示范表演,由幼儿独立地动作。例如幼儿表演熟悉的舞蹈,教养员只要拍着手鼓励他们。

在中班里,尤其是在大班里,教养员的积极作用略有变更。例如教练游戏,教养员只在必要的时候参加进去。倘幼儿游戏时感到动作困难,教养员用示范来帮助他们。例如,倘幼儿跑步跑得很笨重,教养员就和他们一起跑,使他们注意自己脚步的轻快。倘幼儿不完全了解游戏的进行,教养员也在游戏的过程中帮助他们。例如在列比科夫的"麻雀"的游戏中,幼儿不能立刻懂得什么时候他们应该替麻雀准备食料;教养员便在歌词"麻雀飞"一句之后悄悄地走近幼儿,教他们准备食料。在教练复杂的舞蹈的时候,教养员用自己的示范来帮助幼儿:和他们站在一起,或者作个别的指示。这时候教养员必须注意到:对哪一个幼儿以后还须帮助。

在音乐课之外,教养员继续从事音乐教育工作。教养员努力改善幼儿的唱歌技能和活动技能,在日常生活中采用熟悉的游戏和舞蹈,或利用适当的环境而采用新的材料。

有些幼儿为了某种原因,难于表演某种音乐课题,教养员宜对他们施行个别教练。夏天,这种个别教练可在散步中施行。冬天,在早上幼儿还未全部集合时施行,或者在傍晚幼儿逐渐散归的期间施行。

有时教养员在对全班的教学中利用环境条件,而使幼儿很好地学会歌曲。例如幼儿在林中听见杜鹃的叫声。教养员教幼儿注意这鸟的柔和的声音,教他们也柔和地唱关于杜鹃的歌。林中的静寂和鸟的叫声造成了幼儿的相应的心情,使他们能够富有表情地唱歌。

教养员可和音乐指导者商定而完全独立地唱新的歌曲,表演新的舞蹈。有时在适当的环境中,这种唱歌和表演比在普通音乐课中具有更大的效果。举实例如下:教养员要唱俄罗斯民歌《风笛》给幼儿们听。他预先做好一枝风笛,藏在草里面。然后带幼儿们去散步,仿佛无意中找到了风笛。他就召集幼儿们来,把他所找到的东西给他们看,唱歌给他们听:“在青草地上,伊赫,伏赫,有一次我找到一枝风笛,伊赫,伏赫。”唱完之后,幼儿们就在风笛声中舞蹈。以后,教养员在风笛上吹(用“嘟嘟”的音)幼儿们所熟悉的歌曲,幼儿们猜到了这是什么歌,大家就唱歌了。

下一次散步的时候,教养员把风笛藏好,教幼儿们去找寻它。找到了风笛以后,教大家坐下来,当场就教唱歌。当幼儿学会了曲调和歌词之后,教养员教找到风笛的幼儿吹风笛,教其余的幼儿舞蹈。这时候,游戏直接关联于歌曲的内容,并且在唱歌之前表演,这可使幼儿对歌曲发生特别的兴趣。

最后,教养员还要处理已经教过的歌曲、舞蹈和轮舞。他的任务是把这些材料取入在幼儿的日常生活中(见第七章)。

教养员和音乐指导者在工作过程中的相互关系,大约如上。幼儿音乐教育的成功,关系于他们的协商,关系于他们的互相了解,关系于他们某一方面的主动。音乐教育只有在教养员和音乐指导者共同合作的时候方能完满地实施。

第三节　幼儿园中无音乐指导者时教养员的任务

对教养员的要求

幼儿园中没有音乐指导者,教养员便负有特殊的责任。教养员施行音乐教育,要完全配合三部门教学工作的任务和基本内容。教养员又须利用一切教学形式——必修课、个别教学、小组教学等。

教养员施行教学工作的时候,必须理解音乐教育的目的和任务,熟悉幼儿园教养员指导各章的内容,能够计划工作。

这里发生了一个问题:如果教养员没有受过专门的音乐教育,他怎样可以实施这工作?

教养员在师范学校毕业之后,已经具有了足够担任音乐教学工作的音乐修养。缺乏音乐才能,是极少有的情形。借口缺乏音乐才能,不能当作拒绝这方面的工作的原因。只是在师范学校毕业之后不要停留在已有的成就上,而要继续提高自己的音乐教育程度。

有一种意见,以为要教练幼儿,必须有良好的歌喉。这并不完全如此。有普通的嗓子已经够了,不过歌曲必须唱得正确而富有表情。

唱歌是教育的基本手段,因为这是音乐艺术中最容易学习的一种形式。除了唱歌之外,又指导幼儿听赏声乐,在歌声中活动。

对教养员的要求如下。教养员必须:

(一)能清楚而正确地唱歌曲的曲调;

(二)富有表情地唱歌,即表现歌曲的基本性质;

(三)能表演动作:舞蹈、游戏;

(四)熟悉音乐教育一切部门的目录;

(五)懂得教学法。

配合唱歌的课业的内容示例

教养员只要有嗓子,便可充分地教音乐必修课。现在可举一个中班教学的例子在下面。教养员教练幼儿已经熟悉的歌曲:俄罗斯民歌《在薄冰上》和维特林的《母猫》。教养员要教幼儿们知道《在薄冰上》的领唱部和伴唱部的分别,便令小组幼儿唱领唱部,而教全体幼儿唱伴唱部。唱第二首歌曲的时候,教养员要训练幼儿的唱歌表情,便令幼儿装作和小猫说话的样子而唱:“我的灰色小宝宝,你们到哪里去了?”歌曲的末了

“时候已经不早,宝宝快来睡觉”两句,教幼儿们唱得慢,唱得轻。

教养员唱拉乌赫维尔格尔的歌曲《飞机》给幼儿们听赏。幼儿们欢喜这歌曲,教养员便教他们做“飞行员”。幼儿们在教养员的歌声中“飞行”,歌曲唱完的时候幼儿们“降落”了。教养员注意着:务使幼儿在歌曲声中跑得轻快而富有节奏。这样,教养员在这一课中把三部门的教学工作都做到了:唱歌、音乐听赏、活动。教养员解决了一系列的基本任务:教幼儿辨别领唱部和伴唱部(《在薄冰上》),唱歌轻声而富有表情(《母猫》),教幼儿们认识新的歌曲,学习在跑步时表现出歌曲的轻快活泼的性质。

除了唱歌以外,教养员又可以利用收音机、留声机以及民间乐器。

音乐教育中的收音机

我们苏维埃的电台,广播着古典音乐和现代音乐的优良的模范作品,对幼儿的音乐教育有很大的帮助。每天上午十点钟以后有专为学龄前儿童所设的广播。这广播的节目种类甚多,例如:讲故事,同时伴着唱歌和音乐;做有趣的游戏“猜猜看”,其中音乐也占有重要的地位;教学舞蹈和游戏;广播幼儿园的音乐表演。幼儿能听赏演奏得很好的音乐,这一点是很可贵的。教养员可在广播的时候和幼儿一起坐在收音机旁边,和他们一起听歌曲,说明他们所不懂的地方,引导他们注意音乐。卖报处有每星期的广播节目单出售;教养员买到了这节目单,可以预先知道什么时候将要广播什么东西,而考虑如何帮助幼儿收听广播。有时在为成人广播的节目中,也可教幼儿听赏他们所容易理解的歌曲。只要不忘记一点:学龄前儿童是很容易疲倦的,所以教他们收听广播的时间不可太长,听的时候收音机不可开得太响。

音乐教育中的留声机

留声机可使幼儿认识俄罗斯民间音乐和古典音乐的著名的模范作品,以及西欧古典音乐的优良作品。教养员购买唱片的时候,务须注意它们的内容。发卖的唱片之中,颇有学龄前儿童所能理解而有益于他们的音乐发展的。靠留声机的帮助,可使儿童认识柴科夫斯基、格林卡、里姆斯基-科萨科夫、里亚陀夫、格里格、舒曼以及其他作曲家的音乐。留声机的优点,是同一唱片可使幼儿听赏好几遍,他们听惯了,便会爱好并熟识这些音乐作品和这些唱歌者。唱片中录着幼儿所爱听的歌曲或器乐作品(钢琴、小提琴、手风琴、管弦乐)。成人的解释可使幼儿注意于音乐的各种特点。例如给幼儿听赏穆索尔斯基的《哥巴克舞曲》,最好指示他们这音乐的热情而愉快的性质。又如给幼儿听里姆斯基-科萨科夫的歌剧《萨丹王的故事》[1]中的《松鼠》,这音乐也很活泼,但是何等轻快而优美!五六岁的幼儿听赏这些音乐作品,听赏了好几遍之后,就可给他们"猜"这乐曲,教他们说出乐曲的名称来。这样,幼儿便会辨别音乐作品的性质了。幼儿很欢喜名称上表示出内容的音乐。他们欢喜里姆斯基-科萨科夫的歌剧《萨丹王的故事》中的《野蜂飞》,因为这音乐中明显地表现着野蜂飞翔的嗡嗡声。幼儿们有兴趣地辨别着曲调的进展,作品结束的时候他们说:"飞去了……"在里亚陀夫的《八音盒》中,流注着一种声音,很像小铃的声音。

---

〔1〕 本卷收录的《幼儿园音乐教育(教学法)》和《小学音乐教学法》中译作《萨旦王的故事》。——编者注

仙　鹤
例 41
民歌歌词
卡林尼科夫曲
急速
1.仙 鹤 两 脚 长 又 长，
散 步 来 到 磨 坊，
散 步 来 到 磨 坊，
看 到 奇 怪 景 象。
嗳，溜 哩，嗳，溜 哩，
看 到 奇 怪 景 象。景 象。
2.母 山 羊 磨 面 粉，公 山 羊 在 撒 粉，还 有 那 些

小 山 羊 们 大 家 扒 出 面 粉。
嗳，溜 哩，嗳，溜 哩，大 家 扒 出 面 粉。
f
3.羔 羊 羔 羊，两 角 弯 弯，风 笛 吹 得
mf
好 听，风 笛 吹 得 好 听，眨 眨 两 只
眼 睛。嗳，溜 哩，嗳，溜 哩，眨 眨 两 只
f

眼 睛。4. 白肚子的 喜鹊哥哥, 大家一起
跳 舞, 一群乌鸦 小心谨慎, 看着他们
跳 舞。 嗳, 溜 哩, 嗳,溜哩, 看着他们 跳 舞。
f
5.猫头鹰也 看 着, 它 的两脚 跺 着,
p
它的两脚 跺 着, 它的 猫头 转 着。

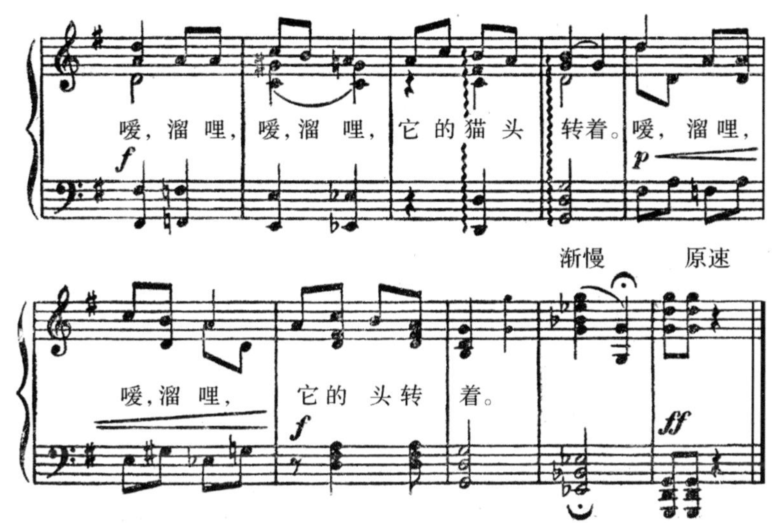
嗳，溜 哩，嗳，溜 哩，它 的 猫 头 转着。嗳，溜 哩，
渐慢 原速
嗳，溜 哩，它 的 头 转 着。

卡林尼科夫的歌曲《仙鹤》，很富有表情地描写着各种走兽和飞禽的形象："羔羊羔羊，两角弯弯，风笛吹得好听，眨眨两只眼睛。"音乐中也响出抑扬婉转的风笛的声音。"猫头鹰也看着，它的两脚跺着，它的两脚跺着，它的猫头转着……"音乐就阴沉起来，有些"可怕"起来。

在苏维埃作曲家亚历山大罗夫的《你，冬天》的歌曲中，音乐描写着严肃的冬天的光景，小河都冻冰了，小径被雪盖住了，这富有表情而悲哀的歌曲很能牵引幼年的听赏者。六七岁的幼儿听了音乐作品，不但能够辨别音乐的各种性质，又能在某些音乐作品中辨别其各部分。格林卡的歌剧《卢斯朗与留德米拉》中的有名的《契尔诺莫尔》进行曲，其第一部分和第三部分具有明显表出的性质（进行曲伴随着凶恶的魔法师契尔诺莫尔的出场）；中间的部分和第一、第三部分则不同，响出小铃的温柔的声音，用别的乐器的小心而柔和的伴奏来作背景。

教养员在给幼儿听音乐之前，必须自己先听过这音乐，这是很重要的事。教养员必须知道歌曲的文词,倘有必要,还须能说明唱的是什么,或奏的是什么。在唱片的一面上,往往录着两个或三个作品。为了容易找到第二个作品或第三个作品的开始,可在唱片上用色铅笔作记号。在一课中,可令幼儿听赏两三个乐曲。

留声机不仅可利用在音乐听赏中,又可利用于活动中,即步行和跳跃的时候,游戏和舞蹈中。教养员可选用各种不同的唱片:行进的音乐适用于步行,舞曲的音乐适用于舞蹈。民间舞蹈利用唱片,尤为适宜。在为活动利用唱片之前,教养员必须先听它几遍,明白地了解音乐的性质和形式。唱片上所录的音乐往往是很长的。教养员可以不开完全部唱片,而在第一部分的末了停止。

民间乐器

民间乐器有手风琴、三角琴、六弦琴(гитар)等。会演奏这种乐器的教养员,可在音乐教育工作中利用它们。弦乐器调弦必须正确。发音不正确的乐器会损害幼儿的听觉。

打乐器

打乐器——手鼓和铜鼓——对于教养员的音乐教育工作很有帮助。手鼓和铜鼓应用在行进、跑步、跳跃的时候,应用在各种游戏中,又应用在早操中。教养员必须学会打手鼓和敲铜鼓。

教养员可用合节奏的拍掌来随伴自己的唱歌。例如在拉乌赫维尔格尔的《体操进行曲》中:“我们有很多力量,我们个个都伶俐,我们每日每时在健强,每日每时在生长。”又如在拉乌赫维尔格尔的进行曲《齐步走,儿童团员们》中:“齐步走,儿童团员们,整齐地前进。”余例推。

这些歌曲可不用歌词来唱,而用“啦啦”“嘟嘟”来唱;或者完全不唱,而仅在手鼓或铜鼓上敲打这歌曲的节奏。敲铜鼓须用两根鼓槌,倘铜鼓声音太响,可在鼓槌的头上包些棉花。

铁琴是属于旋律乐器的。教养员演奏铁琴时,可以表现歌曲的曲调或简单的舞蹈音乐。教养员选择歌曲,可主要地根据听觉。这在教唱歌和音乐听赏时对他有帮助。教养员有时不能找出幼儿所需要的适宜的音调来开始唱歌,便感到困难。这时候铁琴可以帮助他。铁琴又可被应用在幼儿的游戏中。教养员必须教大班幼儿学习铁琴演奏法。演奏时要有良好的条件,勿使班内发生吵扰。必要的条件是铁琴的音要调得纯净。

教养员应用他能力所及的方法,便可适应了幼儿园教养员指导的基本要求而完成音乐教育工作。

问　题

1. 幼儿园中有音乐指导者时教养员的任务如何?

2. 试说明音乐指导者为教养员所做的工作的内容,并列举工作的形式。

3. 教养员在音乐课上的任务如何?

4. 没有音乐指导者的幼儿园中的教养员的任务如何?

5. 怎样在幼儿的音乐教学中应用民间乐器和其他乐器?

附录一　本书歌曲简谱

我们的节日

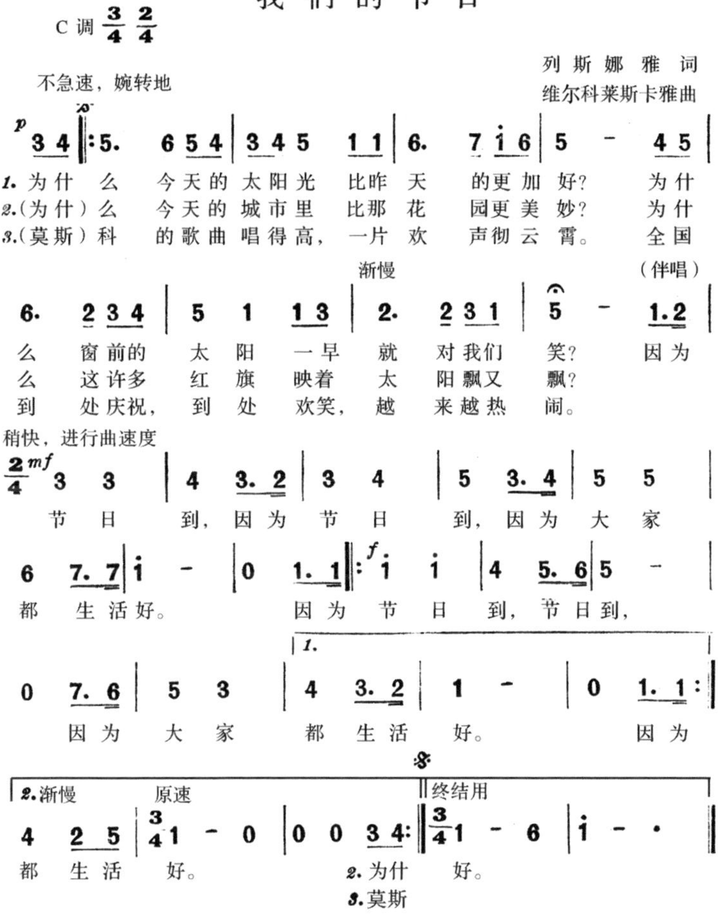
C调 3/4 2/4
列斯娜雅 词
维尔科莱斯卡雅曲
不急速，婉转地
1. 为什么 今天的太阳光 比昨天 的更加好？ 为什
2.（为什）么 今天的城市里 比那花 园更美妙？ 为什
3.（莫斯）科 的歌曲唱得高，一片欢 声彻云霄。 全国
渐慢
（伴唱）
么 窗前的 太阳 一早 就 对我们 笑？ 因为
么 这许多 红旗 映着 太 阳飘又 飘？
到 处庆祝，到 处 欢笑，越 来越热 闹。
稍快，进行曲速度
节日 到，因为 节日 到，因为大家
都 生活好。 因为 节 日 到，节日到，
因为 大家 都 生活 好。 因为
2.渐慢
原速
终结用
都 生活 好。 2.为什 好。
3.莫斯

田野里有一株小白桦

G调 2/4

（俄罗斯民歌）

不急速　　　　鲁贝茨改编（简易化）

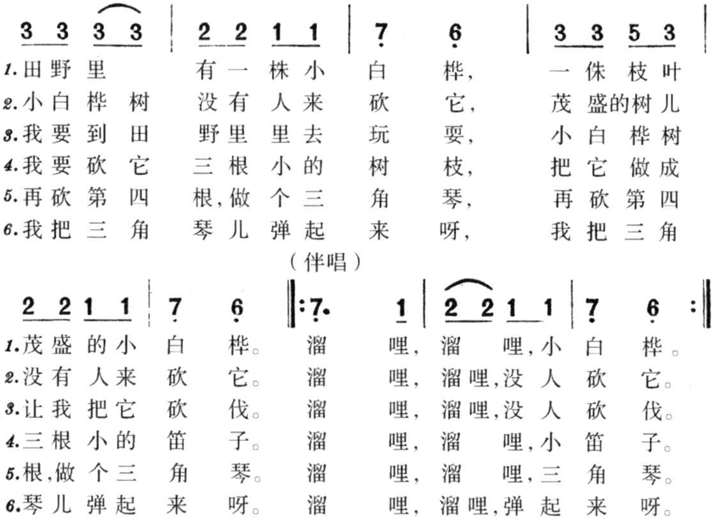

3 3 3 3 | 2 2 1 1 | 7 6 | 3 3 5 3 |

1.田野里　有一株小　白　桦，　一侏枝叶
2.小白桦树　没有人来　砍　它，　茂盛的树儿
3.我要到田　野里里去　玩　耍，　小白桦树
4.我要砍它　三根小的　树　枝，　把它做成
5.再砍第四　根,做个三　角　琴，　再砍第四
6.我把三角　琴儿弹起　来　呀，　我把三角

（伴唱）

2 2 1 1 | 7 6 |: 7. 1 | 2 2 1 1 | 7 6 :|

1.茂盛的小　白　桦。溜　哩，溜　哩,小　白　桦。
2.没有人来　砍　它。溜　哩，溜哩,没人　砍　它。
3.让我把它　砍　伐。溜　哩，溜哩,没人　砍　伐。
4.三根小的　笛　子。溜　哩，溜　哩,小　笛　子。
5.根,做个三　角　琴。溜　哩，溜　哩,三　角　琴。
6.琴儿弹起　来　呀。溜　哩，溜哩,弹起　来　呀。

小　公　鸡

♭B调 2/4

（俄罗斯民谣）

中庸速度　　　　格列恰尼诺夫改编

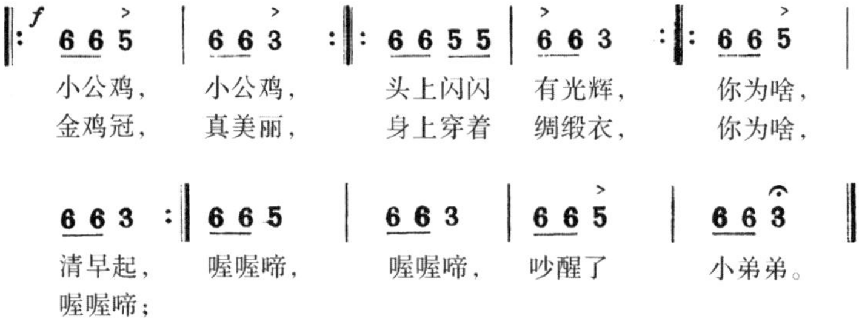

|: *f* 6 6 5 | 6 6 3 :|: 6 6 5 5 | 6 6 3 :|: 6 6 5 |

小公鸡，　小公鸡，　头上闪闪　有光辉，　你为啥，
金鸡冠，　真美丽，　身上穿着　绸缎衣，　你为啥，

6 6 3 :| 6 6 5 | 6 6 3 | 6 6 5 | 6 6 3 ||

清早起，　喔喔啼，　喔喔啼，　吵醒了　小弟弟。
喔喔啼；

愉快的小风笛

D调 2/4

弗林凯而词
克拉谢夫曲

活泼地

5 5 5 5 | 5 3 1 | 2 3 4 2 | 5 - |

1.嘟嘟嘟嘟 嘟，小小 风笛在唱 歌！
2.池塘里的 鸭，听见 风笛在唱 歌，
3.大鸭和小 鸭，大家 一起来备 蹈，
4.嘟嘟嘟嘟 嘟，小小 风笛在唱 歌！

4 4 6 6 | 5 2 1 | 2 3 4 2 | 1 - ‖

1.青青的花园 里，小小 风笛在唱 歌。
2.唱的什么 歌，嘟嘟 嘟嘟嘟嘟 嘟。
3.两脚水里 划，两双 翅膀摇又 摇。
4.青青的花园 里，风笛 唱歌多快 乐。

大寒公公

F调 4/4

维特林曲

不急速

5 5 3 1 5 5 | 5 2 7 5 1 - |

1.大寒公公来 啦，大家都欢 迎。
2.大家打扮枞 树，美丽又端 正。
3.新年佳节来 啦，到处歌舞 声。

5 5 3 1 5 5 | 5 2 7 5 1 - |

带来新年枞 树，大家都高 兴。
挂上许多星 星，颜色多光 明。
向敬爱的领 袖，向斯大林致 敬。

（伴唱）

2 2 7 1 2 2 | 2 1 7 1 2 - |

满屋子里照 耀 红灯和绿 灯。

1 1 7 7 3 2 | 1 7 6 7 5 - :‖

看到新年枞 树，我们真开 心。

小兔子

（乌克兰民歌）

F调 $\frac{4}{4}$

克洛科娃意译歌词
克拉谢夫改编曲调

不很急速，轻快地

1 1 3 4 5. 4 | 3 3 2 1 - |
1.一只 小小 兔 子 坐在 林 边，
2.一只 小小 兔 子 在山 上 跑，

1 1 3 4 5. 4 | 3 3 2 1 - |
两只 灰色 耳 朵 竖立 起 来。
四只 灰色 小 脚 一跳 一 跳。

3 5 2 2 3 3 4 2 | 3 5 2 2 3 3 4 2 |
如果 我有 这对 耳朵， 我也 和这 兔子 一样
如果 我有 四只 小脚， 我也 和这 兔子 一样

3 3 2 1 - | 3 3 2 1 - :‖
都能 听 见， 都能 听 见。
能够 快 跑， 能够 快 跑。

睡呀，睡呀

G调 $\frac{2}{4}$

恰尔娜雅词
克拉谢夫曲

婉转地，徐缓地

mf

5 5 3 1 | 2 2 | 5 5 3 1 | 2 2 |
1.睡呀，睡呀， 睡 呀， 泥娃 衣裳 脱 啦。
2.丹娘 我的 宝 宝， 你的 枕头 摆 好，
3.睡呀，睡呀， 睡 呀， 拍拍 我的 泥 娃，
4.苍蝇 不要 吵 呀， 我的 丹娘 睡 啦！

1 7 6 2 | 5 5 | 1 7 6 2 | 5 5 :‖
1.一天 到晚 玩 耍， 泥娃 玩得 倦 啦。
2.你的 小脚 放 好， 宝宝 快点儿 睡 觉。
3.丹娘 要睡 觉 啦， 两只 眼睛 闭 啦。
4.我把 苍蝇 赶 掉， 睡呀，睡呀， 睡 呀！

在薄冰上

G调 2/4

（俄罗斯民歌）

鲁贝茨改编

（伴唱）

急速

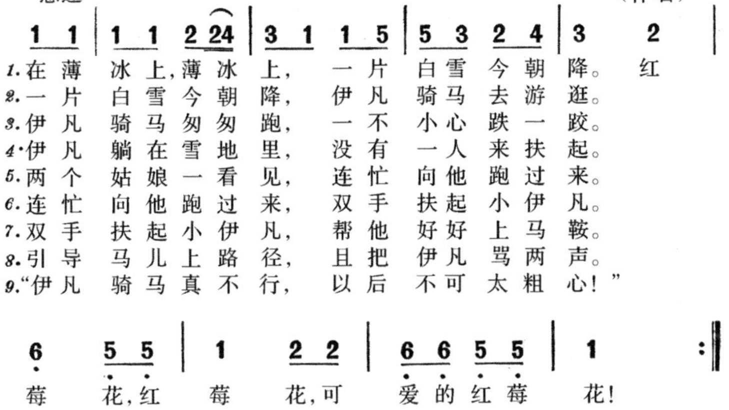

1 1 | 1 1 2 24 | 3 1 1 5 | 5 3 2 4 | 3 2 |

1.在 薄 冰 上，薄 冰 上， 一 片 白 雪 今 朝 降。 红
2.一 片 白 雪 今 朝 降， 伊 凡 骑 马 去 游 逛。
3.伊 凡 骑 马 匆 匆 跑， 一 不 小 心 跌 一 跤。
4.伊 凡 躺 在 雪 地 里， 没 有 一 人 来 扶 起。
5.两 个 姑 娘 一 看 见， 连 忙 向 他 跑 过 来。
6.连 忙 向 他 跑 过 来， 双 手 扶 起 小 伊 凡。
7.双 手 扶 起 小 伊 凡， 帮 他 好 好 上 马 鞍。
8.引 导 马 儿 上 路 径， 且 把 伊 凡 骂 两 声。
9.“伊 凡 骑 马 真 不 行， 以 后 不 可 太 粗 心！”

6 5 5 | 1 2 2 | 6 6 5 5 | 1 :‖

莓 花，红 莓 花，可 爱 的 红 莓 花！

春天的歌

G调 3/4 2/4

（乌克兰民歌）

维索茨卡雅译词

洛巴乔夫改编

蓬勃地

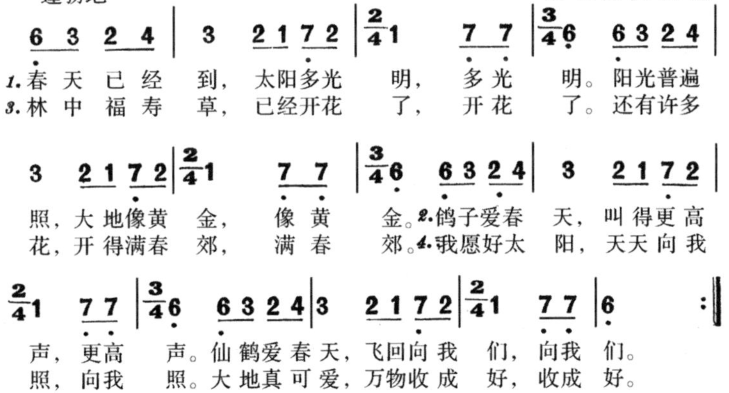

6 3 2 4 | 3 2 1 7 2 | 2/4 1 7 7 | 3/4 6 6 3 2 4 |

1.春 天 已 经 到， 太阳多光 明， 多 光 明。阳光普遍
3.林 中 福 寿 草， 已经开花 了， 开 花 了。还有许多

3 2 1 7 2 | 2/4 1 7 7 | 3/4 6 6 3 2 4 | 3 2 1 7 2 |

照，大 地像黄 金， 像 黄 金。2.鸽子爱春 天， 叫 得更 高
花，开 得满春 郊， 满 春 郊。4.我愿好太 阳， 天天 向 我

2/4 1 7 7 | 3/4 6 6 3 2 4 | 3 2 1 7 2 | 2/4 1 7 7 | 6 :‖

声， 更高 声。仙 鹤爱 春 天，飞回向 我 们，向我 们。
照， 向我 照。大 地真 可 爱，万物收 成 好，收成 好。

节日的早晨

E调 4/4 2/4

维索茨卡雅词
克拉谢夫曲

进行曲速度

mf

5 | 5 3 1 2 6 7 | 1 1 0 1 |

1.早晨我们快乐地起身，大
2.全城打扮得多么齐整！家
3.街上人们像河流奔腾，红

2 2 3 4 5 6 | 5 - 0 5 |

家一同去看阅兵。斯大
家挂红旗崭崭新。我
旗声音像波浪声。斯大

5 3 1 2 6 7 | 1 1 0 7 |

林的肖像多么可亲，他
们住在自己的家里，听
林高高地在讲台上，对

(伴唱)

6 2 4 3 2 3 | 1 - 0 1 |

对孩子们笑盈盈。我
到远处的喇叭声。
着孩子们笑盈盈。

6 6.6 6 5 4 | 6 5 0 1 |

们祖国是多么强盛，今

6 6.6 6 5 4 | 5 0 0 5 |

朝是它的诞生辰。十

4 4 4 5 3 1 0 5 | 4 4 5 3 1 0 1 |

六个相亲爱的苏维埃共和国都

浩荡地

2/4 2.2 2 0 | 4/4 6 - 5 7 | 1 0 0 :||

听到那雄壮的歌声。

小 兔 儿

♭E调 $\frac{2}{4}$

（俄罗斯民歌）

蓬勃地　　　　　　　　　　　　　　　　孔德拉且夫改编

mf

5 3 5 | 3 2 1 | 5 3 5 | 3 2 1 |

1.小 兔 儿 到 林 中， 灰 兔 儿 到 林 中。

2.小 兔 儿 采 花 花， 灰 兔 儿 采 花 花。

3.小 兔 儿 编 花 环， 灰 兔 儿 编 花 环。

4.小 兔 儿 戴 花 环， 灰 兔 儿 戴 花 环。

5.小 兔 儿 旋 转 身， 灰 兔 儿 旋 转 身！

6.小 兔 儿 踏 踏 脚， 灰 兔 儿 踏 踏 脚。

7.小 兔 儿 跳 个 舞， 灰 兔 儿 跳 个 舞。

8.小 兔 儿 鞠 个 躬， 灰 兔 儿 鞠 个 躬。

（伴唱）

7̣ 2 2 4 | 3 2 1 | 7̣ 2 2 4 | 35 2 1 :‖

1.特噜得 呶 得 到 林 中， 特噜得 呶 得 到 林 中！

2.特噜得 呶 得 采 花 花， 特噜得 呶 得 采 花 花。

3.特噜得 呶 得 编 花 环， 特噜得 呶 得 编 花 环。

4.特噜得 呶 得 戴 花 环， 特噜得 呶 得 戴 花 环。

5.特噜得 呶 得 旋 转 身， 特噜得 呶 得 旋 转 身。

6.特噜得 呶 得 踏 踏 脚， 特噜得 呶 得 踏 踏 脚。

7.特噜得 呶 得 跳 个 舞， 特噜得 呶 得 跳 个 舞。

8.特噜得 呶 得 鞠 个 躬， 特噜得 呶 得 鞠 个 躬！

乌　鸦

（俄罗斯民谣）

C调 2/4

中庸速度

伊凡尼科夫改编

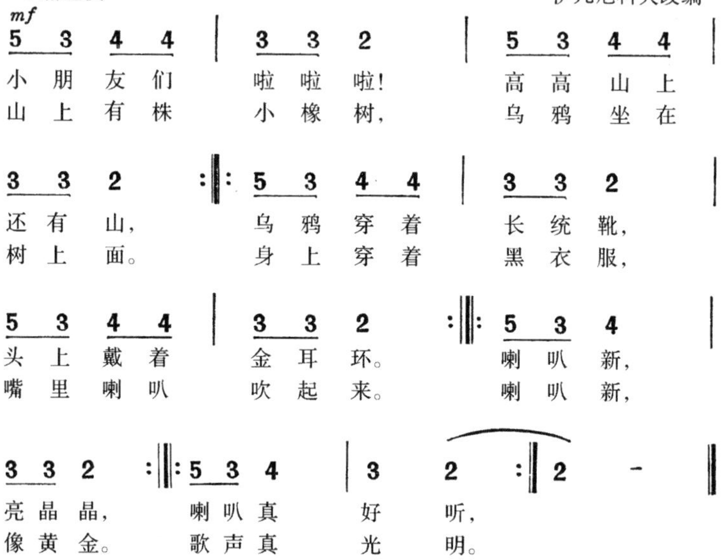

mf

5 3 4 4 | 3 3 2 | 5 3 4 4 |

小 朋 友 们　啦 啦 啦！　高 高 山 上

山 上 有 株　小 橡 树，　乌 鸦 坐 在

3 3 2 :‖: 5 3 4 4 | 3 3 2 |

还 有 山，　乌 鸦 穿 着　长 统 靴，

树 上 面。　身 上 穿 着　黑 衣 服，

5 3 4 4 | 3 3 2 :‖: 5 3 4 |

头 上 戴 着　金 耳 环。　喇 叭 新，

嘴 里 喇 叭　吹 起 来。　喇 叭 新，

3 3 2 :‖: 5 3 4 | 3 2 :‖ 2 − ‖

亮 晶 晶，　喇 叭 真　好 听，

像 黄 金。　歌 声 真　光 明。

母　猫

F调 4/4

中庸速度

娜伊杰诺娃词

维 特 林 曲

3 3 2 3 1 7̣ 6̣ | 3 3 2 3 1 7̣ 6̣ |

1. 灰 色 母 猫 样 子 好，　坐 在 窗 边 咪 咪 叫，

2. 我 的 灰 色 小 宝 宝，　你 们 到 哪 里 去 了？

6̣ 6̣ 6̣ 2 1 6̣ | 6̣ 6̣ 6̣ 2 6̣ 6̣ :‖

她 的 尾 巴 摇　摇，　等 候 她 的 小　猫。

时 候 已 经 不　早，　宝 宝 快 来 睡　觉。

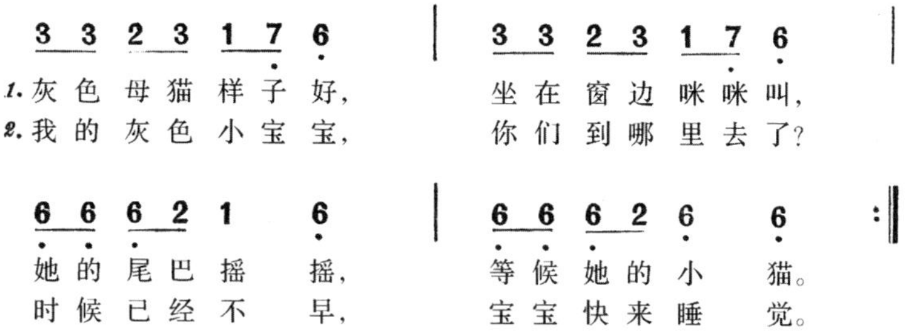

冬 天

D调 $\frac{2}{4}$

弗林凯尔词
卡拉肖娃曲

中庸速度

5 5 6 5	4 3 2	2 3 4 5	3 3 3
1. 冬 天 四 周	白 茫 茫，	大 雪 纷 纷	下 一 场。
2. 我 们 园 里	有 小 丘，	大 家 滑 雪	真 自 由，

5 5 6 5	4 3 2	2 3 4 5	1 1 i :
早 上 伊 凡	乘 橇 车，	沿 着 小 路	去 游 逛。
伊 凡 喊 声	“当 心 啊！”	就 从 丘 上	往 下 溜。

鹅

（俄罗斯民谣）

F调 $\frac{2}{4}$

中庸速度
（幼儿）

梅特洛夫改编

3 3 2 4	3 2 1	3 3 2 4	3 2 1
1. 鹅 儿 鹅 儿	我 爱 你！	灰 色 鹅 儿	我 爱 你！
2. 鹅 儿 鹅 儿	远 处 飞！	飞 到 那 边	看 见 谁？
3. 我 们 看 见	一 只 狼，	拖 住 小 鹅	不 肯 放。
4. 这 只 小 鹅	顶 漂 亮，	这 只 小 鹅	顶 肥 胖。
5. 鹅 儿 鹅 儿	我 爱 你！	灰 色 鹅 儿	我 爱 你！
6. 鹅 儿 快 把	狼 捉 牢，	救 了 小 鹅	赶 快 跑。

（鹅）

6 5 5	1 1 1	6 5 5	1 1 1
卡 卡 卡，	卡 卡 卡！	卡 卡 卡，	卡 卡 卡！

小　鱼

D调 3/4

不急速，轻快地

克洛科娃词
克拉谢夫曲

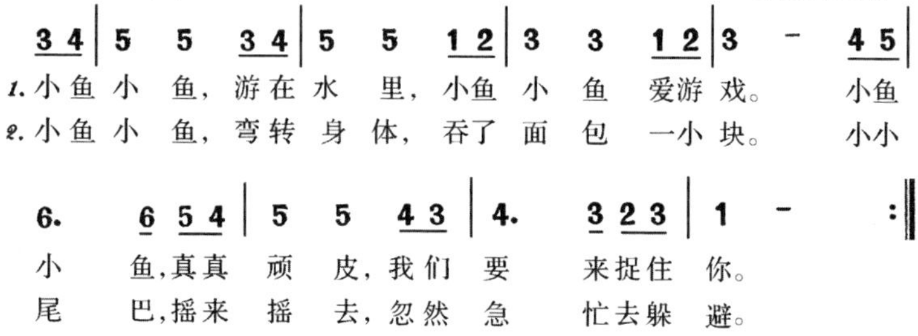

34 | 5 5 34 | 5 5 12 | 3 3 12 | 3 - 45 |

1. 小鱼小 鱼，游在水 里，小鱼小 鱼 爱游戏。 小鱼
2. 小鱼小 鱼，弯转身 体，吞了面 包 一小块。 小小

6. 654 | 5 5 43 | 4. 323 | 1 - :‖

小 鱼，真真 顽 皮，我们 要 来捉住 你。
尾 巴，摇来 摇 去，忽然 急 忙去躲 避。

小　手　帕

（乌克兰民歌）

D调 2/4

不急速

宾耶夫斯卡雅意译歌词
列符茨基改编曲调

5 5 5 5 | 4 3 3 | 2 1 |

1. 卡 丽亚姑 娘 呀 花 园 里 跑，
2. 卡 丽亚姑 娘 呀 不 要 懊 恼，

5 5 5 5 | 4 3 5 | 2 2 1 |

她 的 小 手 帕 忽 然 落 掉。
我 们 替 你 把 手 帕 找 到。

2 2 3 3 | 4 3 5 | 2 2 1 |

她 在 花 园 里 到 处 寻 找，
在 那 覆 盆 子 底 下 找 到，

2 2 3 3 | 4 3 5 | 2 2 1 :‖

她 的 蓝 手 帕 哪 里 去 了？
在 那 绿 叶 从 底 下 找 到。

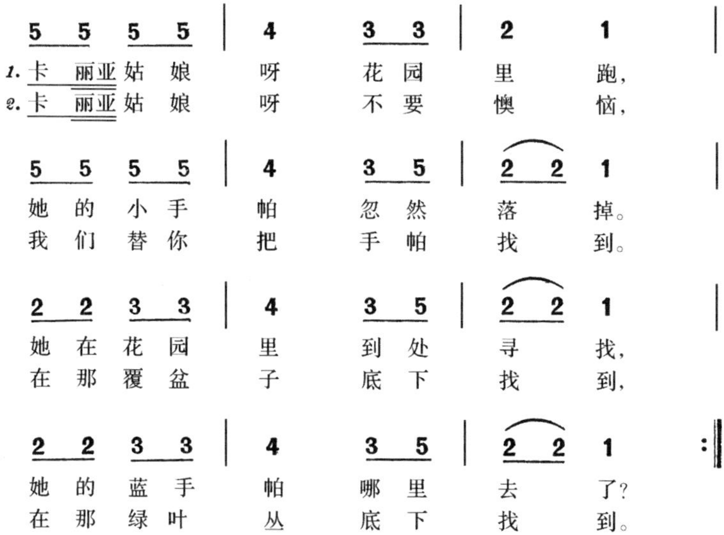

公公和孙子

♭A调 2/4

中庸速度

普列谢耶夫词
别克曼曲

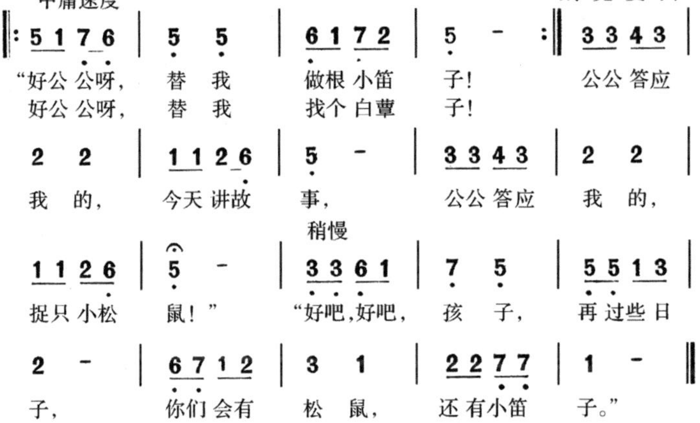

|: 5 1 7 6 | 5 5 | 6 1 7 2 | 5 - :|| 3 3 4 3 |

“好公公呀，替我做根小笛子！公公答应
好公公呀，替我找个白蕈子！

2 2 | 1 1 2 6 | 5 - | 3 3 4 3 | 2 2 |

我的，今天讲故事，公公答应我的，

稍慢

1 1 2 6 | 5 - | 3 3 6 1 | 7 5 | 5 5 1 3 |

捉只小松鼠！”“好吧，好吧，孩子，再过些日

2 - | 6 7 1 2 | 3 1 | 2 2 7 7 | 1 - ||

子，你们会有松鼠，还有小笛子。”

进行曲

G调 2/4

勇敢地

弗林凯尔词
克拉谢夫曲

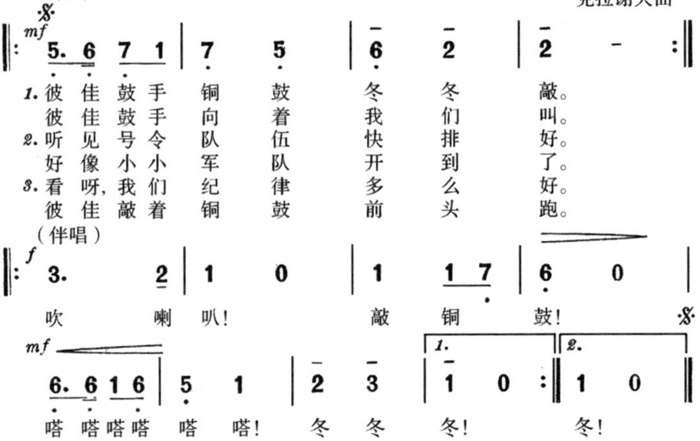

𝄋 mf

|: 5. 6 7 1 | 7 5 | 6 2 | 2 - :||

1. 彼佳鼓手铜鼓冬冬敲。
彼佳鼓手向着我们叫。
2. 听见号令队伍快排好。
好像小小军队开到了。
3. 看呀，我们纪律多么好。
彼佳敲着铜鼓前头跑。

（伴唱）

f

|: 3. 2 | 1 0 | 1 1 7 | 6 0 |

吹喇叭！敲铜鼓！𝄋

mf

6. 6 1 6 | 5 1 | 2 3 |1. 1 0 :||2. 1 0 ||

嗒嗒嗒嗒嗒嗒！冬冬冬！冬！

咕　咕

♭B调 2/4

德奇纳作词(乌克兰文)
兹·亚历山大罗娃译词
斯大罗卡陀姆斯基曲

婉转地，安详地

5 | 1 7 6 7 | 5 5 3 | 6 6 5 6 | 3. 3 |

1.我 走到树林里 采了许多小花花。小
2.我 看见小兔子 紧紧靠在树根上。我

4 2 4 6 | 7 5 3 | 4 2 4 6 | 7 5 3 | 1. :‖

白桦向我点头，杜鹃儿向我高叫："咕咕！"
想把兔子捉住，杜鹃儿叫得慌张："咕咕！"

最幸福者之歌

G调 2/4

萨康斯卡雅词
亚历山大罗夫曲

不很急速

mf

3 34 | 5 32 | 1 76 | 5 - | 6 12 |

1.池塘里鱼儿游戏多愉快，我们的
2.太阳儿发出了多少光辉，我们的
3.海底里生长了多少泥沙，祖国里
4.山谷里有多少溪水声音，我们有

6 12 | 7 23 | 1 - | 2 21 | 7 6 |

1.幼儿园里更好玩，最快乐的、
2.游戏有多少趣味，最快乐的、
3.生长了多少娃娃，最快乐的、
4.多少歌声唱斯大林，最快乐的、

2 21 | 7 6 | 2 72 | 3 2 | 1 76 | 5 - :‖

1.最美丽的、最幸福的幼儿园。
2.最美丽的、最幸福的好游戏。
3.最美丽的、最幸福的好国家。
4.最美丽的、最幸福的唱歌声。

列宁之歌

F调 6/8

斯宾其阿罗娃词
克拉谢夫曲

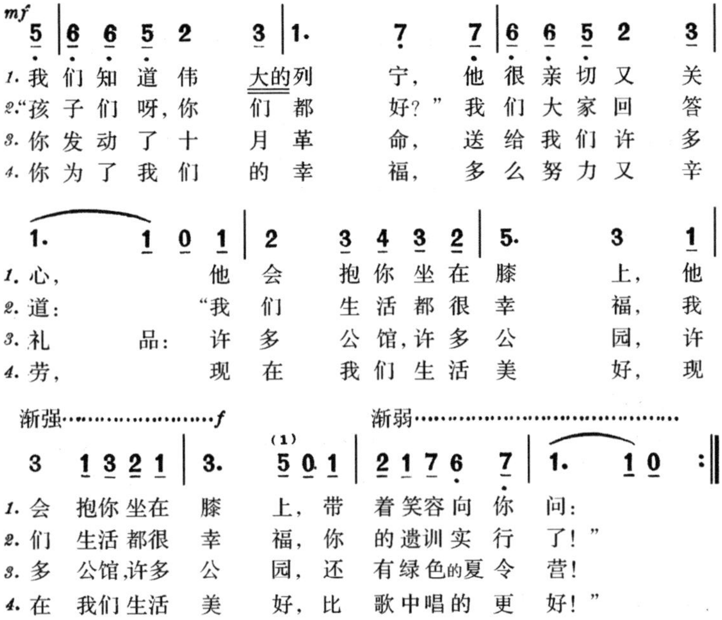

mf

5 | 6 6 5 2 3 | 1. 7 7 | 6 6 5 2 3 |

1. 我们知道伟大的列宁，他很亲切又关
2. “孩子们呀，你们都好？”我们大家回答
3. 你发动了十月革命，送给我们许多
4. 你为了我们的幸福，多么努力又辛

1. 1 0 1 | 2 3 4 3 2 | 5. 3 1 |

1. 心，他会抱你坐在膝上，他
2. 道：“我们生活都很幸福，我
3. 礼品：许多公馆，许多公园，许
4. 劳，现在我们生活美好，现

渐强……f 渐弱……

3 1 3 2 1 | 3. 5 0 1 | 2 1 7 6 7 | 1. 1 0 :||

1. 会抱你坐在膝上，带着笑容向你问：
2. 们生活都很幸福，你的遗训实行了！”
3. 多公馆，许多公园，还有绿色的夏令营！
4. 在我们生活美好，比歌中唱的更好！”

小鸟

G调 2/4

巴尔托词
拉乌赫维尔格尔曲

蓬勃地

1 1 | 6 6 1 7 | 5 5 1 1 | 6 6 1 7 |

窗上停下一只小鸟，多停一会儿好不

渐慢 原速

5 5 1 1 | 6 6 1 7 | 5 6 4 | 5 5 0 | 1 0 ||

好哇？等一等，你别飞掉！鸟儿飞了！啊！

我们的手手哪里去了?[1]

F调 4/4

普拉基达作游戏及歌词
洛　莫　娃　曲

不快

p
1 5 4 5 3 1 2 2 | 1 3 2 1 2 5 | 1 5 4 5 3 1 2 2 |
我们的手手哪里去了?　手手哪里去　了?　我们的手手哪里去了?

1 3 2 1 5 5 | 6 6 5 5 4 4 3 3 | 2 4 3 2 5 5 |
手手都没有　了。　看呀,看呀,手手来了,　看呀,手手来　了,

6 6 5 5 4 4 3 3 | 2 4 3 2 1 1 ‖
我们的手手来跳舞了,　手手来跳舞　了。

节　日

(庄严进行曲)

F调 2/4

进行曲速度

拉乌赫维尔格尔曲

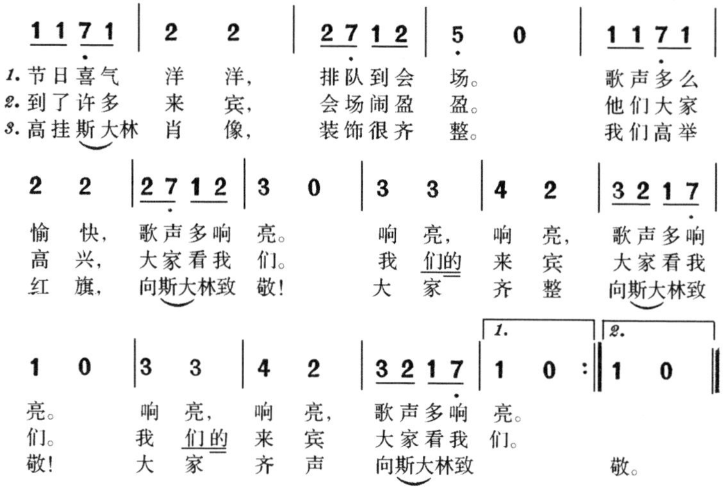

1 1 7 1 | 2 2 | 2 7 1 2 | 5 0 | 1 1 7 1 |
1. 节日喜气　洋　洋,　排队到会　场。　歌声多么
2. 到了许多　来　宾,　会场闹盈　盈。　他们大家
3. 高挂斯大林　肖　像,　装饰很齐　整。　我们高举

2 2 | 2 7 1 2 | 3 0 | 3 3 | 4 2 | 3 2 1 7 |
愉　快,　歌声多响　亮。　响　亮,　响　亮,　歌声多响
高　兴,　大家看我　们。　我　们的　来　宾　大家看我
红　旗,　向斯大林致　敬!　大　家　齐　整　向斯大林致

1 0 | 3 3 | 4 2 | 3 2 1 7 | 1. 1 0 :‖ 2. 1 0 ‖
亮。　响　亮,　响　亮,　歌声多响　亮。
们。　我　们的　来　宾　大家看我　们。
敬!　大　家　齐　声　向斯大林致　敬。

---

〔1〕第二首和第三首歌词与此第一首相同,只是“手手”两字在第二首里换了“脚脚”两字,在第三首里换了“孩子”两字。

小　旗

（游戏歌）

G调 $\frac{2}{4}$

弗林凯尔词
克拉谢夫曲

活泼，从容

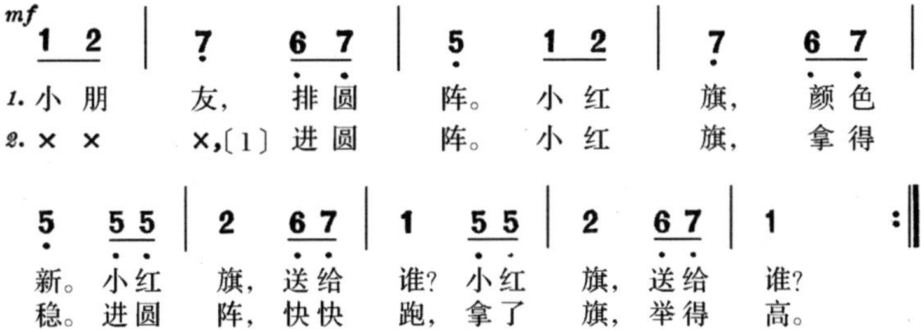

mf

1 2 | 7 6 7 | 5 1 2 | 7 6 7 |

1.小朋友，排圆阵。小红旗，颜色
2.×× ×，[1]进圆阵。小红旗，拿得

5 5 5 | 2 6 7 | 1 5 5 | 2 6 7 | 1 :‖

新。小红旗，送给谁？小红旗，送给谁？
稳。进圆阵，快快跑，拿了旗，举得高。

小　麻　雀

C调 $\frac{2}{4}$

（游戏“小麻雀”用）

生动地

列比科夫曲

1̇ 5 | 3 5 | 4 6 | 5 - |

1.麻雀麻雀小麻雀，
2.麻雀麻雀我爱你，

1̇ 5 | 3 5 | 4 6 | 5 - |

别害怕呀别胆怯，
我把谷粒送给你，

7 5 | 1̇ 5 | 4 4 | 3 - |

快从树上跳下来，
抚爱你又招待你，

2 3 | 4 6 | 5 5 | 1 (1̇) - ‖

快从树上跳下来。
招待过后放了你。

〔1〕唱小朋友的姓名。——译者注

篱　笆

（游戏“动物”用）

F调 $\frac{2}{4}$

不很急速　　　　卡林尼科夫曲

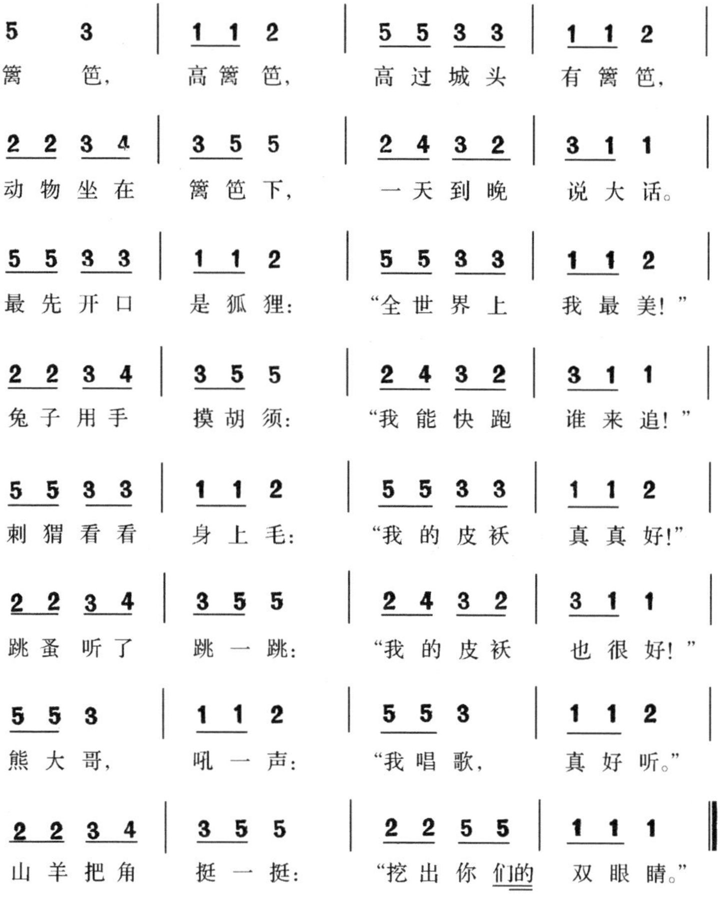

5　3 | 11 2 | 55 33 | 11 2 |
篱　笆，高篱笆，高过城头有篱笆，

22 34 | 35 5 | 24 32 | 31 1 |
动物坐在篱笆下，一天到晚说大话。

55 33 | 11 2 | 55 33 | 11 2 |
最先开口是狐狸：“全世界上我最美！”

22 34 | 35 5 | 24 32 | 31 1 |
兔子用手摸胡须：“我能快跑谁来追！”

55 33 | 11 2 | 55 33 | 11 2 |
刺猬看看身上毛：“我的皮袄真真好！”

22 34 | 35 5 | 24 32 | 31 1 |
跳蚤听了跳一跳：“我的皮袄也很好！”

55 3 | 11 2 | 55 3 | 11 2 |
熊大哥，吼一声：“我唱歌，真好听。”

22 34 | 35 5 | 22 55 | 11 1 ‖
山羊把角挺一挺：“挖出你们的双眼睛。”

仙　　鹤

G调 $\frac{2}{4}$

民 歌 歌 词

卡林尼科夫曲

急速

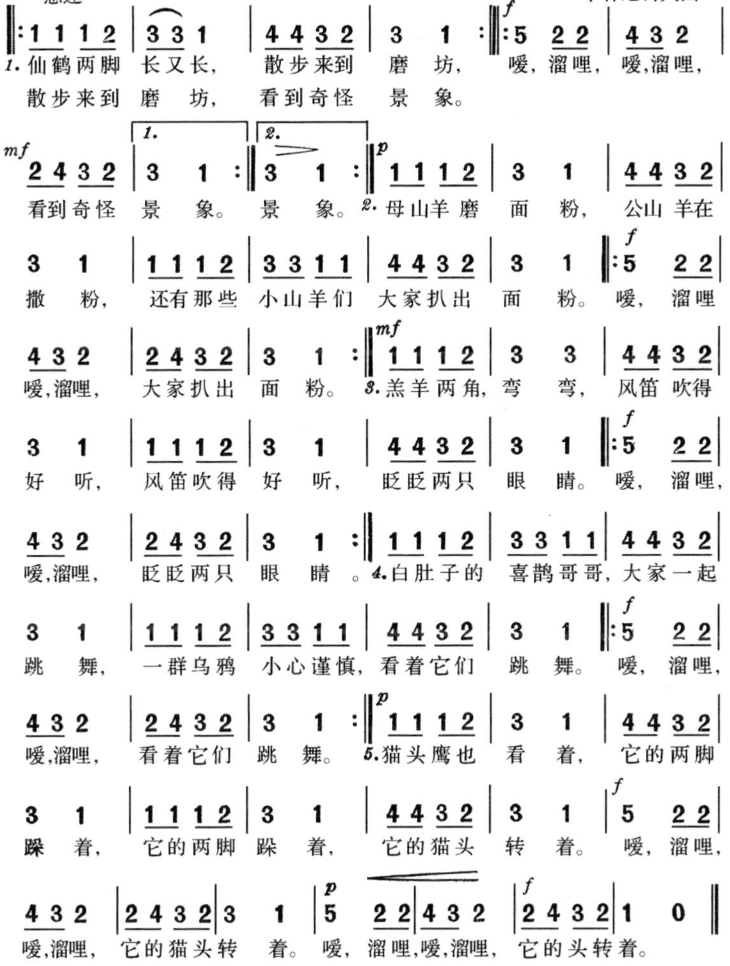

‖: 1 1 1 2 | 3 3 1 | 4 4 3 2 | 3 1 :‖: *f* 5 2 2 | 4 3 2 |
1.仙鹤两脚 长又长, 散步来到 磨 坊, 嗳,溜哩, 嗳,溜哩,
散步来到 磨 坊, 看到奇怪 景 象。

mf 2 4 3 2 | [1. 3 1 :‖ [2. 3 1 :‖ *p* 1 1 1 2 | 3 1 | 4 4 3 2 |
看到奇怪 景 象。 景 象。 2.母山羊磨 面 粉, 公山羊在

3 1 | 1 1 1 2 | 3 3 1 1 | 4 4 3 2 | 3 1 ‖: *f* 5 2 2 |
撒 粉, 还有那些 小山羊们 大家扒出 面 粉。 嗳, 溜哩

4 3 2 | 2 4 3 2 | 3 1 :‖ *mf* 1 1 1 2 | 3 3 | 4 4 3 2 |
嗳,溜哩, 大家扒出 面 粉。 3.羔羊两角, 弯 弯, 风笛吹得

3 1 | 1 1 1 2 | 3 1 | 4 4 3 2 | 3 1 ‖: *f* 5 2 2 |
好 听, 风笛吹得 好 听, 眨眨两只 眼 睛。 嗳, 溜哩,

4 3 2 | 2 4 3 2 | 3 1 :‖ 1 1 1 2 | 3 3 1 1 | 4 4 3 2 |
嗳,溜哩, 眨眨两只 眼 睛 。4.白肚子的 喜鹊哥哥, 大家一起

3 1 | 1 1 1 2 | 3 3 1 1 | 4 4 3 2 | 3 1 ‖: *f* 5 2 2 |
跳 舞, 一群乌鸦 小心谨慎, 看着它们 跳 舞。 嗳, 溜哩,

4 3 2 | 2 4 3 2 | 3 1 :‖ *p* 1 1 1 2 | 3 1 | 4 4 3 2 |
嗳,溜哩, 看着它们 跳 舞。 5.猫头鹰也 看 着, 它的两脚

3 1 | 1 1 1 2 | 3 1 | 4 4 3 2 | 3 1 | *f* 5 2 2 |
跺 着, 它的两脚 跺 着, 它的猫头 转 着。 嗳, 溜哩,

4 3 2 | 2 4 3 2 | 3 1 | *p* 5 2 2 | 4 3 2 | *f* 2 4 3 2 | 1 0 ‖
嗳,溜哩, 它的猫头转 着。 嗳, 溜 哩,嗳,溜哩, 它的头转着。

附录二 本书专名华俄对照表

二至三画

《八音盒》 Музыкальная табакерка

《十月之歌》 Октябрьская песенка

《十月革命大检阅》 Октгябрьская парад

《山上有一株红莓花》 На горе-то калина

《大寒公公》 Дед-Мороз

《小雨》 Дождик

《小马》 Лошадка

《小鸟》 Птичка

《小鱼》 Рыбка

《小溪》 Ручейки

《小猫》 Котенька-коткк

《小树》 Деревца

《小公鸡》 Петушок

《小手帕》 Платочек

《小兔子》 Зайчик

《小橇车》 Санки

《小蝴蝶》 Мотылек

四画

《五一节》 I Мая

《公公和孙子》 Дед и внуки

《今天苹果树哗喇哗喇响》 Нынче яблони мумели

孔德拉且夫 С. Кондратьев

《少女们播种蛇麻草》 Сеяли девушки яровой хмель

《天鹅》 Гуси-лебеди

巴尔托 А. Барто

《巴甫洛夫星期三谈会资料汇集》 Павловские среды

《手鼓》 Бубен

《木制小兵进行曲》 Марш деревянных солдатиков

《火车》 Поезд

五画

《世界民主青年进行曲》 Гимн демократической молодёи

《仙鹤》 Журавель

《四个愿望》 Четыре желания

弗里德 Г. Фрид

弗林凯尔 Н. Я. Френкель

弗洛托夫 Флотов

卡拉肖娃 В. Карасева

卡林尼科夫 В. Калинников

卡巴列夫斯基 Кабалевский

《冬天》 Зима

《母牛》 Корова

《母猫》 Кошка

《田野里有一株小白桦》 Во поде берёза стояла

《甲壳虫》 Жук

《白鹅》 Белые гуси

《瓦西林科》 С. Василенко

六画

《冰山》 Ледяная гора

《伊赫,伏赫》 Их вох

伊凡尼科夫 В. Иванников

伊波里托夫-伊凡诺夫 М. Ипполитов-Иванов

列平 А. Ленлн

列比科夫 В. Ребиков

《列宁之歌》 Песня о Ленине

列斯娜雅 Л. Лесная

列维陀夫 Д. Левидов

《好黑土》 Земелюшка-чернозём

《在别庄上》 На даче

《在马路上》 По улице мостовой

《在薄冰上》 Как на тоненький ледок

《在青青的草地上》 На зеленом на лугу

《收获》 Урожай

《有角的山羊来了》 Идет коза рогатая

托芙比娜 С. Г. Товбина

米海洛娃 Л. И. Михайлова

七画

克拉谢夫 М. Красев

克洛科娃 М. Клокова

《克里姆林的钟》 Часы Кремля

《你,冬天》 Уж ты,зимушка,зима

别克曼 Е. Бекман

《快乐的人们》 Марш веселых ребяг

《杜鹃》 Кукушка

杜那耶夫斯基 И. Дунаевский

《我手持鲜花行走》 Со вьюном я хожу

《我走,我出去》 Пойду ль я,выйду ль я

《我们的节日》 Наш праздник

《我们的圣诞树》 Наша елочка

《我坐在小石头上》 Я на камушке сижу

《我要系住小山羊》 Привяжу я козлика

《牡山羊》 Козел

里亚陀夫 А. Лядов

里姆斯基-科萨科夫 Н. Римский-Корсаков

八画

《亚麻》 Лен

《亚麻,我的亚麻》 Лен мой,лен

亚历山大罗夫 А. Александров

亚历山大罗娃 Н. Александрова

《兔儿》 Заинька

《咕咕》 Ку-ку

彼得罗娃 М. В. Петрова

拉姆 В. Рамм

拉杜兴 Ладухин

拉乌赫维尔格尔 М. Раухвергер

《松鼠》 Белка

《林中草地》 Полянка

波克拉斯 Д. Покрасс

波帕津科 Т. Попатенко

波托洛夫斯基 Н. Потоловский

阿加查诺娃 Ж. Г. Агаджанова

《青年们,向前进》 Вперед, молодежь

九画

恰尔娜雅 М. Чарная

《春天》 Весна

《春天的歌》 Веснянка

查尔科夫斯基 Е. Жарковский

洛莫娃 Т. Ломова

洛巴乔夫 Г. Лобачёв

《洋娃娃的病》 Болезнь куклы

《秋天》 Осень

科瓦尔 М. Коваль

科新科 В. Косенко

科甫涅尔 И. Ковнер

约尔丹斯基 М. Иорданский

《纪念日进行曲》 Юбилейный марш

《红军出征进行曲》 Походный марш Красной Армии

《飞机》 Самолёты

《风笛》 Дуда

兹·亚历山大罗娃 З. Александрова

十画

《哥巴克舞曲》 Гопак

娜伊杰诺娃 Н. Найденова

格里格 Э. Грит

格其凯 А. Гедике

格林卡 М. Глинка

格尔奇克 В. Герчик

格列恰尼诺夫 А. Гречанинов

柴科夫斯基 П. Чайковский

涅克拉索夫 Некрасов

《乌鸦》 Ворон

乌申斯基 К. Д. Ушинский

《狼和七只小山羊》 Волк и семеро козлят ная

留里 Д. Люлли

《祖国进行曲》 Ш. ирока страна моя родная

菇科夫斯基 В. А. җуковскнй

马卡连科 А. С. Макаренко

十一画

《麻雀安德列》 Андрей-воробей

《啊,你这桦树》 Ах ты,береза

《啊,门厅,我的门厅》 Ах,вы сени,мои сени

《国境守卫兵》 Пограничник

《从橡树底下,从榆树底下》 Пз-под дуба,из-под вяза

捷尔仁斯卡雅　Ю. В. Дзержинская

梅卡帕尔　С. Майкапар

梅特洛夫　Н. А. Метлов

《野蜂飞》　Полет шмеля

《进行曲》　Марш

《雪》　Снег

《雪兔》　Снежный кролик

《雪花》　Снежинки

《雪娘》　Снегурочка

《雪花盘旋》　Снег, снег кружнтся

十二画

《劳动歌》　Трудовая

《喜鹊》　Сорока

《寒鸦在前面飞》　Летит гадла впереди

《愉快的小风笛》　Веселая дудочка

普拉基达　В. Плакида

普列谢耶夫　А. Плещеев

《最幸福者之歌》　Песенка самых счастли вых

《散步》　На прогулке

斯捷波伏伊　Степовой

斯宾其阿罗娃　Спендиарова

斯大罗卡陀姆斯基　М. Старокадомский

《胜利的日子》　День победы

华西里耶夫-布格莱　Д. Васильев-Бутлай

舒曼　Р. Шуман

《云雀之歌》 Песня жаворонка

十三画

《催眠歌》 Бай-качи

《摇摇响》 Погремушки

《摇篮歌》 Колыбекьная

《节日》 Праздник

《节日的早晨》 Праздничное утро

《跳呀跳，小鸫鸟》 Скок-поскок，молодой дроздок

《顽强的风吹着》 Дует ветер озорной

十四画

《熊》 Медведь

玛特维耶娃 М. В. Матвеева

《睡呀，睡呀》 Баю-баю

福明科 Н. Фоменко

《蜜蜂》 Пчелка

维特林 В. Витлин

维斯贝尔格 Ю. Вейсберг

维尔斯托夫斯基 Верстовский

维尔科莱斯卡雅 Т. Вилькорейская

宾耶夫斯卡雅 Л. Пеньевская

齐里旦耶娃 Е. Т. Тиличеева

《齐步走，儿童团员们》 В ногу，октябрята

十五画

《劈劈拍》 Дадушки

德奇纳 П. Тычина

鲁贝茨　А. Рубец

鲁德涅娃　С. Д. Руднева

《踏脚》　Ножками затопали

十六画

《卢斯朗与留德米拉》　Руслан и Людмила

《猫儿》　Котик

《猫咪》　Кисанька

《谐谑》　Шуточка

诺维科夫　А. Новиков

《静静的时刻》　Тихий час

十七至二十三画

谢里瓦诺夫　Селиванов

萨康斯卡雅　Н. Саконская

《萨丹王的故事》　Сказка о царе Салтане

萨科尔普斯卡雅　А. Н. Заколпская

《骑兵曲》　Кавалерийская

《鹅》　Гуси

《蓝橇车》　Голубые санки

《蓝毛山雀》　Синичка

《体操进行曲》　Физкультурный марш

《体育员进行曲》　Марш физкультурников

《篱笆》　Тенъ-тень

幼儿园音乐教育（教学法）

［苏联］梅特洛夫　车舍娃　著
丰子恺　丰一吟　译

目 录

音乐教育的意义…………………………………… 303
音乐教育教学大纲…………………………………… 305
作业中的教学方法…………………………………… 308
班教养员在音乐作业中的作用……………………… 312
音乐教育和一般教育工作的联系…………………… 313
节日庆祝会中的音乐………………………………… 314
日常生产中的音乐…………………………………… 315
对家长的联系工作…………………………………… 316
小班的音乐教育…………………………………… 318
唱　歌………………………………………………… 319
音乐欣赏……………………………………………… 323
音乐游戏和舞蹈……………………………………… 324
教　案………………………………………………… 326
中班的音乐教育…………………………………… 329
唱　歌………………………………………………… 329
音乐欣赏……………………………………………… 333
音乐游戏和舞蹈……………………………………… 335

大班的音乐教育 …… 338

唱　歌 …… 338

音乐欣赏 …… 342

音乐游戏和舞蹈 …… 344

附录 …… 347

本书人名曲名华俄对照表 …… 356

音乐教育的意义

在学前儿童的生活中,唱歌、器乐和音乐游戏具有很大的意义。

学前儿童的特点,是他对环境事物的富有感受性的态度。凡是鲜明的、美丽的、发音的东西,都能引起他的注意。

《幼儿园教养员工作指南》的教学大纲中所包括的幼儿容易理解的音乐作品和依照这大纲而进行的有系统的幼儿教学工作,都可以促进幼儿全面发展的教育。音乐指导员和教养员的任务,是培养幼儿对音乐的兴趣,教幼儿爱好音乐,理解音乐,使音乐能在幼儿心中唤起作曲家希望自己作品能表达的感情、意境和思想。音乐指导员(或教养员)〔1〕要指导幼儿理解音乐作品的内容。例如在欣赏李姆斯基-柯萨科夫的歌剧《雪娘》中的《群鸟歌舞》之前,音乐指导员要先把这音乐作品的内容简短地讲给幼儿们听,这样,便可使幼儿自觉地理解这个乐曲。

教养员不但要自己把音乐的内容讲给幼儿听,还要引导幼儿发表关于这音乐的意见。例如,在中班和大班里,幼儿唱过《五月节》这歌曲之后,满意地反映说:"这歌曲很好听,这歌曲里唱的是节日的事情。"或者,幼儿听过活泼的《波尔卡舞曲》(克拉谢夫小鼓游戏作的舞曲)之后,说:"这音乐很活泼,听了这音乐就想跳舞。"

---

〔1〕 在没有音乐指导员的幼儿园里,这工作由教养员担任。

教养员必须发展幼儿的能力,使他们能够积极地感受音乐,能够体会音乐的表现力和性质,能够理解音乐的内容,能够记住音乐,能够凭听觉唱出旋律来;教养员还要培养幼儿善于感知音乐的节奏、按照音乐的性质而动作的能力。

教养员在作业中或日常生活中和幼儿反复表演歌曲、音乐作品、游戏、轮舞,就可以替他们编造一个他们所喜爱的儿童歌曲、乐曲、游戏的节目表,并发展幼儿的艺术趣味。

音乐作业完毕之后,幼儿往往会要求再唱一个关于五月的歌,奏一个关于"云雀"的乐曲给他们听,跳一个"邀舞"。

幼儿的音乐听觉和记忆力渐渐发展起来。他们能够记忆新歌曲的旋律了,能够凭听觉认识他们所熟悉的音乐了。幼儿欣赏和记忆音乐时,起初是靠成人们帮助,后来自己也能在听过的作品中间确定它们的类似点或差异点了。例如在教学过程中,幼儿能够根据音乐的性质确定《洋娃娃生病》和《新洋娃娃》这两个曲子之间的差异:一个曲子是悲哀的,另一个曲子是愉快的;或者确定《小猫咪》和《蓝橇车》这两个歌曲之间的差异:前者是安闲的,后者是活泼的。

音乐指导员或教养员给幼儿唱歌和游戏的作业,可以发展他们集中精神的习惯,发展他们完成作业的能力,培养他们自觉的注意力。

唱歌作业能影响幼儿的语言发展,丰富他们的词汇,帮助他们矫正语言的缺陷(某些子音和个别词的发音不清楚和不正确)。

富有艺术性的音乐直接影响幼儿的感情、思想,影响他的行为举止,因此能够培养幼儿的道德品质:对我们伟大的社会主义祖国的热爱、对苏联人民的热爱和对我们领袖的热爱。例如《游行》(蒂里切耶娃作曲)、《红场检阅》(奥斯特罗夫斯基作曲)或者《五月节》(克拉谢夫作曲)等歌曲,都能加深幼儿这种感情。

《幼儿园教养员工作指南》中所指定的歌曲和乐曲的目录中,有关于大自然和四季的歌曲、关于鸟兽的歌曲。靠这些歌曲的帮助,可以培养幼儿对大自然的兴趣和爱好。

教养员引导幼儿参加唱歌、游戏和舞蹈的时候,要教幼儿使自己的动作服从于音乐的性质,使自己的动作和同伴们的动作相一致,要帮助发展幼儿之间的友爱关系。幼儿和别的幼儿们一起唱歌或游戏,便开始懂得:如果他的动作太快或者太慢,就会妨碍别人,就会破坏唱歌的整齐,破坏舞蹈表演的统一。

在音乐作业中和作业外所表演的歌曲的各种旋律、乐曲、轮舞、舞蹈等,可以在幼儿心中唤起蓬勃的心情,给幼儿的神经系统以良好的影响,加强幼儿身体中的一切生活过程(呼吸、血液循环、新陈代谢等)。健康而愉快的幼儿喜欢参加集体游戏。游戏或体操中所配的音乐,能使幼儿更加富有感受性地表演正确而清楚的节奏动作(走步、跑步、跳跃)。

向幼儿进行有系统的唱歌作业,可以发展并巩固幼儿的发声器官,可以发展幼儿运用呼吸的能力。

音乐教育教学大纲

《幼儿园教养员工作指南》中指示:教养员须在音乐作业中教幼儿唱歌,听音乐,做游戏,跳轮舞和其他舞蹈。《指南》中规定着教学大纲,即技巧的范围和歌曲与乐曲的目录,同时对于幼儿教学工作又作了简要的方法指示。

唱歌是幼儿音乐教育的一种基本形式。唱歌是幼儿最亲近的、最容易接受的,它能帮助幼儿团结成一个友爱的集体,发展幼儿对音乐的兴趣和爱好。最初,幼儿对人声唱出的旋律比对乐器表达的旋律更容易感受。因此,学年开始时,教养员常常自己唱歌给幼儿听,又逐渐地引导他们参加唱歌。歌词能帮助幼儿理解音乐的内容,使他们容易掌握歌曲的旋律。借助于唱歌,幼儿能更好地发展他那种凭记忆唱出旋律的能力。幼儿常常在歌曲中表达自己的感情,因此他们特别喜欢唱歌。

唱歌还有这样的好处:每一个在师范学校受过音乐训练的教养员,就能教幼儿唱歌。大多数教养员都具有音乐听觉和相当的嗓音。为正确地演唱儿童歌曲,具有这一点就尽够了。

音乐欣赏在幼儿教学工作中和唱歌同样占有很大的地位。音乐欣赏能够发展幼儿,使他们积极地和富有情绪地感受音乐,使他们善于欣赏并理解音乐作品的内容,能够培养幼儿的艺术趣味,确定他们的音乐观念。

幼儿园中音乐欣赏的最简易的形式是听教养员或音乐指导员唱歌。他们首先演唱幼儿将来自己要唱的那些歌曲。不止一次地预先听这些歌曲,可以使幼儿渐渐地学会它们的旋律和词句。除此以外,教养员也要唱一些别的歌曲,这些歌曲不是要幼儿唱的,因为演唱起来困难,但是它们的内容却是幼儿容易理解的。

教养员也要使幼儿欣赏一些熟悉的歌曲,目的是要发展他们的记忆和辨识这些歌曲的能力。

在中班和大班中,除欣赏单声部歌曲以外,还要逐渐加入一些二声部歌曲,由成人来演唱。这样的歌曲,特别能发展幼儿对多声部演唱的听觉和趣味。

除欣赏歌曲之外,还要在各班中使幼儿欣赏器乐以及游戏和舞蹈中所配的音乐。这种音乐用钢琴或手风琴来演奏(或者用其他乐器来演奏)。在欣赏用的器乐中,幼儿最容易清楚理解的是标题音乐。标题音乐是用一定的题材来写成的,或者用一个名称来表明音乐内容的。柴科夫斯基的儿童钢琴曲集里的全部乐曲都是标题音乐,例如:《新洋娃娃》《洋娃娃生病》《云雀》等。幼儿还喜欢听舞蹈音乐,例如该钢琴曲集里的《卡玛林》舞曲;又喜欢听旋律单纯而容易记忆的歌曲风音乐,例如李姆斯基-柯萨科夫的歌剧《萨旦王的故事》中的《摇篮曲》。

除此以外,必须有系统地利用儿童广播节目和留声机来进行音乐欣赏。

音乐游戏、轮舞和舞蹈能够帮助幼儿理解音乐的情绪和意义。教养员教幼儿在动作中有表情地表达音乐的一般性质,并统一地表达音乐的个别表现手段(速度、强弱、音区、节奏)。同时,在每一个音乐作品中,某一些手段往往表现得比别的手段鲜明些,因此幼儿更容易分辨它们,能更清楚地把它们表达在动作中。

幼儿的动作必须跟音乐作品的性质、内容和形式相配合。《幼儿园教养员工作指南》中指定的游戏、舞蹈和轮舞,其音乐是从民间创作和苏联作曲家的作品中取来的,也有从俄罗斯古典作曲家和西欧古典作曲家的作品中取来的。音乐游戏主要建立在基本的自然动作上(走步、跑步、跳跃)。在音乐作业中,除了游戏以外,还教一些不很复杂的舞蹈动作。

歌曲、欣赏用的音乐作品、游戏、舞蹈等的目录,在教学过程中具有很大的意义。

《指南》中规定的歌曲和音乐作品,是各班的幼儿都能接受的。音乐指导员应当教会各班幼儿唱《指南》中指定的歌曲,表现其中的游戏和舞蹈。歌曲目录的题材种类甚多(幼儿的生活、人们的劳动、动物的世界,一年四季等等)。歌曲和游戏大体上是按照表演的难易程度而排列的。这一点能使幼儿更好地掌握唱歌技巧和音乐技巧。

作业中的教学方法

教幼儿唱歌、欣赏音乐、跳舞和做音乐游戏,是在音乐作业中和全班一起进行的。教养员要根据《幼儿园教养员工作指南》来循序渐进地实行教学大纲。

音乐作业每星期进行两次。

音乐作业包括唱歌、音乐欣赏、游戏和舞蹈。这些部门的顺序决定于教养员在该次作业中所规定的目的,例如教新材料还是教旧材料,所欣赏的歌曲或音乐作品和游戏、舞蹈等有无联系。作业的顺序通常如下:起初是作业开始时的走步,这走步具有集中幼儿注意力的任务,例如音乐停止的时候,走步也要停止;然后是唱歌,欣赏音乐,做游戏或跳舞;最后,必须让幼儿安静下来:让他们在从容不迫的进行曲声中走步一分钟,并在这缓慢的速度中把他们带出大厅。

新的、较复杂的教材须在作业的前半时间中教授。例如,上一次作业中幼儿已经听过一种新舞蹈所配的音乐,这次作业中需要教他们练习这舞蹈中的各部分,这种练习最好在作业的前半时间中进行,因为那时幼儿能特别注意听讲。

教师教幼儿唱歌,在音乐声中活动,同时还须培养他们对音乐的兴趣和爱好。必须预先教幼儿认识歌曲中所提到的事物和现象。

在各班的音乐作业中,要采用各种各样的教学方法(示范、说明、练习);又要常常利用游戏的方法。例如,教养员为了顾到学前小班儿童的特点,顾到他们对游戏的兴趣,就要在教他们唱歌的时候利用玩具。有一个幼儿园的小班里,唱过《小鸟》这歌曲之后,一只玩具小鸟就“飞向幼儿这里来,听听幼儿们怎样唱到它的事情”。幼儿们于是为小鸟把歌曲再唱一遍,努力把它唱得尽可能地更好。游戏的方法能引起幼儿对歌曲的兴趣,使幼儿学习起来更加用心,并促使他们更快更好地学会歌曲。初次教幼儿熟悉音乐作品的时候,或是在复习的过程中,教养员都可以利用游戏的方法。例如在中班和大班里,可以采用“呼应”的游戏方法,即叫幼儿用各种高度来喊“啊呜”〔1〕。这样的方法可以帮助幼儿们唱出高音。

采用游戏方法时,不应当使幼儿的注意力离开作业的基本内容。因此,不可滥用玩具,不可使拿玩具给儿童看这件事变成演傀儡戏,因而把幼儿从基本目的——唱歌教学——吸引开去。

教养员的良好的示范,富有表情地表演歌曲、器乐作品或舞蹈,具有很大的意义;这种示范能引起幼儿对该音乐作品或舞蹈的兴趣,并能使幼儿正确地学会它们。示范的时候必须加以简短的说明,例如大班的教养员向幼儿示范怎样唱《散步》这歌曲的最后一节时,他说:“你们听我唱。”在“可是晚上到”这一句前面,教养员很快地吸一口气,最后一句“应该睡觉了”他唱得很轻,把最后一个音拉得很长。然后他让幼儿们自己唱。

这样的说明能使幼儿的理解力和思考力积极起来。

教养员说话过多,会使幼儿抓不到要点,使他们不能正确地完成

〔1〕 朋友们在林中玩耍的时候,为了不失散,就用“啊呜”(ay)的喊声来互相呼应。——译者注

作业。

知识和技巧是靠反复练习巩固起来的。幼儿经过反复的练习,就能掌握各种技巧。

如果幼儿不反复练习歌曲和游戏,他们很快就会忘记。幼儿年龄越小,就越是需要常常反复练习歌曲和游戏。

说明的时候,尤其是在小班里,教养员须应用幼儿熟悉的词语,逐渐加入新词,因为年幼的儿童是不能立刻领会和记住新词的。

教养员必须鼓励那些用心完成作业的幼儿,使他们希望表演得更好一些。例如做过音乐游戏之后,可以称赞幼儿,说他们很用心地听音乐,并能遵守游戏的规则。

和全班幼儿进行作业的时候,教养员必须顾到幼儿的年龄特征和个性特征。

有些幼儿很积极,很活泼,能够迅速而正确地执行教养员的指示。这样的幼儿在“兔子和熊”的音乐游戏中扮演“兔子”的时候,一看见“熊”出现,就能很快地停止跳跃;在小鼓游戏中,音乐的结束和弦响出之后,他们能迅速地站起来,开始两脚轮流地跳跃。

还有些幼儿,对于教养员的指示反应得很慢。例如,同是在那个小鼓游戏中,他们站起来的时候比别的幼儿慢些;音乐停止以后,别的幼儿都已停止动作,他们还在那里动。

不够沉着的幼儿,往往没有听音乐奏完,就很快地对它发生反应,要他们抑制自己的动作是很困难的。例如在“你要敏捷些”这游戏中,他们很快地跳起来跑,往往等不到音乐结束,就跑到自己的位置上。

必须使怕羞的、萎靡的幼儿积极起来,常常让他和较大胆的幼儿两人一起唱歌,在音乐游戏中让他担任积极的角色(例如在“麻雀和汽车”

的游戏中担任司机的角色)。教养员可以培养他们独立完成简单任务的习惯(例如跳舞之前把手帕分给幼儿),发展他们较快地用动作来配合音乐的转变的能力。为了这目的,教养员可以这样说:“小麻雀,快快飞到自己窝里去。”对于不够沉着的幼儿,教养员可以给他们一些训练较稳定的注意力的补充作业。例如,中班的幼儿在民间音乐中确定了正歌和副歌两部分性质不同之后,教养员就对一个幼儿提出问题:第一部分和第二部分之间有什么不同(例如,声音强弱的不同)?

教养员知道幼儿的个性特征之后,就须考虑用什么方法才可以影响这个或那个幼儿,以求发展他的优良品质,并在教学中获得良好的效果。

在有四班或五班的幼儿园里,制订音乐作业表时必须顾到:不使任何一班的音乐影响到散步。

小班的学年开始时,每次作业时间是八至十分钟,学年终是十五分钟;中班是十五至二十分钟;大班是二十至二十五分钟。

教养员的仔细的准备,是使作业顺利进行的条件之一。这时候必须估计到幼儿掌握歌曲和游戏的程度,考虑教新歌以前须进行的简短的谈话,选择适当的说明材料。在准备演唱歌曲和演奏器乐作品之前,教养员必须拟定符合于幼儿年龄和技巧水平的必要的说明方法和教学方法。

进行作业之前,大厅或各班活动室要好好地换一换新鲜空气,地板要用湿布擦过。教养员必须注意乐器的情况,调整乐器的音并保持它的完整。

幼儿玩耍的时候,教养员就要把作业所需要的一切都准备好:乐谱、玩具、小旗、手帕、绸带等。

在小班里,教养员亲自为幼儿安排好椅子。如果幼儿自己愿意,有时也可由幼儿来帮助。在中班和大班里,作业的准备工作可由值日生担任。

作业开始之前,必须引起幼儿对作业的兴趣,告诉他们就要做些什么事。

进行作业时,幼儿必须穿轻便的服装和便鞋。

在作业时间内,环境必须安静,不使其他任何事物吸引幼儿的注意。

组织作业的时候,必须顾到生理上的负担,特别是心脏的活动。用力的动作(跑步、跳跃)必须和安闲的动作(走步)轮流替换。唱歌只能在安静的气氛中教练。因此,如果作业开始时是练习舞蹈,必须先让幼儿们安静下来,听听音乐,然后教唱歌。

还必须顾到幼儿的情绪状态。良好的情绪对神经系统有良好的影响,因而能使他们更明白地理解和领会教学大纲。幼儿的情绪状态不仅与教材选择得适当、教材的分量配合得适当等有关,而且在很大的程度上与教养员的态度有关,他的态度必须是有生气的,真挚的,愉快的。

必须使幼儿对作业感到满意,并且希望再做作业。

他们往往想知道:谁唱歌唱得好,谁用心听音乐,谁好好地做作业。幼儿自己常常在作业结束之后问教养员,他们有没有好好地做作业。

教养员可以作出一些结论,指出幼儿的成绩。例如说:“柯里亚和玛莎今天很用心,而且认出我弹奏的音乐。”或者说:“托里亚很努力,唱得比以前好了。”

班教养员在音乐作业中的作用

为了使音乐成为幼儿共产主义教育的有效手段,教养员自己必须爱好音乐,熟悉《指南》中的教学大纲,并在音乐作业之外找机会和幼儿常常唱歌,欣赏音乐,做音乐游戏。班里的两个教养员必须积极地和音乐指导员一起工作,和他一起练习歌曲、游戏、舞蹈,使教练这些作业的方法更加精确。如果幼儿园里没有音乐指导员,教养员可从幼儿园主任那里或教学法研究室里得到帮助。

班教养员必须积极地参加音乐作业。音乐指导员要根据各个教养员的音乐才能和作业的内容而指定每一个教养员参加作业。例如,如果歌曲教练是由音乐指导员自己担任的,他就可以请教养员唱这歌曲给幼儿听,请他和幼儿做游戏,示范某种舞蹈动作,记录幼儿演唱歌曲旋律的质量,记录他们对音乐的意见,等等。

教养员要和音乐指导员共同拟订最近几天内教养员在音乐作业之外要唱哪些歌曲。

音乐教育和一般教育工作的联系

为了使幼儿更好地掌握教学大纲的内容,音乐教育和幼儿园全部教育工作之间必须确立联系。

和音乐指导员共同拟订作业计划的时候,教养员可在某几次作业中加入一首与其他作业内容有关的熟悉的歌曲或乐曲。例如,教养员给小班幼儿朗读过巴尔托的诗《玩具》之后,可以自己唱或和幼儿一起唱一首《皮球》的歌(克拉谢夫作曲)。歌曲可使幼儿更加富有情绪地理解这首诗,这首诗也能帮助幼儿学会歌曲。同样,郊外散步回来之后,教养员可以使大班幼儿欣赏乐器演奏的或由留声机放送的乐曲《云雀》(柴科夫斯基作曲)。

和小班的幼儿看过猫之后,教养员可以唱《母猫》的歌曲(维特林作曲)给他们听。

幼儿园中语文教学的工作越是做得好,幼儿唱歌就越是唱得好,越是唱得富有表情,歌词发音越是正确而清楚。

音乐教育和体育之间必须确立很密切的联系。幼儿在音乐游戏中学得的动作,是基本的自然动作,也就是幼儿在体操和活动性游戏的作业中所做的动作。在音乐作业中必须改善这些动作,使它们更正确,更整齐,并且能和音乐相符合。

可以用音乐来伴随体操和活动游戏的作业。这样,幼儿对这些作业就更感兴趣。但是并非所有的动作都可以用音乐来伴随。像攀登、平衡、投掷、追捕、散跑等动作,每一个幼儿都用适宜于他自己的速度来进行,在这些动作中采用音乐,反而会妨碍动作。通常是在音乐声中做幼儿所习惯的动作,像走步、跑步、跳跃等。

节日庆祝会中的音乐

节日是幼儿共产主义教育的重要手段之一。它能帮助加深和发展幼儿日常培养起来的积极情感——对我们祖国的爱,对我们人民的爱。音乐、歌曲、诗篇、会场的艺术设计,都能帮助幼儿更深刻地理解节日的内容。

纪念全民节日——伟大的十月社会主义革命节和五一节——的庆祝会,其表演节目须根据《幼儿园教养员工作指南》中规定的歌曲和乐曲的目录来拟订。特别是其中的歌曲节目,选择时要估计到歌唱技巧培养的顺序。

例如在纪念伟大的十月社会主义革命的庆祝会中,大班的幼儿要唱《游行》这歌曲(蒂里切耶娃作曲),要唱着民歌做一个轮舞游戏,跳一个快乐的舞蹈。中班的幼儿要和大班的幼儿一起唱《节日》这歌曲(劳赫维格尔作曲),另外要唱一首他们熟悉的歌,做一个小鼓游戏,跳一个"邀舞"。在纪念五一节的庆祝会上,大班的幼儿可以再唱一次《游行》的歌,然后和中班的幼儿一起唱《五月节》这歌曲(克拉谢夫作曲)以及熟悉的民间歌曲。

可以为节日庆祝会准备几个全班幼儿或部分幼儿表演的游戏和舞蹈。如果是全班幼儿参加表演的游戏、舞蹈或体操,就可以在全班的音乐作业中准备。

其他由一小组幼儿参加表演的舞蹈和游戏,例如某一个童话的表演或洋娃娃舞等,可在幼儿游戏的时间内练习。

音乐指导员教一小组幼儿学这些舞蹈、游戏和童话表演的时候,其余的幼儿都要和班教养员在一起。

在节日以前的最后两三次作业中,要把参加庆祝会的两三班联合起来。指示幼儿应坐的位置,带他们一同唱歌,排队行进,一同做游戏,跳舞。

不可把节日前的作业变成庆祝会的预演,否则到正式举行庆祝会的时候,幼儿就不感兴趣了。

日常生活中的音乐

教幼儿练习唱歌和游戏,是在作业中进行的,但是复习熟悉的歌曲和游戏,可于幼儿在园的各种时间中进行,例如在散步的时候。

教养员不要等待幼儿自愿唱歌的时候才让他们唱。他应当自己指定一个歌曲、游戏或舞蹈,找一个适当的时间,让幼儿们唱一唱,玩一玩,跳一跳。

例如,安排幼儿睡觉之前可以唱一个摇篮曲;做关于火车的游戏时可以唱《火车》这歌曲。幼儿在自然角或花圃里工作的时候,在收拾班活动室的时候,如果唱一个有关这方面的歌曲,工作就会做得更加齐心协力。

散步的时候,幼儿可以复习熟悉的歌曲和轮舞。

往往有这样的情形:幼儿们开始唱一首歌曲,如果没有教养员的支持,这歌曲就唱不下去。幼儿很难单独地唱歌,尤其是在小班和中班里。

为学前儿童放送的音乐广播也能帮助把儿童歌曲灌输到幼儿园生活中去。

教师必须懂得音乐的巨大的教育意义,热爱音乐。这样,歌曲、游戏、舞蹈才能进入幼儿园的日常生活中。那时候,老师不需要特别费力,就能培养幼儿对歌曲、音乐的爱好。

对家长的联系工作

要正确地建立音乐教育,单靠教养员的关心是不够的,还必须有家长的关心。

为了使家长认识幼儿园中和家庭中的幼儿音乐教育问题,必须举行个别谈话和各班的家长座谈会。座谈时教养员向家长报告幼儿唱歌、活动的成绩,报告幼儿的音乐才能,并且向他们介绍:可以让幼儿听哪些广播节目,可以买哪些唱片,等等。

在家长座谈会上,可以用这样的题目来做报告,例如:“音乐教育的意义”“唱歌对幼儿的作用及幼儿嗓子的保护”“半年内幼儿教学工作的总结”等。

开过会之后,可以教那些自愿参加的家长学几个儿童歌曲和舞蹈,使他们能在家中和幼儿表演。

必须邀请几位家长或家长委员会的代表来参加平常的音乐作业,随后并加以讨论。

在大班幼儿参加表演的音乐会之前,通过广播作短短的谈话是很适宜的。

应当利用区里一些报纸、幼儿园的墙报和各企业的墙报。

如果家长懂得音乐教育的意义,在家里也和幼儿唱歌、做游戏、跳舞,幼儿园和家庭的共同工作就会给幼儿带来很大的益处。

小班的音乐教育

小班幼儿的音乐程度如何,要看他们进幼儿园之前是在怎样的环境中受教育的。常常听赏音乐和歌曲、在托儿所里或家里学过音乐的那些幼儿,此起在早期幼年时代很少音乐印象的那些幼儿来,对音乐具有较大的感受性。

在小班的音乐作业开始之前,教养员先要认识幼儿的性格特征,认识他们的一般发展的程度和音乐程度。

教养员要在和幼儿接触的时候认识他们的发展,在游戏、娱乐、作业的时候观察幼儿。

《幼儿园教养员工作指南》中指示着小班音乐教育的任务:

(一)引起幼儿对音乐的兴趣,培养他们对音乐的爱好;

(二)唤起幼儿积极参加共同唱歌和游戏的愿望;

(三)教会幼儿唱歌,按照音乐的性质做动作。

教养员知道了小班幼儿的情绪感受性,就可以努力使幼儿从音乐和歌曲中得到直接的快乐,唤起他们对音乐和歌曲的兴趣。

音乐指导员要逐渐地引导幼儿参加作业。起初他自己参加他们的游戏和娱乐。在游戏的过程中他要找一个适当的时机唱歌给幼儿听,唱关于洋娃娃的歌、关于玩具小熊的歌、关于小皮球的歌——关于幼儿喜欢的玩具的歌。音乐指导员要不止一次地唱这些歌曲,引起幼儿对它们的注意。他和幼儿做游戏的时候,往往可以用歌曲来伴随,或者在唱完歌曲之后和幼儿做游戏。例如,幼儿听了关于皮球的歌曲之后,音乐指导员就向幼儿建议做皮球的游戏。起初仅由自愿参加的幼儿来做,后来全体都参加。音乐指导员把皮球轮流地抛给每一个幼儿,然后接回来。下次再做这游戏时,他可以变化一下,使游戏变得更复杂,例如做藏皮球的游戏。音乐指导员说:“大家站起来,背向着我,闭上眼睛,等我说过‘好了’以后才睁开。”幼儿站着的时候,音乐指导员就去藏皮球,必须藏得使幼儿容易找到。说过“好了”这句话以后,幼儿就睁开眼睛,跑去找皮球。教养员可以让一个幼儿藏皮球,帮助他藏。

唱　歌

幼儿喜欢唱提到他们的名字的歌曲。他们要求唱这样的歌曲,教养员往往就照他们的要求做。

为了使幼儿对于他们要唱的东西能有一个更清楚的形象,教养员可以提醒他们看见过的东西。例如,在唱民歌《小公鸡》之前,可以先在幼儿的记忆中唤起一只熟悉的公鸡的形象,即他们在院子里散步的时候曾经看到过的那只公鸡。有时可以配合着歌词拿玩具或图片给他们看,例如给他们看玩具的“小公鸡”。这时候可教幼儿注意鸡冠、鸡颈下的肉垂。

下一次作业中再唱这歌曲的时候,教养员可以叫幼儿来表演。他选一个幼儿扮演歌中的小弟弟,另一个扮演“小公鸡”。小弟弟闭上眼睛,装作睡觉的样子,“小公鸡”站在他旁边。教养员开始唱这歌。唱完“吵醒了小弟弟”这句之后,小公鸡就叫“喔喔喔”,拍拍翅膀(即挥挥手)。小弟弟就醒了。

教养员采用这样的方法,可以使幼儿积极起来,唤起他们参加共同唱歌和游戏的愿望。

起初,教养员领导游戏的时候自己唱歌,不用乐器伴奏,因为这样可使幼儿比较容易理解歌曲的旋律和歌词。但不久他就可以在音乐伴奏下领导游戏。如果教养员自己不会弹钢琴,可以请音乐指导员来帮助。

如果乐器是放在别的班的活动室里或大厅里的,教养员在作业开始之前就要先让幼儿熟悉一下新环境,看一看房间和乐器。

音乐指导员要规定如下的任务:教会幼儿听音乐,用自然的嗓音来唱歌(不叫喊),正确地表达旋律,清晰而明白地唱出歌词。同时还要广泛地采用示范的方法。

音乐指导员坐在幼儿面前的时候,必须使他们能看见他的脸,看见他的嘴的动作,清楚地听到他的发音。

起初幼儿听音乐指导员唱,渐渐地开始跟着念,后来跟着唱出几个词和较容易的几段旋律,最后才唱出全首歌曲。

从跟着唱到唱出全首歌曲,其进展的速度如何,要看幼儿对这歌曲的兴趣如何,采用何种教学方法,以及幼儿的一般发展和发声器官的发展如何。如果音乐作业是有系统的,一部分幼儿在第三、第四次作业时就能开始跟着唱,另一部分幼儿须在第五、第六次作业时才能跟着唱。要使全班幼儿都学会歌曲并正确地演唱它,大约须进行十至十二次作业。

音乐指导员应当作出优良而正确的范例:唱歌不要唱得太响,这样可以教会幼儿用自然的嗓音唱歌,不使他们的声带过度紧张而受到很大的害处。大声说话、喧嚣,会使听觉器官的敏锐性麻痹起来,在发展听觉、语言和正确的发音的时候,听觉器官起着巨大的作用。

幼儿唱歌的时候身体和头的姿势以及嘴巴张开的情况,对于发展正确而自然的声音具有很大的意义。音乐指导员和教养员必须注意使幼儿坐的时候身子挺直,不紧张,不垂头,双手自然地放在膝上,手臂靠近身体,两只脚踏在地上,膝部弯成直角形。有许多幼儿起初不会适当地张开嘴巴。教养员唱歌的时候必须自己正确地张开嘴巴,而且要使幼儿注意到这一点。他要演示给幼儿看:如果嘴张得正确,歌声就清楚;如果嘴张得不正确,歌词就难以理解。必须教会幼儿唱歌词,而不是念歌词;必须注意使幼儿把某些较长的音不唱得断断续续,要唱得连贯一气,例如不可把"一头黄牛慢慢走"这一句唱成"一头黄牛慢慢走一ㄨ",或者把"拍拍手,拍拍手"唱成"拍一ㄞ拍手,拍拍手"。

幼儿的呼吸很短促,他们常常在一个词中间换气。必须培养幼儿唱歌时正确地应用呼吸的技能。幼儿在系统地视察成人正确地唱歌时和在自己演唱乐句简短的歌曲中(《指南》中指定的歌曲),都会逐渐获得这种技能。

为了教会幼儿正确地表达歌曲的旋律,教养员自己就要常常正确而富有表情地唱歌。幼儿的正确而清晰的语言,可以帮助他唱歌唱得好。某些幼儿会把个别的音发得不正确,有时会漏掉子音,或者移动词中的字音和音节。所以教养员的任务就是要发展幼儿的正确语言。有许多幼儿不能很快地念出一些词,所以《指南》中为小班幼儿指定的歌曲都是用中庸速度唱的。唱一首歌曲之前,教养员先要把其中幼儿不熟悉的词解释给他们听,和幼儿一起清清楚楚地把这些词念出来。歌词和旋律须同时练习,因为幼儿应当从歌曲得到完整的印象。

起初由于幼儿热衷于自己唱歌,不听别人怎样唱,所以唱歌时有些幼儿开始得早些,另一些开始得迟些。全班快慢一致地唱歌,是逐渐做到的。为了使幼儿学会同时开始和同时结束,教养员或音乐指导员必须使幼儿注意,务求和他一同开始唱,和他一同停唱。

如果幼儿中有人唱得不正确或声音太响,就必须让他听一下别的幼儿的唱法,并且要他唱得轻一些。如果有的幼儿唱得比别人慢或唱得比别人快,也可采用同样的方法。

要使幼儿富有表情地演唱,可用如下的方法,即向幼儿阐述歌曲的内容和歌曲的性质,并且富有表情地作示范演唱。例如教养员说:“我们要唱一个关于小鸟的歌。小鸟是很小的,唱起歌来声音很柔和,所以我们唱小鸟歌的时候也不可唱得太响。如果唱得响了,小鸟听了害怕,就要飞去了。”

在每一次作业中,音乐指导员教幼儿唱歌,有时须用乐器伴奏,有时不用。用乐器来伴奏歌曲,可以更加充分地展示形象,发展幼儿的听觉。不用乐器的歌唱,可以帮助幼儿正确地表达旋律,因为这样可使幼儿更清楚地倾听歌声,更清楚地互相倾听,而教养员又能清楚地听到每一个幼儿的歌声。

练唱和复习熟悉的歌曲时,必须告诉幼儿他们唱得好不好。例如,可以这样说:幼儿的嘴张得很正确,所以听得懂他们在唱些什么。

已经学会的歌曲,可在作业中由全体幼儿一起唱,或由一小组幼儿唱,也可由一个幼儿唱。在小组里幼儿能比较清楚地听见自己的声音和别人的声音。如果是由一个幼儿单独唱,教养员可以先和他一同唱,但一同唱不可超过一节歌。

在一次作业中,最多可以教幼儿唱两首歌曲:一首歌曲是新学的,另一首是复习的(或者唱两首熟悉的歌曲)。唱歌的时间是六分钟到八分钟。作业结束前多余的时间可以让幼儿听音乐,做游戏。

一学年之内,教养员必须教幼儿学会《指南》中指定的六首歌曲。

音乐欣赏

欣赏歌曲和欣赏音乐在小班教学大纲中不是独立的部分。它是和唱歌、在音乐声中做游戏、轮舞、跳舞等密切联系的。

听教养员唱带有乐器伴奏的歌曲,听乐器演奏的歌曲,听歌曲的前奏或尾声(《小鸟》《小公鸡》《牛》等),听游戏和舞蹈中所配的音乐等,都能逐渐使幼儿理解小型器乐作品的内容。

为了达到这个目的,音乐指导员要说出作品的名称,或是简短地介绍一下音乐的内容。例如在演唱《小鸟》(劳赫维格尔作曲)这首歌之前,教养员说:“大家听,我要给你们唱一个小鸟的歌曲。小鸟飞来,停在窗台上了。”然后教养员弹出这歌曲的简短的钢琴前奏。在歌曲结尾处,唱过“鸟飞去了,啊!”这一句后,教养员说:“现在小鸟飞去了,你们听,它飞得多长久。”幼儿就听着末尾那个拉长的音,仿佛在目送着小鸟的飞行。

在第二学期中,幼儿习惯了欣赏游戏和舞蹈所配的器乐之后,就可以让他们听赏和游戏无关的小型器乐作品,例如柳巴尔斯基歌曲集中的《母鸡》。

为了吸引幼儿注意这个作品,可以预先把画着母鸡和小鸡的图片给他们看,问他们,母鸡是怎样叫小鸡的,或者让幼儿想起他们在院子里或图片上看到的母鸡和小鸡,然后叫他们听赏关于母鸡的音乐。也可以先讲一个《芦花母鸡》的故事给他们听。

音乐游戏和舞蹈

《指南》中指出的游戏和舞蹈,是在教养员的唱歌声中或器乐声中进行的。必须教幼儿积极地感受音乐,使自己的动作和音乐相一致。

音乐游戏和舞蹈能帮助幼儿确定空间的方向(见体育大纲)。所有的音乐游戏都是建立在基本动作走步、跑步和跳跃上的,舞蹈是建立在基本的舞蹈动作上的。

动作的性质随着音乐性质而改变。例如在"小鸟和汽车"的游戏中,要教幼儿在高音区的轻音乐声中轻快地跑步(扮小鸟),在低音区的响的音乐声中跨坚定的步子(扮汽车)。在根据教养员的示范而作的舞蹈中,拍手和踏脚的轻重是跟着音乐声的大小而变化的。

进行游戏和舞蹈的时候,教养员要教幼儿做配合音乐的动作,注意他们的动作做得好不好。例如,儿童走步的时候,头要正,两脚不可在地上拖擦,手臂要自然地摆动;跳跃的时候脚要轻轻着地,两膝必须微微弯曲;跑步的时候要轻快地用脚尖来跑等。随着音乐的性质而变更动作,以及随着音乐的结束而停止动作的技能,是幼儿在一年之内通过各种教材而逐渐获得并巩固的。

在成人的唱歌声中或在音乐声中进行的游戏,在发展幼儿动作的教学工作中占有主要的地位。在伴有歌唱的游戏中,幼儿要用动作来表达音乐的性质和歌词的内容。

可以先和幼儿一起唱一首歌,然后做游戏。例如幼儿和教养员一起唱《小鸟》这歌曲。一个幼儿扮演小鸟。唱完"鸟飞去了,啊!"这一句之后,这幼儿就跑开,把两臂伸向两旁,装作翅膀的样子。幼儿们可以跟和着教养员唱。

也可以一面唱歌一面做游戏。这时候歌曲须由教养员来唱,幼儿只是跟着歌词做动作,因为幼儿关心的是游戏的进程,所以要他们同时唱歌是很困难的。

在音乐伴奏下做游戏之前,教养员或音乐指导员必须告诉幼儿他将演奏什么乐曲。例如他说:“小朋友们,你们听,我给你们奏一个关于麻雀的曲子,麻雀跳着,啄着谷粒。”(奏克拉谢夫作的《麻雀》)现在你们听,汽车是怎样走的”(奏劳赫维格尔作的《汽车》)。把这两个音乐作品各奏过两次以后,教养员要问幼儿他奏的是什么。然后说明游戏的做法,叫幼儿做游戏。他说:“起初麻雀都在跳,在啄谷粒,一听到汽车开来的声音,立刻就飞到自己的窝里去。”

有时把奏音乐和解释游戏交替着进行,也是很适宜的。

为了使游戏中的形象更加亲切易懂,为了使幼儿能更富有表情地表达这形象,教养员可预先和幼儿观察飞禽、家畜等(例如散步的时候)。

如果幼儿觉得很难在游戏中表达形象,教养员不仅可以用言语来描写这形象,还可以表演一些特殊的动作给他们看,例如表演公鸡怎样拍翅膀,兔子怎样跳。

如果幼儿做游戏的时候没有听见音乐的变化,可以用言语来引起他们的注意,例如说:“小鸟们,快点飞回窝里去吧,汽车来了。”这样,幼儿就能逐渐不靠成人的帮助而完成音乐作业。

在某些游戏中,教养员只在开头的时候和幼儿一起玩,和幼儿做同样的动作,例如在“麻雀和汽车”的游戏中那样。在另一些游戏中,教养员从头至尾都要参加,而且要担任幼儿难于表演的主要角色,例如在“捉迷藏”的游戏中便是。

除游戏之外,还要和小班幼儿表演具有《指南》中规定的动作的舞蹈;有时幼儿自愿利用一些熟悉而符合于所奏的音乐的性质的动作来表演舞蹈,教养员就让他们表演这种舞蹈。

最初,幼儿是依照音乐指导员和教养员的示范而表演舞蹈的。经过练习以后,幼儿就逐渐能领会音乐而独立地表演动作了。

幼儿按照自己的意愿利用一些熟悉的动作来表演的那种舞蹈,能使他们非常满意,使他们心中高兴。靠这种舞蹈的帮助,教养员可以熟悉每个幼儿的能力。

为了使舞蹈和游戏表演得更加富有情绪,为了使音乐的性质表达得更加明显,为了发展动作,可以把洋娃娃、摇摇响、花手帕分发给幼儿。

教唱歌、游戏和舞蹈的时候,教养员须对幼儿实行个别指导,特别注意那些怕羞的、不大积极的、容易激动的幼儿,注意那些不大会表演动作的幼儿。例如,如果幼儿怕羞,不愿意一个人跳舞,可以让他和另一个人一起跳,或者用玩具来使他发生兴趣,例如对他说:洋娃娃想和他一起做一会游戏或跳一会舞。如果幼儿不敢跑步,教养员就可以拉着他的手和他一起跑。

为了说明幼儿的唱歌、游戏和舞蹈的教学方法,现在举出小班音乐作业的教案如下。

一九五三年三月二十七日的作业。

教　案

(一)在音乐(巴洛夫的《进行曲》)声中走步,音乐结束后停步(重复一遍)。

(二)欣赏《节日》这歌曲(劳赫维格尔作曲;第一次听)。

(三)复习《小鸟》这歌曲(劳赫维格尔作曲)。教幼儿延长“飞去了”这一句里的最后一个音,并且整齐地唱出惊叹词“啊!”。分组检查唱歌及个别检查唱歌(检查斯拉伐和拉丽萨)。

(四)复习“小鸟和汽车”的游戏(班尼科娃和劳赫维格尔作曲)。

这音乐作业是由入场的走步开始的,目的是组织幼儿,集中他们的注意力。然后安排幼儿就座,使他们都能看见音乐指导员——小的坐在前面,较大的和个子高的坐在后面。

为了使幼儿理解歌曲和很好地欣赏歌曲,演唱以前,音乐指导员可简短地讲讲这歌的内容,然后和教养员一起唱一遍。在作业中由教养员演唱歌曲,可以帮助幼儿正确地唱歌。

幼儿开始唱歌以前,指导员先用钢琴把这歌弹一遍给他们听。这样,可以帮助幼儿发展音乐记忆力和注意力。

这次作业中还实行了幼儿的个别教学。柯里亚没有辨认出这歌曲,因为他没有仔细听。音乐指导员为他把歌曲再弹一遍。

为了使大家一起结束歌曲和延长最后一音的技能巩固起来,在这次作业中正确地采用了示范的方法——由音乐指导员和年龄较大的幼儿们演唱歌曲。

为了使幼儿能够辨别音乐的性质,能够轻快地用脚尖跑步,教养员利用了游戏的方法——描述了小鸟的形象。

这次作业的时间是十五分钟:音乐欣赏和唱歌占九分钟,动作占六分钟。

《指南》中指定的歌曲、乐曲、游戏和舞蹈等,其教学顺序大致如下:

月份	歌曲	游戏和舞蹈	
		在教养员歌声中进行	在器乐声中进行
九　月 十　月 十一月	《小公鸡》 《拍拍手》	"皮球" "小红旗"	和教养员一起跳舞 "麻雀和汽车"的游戏
十二月 一　月 二　月	《牛》 《冬天》	"冬季舞" "华尼亚走路"	洋娃娃的游戏
三　月 四　月 五　月	《小鸟》 《小红旗》	"火车"	手帕舞
六　月 七　月 八　月	复习学过的教材		

在第二学期中,教养员可使幼儿欣赏《小枫树》《节日》等音乐作品。

中班的音乐教育

在中班里,教养员要继续进行在小班里开始的幼儿唱歌、音乐欣赏、游戏和舞蹈的教学工作。

中班幼儿身心更加发达,因此中班的歌曲和游戏的题材就比小班的更加丰富,歌曲的旋律也比小班的更加复杂。

幼儿从小班升到中班的时候,已经具有一定的唱歌技巧。他们会唱好几首歌,爱听音乐,能辨别音乐的各种不同的性质,倾听音乐的内容,在熟悉的音乐声中做游戏和跳舞。

唱　歌

教养员的任务是:依据幼儿的经验,更进一步地在音乐方面教练他们,发展他们,改善幼儿嗓音的质量,教他们正确地唱旋律和唱歌词,教他们根据歌词和旋律的性质而唱轻些或唱响些。

在最初的几次作业中,音乐指导员要和幼儿复习他们在小班里学过的那些歌曲、乐曲和游戏。通过这些作业,新入园的幼儿就能很快地学会他们所不熟悉的、容易的歌曲,并参加共同唱歌。

过了一些时候,要让幼儿欣赏歌曲,这些歌曲是在不久以后就要教幼儿自己唱的,例如《鹅》等。

开始教歌以前,教养员先用各种教学方法来引起幼儿对这歌曲的兴趣,告诉幼儿他们将要唱什么,说出歌曲的名称,把这歌曲唱一遍。

然后音乐指导员要富有表情地唱出所指定的歌曲。在中班里和在小班里一样,良好而富有情绪的演唱也是幼儿唱歌教学的基本方法。

在这种年龄的班级里,除了教养员作示范演唱之外,还可以叫唱得好的幼儿来作补充的演唱,同时由教养员或音乐指导员作口头的指示。音乐才能较高的幼儿能很快地把握歌曲的旋律。可以叫这些幼儿唱歌给其他的幼儿听。每进行一次作业,唱得好的幼儿就会增多一些。不久以后,全班幼儿都能唱这歌了。

为了使幼儿正确地发出声音,教养员要教他们在唱歌的时候保持身体和头部的正确和不紧张的姿势,而且要很好地张开嘴。练唱的时候,幼儿必须坐直,两只手自然地放在膝上,手臂贴近身体。

已经学会的歌曲,可以使幼儿站着唱,因为站着可以使他们更容易唱歌,呼吸筋肉可以活动得更好。站着的时候身体要直,要自然,双手下垂,头部要正,颈部不紧张。

对于发展自然的声音,《指南》中指定的一些歌曲具有很大的作用。

在整个学年的过程中,音乐指导员利用《指南》中指定的歌曲,可以发展并巩固幼儿在 d^1—b^1 范围内的嗓音。

为了使幼儿唱歌唱得婉转悠扬,必须采用旋律性的歌曲(例如维特林作的《大寒公公》、乌克兰民歌《加里亚在花园里走》。

要使歌词的发音明晰清楚,必须使幼儿懂得他们唱的是什么。因此教养员在演唱新的歌曲之前,先要向幼儿解释歌曲的内容,使他们理解歌曲的意义,教养员自己要清楚正确地唱出歌曲的每一个字。

在每一次作业中,必须检查两三个幼儿,看看他们唱得怎样,歌词的发音如何。教养员或音乐指导员为了纠正发音不正确的词,必须和全班幼儿一起正确地重复念这个词。唱歌之前,教养员还要和幼儿复习他们在前几次作业中念错的那些词。

唱歌时正确地吸气的技能,也像在小班里一样,是靠选用适当的歌曲和简短的乐句来发展的。

在中班里,要注重正确表达旋律的教学工作(音调的纯正)。

学习并有系统地复习《指南》中指定的歌曲,常常听成人正确地演唱或用乐器演奏这些歌曲,能帮助幼儿记忆旋律,并能帮助幼儿正确地表达旋律。

如果幼儿把旋律中个别的部分唱得不正确,音乐指导员必须自己先把旋律的这部分唱一遍给他们听,然后一面在乐器上奏这旋律,一面轻声地再唱一遍,最后让幼儿们独立地唱。

不用乐器伴奏的唱歌,以及在每次作业中有系统地分组检查并个别检查幼儿的唱歌,也都能帮助幼儿正确地表达旋律。采用这种方法,可以使幼儿习惯于互相听唱,把自己的歌声和别的幼儿的歌声相比较。

如果某个幼儿有正常的音域,只是听觉不够发达,那就要让他坐在唱得好的幼儿的前面,叫他唱得轻些,多听听别的幼儿的歌声。

优秀的教养员的实际经验指出:必须让音量不大的幼儿坐在第一排,靠近乐器,以便使他们能够清楚地听到乐器的声音和坐在后面的唱得正确的幼儿的歌声。他们坐在前面,就懂得自己必须独立地唱歌,必须试用自己的力量,唱歌时就更加努力。他们逐渐地有了自信心,知道自己也能唱得正确,唱得好。大家在一起唱歌的时候,他们就不会用自己的不合调的歌声来扰乱别的幼儿了;分组唱歌的时候,他们还有机会再一次听到听觉敏锐而嗓子良好的幼儿的清晰正确的歌声。

要使幼儿唱歌时大家同时开始和同时结束,教养员必须把这件事在开始唱歌以前叫幼儿大家注意。如果歌曲中有前奏,而且前奏结束的一个音就是幼儿将要开始唱的那个音,教养员只要挥一挥手或点一下头,幼儿就会开始唱歌。例如在《节日》和《飞机》这两首歌中,就有这样的前奏。如果歌曲中没有前奏,或者前奏结束的音不是幼儿将要开始唱的那个音,那就需要把正歌或第一乐句先弹一遍,有时甚至要把整首歌曲先弹一遍,或者唱一遍旋律。

为了吸引幼儿的注意,有时教养员可闭着嘴哼歌曲的第一个音或第一个音程,然后幼儿根据他的信号开始唱歌。

教养员必须注意,不使个别幼儿的嗓音突出在共同的歌声中。必须叫唱得太响的幼儿唱轻一些;另一方面,也必须使萎靡不振的幼儿积极起来,使他们唱得响亮些。

《指南》中指定的一切唱歌技巧的发展工作,必须在一年内教唱每首歌曲时同时进行。不可仅仅注重咬字而疏忽了正确演唱旋律,或仅仅注重婉转悠扬而疏忽了歌曲的同时开始和同时结束。在某些作业中,可以把重点放在某一种技巧上,但同时不要忘记别的技巧。

像在小班里一样,唱过歌之后,教养员可以向幼儿指出,什么地方唱得好,什么地方唱得不好。在复习熟悉的歌曲时,可以向他们指出,以前所发现的缺点中哪几点他们已经改正了,哪几点还需要努力改正(例如幼儿是否已经不再大声叫喊某几个音,歌词发音是否正确,等等)。

已经学会的歌曲,可让幼儿用各种方式来演唱,例如:全体一起唱,分小组唱,一排一排唱(指坐着的时候),一个一个唱,单是男孩子唱,单是女孩子唱。

在中班里,可以要求幼儿更加富有表情地唱歌。要使唱歌富有表情,教养员不但要解释歌曲的内容又作示范演唱,并且还要发展幼儿的一切唱歌技巧(发声、咬字、呼吸、音调纯正),这些唱歌技巧是两年内教学工作的结果。

为了避免发声器官疲劳,每次作业中给幼儿唱的歌曲应该不超过两三首。

每次作业中的唱歌时间平均是八分钟至十分钟。一学年之内,中班幼儿应当学会《幼儿园教养员工作指南》中指定的八首歌曲。

音乐欣赏

中班里的音乐欣赏不仅像小班里那样作为一种教学方法,而且是音乐教育的一部分,在《指南》中有它的教学大纲和乐曲目录。音乐指导员必须培养幼儿的音乐感受力,使他们能够从头至尾地用心听音乐,能够辨认音乐作品,能够在音乐作品奏完以后说出作品的名称。

在中班里,许多幼儿已经能欣赏并且爱好简易的乐曲。例如,音乐指导员叫幼儿听一首乐曲并把它辨认出来的时候,塔尼亚就对全体幼儿说:“静静地坐着,不然我们就听不出弹的是什么曲子了。”

学年开始的时候,音乐指导员要让幼儿欣赏并辨认小班目录中的歌曲和乐曲。常常给他们听熟悉的音乐作品,可以发展幼儿的音乐记忆力,使他们能更深刻地理解音乐,体会乐曲的内容,记住这乐曲。

除这些熟悉的歌曲和器乐作品之外,幼儿还要欣赏《指南》中为中班指定的新歌曲和新乐曲。预先欣赏这些歌曲,可以帮助幼儿领会歌词、旋律以及歌曲的内容。

幼儿已经知道他们喜爱的几个音乐作品的名称,他们常常请求教养员或音乐指导员演唱或弹奏某个作品。在教学的过程中,产生了幼儿喜爱的音乐作品的曲目,这些音乐作品对幼儿有很大的教育效果。

在中班里欣赏新的音乐作品,像在小班里一样,也根据幼儿已有的熟悉的形象,根据幼儿对环境生活和自然界的观察。

欣赏音乐作品之前,必须先由教养员把这作品的内容简短地解释一番。演奏过这作品以后音乐指导员往往问幼儿,他们喜欢不喜欢这音乐。幼儿通常齐声回答说“喜欢”。但是这种集体回答并不常常能确实证明幼儿是喜欢这音乐的,所以不应当常常提出这样的问题。如果这音乐给幼儿以良好的印象,而为他们所喜欢,那么从他们的情绪、脸部表情、听音乐时注意的神色、要求再奏一次等情况中都可以明显地看出。

如果对幼儿进行有系统的音乐欣赏教学,教养员常常唱歌给幼儿听,奏乐曲给他们听,和他们谈音乐,那么幼儿就会积极地欣赏音乐,音乐就会激起幼儿的良好的感情。在这些情况之下,幼儿听过音乐之后就会说出自己的印象来。

幼儿说出印象以后,教养员必须加以矫正,使他们的观念精确起来。例如,听过《行军进行曲》(卡巴列夫斯基作曲)之后,某些幼儿说:“这是舞蹈音乐,可以跳舞。”教养员就弹一首舞曲,然后再弹一遍《行军进行曲》,使幼儿的观念精确起来,知道哪一种是跳舞用的愉快的音乐,哪一种是步行用的进行曲音乐。

各个幼儿对音乐的感受力和对音乐内容的理解力的发展,速度各不相同:某些幼儿发展得快,另一些发展得慢。

有些幼儿起初似乎对音乐不感兴趣,但经过一段时期以后,在有系统的教学之下,他们就能开始兴致勃勃地欣赏音乐,并且说出自己的印象。例如有一个女孩子,在第一学期的作业中没有表示对音乐特别有兴趣。到了春天,在某一次音乐作业中,教养员问幼儿们想听什么的时候,她就请求弹一个她在小班里听过的《母鸡》歌。在另一个幼儿园里,有一个男孩子在音乐作业中无论怎样也不表示自己的兴趣。他唱歌的时候萎靡不振,听音乐的时候漠不关心,而且对听过的音乐不表示意见。过了几个月,有一次他忽然走到教养员那里低声请求:“请你弹弹看,少先队队员怎样走路。”

每次音乐作业中都应当有音乐欣赏。幼儿可在作业中欣赏器乐、教养员唱的歌曲、小组幼儿或个别幼儿唱的歌曲,以及配合游戏和舞蹈的音乐。

音乐游戏和舞蹈

小班里实施的音乐教育工作,可以扩大中班幼儿的音乐技巧和活动技巧的范围。在教学过程中,教养员要使中班幼儿正确地感受音乐并在动作中把它表达出来,要使他们的动作更加富有节奏性,更加协调、平稳而轻快。做《指南》中指定的游戏时,可采用体育教学大纲中的基本动作。

由于音乐的性质、游戏的题材、歌词的内容不同,这些动作的性质也不同。例如,教幼儿学习:在安闲而幽静的音乐声中无声地走路,轻轻地跨步;在有力的进行曲声中高高地抬起两腿;在高音区的轻松的音乐声中踮起脚尖轻快地跑步;在舞蹈音乐声中柔和地作半蹲的动作;做跑跳步;迅速地或缓慢而平稳地举起两臂和放下两臂。

在教幼儿跟着音乐伴奏做动作的教学中,音乐游戏占据主要的地位。在音乐游戏中授给幼儿以各种音乐技能。例如,在“兔子和熊”的游戏中,教养员教幼儿辨别并表达音乐的性质,音响的高度(即音区),感知音乐的形式(音乐作品的结束),表达形象和动作(例如兽类的形象和动作)。在小鼓游戏中教幼儿辨别并表达音乐的性质、音响的强弱、音乐的形式。在“飞行员”的游戏中教幼儿确定音响的强弱。在“你要敏捷些”的游戏中教幼儿辨别各部分并表达节奏型。

中班游戏的题材比小班花样多,内容比小班丰富,音乐作业也更为复杂。

做新的音乐游戏之前,教养员要先把音乐作品弹奏一遍,简单清楚地叙述这游戏的内容,然后进行游戏,或用音乐来随伴游戏的说明。

为了使幼儿在游戏中表演得更好,为了使动作更正确而富有表情,必须在钢琴上或别的乐器上富有表情地弹奏随伴儿童游戏的音乐,而且必须注意音乐的性质。教养员可以把动作做给幼儿看,或者用口头的指示来帮助他们。不可要求幼儿照样地模仿成人。成人的正确而富有表情的示范应该只为幼儿的想象力指示适当的方向。

做音乐游戏的时候,如果幼儿遇到某种困难,例如他们步行时不会保持圆形,教养员就必须参加到游戏中去。

带唱歌的游戏可帮助幼儿在动作中表达出音乐的性质和歌词的内容。

进行带唱歌的游戏之前,必须先教幼儿学会这歌曲。幼儿自己唱歌的时候,只能做安静的动作。

进行带有跑跳动作的游戏时,可将幼儿分成两组——一组和教养员一起唱歌,另一组做游戏。例如,在“母鸭”的游戏中,一部分幼儿扮演母鸭和小鸭,其他的幼儿和教养员一起唱歌。

《指南》中为中班指定的舞蹈,在动作和结构方面都更加复杂。跳这些舞之前,可以先让幼儿听一听音乐,然后把舞蹈做给他们看。也可以不预先听音乐,就把舞蹈做给他们看。在这个情况下,幼儿看着教养员或几个幼儿表演舞蹈,同时又听音乐。示范之后,就可以教全班幼儿学习这舞蹈。舞蹈中的一些简单动作,不必预先练习,因为幼儿会在跳舞的过程中学会它们。但是幼儿不熟悉的动作,须预先提出来加以练习。除了那种带有学过的一定的动作的舞蹈之外,还有一种舞蹈,是由幼儿主动地用熟悉的动作来表演的。作这种舞蹈的时候,务须注意使舞蹈动作的性质符合音乐的性质;如果有些幼儿在这方面感到困难,就要帮助他们。

教授《指南》中指定的歌曲、乐曲、游戏和舞蹈等的顺序大致如下:

<table>
<tr><th rowspan="2">月份</th><th rowspan="2">歌曲</th><th rowspan="2">音乐欣赏</th><th colspan="2">游戏和舞蹈</th></tr>
<tr><th>在教养员和幼儿的歌声中进行</th><th>在器乐声中进行</th></tr>
<tr><td>九　月
十　月
十一月</td><td>《鹅》
《节日》
《蓝橇车》</td><td>《摇篮曲》</td><td>“猫儿华西卡”
“谁是好孩子”</td><td>“飞行员”游戏
“邀舞”游戏</td></tr>
<tr><td>十二月
一　月
二　月</td><td>《大寒公公》
《飞机》</td><td>《列宁之歌》
《波尔卡舞曲》</td><td>“老鸦”</td><td>“兔子和熊”游戏
“你要敏捷些”游戏</td></tr>
<tr><td>三　月
四　月
五　月</td><td>《春天的歌》
《五月节》</td><td>《好黑土》
《行军进行曲》</td><td>手帕游戏
“母鸭”</td><td>手鼓游戏
俄罗斯舞蹈</td></tr>
<tr><td rowspan="2">六　月
七　月
八　月</td><td>《别墅》</td><td></td><td>轮舞</td><td></td></tr>
<tr><td colspan="4">复　习　学　过　的　教　材</td></tr>
</table>

大班的音乐教育

大班幼儿的唱歌技巧、音乐欣赏的技巧、游戏和舞蹈的技巧,都有了更加固定的性质。幼儿的音乐才能和艺术趣味都发展了。这时候教养员须为自己规定这样的任务:巩固并发展幼儿在前两班中获得的音乐技巧和唱歌技巧,即正确地唱旋律,徐缓地唱悠扬婉转的歌曲,轻快地唱性质活泼的歌曲;整齐而清楚地唱出歌词,运用呼吸,欣赏音乐,发表关于音乐的意见,适应音乐的性质而活动。

唱　歌

在大班里,幼儿音乐教育的主要手段仍是唱歌。除了唱歌之外,幼儿要在每次作业中欣赏音乐,做音乐游戏(在唱歌声中或乐器演奏声中),跳舞。

如果有许多新来的幼儿或音量不大的幼儿进入大班,教养员必须在学年开始的时候叫他们唱中班曲目中的简易歌曲。此外,在一年的过程中要有系统地让他们复习小班曲目和中班曲目中题材为大班幼儿所感兴趣的歌曲。

大班幼儿唱起这种歌曲来更加好,更加富有表情。良好的唱歌可以使幼儿的唱歌技巧和音乐技巧巩固起来。

音乐指导员或教养员的良好的示范和说明,也像在别的班里一样,是幼儿唱歌技巧教学的主要方法。除了教养员的示范演唱之外,和示范演唱相关联的言语的指示,也具有很大的意义。

歌曲的教练也和中班情形相同。如果歌曲是有许多节歌词的,一次作业中可以教幼儿唱一二节;其余的几节须由音乐指导员或教养员唱完,以便使幼儿从歌曲获得完整的印象。

幼儿逐渐学会歌曲,就逐渐习惯于独立唱歌了。如果幼儿唱旋律唱得不正确,音乐指导员就参加进去唱,要叫幼儿们唱得轻些,以便听得出音乐指导员的歌声。在幼儿园里,不像在学校里那样为唱歌而特设专门的练习课。

在作业中复习熟悉的歌曲的时候,开头宜用较简易的歌曲。小班曲目和中班曲目中的简易歌曲,也可以给幼儿作为准备,使他们由此而掌握新的声乐技巧。

如果在作业中教唱新的歌曲,其中较困难的旋律进行,必须由教养员和幼儿用"音乐回声"的形式来轮流重复演唱。即先由教养员唱一句,或在乐器上演奏一句,然后全体幼儿或一组幼儿照样重复唱一句,也可不用歌词而用各种字音("嘟"或"啦"等)来唱,或者就用歌词来唱。例如别克曼作的《小枞树》中歌词"长得很高"四个字上的一段旋律,有许多幼儿都唱得不正确。

这一段旋律可从"E"音唱起,然后从"F""G"唱起,最后才从"A"唱起,不带歌词或用"长得很高"这句歌词来唱。"音乐回声"的方法也可以给幼儿作为准备,使他们由此而掌握声乐技巧。

由于大班幼儿的能力日渐增长,对他们的唱歌的要求也日渐提高。在大班里,须使幼儿善于在唱歌时正确地保持身体和头的姿势,不要紧张,张嘴要恰到好处。唱歌时身体的姿势,对于正确的发声有很大的作用。唱歌的时候,幼儿可以坐着,身体要正直而自在,头略微抬起,两手放在膝上,手臂靠近身体。熟悉的歌曲可以站着唱。

通常,教养员要依照幼儿身材的高低来安排他们的座位:身材低的幼儿坐在前排,身材高的幼儿坐在后排。这样的坐法,可使幼儿都看得见教养员。还有一种坐法:使不会唱歌的幼儿、不够用心的幼儿、声域很小的幼儿坐在接近教养员的地方。

大班幼儿已经学会自觉地用轻松而自然的声音唱歌的技巧。进幼儿园已有两年的大班幼儿的正常声域是 d^1—c^2。教养员应该在一年的过程中发展并巩固幼儿在这范围内的嗓音。幼儿常常用开口音唱歌。这时候教养员须自己示范,教他们应该怎样唱。

《幼儿园教养员工作指南》中指定的悠扬的歌曲,对于舒展的歌声的发达具有很大的作用;教养员的带有说明的良好示范,以及不用歌词而用“嘟”“啦”等字音唱旋律的方法,对于舒展的歌声的发达也有很大的作用。用活泼生动的速度作成的歌曲,可以发展轻松的声音,例如《冬天的歌》(克拉谢夫作曲)便是。不用歌词而用“啦”字唱这些歌曲的旋律,对于发出轻松的声音很有帮助。

要使幼儿能够正确而清楚地唱出歌词中的字音,必须使他们充分理解歌词的内容。富于理解地演唱歌词,可以增加唱歌的表现力。使幼儿常常听到教养员的清楚、明了而富有表现力的语言发音,是很重要的事。

在每一次作业中,教养员要个别地检查几个幼儿,看他们的旋律唱得如何,歌词发音如何。幼儿的歌词发音倘有缺点,教养员必须立刻予以矫正。

在大班里,为了改善幼儿的咬字,可以在教歌的过程中选出某些歌词,叫幼儿集体地依照歌曲的节奏轻轻地念出来,务使每一个字发音都很清楚而富有表情。快速度的歌曲,宜于应用这种集体念歌词的方法。

必须教幼儿能够正确地运用呼吸。像学校里那种专门的呼吸练习,大班幼儿是不需要的。教养员要经常在自己唱歌的时候正确地在两乐句之间运用呼吸,并且注意幼儿,使他们和他一起在两乐句之间换气,不可让他们在一个词中间换气。到学年终了的时候,必须使幼儿习惯于在开始唱歌之前从容而无声地吸气,不可使肩膀耸起来。由成人把呼吸的方法做给幼儿看,能起决定性的作用。悠扬的歌曲可以培养幼儿唱歌时正确地运用呼吸的技能。

在大班里,教养员必须教幼儿充分注意音调的纯正,即正确的旋律表达。教养员自己的良好的歌曲演唱,对于发展音调的纯正及其他的唱歌技能,都有重大的作用。应该使幼儿多听教养员的优良的唱歌表演,这可以发展他们的音乐听觉。如果幼儿在歌曲中有个别地方唱不好,应该不用钢琴伴奏把这些地方唱给他们听,或者叫他们先仔细听一遍,然后和他们一起唱。

为了发展音调的纯正,还有一个方法也很重要,即在音乐作业中不仅教幼儿随着音乐伴奏唱歌,而且教他们作无伴奏的唱歌。这时候幼儿可以更清楚地听到歌曲的演唱,可以感觉到自己更加独立。

像在中班里一样,对于歌曲旋律唱得不正确的幼儿需要进行个别教学。但在作业中要让这些幼儿参加集体唱歌。

在大班里,教养员要教幼儿同时整齐地开始唱歌和结束唱歌。幼儿们必须学会在教养员弹完歌曲的前奏而挥一挥手或点一点头的时候准确地开始唱歌。如果歌曲是没有前奏的,应该在歌曲开始之前在钢琴上弹奏歌曲的开头部分、正歌部分或副歌部分,让幼儿知道应该用什么音来开始,并且使他们能够及时地开始唱。

大班幼儿已经能够掌握基本的唱歌技巧,所以他们能够比中班幼儿更富有表情地表达歌曲。

为了使幼儿更富有表情地演唱歌曲,教养员要像在中班一样对幼儿叙述歌曲的内容和音乐的性质,并且要自己演唱这歌曲。歌曲中的细微差别必须使幼儿能富有理解地表达出,必须根据歌词意义和音乐内容而表达出。

为了保护幼儿的嗓子,为了培养幼儿唱歌的良好的发声,并且巩固唱歌技巧,教养员必须注意:使幼儿在日常生活中不高声讲话,天气潮湿而寒冷的时候不在室外唱歌。

教养员应该不仅注意歌曲的数量,还要注意歌曲表演的质量,并且要使全体幼儿都学会教过的歌曲。一年之内,大班幼儿应该学会“指南”中指定的十个歌曲。除集体唱歌之外,每个幼儿都应该能够个别地唱若干首简易的歌曲。

音乐欣赏

小班里和中班里的音乐欣赏,可以培养幼儿对各种性质和各种内容的音乐的爱好。到大班里,教养员要扩充幼儿的音乐印象的范围,培养他们的积极的感情和注意力,以及专心一志的能力,发展他们的艺术趣味。

大班幼儿已经能够欣赏并理解内容比中班更复杂的歌曲和乐曲。

欣赏歌曲和乐曲之前,教养员要使幼儿注意将要演奏的作品,使他们对它发生兴趣。欣赏音乐作品之前作简短的介绍性谈话,或读些诗篇,可以帮助幼儿更好地理解并体会音乐的内容。

在教养员作了简短而富有表情的谈话之后,富有艺术性地表演音乐之后,幼儿便会用心地欣赏音乐,体味音乐。这情况甚至从幼儿的外表态度上也看得出来。

在大班里,为了培养对音乐的正确态度,巩固并确定对音乐的理解,又为了使幼儿对表演的作品发生兴趣,可给幼儿提出某些任务,例如要他们确定音乐的性质,要他们指出这音乐是否处处都相同,什么地方有变化,什么地方重复,等等。

教养员使幼儿对音乐作品发生了兴趣,就可吸引他们的注意力,然后表演这作品。教养员表演音乐作品时的质量,在幼儿的音乐感受中是很重要的因素。优良而富有情绪地、正确地传达作曲家意图的表演,会给幼儿以鲜明的印象,他们就会开始爱好这音乐。马马虎虎、漫不经心地表演音乐作品,会给幼儿以不良的印象,就不能引起幼儿的兴趣,并且不能进而引起他们对音乐的爱好,只会养成他们一种恶劣的趣味。

教养员能拿内容和性质都不同的音乐作品来互相比较,是有益的事。例如拿进行曲来和舞曲比较(指出声音的快慢和强弱),或者拿徐缓的音乐来和舞曲比较(指出声音的快慢和高低)。举实例来说:幼儿听过《摇篮曲》(李姆斯基-柯萨科夫作曲)和《骑兵曲》(卡巴列夫斯基作曲)之后,教养员问他们这两个作品有什么不同,他们就回答说:第一个作品的音乐是安闲的,幽静的,第二个作品的音乐是响亮的,快速的,“好像跑马”。

让幼儿欣赏具有歌曲性质的器乐作品(例如《摇篮曲》),可以帮助他们把歌曲唱得更加优美而徐缓。因此,有系统地欣赏这一类音乐作品,对于养成纯正和徐缓的歌声是很有益的。

在大班里,像在前两班里一样,也必须系统地复习以前学过的乐曲和歌曲。

音乐游戏和舞蹈

有系统地领导幼儿做音乐游戏、轮舞和舞蹈,幼儿的音乐技巧和动作技能的范围就会扩大起来。

他们能够更加有意识地、正确地领会含有性质相对比的各部分的音乐作品,能够更加明显地把它们表现在动作中。幼儿的动作更加一致,更加自然而富有表情了。

在大班里,要教幼儿做《指南》中指定的音乐游戏和舞蹈。在每一种游戏或舞蹈中,教养员要把音乐技巧和动作同时教给幼儿。

动作的性质随着音乐性质的不同而变化。例如在幽静的音乐声中轻轻地跨步,在响亮的音乐声中用力地跨步;又如走步渐渐地快起来,变成跑步;或渐渐地慢起来,回复到走步;又如普通地跑步、断断续续地跑步等等。

在游戏中,幼儿可以模仿劳动过程中的各种动作,可以表达某种动物的特殊动作等。

在大班里,像在中班里一样,音乐游戏在教儿童跟着音乐伴奏做动作这训练中也占有主要的地位。

做游戏之前,必须先使幼儿听游戏中所奏的音乐,必须先把游戏的内容讲给他们听。大班幼儿已经积累了若干印象,他们的想像力较为发达,因此教他们做游戏的时候,不一定要先把动作做给他们看。教养员对幼儿讲述了游戏的内容,作了各种指示和说明之后,就可以帮助他们在游戏中表演出适当的形象。在听配合游戏的音乐之前,教养员要叫幼儿注意音乐的性质,注意和游戏的内容相关联的、音乐声的强弱和快慢。如果幼儿没有充分认识游戏中的形象,或者把它表达得不正确,动作做得不正确,教养员可再把音乐富有表情地演奏一次,叫幼儿注意音乐的性质,注意音乐的细微表情,教养员自己要把动作表演一次,或者叫动作表演得最好而最富有表情的幼儿来表演一次。游戏必须有系统地重复表演。每重复表演游戏一次,幼儿就能更进一步地了解音乐的内容和游戏中的形象。

在大班的舞蹈中,音乐和动作都更加复杂了。教幼儿舞蹈之前,必须先把舞蹈表演给他们看,可以由教养员和音乐指导员来表演,也可以由教养员和某一个幼儿来表演(这幼儿是教养员预先教好的)。示范表演之后,教养员要叫幼儿听着音乐,然后就开始教全体幼儿学习舞蹈。

也可以不从舞蹈的示范表演开始,而先让幼儿听一听音乐,使他们确定音乐的性质(流畅的,愉快的)和音乐的不同的部分,然后讲述或演示:在音乐的每一部分中要表演怎样的动作。如果在舞蹈中有幼儿不熟悉的动作,可以把这些动作提出来预先教他们练习。教简单的舞蹈时,可把所有的姿势一次教给幼儿;教比较复杂的舞蹈时,要在教练过程中把各种姿势逐渐教给他们。除了有一定的动作的舞蹈之外,还可以教幼儿另一种舞蹈,即利用熟悉的动作来表演的舞蹈。在这种舞蹈中,幼儿可以自由地选择动作,轮流地变换动作,这种舞蹈是幼儿最喜欢的。靠这种舞蹈的帮助,可以看出幼儿的主动精神,可以观察幼儿在音乐方面的发展和动作的改善。像中班里一样,表演这种舞蹈的时候,必须注意:使幼儿的动作合于音乐的性质和音乐作品的形式。舞蹈和游戏一样,也必须系统地重复表演。

在大班里教游戏和舞蹈的时候,有时教养员可以仅用言语的指示而不作示范表演。要让幼儿在表演中更加独立,要提高对表演质量的要求。

教授《指南》中指定的歌曲、乐曲、游戏和舞蹈的顺序大致如下:

<table>
<tr><th rowspan="2">月份</th><th rowspan="2">歌曲</th><th rowspan="2">音乐欣赏</th><th colspan="2">游戏和舞蹈</th></tr>
<tr><th>在教养员和幼儿的歌声中进行</th><th>在器乐声中进行</th></tr>
<tr><td>九　月
十　月
十一月</td><td>《秋天》
《游行》</td><td>《收获》
《克里姆林的钟》
《摇篮曲》</td><td>“山上有一株红莓花”</td><td>“邀舞”
“篱笆”游戏</td></tr>
<tr><td>十二月
一　月
二　月</td><td>《冬天的歌》
《小枞树》
《小猫咪》</td><td>《洋娃娃生病》
《新洋娃娃》
《列宁之歌》
《儿童波尔卡舞曲》</td><td>“小兔子”
“在薄冰上”
“蒲公英”</td><td>“找手帕”游戏
“不要迟到”游戏</td></tr>
<tr><td>三　月
四　月
五　月</td><td>《田野里有一株小白桦》
《春天的歌》
《感谢祖国》</td><td>《卡玛林舞曲》
《骑兵曲》
《群鸟歌舞》
《鸟的家》</td><td>“仙鹤”
“啊,我起得早”</td><td>波尔卡舞
俄罗斯舞蹈</td></tr>
<tr><td rowspan="2">六　月
七　月
八　月</td><td>《小树》
《散步》</td><td>《云雀》
《我的小花园里》</td><td>“好黑土”
“我们的小女伴们”</td><td></td></tr>
<tr><td colspan="4">复　习　学　过　的　教　材</td></tr>
</table>

附　录

小班音乐作业的教案和记录

一九五三年十月二十四日的作业	记　录
在进行曲音乐声中步行；在安闲的音乐声中坐下"休息"(重复一次)。	音乐停止时福发和阿拉不停步。我叫阿拉再听音乐，在音乐声停止的时候停步。阿拉重做一遍，很好。
欣赏《冬天》这歌曲(卡拉肖娃作曲；第一次)；在演唱歌曲之前简短地讲述歌曲的内容。	教养员 E. C. 唱这歌唱得很好。幼儿要求她再唱一遍。E. C. 就再唱一遍。
不唱歌词，叫幼儿根据旋律辨认《皮球》这歌曲(克拉谢夫作曲)。把《皮球》这歌曲唱一遍。个别检查维嘉和萨莎唱得怎样。	两个幼儿都辨认出这歌曲。维嘉没有把旋律的第二部分唱得完全正确。萨莎张嘴的姿势还不好。
复习"麻雀和汽车"的游戏。注意幼儿，务使他们在音乐停止的时候结束动作。	扮"麻雀"的幼儿很能够听出音乐的停止，并且能够在音乐变更的时候"飞回"自己的"窝"里去(不须教养员提醒)。
第一次由教养员扮汽车，第二次	幼儿们对这游戏很满意。

由幼儿们扮汽车。

幼儿在安闲的进行曲(杰舍伏夫作曲)声中走出去。

全部作业历时十五分钟(唱歌和听音乐十分钟,动作五分钟)。

一九五三年十月二十七日的作业

在音乐的第一部分(轻声的部分)中跑步,第二部分(响的部分)中踏脚(重复)。检查伊拉、玛尼亚、奥列格、华里亚。

欣赏《冬天》这歌曲。

复习《小公鸡》这歌曲。叫奥里亚和齐娜唱;检查她们张嘴的姿势。

和幼儿们复习“冬天的舞蹈”(起初教养员示范表演动作,后来不示范表演动作)。

幼儿在安闲的进行曲声中走出去。

幼儿都很能够辨别音乐中的变化。伊拉、玛尼亚和奥列格不能立刻按照着音乐的性质来变换动作。华里亚没有到。这练习重复进行了三次。

E. C. 把这歌曲唱两遍。幼儿要求E. C. 再唱一遍。E. C. 就按照他们的要求又唱一遍。

幼儿大家一同唱。齐娜唱“喔喔喔”声音很高,张嘴的姿势也很好。奥里亚唱这调子嫌高;为她把调子弹得低些。福发要求让他一个人唱这歌。

教养员示范表演动作时幼儿的动作做得很好;第二次演习时教养员不示范;许多幼儿动作太慢,大家不一致。最后一节(“雪花飞舞落地上”)重复做了两次。幼儿都很喜欢这游戏。

全部作业历时十四分钟(唱歌和听音乐八分钟,动作六分钟)。

中班音乐作业的教案和记录

一九五二年九月三日的作业	记　录
走步,跑步,音乐结束时停步(行进和跑步,用查捷普林斯基作的乐曲)。	3. A.(音乐指导员)叫新来的幼儿坐着看其余的幼儿怎样做。全体幼儿都很能够辨别音乐,并且在音乐结束时停步。这练习重复进行了三次。
依照幼儿的愿望复习歌曲。	3. A.叫幼儿们想想看,他们喜欢唱什么歌曲。她在全班幼儿中间巡回一下,知道了什么歌曲是每个幼儿所喜欢唱的,就弹奏歌曲《小红旗》(蒂里切耶娃作曲),然后问幼儿们谁愿意唱这歌曲。十个幼儿举手。3. A.把这歌曲再弹一遍,先问波里亚,然后问全班幼儿:这是什么歌曲?他们什么时候唱过这歌曲?波里亚和别的幼儿们回答得都不错:“夏天过节日的时候唱过。”幼儿唱这歌曲唱得十分整齐。新来的幼儿都用心听,后来他们自己也要求参加唱歌。作业终了的时候,全体幼儿都很好地唱了一遍关于母牛的歌曲。
欣赏李姆斯基-柯萨科夫为“兔子和熊”“小兔子”这两个游戏作的音乐,	奏出乐曲《熊》的最初几个音的时候,幼儿们就认出它。所有的幼儿(包

以及列比科夫作的《熊》(第一次)。

括新来的)都举手,要求音乐指导员叫他们讲话。3. A. 问新来的伊拉。这女孩子不回答。3. A. 向她说明:要认出这音乐,方才可以举手。然后演奏乐曲《小兔子》。所有的幼儿都正确地说出关于熊的音乐的名称。3. A. 依照幼儿们的要求,把乐曲《熊》再奏一遍。

根据教养员的示范表演,作圆形舞蹈。

在安闲的进行曲声中走出去。

作业结束时,根据教养员的示范表演作了圆形舞蹈。舞蹈之后,幼儿们依照通常的秩序在音乐声中走出大厅。

走步和有停顿的跑步历时四分钟,唱歌九分钟,听音乐三分钟,舞蹈四分钟,全部作业历时二十分钟。

一九五二年九月六日的作业

走步,跑步,音乐结束的时候停步。

复习《火车》这歌曲(梅特洛夫作曲)。听托尼亚、华尼亚和柯里亚唱这歌曲唱得怎样。依照幼儿们的愿望复习一个歌曲。

新来的幼儿们还不会在音乐结束的时候停步。

3. A. 起初依照幼儿们的愿望演奏了《冬天》这歌曲(幼儿称这歌曲为“华尼亚的歌”)。3. A. 矫正了他们,他们就把这歌曲的正确名称又说一遍。全班幼儿唱这歌曲,各排儿童轮流地唱这歌曲。然后 3. A. 叫幼儿辨认她弹奏的是什么歌曲。幼儿们正确地说出《火车》这名称。把这歌曲唱两遍。托做“兔子和熊”的游戏。听这游戏所配的音乐(第二次),说明游戏,进行游戏(第一次)。

尼亚、华尼亚和柯里亚都唱得很好。

3. A. 起初演奏乐曲《熊》,然后演奏《小兔子》。幼儿们都认识这两个乐曲。指定维嘉扮演“熊”。幼儿们对这游戏很感兴趣,游戏进行了三遍。满意地结束了作业,退出大厅。

走步和有停顿的跑步历时三分钟,唱歌和听音乐十一分钟,游戏六分钟。全部作业历时二十分钟。

教中班幼儿练唱歌曲《鹅》

一九五二年九月十六日的作业	记　录
欣赏民歌《鹅》(第一次),由 Л. A.(音乐指导员)和 M. B.(教养员)演唱。	M. B. 唱《鹅》的歌词,Л. A. 唱儿童的歌词。唱的时候幼儿都微笑,唱完以后,幼儿要求再唱一遍。幼儿欣赏音乐三分钟。
一九五二年九月十八日的作业	
欣赏歌曲《鹅》(第二次),由 Л. A. 和 M. B. 演唱。检查幼儿是否理解这歌曲的内容。	Л. A. 和 M. B. 一起把这歌曲唱一遍。为了检查幼儿是否理解这歌曲的内容,Л. A. 问幼儿:“鹅看见什么?狼拖着什么?小朋友们对狼说什么?”经过简短的谈话之后,Л. A. 和 M. B. 把这歌曲重复演唱一次。有几个幼儿试着跟 M. B. 唱。幼儿欣赏音乐五分钟。

一九五二年九月二十三日的作业	
欣赏歌曲“鹅”,叫愿意唱的幼儿参加唱副歌。	Л. А. 叫记得这歌曲的幼儿和 М. В. 一起唱。一部分幼儿站起来和 М. В. 一起唱《鹅》的歌词。幼儿们听这歌曲和跟着唱共计六分钟。
一九五二年九月二十六日的作业	
欣赏歌曲《鹅》,叫愿意唱的幼儿参加唱正歌。	Л. А. 在这次作业中叫愿意唱的幼儿来唱正歌。全体幼儿都举手。第一次叫坐在第二排的幼儿们唱,第二次叫坐在第一排的幼儿们唱。幼儿们都唱得很好。唱歌历时五分钟。
一九五二年九月三十日的作业	这次作业中不唱歌曲《鹅》。
一九五二年十月二日的作业	
复习歌曲《鹅》,起初全班一起唱,后来分组唱。	起初全班幼儿一起唱这歌,后来分两组轮流唱。幼儿还没有牢固地记住歌词,必须提示他们。轮流扮演角色,唱了两遍。唱歌历时四分钟。
一九五二年十月七日的作业	这次作业中不唱歌曲《鹅》。

一九五二年十月九日的作业	
复习歌曲《鹅》。起初念歌词,后来唱歌;叫愿意唱的幼儿一个人演唱。	复习歌词之后,幼儿就唱歌。Л. A. 叫愿意唱的幼儿一个人唱:唱"儿童"的部分又唱"鹅"的部分。许多幼儿举手。华里亚(一个怕羞的女孩子)没有举手。Л. A. 叫她和塔尼亚两人一同唱"儿童"的部分。唱得很好。许多幼儿希望个别唱。Л. A. 允许他们在下一次作业中唱。
一九五二年十月十四日的作业	这次作业中不唱歌曲"鹅"。
一九五二年十月十六日的作业	
复习歌曲《鹅》。检查塔尼亚和玛尼亚对歌词理解得怎样。叫米嘉和奥里亚个别演唱。分组演唱。	起初 Л. A. 检查塔尼亚和玛尼亚对歌词理解得怎样。然后幼儿们分组唱:一组唱"鹅"的部分,另一组唱"儿童"的部分。后来米嘉、维嘉、奥里亚和卡嘉个别唱,都唱得很好。

幼儿唱这歌曲的日子是:九月十六日、十八日、二十三日、二十六日(三十日不唱),十月二日(七日不唱)、九日(十四日不唱)、十六日。

由于音乐指导员和教养员的良好的示范演唱,又由于幼儿逐渐地参加全体演唱,所以在第七次作业中幼儿终于学会了这歌曲。以后复习时可让幼儿齐唱,或者为了个别检查而叫个别的几个幼儿唱,每人唱一节歌词。

大班音乐作业的教案和记录

一九五三年三月十七日的作业	记　录
检查幼儿的波尔卡舞的步法。对彼嘉和奥里亚作个别检查。	某些幼儿在波尔卡舞中跨步的时候,膝抬得太高,尤其是彼嘉。A. H.(教养员)给他们矫正,自己示范给他们看,在波尔卡舞中应该怎样正确地跨步。奥里亚、维拉和丽达表演这动作十分成功。
唱乌克兰民歌《春天的歌》(重复一次)。叫幼儿跟着唱最后一段歌词。	叫幼儿跟着唱每一节的最后一段歌词,大大地引起幼儿的注意。幼儿都唱得很正确。
复习俄罗斯民歌《小望楼》。注意"小望楼"这个名字的正确发音,注意扮走兽的幼儿唱歌时的表情。	柯里亚唱《熊》的歌词时,用很紧张的声音唱。经过指示之后,他就用自然的声音唱了。
欣赏舒柏特为游戏"不要迟到"作的音乐。确定这音乐的各个部分及其性质。	幼儿参加讨论他们听过的音乐。所有的幼儿都辨认出音乐中的变化。
做"小望楼"的游戏(复习)。	游戏做得很生动。幼儿扮走兽唱歌唱得很好。
一九五三年三月二十日的作业	
在舒柏特的《爱柯谢兹》第一部分的音乐声中踮起脚尖轻快地跑步,在	幼儿依照节奏形式而拍手,拍得完全正确。但音乐第一部分之后的停

音乐结束的时候停步。	步表演得不够精确。
依照《爱柯谢兹》第二部分音乐的节奏形式而拍手。	
教唱《春天的歌》。注意音调的纯正。依照幼儿的愿望复习一个歌曲。	柯里亚和福发唱《春天的歌》唱得不够纯正。依照大多数幼儿的要求,演唱了俄罗斯民歌《老鸦》。
欣赏卡巴列夫斯基的音乐《骑兵曲》(重复一次)。问幼儿,这音乐中的声音,强弱是否一样?什么地方声音强起来,什么地方声音弱起来?	幼儿用心听音乐。华里亚和福发用两手和身体表示节奏动作,仿佛骑在马上快跑的样子。萨莎很好地回答了问题,说明什么地方声音很响,什么地方声音较轻。
做“不要迟到”的游戏。	幼儿极感兴趣地做这游戏。重复做了三次。幼儿要求再做。差不多所有的幼儿都能很好地一对一对排列起来。A. H.(教养员)帮助幼儿,告诉他们怎样排队,怎样做各种姿势。

本书人名曲名华俄对照表

《山上有一株红莓花》　На горе-то калина

《小公鸡》　Петушок

《小红旗》　Флажки

《小兔子》　Заинъка

《小鸟》　Птичка

《小猫咪》　Котенька-коток

《小望楼》　Теремок

《小树》　Деревда

《小枞树》　Ёлочка

《大寒公公》　Дед-Мороз

《牛》　Корова

《五月节》　Праздник Мая

巴洛夫　Е. Парлов

《火车》　Поезд

《冬天》　Зима

《冬天的歌》　Зимняя песенка

卡巴列夫斯基　Д. Кабалевский

卡拉肖娃　В. Карасёва

《卡玛林舞曲》　Камаринская

《皮球》 Мяч

《仙鹤》 Журавелъ

《田野里有一株小白桦》 Во поле берёзка

《加里亚在花园里走》 Галя по садочку ходила

《母猫》 Кошка

《母鸭》 Уточка

《母鸡》 Курочка

《收获》 Урожай

列比科夫 В. Ребиков

《列宁之歌》 Песня о Ленине

《好黑土》 Земелюшка-чернозём

《行军进行曲》 Походный марш

《在薄冰上》 Как на тоненький ледск

《老鸦》 Ворон

《汽车》 Автомобили

李姆斯基-柯萨科夫 Н. Римский Корсаков

《我的小花园里》 У мпня ль во садочке

《我们的小女伴们》[1] Как пошли наши лодружки

克拉谢夫 М. Красев

《克里姆林宫的钟》 Часы Кремля

《别墅》 На даче

《波尔卡舞曲》 Полька

《拍拍手》 Ладущки

---

[1] 本卷收录的《小学音乐教学法》中译作《我们亲爱的小女伴们》。——编者注

《秋天》 Осень

《春天的歌》 Веснянка

柳巴尔斯基 Н. Любарский

《红场检阅》 Парад на Красной площади

《洋娃娃生病》 Болезнъ куклы

查捷普林斯基 С. Затеплинский

《飞机》 Самолёт

柴科夫斯基 П. Чайковский

班尼科娃 Л. Баникова

《啊,我起得早》 Ой,вставала я ранёшенько

《鸟的家》 Птичий дом

《麻雀》 Воробушки

《雪娘》 Снегурочка

梅特洛夫 Н. Метлов

《华尼亚走路》 Ходит Ваня

《散步》 На прогулке

《云雀》 Жаворонок

舒柏特 Ф. Шуберт

杰舍伏夫 С. Дешевов

劳赫维格尔 М. Раухвергер

《节日》 Праздник

《群鸟歌舞》 Песня и пляска птиц

爱柯谢兹 Зкосез

蒂里切耶娃 Е. Тиличеева

《新洋娃娃》 Новая кукла

《感谢祖国》 Спасибо скаҗем Родино

奥斯特罗夫斯基 А. Островский

维特林 В. Витлин

《谁是好孩子》 Кто у нас хороший

《猫儿华西卡》 Васька-кот

《骑兵曲》 Кавалерийская

《游行》 Парад

《鹅》 Гуси

《萨丹王的故事》 Сказка о паре Салтане

《蓝橇车》 Голубые санки

小学音乐教学法

[苏联]鲁美尔　洛克申　格罗静斯卡雅　班季娜　著
丰子恺　杨民望　译

著者的话

艺术教育,尤其是音乐教育,在教学的整个体系中,在儿童共产主义教育的整个体系中,都占有很大的地位。

民间音乐创作和集体表演,在我国具有久远的传统。合唱在过去和现在都是我国人民最喜爱的艺术形式。在普通学校的音乐教育体系中,合唱[1]也占有主要的地位。

合唱是积极参加音乐艺术时最容易做到的一种形式。

小学合唱教学的主要任务,是教会儿童正确地、清楚地、富有表情而和谐地唱歌。要完成这任务,必须培养他们的唱歌能力和技巧,同时还须教他们乐理。

在教唱歌的时候,可以发展儿童的音乐才能,即听觉、嗓音、节奏感;扩大儿童的眼界;培养儿童的艺术趣味。

学生在四年的唱歌教学中,学会了最低限度的音乐知识和音乐技巧,获得了对唱歌和音乐的兴趣,这便使他们在升入更高的年级时已经具有相当的修养,可以加入学校的合唱队和乐队,参加少先队组织的合唱。

然而小学唱歌教学的任务,并不局限于教会儿童唱歌。在唱歌教学

---

〔1〕 在苏联,“合唱”是兼指齐唱的。——译者注

的过程中,还实现着重要的一般教育任务:歌曲帮助培养对祖国和人民的热爱;在歌曲中赞颂祖国自然界的美、友谊和同志关系;歌曲唤起对压迫者和侵略者的愤怒、对保卫人民和平自由的战士的敬爱。优良的歌曲能帮助儿童集体的团结。

伟大的俄罗斯教育家乌申斯基曾经说过:"合唱,这是力量多么强大的一种教育手段!它多么善于使疲劳的儿童振作起来,能够多么迅速地把一班儿童组织起来!……在歌曲中,特别是在合唱歌曲中,大都不但具有一种使人精神振奋、生气蓬勃的要素,并且具有组织劳动、使歌唱者同心协力地工作的一种作用……歌曲能把若干种单独的情感融合为一种有力的情感,能把若干颗心融合为一颗感情强盛的心……此外,在歌曲中还有一种培养精神——特别是培养情感——的力量。"〔1〕

每一位教师都应该记住这位伟大俄罗斯教育家的这几句话。

由此可知,教师教儿童唱歌和给自己提出专门的音乐任务的时候,切不可忘记重大的教育任务——首先是思想教育的任务。

在小学里,教唱歌的不是音乐家,而大部分是低年级的教师。所以,帮助没有专门音乐修养的教师,供给他关于教学法的各种建议,向他提示经过实地试验的几种方法,——这便是本书的任务。

本书中所研究的音乐教学工作的各种形式——"合唱""乐理""音乐欣赏"——在学校教学中虽然并不是分离的,但在我们这册参考书中,为了叙述方便起见,把它们分为各别的若干章来研究。

"小学唱歌课"和"乐理"两章是鲁美尔写的,"合唱"一章是洛克申写

---

〔1〕 见乌申斯基著《瑞士教育纪游》,第四信,作品选集第二册,一九四六年教育科学院出版社版,第一〇八至一〇九页。

的,“音乐欣赏”一章是格罗静斯卡雅写的,“课外音乐活动”一章是班季娜写的。

本书后面有附录若干篇,其中所收的材料,与其说是一般教学法的,毋宁说是极端实用性质的。(个别课堂教学的计划是班季娜写的,关于唱歌教学工作和合唱团活动的计划和考查的几节是鲁美尔写的。)附录中还有奥罗娃的《关于儿童发声器官构造的若干知识》和波诺马尔科夫的论文《对音乐听觉不发达的儿童进行合唱教学》。

目 录

第一章 小学唱歌课…………………………………… 369
第二章 合 唱……………………………………………… 378
歌曲教材……………………………………………… 379
保护儿童的嗓子的问题……………………………… 383
必备的声乐合唱技巧………………………………… 385
唱歌的姿势…………………………………………… 386
呼吸…………………………………………………… 390
发声法………………………………………………… 397
语音…………………………………………………… 405
音调和音准…………………………………………… 408
融和…………………………………………………… 414
指挥合唱的一些技巧………………………………… 419
怎样练唱歌曲………………………………………… 422
各年级的合唱………………………………………… 429
第三章 乐 理……………………………………………… 438
一年级的乐理………………………………………… 439
二年级的乐理………………………………………… 448
三年级的乐理………………………………………… 458

四年级的乐理……………………………………………… 463
第四章　音乐欣赏…………………………………………… 466
第五章　课外音乐活动………………………………………… 477
初级合唱团……………………………………………… 480
高级合唱团……………………………………………… 481
学校节日及其音乐表演…………………………………… 495
合唱团参加学校社会生活………………………………… 499
合唱团的演出…………………………………………… 500
附录………………………………………………………… 503
关于儿童发声器官构造的若干知识……………………… 503
第一堂唱歌课(一年级)…………………………………… 505
二年级的唱歌课………………………………………… 509
三年级的唱歌课………………………………………… 514
四年级的唱歌课………………………………………… 522
唱歌教学的计划和考查…………………………………… 527
合唱团活动的计划和考查………………………………… 532
对音乐听觉不发达的儿童进行合唱教学………………… 534
小学唱歌教师用教学法参考书目录……………………… 544
歌曲附录…………………………………………………… 546
本书人名华俄对照表……………………………………… 553
本书曲名华俄对照表……………………………………… 557

第一章　小学唱歌课

小学的唱歌课是由儿童欣赏音乐(由教师演唱或弹奏)、儿童自己唱歌和获得音乐知识这三个部分组成的。

唱歌课的这三个组成部分,在教学过程中是互相联系着的。儿童听到一首歌曲,就在那时候开始学习这首歌曲;儿童在自己唱歌和欣赏的基础上获得音乐的知识;而在已经获得的音乐知识的基础上,儿童看着乐谱而唱歌。唱歌课和别的课——例如和语文课——在本质上的差异就在于此。例如,在语文课中,阅读、习作和书法,都可以分别授课。但是在唱歌课中,却不可能把音乐欣赏、乐理等课完全划分开来。

音乐课的钟点一般都很少——每星期只上一次课。从一课到下一课,相隔一个星期,有许多东西儿童已经忘记了。因此必须在每一课中巩固学生的唱歌技巧、欣赏技巧和音乐知识。这一点在一年级中更具有特别重要的意义,因为一年级的儿童很难掌握和他们入学有关的各种各样的新印象。

在没有专业音乐教师而只由低年级教师担任教唱的学校里,最好(为了改变一下学生的注意点)在其他需要紧张智力活动的课上唱一两首歌。在这时候唱歌是一种很好的间歇。乌申斯基早已说过,儿童们在课堂上唱过一首歌曲之后,便像"雨后的花朵"一般活跃起来了。在唱歌本身说来这也是非常有益的,因为这种额外的唱歌使儿童重新记起了他们所学会的歌曲,这便帮助他们更巩固地记住它们。

唱歌教学的过程,是根据苏维埃教学论的原则和苏维埃艺术的主导原则而编排的。

教育性的教学原则在唱歌教学中具有非常巨大的意义。在四年的教学期间,儿童学会了不止四十首歌曲。所有这些艺术教材,都是考虑到思想教育的任务而选定的。在教学大纲中,包含有关于祖国、领袖、争取和平的斗争、大自然、俄罗斯人民的英勇的过去,以及苏维埃儿童的幸福的童年的歌曲。这些歌曲的教育意义是很显著的。但是并不是所有的歌曲都能一下子就"打进"儿童的心坎里去,并不是每一首歌曲都能引起儿童的兴趣,而使他们乐意练习它。有些歌曲能够立刻引起儿童注意,使他们向往,例如斯塔罗卡多姆斯基的《航空之歌》或布戈斯拉夫斯基的《边防军人之歌》便是。

但是也有这样的歌曲(例如某些古老的民歌),它们的内容对儿童们是不很亲切的。我们必须设法使这些歌曲也能吸引儿童。现在我们用一首大家所熟悉的歌曲《田野里有一株小白桦》来作为例子。在城市里生长的儿童,并不是个个都充分发展着对大自然的美感,并不是个个都能鉴赏俄罗斯中部地区的朴质的自然界的美和魅力,以及枝叶繁茂的小白桦树的美。因此教师应当使儿童注意到:白桦树这一个形象是与关于我们祖国自然界的一些概念密切相关的。他可以问问儿童,在他们当中有谁认得白桦树,它是什么样子的(儿童们回答说"树皮是白的",也就是说,树干是白的,"有很多绿叶子","叶子密密的")。教师就拿出画着白桦树的图片给儿童们看。当然,在不同的学校里,各种不同的歌曲需要用各种辅助的方法来加深它们的教育作用。在课堂上谈话,或由教师展示相应的图画(例如大自然的景色,节日的游行等),都有助于吸引儿童注意歌曲的任务。

儿童充分了解的歌曲，他们学起来又好又快。从另一方面说，儿童唱得越好，对唱歌的技巧掌握得越精，他们就能越明朗地、越富有表情地、甚至可以说是越富有艺术性地演唱歌曲。像这种富有表情的演唱，又能帮助他们更深刻地了解并领会歌曲，而歌曲的思想教育意义也就借此而增强起来。由此可见，在教唱歌曲的过程中，教学和教育是密切地互相联系着的。忽略这两者中的某一方面，就会给教育工作的结果以不良的影响。例如，有些教师注意到教育这一方面，他就进行关于该首歌曲的谈话，并且应用辅助的说明材料，但是对于唱歌的质量却没有给予应有的注意。在这种情形之下，演唱永远不会是有表情的和有艺术性的。相反地，如果教师只求把歌曲唱得正确和准确，而不去注意歌曲的内容，那么这样的演唱有时候在技术上可能还不错，但这永远只是形式而已。

在唱歌教学的过程中，可以培养注意力、工作的毅力和坚忍不拔的精神。除此之外，合唱是一个集体教学的科目。它把参加合唱的人团结成为一个统一的整体。合唱的这种特殊性，是具有很大的教育意义的。克鲁普斯卡雅在她的《论艺术教育的任务》一文中写着："现代的教育的基本任务之一，就是教会儿童集体地工作和生活。"[1]接着，她又指出在共同唱一首亲切易解的歌曲和共同活动（游戏）或集体朗诵的过程中所产生的那种集体情绪的意义。她说："当儿童这样明显地表现出社会的天性，即渴望共同做所有的事情的时候，最重要的是去巩固他们（七至

〔1〕《初级学校中的艺术教育》论文集，教育工作者出版社版，莫斯科，一九二七年。

十二岁的儿童)的这种集体情绪。在这时候,艺术是能起非常大的作用的。”[1]

直观的原则在唱歌教学中具有特殊的意义。所谓直观教学,通常不但是指通过文字、故事或说明来使学生认识某一种事物或现象,而且还要使他们通过对这事物或现象(或它们的形象——照片、图片、模型等等)的直接感受去认识它们。

学生越是年幼,越是缺少生活经验,因此在教学过程中应用直观的原则也就越是重要。

在音乐教学中,必须把直观教学理解为:使学生认识音乐现象本身,并使他们通过在听觉上对音乐的感受来学习音乐。很可惜,我们教学生认识乐谱、音程和调式的时候,往往还不是以感受音乐为基础,而只是借助于口头的说明。然而听觉上的直观,却是形成对音乐的概念和观念的必然条件。除听觉上的直观之外,由于记谱的原故,视觉上的直观也很重要。

直观的示范——即由教师亲自正确地演唱歌曲——对唱歌技巧的掌握同样地也能起很大的作用。教师在教学生认识声音的某种特性时(如明朗而响亮的,或较饱满而黯淡的)所作的示范是特别重要的。为使儿童能正确地发出母音,最好不但是由教师自己唱出正确的母音,而且要给儿童看摄有正确发音的口形的照片。在这种情形之下,听觉上的直观就能与视觉上的直观相结合。当然,随着儿童自觉地掌握唱歌技巧的程度的进展,这种示范可以逐渐减少,因为有许多东西通过说明就可以解释清楚。但是在教学的最初阶段中,直观的示范是具有很大的意

[1] 《初级学校中的艺术教育》论文集。

义的。

自觉性的原则在苏维埃学校中是一个主导的原则。对歌曲的内容的理解，能帮助学生更好地掌握唱歌技巧，更好地、更有理解地、亦即更富有表情地演唱歌曲。能自觉地注意歌曲的结构、节奏的特性、旋律的进行和音程等等，都是极为重要的。熟悉记谱法能使练唱歌曲的过程更加容易而迅速，并能帮助学生自觉地改正唱错的地方。

自觉性在唱歌教学中也表现在掌握唱歌技巧这一方面。在这一方面，我们不能只满足于模仿。从教学的最初阶段开始，学生就应当懂得：为什么需要好的唱歌姿势，好的语音、正确的母音发音有什么意义；他们应当学会判别声音质量的好坏。

要能自觉地唱好歌曲，必须要有积极的注意力、积极的发音和对待所演唱的歌曲的积极的态度。这种积极性的原则是与自觉性的原则密切相关的。例如，教师并不把现成的初步识谱知识教给学生。这些知识是在学生自觉地欣赏和理解音乐的现象和对比的基础上才能获得的——学生从这些现象和对比中独立地作出结论，当然，这是在教师的领导之下作出的。

系统性、科学性和循序性等教学论原则，对唱歌教学都有关系，正如这些原则对其他各种科目的关系一样。此外，我们还要谈一谈考虑到年龄特征和个性特征的原则。

儿童的歌喉随着他们一般的成长而发展。音质和音域都起了变化，这种变化不但是由于他们的身体的成长而起的，而且也与他们在唱歌课上的学习有关，换言之，与他们的知识、技能和技巧的水平有关。

有些儿童在刚进学校的时候几乎不会唱歌，有些则只能唱准在极为狭小的音域中的几个音。因此，应当先以班上大多数儿童都能唱准的那几个音作为基础而开始进行唱歌教学,逐渐地再教唱音域较广的歌曲。

那些在唱歌方面落后于班上大多数人的水平的儿童,极需要我们给他们个别地补充作业。

但是不应当以为个别儿童落后,就拒绝对这些通常被称为"与音乐无缘的"儿童进行唱歌教学。正如实际经验所证明的和苏维埃心理学所断定的,能力是在活动中发展起来的。某些在一年级里似乎完全丧失听觉的、用假嗓子唱歌的儿童,有时候在唱歌教学的第一学年结束之前就已经得到了纠正。所有的儿童逐渐地都开始赶上了。剩下来无法赶上的只有一两个学生,而且是由于某种特殊的原因(如听觉器官损坏,鼻咽腔病态等)。

教学大纲中的歌曲教材的选择,是根据儿童在音乐与唱歌方面的正常发展而定的。但是,如果由于某种特殊的情况(例如,在低年级的班上没有唱歌课,儿童缺乏识谱方面的知识等),班上的水平还不合乎教学大纲的要求的话,教师应当根据班上的发展水平,主动地改订教学计划。

大多数到小学来的儿童对音乐的概念是怎样的呢?(我们且不谈进过幼儿园的儿童。)当然,儿童在家庭生活中就可以听到音乐。他们也从收音机里听到音乐广播。但是这些基本上都是给成人听的音乐,这种音乐对儿童的感受力说来,往往是复杂而难以理解的,儿童从这种音乐中得到的印象大都是偶然的,他们并不领会其中的情趣。

因此,在学校里应当有系统地向儿童介绍音乐——教师不但应当使儿童熟悉音乐,而且还应当亲自演唱(或弹奏)那些他将要让儿童熟悉的音乐作品。培养音乐的感受力,在音乐教学中具有首要的意义。因此在唱歌教学的过程中运用示范唱歌的方法能起巨大的作用。这就是教师演唱歌曲,并为学生指出一些唱歌的方法,等等。

但是除了示范之外,口头的说明也具有很大的意义。教师不仅在唱法上亲自示范,而且还要在自己的示范中加进一些口头的说明。

这种口头的说明可以放在唱歌过程中的各个部分(演唱的性质,音准,发声法)。但是对儿童所作的说明,应当在本质上有别于对成人所作的说明。在这种说明中,必须常常应用比喻和对照的方法,找儿童所熟悉的形象来作为例子。例如,教师为了使儿童感觉到深吸气,他就对儿童们说:“你们想象手里拿着一朵有香味的花,并且闻闻它。你们注意一下,当你们闻花香的时候是怎样吸气的。在唱歌的时候也应当像那样吸气。”

如果需要对儿童说明:在唱歌的时候不应当一下子就把所有的气全都呼出,而应当运用那种所谓“有节制的呼吸”,那么,可以应用学生自己想出来的一种成功的比喻。“呼气时要像用一根麦秆子吹肥皂泡那样,要小心地吹,以免把泡泡吹破,要微微地吹,这样气才够用。”

为了使儿童在开始唱歌之前能集中注意力,并在整个演唱过程中保持住它,教师可以对儿童讲述:例如,表演唱歌的人怎样准备着他们在电台上的演唱,电台里是如何寂静无声,所有的演唱者如何注视着指挥者,当广播员报告合唱队的演唱节目的时候,他们又是如何保持肃静,等等。

在这种情形之下,教师的话会使儿童们聚精会神而又负责任地演唱歌曲。

课堂上的谈话在管乐的感受方面是具有很大的意义的。

这类谈话也可以放在欣赏歌曲之前。这时候它的任务是:把儿童引入歌曲内容的境界,使儿童易于理解歌曲,并唤起儿童对歌曲的兴趣。

练唱古老的革命歌曲的时候,讲述有关这些歌曲创作的一些情况和这些歌曲在革命运动中所起的作用等的故事,是有很重大的意义的。例如,教师讲述:歌曲《同志们勇敢向前进》[1]的歌词,是著名的俄罗斯学者孟杰列耶夫的学生、人民的导师和革命家拉金在监牢里写成的。这首歌词的手稿传到了法国人瑞罗兄弟开设的一个工厂里。工人们就把这首歌词谱成曲子,这首歌曲在具有革命热情的工人、大学生和知识分子群中很广泛地流传开来。在示威游行中,在监牢里,在地下工作小组里,人们都唱起这首歌曲。根据老布尔什维克列彼申斯基同志的叙述,他曾亲眼看到列宁在革命党人小组中组织大家唱这首歌曲,并亲自指挥这首歌曲的合唱。

像这样简短的故事,一定会促使儿童注意欣赏歌曲,并为深入地理解歌曲准备条件。

我们在上面已讲到教师在欣赏歌曲之前所作的谈话,像这样的谈话并不是经常需要的。有些歌曲非常切近于儿童的生活,竟不需要这类专门的说明。

但是在示范唱歌之后,这类谈话却是必要的。这时候,谈话的性质已有些改变;这已经不是讲故事,而是一番关于听过的歌曲的谈话。如果歌词中有儿童不懂得的词或形象,那么在谈话中也可以提到歌词。在谈话中对歌曲的音乐分析应当特别加以注意(这些问题在以下有关的各章中将更详尽地阐述)。

在谈话中要结合歌曲的内容和特性而说明歌曲中所应用的表达方法。教师根据儿童所说的话,就可以判定儿童对这些方面究竟了解到什么程度。

教师应当充实自己的词汇,他对自己所说的关于音乐方面的话,必

---

[1] 这首歌曲抗日战争初期在我国就已很流行,原译名为《光明赞》。——译者注

须仔细加以考虑。然而教师不但应当不断地注意自己的说话,而且也应当注意学生所说的话。

我们如果考虑到教师的话的重要性,就不应当忘记,教师的说话是应当与对音乐的感受的过程密切地相联系起来的。教师的话或者放在欣赏之前,使儿童集中注意力和观察力,也就是使儿童的感受具有一定的目标;或者放在欣赏或演唱之后,借以帮助儿童去分析他们所感受的东西,帮助他们去理解他们所得到的音乐印象,并借此帮助儿童今后能更深刻和更清楚地去感受和领会音乐。

上述关于唱歌教学的一切原则,都要在唱歌课的教学过程中实行出来。

我们在上面已经说过:唱歌课的教学过程,是由音乐欣赏、唱歌和学得音乐知识(或巩固它们)这几个部分组成的。但是这些组成部分的地位和意义,在不同的课上可能不尽相同。例如,在开始学唱新歌的一课上,我们比较注意的是:通过倾听该首新歌曲而感受它,以及分析歌曲的内容、性质和表达方法。在继续学唱歌曲的一课上,主要的是注意养成唱歌技巧和有表情地演唱歌曲。而在儿童领会某一新概念的课上,唱歌课的所有的组成部分,都应当尽可能地去巩固这一新概念。

当然,每一课中的主要的和基本的任务——例如感受新的音乐教材,或学唱歌曲,即掌握唱歌技能,或领会新的音乐概念,等等——通常是占着首要地位的。这基本任务的提出,也就决定了唱歌课的基本形式。

除此之外,还必须使导入性的课(每一学年的第一课)和总结式的课有别于一般的课,并在总结课上总结半年来或一年来所进行的工作。

第二章　合　唱

合唱在学校中有着悠久而牢固的传统。在俄罗斯,合唱与阅读和书写法一样,自古以来就是一项教学科目。

在革命前的学校里,这一门学科的优点是在于:儿童唱得很多,而且获得了很多实用的技巧,特别是在多声部合唱和无伴奏合唱中。这些传统应该在苏维埃学校里得到更进一步的发展。

但是合唱教学在革命前的学校里基本上并不具有广泛的教育和教养的任务。它的主要使命就是为教堂服务。因此不论是合唱的内容或是合唱的性质,多半是非常狭窄有限的。

只有苏维埃学校才充分地重视儿童艺术教育(包括合唱在内)在整个教育和教养的体系中的意义。合唱教学成为学校教学的一个有机部分。在我们的学校里,合唱的任务是取决于苏维埃学校的共产主义教育的总任务的。只有苏维埃的学校才有条件广泛地介绍学生熟悉民间的和古典的合唱艺术的优秀范例。合唱教学所具有的可能性都充分地显示出来了。这些可能性实在是很巨大的。

学校中的合唱能帮助学生扩展音乐视野和提高音乐文化。它为人民的合唱文化打下基础,而且帮助这种文化在最后的整个提高。的确,在对所有的学生(即所有未来的苏维埃公民)进行正确的合唱教学的时候,我们可以培养他们对这种具有悠久的民族传统与民间传统的卓越的音乐演唱形式的爱好。

合唱能养成最可宝贵的集体习惯。责任心——个人对集体负责和集体对个人负责——是合唱的基础。我们往后在详细研究应当如何达到能和谐地集体唱歌的时候,将会不止一次地看出这一个条件的重要性。

学校合唱教学的方式,帮助及时地发现有唱歌天才的儿童。正是在普通学校中,对这些有天才的儿童进行正确的音乐教育的时候,可以(而且也应当)为他们将来可能受到的专业教育打下基础。

许多著名的苏联歌唱家,就是在学校合唱团体中开始受到声乐教育的。他们回想到学校的时候,心里总是怀着感激之意,因为他们在学校里第一次产生了音乐的感觉和对合唱的爱好。

我们采用各种不同的艺术教材(特别是反映我们的现实生活的歌曲),这样我们就可以促进儿童的共产主义世界观的形成。简略地说来,合唱——苏维埃学校中的音乐教学与教育的基础——的意义就是这样。

歌曲教材

用来教育学生的歌曲教材,是学校中合唱教学和音乐教育的基础。儿童进步的速度、对唱歌技巧的掌握和唱歌技巧的发展,都是由他们所唱的歌曲来决定的。

现在我们更详尽地来分析这个最重要的问题。

首先,我们应当要求歌曲具有与真正的艺术价值相结合的思想内容。只有符合于这一要求的歌曲,才能为共产主义教育的任务来服务。

关于歌曲教材的问题,还联系到一个非常重要的因素。这里所指的就是声乐的特点——音乐和歌词的有机联系。因此,教师自己为唱歌课选择歌曲时,不但应当估计到歌词与音乐的质量,而且最重要的,还应当考虑到歌词与音乐互相配合的问题。艺术性统一的歌曲把曲调和歌词融成一片,如果缺少这种统一,那就是说这样的歌曲是不好的。

如果歌曲中的歌词是富有朝气而且是令人愉快的,而音乐却是悲伤的;或者相反地,歌曲中的音乐是富有朝气且令人愉快的,而歌词却是悲伤的;那么这种歌曲究竟能否算作好的歌曲呢?幸而像这种极端不调和的例子是很少遇到的。

杜那耶夫斯基的《祖国进行曲》,可以说是歌词与音乐相符合的范例之一;这首歌曲的歌词描绘出我们祖国的辽阔广大的景象,"可以这样自由呼吸",而宽广抑扬的、庄严的进行曲式的旋律则在音乐中把这种景象描绘出来。

民间音乐创作的范例和古典作曲家的作品,在学校唱歌课的歌曲教材中应当占有相当大的地位。党教导我们,必须非常尊重过去优秀的进步遗产,特别是我们祖国过去的遗产。列宁曾教导过我们说:"只有用人类创造出来的全部知识宝藏来丰富自己的头脑时,才能成为共产主义者。"[1]在一九四八年二月十日联共(布)中央关于穆拉杰里的歌剧《伟大的友谊》的决议中,特别有力地指出了俄罗斯的民间音乐和古典音乐对苏维埃音乐进一步的发展所起的作用。儿童音乐教育工作者也应当从这里作出结论。过去的俄罗斯民歌不但能使学生更充分、更深刻地认识俄罗斯人民过去的生活,而且能使他们更有感性地去了解这种生活。

集体的合唱是俄罗斯人民自古以来所特有的。在集体合唱中,反映

---

〔1〕《列宁全集》俄文版第三十一卷,第二六二页。

出人民生活的各个方面：有欢乐，也有悲伤，这些都用欢乐的和悲伤的歌曲随伴着。

历史歌曲（例如关于叶尔马克、斯捷潘·拉金、叶美良·布加乔夫、伊凡·苏萨宁等人的歌曲）教育儿童尊重我国人民光荣的过去，尊重那些为争取祖国美好的将来而献出了生命的民族英雄。

抒情的和悠缓的歌曲，叙述了沙皇俄罗斯时代农民的悲惨的命运。轮舞歌曲、游戏歌曲和民间舞蹈歌曲，使儿童们认识俄罗斯人素有的幽默、无穷尽的愉悦和始终不变的乐观。

古老的革命歌曲——即关于斗争的和地下工作的歌曲（例如《同志们勇敢向前进》《波兰革命歌》和《发狂吧，暴君们》等），具有非常重大的思想教育意义。儿童从这些歌曲中学习勇敢的精神和坚强的斗争意志。这些歌曲教育儿童热爱和敬重那些为我们的孩子们争得了光明欢乐的生活的以往的战士们。

除民歌之外，优秀的儿童歌曲（即专写给儿童演唱的歌曲）在儿童音乐教育中占有很大的地位。在这些歌曲中，我们必须提到柴科夫斯基的《暴风雨中的摇篮曲》《春》和《我的李佐切克》，居伊的《秋》《五月的一天》和《春之歌》，以及阿连斯基的《杜鹃》和《摇篮曲》。此外，还可以给儿童唱一些为成人而写的、但儿童也容易了解和演唱的俄罗斯作曲家的作品，和西欧作曲家（如莫差特、贝多芬）的个别的歌曲和合唱曲。

苏维埃作曲家的歌曲——其中有很多专为儿童而写的歌曲——和现代的民歌，在艺术形象中反映出我们的现实生活，建设共产主义的苏维埃人民的英勇的劳动，幸福的生活，苏维埃儿童的学习和休息，以及苏维埃人民争取世界和平的坚毅的斗争。我们生活中的各种不同的重要题材，在苏联各民族的歌曲和苏维埃作曲家的歌曲中都得到了反映。

人民民主国家的歌曲,使我们初步认识了这些国家的人民过去的困苦生活和他们在走上社会主义建设道路之后的今天的幸福生活。

由此看来,歌曲的思想价值和艺术价值,乃是正确选择歌曲教材的一个首要条件。

但是,为了使唱歌教学工作得以顺利进行起见,歌曲还应当符合这么一个要求:它应当是儿童所能理解和容易演唱的。很可惜,在我们的教育实践中,并没有经常注意到这一个要求:我们给儿童们唱的歌曲,有时候在歌词方面对他们的理解力说来是嫌复杂的,或者就音乐表达的特性上说是难于演唱的。练唱曲目中所包含的歌曲,必须适宜于儿童演唱。选排曲目时,应当顾到儿童的音域、歌曲的音位〔1〕和呼吸的方便,以及歌曲的篇幅的长短,以免儿童在唱歌时感到疲惫等。

当然,这些要求是随着儿童的年龄和音乐素养的水平而改变的:某一年龄的儿童觉得难唱的歌曲,对另一年龄的儿童则又变成完全易于接受的了。

学校唱歌教学大纲规定了学生在每一年级中应当掌握的知识和技巧的范围。其中以唱歌的技巧最为重要。

往后我们将详细研究发展唱歌技巧的教学法。但是在目前我们必须指出,选给任何一班级的儿童练唱的歌曲,必须符合他们的唱歌(或声乐、合唱)素养。

要使合唱课产生最好的效果,教给儿童唱的歌曲在性质上应当多样化。在学校的歌曲目录中,应当既有雄壮的,也有抒情的,又有滑稽的歌曲。轮流换唱性质不同的歌曲,是有非常重大的意义的。接连教唱若干

---

〔1〕 意文为 tessitura,指一首歌曲中所用到的一段音域。——译者注

首悲伤的歌曲,或若干首欢乐的歌曲,都是教学上的严重错误。运用多样化的歌曲教材,最容易培养儿童对唱歌课有经久的兴趣,和帮助更有效地发展唱歌技巧。例如,练唱慢速度的悠缓的歌曲,较易获得持久地延长声音(legato),即一口气唱得长久的能力。练唱快速度的活泼的歌曲,相反地可以训练轻快的而有时候是顿音的唱法(staccato),和与此相联系的快速而短促地吸气的技巧。

小学教学大纲中的歌曲教材,基本上可以满足上述各项要求。这些教材是多样化的,按照歌曲难易的次序而排列,并能保证各种唱歌技巧的培养。教学大纲还预计到两个重要的情况,那就是多声部合唱和无伴奏合唱的技巧的发展。

俄罗斯合唱文化的特征,常常在于它的无乐器伴奏的多声部合唱(a cappela)的高度水平。为人民的群众合唱文化奠定基础的苏维埃学校,应当培养儿童喜爱合唱的音响、喜爱各声部匀准融和的配合、喜爱合唱和弦的美;所有这些特质能在无伴奏合唱中特别完整地显露出来。因此在学校的合唱中,练唱那些能发展无伴奏二部合唱或三部合唱的技巧的歌曲,是具有重大的意义的。

保护儿童的嗓子的问题〔1〕

为了要正确训练儿童的嗓子,首先应当不让他们大叫大喊。有些儿童不论在家里,或是在课间休息或散步的时候,都喜欢叫喊。

但是有时候也有这样的现象存在,那就是教师自己选择了儿童不能

〔1〕 这一节是奥罗娃写的。

胜任的歌曲,而且要儿童用比他们所能唱出的还要响的声音来唱它。

由于这种过度紧张的结果(且不说那样唱歌是不美的、不艺术的),可能损坏发声器官,并丧失掉自然的声音(有时候甚至根本失掉唱歌的可能性)。粗暴的、紧张的、大喊大叫的唱歌,与儿童在日常生活中的叫喊一样,是会损坏儿童的嗓子的。

长时间地唱歌也会使喉咙疲乏。因此唱歌课应当这样组成,就是要使合唱与音乐欣赏、学习乐理的课业以及逐一检查个别小组和个别学生的工作等轮流进行。

我们在上面已经说过,歌曲教材应当符合于该班各学生的能力和音乐素养。在这里再度提到这一点是很适宜的,因为直到今天,我们还可以看到这样一些现象:有些教师在一年级和二年级的教学工作中,还教学生唱像杜那耶夫斯基的《祖国进行曲》这一类对他们的年龄说来是如此难唱的歌曲。

学校唱歌课只有在儿童具有健全的嗓子的条件之下才可能正常地进行。因此教师应当不仅仅是在唱歌课上才保护儿童的嗓子。他应当预先告诫学生,要他们提防那些会危害他们的脆弱的嗓子的事情。

举个例来说,儿童在家里时常喜欢模仿他们从收音机里听到的艺术家的演唱。他们不但试图唱成人的歌曲目录中复杂的歌曲,甚至也想唱那些他们还无法理解的歌剧中的咏叹调。由于声带这种经常过度紧张的缘故,逐渐地整个唱歌器官的正常机能就会被破坏了。

同样地还应当告诉儿童怎样保护喉咙,防止感冒,因为喉咙有毛病的时候是不可以唱歌的。在剧烈的体力活动的时候不可以喝冷水或是吃冰淇淋,冷天不可以在严寒中唱歌。如果不遵守这些规则,便可能受感冒,长时期地丧失唱歌能力。唱歌之前不应当多跑,因为这会扰乱呼吸,而在唱歌的时候呼吸是应当平静的。

遵守所有这些劝告,对保护儿童的嗓子是非常重要的。

必备的声乐合唱技巧

当我们听到一个唱得很好的合唱团演唱的时候,我们觉得一切都是那样自然而平易的。可是在实际上,这一切看来是自然而平易的东西,这一切使我们激动和愉悦的东西,都是通过巨大的、坚毅的和有系统的工作才达到的。

好的合唱就是克服许多困难的结果,也就是掌握许多技巧和技能的结果。

但是这些必备的技巧是指什么呢?所谓必备的声乐合唱技巧,是指掌握"唱歌的姿势"的能力,换句话说,就是指在唱歌的时候正确地支配自己的身体、头部和唱歌器官的能力。同时这又指处理自己的呼吸和语音(清晰地唱出歌词),以及发出声音的能力。这些技巧是属于声乐方面的。

除此之外,还必须具备在演唱时保持音调纯正的技巧。即在单声部齐唱或二部合唱时唱得准确而纯正。

所谓融和(源出自法文 ensemble,意即"在一起"),即同时、一致而溶合地唱歌的技巧,是最为重要的。

为使上述所有的能力和技巧更好地结合在一起,还必须掌握一种技巧,即一种仿佛能把以前所有这些能力和技巧都结合起来的技巧。那就是能看懂教师的指挥动作。

上述各项技巧中的后几项——音准、融和和看懂教师的指挥动作——都是属于合唱方面的。由此可见,好的合唱所必备的一切技巧,都可以包含在声乐合唱技巧这一概念中。

训练上述每一种技巧的工作,各有它自己的一种教学方法。现在我们要逐一地来研究这些技巧。

唱歌的姿势

一个组织得很好的合唱团体,在音乐会、歌曲节日以及学校晚会上开始唱歌之前,它们的外观常常就已能使听众感到愉快。儿童笔直地站在台上,端正地坐着上唱歌课或在合唱小组里唱歌的时候,他们的整齐的行列本身,就能令人感到愉快。但外观不是仅仅产生愉快的印象而已;儿童唱歌的质量也决定于他们站着或坐着的姿势。如果儿童站着或坐着的时候向前或向后歪斜,如果他们的头下垂或是抬得太高,如果他们的嘴的样子拘束,而全身又不自然的话,那么根本就谈不上什么好的呼吸和正确的发声了。因此从教学的最开头,即从第一课起,教师对唱歌的姿势就应当特别注意。这里所指的是唱歌者的身体、头部和嘴的姿势。现在我们就逐一地来研究这些唱歌的姿势。

在教学实践中存在有下列两种观点。某些教师认为应当站着上唱歌课,而另一些教师则肯定应当坐着上课。为了使身体保持正确的唱歌姿势,在唱歌的时候当然最好是站着。但是考虑到在唱歌课上并不是只有唱歌,而且也有听音写谱、看乐谱唱歌等等,所以实际上坐着上课是更为方便的。不过教师要注意,唱已经学会的歌曲——即使是在普通的课上——都应当站着唱。不管儿童是站着唱或是坐着唱,身体的姿势都应当是挺直、自然和不拘束的。身体不可以向前或向后弯斜。站着唱歌的时候,两手应当向下垂,或是自然地、毫不紧张地放在背后。

当儿童坐着唱歌的时候,身体也应当保持同样的姿势,只是两手应当放在膝上,脚自由地摆放,两脚之间保持短短的距离。

唱歌者的头要稍微抬高一些,因为这样可以使咽喉处于最好的位置。同时胸腔要自然地扩展,这对于平静的呼吸也是同样重要的。

如果头向后仰,或者相反地向下垂,下巴紧贴胸膛,那么就会使咽喉和胸腔陷于紧张和不自然的状态,因而对于唱歌就会发生不良的影响。

关于唱歌时嘴的姿势,也应当在这里稍为谈谈。下颚应当非常灵活。必须仔细注意这一点。因为在唱歌的时候嘴要能自由地张闭,才可能唱出丰满而美妙的声音。

下颚僵硬,拘束,是最为普遍的妨碍唱歌的基本毛病之一[1]。在这种情形之下,唱歌者的嘴不大张开,声音没有自由的通路,歌声就不可能

〔1〕 这种毛病是男孩子特别常有的。

丰满、自然，此外，各个母音之间的明显的差别也就丧失了，因为所有母音的发音大致都变成一样。然而，在正确地发出每一个母音的时候，不同的母音在音响上的显著的区别，却是唱歌的基础——这一点是我们在以后要看到的。为了消除上述这一种毛病，需要教师经常地注意(在唱歌的时候他应当注意观察每一个学生的嘴的姿势)和坚毅地、有系统地努力。下面一个练习可供采用，要轻快而带顿音来唱它：

这种练习能使下颚灵活，因而就能使嘴的姿势正确起来。

下颚迟钝而无为地下垂，是另外一种毛病，这种毛病的确较少碰到，但对唱歌同样有很大的害处。在这时候唱歌者的脸部所呈现出的也是一副萎靡不振和完全没有表情的神气。

为了要消除这种毛病，可以采用以下的练习，唱时应当加重并延长每一个音：

嘴向两角扩张,嘴唇过分地向两边伸展,这在唱歌时也是一种相当普遍的毛病。那种过分开放的"平的"声音〔1〕,正是从这样一种口形得来的。

总而言之,唱歌时正确的口形应当是圆的、自然的、灵活的和富有弹性的。唱歌者要能清楚地感觉到自己的嘴的活动是自由的,而不是迟钝的。

最后还得谈一谈舌头的位置。唱歌时舌头应当安然地平躺在口腔的底部,舌尖几乎抵住下齿。但是也不应当专门使儿童注意这一方面,因为这反而使他们的唱歌变得拘束。下颚放松,两唇姿势正确,通常就能决定舌头的正确的位置。

养成正确的唱歌姿势(身体、头部和嘴的姿势),应当经常是教师注意的中心。不能说只有在教学的开头才需要注意这个问题。这一个工作必须进行到儿童对正确的唱歌姿势的各个方面都能成为习惯的时候。

除开以上所指出应当加以注意的几个问题和练习,教师还应当记住:由教师亲自示范,或以成绩好的学生作为范例,乃是消除上述各项弊病的重要方法之一。大家都知道,直观性是苏维埃教学论的基本原则之一。例如,如果学生张嘴的姿势不好,下颚的运动不正确,教师应当亲自把他们错误的姿势做给他们看,并说明这样将会造成怎样一种结果。错误的姿势可以由教师自己做给学生看;正确的姿势(站或坐的姿势应当

〔1〕 即所谓"白声"。——译者注

怎样,头部的姿势应当怎样,嘴的姿势又应当怎样)则应当不仅由他自己示范,而且也可以叫那些完全掌握唱歌姿势的规则的学生个别地出来示范。

在教室里挂些画着有我们所说过的各种正确和不正确的唱歌姿势的挂图,是很有益处的。

呼　吸

正确的呼吸,是声乐艺术的一个最重要的因素。唱歌上的许多毛病正是由于不善于运用呼吸而起的。声音的美丽和纯正,以及唱歌的表情,都取决于正确的呼吸。

所谓胸与横膈膜的呼吸,是日常生活中和唱歌时的一种最好的呼吸。这是一种深呼吸,在作这种呼吸的时候,胸腔由于两肺自然地装满空气而扩张,而横膈膜则往下降。

呼吸时两肩耸起,是完全错误的一种呼吸法。两肩的运动表示吸气是浅少的,因此只有肺的上部装进空气。这种类型的呼吸,在刚开始学习唱歌的儿童中常可遇到。必须教儿童改掉这种呼吸法,并要教他们习惯于充分地、深深地吸气〔1〕。

掌握呼气的能力,是唱歌呼吸的基本法则。唱歌者的吸气与一般生活中的吸气实在并没有多大差别。我们在唱歌的时候所吸进的空气,一点也不比平时的吸气多多少。平时的呼吸与唱歌的呼吸之间的重要区

〔1〕 为了使儿童改掉这种错误的呼吸法而教他们习惯于作较深的呼吸,可以在吸气的时候用手轻轻地按住儿童的肩膀。这样可以帮助儿童养成更深地呼吸(运用胸与横膈膜的呼吸)的习惯。

别是在于呼气。唱歌的艺术就在于能够用有节制的呼气来唱歌。学会节省、均匀而逐渐地呼气，这就是指学会延绵、均匀而美妙地延长所发的音——这是唱歌艺术的基础。教师为要教好儿童，他自己必须先掌握好那些他要教给儿童的唱歌方法和规则。他必须能够正确地吸气（即胸腔扩张、横膈膜下降的吸气），把吸进的气稍微遏住一下，然后开始唱歌，唱的时候而且要能感觉到好像声音是支持在有节制的呼气上的。

当然，关于“音的支持”“胸腔与横膈膜的呼吸”等等，是不需要对儿童们（特别是幼童们）说的。教师应当在唱歌课的实践过程中除掉儿童呼吸上的毛病，并教会他们正确地呼吸。

为了发展延长呼气的能力，最好采用以下的练习：使儿童跟着教师所作的手势而吸气，把吸进的气稍微遏住一下，然后开始（仍旧跟着教师所作的手势）平静地唱出一个延长的音，例如母音“ㄨ”。在这时候教师可以一边计数：“一、二、三……”应用以下的问话可以引起儿童的兴趣：“谁的声音响得最久”，“谁的声音拖得最长”。

在二、三年级时，学生已经认得各种时值不同的音符的写法，这时候最好采用与上述稍有不同的练习：用慢速度唱出某一个音——先是四个四分音符，然后六个四分音符，最后八个四分音符：

发展唱歌呼吸技巧的工作，要经常而有系统地进行。

现在我们来研究一下，在教学的各个阶段中，呼吸的技巧是如何逐渐地复杂起来的。在这些技巧中最重要的一个，就是整个合唱团体能平静无声地同时吸气的技巧。让我们更详细地来研究一下，为什么这种技巧是这样重要,而我们又应当怎样来发展这种技巧。

必须学会平静无声地呼吸,否则,呼吸时不必要的杂声一渗入歌声中,就会妨碍真正的艺术演唱。

有杂声的呼吸主要是由于应用浅的锁骨吸气法而起的,但同时也与用嘴吸气有关。如果儿童同时通过鼻子和嘴而作深呼吸,那是绝不会有杂声的。

合唱中所有的唱歌者应当同时吸气,否则他们就不可能同时唱出后面的一个音,因为较早吸气的人,也就较早唱出这个音,较迟吸气的人则较迟唱出这个音。教师应当用手的动作来指示吸气的瞬间。

正确地同时吸气,乃是唱歌的呼吸的第一个要求。第二个要求是:开始唱歌之前的呼吸应当根据所要演唱的歌曲的速度和性质而定。这句话是什么意思呢?这就是说,如果是慢速度的歌曲,那么开始唱歌之前的吸气也应该比较慢一些;如果是快速度的活泼的歌曲,那么吸气也应该比较快而灵活。例如,无论是进行曲,或是摇篮曲,或是舞曲,实际上都可以用四拍子的节拍来演唱。但是,正如演唱的性质一样,呼吸的性质在上述各种类型的歌曲中,当然也是不同的。演唱进行曲性质的歌曲时,吸气应当较短促有力;演唱摇篮曲的时候,吸气则应当比较深长而平静。如果在唱某些歌曲的时候呼吸会在歌曲的性质中表明出来的话,那么发出的音也就会符合于歌曲的性质。但是,呼吸总是主动的。

为了达到同时吸气,就应当使儿童在歌声开始的前一拍上吸气。例如,如果歌曲是四拍子的,是从第一拍开始的,那么应当在前一小节的第四拍上吸气;如果歌曲从第三拍开始,则应当在第二拍吸气;余类推。

训练儿童平静无声地同时吸气的技巧,从最初几课起,就应当开始进行。教师使儿童都集中注意地看着他之后,就应当用手的动作指明呼吸的速度和性质(至于应当怎样做,在后面的“怎样指挥合唱”一节中再详细说明)。假使教师自己为合唱团弹伴奏(用钢琴、提琴或多姆拉[1]等乐器),他也应当使儿童集中注意地看他,并用自己的头部动作来表明呼吸的速度和性质。同时,他还应当和合唱团一起呼吸,这一点是很重要的,因为这样就很可以帮助儿童掌握正确的呼吸。此外还必须记住,教师和儿童一起呼吸是有益处的,但是绝对不可以也和儿童一起唱歌。因为如果他自己也唱歌,就不可能听到儿童所唱的,因此也无法觉察出他们唱歌的优缺点。

在唱歌的时候,通常总是在两个乐句之间换气的。无论如何绝不可以在一个乐句的当中,尤其不可以在一个单词[2]之间换气。只有在极少数的情形之下,例如,如果一个乐句过分冗长,才容许在乐句中短促地换气——即所谓“舒气发音”,可是必须在尽量不破坏乐句的进行的地方换气。以后在分析各班级所学唱的个别歌曲时,我们将用实例来说明应当在什么时候和怎样换气。

教学大纲中的歌曲教材的选择,是考虑到这种困难的,即考虑到各种年龄的儿童所唱的歌曲中的乐句的长度。

在呼吸方面最普通的一种情形是这样:当两个乐句之间隔有休止符的时候,就应当在休止符的时间中呼吸。

约尔丹斯基的《夏日之歌》就是一个实例。

[1] 多姆拉(домра)是俄罗斯民间的一种拨弦乐器,形状大小不一。——译者注

[2] 俄文的单词的构成,有单音节也有复音节的,在歌词中遇有复音节的单词时,应当把单词中的各个音节连续地唱出,不可以在音节间换气。——译者注

在乐句间没有休止符的歌曲中，是用稍为缩短呼吸前一音的时值的方法来换气的。现在我们用实例来说明这种换气法。例如，俄罗斯民歌《田野里有一株小白桦》中的乐句与乐句之间并没有休止符隔开，但是我们应当把它唱成这样：

在上例中我们可以看到，乐句与乐句之间是用缩短“桦”字的时值的方法来换气的(用 V 来表明)。这个“桦”字在演唱时实际上并不唱足一个四分音符的时值，而只唱成一个八分音符，在这八分音符之后的时间则用来换气。

在学校唱歌教学大纲中，像这类乐句与乐句之间没有休止符的歌曲占很大多数，所以上述换气的方法，与这些歌曲都是有关系的。

儿童的合唱如越有进展，儿童对呼吸技巧如掌握得越好，则他们为呼吸而作的这种不得已的休止将越减少，这种休止也将越难被听众听得出来。但是原则上一定要用缩短呼吸前的一个音的时值的方法来换气，否则，后面的音将会因为呼吸的结果而被“吞下去”。

对唱歌的呼吸的要求，还由于歌唱的性质的不同而复杂起来；而歌唱的性质则是由歌曲本身性质的不同而决定的。无论是轻快活泼的歌曲，或是悠扬婉转的咏叹式的歌曲，都随着每一学年而复杂起来。

练唱轻快活泼的快速度的歌曲的时候，各乐句最后的一个音往往被“吞下去”“含混地唱过去”，或者相反，不必要地加重、“发射出去”。唱俄罗斯民歌《在阴暗的树林里面》时也会遇到这种困难。

在这里,“的”字和“面”字因为前一个字各配上三个旋律音的缘故,唱起来会有加重或含混过去(由于呼吸的关系)的危险。

如果儿童加重地、像“发射出去”似的唱这两个音,那么应当教他们唱得轻一些,唱得柔和一些。相反地,如果儿童把这两个音唱得含混过去或是把它“吞下去”,那么应当教他们更着重地唱出来。不论在任何情形之下,这些地方宜用慢速度来练唱。由此可知,练唱轻快活泼的歌曲,就是训练快速、灵活但平静而尽可能深的吸气的技巧,这种技巧是演唱轻快活泼的歌曲所必需的。

相反地,悠扬婉转的咏叹式的歌曲的复杂化,就需要训练一口气长时间地歌唱和节省地呼气的技巧。在一年级所唱的悠扬婉转的歌曲中,乐句是比较短的,例如洛巴乔夫的《小猫瓦西卡》和民歌《田野里有一株小白桦》就是这样,但在往后各年级所唱的歌曲中,乐句的长度便扩展了。例如,在二年级时就有劳赫维尔盖尔的歌曲《礼物》,在三年级时有阿连斯基的《摇篮曲》和列文娜的《列宁之歌》,在四年级时有李姆斯基-柯萨科夫改编的俄罗斯民歌《你好,冬季客人》和勃兰捷尔的《斯大林之歌》。

观察儿童遵守节省呼气的规则的情况,教师自己示范,以及由成绩好的学生示范连音唱法(legato)时的正确呼吸——这些都是教学工作的基本方法。

最好利用歌曲中的个别片段,专门训练保持气息到乐句的结束。

在某些悠扬婉转的歌曲中——例如居伊的《秋》、阿连斯基的《摇篮曲》和俄罗斯民歌《苏萨宁》等,有各种各样的强弱变化,在这些歌曲中,我们会遇到许多逐渐增强(crescendo)或逐渐减弱(diminuendo)的音,练唱这类歌曲时,在呼吸方面就有更大的困难。练唱这类歌曲的难处在于:增强或减弱音量时仍须保持呼吸的均匀和平静。只有在这种条件之下才可能达到音量的均匀的增强和减弱。为了训练这种技巧,在三至四年级中可以采用以下的练习。

1. 增强和减弱一个延长音:

2. 用不同的母音在同一音上连贯地(legato)练唱,从一个母音转到另一个母音的时候不可以有突然的痕迹,音量逐渐增强到第三个母音,再逐渐减弱到最后一音:

摘取含有上述难唱之处的歌曲片段来练唱,也是很有益处的,例如摘取阿连斯基的《摇篮曲》中的这一片段:

或者选用民歌《苏萨宁》中的这一片段:

发 声 法

掌握以上所述两项技巧——唱歌的姿势和呼吸,本身并不是一种目的,而只是一种为求得唱歌中的基本的和最重要的效果——优美而富有表情的发声的手段。

在表情、独特的热情和真诚这几方面,人声具有比任何乐器都还要丰富的可能性。当人们谈到演奏得很好的提琴家或钢琴家的时候都这样说:他们的乐器在唱歌——这种说法决不是偶然的。

不过,为了使歌唱真正地富有表情,为了传达歌曲的内容和情绪,必须学会用优美的声音来歌唱。

优美的音质,与掌握唱歌的姿势和呼吸有直接的关系。如果儿童在唱歌的时候不懂得保持正确的站或坐的姿势,如果他们不善于很正确地张开嘴和平静而均匀地呼吸,那是不可能唱出优美的声音来的。

歌声与语言之间的区别,首先是在于声音的长度。说话的时候,子音的发音几乎与母音的发音占据同样长的时间。但在唱歌的时候,母音几乎占据了全部的时间。没有一个民族拥有像俄罗斯民族那样丰富的、广阔而悠扬婉转的歌曲。

还有什么东西能赋予声音以优美的音质呢？能给声音以优美的音质的还有音色。这种特性,人力所能支配的范围极小。的确,我们很难使音色不美的嗓子增添美的色彩。但是声音的色彩可以而且也应当根据作品的性质而变化。不可以用同样的一种声音来演唱悲伤的和快乐的歌曲。虽然儿童的嗓子所具有的特性之一,是明朗而响亮的色彩;但是这种明朗和响亮的程度在性质不同的歌曲中究竟还不是完全相同的。

例如俄罗斯民歌《在薄冰上》,是应当用明朗的声音来演唱的;但是唱布戈斯拉夫斯基的《边防军人之歌》的时候,却应当抑制住这种明朗的色彩。

为了证实这一点,只要把两首歌曲的第一节歌词加以比较:

在薄冰上

在薄冰上,薄冰上,
一片大雪白茫茫。
哎,冬天啊冬天,
满地白雪的冬天。

边防军人之歌

茂密的森林盖满白雪。
边防军人在站岗守卫。
夜已深,四周一片寂静,
我们苏维埃祖国安睡。

在同一首歌曲中,时常需要变换声音的性质、色彩和力量。例如在简单的儿童歌曲《快乐的鹅》一曲中,第二节歌词必须用较为明朗的声音来唱,而且要唱得比第三节稍微响亮些。

第二节歌词

一只灰的,
一只白的,
脖子哪只长呢?

第三节歌词

一只灰的，

一只白的，

都躲在阴沟里。

从上例中很明显地可以看出，音的质量对富有表情的唱歌具有何等重要的意义。

现在我们还要说明，用什么方法可以使儿童唱出优美悦耳的声音。

上合唱课时，首先应当设法使儿童做到用轻柔的声音唱歌。必须竭力防止儿童用粗鲁的、硬逼出来的（即过分大声的）声音唱歌。

学校教学大纲中有许多歌曲都能帮助学生练出这种用轻柔的声音唱歌的技巧。除此之外，练唱一些专门的练习也很有益。

在一年级和二年级，可以采用一种每组包含三个音的练习。这种练习用“ㄌㄚ”音来练唱：

以下仿此
ㄌㄚㄌㄚㄌㄚ ㄌㄚㄌㄚㄌㄚ
以下仿此
ㄌㄚㄌㄚㄌㄚ ㄌㄚㄌㄚㄌㄚ

在三年级和四年级，通常用稍为不同的方式来练唱这一类练习。这练习中逐渐提高的每一组音，不是由三个音组成的，而是由下行级进的音阶片段中的五个音组成的。这种练习可以用“ㄌㄚ”音来练唱，也可以用某些词句来练唱，例如用《轻柔的微风》来练唱：

以下仿此
ㄌㄚ ㄌㄚ ㄌㄚ ㄌㄚ ㄌㄚ
轻 柔 的 微 风
ㄌㄚ ㄌㄚ ㄌㄚ ㄌㄚ ㄌㄚ
轻 柔 的 微 风

这种练习是从儿童最自然地发出的音(即所谓“基本音区”中的音)开始的,它可以帮助儿童把容易唱的基本音区中的音转移到较低的音上去。

在“唱歌的姿势”一节中,我们已经指出过,必须防止那种过分开放的、刺耳的、艰涩的声音。为了消除这种毛病,最好是让儿童用那些能促使发音圆润的钝母音来唱一些练习。例如:

也可以利用以前的练习,用母音ㄨ或ㄛ来练唱。

教师应当注意到,唱母音 e(ㄧㄝ)和 и(ㄧ)时特别容易出现刺耳的开放的音,尤其是当这几个母音位于高音上的时候,例如在居伊的歌曲“秋”中:

〔1〕

最好把这些难唱的地方当作声乐练习而用母音ㄨ和ㄛ来练唱,开始练唱时也许要移调(把这些地方移低一些,即移到较便于歌唱的调)。

由此可见,在发声方面必须力求达到的,主要是轻快而圆润的、但不使儿童的嗓子失掉明朗和响亮的特性的音响。同时必须保持ㄚ、ㄛ、ㄧ、ㄝ、ㄨ等每一个母音的清晰的发音。

---

〔1〕 这里是指俄文歌词的发音(-ме-ли),但歌词译成中文后也有类似的情形,如“溪”(ㄑㄧ)字便是这样。——译者注

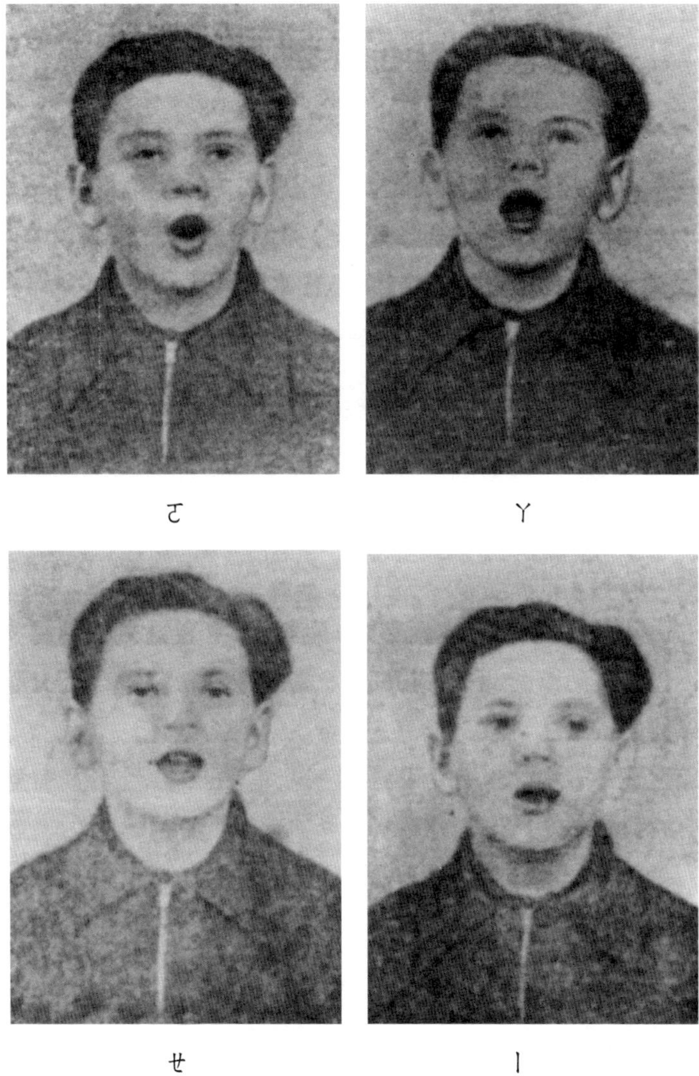
ㄛ
ㄚ
ㄝ
ㄧ

ㄨ

这些母音中的每一个音的发音,都要求有一定的、该音所固有的口形。

发音萎靡的儿童,发母音时往往不够清晰,而这对唱歌是有极不良的影响的。教师应当特别注意这一点。最好是利用以下的练习:在一个音上圆滑地唱(legato),按一定的次序轮流地唱出和某一子音相结合的各个母音[1],并注意每一个母音的明晰的发音:

这种练习可以给三年级和四年级的学生练唱。

现在我们要根据歌曲的各种不同的性质来研究发声的技巧。

---

〔1〕 把子音拼在母音前面练唱,可以使母音的发音更加清晰。

我们已指出过，内容和情绪各不相同的歌曲，也需要用各种不同的声音来演唱。这种差别在哪里呢？怎样才能表现出这种差别呢？

抒情而悠扬的歌曲和活泼轻快的歌曲，都要求相应的发声和相应的吐音，也就是软的起声[1]。属于这一类的有悠扬而舒缓的歌曲，如李亚多夫的《小猫咪》、别克曼的《枞树》、劳赫维尔盖尔的《礼物》和列文娜的《列宁之歌》等。有些活泼的歌曲，也要求软的起声，例如维·卡林尼科夫的《篱笆》、斯塔罗卡多姆斯基的《航空之歌》和卡巴列夫斯基的《我们的国家》等。有些歌曲要求每一个音都稍为加重，如俄罗斯民歌《我要去，我要去呀》《在树林中》和契切林娜的《小溪》等都是这样。可是教师应当注意，不要使这种加重变得粗鲁，或破坏歌曲的轻快的性质。学唱这类歌曲的时候，最好是先不唱歌词而只用"ㄌㄚ"音来练唱歌曲的旋律，同时并注意个别地发出每一个音，不把它同后一音混杂在一起。像这样练唱歌曲，对将来用歌词正确地演唱是很有帮助的。

有些歌曲的演唱，需要用各种性质不同的发声法。例如，俄罗斯民歌《在我的小花园里》的前半段，应当唱得轻快、活泼而稍为带一点顿音：

这首歌曲的后半段，相反地却应当唱得悠扬而舒缓：

〔1〕 关于唱歌的起声的各种类型，较详细的说明请参看本书附录中《关于儿童发声器官构造的若干知识》一文。

具有英勇性质的进行曲式的歌曲,要求另外一种发声法,即硬的起声。这时候特别容易变成粗鲁的、硬逼出来的声音。当男孩子特别热情地唱英勇性质的歌曲的时候,这种情形尤其常见。每一位学校合唱团的指挥都应当记住,硬的起声所指的并不是音的力度,而是发音的方法。

阿·亚历山大罗夫的歌曲《飞机》,波洛文金的《感谢》(特别是前半段),以及《沿着溪谷,沿着高地》和《同志们勇敢向前进》等,都需要用硬的起声来演唱。

如果在练唱这一类歌曲的时候,不管教师怎样指示,儿童仍然唱得没有生气、不够刚毅、不够饱满有劲,那么最好是用“ㄉㄚ”或“ㄉㄟ”音来练唱全曲或其中唱得最不好的一段。这对饱满的声音和硬的起声的形成都有帮助。

一个字配上好几个旋律音,这种情形是常常遇到的,应当特别加以注意(这特别是俄罗斯的舒缓性质的民歌的特点)。

一个字配几个旋律音的时候,有两种不同的唱法。有时候需要唱得极圆滑(legato),而有时候应当稍为加重每一个音(marcato)。现在我们要举出三年级教学大纲中的两首歌曲为例。在列文娜的《列宁之歌》中,这种地方应当唱得连贯而婉转:

静静的四 月 穿 着盛 装…它带 来 了 春 天的鲜 花…

而在另一首歌曲《在阴暗的树林里面》中,一个字配几个旋律音的地方,要把每一个音都唱得稍为加重:

下略
在 阴 暗 的 树 林 里 面

但是不管在哪一种情况之下(一个字配几个旋律音的情况下都是如此),必须遵守下面这一条规则:运用连续而圆滑的唱法(legato)的时候,音与音之间的转移仍须保持清晰分明;运用稍为加重每一个音的唱法(marcato)的时候,则应当注意保全整个乐句的旋律线。同时必须把母音唱得很确切(即应当正确地发音)。

学校唱歌教学大纲中有许多歌曲,都是一个字配上几个旋律音的,这类歌曲对唱歌技巧的训练大有帮助。

为求获得和巩固这一类技巧,最好选出一些像这种一个字配上几个旋律音的例子,让学生分成小组(甚至于每两个人)按照应有的唱法用慢速度来练唱它。也可以采用专门的练习——音阶的片段或者就用歌曲中的片段——练唱若干次,开头用慢速度,然后逐渐地达到应有的速度。

发声是唱歌过程中最重要的因素之一,因此在唱歌课上应当特别加以注意。

语　音[1]

在歌曲中,旋律与歌词是有密切的联系的。可是我们听某些合唱团演唱的时候,却往往几乎听不清楚他们所唱的歌词。这些合唱可能声音很好,富有表情而且美妙,但是这样的演唱仍然是没有意义的,因为听众不知道歌曲里唱的是什么。语音——即歌词的清晰的发音——是好的合唱所必备的一个条件。在教学实践中时常有这样的情形:教师要求儿

---

〔1〕 本节及以下各节中有关俄文歌词唱法的说明,因为歌词译成中文后这些说明已不适用,故均予删去。——译者注

童把歌词的发音唱清楚一些,他们却开始唱得更响一些。音的强度与歌词发音的清晰,是两个完全不同的现象。好的语音决定于什么呢?为了增加声音的强度,必须要求呼吸器官发挥更有力的作用,而为使语音变好,就必须要求发声器官发挥积极的作用。

当我们听个别歌唱家或一些合唱团体演唱的时候,我们有时会注意到,他们轻声唱歌时的语音比大声唱歌时要差些。在这里包含着一种甚至很明显的规律性:轻声唱歌的时候,要求发音更加清晰,要求嘴唇和舌头的动作更加灵活。从这里可以得出语音教学法的一个重要结论。为使唱歌时语音清晰而明确起见,在发声器官发挥更积极的作用(嘴唇富有弹性而有力,舌头灵活)的情况之下轻声地诵读歌词,乃是极有成果的方法之一。

母音与子音的关系是语音中最重要的一个因素。在"发声法"一节中我们已经说过,母音是唱歌的基础。这是不是说子音在唱歌中就不起作用了呢?相反地,如果子音的发音不清楚,歌词也就不可能听得清楚。但是唱歌和说话不同,唱歌时子音的发音集中、短促而有力。正就是这种发出子音的方法,促使子音之后的母音的音响变得更为清晰而饱满。

教师对儿童的语音应当密切加以注意。在唱歌时如发现儿童的语音不正确,应当立即加以说明和纠正,因为这不仅与音乐教育的任务有关,而且与另一更为广泛的教育任务——正确的语言教学有关。

现在我们来谈一谈语音与演唱的表情直接有关的那几个方面。为了使唱歌能像朗诵诗那样富有表情,就应当把歌曲中的句子唱得自然而合乎逻辑。每一句都有它自己的一个顶点(高潮),应当用加强音响的方法(这是较常用的一种方法)或者延长顶点上的字音的方法使顶点突出。

旋律朝着顶点进行时，音响应当逐渐增强；离开顶点之后，音响则应当逐渐减弱。

通常诗句中的逻辑重音，应当与音乐中的强拍相一致。所谓弱起的音（即歌曲或乐句不是从第一个强拍开始的）绝不可以唱得比强拍上的音更响。

例如歌曲《飞机》中开头的“天”字，应当比位于强拍上的“空”字唱得稍为轻些：

教师应当估计到在练唱从弱拍开始的歌曲的时候，儿童往往把那些弱起的、不应加重的字唱得太响（这种情形是常有的），或相反地唱得非常之轻（这种情形较少遇到）。教师必须努力使儿童掌握歌词中字与字之间在力度方面的正确对比，时常对儿童说明，必须用自然的轻重语调来唱歌词。

歌词的发音要清晰——这是对演唱任何歌曲的必不可缺的要求，但是加重一个字的程度和如何适当地唱出轻重的字音，是完全要根据歌曲的性质而定的。演唱摇篮曲或抒情歌曲时，当然不需要像唱雄壮的进行曲或活泼的歌曲时所需要的那样着重的发音。例如，演唱别克曼的《枞树》、李亚多夫的《小猫咪》、俄罗斯民歌《黑土地》和阿连斯基的《摇篮曲》等歌曲时，歌词的发音必须清晰、明朗而柔和；而演唱亚历山大罗夫的《飞机》、盖尔奇克的《争取和平的青年战士之歌》、契切林娜的《小溪》等歌曲时，发音应当比较活泼和着重。

音调和音准

歌声纯正,是好的合唱音响的最重要的条件之一。应当把歌声纯正了解为准确地唱出音的高度。准确而纯正的音调,即正确地唱出音的高度,乃是唱歌的基础。的确,如果一个合唱的声音很优美,也很有表情地表达出歌词的内容,而且表现出歌曲中所有的色彩,但就是唱得不合调,那么像这样的美和表情是一文不值的,因为这样的演唱丧失了最根本的东西。

对唱歌教师的第一个要求,就是要懂得分辨纯正的和不合调的声音,不可以容许有不合调的音。放任儿童合唱中存在着不准确的音调,这就是破坏音乐教育的基础。

发展纯正地唱歌的技巧,与训练和发展听觉的技巧是有最密切的联系的。

准确的音调是由哪些东西所决定的呢?它是由若干个因素所决定的。它取决于歌唱者的生理状态:过度疲劳,唱歌器官不够健全,喉头或声带有毛病,等等,都会立即影响到音调的质量。基本上掌握声乐技巧(唱歌的姿势、呼吸、发声和语音等),是纯正地唱歌的一个非常重要的条件;如果儿童在唱歌的时候不会采取正确的站或坐的姿势,不会正确地运用呼吸,发音不好,语音也不清晰,那么这一定会影响音调的纯正。正因为如此,所以在低年级班里要特别重视掌握以上我们所指出的和详尽地加以分析过的那些声乐技巧。

要求得良好的音调,还有一个必不可少的条件——那就是儿童对歌曲演唱的兴趣。如果练唱的歌曲是儿童所喜爱的,而且他们非常乐意且津津有味地去练唱它，那么他们的情绪将会非常积极和热烈，而这种情绪也就会促使歌声纯正。相反地，如果歌曲不是儿童所喜爱的，教师又不能引起儿童对这首歌曲的兴趣，而儿童练习时也无精打采，那么由于儿童的情绪低落，歌声也将会降低而不合调了。但是仅有儿童对歌曲的兴趣，还不能完全决定演唱该首歌曲时音调和音准的纯正。除此之外，歌曲不论在音域方面或在旋律进行方面还必须是便于演唱的。

这些就是纯正而准确的歌唱所完全必要的先决条件。

现在我们来讲一讲最常遇到的一种情形，那就是由于某些歌曲的特殊表现方法而在音调方面所造成的困难。在不自然的声部进行（旋律进行）的情况之下所产生的困难，便是其中的一种。在音程上距离较远的大跳越，还有二度音程的连续进行[1]，特别是半音的连续进行，在音调方面都会造成相当大的困难。

例如在克尼彼尔的歌曲《熊为什么在冬天睡觉》（二年级）中就有好几个地方是八度的进行：

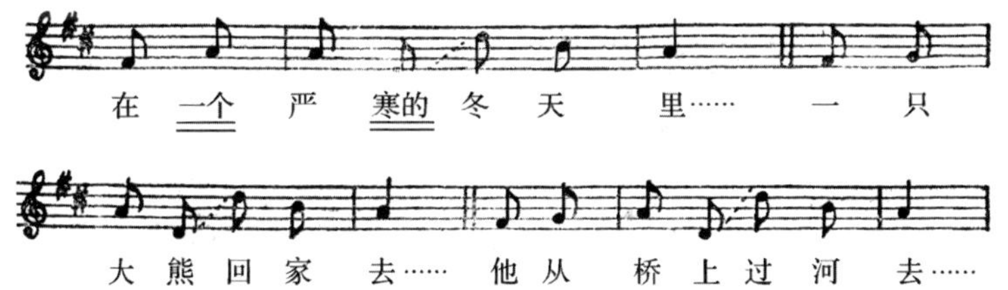
在 一个 严 寒的 冬 天 里…… 一 只
大 熊 回 家 去…… 他 从 桥 上 过 河 去……

如果儿童唱这种进行时唱得不准确，特别是唱不准上面的D音时，最好是用“ㄉㄨ”和“ㄉㄟ”等非常有劲的音来练唱这些地方。在练唱时如果把歌声停留在上面的D音上，谛听这一音的声响，并把它的音调校准，

---

〔1〕 格林卡认为二度音程在音调上是最难唱的一个音程。

也是很有益的。

广阔的旋律进行,在《飞机》《枞树》《小猫咪》(一年级)和《同志们勇敢向前进》(四年级)等歌曲中都会遇到。

旋律的发展与它的调式的构成之间的关系,对准确的音调具有很大的作用。调式——就是一系列由于共同倾向于某一稳定音(主音)而结合在一起的音的排列型式。调式中的不稳定音要求解决到稳定音(见“乐理”一章)。在儿童歌曲中这些特点如果考虑得越周到,则歌曲的音调也越容易唱。例如在维·卡林尼科夫的歌曲《篱笆》和俄罗斯民歌《在薄冰上》中,旋律的构成在这方面是非常便于歌唱的。

我们在上面已指出过,连续二度音程的旋律进行,特别是变化半音的旋律进行,在音调方面会造成一定的困难。例如在练唱洛巴乔夫的歌曲《小猫瓦西卡》时,教师对于唱以下的旋律进行的音调就应当特别注意:

通常练唱音阶的时候,每一个随后而来的音都应当唱得比较尖些和高些,即把它唱得稍为升高些,以免音调降低下来。必须特别注意半音进行时的音调(如上例中的 G——$^{\#}$F)。连续二度音程的旋律进行(而有时候是变化半音的进行)在下列各首歌曲中都能遇到:《田野里有一株小白桦》《快乐的鹅》(一年级),布戈斯拉夫斯基的《边防军人之歌》、克拉谢夫的《铃兰》(二年级),列文娜的《列宁之歌》、居伊的《秋》(三年级)和民歌《苏萨宁》(四年级),等等。

闭嘴练唱上例中的旋律进行,或把这种进行移到不同的调上练唱,乃是克服上述这种困难的很好的方法。这同时也是一种有益的声乐练习。

为了掌握音调和音准的教学方法，教师必须懂得大调和小调在音调上的特征。这是一个非常重要的问题，在实际工作中决不可以轻视它。我们不可能在这里说明与这一问题有关的一切详细情节[1]，而只能把其中最主要的来谈一谈。

在大调和小调中，音调的情况是不相同的。用小调写成的歌曲，在音调方面通常是很难唱的。练唱无伴奏的歌曲时应当特别注意这一点。这种音调上的特征主要是在于音阶中的个别音级。例如，大调中的第三音和导音(C 大调的 E 和 B 音)和小调中的主音、属音和导音(C 小调的 C、G 和 B 音)时常会唱低下来。所以这几个音级都应当唱得稍为高一些。除此之外，小调中的第三音(C 小调的^{b}E 音)相反地则应当唱得稍为低一些，因为这一音时常会唱高起来。

教师必须熟悉这些音调上的特征。教师选好练唱用的某一首歌曲之后，就应当预先在上课前从这一方面把该首歌曲仔细地进行分析，并标明所有在音调上有“危险”的地方。

以上指出的一切困难，不论在单声部的齐唱中，或多声部的合唱(二部、三部或四部合唱)中都可能发生。多声部的合唱还会增加教师更多的困难。小学唱歌教学大纲规定有二部合唱。这就是说，教师应当具备听二部合唱的能力——他不但要能听出二部合唱中两个旋律的音响唱得如何，而且也要能听出这两个旋律在不同的音程中配合得怎样。

---

〔1〕 关于这一点，车斯诺科夫的《合唱和指挥》一书(国立音乐出版社一九五二年版)中有很详尽的说明。

在上声部和下声部中可能发生不同的困难。例如练唱歌曲《苏萨宁》中的两声部时,必须注意:按照以上所指出的音调方面的规则,上声部中个别的音应当唱得稍为高些,而同时下声部中个别的音应当唱得稍为低些。

在以上第一例中“班”和“徒”字上,上声部的B音(小调的第五音)需要唱得高一些,而下声部的G音(第三音——小三度音)则需要唱得低一些。这两个音的配合,在第二例中“徒”字和“认识”这几个字上重又出现。

训练二部合唱时,应用钝母音(如ㄨ)或闭嘴唱以上这种连续的音级或与此相似的练习,都是很有益处的。练唱这种练习时应从容不迫,以便使儿童习惯于细听两声部间每两个音相配合时的音准的纯正性。这种练习纯粹就声乐方面说来也是很有益处的。

以下我们举出一些有助于促使音调纯正的最重要的方法。在这里首先必须指出闭嘴唱歌的方法。但是不应当滥用这种方法。用母音ㄨ或ㄛ来练唱是很适宜的。把难唱的地方改用较适于歌唱的调来练唱的方法,也能帮助获得良好的效果。

用慢速度来练唱复杂的地方或难于演唱的快速度的歌曲,都是很有益处的;因为这样能使学生更清楚地听见音响,并能帮助发展自我控制的技巧。

当儿童已经认识记谱法的时候,看着乐谱来练唱那些复杂的地方也能帮助克服困难。最后,不用伴奏的歌唱,乃是训练音调纯正和准确的最好的方法。

教师的指挥动作,是训练音准的工作中的一个非常重要的因素。教师不论在平常的唱歌课上或在演出中指挥合唱的时候,应当预先用专门的手势来“提示”:哪些地方需要把音唱得稍为高些,哪些地方需要唱得稍为低些,以便保持音准的正确。

在唱歌课上必须密切注意建立唱歌的儿童与指挥的教师之间的联系,力求做到使儿童完全了解并执行教师的一切指挥动作的指示,因为这些指示是与训练音调、训练合唱的音准的纯正有关的。

最后还应当指出一个在实践中最常犯的错误。如果一个合唱团中有人唱错了歌曲中的某一个地方,而教师在这时候不去查明到底是谁唱得不合调,却要全体学生反复若干次地练唱这一个地方。这样做对那些唱得不合调的儿童并没有帮助,反而只会降低那些唱得正确的儿童对唱歌的兴趣。如果在唱歌的时候发现声音不合调,就要儿童从头把全曲反复练唱好几次,这也是同样不应该的。如果能用各种不同的方法,在这些难于唱好的地方下些功夫,那就恰当得多。

关于那些唱得不正确的学生的问题,有一点是教师必须加以注意的,那就是他应当懂得对这些儿童,即可以被称为“汽笛”(他们并不是在唱歌,而是在一两个音上像汽笛一样“鸣叫”)的儿童进行工作的方法。必须对这些儿童进行专门的训练。最有经验的唱歌教师之一、教学法专家波诺马尔科夫在这一方面获得了很重要的成果。他在莫斯科的一所学校里,为听觉发展得不好的一些儿童进行了专门的训练。

波诺马尔科夫的工作方法很值得注意,因为它能使许多失掉唱歌的乐趣的儿童参加纯正地唱歌的过程。(波诺马尔科夫写的论文以及他所采用的一些练习题和歌曲,请参看本书“附录”。)

融　　和

“融和”这一概念本身就是指演唱上的协调一致,它是以同时和同样地唱出合唱中所有的音为前提的。这也就是说,儿童应当同时和同样地呼吸、发声和唱出歌词,同样准确地保持所唱的音的高度、歌曲的速度、节拍、节奏和力度。只有建立在以上各节所分析的一切唱歌技巧的基础上的这种统一一致,才可能使合唱获得融合和匀称的音响,也才可能给听众以美感的愉快。

现在我们分析一下,这种完全的融合指的是什么,我们要怎样才可能达到它。

在唱歌的时候保持一致的速度,是集体唱歌的最重要的规则之一。在全体歌唱者之间只要有一个人破坏这种统一的速度,就足以使音的协调立即丧失无遗。这一点可以用军队的队列来作比较。只要有一个人的步速与整个队列的进行速度不一致,就足以破坏统一的步调。

有关保持速度这一方面的最大的困难通常是在演唱速度极快或极慢的歌曲时,或在一首歌曲中变换速度的时候产生的。

学校唱歌教学大纲中的唱歌教材,都考虑到这些困难。一年级所唱的歌曲是中庸速度的。在唱歌时保持同样的速度的技巧,正就是在这种教材中打下基础的。在以后各个教学阶段中,歌曲曲目中就逐渐地加入了一些速度较快[1]和较慢[2]的歌曲,此外还加入了一些在一个作品中变换速度的歌曲。

从二年级开始,歌曲曲目中就有了变换速度的歌曲。例如在《熊为什么在冬天睡觉》这一首歌曲中,速度就变换了两次:开头快,然后转慢,而在结束时又非常快。速度是表达歌曲的内容和性质的重要手段之一,因此用正确的速度来演唱是具有非常重大的意义的。

演唱快速度和慢速度的歌曲时所遇到的困难是这样:儿童唱快速度的歌曲,时常有加快速度的倾向,相反地,唱慢速度的歌曲时则常有减慢速度的倾向。练唱这一类歌曲的时候,先用中庸速度,然后逐渐接近原定的速度,乃是最常用的矫正方法之一。同时,必须在任何速度中一直保持该首歌曲所固有的特性和演唱上的风格,否则以后是无法从某一种演唱风格转为另一种风格的。

谈到保持一致的速度的问题时,必须再一次强调指出训练儿童注意看教师的指挥动作的必要性。在练唱和演唱那些变换速度的歌曲时,这一点特别重要。

节拍的一致(同样和同时地唱出小节中的强拍和弱拍)是融和方面的第二个重要因素,它能使演唱带有一种生动的搏动。节拍的确切性在某些歌曲中特别显得重要。进行曲性质的歌曲(例如亚历山大罗夫的《飞机》,波洛文金的《感谢》,以及《同志们勇敢向前进》等)和舞蹈性的歌

---

〔1〕 俄罗斯民歌《我要去,我要去呀》《在我的小花园里》(二年级);《在阴暗的树林里面》《春季歌》,契切林娜的《小溪》(三年级);乌克兰民歌《哦,姑娘在岸上走》,勃兰捷尔的《萧尔斯之歌》,俄罗斯民歌《在树林中》(四年级)。

〔2〕 劳赫维尔盖尔的《礼物》(二年级);列文娜的《列宁之歌》(《静静的四月》),居伊的《秋》,阿连斯基的《摇篮曲》(三年级);俄罗斯民歌《你好,冬季客人》(李姆斯基-柯萨科夫改编),勃兰捷尔的《斯大林之歌》(四年级)。

曲(例如卡巴列夫斯基的《我们的国家》等)都是属于这一类。在另一些较为舒展的、富有曲调性的歌曲中,过分强调节拍相反地却有害于在艺术方面正确地表达这一类歌曲的特性(例如李亚多夫的《摇篮曲》,阿连斯基的《摇篮曲》和劳赫维尔盖尔的《礼物》等)。

弱拍开始的歌曲要正确地唱出节拍是相当困难的。在学校的歌曲曲目中有很多这一类的歌曲;这些歌曲的复杂性是在于:弱起的音应当唱得比在它之后的、位于强拍上的音较为弱些。如果弱起的一个音(或若干个音)比位于强拍上的音来得短,而且位置也较后者低,那就比较容易克服这种困难。例如:

摘自歌曲《飞机》
天 空 飞 着 飞 机……
摘自歌曲《幸福的日子》
我 们 请 求……
摘自贝多芬的歌曲《土拨鼠》
从 边 疆 到……

如果弱起的音比位于强拍上的音要高些,或者和它一样高,而时值也和它相等,这时候就难唱得多了。例如布戈斯拉夫斯基的《边防军人之歌》就是这样:

茂密的 森 林

在这种情形之下,教师应当集中注意地在强拍的音上加强音响(如在上例中:"茂密的**森林**"),而不加强开头那几个不需要加重的音。

教师的指挥动作在这种情况之下也能帮助避免错误。在教师的指挥动作中,弱拍与强拍是有显著的区别的。

要达到融和,最大的困难也许是与节奏有关的。正是在节奏这一方面,我们可能遇到一系列会妨碍同样而同时的演唱的因素。例如,在许多歌曲中存在着一种不很大的却又很重要的节奏上的差别,这种差别在儿童的演唱中时常被抹煞掉,这样结果就歪曲了歌曲。例如在歌曲《感谢》和《飞机》中,其中一首歌曲必须唱出由四分音符、附点八分音符和十六分音符组成的节奏型,而在另一首歌曲中,则应当唱出由一个四分音符和两个八分音符组成的节奏型:

♩ ♪. ♬　　　　♩ ♪ ♪

在唱歌的儿童当中,只要有一个人唱错节奏,就足以立即破坏歌声的统一性。

另一个普遍存在的节奏上的错误是在于:儿童时常会把配上一个字的两个十六分音符唱成一个八分音符:

用慢速度来唱这种地方,唱的时候把那个字中的母音在每一个十六分音符上强调一下,就可以避免这种错误,例如:“我-ㄛ们请-ㄥ求……”或“黑土-ㄨ地-ㄧ”。在逐渐接近演唱速度的时候,这种强调就减轻起来,然而每一个音却仍然保持得很清楚。

唱到个别乐句的结束或乐曲的结尾时,也会产生这种节奏上的错误。

例如在《边防军人之歌》一曲中,第一乐句和第二乐句的结束处的时值等于三个连接的四分音符,而第三乐句和第四乐句的结束处则是一个二分音符和一个八分音符的时值的音。唱这首歌曲的时候,儿童往往把这几个音唱得不足拍(因此减弱了合唱的总的音响),或者拉得太长,因此造成了那种绝不能容许的“尾巴”。在这种情形之下,与儿童一同计算结束该乐句的音所延续的时间,是很有益的。但是最好的方法还是由教师用手的动作来作指示。

同样地还必须准确地在休止符上停唱,因为休止符并不只是表示音响的中止,它在音乐中是具有表情作用的。

为了要达到歌声融和,在唱歌的时候必须同时而同样地遵照一切有关力度方面的指示、强弱的变化,即注意唱出音响的加强和减弱,力度不同的音响的对比和重音等。掌握这种技巧,对于富有表情的歌曲演唱是具有极大的作用的。学校教学大纲中的歌曲能帮助培养这种技巧。在一年级时主要的是练唱中等力度的歌曲。随着班级的递升,就逐渐地要养成并发展歌唱中的渐强(crescendo)、渐弱(diminuendo)及其他强弱变化的技巧。

在二部合唱中,融和具有特别重要的意义。在二部合唱中必须达到上声部音响和下声部音响在力度上的均等;因为只有在这样的条件之下才可能获得美妙而融和的合唱音响。在学校教学大纲的许多歌曲中,上声部与下声部保持平行三度的进行。像这一类的二部合唱曲是较难唱的,但是练唱这类歌曲却能很好地学到融合的二部合唱的技巧。

二部合唱曲最好用中等速度和中等力度来练唱,这样可以训练儿童在两个旋律配合在一起的情况下倾听自己所唱的一行旋律。

用平行三度来唱二声部的练习是很适宜的。

以上所述的就是基本的要求，而实现这些要求，就能保证歌声的真正的融和。

指挥合唱的一些技巧

我们已经联系到各种问题而再三地指出了教师的指挥动作的重要性。的确，只有借助于手的动作，才可能保证歌曲的同时开始和同时结束，指出呼吸的时候，保持速度的准确，和在必要的时候变换速度。手的动作还能调正音准，并能帮助儿童表达歌曲的内容。

最近几年来的实际经验确凿地证明：那些甚至没有受过专门的指挥训练的、但是却掌握着基本的指挥技巧的教师，比那些用钢琴来指挥合唱的教师时常获得更好的工作效果〔1〕。

要指挥合唱，必须掌握一些指挥的方法。

每一首歌曲都有一定的节拍——二拍子、三拍子或四拍子。每一种节拍都有与它相符的一定的指挥式样。二拍子的节拍是用手向下和向上的动作（几乎成垂直线）来表示的——打第一拍（强拍）时，手向下挥，第二拍（弱拍）则向上挥：

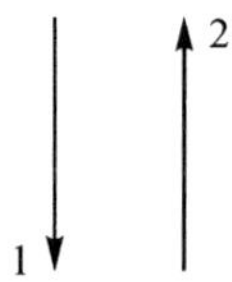

〔1〕 如果在音乐会上演唱需要用钢琴伴奏的歌曲，那么最好在最后一两次演习和在演出时邀请别校的教师（互相帮助）或者家长和学生中会弹钢琴的人担任伴奏。

打三拍子的时候,第一拍用手向下挥的动作来表示,第二拍——手向右方挥,第三拍——向上挥[1]。因此三拍子的指挥式样类似一个三角形:

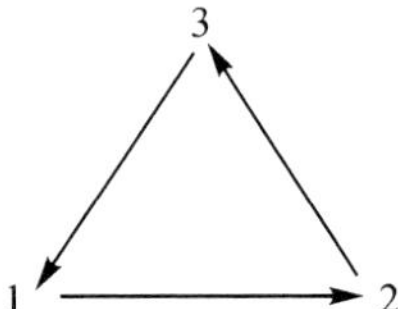

打四拍子的时候,第一拍的打法和以上两种情形相同——手向下挥,第二拍——手向左挥,第三拍——按水平线向右挥,第四拍——向上挥[2]。

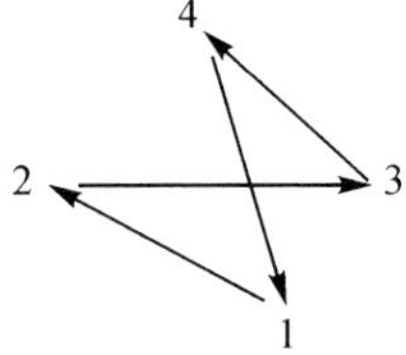

为了表示歌曲的开始(起拍),需要掌握三个互相密切联系的手势。教师向前伸出右手(或两手),把全班儿童的注意力都集中到教师这一边来,这是准备的手势,在这之后是呼吸的手势,最后才是开始的手势。准备的手势在任何情况之下都是相同的,而呼吸和开始的手势就得依据作品的速度和特性以及歌曲从哪一拍开始而有所变化。如果歌曲是从强拍——第一拍开始的,那么呼吸的手势要用从下到上的动作来表示,紧接着再用从上到下的动作来表示开始。如果歌曲是从弱拍开始的——

〔1〕 这是右手指挥的式样。

〔2〕 在学校歌曲曲目中还有$\frac{6}{8}$拍子的歌曲,指挥这类歌曲时要打成两拍(例如贝多芬的《土拨鼠》)。

这多半是从最后一拍开始——那么呼吸的手势要用从上向下往旁边挥的动作来表示,并立即挥到相反的一边来表示开始。

应当按照所要演唱的歌曲的速度准确地作出呼吸的手势。如果不遵守这个规则,就不可能保证合唱的正确开始。在呼吸的手势中表明歌曲演唱的性质也是很重要的,这就是说:如果歌曲是富有曲调性和抒情性的,那么教师的手势也应当平稳而柔和;如果歌曲是活泼轻快的,那么教师的手势也应当短促、确切而轻快,但同时,始终应当是稳重的。

对呼吸的手势还有这样一个要求:呼吸的手势应当用一个极小的停顿来作为结束,这种小小的停顿几乎是不可计量的,但对唱歌的过程说来却非常重要。这种不大觉察得出的停顿,仿佛“屏住”呼吸,它能保证歌曲的准确的开始。表示结束的手势(我们把这种手势称为“收束”),是由以下两个因素组成的:准备收束和收束本身。

表示力度的强弱变化的方法如下:表示中等力度的时候,两手放在与胸部等高的地方,要求合唱团唱出强音(forte)时,两手向上举到与肩等高的地方,表示弱音(piano)时,两手低下去(大约与腰部等高)。在任何情况下,必须使歌唱者都能看得见指挥者的手。除了以上指出的一切方法之外,指挥者的脸部表情和手势在意志上的紧张状态,都能帮助表明作品的性质。手势的确切性与其说是取决于它的挥动和两手的位置,倒不如说是取决于它在意志上的紧张状态。

如果教师要向合唱团或合唱团中某一声部表明需要改正音调的话,那么他可以用稍微举起左手(掌心向上)的动作来表示音调的提高,用稍微放下左手(掌心向下)的动作来表示音调的降低。同时他还应当看着他所指示的那一个声部或那一组歌唱者(或个别的歌唱者)。

关于合唱指挥方面的最简要的指示就是这样。

怎样练唱歌曲

掌握练唱歌曲的全部过程,在合唱领导者的工作中是最重要的一件事;略微忽视这一过程中的个别因素,就会引起极为不良的后果。

教师在开始教儿童练唱歌曲之前,自己应当极仔细地先分析好这首歌曲并先学会它。他自己应当十分清楚地了解:用哪些表现手段来表达歌曲的内容。同时他还应当具体地考虑到教唱这首歌曲的对象——每一个合唱团体的能力。分析一首歌曲的时候,必须弄清楚其中所有难唱的地方,并预先拟好克服这些困难的途径和方法。顺便还应当考虑一些能更好、更快地帮助消除这些困难的练习。

必须预先拟好整首歌曲的练唱计划,并考虑在课堂上将要进行的、关于这一首歌曲的谈话的内容。

为了更直观、更具体地说明起见,现在以布戈斯拉夫斯基的《边防军人之歌》一曲为例来表明我们的一些意见:

边防军人之歌
维索茨卡雅词
布戈斯拉夫斯基曲
1. 茂密的 森林盖 满白 雪, 边防 军人在
站岗守 卫。 夜已 深,四周 一 片寂 静,
我们 苏维埃 祖 国安 睡。 2. 靠边 卫。
1. 2.
3.

2. 靠边界有一个山谷地，

敌人也许躲在丛林里？

但不论遇上任何敌人，

边防军人都准备给予打击！

3. 为了人民永远自由，

我们的军队保护着我们。

茂密的森林盖满白雪，

边防军人在站岗守卫。

开头必须仔细地把歌词读一遍，并清楚地想象到这首歌曲中所唱的是什么。这一首歌曲的第一节歌词描绘出我们祖国边境严寒的自然界的形象，在那寂静的夜里，苏维埃的边防军人警觉地守卫着祖国的边境。第二节歌词含有两种情绪。它的上半段是：

靠边界有一个山谷地，

敌人也许躲在丛林里？

这一段表现出一种不安的情绪和警觉的心情。下半段是：

但不论遇上任何敌人，

边防军人都准备给予打击！

这一段创造出一个随时准备保卫祖国边境的勇敢大胆的边防军人的形象。

第三节歌词的下半段虽然是以这首歌曲开始时的一段歌词作为结

束的,但是这一节歌词却表达出我国人民坚强的信念和安然的心情:我们强有力的苏联军队保卫着我国人民的和平的创造性劳动。

这一首歌曲的音乐具有严肃的性质。那是由于歌曲的低的音域所造成的,在这种音域中声音压低了;小调的调性和富有弹性的节奏带给歌曲一些不安的情调。由此可见,歌词的内容与音乐的性质,整个地说来是相符合的。但是只说明这一点是不够的,教师还应当根据歌词内容的发展指出一些演唱上的个别细节。第一节歌词需要用轻的、甚至稍为喑哑的声音来唱,为的是描绘出边境茂密的森林和不安的、寂静的黑夜的景象。此外,在轻声歌唱的时候应当把歌词唱得特别清楚。在这一首歌曲中,力求准确地唱出节奏——即把附点八分音符和十六分音符的节奏唱准确,是非常重要的。

第二节的开头,唱法大致与第一节相同,但是下半段要唱得饱满而充分有力。

整个第三节都应当唱得较为明朗,并保持始终不变的速度。

除了以上已经指出的一些难唱的地方之外,教师还应当注意到歌曲中各乐句的结尾的唱法,

以及在休止符的时间中准确地同时换气的重要性。我们要提醒大家注意,第一乐句和第二乐句应当唱得像第三乐句和第四乐句一样,即在结尾时不是

必须考虑到:进行这一切工作时,主要是要运用指挥动作的。

在分析歌曲的内容时,我们已经指出这首歌曲是用小调写成的。这

一点应当使教师对音调特别加以注意。A 音——D 小调音阶的第五级音——在第一乐句和第二乐句中是特别长的结束音，应当唱得较尖锐些。D 音也应当唱得较尖而高些，但相反地，F 音——主三和弦的三度音——则应当唱得较低而平静些（接近 E 音）。在最后一个乐句中有半音的进行——D—♯C—D，这在音调方面是很难唱的。这几个音都应当唱得较尖而高些。如果音调唱得不够准确，最好闭着嘴哼唱这一个地方。

教师在教唱歌曲之前预先进行的这种准备工作，是教儿童合唱的一个重要的工作阶段。

其次的一个极重要的因素，就是教师自己演唱歌曲。可以说，往后一切工作的成功与否，在相当大的程度上都决定于教师的第一次的范唱，这样说是毫无夸大之处的。如果教师自己演唱歌曲时能唱得好，唱得富有表情，那么儿童一定想要学唱这首歌曲。而这种愿望已经足以保证他们也能很好地学会它。教师应当作出演唱的范例，让儿童朝着这一范例而努力。他所唱出的音应当符合于歌曲的性质和歌曲中各部分的性质，他必须严格地在规定的地方呼吸；音调、节奏表现、速度和语音的明确性等方面也都应当做到毫无差错。永远不要忘记，教师的示范唱歌如果是枯燥无味的、形式的，甚至就会破坏儿童对一首好歌曲的印象，而儿童也就不会想去唱它。教师如果能背唱歌曲，那是最好的。但是如果他还需要看着乐谱唱歌，那么也应该把该首歌曲唱得很熟，不能因为看乐谱而妨碍他看着全班儿童。

教师示范地唱过整首歌曲之后，就要和儿童进行简短的谈话，在谈话中要说明这首歌曲的总的情绪，提到歌词与音乐相符合的程度的问题，并弄清楚儿童最喜欢的是什么。和年纪大一些的儿童谈话时可以附带说明,是哪些东西帮助表现了歌曲和歌曲中各部分的内容和情绪,换句话说,就是说明音乐表现手段的性质。

下一阶段的工作,就是练唱歌词。在实践中有各种不同的方式:有些人认为应当印发歌词或把歌词写在黑板上或特制的挂图上,再教儿童们看着读;而另一些人则认为背熟歌词的学习方法较为适宜。如果歌曲中歌词的节数不多,后一种方法对我们说来是较为适用的。让我们来解释一下,为什么是这样。练唱歌曲的时候我们会要求儿童不止一次地回过去复唱个别的乐句:有时候是因为需要矫正音质,有时候是因为音调或节奏唱得不对,而有时候是因为呼吸不正确,等等;这时候儿童同时也重复唱了歌词,逐渐地把它记得更牢了。而且正如我们将要看到的,练唱旋律是一个较长时间的过程(指与练习歌词的过程比较),甚至于为了使练唱多样化和保持不衰的兴趣起见,如果是分节的歌曲,我们不但要练唱其中的第一节歌词,而且还要继续练唱第二节歌词。

教师在示范地唱过歌曲之后,首先应当把整首歌曲的歌词读一遍,然后再读第一节歌词,最后读他将要教儿童开始练唱的第一乐句的歌词。像这样一个乐句接着一个乐句地,在练唱旋律的时候儿童同时也就学会了歌词,但是教师也应当经常注意歌词的正确而富有表情的发音。

歌曲是按乐句练唱的。教师把第一乐句的歌词重复读了一遍并唱出来之后,便叫儿童也跟着唱一遍。如果儿童还没有把握唱好这个乐句,教师就再唱一遍,叫儿童也跟着再唱一遍。第一乐句唱得正确之后(音调准确,节奏正确,音质良好),教师再读第二乐句的歌词,然后把它唱给儿童们听,叫他们跟着唱一遍。第二乐句也唱正确之后,要把第一和第二乐句合在一起唱。同样地先分别练唱第三乐句和第四乐句,然后把这两个乐句合在一起练唱。如果一首歌曲的全部旋律就只是这么四个乐句——像这样的歌曲在学校教学大纲的曲目中是占大多数的——，那么应当把全曲的旋律统统复唱一遍。如果学会的四个乐句只是歌曲中的一部分,那么在这第一堂课上是否可以继续学唱下去,就应当根据歌曲的难易和儿童掌握它的程度而定。如果歌曲的旋律并不复杂,而儿童又能很快地、很好地掌握它的话,那么可以再继续学唱下去。如果旋律是不容易唱的,而儿童对开头这四个乐句的掌握又不牢靠的话,那么往下的练习最好放在下一课进行。

例如,我们在上面已经分析过的布戈斯拉夫斯基的歌曲《边防军人之歌》,就是可以在第一堂课上学完全部旋律的歌曲。

又如,波洛文金的歌曲《感谢》,就是适合于在第一堂课上只学唱其中一部分(上半段)的歌曲。

如果歌曲中有重复的乐句,那么就必须更多地练唱那些新的乐句,而不必多练唱那些重复的乐句。例如,列文娜的《列宁之歌》的第五乐句和第六乐句,在歌词和音乐方面完全是重复第三乐句和第四乐句的。像这种重复的乐句,当然不需要再特别加以练习。

让我们以《边防军人之歌》为例来研究练唱的程序。这首歌曲的第二乐句的歌词,是不同于第一乐句的("边防军人在站岗守卫"),但是我们不必再练唱第二乐句的旋律,因为它完全是重复第一乐句的旋律的。第三乐句("夜已深,四周一片寂静")和第四乐句("我们苏维埃祖国安睡")要分开单独来练习,因为在这两个乐句中,每一个旋律都是独立的;然后把这两个乐句合在一起练习,最后把第一节的旋律全部重复一遍。

在第一堂课上是否也练唱第二节歌词,是很难说的。这完全要根据儿童对歌曲教材的掌握的熟练程度而定。事实上多半是只限于练唱第一节,况且在这一堂课上还需要复习以前学过的歌曲。

练唱二部合唱曲也应该保持同样的程序;所不同的是,二部合唱曲的每一乐句都需要先个别地练唱上声部和下声部,然后再合在一起练唱。但是应该从哪一个声部开始练唱呢?我们认为这个问题并不是原则性的问题,可以先教任何一个声部练唱。我们在下一节里还要更详尽地研究练唱二部合唱曲的方法。

我们已经逐步地研究了练唱歌曲的过程。现在只要分析一下练唱歌曲过程中训练唱歌技巧的顺序。

童声合唱队在最初学唱旋律的时候,时常显出很多缺陷,以至于使缺乏经验的教师感到茫无头绪,不知道应当从什么地方教起。虽然我们将会看到,往后的某一种唱歌技巧的训练,与另一种唱歌技巧的训练保持有密切的联系,但是在这种训练工作中还是有一定的顺序的。

首先应当力求达到音调纯正、节奏准确、呼吸正确、音质良好并要发音正确而符合于歌曲的性质。等到所有这些都能做到令人满意的时候,才开始训练清晰的语音和整个合唱音响的融合。由此可见,在综合地训练各种唱歌技巧中就有着逐渐"积层"的过程。

我们还是以《边防军人之歌》为例来研究这一点。

在这首歌曲的第一乐句和第二乐句的旋律中,除了以上已经指出的关于小调主三和弦中各音在演唱上的问题之外,在音调上并没有特别难唱的地方。在第一乐句中必须注意仔细地唱出作为全曲特征的点线式的节奏。教师从教唱的最开头就应当注意使所有的儿童唱出圆润的音,因为像这样的音正是几乎整首歌曲都需要的。这首歌曲的演唱性质——即所谓发声法——应当是不很连贯的,但同时又不是带顿音的(非连音 non legato)。等到儿童都能圆满地完成以上指出的各项任务之后，再加上精确的语音的训练；根据这首歌曲的性质的要求，咬出的字音应当稍为强调一些：子音的发音要短促而有力。像这种子音发音的训练，是与训练明确的节奏密切相关的。除此之外，子音的明晰的发音也有助于子音后面的母音的良好的发音，而发音的训练又有助于良好而能动的呼吸。

从这一个例子中很明显地可以看出在唱歌技巧的训练中各个因素相互间的作用和联系。以这种相互联系为基础而订出的训练唱歌技巧的方法，可以节省训练的时间，而且能使训练过程本身变得更加有趣。

往下各乐句的练唱也采用同样的方式进行。至于这些乐句中存在的个别困难，我们在说明教师备课工作的时候都已讲过。

最后还需要说一说：训练音质、歌词发音性质、节奏、速度和其他各种因素的时候，教师所提出的一切要求和意见都必须总是与歌曲的内容和情绪联系起来。这样就能使全部训练工作都具有一种目标明确的、有意义的和极有趣味的性质。

各年级的合唱（歌曲的分析）

在这一节中我们将以个别的歌曲（一年级、二年级、三年级和四年级歌曲曲目中的歌曲）作为实例，来说明各年级声乐和合唱技巧的水平与教学大纲中的唱歌教材是怎样联系着的，我们又应当怎样来训练这些技巧。

同时我们要从歌曲的性质和难唱的地方，作出一些分析和研究，为教师举出这样一些范例。

在一年级的歌曲曲目中,我们要谈一谈李亚多夫的《摇篮曲》(《小猫咪》):

这首歌曲是用民间歌词写成的。在这首歌曲中还保存了一些古代通用的字眼。平静柔和的音乐美妙地表达出歌词的内容。这首歌曲的特性是在于:它的安闲的、中庸的摇篮曲速度(摇动摇篮的速度),悠扬舒展的旋律,以及民歌特有的一个字配若干个旋律音的唱法。这首歌曲的全部旋律,好像围绕着歌曲的基础音(主音)——G音而旋转似的。歌曲的第二乐句和第四乐句都结束在这个音上。这首歌曲是由两节歌词组成的。它的音域是一个六度音程(小字一组中的D音到B音)。唱这首歌曲的时候,主要困难是:在相当长的乐句里声部进行到四度音程的时候,要用圆润(legato)的声音来唱旋律,唱一个字配两个音的地方(呼吸的地方标在以上所引用的这首歌曲的第一节歌词的谱例中),子音的发音要清楚。

现在我们再来研究克服这些困难的工作方法,并要拟出一些可能用的练习。

演唱相当长(就一年级的程度而言)的乐句时,要求沉着的深吸气和均衡而延长的呼气。因此在练唱歌曲之前,最好先作一些我们在“呼吸”一节中所指出的练习:唱一个历时四个四分音符的音,然后唱历时六个四分音符的音,在深深地吸进一口气之后,从容地数“一、二、三、四……”,直到气呼完为止。在练唱这类练习和练唱歌曲的时候,必须注意使儿童不耸肩并从容地呼吸。在唱歌的时候必须注意使所唱出的音平顺地流出,不使任何一个字突出来,而在从D音进行到G音(歌词“猫咪”的“猫”)的时候,必须唱得密接而无间隙(歌词“你到”中的从D音到B音的进行也是这样)。唱一个字配上两个十六分音符的地方时(“灰色”的“色”,“来逗”的“逗”),应当唱得连贯分明,务要把每一个音都唱清楚。从最初教学的时候起,就必须训练儿童注意看指挥的动作,教他们理解教师的每一个手势。

现在我们再来分析二年级所唱的俄罗斯民歌《黑土地》。

在分析这首歌曲之前,我们要先讲一讲在二年级时所遇到的新的唱歌技巧。从第二学年的下半年起,便已开始采用二部合唱。这对于儿童进一步的音乐的发展,是一个很重要的因素。由于在这种年龄的儿童中,不大显出上声部与下声部的嗓音间的差别,所以我们往往假定地把全班分为两组,其中一组唱上声部,另一组唱下声部。最好是让听觉好的儿童唱那较为难唱的下声部。这样会帮助教师更快地达到巩固的二部合唱。

从第二学年开始,教师便应当在唱歌课上采用一些专门的练习,用以训练对二部合唱的听觉。例如让儿童延长地唱出小字一组中的g音,而教师唱小字一组中的e音或b音,或者让上声部延长地唱小字一组中的a音,而下声部则唱小字一组中的f音。为此教师应当预先为每一个声部个别地定音。如果学校里有乐器设备(钢琴、小提琴、多姆拉或手风琴),最好是从第二学年的开始便采用一些二声部的听音练习(每一堂课用两三分钟的时间):依次奏出三度音程和五度音程,让儿童把每一个音唱出来,然后把音程中的两个音同时奏出,叫儿童们一起分别地唱出音程的高方音和低方音来。

教师必须叫一些听觉好的儿童(每两人一组或每四人一组)唱几种

简单的、二部配合在一起的音(三度音程、五度音程),使全班儿童都仔细听他们唱出的音响。仔细地、集中注意地听听这些儿童的示范,对于二部合唱的技巧的发展是具有非常巨大的意义的。

最好是采用以下这些二声部的旋律片段作为练习,这些是我们以后在歌曲中常常要遇到的:

1.
2.
3.

我们所分析的俄罗斯民歌《黑土地》,就是二声部的:

黑 土 地 呀 黑 土 地, 黑 土 地 呀 黑 土
地, 黑 土 地, 黑 土 地, 黑 土 地 呀 黑 土 地。

这首歌曲要在二年级第三学季时,即在已经进行过二部合唱的准备工作之后练唱。

这首歌曲是活泼的,同时又富有曲调性。这首歌曲不应当唱得很连贯,但是也不能唱成顿音,每一个音都应当稍为加重。

这首歌曲的基本困难是二声部的表现方法。另外还有一种困难,即演唱这首歌曲时,必须用轻快活泼的歌声,因而也要求有快速而灵活的呼吸。要达到在着重的字与不着重的字之间的正确的关系,也是不容易的(乐句从弱拍开始)。开始练唱这首歌曲之前,最好先唱含有这首歌曲的旋律片段的二声部练习:

唱这些练习时必须用慢速度，中等力度，最好用“ㄉㄨ”音唱，或闭着嘴唱；由全班儿童或分小组或以二重唱（每声部各一人）的形式来练唱。这首歌曲的第一乐句和第二乐句是一样的，第三乐句和第四乐句差不多也是一样的，这样就使练唱过程容易得多了。

开始练唱的时候必须是全体儿童都一起学。

准确地唱出歌词《黑土地》中一个字配上两个十六分音符的地方，乃是两个声部在第一乐句和第二乐句中所存在的主要困难。练唱的时候必须把这种地方唱成这样，即强调出每一个字中的母音：“黑土-ㄨ地-ㄧ”。最好是用“ㄌㄧㄝ”音来练唱这首歌曲的旋律，因为这样可以使发音轻快。但是一个字配上两个旋律音的那些地方，在练唱的时候也必须唱得清楚，要强调出每一个音（“ㄌㄧㄝ-ㄧㄝ”）。

在第一乐句中唱出配一个字的两个八分音符之后（“黑土地-ㄧ”），上声部是很难迅速地换气的。教师应当用一个短促有力的手势为儿童指出呼吸的时间。

第三乐句和第四乐句最好从下声部开始练唱，因为下声部在这里具有独立的旋律。

为了巩固二部合唱，在合唱中可以先使第一声部突出些（唱得稍为大声一点），然后使第二声部突出些，最后才逐渐地使两个声部达到同样的力度。

我们现在来分析三年级教学大纲曲目中的俄罗斯民歌《花园》：〔1〕

首先我们要谈一谈，在第三学年的开头教师必须做哪些事情。在二年级的时候对儿童的声部的划分还只是假定的，而在三年级中为儿童划

〔1〕 全曲见本书后面的歌曲附录。——译者注

分声部时,就应当考虑到儿童嗓音的音域和音色。高的嗓子(女高音——女孩,童高音——男孩)唱高的音(小字二组的 d 和 e 音)的时候,声音比低的、较为晦暗不明的音(小字一组的 c 和 d 音)更柔和、响亮和明朗。相反地,低的嗓子唱低的音(小字一组的 c 和 d 音,某些儿童甚至可以唱到小字组的 b 和♭b 音)的时候声音圆润而结实,而唱高音的时候却是紧张的。

如果教师担任该班的教课已经不是第一年,那么以往的观察可以帮助他正确地决定儿童的声部。儿童在这种年龄内嗓子也还在继续形成中,他们的嗓音在音域和音色上往往没有什么区别,因此教师首先应当问儿童,唱这个或那个声部是否有困难,同时还应当时常多听学生们唱歌的声音。判定音域和音色时的错误,对儿童的嗓子可能引起不良的后果,因为在三年级大纲曲目中,特别是在四年级大纲曲目中的二部合唱曲,其上声部和下声部的旋律在音区上是有显著的差别的。

俄罗斯民歌《花园》就是这样一类的歌曲。这首歌曲具有活泼愉快的特性。为了表达这首歌曲的特性,应当用活泼轻快的声音来唱它,每一个强拍——特别是在第二段中——要稍加强调。开头两个乐句要唱得较婉转悠扬。上声部的音域是一个八度(小字一组的 d 音到小字二组的 d 音),下声部的音域是一个五度(小字一组的 c 音到 g 音)。

练唱这首歌曲的主要困难是在于:声部间的音响的均衡,第一乐句和第二乐句的圆滑进行(legato)与第三乐句和第四乐句的活泼轻快的音响的对比,以及乐句划分的分明等。

在这首歌曲中两声部间的距离有时达到一个六度音程,甚至于一个八度音程。在这种地方通常特别不容易唱得融合。教师应当在用慢速度练唱这首歌曲的时候,时常使儿童注意这些地方,使他们习惯于听别的声部,并力求达到声部间的融合。为了训练这个最重要的合唱技巧,最好是从每一个声部中各选出一个或两个人出来唱歌,使全班注意听他们唱,判定他们的声部间的力度是否均衡,并说明哪一个声部有点突出等。应用这种方法是很有益处的,因为声部间的融合的程度在旁人听来是更为明显、更听得清楚的。在第二乐句和第三乐句中比较容易达到声部间的均衡,因为在这里两个声部大都是按平行三度进行的。可以预先或在练唱这首歌曲的时候,唱以下这些含有这首歌曲的旋律片断的练习:

1.
2.
3.

这首歌曲开头的两个乐句可以从上声部,也可以从下声部开始练唱。这两个声部都有它们的独立的旋律。第三乐句和第四乐句则最好先从上声部开始练唱,因为上声部更富有旋律的意义。

开头的两个乐句应当力求唱得连贯、融合,朝着长音(二分音符)而进行。

相反地,第三乐句和第四乐句则应当唱得比较活泼些,在小节中的每一个强拍上稍为加重(“……草儿绿吧,我的绿花园……”)。这首歌曲要求各个乐句的结束都唱得非常清楚。

四年级的大纲曲目中包含有古老的革命歌曲《同志们勇敢向前进》。

同 志 们勇 敢 向 前 进! 坚 强 地参 加 斗 争。
要 开 辟自 由的 道 路, 我 们 都奋 不 顾 身。

这首歌曲是俄罗斯工人们在伟大的十月社会主义革命之前创作并歌唱的。在这首歌曲的歌词中铭刻着不屈不挠的斗争意志和对劳动者的正义事业的胜利的信心。

这首歌曲是音乐和歌词相符合的一个优秀范例。刚毅有力的进行曲速度,清楚确切的拍子和节奏,以及富有表情的激动的旋律,鲜明地表达出歌词的基本内容。

儿童在自己的演唱中应当充分地表达出歌曲的内容。

这首歌曲是两声部的合唱曲。上声部的音域是一个九度音程(小字一组的 e 到小字二组的 f),下声部的音域也是一个九度音程(小字一组的 c 到小字二组的 d)。

演唱这首歌曲的主要困难,是要把两个声部自始至终毫不间断地唱出来。必须特别注意第一小节的音调。从低音区到高音区(第三乐句和第四乐句)的剧烈转移,以及从第一乐句到第四乐句一段中力度上的增强(音响的加强),都是很复杂的。

这首歌曲最好是从上声部开始练唱,因为具有主旋律的正是这一个声部。

在第一小节中最难唱准的是变化半音的进行(上声部是 G—♯F,下声部是 E—♯D)。最好在开始练唱之前,先唱以下这些含有这首歌曲的第一乐句的旋律片段的练习:

要注意♯F 音和♯D 音的尖而高的音响。这些练习可以用“ㄌㄨ”“ㄌㄛ”“ㄌㄟ”等音来唱,或闭着嘴唱。

剧烈地转移到高音区的时候(第三乐句),要求准确地、没有“间隙”

地唱到高音上，并在高音区中保持圆润的音响。

如果在练唱这个地方的时候发生困难，最好把它摘出来，个别地应用各种母音，停留在高音上练唱。必须注意要很自由地张开嘴，子音的发音要清晰而坚定。

这首歌曲几乎全部都是由以下这种节奏型构成的：

♩ ♪. 𝅘𝅥𝅯

在这里，附点八分音符的时值要唱得足拍，而十六分音符要唱得短促，这是非常重要的。

如果不能做到这一点，那么最好在练唱的时候改用慢速度，把附点八分音符的时值特别延长，而把十六分音符唱得稍短一些。这样一来，在逐渐地达到应有的速度的时候，也就能保持着正确的节奏。

必须注意在每一乐句结尾的地方的音的准确而同时的终止。每一乐句的结束音都不应减弱。乐句的结束音应当根据教师的手的准确指示而急剧地收束，这对于性质果断的歌曲说来是很重要的。

克服这些主要困难之后，就必须力求获得善于从歌曲的开始到歌曲的顶点(位于第四乐句的开头、旋律中最高的一个音)之间逐渐加强音响的技能。

为了帮助儿童能感觉到音响在上声部和下声部同样地、逐渐地加强，最好和儿童们一起练唱保持平行三度进行的两个声部的音阶，唱时随着音阶的上行而逐渐加强音响。

第三章　乐　理

学生在学校里的唱歌课中,也要获得乐理知识。

在普通小学里,乐理的教学任务是教会学生自觉地了解音乐作品的内容和性质;使学生获得关于音乐艺术的表现手段的观念、关于音乐艺术的要素(旋律、调式、速度、节奏、拍子等)的观念;并且使他们学会记谱法,养成他们看着乐谱唱歌的技能。

儿童在分析所欣赏的歌曲的时候,在认识歌曲构造的特点(正歌、副歌、乐句、拍子、调式、旋律的上升和下降等)的时候,在看着乐谱唱歌的时候,都可以获得乐理知识。

学校里四个年级的唱歌教学大纲,是依据学生对歌曲的内容、性质及表现方法的理解的逐渐增长而制订的。所以乐理知识也是渐次积累起来的。

在这一章里我们所要研究的,主要是音乐的各种表现手段和记谱法。

乐理知识的获得,从一方面说,应该以音乐的印象为根据,即以音乐的“观察”为根据;从另一方面说,所获得的知识必须加以实际应用。在事实上,我们这个工作和识字教学具有同样的认识过程:在识字教学中起初教儿童注意听一个单字的发音,从这单字中分辨出声音来,然后靠记号——字母——的帮助而认识这音的记录法。关于识字教学,有人这样说:“先声音,后字母。”我们教授乐谱知识,也可以这样说:“先声音,后音符。”

音乐教学比较起语言教学来,情形要复杂些:初进学校的儿童,都会利用语言来作为交际手段;他不懂语法,也能无意识地掌握丰富的本国语言。但是在音乐方面情形就不同。儿童对于音乐的语言还很少认识,他不惯于应用音乐语言,他不容易理解这种语言。因为这个原故,在起初的几次音乐课中,儿童自己唱歌和听教师唱歌是很重要的事。在这以后,他们才能够理解他们所听到的东西。从上面所说的,我们便可明白,唱歌时的“音乐听觉”具有何等重要的意义。儿童的听觉是在唱歌教学中发展起来的。但在这工作中需要有很大的渐进性、循序性和计划性。现在我们就来叙述各年级的教学方法。

一年级的乐理

在一年级里,就必须教儿童学会辨别悲哀的歌曲和快乐的歌曲,必须使他们知道,歌曲有行进的、舞蹈的、舒展的、安闲的。

正确地唱出音调和正确地表现出节奏型是正确地演唱歌曲的首要条件;因此使儿童掌握音的高度和长度的概念,是乐理的首要任务。如果儿童学会了辨别音的高度和长度,那么他们就很容易理解记谱法了。

在认识记谱法以前,必须先使学生知道音有高的和低的,必须使他们能够用听觉来辨别它们,并且由听觉来确定旋律进行的方向——向上或是向下。

儿童不是立刻能够理解这一点的。在认识记谱法之前,还须教儿童掌握正确的术语,务使他们能把“高音”这个定义正确地结合到高的发音,而不结合到低的发音(这是常有的情形)。那时他们对于音符在谱表上的位置也会理解了(音越高,写得越高;音越低,写得越低)。掌握这些术语,往往使儿童感到很大的困难。起初他们把术语弄得含混不清,往往把低的音称为高音,而把高的音称为低音。这显然是因为"高"这一个字,在儿童心目中和某种大的、重的东西的概念相联系的原故。

如果教师能奏某种乐器(例如小提琴),他便可在高低不同的各种音区上演奏某一首歌曲,叫儿童注意倾听:由于音区的变更,歌曲的音响会发生种种差异,有时是沉重的,有时是清澈的。使儿童正确地理解术语"高音"和"低音",是很重要的事。为了要在上课时检查这一点,可以做这样的一个游戏:教师在各种音区上演奏某一段旋律。儿童倾听着,如果听见声音高了,儿童就把手举起来;如果听见声音低了,儿童就把手放下去。这游戏不但可以使教师判断儿童对于音的高低的理解程度,游戏本身又可以帮助儿童更清楚地理解这个概念。

当然,在各音之间距离很小的旋律中,要教儿童学会区别音的高度,是要困难得多。但是只要儿童略微获得了一些关于音高的概念,教师便可引导他们注意歌曲中的声部的高低进行。这时候必须尽可能地利用儿童所熟悉而自己又会唱的歌曲。最好把儿童所熟悉的旋律画在黑板上,或者预先制成挂图,把它挂出来。

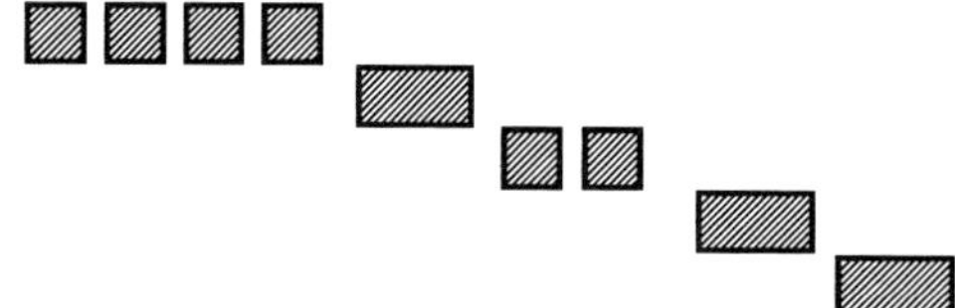

教师向儿童说明，这挂图上画着《田野里有一株小白桦》这歌曲[1]的开头一句。教师叫儿童注意，起初声音停留在同一高度上，后来渐渐地降低下来。画着长方块的地方，声音必须延长些。全体儿童大家唱这一句，这时候教师用教鞭指着各个方块。这样的教法是很有效的。因为儿童可以靠视觉观念来理解旋律的进行，他们的视觉和听觉也联系着。他们开始便明显地在音的高度和长度方面想象出歌曲的旋律，而这又能帮助他们更加正确地唱旋律。音高的概念本身也更加清楚。这时儿童就开始能够掌握"高""低""较高""较低"等术语了。

《田野里有一株小白桦》这歌曲中的第二乐句唱起来很困难，这乐句是把第一乐句加以变化而成的：

这乐句也可以依照图式来演唱：

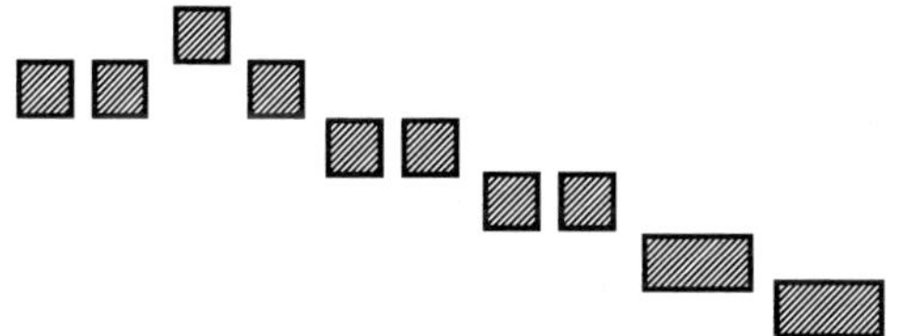

但是教师也可以不用图表，而用手的动作来表示出旋律的音型。这时候手的高度要像在黑板上作画时一样。教师一边唱，一边用手在空中"画"出第二乐句。然后叫儿童也唱这乐句，同时教师在空中"画"旋律线。

在练习和演唱别的歌曲的时候，即使是唱歌曲的一部分，也可以依

[1] 全曲见本书后面的歌曲附录。——译者注

照图式来演唱旋律。但是采用这种“描绘”的方法时，应当选择最简单的歌曲，例如《快乐的鹅》或《小猫瓦西卡》便是。像《飞机》这歌曲，因为它的节奏型很复杂，就不可能“描绘”。

可以用各种各样的方式来运用在黑板上或挂图上“描绘”歌曲的方法。不仅可以由教师来指出图式上的旋律进行，也可以由个别学生来指出这个旋律的进行。

在第二学季中可以检查一下，儿童对于歌曲旋律的概念巩固到什么程度。教师应当把两首不同的歌曲的图式挂出来，说出这两首歌曲的名称，然后叫学生猜猜看，哪一图是哪一首歌曲。

如果大部分学生都能够依照图式而认识歌曲，那么就可以逐渐地教他们记谱法了。

首先必须使音高的概念精确起来。要达到这目的，必须向儿童说明：各音可以连续地唱出，好像蹬着梯级走上去，然后再蹬着梯级走下来[1]。

为了更明显起见，可利用下面的图式：

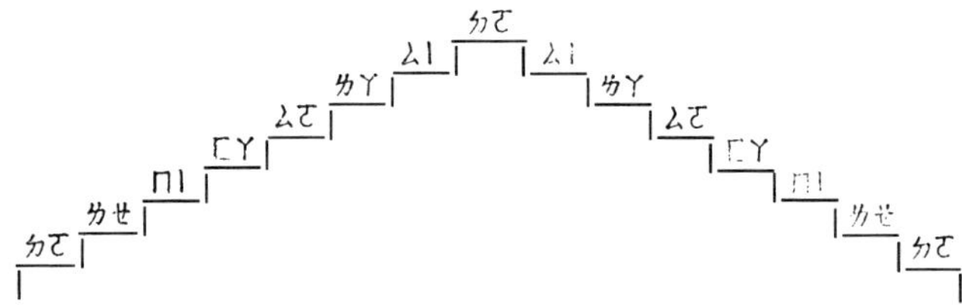

教师把音符的名称(ㄉㄛ，ㄉㄝ，ㄇㄧ，ㄈㄚ，ㄙㄛ，ㄌㄚ，ㄙㄧ)教给儿童。先由教师自己唱这音阶，从小字一组的ㄉㄛ向上行，唱到小字二组的

〔1〕 向上行必须走左面的梯子，向下行必须走右面的梯子(同记录音符一样，从左到右)。

ㄉㄛ,再从这音向下行,回复到原来的ㄉㄛ,同时用教鞭在图式上指出相适应的各“梯级”。然后教师和学生一起照样地唱。可是不必把整个音阶唱许多遍。可以靠这图式的帮助叫学生依照教师在梯级上指出的地方而唱音阶的一部分,或者歌曲中的个别片段。最好从音阶中部的中等高度的音——ㄈㄚ或ㄙㄛ——开始,因为这些是基本音区中的音。从这些音开始,可以很自然地逐渐向下行,直到低处的ㄉㄛ,但唱的时候声音必须轻松,不可太快,不可紧张。然后可以试一试从ㄙㄛ向上行,唱到顶端的ㄉㄛ(小字二组的ㄉㄛ)。这当然不是每个儿童都能立刻唱好的,但班里只要有几个嗓子较高的儿童,全班儿童也会渐渐地跟着唱得好起来。如果高音的ㄉㄛ唱得好了,便可从上向下地唱这音阶,但中间必须停顿一下,以便吸气,例如:ㄉㄛ,ㄙㄧ,ㄌㄚ,ㄙㄛ,停顿,吸气,然后再唱ㄙㄛ,ㄈㄚ,ㄇㄧ,ㄌㄝ,ㄉㄛ。

除了利用梯级图式来唱全部音阶和一部分音阶以外,还可以利用它来唱歌曲中短短的片段。这可以发展儿童的音乐听觉。

现在我们举出一些歌曲片段的范例来作为练习。

儿童唱过了音列的某一部分之后,便让他们依照教师在梯级上的指示而唱这样的练习:

(一)ㄙㄛ-ㄈㄚ-ㄌㄝ-ㄇㄧ-ㄉㄛ(用四分音符唱,末了停顿一下);

(二)ㄙㄛ-ㄙㄛ-ㄈㄚ-ㄇㄧ-ㄌㄝ-ㄉㄛ(在这练习中ㄈㄚ和ㄉㄛ用四分音符,其余的音用八分音符);

(三)ㄙㄛ-ㄈㄚ-ㄇㄧ(ㄇㄧ之后停顿一下);

(四)ㄇㄧ-ㄌㄝ-ㄉㄛ(ㄉㄛ之后停顿一下);

(五)ㄙㄛ-ㄌㄚ-ㄙㄧ-ㄉㄛ(小字二组的ㄉㄛ之后停顿一下);

(六)ㄙㄛ-ㄈㄚ-ㄇㄧ-ㄌㄝ(都用四分音符);

(七)ㄙㄛ-ㄙㄛ-ㄈㄚ-ㄇㄧ-ㄌㄝ(ㄙㄛ都用八分音符,其余用四分音符);

(八)ㄙㄛ-ㄙㄛ-ㄈㄚ-ㄇㄧ-ㄇㄧ-ㄌㄝ(ㄙㄛ和ㄇㄧ用八分音符,ㄈㄚ和ㄌㄝ用四分音符)。

第六、七、八这三个例子是儿童民歌《跳呀跳呀》[1]里面的乐句。儿童把这三个例子用音符名称来唱过之后,便可教他们用歌词来唱:

跳呀,跳呀,(例六)
跳呀,小鸫鸟。(例七)
小鸫鸟去挑水,(例八)
碰到了鸫鸟妹。(例八)
鸫鸟妹年轻,
鸫鸟妹齐整。
身长一寸,
头大像个瓶。

最后的四行先用歌词唱一遍,然后分别地唱各行,起初慢慢地用歌词来唱;后来用音符名称来唱,以便把旋律的进行唱得正确。这时候教师可以用手在空中或用教鞭在梯级图上画出旋律的图式,来帮助儿童。

如果儿童在重复唱一个音的时候感到非常困难,那么教师可以给他们辅助的练习。

把全班儿童平均地分为两组。第一组儿童唱出一个音,第二组儿童

[1] 全曲见本书附录中的谱例。——译者注

重复唱这个音。其结果如下：

第一组	第二组
ㄙㄛ	ㄙㄛ
ㄈㄚ	ㄈㄚ
ㄇㄧ	ㄇㄧ
ㄌㄝ	ㄌㄝ
ㄉㄛ	ㄉㄛ

这样练习过之后，便叫他们大家一起唱轮流唱出的音，即ㄙㄛ-ㄙㄛ-ㄈㄚ-ㄈㄚ-ㄇㄧ-ㄇㄧ-ㄌㄝ-ㄌㄝ-ㄉㄛ-ㄉㄛ。

教儿童音符的记录以前，还必须教他们认识音的各种时值。必须对儿童说：音符有各种写法，因为在音乐中，有些音唱得时间长些，有些音唱得时间短些。

我们不可能立刻教儿童认识各种时值的音符。在一年级里，只能教儿童认识两种音符。这两种音符，我们在教课的时候不妨假定地称它们为“长音”和“短音”。这两种音符相当于四分音符和八分音符，但是在一年级里不必对儿童提出这些名称，因为他们反正是不能理解这些名称的。我们只要把这两种音符的样子画给他们看(♩和♪)。我们在开始教学的时候选取这两种音符，是因为大部分简单的歌曲都是用四分音符和八分音符写成的。

当儿童能够把长音符和短音符的形状和音的高低的观念结合在一起的时候，教师才可以更进一步，教他们音符在谱表上的记录法。这一个工作大都是在第三学季开始的时候做的。

必须对儿童说明：声音是用音符记录在五条线上的，这五条线叫做谱表；音符是记录在一条线上或两条线的中间。

对于在一条线上的音符和在两条线中间的音符的理解,是学会记谱法的第一个条件[1]。声音越高,音符也记录得越高。必须向儿童说明:要记录所有的声音,五根线是不够用的,因此必须用加线。还须告诉他们:加线是很短的,每一条加线上只能写一个音符。

说明音符在谱表上的写法的时候,可顺便教儿童谱号——高音部谱号和低音部谱号。以后还要告诉儿童,我们所熟悉的音阶——从小字一组的 c 到小字二组的 c——在谱表上是怎样记录的:

一年级的学生必须记住小字一组中ㄉㄛ、ㄌㄝ、ㄇㄧ、ㄈㄚ、ㄙㄛ五个音的音符记录法。要他们一下子就记住这五个音符写在什么地方,当然是困难的。最好先教他们学会ㄙㄛ、ㄈㄚ、ㄇㄧ这三个音的记录法,由教师指示,把这三个音从下向上(从ㄇㄧ开始)又从上向下(从ㄙㄛ开始)地练唱,又把个别的音都重复地唱一唱。如果儿童能够把这三个音唱得很好,无论是向上、向下或重复,都很熟练了,那么教师便可以给他们唱歌曲《我们亲爱的小女伴们》中的片段:

等到儿童能够掌握好这三个音,便可以加入ㄉㄛ和ㄌㄝ两个音。

当儿童一记住这五个音的记录法之后,教师必须尽量地应用更多的例子来教他们看着乐谱练唱。这时候可以采用一些专门为这练习而编

---

[1] 儿童往往把“两条线中间的音符”和“一条线上的音符”这两个概念混同起来。例如高音部谱表中的小字一组 f,儿童往往认为是位于谱表的第一条线“上面”的。

制的简短例句和正在学唱的歌曲中的片段。但是在唱这些例句以前,必须唱全部音列或是音列的片段,作为校准音调之用。教师可以让儿童看着乐谱唱熟悉的歌曲《跳呀跳呀》。

这首熟悉的歌曲,起初可用歌词来唱,后来用音符的名称来唱。

教师给儿童唱这首二度进行的简单歌曲的时候,可以不说出歌曲的名称来。让儿童唱过以后猜猜看,这是什么歌曲。只唱音符的名称,而不唱他们所惯用的歌词,儿童往往不能立刻认识他们所熟悉的歌曲。但是如果他们把旋律唱若干遍以至于唱熟了的时候,自然就会认出这是什么歌曲了。

再举这样的歌曲片段来作为例子:

要练唱这个例子,必须先来把音调校准一下,即把音阶的片段ㄙㄛ ㄈㄚ ㄇㄧ ㄌㄝ ㄌㄛ和两端的音ㄙㄛ ㄌㄛ ㄙㄛ ㄌㄛ练唱几遍。练过之后,便可看着乐谱唱旋律。等到旋律唱得很好了,便可用歌词来唱:

轮船,轮船,小轮船,

轮船开过码头边。

这时候要把旋律重复唱一遍。

下面的例子,儿童不能独立地看着乐谱唱,所以教师要和他们一起唱歌词,而叫他们在唱的时候注意谱中旋律的进行:

学会了唱旋律之后,必须教他们用音符名称来唱这例子。

现在我们来看一看,练唱歌曲的时候可以怎样利用乐谱知识。儿童唱较复杂的歌曲的时候,往往只唱个大概,把细节都唱错,而且也不觉察自己的错误。在这种时候,乐谱可以帮助他们。例如劳赫维尔盖尔的歌曲《红罂粟》中的词句“红红的,大大的”,儿童最不容易把旋律唱得准确:

教师必须把这部分写在黑板上,慢慢地唱它,起初用歌词来唱,后来用音符名称来唱。

如果全班学生对这课题很感困难,可以叫班上音乐能力最强的几个儿童来唱这个片段。他们唱过之后,全班儿童就都会唱了。靠乐谱的帮助来唱歌,无疑地可以使歌声准确起来。

这样,儿童在一年级里就可以获得理解歌曲的能力和利用乐谱记录的能力。同时也发展着他们的音乐听觉,培养着他们对听觉印象的自觉态度。

关于一年级的教学工作,我们说得很详细,因为以后的全部音乐教育,正是在这第一个学年中打好基础的。

二年级的乐理

在二年级里,儿童的一般眼界和音乐眼界都扩大了。他们的音乐听觉更加发达了,对音乐的感受性更加锐敏了,用言语来描述音乐的能力发展起来了。他们不再像一年级时候那样只能辨别行进的、舞蹈的和舒展的歌曲,悲哀的和快乐的歌曲。教师已经可以对他们谈到歌曲的各种性质:欢乐的(例如克拉谢夫的《十月革命歌》或《幸福的日子》)、滑稽的(克尼彼尔的《熊为什么在冬天睡觉》)、亲切的(《铃兰》)。

对于二年级学生,已经需要给以这样的概念:歌曲全靠一定的表现手段,才能够具有这样的或那样的性质。研究一首歌曲的时候,教师常常应当能把它的内容和性质同音乐的表现手段联系起来;这样可以保证学生的顺利的音乐发展。当然,在这一方面,也同其他各方面一样,不可不顾到儿童的一般发展水平和音乐发展水平。

现在用实例来说明我们的意思。我们为什么感觉到《十月革命歌》和《幸福的日子》是欢乐的歌曲?

表现出这种欢乐感情的,是这两首歌曲的歌词,是这两首歌曲的辉煌明朗的旋律——这种旋律加强了"唱得愉快唱得响"和"唱得比鸟声更响亮"等歌词的语气。这两首歌曲必须唱得响亮而愉快;这两首歌曲的特性是活泼轻快,即进行得快速,但并不匆忙。

滑稽歌曲的特点是怎样的呢?我们在这种歌曲中,差不多常常可以遇到速度和力度上的明显的变更。要富有表现力地表达这种歌曲,必须能够迅速地变换速度,能够在很长的停顿之后及时地开始唱出,能够立刻改变力度。只有这样地演唱,儿童才能够感到这种歌曲是滑稽的。

凡是性质亲切的歌曲,照例其中必有流畅的旋律,不很大声,也不很快速。这种歌曲必须唱得悠扬、柔和而明朗。

对音乐的内容、性质和表现手段的自觉态度,可以帮助儿童更好地演唱歌曲;而富有表情的演唱则又可使儿童更鲜明地感觉到以及更深刻地体会到所演唱的作品的优美。

在二年级里,儿童已经能够更细致地辨别舞蹈的性质了。依照教学大纲,二年级学生必须善于辨别俄罗斯舞曲、波尔卡舞曲和圆舞曲;不但辨别而已,还必须知道这种舞曲和那种舞曲的不同之处究竟在哪里。例如圆舞曲,是三拍子的舞曲,它的特点即在于此。由于三拍子的原故,圆舞曲的音乐就具有较流畅的性质,这种性质适合于这舞蹈的平稳圆滑的动作。有许多儿童不知道圆舞曲是什么样子的,所以教师如果能把这种舞蹈表演给学生看,那就是很好的。

波尔卡舞曲和俄罗斯舞曲是二拍子的(数二);这两种舞蹈的基本动作,即所谓舞蹈步伐,是相类似的:跨三步而在最后一步之后停歇一下。只是在俄罗斯舞蹈中,停歇的时候稍为柔和地蹲下;而在波尔卡舞蹈中,停歇的时候两脚是跳起来的。当然,要说明舞蹈的差异,最好是利用直观方法,即表演舞蹈给学生看。如果有个别儿童会跳舞,就应当叫他们出来表演,这样就可以使儿童更充分地理解舞蹈的音乐。

在二年级里,儿童必须懂得有正歌和副歌的分节歌曲,这在他们是容易学会的。教师最好常常运用这些术语。例如在教练歌曲的时候,教师说:“现在我们来练习这首歌曲的第一节。”或者说:“我们已经把这首歌曲学会了。这歌曲里有几节?”儿童要回答说:“三节”,或者“四节”(视歌曲而定)。于是教师叫儿童分排唱歌,每一排儿童唱一节。同样地再教他们掌握正歌和副歌的概念。教师自己运用这些术语,同时也教儿童习惯于运用这些术语。

在二年级里,可以略微教些音乐术语。儿童已经具有声音强弱(大声和小声)的概念了。现在只要教他们记住通用的意大利文术语——forte 和 piano,即强和弱。

教师还要教二年级学生理解调式的概念。这概念是很复杂的,学生要在小学几个学年的唱歌学习过程中逐渐地掌握它。

调式就是指音乐作品中各音在统一的高低体系中的组织。在每一个调式中,有几个音是稳定的,有几个音是不稳定而趋向稳定的。最主要的稳定音是主音。

音乐中最常用的调式是大调和小调。虽然差不多所有的民族都运用大调和小调,但是每一个民族在自己的音乐中都具有特殊的音调和音的安排方法。

要理解调式,需要一定程度的音乐修养。因这原故,像前面已经说过的,教儿童理解调式必须从最简单的要素开始,循序渐进地进行。原来关于歌曲的终止和未终止的概念,是最简单的要素;因此关于常常用作终止音的主音的概念,也是最简单的要素。歌曲大都是在主音上终止的。

最初教学生认识主音的时候,应该采用最简单的实例。其实就可以利用二年级所唱的任何一首歌曲。教师必须告诉儿童:可以用听觉来判定歌曲有没有终止。歌曲中最后一个音,大都是稳定的,在这个音上可以停止。这个主要的稳定的音,在歌曲中称为主音。

教师不用歌词而用"ㄌㄚ"之类的音唱一首熟悉的歌曲,或者在乐器上演奏这歌曲;他没有唱完旋律,就停留在主音前面一个音上。这时候儿童应当能辨认出来,他是否已经唱完这歌曲;如果没有唱完,全班儿童就必须和他一起把主音唱出来。以后,儿童自己可以另唱一首歌曲,也在主音前面的一个音上停留一下,然后再唱出主音。如果主音前面的一个音是和主音相邻的,如果这个音是第二度音或第七度音,便可特别明显地听出主音是这歌曲的终止音(结束音)。例

如,可唱《我要去》[1]这歌曲,在倒数第二个音上停留一下,然后在主音上终止:

然后,教师最好把儿童所不熟悉的一个旋律唱给他们听,也在主音前面的一个音上停留一下,儿童便会靠听觉找出主音,把它唱出来。

学生学会了主音,便须进而练唱主三和弦。在唱歌之前唱三和弦,可作为调整听觉的一种方法。

教儿童练唱三和弦,不但要使他们能够依次地唱这三个音,而且还要能够分开地唱。例如唱过三和弦ㄉㄛ ㄇㄧ ㄙㄛ和ㄙㄛ ㄇㄧ ㄉㄛ之后,再教儿童唱ㄙㄛ ㄇㄧ、ㄙㄛ ㄉㄛ或ㄇㄧ ㄙㄛ等等。也要教他们唱三和弦ㄈㄚ ㄌㄚ ㄉㄛ。

关于音的时值和拍子的问题,在二年级里是一个新鲜而重要的问题。

在一年级里,儿童已经知道歌曲中有较长的音和较短的音,已经懂得了长音和短音的记录法。

在二年级里,在把音的时值的整个体系教给儿童以前,必须先使他们好好地掌握以前学过的两种时值,同时还要学会一种时值更长的音,即二分音符(𝅗𝅥),必须教会他们感觉到长音和短音之间的比例关系,教会他们自由地从快速的进行转到徐缓的进行,再从徐缓的进行转到快速的进行。

---

〔1〕 全曲见本书后面的歌曲附录。——译者注

实践告诉我们:结合文字的练习可以帮助发展儿童对于音的各种时值的感觉。现在我们要举出这样一个练习。

教师在黑板上写出长音符和短音符,在音符下面还要写出字句:

起初教儿童跟着教师的指示,按照黑板上所写的顺序,合乎节奏地读这些字句,把这练习一连重复若干遍。然后教师改变顺序,有时指着长的音,有时指着短的音,这样反复若干次;学生必须用心地注意教师的指示,正确地把字句读出来。这练习大都是容易做的。做过之后,还须加入一种"很长的"音(二分音符)。

在以前写出的"走,走,快跑,快跑"后面添写一个𝅗𝅥,在这个音符下面写一个"停!"字。必须准确地按照节奏来发出这个字音,把字的尾音延长。现在可以连同这个"停"字而用字句来做上述的练习了。为了想出音的各种时值的实例,可以回忆一下一年级时所熟识的歌曲《红罂粟》,在这首歌曲中可以遇到这三种时值。教师可以把这首歌曲中的一个片段写在黑板上,先唱一遍,然后分析一下其中哪几个是短的音,哪几个是长的音,哪几个是很长的音。

必须告诉儿童:在歌曲中,还有更长的音和更短的音。教师可以把从全音符到八分音符的各种时值的图式写出来给儿童看:

并且说明各种音符的名称:全音符、二分音符、四分音符、八分音符。全

音符最长,二分音符比全音符短些,四分音符比二分音符短些,八分音符比四分音符短些。

要使儿童理解这些名称,可以从实际生活中举出一些实例来告诉他们,这些实例可以直观地说明全音符、二分音符等各种时值的大小比例关系。儿童都很懂得:如果我们把一个苹果对半切开,我们便得到两个二分之一的苹果;如果我们再把每二分之一个苹果对半切开,我们便得到四个四分之一的苹果,等等。反过来说,如果我们把两个八分之一的苹果并起来,便得到四分之一的苹果;如果把两个四分之一的苹果并起来,便得到二分之一个苹果;如果把两个二分之一的苹果并起来,便得到一个整的苹果。我们可以利用这样的比方来使儿童更加明白地了解音的时值的比例关系。也可举出别的例子来说明这一点。

儿童认识了各种时值的名称之后,教师便须利用每一首歌曲的乐谱,来巩固他们这些概念。

关于拍子的概念,倘用教成人的方法来教低年级的儿童,他们便难于了解。的确,儿童读过诗歌,诗歌里有明显的韵律,但是他们并不理解它。儿童根据自己的直接的生活经验,常常懂得在音乐声中可以计数。兵士们在进行曲的音乐声中数着“一,二”来走步。学生们上体操的时候也这样走步。听着进行曲的音乐,就可以在这音乐声中计数。这样,儿童就产生了在音乐声中计数的观念,教师应该扩大他们这个观念。必须向儿童指出:在音乐中计数有各种方式。在快速的进行曲声中可以数二,在圆舞曲声中必须数三。音乐的性质,大部分是和拍子有关的。柔和而流畅的音乐是三拍子的,较坚强而明确的音乐是二拍子的。

采用这样的方法,儿童很容易获得数二和数三(即二拍子和三拍子)的拍子概念。但是我们还必须使他们对于拍子的概念精确起来,而且还要和乐谱记录法联系着。

拍子概念中最重要的事，是把强拍(重音)分别出来。

在俄语课中，二年级学生应当学会用听觉来分辨出单字中的重音来。在歌曲中，他们也必须能够这样做[1]。语文教学可以帮助他们在唱歌中分别重音，反之，在唱歌中分别重音也帮助语文教学。我们最初可以在黑板上写出没有划出重音的一行歌曲来，例如：

儿童把这个歌曲片段唱一遍，一面必须仔细地听，判明其中什么地方是重音。确定了在这片段中有四处重音之后，我们便在重音底下划一条线，如下图：

教师再对儿童说明：在乐谱中，重音底下并不划线条，而是在重音的前面画一条垂直线来表示。这条垂直线叫做**小节线**。

教师画上小节线的时候要对儿童说明：在乐谱开始的地方不须画小节线，如下图：

---

[1] 俄文的单字大都有重音，歌曲中的强拍往往与这些重音相符合，因此可以通过单字中的重音来认识歌曲中的强拍。——译者注

从这时候起,就必须运用有小节线的乐谱,同时向学生说明什么是小节。

其次,我们要来确定一下,一小节里有几个四分音符。一看便知道有两个。这就是说,这首歌曲是数二的。教师要告诉儿童:乐谱中的拍子记号常常是写在歌曲前头的:

教师须用同样的方法把三拍子的歌曲的记录法写给儿童看;以后凡记录歌曲,总要写出拍子记号。

必须向儿童说明:教师指挥唱歌的时候,是用手来表示拍子的。“一”(即重音)的时候手划向下方,动作较有力。“二”或“三”的时候手划向一旁或上方,动作较轻。

可以让儿童自己用手来为简单的二拍子歌曲划拍子。但是不可以让他们一面唱歌一面划拍子,因为这是很困难的。最好叫一半学生唱歌,另一半划拍子,重复再唱的时候,可以掉换一下。

教师需要对学生讲一讲休止符。休止符是歌声间断的记号,它们同学生已经熟悉的音符一样具有各种时值:四分休止符、八分休止符、二分休止符。必须对儿童说明:休止符的用途不仅是把歌曲的一部分和另一部分隔开而已,它们也具有表情的意义。我们可以举出旧时的民歌《伏尔加船夫曲》来作为实例,这是纤夫们沿着河岸拖驳船时所唱的歌。休止符可以让唱歌者在艰苦的工作中喘息一下。

在二年级里,儿童要学会认识在小字一组范围内——从小字一组的ㄉㄛ到小字二组的ㄉㄛ——的音阶的记录法。为了这个原故,他们就必须像在一年级的时候一样,要看着乐谱唱这音阶中的片段,唱小字一组的ㄙㄛ到小字二组的ㄉㄛ范围内的以及全部音阶范围内的歌曲片段和歌曲。

起初，为了要使儿童充分学会认识全部音阶的记录法，应该教他们看着乐谱用音符名称来唱已经凭听觉学会了的歌曲，例如斯塔罗卡多姆斯基的《航空之歌》，用C大调来唱，或者克尼彼尔的《熊为什么在冬天睡觉》，也用C大调来唱。以后教唱新歌曲的时候，必须要用乐谱。教师必须把歌曲写在黑板上。如果歌曲中没有儿童所不理解的记号（变音记号、十六分音符、附点音符），就可把全部歌曲写出；否则只写出个别的片段亦可。乐谱也可以供视唱练习之用，即在已经完全掌握了的声部进行的基础上看着乐谱来唱不认识的旋律。这时候不但可以采用级进的例子，还可以采用三度进行而包含各种时值的音——二分音符、四分音符和八分音符——的例子。

现在列举一些视唱练习的例子如下：

教师可从儿童所已经熟悉的歌曲中取出一些旋律片段来叫他们练唱，不告诉他们歌词和歌曲名称。儿童唱了这些例子以后，应当辨认出这是什么歌曲：

或者:

在唱每一个例子之前,教师必须和儿童一起练唱和这例子相适应的三和弦,以及该歌曲中将要遇到的三和弦中的音。

三年级的乐理

在三年级的教学大纲中,占有重要地位的教学工作,是教儿童学会新的表现手段,以及这些手段和音乐的内容与性质相关联着的特点。进行这种教学工作的时候仍须运用前面说过的那些方法。

在三年级里应该学会二段体歌曲和三段体歌曲。在过去,学生在实践中也不止一次地遇到过这种歌曲结构,但到了三年级里,学生应该能够理解这些印象。凡是带有副歌的歌曲,都是分为两部分的,这一点很容易理解。像一年级大纲曲目中的《红罂粟》,二年级的《熊为什么在冬天睡觉》《我要去》《枞树》,三年级的《小溪》等,便是明显地分为两部分的歌曲。

在儿童歌曲中,三段体歌曲是很少见的。三段体结构的特点,是在歌曲的中部出现有新的音乐材料,而第三部则回复到最初的形式。虽然这种结构在儿童歌曲中并不很普遍,但还是可以看到的。柴科夫斯基的《暴风雨中的摇篮曲》[1]便是用三部构成的。在这歌曲中,首尾两部(摇篮曲部分)较为安恬;中部则是激动的,甚至是戏剧性的,其中叙述着即

---

〔1〕 全曲见本书后面的歌曲附录。——译者注

将到来的生活的暴风雨。

柴科夫斯基这摇篮曲是根据普列谢耶夫的歌词而作的,在这首歌词中,也表现出各部分的强烈的对比:

暴风雨,你静些!
枞树不要吵闹!
我的小宝宝
在摇篮里睡觉。
大雷雨,你静些!
不要吵醒宝宝!
乌云,你快快
向一边飞跑!
暴风雨还不小,
还在前面吼叫,
许多操心烦恼,
要来惊扰宝宝。
小宝宝,你睡吧!
雷雨已经停了;
母亲关心地
保护着你睡觉。
明天一早醒来,
睁开眼睛瞧瞧,
你又看见太阳,
受到亲爱的拥抱!

斯塔罗卡多姆斯基的《航空之歌》、克拉谢夫的《铃兰》、古老的《丧葬进行曲》《夏季圆舞曲》,以及列文娜的歌曲《滴答》等,都具有三段体的结构。

在三年级教学大纲的音乐语言要素中,调式占有特殊的地位。

在二年级里,学生已经获得了关于调式的要素的若干知识。他们已经懂得稳定音和不稳定音之间的差别,已经能够听辨出主音和主三和弦。现在必须向他们说明:每一首歌曲都属于某一个音阶,即所谓调式(每一首歌曲里的音都有一定的配置)。

除此以外,必须教儿童凭听觉来确定大三和弦和小三和弦。这些三和弦的声音是他们听惯的,因为为一首歌曲校准音调的时候总是靠三和弦的帮助。必须使儿童学会辨别大调和小调的性质。只有拿含有大调和小调的明显对比的歌曲来向儿童示范,才能使他们理解大调和小调的表情意义。《波兰革命歌》和《丧葬进行曲》就可以作为这种歌曲的实例。在这两首歌曲中,调式更换的本身便是表达歌曲内容的最重要的表现手段之一。

必须向儿童说明:悲哀的歌曲大部分是用小调写成的(列文娜的《列宁之歌》、贝多芬的《土拨鼠》、居伊的《秋》),愉快的、勇敢的、坚毅的歌曲大部分是用大调写成的(《苏联国歌》《苏沃罗夫的教导》《在小船中》《你好,冬季客人》)。

在上课的时候,教师必须常常使儿童注意歌曲的调式。同时必须注意:小调的歌曲决不都是悲哀的。例如《田野里有一株小白桦》,就是小调的歌曲,但它一点也不悲哀。小调使得这歌曲特别温柔。

契切林娜的完全不悲哀的歌曲《小溪》,也是用小调写成的。要使儿童能够用听觉分明地辨别出歌曲中的大调和小调,就必须教他们练唱与所唱的歌曲相适应的三和弦,因为根据三和弦就很容易确定歌曲的调式。唱三和弦的时候不应该用音符名称来唱,而应仅用母音来唱,或者用某一个字音来唱,因为儿童还不认识变音记号。教师应该教儿童特别注意要正确地唱出三和弦中第三度音的音调,因为这是决定调式的。如果学生能正确地唱出大三和弦和小三和弦,那么到四年级的时候就容易学会教学大纲中所规定的全音和半音。

教儿童认识音程的时候,必须用他们所熟悉的歌曲来向他们指出:歌曲中的声部进行是各种各样的,有时作很大的跳跃进行,有时作很小的很近的转移。同时须对儿童说明"音程"这个词的意义:"程"是"间隔""距离"的意思。"音程"便是音的高低之间的距离。

最近的进程,即从一个音进行到相邻的一个音,叫做二度音程(即第二度音)。对儿童说明这种音程的时候,最好和他们一起检查一下以前学过的含有很多二度音程的歌曲。为了这个目的,可以采用一年级的歌曲《跳呀跳呀》。

《航空之歌》中也有许多二度进行[1]:

下略

必须用各种方法来使儿童巩固地掌握二度音程的概念:使儿童注意他们所练唱的歌曲中的二度音程;叫他们用听觉来判明歌曲中的二度音程;在乐谱中找出二度音程;在读乐谱的时候指出二度音程。应该常常应用"二度音程"这个术语,使儿童可以听惯。但我们必须坚决地警诫教师:无论二度音程或其他任何音程,都不可以脱离了歌曲来教儿童硬记。

---

〔1〕 在这歌曲的第一部分中,只有同度音程和二度音程。但是因为同度音程的两个音之间没有高低的距离,这是儿童所不易理解的,所以对他们可以不说同度音程,而说同一个音的重复。等到儿童渐渐理解"音程"的意义,并且懂得若干种音程了,然后才可以对他们说:同一个音的重复就叫做同度音程。

决不可使音程本身变成目的;音程是帮助儿童更清楚地理解他们所听到的旋律的,是帮助他们看着乐谱唱歌、是教他们看着乐谱来学习新歌曲的。由此可见,儿童对二度音程的理解,是以音阶中由一音进行到邻音的级进概念为根据的。

其次的音程,即三度音程和五度音程,可以教儿童根据大三和弦和小三和弦来理解。这两种三和弦都由三度音构成,而两端的两个音就构成五度音。

在三年级里,儿童已经学唱二部合唱曲。在二部合唱曲中,可以遇到同时响出的三度音程。必须使儿童用心倾听这些三度音程(例如在《花园》、《争吵》等歌曲中)。要使儿童清楚地了解三度音程,最好给他们看三度音的跳跃进行和逐步回复进行的例子,即如:

在法国民歌《牧童》中,有五度音程跳跃进行和逐步回复进行的很好的例子:

在三年级里,必须教儿童更进一步地认识音的时值和拍子。教儿童认识十六分音符,大都没有什么特别困难。对于附点音符和休止符,他们也很容易理解。

教师须把附点音符的表情意义告诉儿童。例如附点四分音符,常常能使所配的那个字明显突出,使它具有宽广的性质。歌曲《你好,冬季客人》中的"你好"(Здравствуй)这两个字,前面一个字上有附点;如果除去了这附点,而用同样的两个四分音符来唱这两个字,比较之下,便可立刻明白前面这个字用附点来延长了,可以增加多少表情。

大家知道,附点增加音符时值的一半,故说明附点四分音符时,可以利用连线⌒的帮助。

歌曲中又常有附点八分音符和十六分音符(♪.♬)。这种节奏形式也很富有表情。歌曲中常常应用这种形式,使音乐具有坚毅、果断、向前猛进的性质。这种节奏型,在革命歌曲和进行曲中最为常用。教师必须使儿童理解附点音符的记录法,以便使他们能更精确地演唱歌曲。

教儿童四拍子的时候,必须使他们注意:四拍子常被运用在进行曲中。这时候可以使儿童想起杜那耶夫斯基的《热情者进行曲》、诺维科夫的《世界民主青年进行曲》和许多别的节日歌曲及庆祝歌曲。

在三年级里还可以教学生G大调的乐谱阅读法。为了这个工作,可以应用许多学过的歌曲,可以把全首歌曲记录出来,或是仅记录歌曲的片段。二部歌曲务须写成两行(每一声部各写一行),这是很重要的。

四年级的乐理

在四年级里要总结学生在四个学年中所获得的知识。学生认识了许多各种性质的歌曲,因此也懂得了音乐中各种各样的内容。

四年级的教学工作中最复杂、最重要的部分,是教儿童认识全音和有变音记号——升记号和降记号——的半音。这一点需要在听觉发展和音乐自觉性发展方面有充分的训练。

要使儿童了解这些问题,必须运用许多明显的例子。现在拿一首乌克兰歌曲来作为实例,必须叫儿童先用音符名称来唱这首歌,然后用歌

词来唱:

然后叫儿童从同一个 G 音开始,用歌词来唱《田野里有一株小白桦》的头一句。儿童也许不能立刻转变到小调。那时必须给他们作适当的调整(教他们用“ㄌㄚ”音来唱 G—♭E—C)。调整过之后,他们便会正确地唱《小白桦》了。这时候应当叫他们用音符名称来唱《小白桦》。音符名称他们当然唱得不错,但是他们会把♭E 音唱成了 E 音。教师必须问他们:在《小白桦》这歌曲中,比较起乌克兰歌曲来,哪一个音有了变更(E),变得较高了,还是变得较低了。他们大概会回答:在《小白桦》中 E 音较低。这时候教师必须把键盘画出来给他们看,对他们说明:我们可以在白键上奏出普通的音列,但在音乐中有着比我们所知道的七个音更多的音。这时候可把白键上的音列弹给他们听,又把半音阶的音列弹给他们听。必须向他们说明:在音乐中用怎样的记号来表示黑键上的音(升记号和降记号)。在《小白桦》这首歌曲的实例中,有降低半音的 E,应该加一个降低的记号——降记号。《小白桦》第一句的正确的记录是这样:

升高半音的记号,即升记号,也可以用同样的方法来说明。

可以再利用上述的两个实例。起初看着乐谱唱《小白桦》,用 A 音开始。然后和儿童一起唱乌克兰歌曲,也从 A 音开始,同时叫儿童注意:哪一个音变更了(这时候应该是 F)。

等到儿童学会了这些之后,就必须向他们说明:音乐中的高低距离,是用正确的尺度来衡量的;这便是全音和半音。为了明显起见,可以应用键盘来说明全音和半音之间的差别,而使二度音程进行得准确。例如在儿童所熟悉的大调的音阶中,有大二度音程,也有小二度音程。必须使儿童仔细听出半音进行和全音进行的差别来,仔细听出大二度音程和小二度音程来。这样可以使他们的歌声纯正。凡是在歌曲中发现了不很正确的音调,必须随时应用乐谱记录,叫儿童注意音程的大小,要求他们正确而宽广地唱大二度音程,接近而紧缩地唱小二度音程。

至于大三度音程和小三度音程,是主三和弦中最富有特色的音程,这音程是由音阶中第一级和第三级构成的。在大调中是大三度音程(相隔两个全音),在小调中是小三度音程(相隔一个半全音)。特别重要的,是叫儿童注意正确地唱出大调中的大三度音程的音调,因为大三度音程能使大三和弦具有它所特有的鲜明色调。

在四年级里,教唱歌的时候应该比在三年级时更多用乐谱。凡能合乎儿童视唱能力的歌曲(或歌曲的部分),应该教他们自己看着乐谱唱;其他的歌曲则由教师帮助儿童看着乐谱唱。儿童这样自觉地应用乐谱,一定会在音乐方面获得显著的进步。

末了必须指出:教师应当逐渐使儿童认识乐谱中最常用的记号,如:关于音的力度的,关于音的加强和减弱的,关于重复的,关于发声的性质的(顿音、连音——staccato、legato)记号等。

一切记号必须在儿童的观念中和音乐的音响、和音乐艺术的表现手段联系起来。

我们在叙述小学乐理的教学原则的时候,常常努力地指出,不可以把乐理单独地孤立起来;乐理必须和唱歌直接联系着。在采用这样的教学方法之下,乐理知识就会在儿童的观念中巩固起来,并且会在儿童学唱歌曲的过程中对儿童有实际的帮助。

第四章　音乐欣赏

儿童在学校里的唱歌课中,不但学习唱歌和乐理,他们又欣赏教师的音乐表演。音乐欣赏具有重大的意义:它可以提高儿童的音乐水平,它可使儿童熟悉比他们自己能唱的歌曲更多的音乐作品,从而丰富他们的音乐经验。儿童在一学年内只能学会十至十二首歌曲;如果儿童在学校中一年间所获得的音乐印象只限于这范围内,那就太贫乏了。听教师表演音乐或利用唱片来欣赏音乐,可以在较少的时间内使儿童熟悉同样数量的各种新作品。

况且儿童理解音乐的能力比他们唱歌的能力来得强。例如在俄罗斯古典音乐作品中,只有很少的几个是小学儿童班级合唱团所能演唱的。音乐欣赏可以弥补这个重大的缺陷。

音乐欣赏也具有纯粹教学法方面的意义:它能使课业多样化,能丰富课业的内容,能使课业更有趣味并充满感情。学生很喜欢听音乐,很喜欢听教师讲解他们所听过的作品。的确,音乐不是对一切人都给以同样的印象的。对音乐的不同的态度,一方面由于幼年听者的音乐才能而来,另一方面由于他们的音乐素养水平而来。要充分理解音乐艺术作品,必须具有若干知识,具有欣赏音乐的习惯和音乐经验。听者越有音乐素养,他就越是乐意地、富有兴趣地接受音乐,并越能富有感情地对音乐发生反应。所以在唱歌课上,应该给儿童以欣赏音乐所必需的基本培养。在这种培养中起很大作用的,是听音乐作品和教师的谈话。

但课业中的主要的和基本的工作,是教儿童自己练习并演唱歌曲。所以听教师表演或用唱片放送音乐,在课堂教学中只占少量的时间(五分至七分钟)。

给儿童欣赏用的音乐材料,必须经过慎重考虑。我们对于唱歌课中表演用的作品,应该有怎样的要求呢?这些作品首先必须符合于教育任务,换言之,它们必须有高度的思想内容和艺术品质。给儿童欣赏的音乐,必须是优美的;否则它就不能帮助培养儿童的艺术趣味。而培养艺术趣味却是小学校的重要任务之一。

其次,给小学生欣赏的音乐,必须是他们易于理解的,同时又必须是多种多样的。小学生喜欢听愉快的、振奋的音乐,也喜欢听庄严的、悲哀的、滑稽的音乐。

欣赏用的音乐材料,在内容上和表现形式上都一年一年地复杂起来。起初,在一年级和二年级里,儿童所欣赏的主要是专为儿童作的音乐。但从三年级起,便可给他们欣赏某些有名的群众歌曲和为成人作的古典作品。

学校教学大纲中供唱歌课上欣赏用的作品,都是顾到上述的一切要求的。但教师有时不只采用教学大纲中所规定的作品。因此教师必须知道:他选择欣赏用的音乐的时候应该依据什么标准。

要实现教育任务,要引起儿童对音乐的兴味,最重要的事是使儿童喜爱他们所听的音乐。童年时代的鲜明的印象,往往多年地在心中留下深刻的痕迹,或竟影响到成年后对作品的评价。儿童所喜爱而熟悉的作品,仿佛是他们后来所听到的各种新作品的标准。

要达到这个目的,教师应该怎么办呢?首先,他必须把作品表演得很好,并且作富有趣味的说明,务使这说明能够帮助儿童充分地理解音乐。对于这一工作教师必须预先在家里认真地、仔细地准备:自己学会作品并分析作品,考虑它的表演法。冷淡的或马虎的表演,会使儿童漠然无所感动;反之,热情的、诚恳的、富有表情的表演,则能给儿童以深刻的印象。

教师根本不一定要有很好的歌喉。但他必须能够正确地富有表情地唱歌。只要能够深思熟虑地认真地向这方面用功,这一点是每一个人都做得到的。表演作品时最好能够背诵。在开始欣赏之前,教师必须使全班学生完全肃静,这对于欣赏音乐是特别重要的。肃静地听音乐的习惯,是不可缺少的文化习惯,我们应该从教学的初步就开始培养这种习惯。

欣赏音乐以前教师所作的谈话,具有重大的意义,因为儿童领会音乐作品的程度是和这谈话有关的。这种导入性的谈话可视所表演的作品的性质而具有各种各样的内容。这种谈话中所讲的事情往往跟所表演的作品没有直接关系,但它以间接的方式引导儿童注意这作品。例如,教师可以叙述创作这作品的作曲家的生活和性格。这种故事可以引起儿童的注意,唤起他们对音乐的作者的同情和兴趣,他们就会希望认识这作者的作品。因此,教师在某种情形之下可以对他们讲到作者,在别种情形之下可以对他们讲述作品的内容。有时他可以在这种谈话中讲述他个人对这作品的看法等。

在表演民歌之前,教师可对儿童讲述:这歌曲是怎样创作的,它怎样由一代表演者传给另一代表演者,然后传到我们的时代。他可以对儿童讲到,作曲家们怎样常常在自己的创作中应用着民歌。

对作品本身的分析、对表现手段的分析,大都是在表演过之后、在儿童对音乐发生兴味之后进行的。

在表演柴科夫斯基的《法国古歌》之前，教师可对儿童说：这位伟大的作曲家很喜欢儿童，他为儿童创作了富有趣味的、容易理解的歌曲和钢琴曲。他曾到许多地方去旅行，他在法国听到了一首古老的民歌，他很喜欢这首歌，他认为把这歌曲介绍给俄罗斯的儿童，是很好的，就把它记录在他的集子里，这集子名叫“儿童钢琴曲集”。这歌曲是没有歌词的，它的旋律很优美，很安静，略微带点悲伤。

在表演歌曲之前，教师倘预料到儿童自己不能立刻捉摸到歌曲的内容，他可把内容的大概讲给儿童听。听声乐作品的时候，他可以把歌词中儿童不懂的字句解释给他们听，使这些字句不致妨碍儿童感受音乐的过程，不致分散儿童的注意力。有时在作品里却有着相当多的、一般是儿童能够完全理解的字句。例如柴科夫斯基的儿童歌曲《我的李佐切克》，即使是一年级的儿童也是完全能够理解的，然而教师必须给他们解释歌曲的意义。“李佐切克”这个表爱的名字，可能是儿童所不懂得的。儿童往往以为这歌曲里所说的是关于一个男孩子的事[1]。教师向他们说明：诗人在这歌里所说的，是关于一个名叫李佐奇卡的女孩子的事情；他很喜欢这女孩子，把她描写得那么小巧，只有童话中才有这样的人(例如“大拇指”)。这女孩子睡在蒲公英做的沙发里，拿着紫丁香叶子做的阳伞散步，这形象在儿童觉得非常好玩，非常有趣，他们就急不可耐地等候着这歌曲表演的开始。

在表演列文娜的歌曲《滴答》之前，教师向儿童说明：这歌曲中所说

---

〔1〕“李佐切克”(Лизочек)是“李萨”(Лиза)的爱称，也就是“李佐奇卡”(Лизочка)。是女名。——译者注

的是关于一个钟的事。这歌曲里面仿佛有一个年纪很小的孩子在那里问:谁住在这钟里？谁在这里面敲响？也许是一个甲虫或者一个蜘蛛爬到这里面去,却爬不出来了……但别人回答他说:这里面住着的不是甲虫或蜘蛛,是另外一种东西:钢铁发条、小齿轮……这歌曲全部由均匀的、带顿音的声音构成,使人想起时钟的滴答声。

有的时候,不需要教师的帮助,儿童也能理解歌曲的内容,那么表演前的说明应当尽可能地简洁,其目的只在于推动儿童的想象力。例如在一年级里,表演斯塔罗卡多姆斯基的歌曲《愉快的旅行者们》之前,教师对儿童说:这歌曲里所讲的是孩子们带了他们的玩具小动物从乡村乘火车回家的情形。这歌曲非常愉快,是儿童所充分理解的,因此可以不必怀疑,儿童一定会喜欢它。对于莫罗左夫的歌曲《蟋蟀》,也是同样的情形。教师只要预先告诉儿童:现在大家将要听一首滑稽的歌曲,歌曲里所讲的是关于一个蟋蟀的事(他说了有关蟋蟀的几句话)。说过之后,便让儿童听,这蟋蟀怎样住在树林里,怎样学习,等等。这种简短的导入性谈话可以唤起儿童的好奇心。

只有在教师怀疑儿童是否能立刻懂得歌词的时候,才可以教儿童预先诵读歌词。但一般都不需要这样做,因为预先诵读歌词会破坏儿童对歌曲的完整的理解。

在一年级里,也可以让儿童听若干器乐曲,由教师演奏(如果教师会奏乐器),或者用唱片来放送。表演歌曲的时候,教师可以对儿童说明:写作音乐的人叫做作曲家;歌词是诗人写的,作曲家根据这些文字而创作歌曲。

教师给儿童欣赏柴科夫斯基的《儿童钢琴曲集》中的《木偶兵进行曲》《云雀之歌》。在欣赏《木偶兵进行曲》的时候教师对儿童说:这进行曲不是为成人们作的,是为木偶兵作的玩具进行曲;这进行曲比真的进行曲声音高,演奏得也要轻些。

在欣赏柴科夫斯基的《云雀之歌》的时候,教师叫儿童注意:这只小鸟高声地唱歌,它啾啾唧唧地叫着,在各处飞来飞去(把描写鸟鸣的颤音奏给儿童们听)。教师叫儿童注意:这歌曲里的音有时高起来,有时低下去,这歌曲的旋律是断断续续的。在一年级里,教师还教儿童认识格林卡的愉快的波尔卡舞曲。

教师对儿童讲格林卡,使他们知道这是一位大家知道、大家敬爱的大作曲家。他生活的时代很早,和普希金同一时代。这个波尔卡舞曲是他替他的年幼的侄女奥列奇卡作的。教师把这位作曲家的相片给儿童看。教师教儿童认识柴科夫斯基的时候,也要把相片给他们看。

在一年级里由于进行课业的结果,学生熟悉了大约二十至二十五个作品,其中十至十二个是由他们自己演唱的歌曲。他们认识了柴科夫斯基、格林卡的名字和他们的几个作品。他们又认识了苏维埃作曲家克拉谢夫的名字,这位作曲家曾经替儿童写作过许多歌曲。

在二年级里,儿童又认识了新的、比较复杂的作品。他们认识了《祖国进行曲》,有许多儿童早已知道这歌曲;但他们在学校里得到了关于这歌曲的作者的知识(教师对儿童讲作曲家杜那耶夫斯基,让他们知道这是一位通俗的群众歌曲的作者)。

儿童还欣赏克拉谢夫的《夏季圆舞曲》。他们获得了关于几种舞曲——波尔卡舞曲、圆舞曲等——的概念。儿童在一年级里已经获得了关于波尔卡舞曲的概念;到了二年级里,由于认识了和波尔卡舞曲很相像的白俄罗斯舞曲《布尔巴》,以及柴科夫斯基的《儿童钢琴曲集》中的《波尔卡舞曲》,这概念更加巩固了。

在课业中必须采用这样的方法:即教儿童认识各个作者的舞曲,借此发展他们的听觉,教会他们比较同一体裁的各种作品。在第二学年中,儿童又听新的摇篮曲,可以拿它来同一年级时所听到的摇篮曲相比较。

儿童听了斯塔罗卡多姆斯基的《爱好钓鱼的人》,知道这作者同克拉谢夫一样,主要也是为儿童创作音乐的。他所创作的大都是愉快的歌曲。教师对儿童说:他们在一年级时所听到的《愉快的旅行者们》,也是斯塔罗卡多姆斯基所作的。在一年级里,大都不把音乐作者的姓名告诉儿童,以免用许多名字来加重他们记忆的负担。

二年级欣赏用的器乐作品的目录中,包含着柴科夫斯基的《儿童钢琴曲集》中的几个新作品:《波尔卡舞曲》《圆舞曲》《那不勒斯之歌》。

柴科夫斯基的《那不勒斯之歌》是儿童所最喜欢的作品之一。以这个乐曲为例,很容易对儿童说明什么叫做旋律,什么叫做伴奏。教师可以给儿童指出其中特殊的伴奏,这伴奏是模仿那种常常伴随着意大利人唱歌的六弦琴的。

在二年级里,儿童所认识的格林卡作品,是歌剧《卢斯兰与柳德米拉》中的《切尔诺莫尔进行曲》。

这样,儿童在二年级里又认识了若干新作品:格林卡的,柴科夫斯基的,苏维埃作曲家的,以及一些民歌。他们懂得了各种作品之间的相似点和相异点。他们关于舞蹈音乐的概念,由于认识了圆舞曲而更加丰富了;此外,他们又获得了关于旋律和伴奏的概念,并能在分节歌中分别正歌和副歌了。

在三年级里,由于过去两年间的培养,就有可能扩充学生熟悉的作品的范围;并给他们使他们能够更详细地了解音乐的知识。教师给儿童欣赏庄严的作品，例如《苏联国歌》、勃兰捷尔的《斯大林之歌》。教师指示儿童：在奏得很响亮的《国歌》中，徐缓进行的悠扬的旋律给人以伟大而雄壮的印象。

在勃兰捷尔的《斯大林之歌》中，教师使儿童注意：这歌曲里有正歌和副歌，正歌部分由宽广进行的旋律构成，这旋律唱得很平稳，很流畅。正歌部分通常由领唱者用低声演唱，使歌曲具有很大的力量和庄严。合唱的副歌开始时唱得很轻，渐渐地响起来，达到很大的力度。

三年级的音乐欣赏的教学大纲中，还有若干首旧时的革命歌曲。教师讲给儿童听：这些歌曲是革命工人们所作，从口头上流传下来的，因为这些歌曲是不能刊印出来的，唱这些歌曲的人会被捉进牢监里去……。教师又告诉儿童：这些歌曲怎样鼓舞工人们，怎样帮助他们为美好的未来而斗争。在歌曲《你们牺牲了》中，教师指出小调和大调之间的对比的表情意义，这对比是符合于歌词中的对比的。

在三年级里，儿童继续认识格林卡和柴科夫斯基的作品；认识他们的巴蕾舞剧和歌剧中的舞曲。

这年龄期的学生，最喜欢听关于莫差特和他的童年时代的情况。教师最好把这位作曲家的天才早熟的情况讲给儿童听。这可以唤起儿童认识他的作品的愿望。《春天春天快快到》和《土耳其回旋曲》，是三年级学生充分能理解的。《土耳其回旋曲》就是大家所知道的《土耳其进行曲》，这是儿童所爱好的作品之一。儿童大都自己能够看出：这进行曲不是普通的进行曲，不是行军进行曲，也不是凯旋进行曲。教师可对儿童说明：作曲者并没有称这乐曲为进行曲。他可叫儿童注意：这乐曲的第一乐段每次都和新的乐段交替出现，而且第二乐段的确和进行曲相似。

在四年级里，已经可以把李姆斯基-柯萨科夫的歌剧中的若干个片段表演给学生听。最好顺便告诉他们:这位伟大的俄罗斯作曲家曾经写了十五个歌剧,都是用俄罗斯童话和民间叙事诗为主题的,都是从俄罗斯历史中取材的……。告诉儿童关于李姆斯基-柯萨科夫的青年时代的情形、学生时代的情形、他和青年俄罗斯音乐家之间的友谊、他在军舰上当海军军官时的旅行情况,最后讲到他的长期的不厌不倦的创作事业和教育事业,这都是有益处的。

最好能把歌剧《萨特阔》中儿童所最能理解的片段表演给他们听,例如:《我的竖琴,奏起来吧》(这是一首愉快的歌曲,很像俄罗斯民间舞蹈歌曲)和萨特阔的卫兵的歌曲《高呀高》。这里必须指出:四年级学生一定很喜欢听客商的歌曲和萨特阔的歌曲《啊,你这阴暗的森林》,但这些片段大都只能在课外表演给儿童听,因为时间限制,不能在课堂教学中做这工作。

把歌剧《萨旦王的故事》中的片段表演给儿童听是很有益处的。儿童欣赏着《三奇迹》的音乐描写,会感到极大的兴味。教师告诉儿童:在这里作曲者利用了俄罗斯民歌《在花园里,在菜园里》(松鼠的形象),而加以若干变化。儿童自己能够凭借进行曲形式的旋律的清楚的步伐描写,而确定那段描写勇士的音乐。教师叫儿童注意:伴奏中波浪汹涌的声音表现得多么好。最后指示他们"天鹅公主"的神话性质的旋律,这旋律很流畅,不像普通的歌曲。

要使儿童充分理解他们所欣赏的作品,必须把这些作品不止一次地反复表演。音乐是不可能立刻就记牢的,必须听过若干次方能记牢。儿童越是熟悉这音乐,就越是喜欢听它,越是能够在这作品中发现新的特色和细节。

初次表演的作品,应当先在同一堂课上重复表演一次。然后在以后的若干堂课上重复表演,最后又在以后的若干学年中再重复表演。教师必须给自己提出这样的任务:使儿童把历年所学得的一切最有价值的东西都保留在记忆中。把作品重复表演,所费的时间很少,而所得的效果却未可限量。重复表演音乐,可根据种种理由。有时也必须考虑到儿童的愿望,常常表演一些他们所喜欢听的作品,仿佛是"依照申请"的。最好重复表演一系列的作品,而用一个共通的题目来统一它们,例如:全部是舞曲,全部是某一作曲家所作的、儿童熟悉的作品,全部是民歌。重复表演的时候,有时也可顺便表演新的作品,这是为了研究时可以根据两种作品的比较或对照。每逢在课上教授新的知识的时候,以儿童所熟悉的歌曲作为参考材料来解释,则最容易解释得明白。这样,儿童便会逐渐地掌握一批虽然数量不多却较为巩固的作品——这些作品具有毫无疑义的艺术价值;儿童不但喜爱它们,而又熟悉它们。

帮助学生更巩固地掌握作品的方法之一,是在得到教师的许可后让他们跟着表演给他们听的作品而和着唱。属于这一类的作品,是教师自己演唱的歌曲,以及某些富有曲调性的器乐作品,例如柴科夫斯基的《睡美人》中的圆舞曲,以及他的《法国古歌》等。像柴科夫斯基的《我的小花园》,儿童唱起来当然是困难的,然而他们还是很高兴哼唱这首他们所喜爱的歌曲。教师每次在课业中重复表演从前听过的作品时,可以不说出它们的名目来,让儿童辨认他所表演的是什么作品。这样的问题,可以唤起学生的积极性,可以提高他们的注意力,可以鼓励他们学习的兴趣;同时教师又可以借此检查学生掌握音乐教材的程度。

教学工作的计划最好是这样编制:在上半年教会数量较多的作品,以便在下半年有多余的时间来重复表演这些作品。根据同一理由,最好在四年级的教学计划中列入少量的作品,以便把前几年听过的作品巩固地保留在记忆中。

现在我要略为谈谈音乐欣赏计划中利用留声机的问题,因为留声机的作用常常是被忽视的。在音乐教学过程中,留声机可以给予很有价值的帮助。可以利用唱片使儿童认识器乐,认识各种声部的声乐,而且都是一等名手的表演。因此,我们虽然绝不主张完全用留声机演奏来代替教师的表演,但很希望同时也利用留声机。

唱片目录必须很仔细地选定。其中应该包括良好而易解的苏维埃作曲家的作品、古典作品和民歌。最好采用儿童用的音乐唱片、儿童合唱队等所演唱的歌曲。应该明确地指定某年级用某些唱片,决不可以立刻把所有的唱片都放送给儿童听。必须使他们逐渐地积累起新鲜的印象来。

第五章　课外音乐活动

在苏维埃学校里,与课堂教学同时又实行着大量的课外活动。课外活动的种类和形式是非常多种多样的。在实际上被证实为最有效的课外音乐活动是:

(一)团体活动:合唱团和民族乐器团。

(二)群众活动:有组织地举行苏联节日庆祝会和少先队集会、学校的歌曲节、新年节等(这些节会的参加者和表演者,除了团体的成员之外,还有全体学生、全体少先队员);集体欣赏广播音乐会、和作曲家联欢等,也都属于群众活动。

(三)个别活动:钢琴小组、独唱小组和重唱小组。

课外音乐活动的意义非常重大,这种意义是无法估计的,正是由于有课外活动,才能够充分地发现富有音乐天才的儿童,才能够有时间来全面发展他们的才能。除此以外,课外活动又能帮助发展学生的音乐表演精神、他们的创作积极性、公益的活动,并组织他们的合理的娱乐。同时,课外音乐活动可以发展学生的艺术趣味,补充并加深学生的美育,使他们认识古典音乐和民间创作的优秀范型,使他们认识苏维埃的音乐艺术。

学校合唱团的参加者只要具有相当的嗓音、听觉和对活动的兴味,团的人数为五十—八十——百或更多;由于参加合唱团的条件这样简单,团的名额又这样多,可以包括大量的学生,因此合唱团在苏维埃学校的其他音乐的和非音乐的团体中,占有主导的地位。

学校合唱团的活动与唱歌必修课不同,它具有志愿性质。然而不能因此而认为合唱团的活动以及其他课外音乐活动都可以没有领导而任其自流。课外音乐活动的成功与否,决定于它们的组织和明确的计划,决定于领导者是否善于顾到儿童的需要,善于安排有趣味的作业,借此使成员的流动性减低到最小限度。

能使学校课外音乐活动成功地成长和发展的必要条件之一,是曲目的正确选定。现在教育部发表了学校各种团体(合唱团、钢琴小组、民族乐器团)用的作业大纲,这大纲可以帮助曲目的正确选定。此外,教育部颁布的大纲的说明中都载有教学法指示,可以帮助各团体制订作业计划和组织作业。

学校合唱团的作业,和学校的教学计划不相联系,所以在内容上可以比唱歌课的作业复杂些,多样些;合唱团的作业的组织形式,也和唱歌课不同,它是根据学生的年龄和条件而决定的,是根据学生的修养程度和趣味倾向而决定的。

合唱团应该是学校里一切音乐工作的中心。但这只有在学校里施行唱歌必修课的条件下方能成功地实现。唱歌课不管儿童才能如何,是所有的儿童必修的,它能使儿童获得牢固的知识、技巧和技能;因此只有唱歌必修课才能够为儿童参加合唱团作好准备,发现并发展他们的音乐才能。苏维埃音乐教育的实际经验证明:听觉不良的儿童的百分比并不很大;所有的儿童,只要能费相当的努力和时间,都可以发展音乐才能。可知合唱团必须和良好的课堂教学工作密切联系,然后才能够建立起来。

凡能在唱歌课上获得一定的素养,表现出音乐才能,具有良好的嗓音和听觉,对合唱发生兴趣和爱好的学生,就都可以参加合唱团。

在小学里根据学生人数,可以组织一个学校合唱队,由二、三、四年级的学生组成,每星期练习两次,每次两个教学小时[1];或者两个合唱团:初级合唱团由一、二年级学生组成,每星期练习两次,每次一个教学小时;高级合唱团由三、四年级学生组成,每星期练习两次,每次两个教学小时。

初级合唱团唱单声部歌曲,下半年加入最简单的二部合唱的成分。高级合唱团则唱二部合唱曲。在有系统地进行作业的条件之下,可在这合唱团中加入简易的三部合唱曲。

学校里倘有两个合唱团,在参加学校的或地区的歌曲节表演时,可以临时把两个合唱团合并起来。所表演的节目必须是两个合唱团都能胜任的,例如卡巴列夫斯基的《我们的国家》、列文娜的《我们走过克里姆林宫》、民歌《我在岸上种藜》等。

检查团员音乐水平的基本要求应该是这样:(一)具有童声的良好而流利的嗓音,音域和声量不一定要大,但须没有缺陷(如嗄音、鼻音、尖团音不分等);(二)具有良好的音乐听觉(旋律的纯正音调);(三)具有良好的节奏感。

对学生进行的检查可照下面的计划进行。

---

〔1〕 教学小时,即包括休息时间在内的一个小时,教学时间为四十分钟或五十分钟。——译者注

初级合唱团

(甲)叫学生唱一首他们所熟悉的歌曲,借以了解他的嗓音和音调的准确性。

(乙)叫学生用模进的方式反复地唱这歌曲中个别的几节,借以了解他的音域。

为了要了解学生的听觉的稳固性,最好是不用伴奏而听他们唱他们十分熟悉的歌曲。初级合唱团进入二部合唱之际(在学年的中央阶段)教师检查儿童嗓音的时候,最重要的是把嗓音较高的儿童、嗓音较低的儿童、能唱第二声部的儿童和能唱第一声部的儿童分别出来。有时在初级合唱团中,进入二部合唱时的准备工作,可以采用和课内同样的方法,即把合唱团团员分为两组,有时叫这一组唱第一声部,有时叫那一组唱第一声部。但这方法只能在工作开始的时候采用。到了后来,分别第一声部和第二声部的时候,应该顾到儿童的音域、儿童的听觉,以及其中有几个能够伴随着主要旋律来唱第二声部的儿童的天然能力。这种具有良好的听觉和唱第二声部的天然能力的儿童,最好把他们编入第二声部中。教师必须记住:初级合唱团中的声部划分不是最终的。要到了高级合唱团中,才可最终确定地把他们分别为童低音或童高音。

在初级合唱团中要采用这样的歌曲目录，即无论儿童参加这一声部或那一声部，都不致损害他们的嗓音，只是发展他们的听觉、记忆力和注意力而已。

教师应当记住：他必须尽可能地屡屡检查他的学生（尤其是男孩子）的声音，因为他们的嗓音往往会随着身体的成长而发生显著的变化。

高级合唱团

在三、四年级的合唱团里，为了要了解嗓音的音域和音色，可以叫学生用各种调来唱熟悉的歌曲和这些歌曲中的个别乐句：让童高音唱第一声部，让童低音唱第二声部。例如《沿着溪谷，沿着高地》：

也可应用卡巴列夫斯基的歌曲《我们的国家》。此外，为了要了解儿童的听觉、记忆力和节奏感，也可以叫他们跟着教师唱他们所不熟悉的歌曲或其中的片段。

检查嗓音的时候，最好不仅叫一个人唱，而要叫两个、三个、四个、五个人一起唱，以便听出他们的声音怎样融合，怎样互相补充。

在现代的学校实践中，可以看到人数不同的各种合唱团。合唱团有由三四十个人组成的，也有由近百人组成的（全校合唱团）。

儿童合唱作业的质量的好坏,在合唱团人数多少方面关系较小,关系较大的却是嗓音的质的组合,是合唱声部的正确的配合,又无疑的是作业的内容、方针和方法。因此编配嗓音的时候,必须仔细注意儿童的嗓音的性质,仔细注意他们的自然的、轻松的发音。在配合声部的时候,领导者应该记住:在嗓音的性质方面必须具有良好的成分,各声部之间人数必须尽可能地求得平均。不可忘记这一点:人数不平均,例如三十个童高音,八个童低音,对于合唱的总音响、对于合唱的融和以及对于儿童的嗓子,都有不良的影响。儿童的嗓子没有多大的力量,因此童低音八个人当然不能和童高音取得力度上的平衡,他们就不得不用硬逼出来的声音来唱歌。在学校的条件之下,各声部要充分地达到数量的平均和质量的平均,原是困难的事;但即使数量不平均,领导者可以设法使各合唱声部的声音的响亮程度均衡起来,只要数量不像上述那样显著地不平均,例如:童高音三十人,童低音二十至二十五人。

学校合唱团练唱的时候,可把团员排列成一个小小的半圆形。童高音位在左面,童低音位在右面。每一个参加合唱的人必须有自己固定的位置,这就是说,他必须记住站在他左面的是谁,站在他右面的是谁。领导者必须这样地排列儿童:务使经验较多的儿童站在经验较少的儿童旁边,务使每一行中都有一个能力较强的唱歌者,可以引导能力较差的唱歌者。合唱团的正确而经常不变的位置的排列,在很大程度上决定着合唱音响的融和的质量。合唱团的经常不变的位置的排列可以使领导者得到很大的便利;他可以很快地记住他的唱歌者(他们的优点和缺点),可以用较少的时间来教会合唱的作品。

合唱团正确的位置的排列

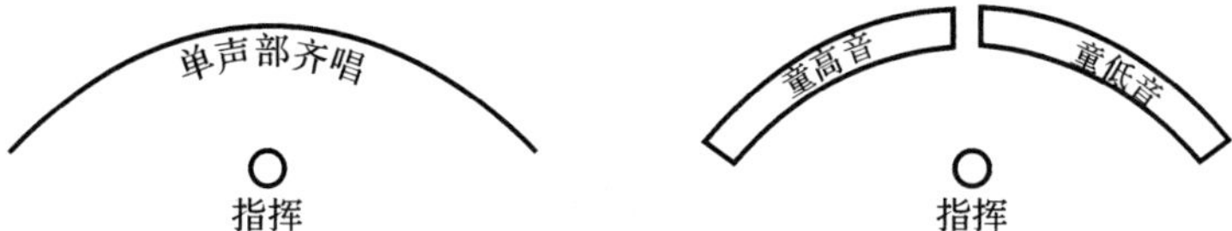

如果合唱团唱三部合唱曲，可以这样排列：

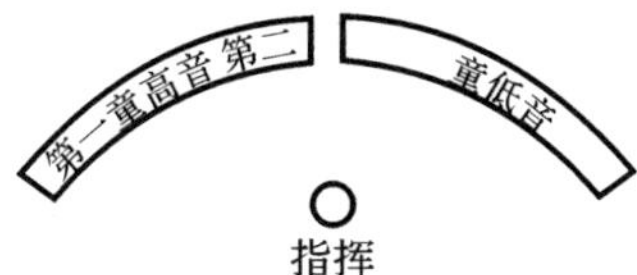

或者：

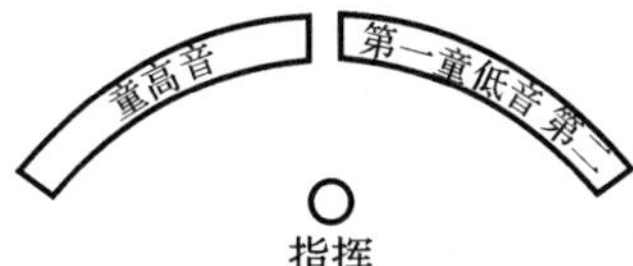

唱四部合唱曲的时候，还可以这样排列：

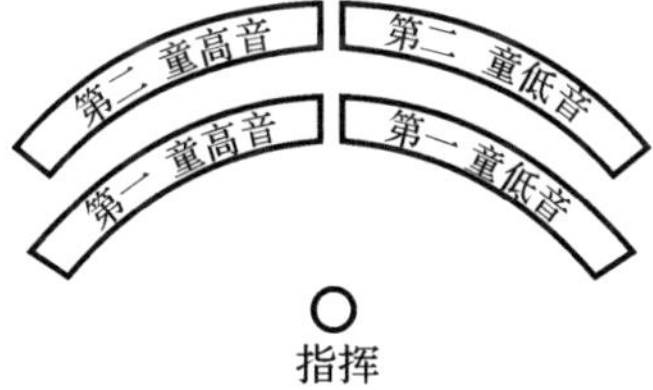

如果合唱是有钢琴伴奏的，那么钢琴应该放在前面右边或左边：

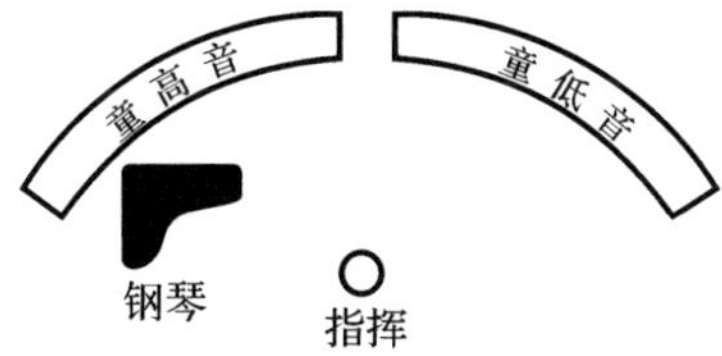

如果练唱时领导者自己弹伴奏，那么乐器放在合唱团前面的中央：

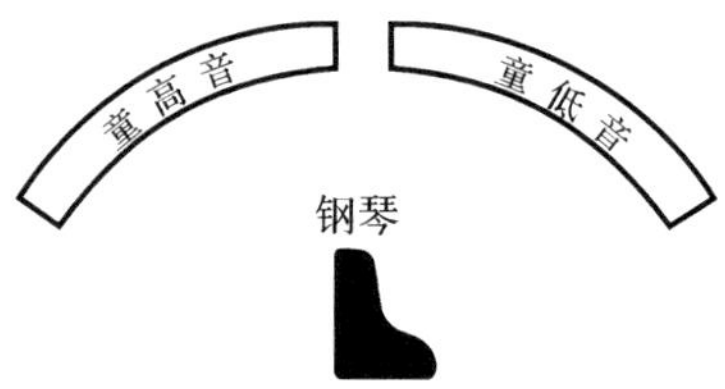

合唱团出席表演的时候,应该这样排列:第二排比第一排高,第三排比第二排高,余类推。最好让儿童站在特制的踏脚凳上,如果没有这种设备,那么让前面两排站在地上,后面各排站在椅子上。这时候必须顾到要使所有的儿童都看得见指挥者,务使每一个人的声音都不被前排的人所阻挡。如果合唱团人数不多,而有钢琴伴奏,钢琴可放在合唱团的后面:

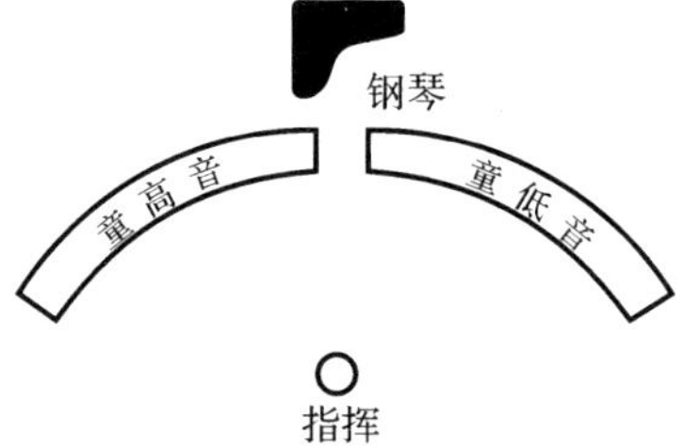

合唱团同学校中其他一切团体一样,也必须规定活动的日期和时数。合唱团活动的时间,最好排在学校课外活动的总时间表中。

合唱团中必须有极严格的纪律。准时出席,在进行活动中行为要端正,这是合唱团参加者所应守的规则。合唱团团长是组织工作方面的领导者的助手。他的责任是记录合唱团的日志(在领导者的监督之下),通知团员有关排演及表演的消息,为合唱团的活动布置教室——安置家具、黑板等。除了合唱团团长之外,各声部还须有几个组长,他们的责任是使他们自己声部中的唱歌者们按时地参加活动,使他们在活动中遵守规则。合唱团团长和各声部组长把合唱团中的积极分子团结在他们的周围,委托他们做一些零星的工作,例如抄写歌词,在活动时分发乐谱,买音乐会入场券等。合唱团的明确的组织工作,在领导者的决定性的作用之下具有很大的实际意义。领导者的任务不但是要培养儿童的表面纪律,即在活动中守秩序,有组织;主要的还是要培养内在的纪律,即要求儿童集中注意力,具有自觉性——这些都是合唱团的创造性工作中所不可缺少的。除此以外,领导者必须记住:如果他不为活动作好准备,不充实自已的知识,不提高自已的音乐修养的水平,不注意教学法方面和教育方面的书籍,那么,合唱团的组织工作无论安排得怎样妥当,全体团员的纪律无论怎样良好,一切都会降低价值的。在这情况之下,他绝不能使儿童对活动感到兴趣,决不能养成他们对唱歌的爱好。

在学校合唱团中,可以在合唱教育的一切方面都提高要求。学校合唱团的工作,必须安排得使该合唱团在唱歌上成为全校学生的模范。

学校合唱团的作业应当包括以下各方面:有系统地练习歌曲、演唱歌曲,通过各种唱歌练习获得声乐和合唱的技巧,学会那些能帮助看谱唱歌的基本乐理。初级合唱团的声乐合唱技巧的范围,当然比一、二年级唱歌课内要广泛些,但是声乐合唱教育的体系,在唱歌课内和在合唱团内都是统一的。初级合唱团的领导者的任务,是建立整齐的单声部合唱团,使这合唱团在学年终了时能够演唱比二年级里所唱的更复杂的二部合唱曲。

合唱团的曲目中,必须常常补充一些新出版的优秀的歌曲。这时候必须顾到下面的要求:歌曲在音程方面、节奏型方面、和声结构方面,不可过分复杂;歌曲的速度必须是中等的,歌曲的力度必须是中庸的,声音的增强或减弱不可太显著。合唱团中的声乐合唱技巧的培养工作,必须在歌曲练唱的本身过程中进行,同时又采用专门的练习来进行。尤其是对年幼的儿童,唱歌练习绝不可采用成年唱歌者所用的方法,即绝不可采用纯粹的发声法的形式,而必须结合儿童能懂得的词句。例如,为了要使儿童学会用逐渐地呼气的方法来唱舒缓的歌曲,最好教他们用下面的歌词从上向下唱五度和八度范围内的音列:

顺便要注意正确的发音。最好在儿童用歌词来唱过练习之后,教他们不唱歌而专门练习发音。

像下面那种练习,可以帮助唱歌时发音的正确:

下面是唱带有轻微的重音的下行音列的练习:

以下是准备二部合唱的练习(用音符名称来唱,用音节和用歌词来唱):

第一声部
第二声部
我们 开 始 唱, 我们 开 始 唱, 我们
跟着 你们 唱, 我们 跟着 你们 唱
齐唱
跳 呀, 跳 呀, 跳呀, 小 鸫 鸟。 跳
第一声部
呀, 跳 呀, 跳呀, 小 鸫 鸟
下略
第二声部 跳 呀, 跳 呀, 跳呀, 小 鸫 鸟, 跳 呀
齐唱

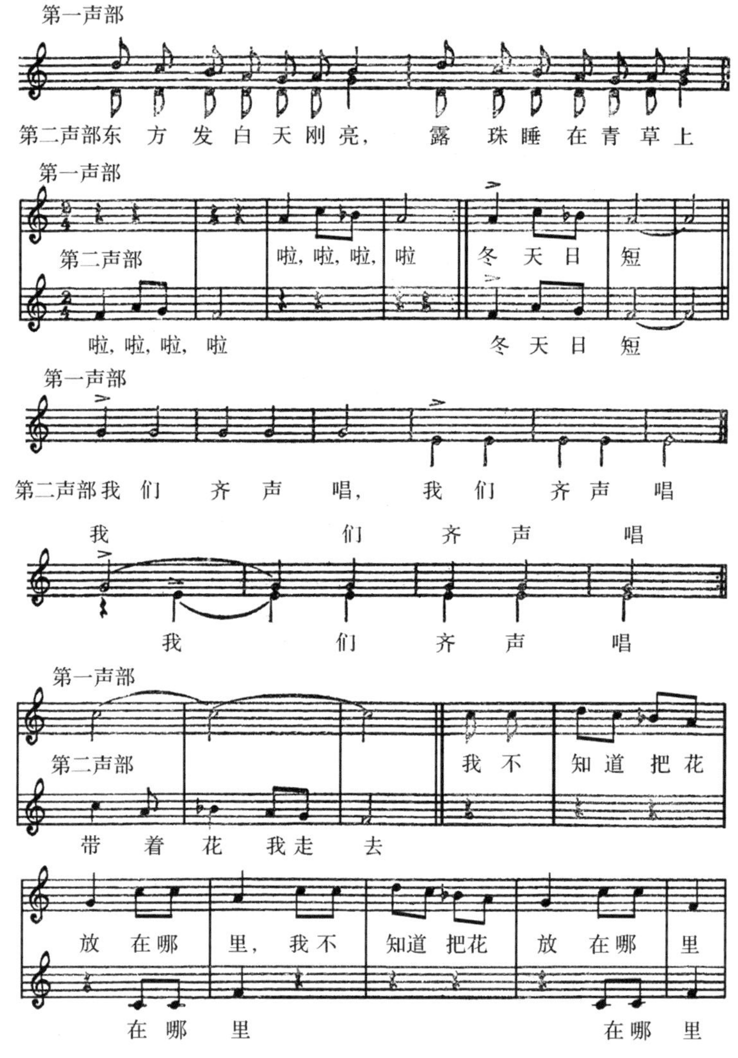

关于二部合唱练习的唱法,现在要略谈一下。第一声部由合唱团全体演唱,第二声部则由教师演唱(合唱团轻轻地唱自己的声部,以便听见教师所唱的第二声部)。然后教师叫合唱团里唱得好的几个学生演唱第二声部，唱过之后，叫合唱团全体演唱第一声部，而叫唱得好的几个学生演唱第二声部。然后把整个合唱团分为两组，其中一组演唱第一声部，另一组演唱第二声部。在每一次作业中进行一两个练习。

高级合唱团的领导者的任务，是建立一个唱歌团体，使这团体能够表演整齐的二部合唱，而又能表演含有三声部成分的合唱。在这合唱团里，儿童的一般音乐修养和合唱修养比较高。高级合唱团的团员，是在唱歌课中经过两年训练的儿童，此外，加入高级合唱团的往往是大群的曾是初级合唱团的参加者，这一切情况，可以大大地提高对三、四年级合唱团的要求。在高级合唱团中，已经经常地分作两声部，曲目较为复杂，歌曲体裁也变化较多，其中包括抒情的、英勇的、滑稽的歌曲。曲目中的歌曲在音乐表现手段方面也较为复杂，歌曲的篇幅也较大。高级合唱团每次进行作业的时候都作发声练习。用母音来唱延长的音，用母音和子音来唱延长的音，开始唱时略带重音，这些都可帮助儿童学会并理解平稳而逐渐的呼气和从容而延长的声音之间的联系。今举练习的例子如下：

下面所举的练习，可以帮助儿童发展正确的呼吸、清楚的发音和正确的起声：

ㄌㄚ,ㄌㄝ,ㄌㄧ,ㄌㄛ,ㄌㄨ　ㄇㄚ,ㄇㄝ,ㄇㄧ,ㄇㄛ,ㄇㄨ　ㄌㄚ,ㄌㄝ,ㄌㄧ,ㄌㄛ,ㄌㄨ
我 们 的 祖 国。 我 们 的 祖 国。
我 们 爱 祖 国。 我 们 爱 祖 国。以下仿此
亲 爱 的 祖 国。 我 们 爱 祖 国。

下面所举的练习,可以帮助儿童在变换调式的时候唱出正确的音调,帮助他们正确地唱出各音:

f p
请 你 响亮 地唱 大 调, 请 你轻 声 地唱 小 调。
我 们 用大调 来 唱 歌, 我 们轻声 地 唱 小 调。

下面所举的练习,可使儿童的声音柔顺而活泼:

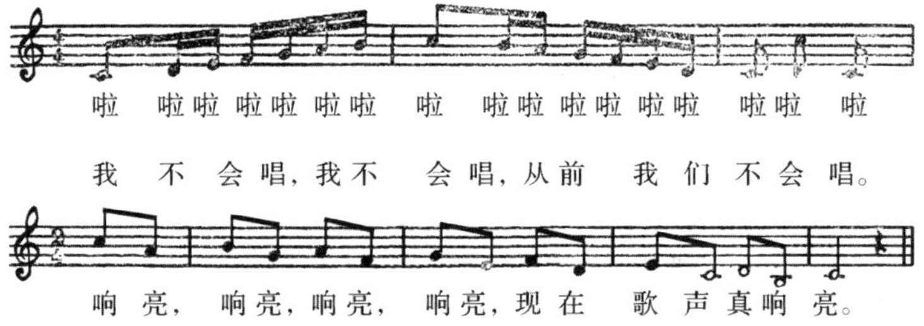
啦 啦啦 啦啦 啦啦 啦 啦啦 啦啦 啦啦 啦啦 啦
我 不 会 唱, 我 不 会 唱, 从 前 我 们 不 会 唱。
响 亮, 响 亮, 响 亮, 响 亮, 现 在 歌 声 真 响 亮。

下面所举的练习,可以使二部合唱巩固起来(这练习是用音符名称来唱,两个声部不同时开始):

第一声部
ㄉㄛ ㄙㄧ ㄌㄚ ㄙㄛ ㄈㄚ ㄇㄧ ㄌㄝ ㄉㄛ
ㄉㄛ ㄙㄧ ㄌㄚ ㄙㄛ ㄈㄚ ㄇㄧ ㄌㄝ ㄉㄛ ㄙㄧ ㄉㄛ
第二声部

下面所举的练习,是用“啦”字和歌词来唱的(两声部同时开始):

我 们 唱 歌 声 音 好 听
啦 啦 啦 啦 啦 啦 啦 啦

除此以外,我们还可以推荐若干种二声部练习如下:

童高音
我 在 空 中 飞 行, 我 一
童低音
飞 行,

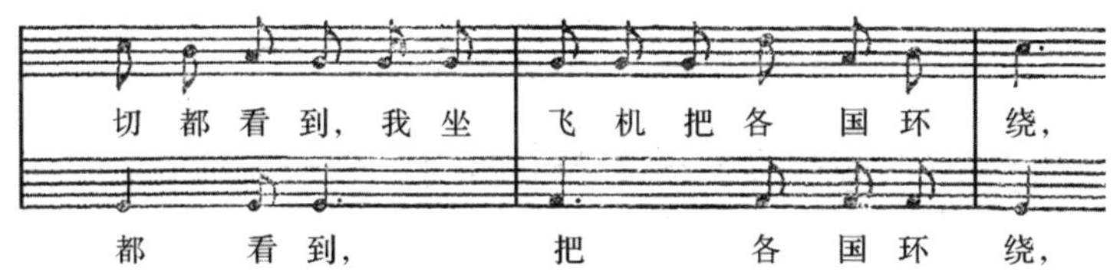
切 都 看 到, 我 坐 飞 机 把 各 国 环 绕,
都 看 到, 把 各 国 环 绕,

童高音
在我的 小花园里, 美丽的 小花 园里
童低音
溜 哩
溜 哩 哩 溜 哩, 溜 哩 哩 溜 哩
溜 哩
童高音
鹰儿飞回 家里去, 太 阳 沉 下 西山去。
童低音
鹰 儿 回 去, 太 阳 下山去。
童高音
小 朋友们一 同玩耍,大 家 随 意 谈 话。
童低音
小 朋友们一 同玩耍,大 家 随 意 谈 话。

童高音
仙 鹤 仙 鹤 天天来，
童低音
仙 鹤 仙 鹤 天天来， 天天来
天天来 到那 青 青的 大麻田，大麻田，
到 那 青青的 大麻 田，大麻 田。
仙鹤仙鹤 那模样， 仙鹤嘴巴 那么长长，
仙 鹤 那模样， 仙 鹤 嘴巴长长，
仙鹤仙鹤 那模样， 仙鹤嘴巴 长 长，
仙 鹤 那模样， 嘴 巴 长 长，
啄 些 大 麻 尝 尝。
啄 些 大 麻 尝 尝。

甲
是谁把你 播 种, 这样 新 鲜的 嫩 草?
乙
是谁 把 你 播 种, 这 样繁 茂的 嫩 草?
甲
乙
我 带着 花 圈走 来, 我 带着
花 圈走 来,我不 知 道把它 放 在 哪
里,我不 知道把它 放 在哪 里。

轮唱曲可由全体合唱团齐声练唱。等到大家巩固地学会了旋律之后,其唱法如下:一个声部(童低音部或童高音部)开始唱出旋律;另一个声部在乙的地方加入,把这旋律从头唱起。每一个声部在唱完这轮唱曲之后,一拍也不停息,立刻回复到轮唱曲的开始处,重复唱它。

合唱团的发声练习当然不限定用上述的几种范例。每一位教师都可以根据教学过程中所发生的具体要求和该合唱团团员的个别情况,而编制各种特殊的练习。这种练习可以根据合唱团所练唱的歌曲目录而编制,可以根据临时发生的困难而编制。上面所举的各种例子,绝不是必需的。反之,这些例子只有在把由于系统反复练习而获得的技巧应用到歌曲演唱中去的时候,方才是合用的。只有当学生懂得为什么要进行这些练习,而不只是机械地演唱它们的时候,这些练习方才是有益的。只有当这些练习在一次又一次的作业中演唱着、常常反复地演唱着、当

它们是多种多样的、有系统的而且在时间上分配得很正确的时候，这些练习才能发生效果。

所有的单声部练习（帮助培养嗓音柔顺和活泼的练习除外）都用缓慢的速度来唱，要有延长的声音、正确的呼吸。每一个练习中都注明休止记号（呼吸记号），这是必须照样执行的。

高级合唱团的参加者已经在唱歌课内认识了音程、调式和音的时值。因此发声练习应该写在黑板上，叫学生辨别音程和音的时值，自觉地理解练习中的各种困难。

学校节日及其音乐表演

所有的学校节日，都有音乐、唱歌和舞蹈随伴着。音乐、群众演唱、合唱团表演、儿童独唱表演、在歌声中跳舞等，能使节日富有生气，增加美感，对学生的情绪有很大的影响。学校里纪念的节日是：伟大十月社会主义革命节、苏联建军节、五一节和新年节。除此以外，学校里又在与伟大的著作家、作曲家和美术家有关的重要日子举行朝会和晚会。

从一九四八年起，苏联一切学校都举行“歌曲节”，参加这些节会的是各音乐团体、各合唱团、各班学生、各少先队。“歌曲节”上全校的学生都来唱歌。合唱、独唱的表演和会场中全体出席人的唱歌交互轮流地进行着。学校节日的开始是儿童入场。每班学生都有组织地在音乐声中走进会场，坐在指定给他们的地方。闭会后散出会场，以及参加表演者的出场和退场，最好也伴以音乐。合唱团的领导者编制一年的工作计划的时候，必须顾到合唱团在学校节日的演出，并且拟定适合于各种节日的主题的节目。

庆祝节日的准备工作,远在节日来到以前就须开始。节日会的准备时间越长,节日会的成功就越大。不仅是合唱团要准备节日会,各班学生也都要准备。例如:在九月和十月,一年级的歌曲节目中可列入反映十月节的歌曲,如亚历山大罗夫的《飞机》、弗利德的《我的小旗》;在二年级的歌曲节目中,可列入克拉谢夫的《十月革命歌》和《克里姆林宫的星》;在三、四年级合唱团的歌曲节目中,可列入列文娜的《我们走过克里姆林宫》和季里切耶娃的《十月的旗帜》。

为庆祝新年节,教师在十一月和十二月里就准备新年枞树的歌曲、冬天的和滑稽的歌曲。在一年级和二年级的歌曲节目中,可列入别克曼的《小枞树》、劳赫维尔盖尔的《枞树》、俄罗斯民歌《在薄冰上》和克尼彼尔的《熊为什么在冬天睡觉》。在三年级和四年级的歌曲节目中,可列入劳赫维尔盖尔的《冬节》、列平的《你好,枞树》、俄罗斯民歌《你好,冬季客人》。

在合唱团的歌曲节目中,可以有较复杂的二部合唱曲,例如列涅夫的《白色的小路》、亚历山大罗夫的《枞树歌》、盖尔奇克的《可爱的冬天》。新年节会在主题上和举行形式上都和其他一切节日会不同。整个节日会是在枞树旁边举行的。大家唱着,围绕着枞树进行轮舞。在这个节日会中,应该有较多的舞蹈、带动作的歌曲和游戏。领导这节日活动的,是扮成大寒公公和雪娘的成年人(教师、学生父母或高年级里的共青团员)。准备新年节的时候,最好招请某些家长来帮忙,请他们缝制服装,做面具,帮助装饰枞树,布置会场,并且在开会的时候值场。

领导者准备五一节的时候,要在音乐会的节目中采用五一节的歌曲、春天的歌曲、民歌,以及关于和平的歌曲。在五一节上,全校学生都参加唱歌。最好能够在一、二年级的集体唱歌节目中采用他们所知道的歌曲，例如劳赫维尔盖尔的《这样的罂粟》、民歌《田野里有一株小白桦》、克拉谢夫的《克里姆林宫的星》。在三、四年级的五一节曲目中，最好采用契切林娜的《小溪》、约尔丹斯基的《田凫之歌》和民歌《在阴暗的树林里面》。在节日音乐会中采用独唱节目，很可以使音乐会增加生趣。初级班和合唱团中成绩优良的学生，能够表演独唱和二重唱。一般唱歌课曲目中所含有的这一类歌曲，例如劳赫维尔盖尔的《在小船中》、格列特利的《争吵》、法国民歌《牧羊姑娘》、斯洛伐克民歌《善良的磨坊主》，都充分适合这目的，并且常常可以受到听众极大的欢迎。最令人喜爱而最常用的节日节目的组织形式之一，是在音乐节目和舞蹈节目中间夹入集体朗诵；还有一种，是由若干种艺术表演结合起来的文艺音乐节目。参加这种节目的合唱团，需要和别的团体作联合的排演。所有参加这种节目的人（其中也包括合唱团）都要熟悉这节目的整个内容和他们自己所表演的角色。合唱参加者必须明确地知道在他们唱歌之前所进行的是什么，他们应该在什么词句之后开始唱什么歌。这种节目中所表演的一切歌曲，都必须有序奏。如果歌曲是没有序奏的，那么必须弹出歌曲最后的若干小节。序奏能提醒儿童唱什么歌，能使合唱整齐，能帮助儿童。

“学校歌曲节”是学生最喜爱的学校节日之一。这种节日在冬天（十月、十一月）开始准备，在春天（三月、四月）举行。“歌曲节”的基本任务，是提高苏联小学生的音乐水平和合唱水平，把苏维埃作曲家的优良歌曲、优良的民歌，以及西欧和俄罗斯的古典作曲家的歌曲灌输到学校中、家庭中、日常生活中去。只有对苏维埃儿童实行有系统而不间断的合唱教育，才能够帮助学校完成这一个光荣的任务。学校的校长都必须记牢乌申斯基这一句话：“到了我们学校里的学生都会唱歌的时候，我们才可以说他们是前进了！”

在学校里,各班学生、各少先队、各音乐团体,都要为参加“歌曲节”作准备。由唱歌教师和合唱团领导者领导这准备工作。青年团组织和少先队组织、学校行政和班主任,都积极参加这节日的准备工作。可招请音乐学校的学生来帮助唱歌教师。还可向音乐剧院、音乐馆和广播委员会的合唱指挥者们征询意见。

学校的“歌曲节”的准备工作计划,由唱歌教师编制。其中包括举行节日会的组织问题、群众演唱的节目、合唱团的节目和独唱节目。群众演唱的节目,是所有的学生(不仅是该学校的学生,而且是该校所属的地区内的一切学校的学生)都必须参加的。群众演唱的节目由区少年宫提出,区少年宫领导着全区的区“歌曲节”的一切准备工作。少年宫通过它的代表(区合唱团的领导者)来帮助唱歌教师为节日作准备工作。区合唱团的领导者来校参观校合唱团的作业,对校合唱团的领导者提供关于节目问题和方法问题的意见。

唱歌教师除了担任小学的唱歌课和合唱团的活动之外,还要注意少先队的工作。

唱歌教师教少先队辅导员们练习歌曲,辅导员们再教少先队员们练习歌曲。教师靠少先队辅导员的帮助,举行全体少先队员的联合排演,检查他们的群众歌曲是否已经学会。

学校节日最好分班举行,这样可以尽可能地使多数的学生参加唱歌。如果学校范围不大,那么可把一、二、三、四年级联合起来举行。

“歌曲节”在庄严隆重的气氛中开幕。所有的学生都必须穿同样的衣服:黑色的裙子和白色的短外衣,或者罩白色围裙的学校制服(女学校用),黑色的裤子和白色的衬衫(男学校用)。开幕的时候由校长致祝辞,他在祝辞中说明节日的意义。节日会的节目以唱苏联国歌来开始,由会场中全体人员同唱。节目的时间不能超过一小时半或两小时，因此，应该只采用全校中最优秀的节目。只有唱歌唱得最好的少先队和班级、最优秀的独唱者，才有登台表演的权利。他们的表演必须和会场上全体人员的唱歌交互轮流，因为在“歌曲节”上，必须使所有的学生都感觉到自己是表演者。合唱团是唱歌的优良模范，应该由它来结束这节日集会的全部表演节目。会场上全体人员唱群众歌曲的时候，必须站起来唱。歌曲节用群众的唱歌来结束；最后由校长致辞，祝贺儿童在唱歌上所获得的成就。

合唱团参加学校社会生活

大多数的苏维埃学生是少先队员。儿童在少先队组织中养成各种社会习惯——学校合唱团的团员们在朝会上、在少先队员的集会上出席表演，参加着学校的社会生活。合唱团的社会工作也可以越出学校范围之外，即如在宣传站上为选民们表演，为上级机关表演，在区少先队大会上表演，等等。合唱团的工作必须和少先队组织密切地联系着。在全苏列宁共产主义青年团中央委员会第七次全体大会“关于少先队组织工作”的决议中曾经强调地指出发展儿童的文艺活动的必要性：

> 全体大会认为合唱具有重大的意义，因此责成共产主义青年团组织努力争取：务使合唱普遍存在于一切少年宫中和大多数学校中……为了使合唱大众化，可以举行竞赛、会演、地区的和城市的歌曲节集会……
>
> ……在初级班的少先队集会上，宜多多益善地进行活动性

游戏、体育活动、集体朗读和歌曲练唱……

少先队组织是合唱团领导者的可靠的助手,这助手帮助他组织合唱团,又帮助他工作。

少先队员——合唱团的团员——必须在合唱团中做出工作上的榜样来。少先队组织留心注意优良的少先队员唱歌者,鼓励他们的工作。在期终音乐会上,邀请合唱参加者的家长们、教师们和学生们出席,在这会上颁发奖状、书籍或纪念章给那些在合唱团创办以来常常表现出良好纪律的合唱团团员、对工作有创造性态度的团员和成绩优良的团员。合唱团的社会声望,决定于合唱工作的高度质量,决定于自觉的纪律(这是富有趣味的合唱作业的结果),决定于群众性,最后又决定于学校全体人员和家长们的支援——即承认合唱团活动的重要性和效用。

合唱团的演出

合唱团的演出,表示出其平日工作的结果,这是集体生活中很重要的一个要素。合唱团在纪念重要日子的学校节会上、在学校或地区的"歌曲节"会上、在学校文艺活动的期终音乐会上演出的时候,向学校、向家长、向地区公众展示出它在合唱艺术中的成就。因此在准备演出的过程中,领导者必须顾到以下各点:音乐会的节目范围大小如何;合唱在其中占据怎样的地位;合唱团所准备的节目在整个节会中有否主题上的联系;在这节会上合唱团的出场和退场应该怎样;合唱团的座位在表演台上如何排列;以及其他许多细节。

合唱团的领导者和参加者都要用十分认真的态度来对待合唱团的

每一次演出。排演最好就在演出的台上举行。合唱团的登台及其队形组织,也必须预先排演。有组织地整齐地登台,有组织地排列在台上,集中注意于领导者的指示并执行这些指示,有组织地退场,——这一切再加上优良的表演,可以加强节庆日的兴奋的心情。

演出的那天,决不可举行排演,只要练习嗓音。练习嗓音的时候最好不靠乐器的帮助,重要的是正确地(用音叉来帮助)发出各个歌曲开头的音。练习嗓音的时候不须唱节目中所有的歌曲。如果歌词是有好几节的,那么只要把一节唱完全,其余的每节只唱第一句就够了。重要的是注意每一节歌词的力度的变化、速度的变化,并练唱个别困难的和音。

演出时必须带着创造性的热情,带着爱好唱歌的态度。领导者在演出的时候不可焦虑,不可用不满意的眼光去注视儿童,不可显露出恐惧和软弱。这一切必然会对儿童发生有害的影响,因为这样一来,他们的唱歌会萎靡起来,枯燥起来,同时又紧张起来。领导者的信心和镇定,对儿童的自信力有着良好的影响。此外,领导者应该用他的外表态度、眼睛的表情、鼓励的微笑和富有感情的指挥来唤起儿童在演出时所不可缺少的创造性的兴奋情绪。演出时领导者的良好态度,和演出前的完善准备一样,也是成功的保证。

附　录

关于儿童发声器官构造的若干知识

儿童的发声器官和成人的发声器官大不相同。儿童发声器官的主要特点,是其脆弱性和娇嫩性。

儿童的发声器官和儿童整个机体的发育一起不断地生长着和变化着。

属于唱歌器官的,有呼吸器官(肺、支气管、气管)及吸入的和呼出的一切肌肉、发出声音的咽喉、发音器官(喉、软口盖、舌、下颚、唇)。儿童的咽喉和声带比成人的小,约为成人的二分之一或五分之二。

咽喉位在气管上端、颈的前部(颈的中央),是一种软骨的复杂组织,它的中间张着两条声带。

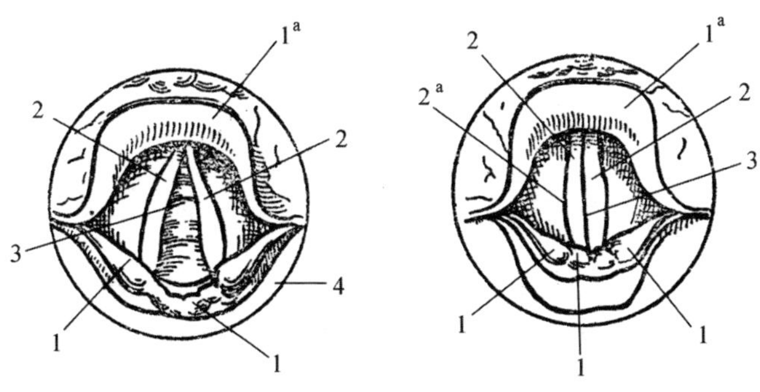

使声带活动的,是声带较肥厚处的内部肌肉和位于软骨上的外部肌肉。其中的一种肌肉能在唱歌过程中使两条声带合并起来,使声门(在两条声带之间)闭拢;另一种肌肉则能使两条声带分离,使声门张开。

肌肉还有一种重大作用,便是使声带收缩。当肌肉起着这种作用的时候,声带就变得更有弹性。

在学生正在准备唱歌的瞬间,他的呼气较为能动,声带也紧张起来。它们抵抗着呼出的空气的压迫,便振动起来,即开始张开来又闭拢来,于是就发出声音。

声音形成的瞬间叫做起声。

起声(即声音的开始)有三种,即硬起声、软起声和舒气起声。

在静默的时候,声带是张开的。在开始发出声音之前,声带闭合了。在硬起声的时候,声带闭得很紧,所发出的声音便有力而坚强。

在软起声的时候,声带闭得不很紧(声门也是闭拢的),抵抗着不很紧张的空气,所发出的声音便轻柔。

舒气起声是在声带没有完全闭合时发出的,换言之,是在空气猛力地流出时发出的。这时候和声音同时听到的是呼气声〔1〕。

在儿童唱歌教学工作的实践中,运用着硬起声和软起声。在唱歌课上,必须使儿童能够正常充分地闭合声带,能动地吸气。

唱歌声音的力量及其色彩(音色),决定于声音所经过的共鸣器(空腔)。

共鸣器即喉腔、口腔和鼻腔;它们的位置比声带高,叫做上共鸣器。

---

〔1〕 儿童用这样的起声,大都是因为发声器官有病,声带不能合并,咽喉发炎之故;或者是由于儿童一般地精神萎靡或神经衰弱之故。

气管的空腔和支气管的空腔，位置比声带低，叫做下共鸣器或胸共鸣器。

幼童的胸共鸣器不发达（容积很小），他们的上共鸣器，即头共鸣器占优势，因此他们的声音很响亮，很明朗。

儿童的胸共鸣器随着年龄而逐渐发达起来，它的容积扩大起来，发出的声音便饱满起来，深厚起来，声音的色彩（音色）也丰富起来。

儿童的全部发声器官（咽喉、声带、共鸣器）都随着儿童的全身发育而发育起来，变化起来。

如果要儿童担负他们力所不能胜任的为时过早的唱歌任务，因而损坏了他们这个脆弱的机构，那么儿童的发声器官便失却作用，他的嗓音从小就被毁坏了。所以教儿童唱歌必须十分审慎，帮助他们的发声器官的发展。

第一堂唱歌课（一年级）

课堂教学的类型——导入性的（把儿童引导到学校唱歌课的课程中）。

课堂教学计划

1. 教师的导言（谈话）。学生在唱歌课中将要学习些什么。

2. 唱歌时身体的姿势。

3. 教儿童认识指挥的手势：注意的手势、呼吸的手势、开始唱的手势。

4. 欣赏歌曲《田野里有一株小白桦》。

5. 教练该歌曲的两三节歌词。

课堂教学的详细进程

1. 同学们喜欢歌曲吗？你们喜欢自己唱歌，还是喜欢听别人唱歌呢？常常听无线电广播的歌曲吗？哪一个同学进过幼儿园，在幼儿园里唱不唱歌？最喜欢什么样的歌曲(悲哀的、愉快的)？在你们里面有谁能够唱一首歌？(教师听两三个学生唱歌，问其他的学生们对于这两三个人的唱歌有什么意见。教师评价他们的唱歌，赞许他们，或是向他们提些意见，例如指出某一个学生唱得太小声，某一个学生唱的字听不清楚，等等。)

听过学生唱歌以后，继续谈话。同学们有没有参加过游行？有没有在游行的乐队里演奏过？你们喜欢游行时唱的歌曲吗？苏联军队的兵士走过街上的时候是怎样唱歌的，你们听见过吗？

教师作简短的讲话：在我们国家里，全国人民都喜欢歌曲，大家都喜欢唱歌。年纪很小的孩子们在幼儿园里唱歌，学生和少先队员在学校里也学习唱歌。在十月革命节和五一节的时候，全国人民都唱歌。有了歌曲，工作更愉快，学习更愉快。我们在歌曲中要表现自己的快乐。

2. 我们在唱歌课上要学习些什么？(在教师的问话和所得的答话的结果中要弄清楚这个问题。)在唱歌课上，你们要学习唱歌，要学习看着乐谱唱歌，要学习欣赏音乐。从今天起，我们就要开始学习唱歌。唱歌的时候应该怎样坐着(或站着)？应该端正地坐在椅子上，两只手放在膝上，头的姿势要自然，身子不要弯下，不要倒向一边；大家的眼睛要看着教师。

3. 在第一堂课上，必须教儿童熟悉“注意”“呼吸”和“开始”的手势。教师把这些指挥手势做给儿童看(这时候他唱几个音或者唱某首歌曲的开头一句)。然后教师检查一下,儿童是否懂得了这些手势。他叫他们用《小飞机》或《小轮船》的歌词来唱一个简单的旋律,同时留心察看他们是否正确地按照指挥手势来唱歌。

教师叫全班学生唱,自己在各排学生中间巡行,倾听个别学生的歌声,叫每一排学生唱,辨别出听觉优良的学生和听觉不发达的学生。教师可以改用别的旋律和别的歌词。

教师听过了学生的唱歌,便作出关于全班学生的和关于个别学生的意见。

4. 教师演唱歌曲《田野里有一株小白桦》〔1〕。在演唱之前,教师对儿童说,他要唱一首俄罗斯民歌《田野里有一株小白桦》给他们听。教师告诉儿童:这首歌曲称为民歌,因为它是人民创作的。这首歌曲是我们俄罗斯人民所喜爱的,我们的孩子们和成人们都唱这歌。这歌曲中唱的是我们可爱的俄罗斯白桦树,白桦树是我国人民都认识的,都喜欢的。(教师可以把俄罗斯画家画的白桦树图带到课堂上来给儿童看。)演唱过这歌曲之后,必须问儿童,他们喜欢不喜欢这首歌曲?这首歌曲是怎样的——悲哀的,还是愉快的?这歌曲里唱的是什么?(把两三节歌词重唱一遍。)

5. 练唱这歌曲。教师教儿童只唱副歌"溜哩溜哩小白桦"(因为副

---

〔1〕 教师必须在第一课上就用自己的歌声来吸引儿童。必须记住:教师的富有表情的演唱,能使这歌曲更易为儿童理解、更加亲切、更加容易接受。这样的演唱远胜于对这歌曲作最详细的解释。

歌比正歌容易)。

教师自己唱正歌“田野里有一株小白桦,田野里有茂盛的小白桦”。

就用这同样的方法教唱第二节歌词。然后教师问儿童:“哪一个同学把这歌曲开头的一句‘田野里有一株小白桦’唱给我听?”他叫两三个学生唱过之后,就叫全体儿童唱这歌曲开头的部分。教师指出:有许多儿童把第二句唱得同第一句一样了,便叫儿童听一听,这地方应该怎样唱:

教师自己唱这第二句,同时用手在空中比划,仿佛描出旋律的进行。教师问儿童,第一句中“田野里”三个字的声音是怎样唱的:

教师问的时候同时要用手的动作表示出这三个音是停留在同一个音上的。儿童便回答:声音停留在同一个地方。教师又问儿童,第二句里这三个字的声音是怎样进行的,同时用手描出旋律向上跳跃的模样。儿童便回答:声音高起来了。教师就叫儿童慢慢地唱第一句开头的“田野里”三个字和第二句开头的同样三个字。把旋律中个别的片段加以练习之后,便生动愉快地把所教的两节歌词唱一遍。导入性的第一课就在这里结束。儿童有组织地(如果可能的话,在音乐声中)退出教室。

第一堂导入性的唱歌课,对以后的一切唱歌课有很大的作用。儿童在这一课中认识了在唱歌课上所要学习的各种问题的范围。导入性的唱歌课指导了儿童唱歌时应有的态度行为。此外,儿童在这堂课上获得了许多新知识,例如:在唱歌课上学习些什么,唱歌时应该怎样站(坐),教师的哪一个手势表示注意,哪一个手势表示呼吸,等等。儿童在导入课中学得了俄罗斯民歌(两节歌词),而最主要的是他们知道了音乐在我国人民的生活中占有重大的地位。

二年级的唱歌课

(第一学季中的第五课。)

课堂教学的类型——混合的。

课堂教学计划

1. 发声练习(把子音ㄌ结合各种母音,用正确的发音、纯正的音调和舒缓悦耳的声音来唱练习)。

2. 复习过去所学得的乐理知识(C大调音阶中的主要的音,其余各音间主要的音的解决,看着乐谱用四分音符和二分音符来唱C大调音阶)。

3. 范唱新歌曲《牧羊姑娘》(法国民歌)。

4. 练唱这首歌曲的三节歌词。

5. 复习以前学会的歌曲《克里姆林宫的星》和《我要去》(俄罗斯民歌)。

课堂教学的详细进程

1. 发声练习。

(甲)唱五度音程范围内的下行音列,用歌词“我们的祖国”“我们爱祖国”作模进式的练唱:

教师把这练习唱一遍,唱过之后,叫儿童唱这练习 | 开头的第一个音,用“我”字来唱。儿童唱的也许不整齐,有些人把这第一个音唱得很正确,另一些人唱得不正确。教师先叫几个唱得好的学生唱这个音,以后叫全班学生参加进去唱。这练习要唱得慢,唱得舒展,呼气要均匀。开头一个音要唱得重。唱这练习的时候,教师叫儿童注意各个字的发音,注意嘴动作的灵活、嘴张开的形状等等。

(乙)唱《牧羊姑娘》这歌曲[1]中的旋律片段:

上面这片段,是从儿童在本课内将要学习的一首新歌曲中取出来的。

这里面要唱出“特啦啦,啦啦,特啦啦啦”(用快速度唱)是困难的。

所以这练习可以预先训练儿童,使他们学会《牧羊姑娘》歌中这旋律片段的唱法。应该把这练习写在黑板上,叫儿童说出音符的名称和时值

---

[1] 全曲见本书后面的歌曲附录。——译者注

来,叫儿童按照歌曲的节奏用缓慢的速度念出歌词来(教师看着黑板,用教鞭指着音符)。教师先把这片段唱一遍,然后叫儿童照样唱一遍:全班学生一起唱,个别学生唱,分成小组唱,等等。

2. 用各种时值的音符(四分音符和二分音符)来唱C大调音阶的上行及下行进行:

儿童一面唱这些音阶,一面打拍子,这就是说:如果用四分音符来唱,则每一个音符挥手一下;如果用二分音符来唱,则每一个音符挥手两下。唱过音阶之后,叫儿童唱音阶中主要的几个音,即ㄉㄛ、ㄇㄧ、ㄙㄛ。教师提醒儿童:这三个是音阶中的主要的音;又问他们:哪几个音不是主要的?即哪几个音是趋向主要的音的?他提醒他们是ㄌㄝ、ㄈㄚ、ㄌㄚ、ㄙㄧ,然后和他们一起唱这些音,把这些音解决到主要的音上:

3. 唱《牧羊姑娘》(法国民歌)。教师先把这歌曲唱一遍。和儿童就这歌曲的性质和内容交换意见。这歌曲是愉快的,滑稽的,其中嘲笑一个牧羊姑娘,她的干酪被一只猫吃完了。这歌曲用中庸快速来唱。歌曲中有下列几点困难之处:歌词很长(有六节),速度很快,没有可供呼吸的休止符。教练这歌曲时,须从第一节的歌词开始,使儿童特别注意各个字眼(含有两个子音的"特啦"的发音)。最好按照歌曲的节奏来教儿童念歌词。念歌词时必须叫个别的几个儿童念或叫儿童分组念。等到儿童学会了第一节歌词的念法之后,便开始歌唱旋律。教唱旋律的方法和一般相同。教师富有表情地把第一句"有一个牧羊姑娘"唱一遍,叫儿童重复唱一遍。如果儿童没有把旋律唱正确,教师再把这第一句唱一遍,然后叫儿童注意他们唱旋律时唱错的地方,要他们更加留心地再唱这第一句,要唱得没有错误。练唱第一句的时候,可以把这句后面的"特啦啦啦"一起唱进去,因为这仿佛是第一句的副歌。(况且这个旋律片段已经预先练习过,所以很容易唱。)第三句的旋律、节奏和歌词都和第一句相同,因此唱起来并无困难。第四句和第五句——"她放一群绵羊,啦啦,她放一群绵羊"——是一样的,只有结尾的地方不同:

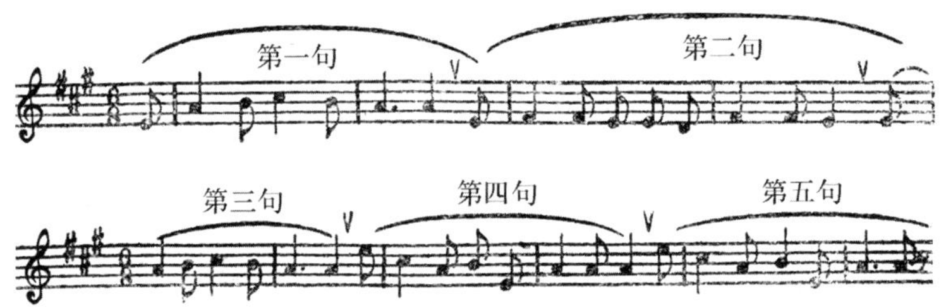

在第四句和第五句中,小字二组的 E 音(即 A 调的ㄙㄛ)很难唱。这两句最好用"啦"字来唱,并且用轻快而带顿音的声音来唱。这样,儿童的注意力便会专门集中在旋律上,集中在发出纯正的音调上,这样便更容易学会唱这个音。儿童对于所练唱的歌曲的自觉态度(比较歌曲中的第一句和第三句,第四句和第五句,辨别第四句和第五句间的差异,应该怎样区别地唱这两句),可以帮助他们更好地掌握这歌曲。在这一课上要教会这歌曲的三节歌词。第二节和第三节的歌词可和旋律一起练唱。教练的时候,应该使全班儿童和个别的儿童轮流演唱。"她煮羊乳干酪"这一句由一个儿童唱,"特啦,啦啦,特啦啦,啦啦"由全班儿童唱;"她煮羊乳干酪,煮给全村人吃,啦啦"由一个儿童唱,全班儿童唱"煮给全村人吃",而把最后的一个音延长(两个四分音符)。在这一课上唱完三节歌词，同时教师必须告诉儿童（或者问儿童）：应该怎样演唱这首歌曲。这歌曲应该唱得活泼、愉快、滑稽，跟它的内容和情趣相符合。这歌曲不可以高声唱，宜用轻轻的声音来唱。每一节歌词里的第二句都必须唱得轻。每一节歌词的最后一个音都必须延长。

4. 在复习以前学过的歌曲之前，教师先把它的旋律提示给儿童。教师唱这歌曲的旋律或旋律的片段的时候不用歌词，而且不一定要从头唱起。例如，教师唱《克里姆林宫的星》这歌曲[1]中的旋律的最后一个片段，即“让小朋友都做好梦，一忽睡到大天亮”这段歌词，然后问儿童：“我唱的是什么？是歌曲的开头还是末了？大家回想一下这歌曲的第一节歌词，让我们来想想看，这歌曲是应该怎样唱的。要唱得安闲，唱得轻，唱得悠扬。”于是儿童把这歌曲唱了一遍（凡是已经学过的歌曲，儿童都是站起来唱的）。为了要确实知道儿童对他们所复习的歌曲熟练到什么程度，最好不用歌词而唱其中的片段，并且用和原来相反的速度来唱。例如《我要去，我要去呀》这歌曲（指定要复习的歌曲）原来是愉快的，用快速度唱的；但教师却用缓慢的速度来唱，唱过之后和儿童作短短的谈话：“我唱的是什么？唱得正确吗？我这样用新的方式来唱这歌曲，你们喜欢吗？这歌曲是不是已经改变了样子？为什么？这歌曲应该怎样唱？”

儿童由教师帮助而作出结论：缓慢的速度和这歌曲不相称，因为这歌曲是愉快的，舞曲风的。缓慢的速度使这歌曲改变了性质，使它变成悲哀而不活泼，和舞蹈歌曲不相称了。于是教师叫儿童用原来的速度活泼而愉快地唱《我要去，我要去呀》这歌曲，这一堂课就此结束。

---

〔1〕 全曲见本书后面的歌曲附录。——译者注

在这一课中,一切组成要素都是互相关联的。唱发声练习是训练儿童更好地学会新歌曲;此外,它和乐谱知识的教学也是联系着的;而乐谱知识则又协助儿童自觉地学习歌曲。欣赏新歌曲、分析新歌曲以及教练新歌曲,是互相关联的。儿童在这一堂课内学会了新歌曲,又顺便获得了新的知识。在巩固旧教材的过程中,儿童批判地(有理解地)体会了音乐表现手段,懂得了速度在音乐中的意义及其对音乐性质的影响。

三年级的唱歌课

课堂教学的类型——联合的(使学生在以前所获得的印象的基础上掌握有关音程的新知识,在歌曲教材上巩固已经获得的知识)。

课堂教学计划

1. 教师作关于音程的序说。
2. 唱含有解释过的音程的练习。
3. 教唱劳赫维尔盖尔的歌曲《冬节》(使儿童注意这歌曲的音程)。

课堂教学的详细进程

在今天这一堂课上,我们要来认识一个新的名词,这个名词在音乐上是有一定的意义的。这个名词就是“音程”。在音乐上,两个音之间的距离,叫做音程。我们认识许多歌曲也会唱许多歌曲,这些歌曲在性质上、内容上、旋律上和节奏上,都是不同的。当我们听歌或唱歌的时候,我们注意到:有些歌曲的旋律平稳地向上升,或者平稳地向下降,这些旋律中的音是一个紧跟着一个走的。

教师唱阿连斯基的《杜鹃》中的一个片段,作为例子;把它写出在黑板上,使儿童能够看到旋律中各音的顺序:

隔 岸 远 处 地 方, 时 时 传 来 声 响

在另一些歌曲里,起初旋律平稳地向下降,后来就跳跃式地向上升了:

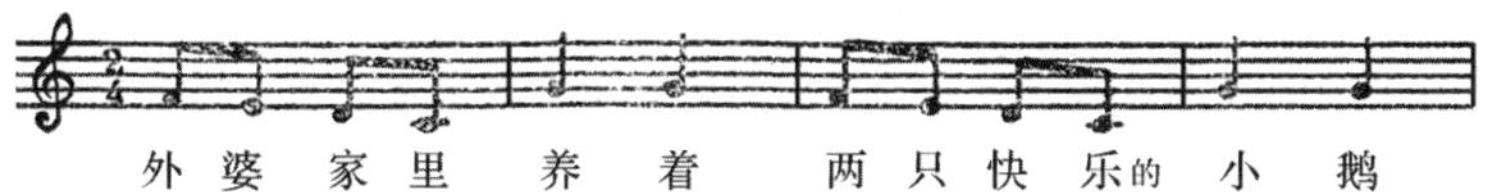
外 婆 家 里 养 着 两 只 快 乐的 小 鹅

此外还有一种歌曲,其旋律不是由一个跟着一个平稳进行的音构成的,而是由跳跃进行的音构成的。

叮 叮, 叭 叮 叮, 篱 笆 高 过 城 头 顶

我们可以看到:这旋律中的音是隔开一个音而进行的。

但在下面这首歌曲中,有很大的跳跃,隔开七个音,跳到第八个音上:

定 要 努 力 进 攻 海 岸, 取 得 白 军 的 堡 垒

由此可见,两个音之间的距离(音程),是有各种各样的:有时很广,有时很狭。每一种音程有一定的名称。现在把 C 大调音阶写在下面:

ㄉㄛ是音阶里的第一个音,ㄌㄝ是第二个音;从ㄉㄛ到ㄌㄝ,叫做“二度音程”。ㄇㄧ是第三个音,从ㄉㄛ到ㄇㄧ的距离(或音程)叫做“三度音程”。

今天我们只要认识一种音程,即二度音程。这音程你们已经懂得了。你们唱 C 大调音阶、唱各种练习和歌曲的时候,曾经碰到过许多二度音程。现在我们来唱 C 大调音阶。C 大调音阶里的音都是依照二度音程排列的。我们来唱下面这个练习:

在这练习中音是怎样进行的?这些音和音阶里的音一样,也是一个跟着一个进行的。我们来唱这练习,起先用音符名称来唱,然后用歌词来唱。

让我们来回忆一下旋律中有二度音程的歌曲:

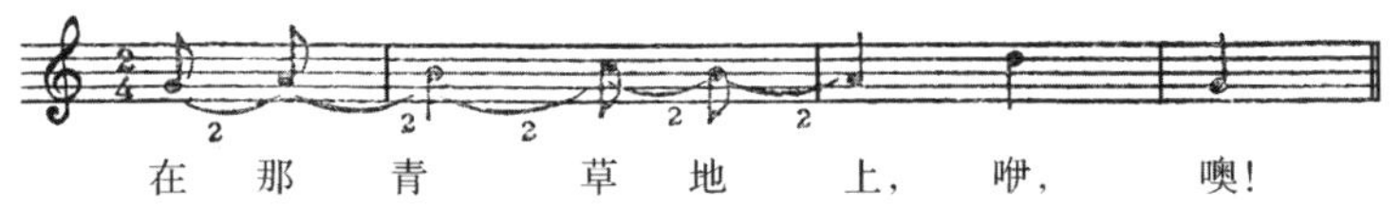

我们仔细看这谱例,用一个 2 字来标明其中的二度音程。

现在我们来听一听,二度音程的音同时响出,声音是怎样的(教师在乐器上弹出各种二度音程,然后和全班儿童用两部来唱各种二度音程)[1]:

〔1〕 如果学校里没有乐器,则教师和某一个学生同时唱各种二度音程。

现在我们来复习一下本课内所教的东西。音程是什么？在这一堂课上我们认识了什么音程？谁能够唱二度音程ㄉㄛ-ㄌㄝ？谁能够唱二度音程ㄇㄧ-ㄌㄝ？谁能够唱二度音程ㄌㄝ-ㄉㄛ？

其次是范唱和练唱劳赫维尔盖尔的歌曲《冬节》[1]。这歌曲是精神蓬勃的、愉快的，其中充分地表现出苏维埃儿童在新年节、枞树旁以及在休假中的欢乐心情。这歌曲是用分节的形式写成的，每一节歌词都有正歌和副歌。这歌曲中有一些困难的地方：各乐句之间没有休止符（呼吸困难），速度很快，音域很广（从小字组的 b 到小字二组的 e），有半音阶进行。

先把歌曲唱一遍给儿童听，确定了它的性质和内容，然后可以开始教唱。

在本课内不应当把全部歌曲教完，因为儿童刚才已经获得了有关乐理的新知识，他们的注意力不像开始上课时那么集中了。教会唱歌曲的正歌部分，已经够了，这正歌部分是由四个乐句组成的：

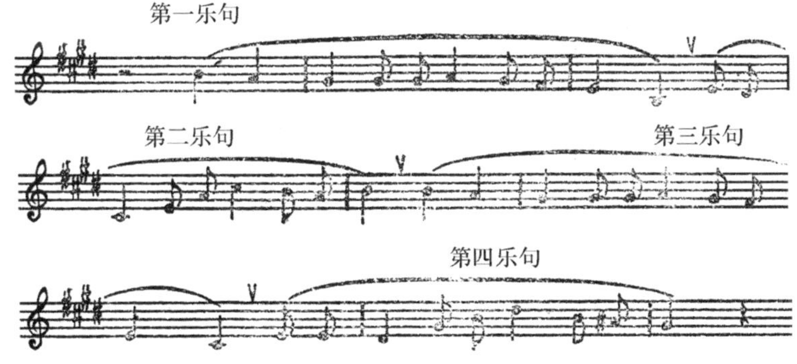

〔1〕 全曲见本书后面的歌曲附录。——译者注

第一节歌词和旋律一起教练。教练的时候,必须使儿童注意这四个乐句的旋律型。必须使儿童注意到:第一乐句和第三乐句中的旋律是下行的;使他们注意到这两个乐句中完全相同的旋律;并要注意到这旋律除了最后一音之外,都是由二度音程构成的。

这正歌部分中的第一乐句和第三乐句比第二乐句和第四乐句容易记住,因为第二乐句和第四乐句是不同的。

最好用下述的方法来教练这歌曲:教师唱第一乐句,叫儿童们照样唱一遍,矫正他们的错误,然后叫他们再唱这乐句。其次,教师唱第三乐句,问儿童:这第三乐句同第一乐句像不像,有什么差别,这乐句的音程构造是怎样的。然后教师叫儿童唱第三乐句,唱过之后对他们说:"你们唱第一乐句和第三乐句,我唱第二乐句和第四乐句。"这样把正歌部分唱了一遍。然后教师问:谁记不住第二乐句的旋律和歌词? 把这几个儿童叫出来,听他们唱,改正他们的错误,教师自己把第二乐句唱一遍,叫全班儿童照样唱。现在可以把《冬节》这歌曲全部唱一遍,全班儿童唱正歌部分,教师唱副歌部分。这一堂课就此结束。

在这一堂课中,吸引了学生自己积极地学习。新的教材(关于音程的)是在他们两年多以来所获得的音乐知识和音乐印象的基础上授给他们的。

三年级的唱歌课

课堂教学的类型——混合的(使学生在以前获得的印象的基础上学会新的知识;学会三度音程;巩固在歌曲教材上所获得的知识)。

课堂教学计划

1. 关于音程的谈话，解释新的音程——三度音程。

2. 唱含有三度音程的练习。

3. 继续教唱格列特利的《驴子杜鹃在林中》。

课堂教学的详细进程

1. 让我们来复习我们关于音程所知道的一切。音程是什么？我们认识了什么音程？在哪一些练习中有二度音程？谁记得从ㄉㄛ到ㄇㄧ的音程的名称？我告诉你们：从ㄉㄛ到ㄇㄧ的音程，叫做三度音程。现在我们把音阶写出来看看：

大家都看到，从ㄉㄛ数起，ㄇㄧ是第三个音。三度音程比二度音程宽一些。谁还能够在C大调音阶中指出另外几个三度音程来？C大调音阶里的三度音程有下面几种：

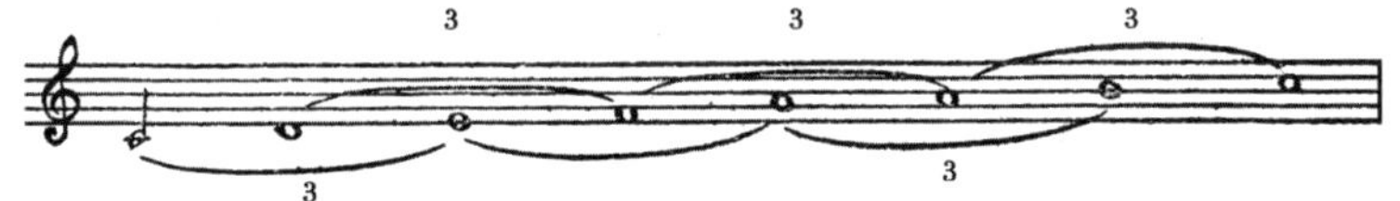

我们用弧线把它们联起来，并且标出一个“3”字。现在大家听听看，这些三度音程的声音是怎样的。我唱给你们听：

我们大家来唱前面三个三度音程，即ㄉㄛ-ㄇㄧ、ㄌㄝ-ㄇㄚ、ㄇㄧ-ㄙㄛ。大家都可看到：三度音程里的音不是像二度音程那样一个紧跟着一个进

行的,是隔开一个音进行的。由此可见,三度音程是从一个音到向上隔开一音或向下隔开一音处的距离。

现在我们来唱 C 大调的上行三和弦和下行三和弦:

三和弦是由三度音程构成的:ㄉㄛ-ㄇㄧ是第一个三度音程,ㄇㄧ-ㄙㄛ是第二个三度音程。现在来回想一下我们的二声部练习。第一声部唱ㄙㄛ音,第二声部唱ㄇㄧ音。两个声部顺次地唱出。

让我们用音符名称来唱下面的三度音程:

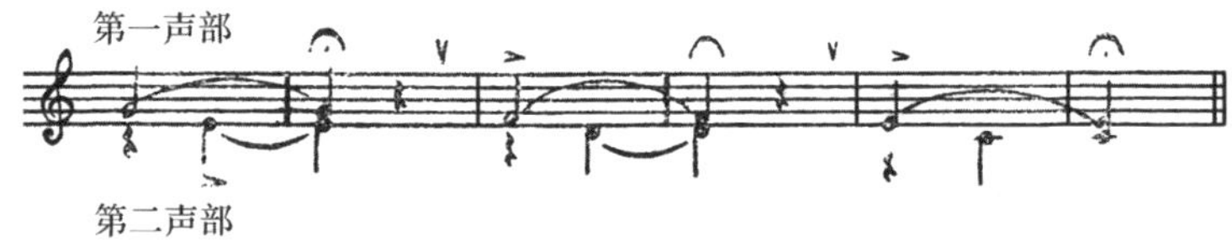
第一声部
第二声部

我们再来回想一下旋律由三度音程构成的歌曲(教师唱歌曲《叮叮》和《在薄冰上》中的片段):

叮　叮,　叭　叮　叮,
在　薄　冰　上,薄　冰　上,

在这两个例子里,除了三度音程之外还有二度音程,二度音程你们早已认识了。

大家听听看,三度音程的两个音同时响出,声音是怎么样的(教师在钢琴上奏三度音程):

现在大家来唱这个音程。第一声部唱ㄙㄛ音，第二声部唱ㄇㄧ音。

我们记得有许多二部合唱曲中含有三度音程。我们回忆一下以前学会的歌曲中有这样的例子：

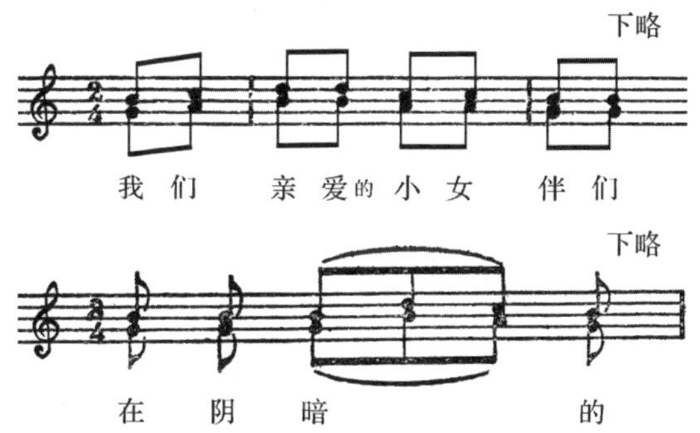

我们来唱《我们亲爱的小女伴们》这歌曲中的第一个三度音程。第一声部唱ㄙㄧ音，第二声部唱ㄙㄛ音。把这第一个三度音程延长来唱，听听看，它们的声音怎样。我们把整个歌曲唱一遍（也用同样的方式来唱《在阴暗的树林里面》这歌曲）。

现在我们继续学唱歌曲《驴子杜鹃在林中》〔1〕。

第一声部唱这歌曲的第一句，先用音符名称来唱，然后用歌词来唱。叫儿童注意旋律开头的地方。谁能够说出来：这开头的地方是由什么音

〔1〕 注意：这歌曲是在上一堂课中开始教唱的。

程构成的？是由三度音程ㄙㄛ-ㄇㄧ构成的。旋律末了的地方是什么音程？是ㄙㄛ-ㄈㄚ,是二度音程。现在我们把第二声部的旋律写出来：

在中音部的旋律中也有三度音程ㄇㄧ-ㄉㄛ和二度音程ㄇㄧ-ㄉㄝ。

现在我们把两个声部的旋律都写出来：

我们在这里可以看出:这两声部之间的音程是三度音程;或者像一般所说的:“两声部作三度音程进行。”教过了其次的两句之后,学生便确定,其次的两句也是由三度音程构成的。

把《驴子杜鹃在林中》这歌曲从头至尾唱一遍,这一堂课就此结束。

这一堂课的主要目的是教唱歌曲《驴子杜鹃在林中》,在具体的音乐材料(音列、三和弦、练习、以前学会的歌曲和新歌曲)上理解三度音程。关于三度音程的教学工作,不可限定在一课之内。学生越是多次地在以后的课内温习音程,就越是能够自觉地学习课内所提供给他们的音乐材料,他们的知识也越是巩固。

四年级的唱歌课

课堂教学的类型——混合的(使学生借助于复习和练习而巩固以前获得的知识;学会新歌曲;复习旧歌曲)。

课堂教学计划

1. 关于复习大三度音程、小三度音程和变音记号的发声练习。
2. 范唱并教练二部合唱曲《宁静的夜幕快落下》。
3. 复习以前学过的歌曲。

课堂教学的详细进程

教师要求全班学生唱小三度音程ㄇㄧ-ㄙㄛ,两声部顺次唱出,第一声部先唱(各声部开始时略为加重),三度音程延长到三个四分音符。

其次的一个三度音程ㄌㄝ-ㄈㄚ,由全班学生用同样的方式来唱:

教师问:我们刚才唱的是什么音程?怎样的三度音程——大的还是小的?我们用什么单位来衡量音程?小三度音程含有几个半音?我们把两个小三度音程再唱一遍。再把这两个小三度音程用顺次唱出的方式唱一遍。

我们大家记住:三度音程ㄇㄧ-ㄙㄛ和ㄌㄝ　ㄈㄚ都是小三度音程。

我们来唱下面的音程:

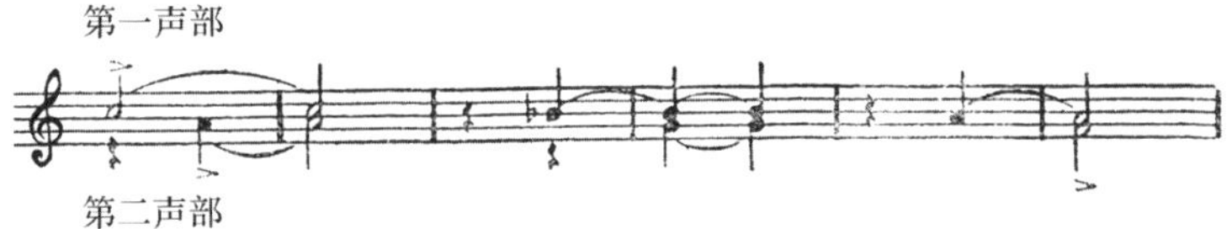

我们刚才所唱的是什么音程?写在ㄙㄧ音旁边的记号叫什么名称?它表示什么意义?ㄈㄚ-ㄌㄚ是大三度音程还是小三度音程?大三度音程里面含有几个半音?大家把这三个三度音程再唱一遍,两个声部同时唱出,我给每个声部定一个音,把这音记住。

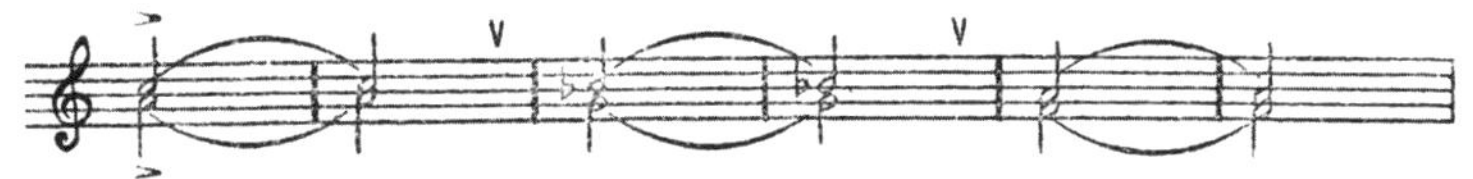

现在我们要顺次唱出这些音程:

让我们从ㄈㄚ音开始来唱一个大三和弦。谁记得,大三和弦是怎样构成的?其中第一个三度音程是怎样的,是大三度音程还是小三度音程?

让我们把从ㄈㄚ音开始的大三和弦再唱一遍。现在用三声部来唱这三和弦。童高音部唱上面的ㄉㄛ,童低音部唱ㄈㄚ,我唱中间的ㄌㄚ。我们要顺次地唱出,每声部把自己的音延长。

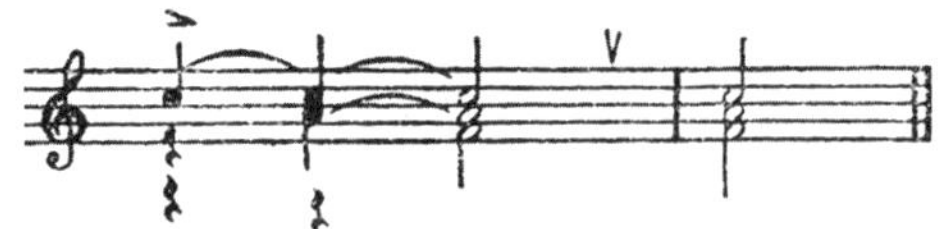

现在我们从ㄈㄚ开始唱一个上行音列；由童低音部开始唱，童高音部继续唱下去：

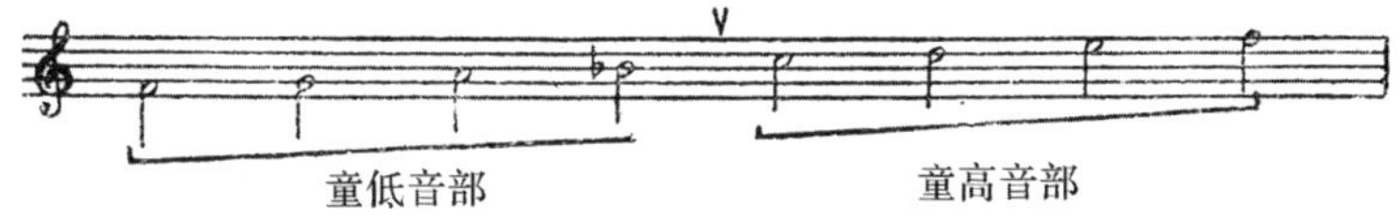

现在我们从上而下地唱这个音列：

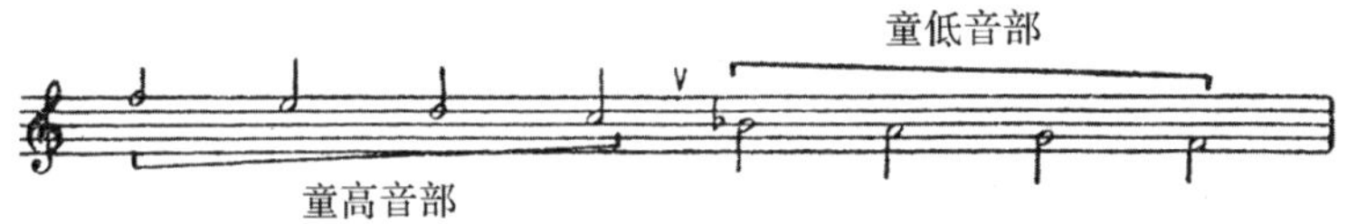

我们今天所要认识的、我们今天所要练唱的新歌曲《宁静的夜幕快落下》，便是用这个音阶里的音写成的。这歌曲是二声部的。我来唱这首歌曲，大家听。（教师唱第一声部，同时在某种乐器上弹第二声部。教师把这歌曲的四节歌词全部唱一遍。然后他唱第二声部，同时弹第一声部。）你们喜欢这一首歌吗？这首歌曲是怎样的，安闲的，愉快的，还是悲哀的？

回答的结果说明了这首歌曲是安闲的，悠扬的，它的速度不是快的。歌词中所说的是夏天黄昏的来临、随伴着这黄昏的静寂、夜莺的歌声、和消失了的太阳光。这歌曲的音乐是安闲的、悠扬的、沉静的、徐缓的。教师把歌曲写在黑板上：

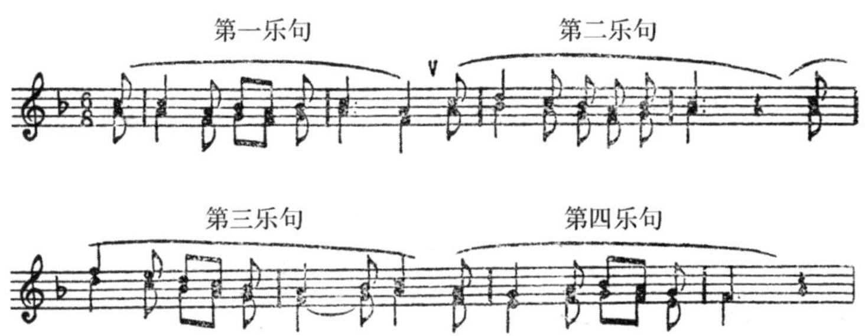

教师必须记住:在课堂上教唱二部合唱曲,比教唱单声部歌曲情形略有不同。教唱两个声部的时候,班级里的一部分人在某一段时间上不能受到教师的注意。因此教唱二部合唱曲的时候,应该注意下面两点:教唱时的拍子必须是有劲的;教学方式必须是能引起兴趣的。

教唱第一声部的时候,不宜留连太久,因为儿童的忍耐力是不能持久的,而且一堂课的时间不多。在教唱第一声部的时候,必须给童低音部学生指定一种任务,例如:“你们大家听一听第一声部的旋律,大家记牢这歌词,你们的歌词也是这样的”等。

教唱歌曲《宁静的夜幕快落下》的时候,必须一段一段地教,常常让第一声部和第二声部合起来唱。例如,教师指示童高音部,开头两乐句应该怎样唱,叫他们照样唱一遍。然后教师说:“现在第一声部要自己独立唱,不再由我帮助,让我和他们一起唱第二声部。第二声部的人必须听着你们自己的旋律,把它记住。”唱过之后,教师问,哪一个学生记住了第二声部?教师叫出一两个学生或者一小群学生来,叫他们唱,最后叫第二声部全体学生唱。当童低音部的学生唱的时候,教师叫童高音部的学生伴着他们轻轻地唱自己的旋律。以后他问两声部里成绩优良的学生:“谁愿意再来一个二重唱?”教师向学生发问:“这歌曲的两声部之间是什么音程?谁能说出这歌曲第一乐句中的大三度音程?”教师指出:学生在以前唱发声练习的时候已经认识了这种三度音程了。教师说:“我们再把歌曲的开头一句唱一遍,来看一看它的乐谱记录。”他给每一个声部定一个音,叫他们在不同的时间唱出,把歌曲开始处的第一个三度音程延长。用同样的方法教唱第二、第三及第四乐句。不可把歌曲中某一段教得太长久,必须常常回复到已经学会的一段上;这样,可以使儿童在较容易唱的地方休息一下。

教唱这一首歌曲的时候,要使儿童既听着自己的声部,又听着别人的声部,以便使听觉以及他所获得的音程知识都能帮助他唱出声音纯正的二部合唱,这是极为重要的。

要在所分析的歌曲中构成三度音程的音响,最好的方法是叫一个声部闭着嘴唱旋律,而叫另一个声部在同时唱歌词。歌曲《宁静的夜幕快落下》不能在一堂课中教会,但在第一堂课中必须使每一个声部都记住自己的旋律,并且记住一两节歌词。重要的是要使儿童理解歌曲的内容、性质和结构。结束这一堂课时,如果儿童已经很会唱这首新歌曲,就可以叫他们把这首歌曲唱一遍,否则就叫他们唱一些他们所喜欢的旧歌曲来结束这一堂课。

这一类的课只有当这一班学生是从第一学年起就学习唱歌,并且他们在乐理知识方面和唱歌方面都具有教学大纲中所指定的知识和技巧的时候,才可以进行。已经获得的关于音程、关于音程的大小、关于调式、音列、音的时值等知识,必须在每一堂课中复习;并且必须记住:这种复习,只有在学生能自觉地对待提供给他们的材料的时候,才有效果。这样的复习,既可使学生更牢固地掌握音乐材料,又可使他们获得自觉的理解。

唱歌教学的计划和考查

唱歌教学倘是有系统地进行的,那么教师可以按照四个学季来分配每一班教学大纲中的教材,然后再根据学季的计划来拟定各课的计划。

儿童所要学习的歌曲材料是建立唱歌这一门科目的全部教学工作的基础。这些材料的配置,必须能够保证有系统地积累唱歌的技巧,必须能够作为乐理知识的基础。同时又必须顾到:歌曲是学校生活里每一个节日、每一个庆祝事件中所不可缺少的伴侣。因此在配置一学年的歌曲材料的时候,也必须顾到一切重要的日子。

唱歌教学计划示例

一 年 级

第一学季

课次	歌 曲	知识和技能
1,2	《田野里有一株小白桦》。	唱歌时站的姿势和坐的姿势怎样,头的姿势怎样,嘴怎样张开,怎样呼吸。歌曲中各音的各种高低和长短。唱歌时能注意歌曲《小白桦》开头的图形记录。
3,4	《飞机》。复习《小白桦》。	能在歌曲《飞机》中延长地唱长音符,懂得应当在这歌曲中什么地方呼吸。
5,6,7	《我们亲爱的小女伴们》。	
8,9	为十月革命节庆祝会上的演出练习已经学过的歌曲。	

第二学季

课次	歌 曲	知识和技能
1,2	《快乐的鹅》。复习以前学会的歌曲。	理解歌曲《快乐的鹅》开始处的图形记录。认识长音和短音的音符记号……

续表

课次	歌　曲	知识和技能
3,4	《小猫瓦西卡》。复习《快乐的鹅》及其他以前学会的歌曲。	能认识歌曲的图形记录,能根据这记录来辨别歌曲。懂得音的名称。用音符名称来唱音列(一部分或全部)。
5,6,7	《小枞树》。复习以前学会的关于枞树的歌曲。	唱音列的片段,并能根据梯级图看出声音的进行。

第三学季

课次	歌　曲	知识和技能
1,2	《在红场上》。复习以前学会的歌曲。	音列在有谱号的谱表上的记录法。懂得G音记录在什么地方。
3,4	《在薄冰上》。复习已经学会的歌曲。	懂得F音记录在什么地方。看着乐谱唱《喜鹊》和《太阳,你来》的例子。
5,6	《航空之歌》。为苏联建军节演出作准备。复习歌曲"飞机"。	懂得E音写在什么地方。看着乐谱唱《我们亲爱的小女伴们》。
7,8,9,10	《摇篮曲》(《小猫咪》)。复习以前学会的歌曲。	懂得D音写在什么地方。看着乐谱唱《跳呀跳呀》。

第四学季

课次	歌　曲	知识和技能
1,2	《红罂粟》。复习已经学会的歌曲。	理解旋律的上行和下行(《红罂粟》)。看着乐谱唱歌曲《小轮船》。

续表

课次	歌　曲	知识和技能
3,4	《叮叮》。复习已经学会的歌曲。为五一节庆祝会准备。	看着乐谱唱歌曲《叮叮》的开头,看着图表唱歌。
5,6,7	复习一年内所学会的歌曲。	看着乐谱唱歌,看着图表唱歌,总结一年内所获得的知识和技能。

二年级

第一学季

课次	歌　曲	知识和技能
1,2,3	《克里姆林宫的钟》。	懂得 G、A、B、C 写在什么地方。看着乐谱唱《田野里有一株小白桦》《兔子》。
4,5	《十月革命歌》。	看着乐谱唱《航空之歌》的开头。懂得主音是什么。唱三和弦ㄉㄛ-ㄇㄧ-ㄙㄛ。
6,7	《我要去,我要去呀》。复习《十月革命歌》。	看着乐谱唱完《航空之歌》。巩固主音的概念。主音ㄈㄚ。三和弦ㄈㄚ-ㄌㄚ-ㄉㄛ。看着乐谱唱曲例。
8,9	为十月庆祝会练习已经学会的歌曲。	看着乐谱唱用三和弦ㄈㄚ-ㄌㄚ-ㄉㄛ构成的例子。

第二学季

课次	歌　曲	知识和技能
1,2,3	《熊为什么在冬天睡觉》。	认识各种时值的音符的名称:全音符、二分音符、四分音符、八分音符。理解小节线的意义,懂得什么叫做小节,懂得四分之二拍子的意义。
4,5	《枞树》。	懂得D音写在什么地方。在已经学过的知识范围内看着乐谱唱歌。
6,7	为枞树节复习以前学会的歌曲。	同上。

第三学季

课次	歌　曲	知识和技能
1,2	《列宁之歌》。复习歌曲《在红场上》,用降E大调来唱。	看着乐谱唱C大调的《在红场上》。看着乐谱唱曲例。
3,4	《边防军人之歌》。	看着乐谱唱歌。
5,6,7	《保加利亚学生之歌》。为苏联建军节复习《边防军人之歌》。	四分之三拍子。看着乐谱唱歌曲《铃兰》中的片段。三和弦ㄙㄛ-ㄙl-ㄉㄝ。
8,9	《在我的小花园里》。	看着乐谱唱《在我的小花园里》的片段。
10	为参加学校的节目《歌曲节》而复习以前学过的歌曲。	

第四学季

课次	歌　曲	知识和技能
1,2,3,4	《幸福的日子》。复习歌曲《在我的小花园里》。	看着乐谱唱歌曲《幸福的日子》里的片段。
5,6	复习歌曲《在我的小花园里》《黑土地》。	看着乐谱唱歌曲《黑土地》中的第一声部和第二声部。
7	复习已经学会的歌曲。	总结一年内所获得的知识。

成绩考查具有很大的意义,教师必须有系统地在整个学年的过程中进行考查。唱歌教学的考查有某些困难。唱歌课是集体的,所以要作个别地考查是很困难的。但是教师必须在教学过程中看出个别学生的知识和技能。例如,在教练歌曲的时候,教师叫出几个学生来,叫他们把刚才学会的第一节唱一遍,让全班学生跟着他们重复唱一遍。在教练以下各节的过程中,教师叫出其他的学生来,照样练唱。这个方法使教师能够在每一堂课上评定许多学生的知识和技能。

首先要注意在音乐发展方面特别优良的学生和特别落后的学生。其余的学生则在教学工作的进行中一一加以注意。这样,到了学季的末了,教师只要考问几个没有充分查明的学生就行了。

合唱团活动的计划和考查

每一个合唱团领导者必须制订一年的活动计划。在这计划中除了专门的合唱作业以外,还包括合唱团的节日演出及其准备工作。领导者在计划合唱团的作业的时候,必须顾到要使这些作业不致过分加重合唱团员的负担，而且还要能帮助他们的表演能力的发展。在合唱团活动的计划中可以包含不超过五六次的演出。

制订计划的时候，必须顾到和作业有关的许多情况(在一切团员都方便的时间进行作业用的房间、教具、乐谱等)。在制订计划的时候，应该和文艺团体的领导者取得联系(在练习文艺音乐节目时可把两个团体联合起来)。最好在年度计划中有集体赴音乐会或听音乐会广播的规定。

我们曾经屡次说过：合唱团的作业必须是富有趣味的、引人入胜的。由于这个原故，预先制订每一次作业的计划，就具有极重要的意义。每一次作业不可用大量的音乐材料来过分加重学生的负担，但同时又必须力求其多样、充实，并且经常能使每一个学生集中注意和感到兴趣。

在每次作业的详细计划中，必须规定练习的类型，使儿童可以由此获得各种技巧；又必须规定这些练习的顺序。此外，在每次作业的计划中必须指出作业的目的、作业的内容、作业的构成、教学的方式，以及能帮助唱歌基本教学工作的辅助材料(图画、诗歌、乐谱图表、活页歌曲等等)。

只有领导者经过巨大的准备工作而制订出来的作业的书面计划，才是具有意义的。

合唱团作业的考查和唱歌课的考查不同。合唱团作业的考查不依照五分制的评分，没有考查课和测验课。合唱团作业的考查用演出的形式来实行，例如在学校节日、文艺晚会和专门的总结演奏会上演出。成绩优良的、在工作中起模范作用的团员，可由学校或少先队组织发给奖品，奖品有奖状、纪念章、书籍等。

对音乐听觉不发达的儿童进行合唱教学

一班学生之中,有能力强的儿童,也有听觉不良的儿童,对这班学生进行合唱教学,是学校实际工作中最困难的问题之一。这些听觉不良的儿童必然会破坏全体的和谐的唱歌,因此也就会阻碍合唱教学的正常发展。

从一年级到四年级,差不多每一班里都有少数儿童唱起歌来不合调,这种不合调的声音会毁坏全体学生的音乐听觉,并且使教学过程增加困难。

正确地解决这个问题,虽然是一件特别重要的事,但是我们直到现在为止,差不多还没有作过根本解决这问题的试图。有时在教学法方面的材料中可以看到一些普通的句子,例如"必须使唱歌发音不正确的儿童倾听全体的歌声",但这些话对于解决这个复杂的问题并没有什么明确的意义。

每一位教师都只得自己想出办法来对付这困难。有些人叫发音不正确的儿童默默地倾听,以求不妨碍匀准的歌声。有时他们在合唱之外听这些儿童单独唱歌。但是因为这些儿童一向只听别人唱,自己不唱,所以他们的歌声仍然是不正确的。

这种长时期被动地倾听的方法,不能得出我们所需要的结果。唱歌声音不正确的原因,显然是这样:学生由于生理关系或别种关系[1],不能唱出全体学生所唱的那样高低的音;他们在教室的环境中没有"尝试"

---

〔1〕 这些原因可能是:因大声叫喊而声音变粗了;发声器官一般地萎靡或作用微弱。

一下、把自己矫正一下的机会;换句话说:他们难于建立高级神经中枢活动和唱歌器官之间的联系,而没有这种联系是无法唱得正确的。

教师叫学生在合唱之外单独地唱某乐句,希望学生单靠听觉印象,完全不需要做一些尝试就能克服他目前所存在着的困难,就能唱到他所够不到的音域上。希望儿童单靠听别人唱而学会正确的唱法,这种想法是不切合实际的,这就好比希望儿童单靠听别人或看别人弹钢琴就要学会弹琴。

关于这问题的解决,还有一种主张:有些教师反对把唱得不好的儿童剔除于一班之外,他们叫全班儿童并无例外地大家一起唱。这办法实际上就是主张:"大家唱,唱得不正确也好。"这办法给了儿童"尝试"和获得唱歌经验(这是在前述的办法中所没有的)的机会,但是它另有一个重要的缺点,即不能保证教师对这些儿童的唱歌作应有的检查,因为教师的注意力都放在全班儿童的唱歌上了。

由于这个原故,听觉不良的儿童虽然参加共同唱歌,但是仍然唱得不正确,他没有注意到这一点,因而就渐渐地养成了唱歌不合调的习惯。

有几位教师把这种办法略加变化:他们叫听觉不良的儿童坐在唱得正确的儿童旁边,希望前者向后者学会正确的唱法。这办法虽然可能获得成功,但也会带来不良的结果,这就是,听觉良好的儿童从邻座的儿童染上了不正确唱歌的习惯。

由此看来,上述的办法中没有一个能够圆满地达到目的。

这情况便是促使我们在莫斯科第三百十五小学里进行专门实验的主要原因。这实验的任务很狭隘:查明儿童唱歌落后的原因,找出消除这种现象的教学方法。

要注意的是,进行实验的时候,我们没有特为安排一个环境,我们就利用了可以进行这实验的普通的学校进行教学时的那些环境条件。

为了作这实验,首先选出了音乐听觉不良的儿童来。为此,我们一个一个地听了一、二年级学生的唱歌。他们每一个人唱大家所熟悉的歌曲中的一句或两句。这时候便看出了几个唱得很不好的学生:他们简直连一个乐句、一个音都唱不正确。这样的学生共有二十七人。把这些人编成一组,这便是我们进行实验的对象。

首先必须正确地确定他们的音乐发展的程度。为了这个目的,我们对儿童提出了一些检查的问题,其内容如下:

1. 听觉器官测验。

在离开学生三四公尺的地方用铅笔轻轻地敲几下,问学生听见什么声音否,然后再问他听见敲几下。这试验的结果,证明这一组儿童差不多都具有正常的听觉器官。只有一个学生例外,他的听觉稍为低弱;然而这并不阻碍他顺利地通过这实验组的作业。

2. 节奏感测验。

敲出一种简单的节奏型来,教学生用手在桌子上照样地再敲一遍。答案各人不同,但是没有不可救药的不良答案。

在以后为培养音调听觉而设的很紧张的训练工作中,差不多完全不必顾到节奏方面,因为在这方面他们常常是唱得或多或少地令人满意的。

3. 速度、力度变化、音区、曲式等感觉的测验。

对儿童们说,现在要奏一个进行曲给他们听。然后用减慢的速度或加快的速度来演奏一个进行曲。儿童必须能指出速度的错误,并且说出错误在什么地方。

照样让儿童听一个用很大的声音来演奏的摇篮曲,听一个在高音区中演奏的庄严的进行曲等。诸如此类。

为了检查对于乐曲形式的感觉，教师唱了一个歌曲给他们听，叫他们在唱完一个乐句的时候举起手来；叫他们数乐句，指出各乐句的相似点或相异点，指出正歌部分和副歌部分来；叫他们说出来，声音是向哪里进行的——向上还是向下，等。

测验儿童对音区的感觉时，教师在不同的八度上弹奏某一乐句。儿童必须指出哪些音是高音、哪些是中音、哪些是低音。

因为这些测验都是依据儿童在课内所获得的技巧和知识的，所以他们的答案都或多或少地令人满意，有时竟是很好的。然而一当他们试唱某一个歌曲的时候，他们这些不坏的答案便立刻贬值了。教师无论怎样努力地帮助，他们总是专用一个低的音(小字一组的 c 或小字组的 b，甚至更低)来唱。有几个人能够提高到小字一组的 e 和 f，但一提高之后，声音立刻又低下去。

由于听觉的缺陷显然地表现在音的高低方面，所以教师在以后的教练工作中把一切努力都专门放在这方面而撇开了音乐教学的其他方面。

被选入特别组里的学生们的家庭状况，引起了我们的注意。原来有许多学生家里备有收音机或乐器，而且有的家庭里有人会唱歌或演奏乐器(后者较少)。可见，听觉落后的原因，并不在于缺乏音乐印象。以后，这些听觉不良的儿童，都曾经被送到区诊疗所去请咽喉科医生检查。检查的结果，这些儿童之中有大多数人的发音器官是患病的(急性喉头炎、加答儿喉头炎、气管炎、腺状、黏膜瘤、声带不闭合、急性咽喉加答儿、语言涩滞、鼻音、鼻炎等症)。

只有三个儿童是完全健康的。

由于检查的结果，在最初选出来的二十七个学生中，只有十四个人是准许唱歌的。于是我们的测验便以这十四个人为对象来进行。

指定儿童唱某几个音,而观察他们唱得如何,我们得到了这样的结论:他们能够正确地唱出几个音,但是数目是很有限的,而且这少数的几个音也比普通一般的童声大约要低两三个音,即在小字组和小字一组之间。在这音区之内,儿童能够很正确而不感到特别困难地跟着教师唱出个别的音和简短的曲调。这就帮助我们解决了一个问题:应该从什么音区开始教练;这又决定了我们以后的教练工作的路径,即走怎样的路径可以把这些儿童的声音的水平提高到正常的高度上。

教练的开始是唱低音区中的几个音。儿童能够正确地唱出的第一个音,是小字组的降 b。我们让一个儿童、两个儿童、全组儿童唱这个音。

儿童能把这个音唱得稳妥了之后,再唱其次的两个音,即小字一组的 c 和 d,起初没有一定的节奏,后来用极简单的节奏(参看本文末了的乐谱实例)。

从最初的作业起,就必须解决曲目的问题。暂时不能用正规班内唱过的歌曲,因为班内唱过的歌曲除了几首例外的以外,在音域和高度范围上都不适当。这一组儿童所学会的第一个歌曲,是由三个音组成的歌曲《兔子》。

教练的方法和正规班内运用的方法相同。教师用小提琴伴奏,把歌曲演唱一遍,然后向儿童提出关于这歌曲的内容和性质的问题。分析过之后,教儿童学习歌词。教师读歌词,儿童跟着他照样读,声音不很大,但须清楚,并按一定的速度和节奏。这样的读法,不但帮助儿童学会了歌词,而且也帮助他们掌握了这歌曲的节奏和速度,并学会了清楚地咬字的方法。

开始教歌曲的旋律以前,教师再把整个歌曲唱一遍,以求重新唤起儿童的记忆。

教练旋律的过程大约如下:教师用缓慢的速度把每一乐句唱两三遍,同时用手的动作来表示声音的向上进行或向下进行。叫儿童注意节奏的特点。儿童唱第一个乐句,全无错误。儿童把这乐句唱过两三遍,唱得巩固了之后,就继续学唱第二节,再学唱以后各节。全组儿童唱,一个人唱,两个人唱,都唱得完全正确。起初用缓慢的速度唱,后来用原来的速度唱,在他们所胜任的范围内表达出歌曲的性质。

在下次一些作业中,试教儿童移高半个音而唱这歌曲。这个尝试完全成功。

以后的作业,是教他们唱特选的练习和歌曲,其目的是使他们逐渐地掌握更高的音。

唱练习主要是为了求得调式的准确,同时也培养他们有最简单的唱歌技巧和倾听别人唱歌的能力。

练习包括以下各种:唱个别的音,唱三度音程、四度音程和五度音程范围内的上行和下行的音列,唱三和弦,唱正在学习的歌曲中的片段。

学唱歌曲的目的在于提高并扩大嗓子的音域,以及培养唱歌技巧和合唱技巧。

主要的注意点是音调的准确和倾听别人唱歌的能力。

曲目中包含下列的歌曲和为这些歌曲而采用的练习:

1.《兔子》——音域是大三度音程。

2.《跳呀跳呀》——音域是四度音程。

3.《卡车》——音域是四度音程。

4.《叮叮》——音域是五度音程。

5.《夜莺儿,不要飞》——音域是四度音程。

6.《绿的亚麻》——音域是五度音程。

7. 波托洛夫斯基的《风雪》——音域是六度音程。

《卡车》
1. 院 子 大 门 堂 堂 开， 载 货 卡 车 开 出 来。
2. 卡 车 开 出 院 门 口， 像 个 灰 色 高 山 头。
3. 另 一 卡 车 跟 着 来， 装 着 许 多 面 粉 袋。
4. 车 身 笨 重 连 声 叫， 好 像 公 公 生 气 了。
《叮叮》
1. 叮 叮， 叭 叮 叮， 篱 笆 高 过 城 头 顶。
2. 先 开 口， 是 狐 狸： 全 世 界 上 我 最 美。
动 物 坐 在 篱 笆 下， 一 天 到 晚 说 大 话。
兔 子 用 手 摸 胡 须： 我 能 快 跑 谁 来 追！
3. 刺猬看看身上毛：我的皮袄真真好！
跳蚤听了跳一跳：我的皮袄也很好！
4. 熊大哥，吼一声：我唱歌曲真好听！
5. 山羊把角挺一挺：挖出你们的双眼睛！
《夜莺儿，不要飞》
1. 夜 莺 儿， 不 要 飞， 停 在 窗 子 上。
2. 夜 莺 儿， 不 要 唱， 不 要 高 声 唱。
3. 夜 莺 儿， 不 要 把 爸 爸 吵 醒 了。
4. 我 爸 爸 睡 不 着， 他 为 我 忧 愁。
5. 为 了 我 这 美 丽 的 姑 娘 忧 愁。

《绿的亚麻》
从容不迫
较快
山岩旁边种着绿的亚麻。
1. 我播
2. 我除
种，我会播种这亚麻，我播
草，除了败草长亚麻，我除
种时对它说这句话。
草时对它说这句话。
长统靴子踏又
踏，踏又踏，你丰收，你丰收，好亚
麻，你丰收，我那可爱的好亚麻。

3. 我收割，我会收割这亚麻，
我收割时对它说这句话。
4. 我浸渍，用水浸渍这亚麻，
我浸渍时对它说这句话。

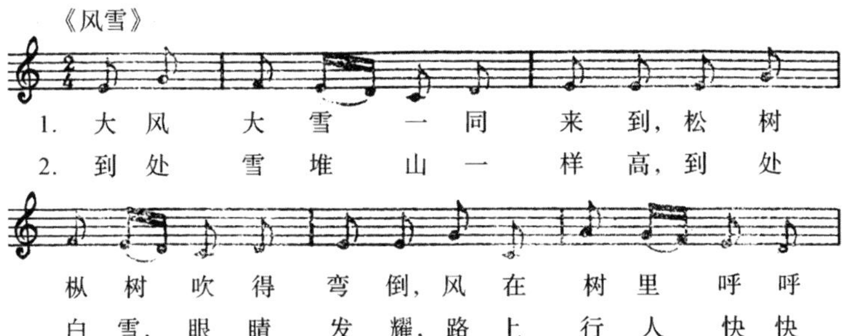
《风雪》
1. 大风大雪一同来到，松树
2. 到处雪堆山一样高，到处
枞树吹得弯倒，风在树里呼呼
白雪，眼睛发耀，路上行人快快

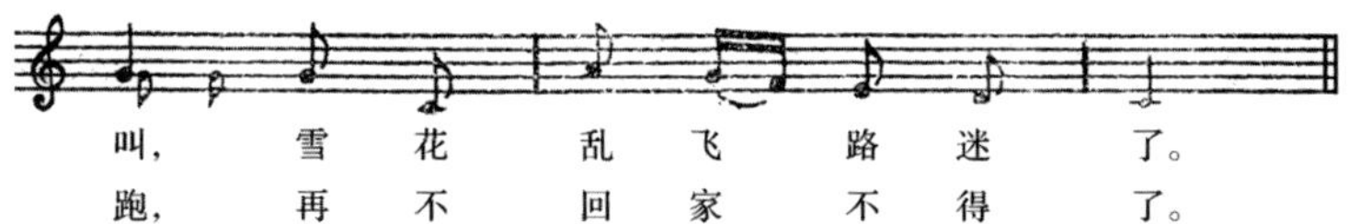

每个儿童经过个别地仔细检查之后，便获得教师许可在教室里和别的儿童一起唱歌。以后对这一组儿童便不须再进行别的工作了。完成上述的教程，一共需要十二次作业，每次三十分钟。这些作业是在课外进行的。

[说　明]

前面所提出的练习和歌曲，是小学一、二年级学生用的。

前面所举的歌曲的调子，是开始时用的；到了后来，练习和歌曲的调子应该移高些。歌曲的速度大都用中庸的和中等徐缓的速度，因为这样的速度可以使儿童更容易保持音调的正确。作业中最好用小提琴和钢琴。

有些儿童从第一课开始就重视这些教练，并且很高兴参加。他们对这些作业的良好态度是必须指出的。

教师要求这些儿童上唱歌课时自己不要唱歌，而只要听别人唱，儿童很懂得这要求的意思。所以当教师许可他们和全班儿童一起唱歌的时候，他们就十分高兴。

这测验虽然只包括少数儿童，但是它可以作出若干结论。

第一，在这一组里，完全不能唱歌的儿童是没有的；所有的儿童（除了发音器官有病的儿童之外），经过一定的教练，都能够获得最低限度的唱歌能力。

根据这实验，是否可以确定，不能唱歌的儿童根本是没有的呢?这却不能这样说。这个问题,必须要经过大量地进行实验之后才能回答。然而不管怎样,我们可以肯定地说:唱歌绝对不良的儿童的百分比是极小的。

第二,这实验很显然地表明了学生的发声器官必须经过医师的检查和诊察。我们清楚地知道,唱歌教师必须和专业医生取得联系。实行这联系工作,对于保护学生的嗓音和为学生建立唱歌制度方面,可以供给不少宝贵的材料。

小学唱歌教师用教学法参考书目录

1.《唱歌和音乐》,师范学校教学参考书,教育书籍出版社,莫斯科,一九五三年版。

2. 夏茨卡雅著:《学校音乐》,俄罗斯联邦教育科学院出版社,一九五〇年版。

3.《中小学唱歌教学法这》,鲁美尔编,俄罗斯联邦教育科学院出版社,一九五二年版。

4.《唱歌教师辅导手册》,论文集,国立音乐出版社,一九四九年版。

5.《学生音乐教学经验》,论文集,鲁美尔编,俄罗斯联邦教育科学院出版社,一九五二年版。

6.《合唱教学经验》,论文集,洛克申编,俄罗斯联邦教育科学院出版社,一九五三年版。

7. 玛里宁娜著:《学生唱歌教学经验》,俄罗斯联邦教育科学院出版社,一九五四年版。

8.《儿童嗓音的培养与保护》,巴加杜罗夫编,俄罗斯联邦教育科学院出版社,一九五三年版。

9. 巴加杜罗夫著:《儿童声乐教育》,俄罗斯联邦教育科学院出版社,一九五三年版。

10. 谢尔盖耶夫著:《儿童嗓音的培养》,俄罗斯联邦教育科学出版社,一九五〇年版。

11. 柳勃斯基著:《论学校二部合唱》,俄罗斯联邦教育科学出版社,一九五〇年版。

12. 格利欣科著:《一年级唱歌》,俄罗斯联邦教育科学艺术教育研究所,一九五〇年版。

13. 格罗静斯卡雅著:《唱歌课的教育工作》,俄罗斯联邦教育科学出版社,一九五三年版。

14. 鲁美尔著:《乐谱知识挂图及其指南》,俄罗斯联邦教育部教育出版社,一九五〇年版。

15.《莫斯科学生歌曲节》,论文集,洛克申编。俄罗斯联邦教育科学出版社,一九五三年版。

16. 奥斯特罗夫斯基著:《音乐小词典》,国立音乐出版社,一九四九年版。

歌曲附录[1]

花 园

D调 2/4　　俄罗斯民歌
快

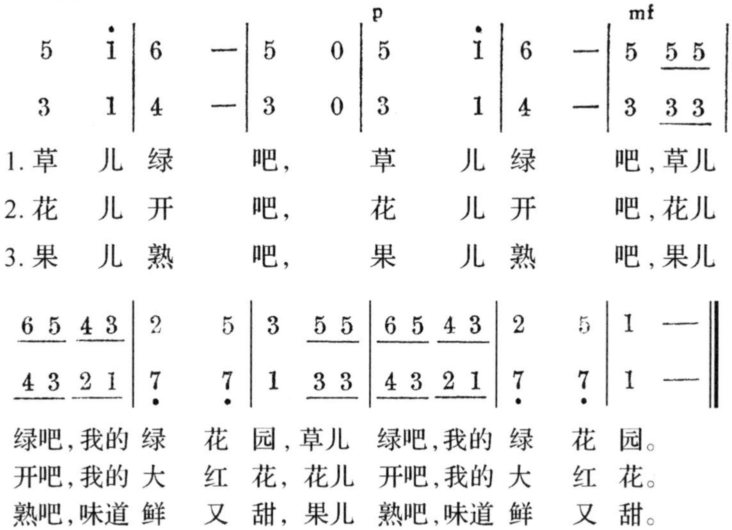

p　mf

5 1̇ | 6 — | 5 0 | 5 1̇ | 6 — | 5 5 5 |
3 1 | 4 — | 3 0 | 3 1 | 4 — | 3 3 3 |

1. 草 儿 绿 吧, 草 儿 绿 吧,草儿
2. 花 儿 开 吧, 花 儿 开 吧,花儿
3. 果 儿 熟 吧, 果 儿 熟 吧,果儿

6 5 4 3 | 2 5 | 3 5 5 | 6 5 4 3 | 2 5 | 1 — ‖
4 3 2 1 | 7̣ 7̣ | 1 3 3 | 4 3 2 1 | 7̣ 7̣ | 1 — ‖

绿吧,我的 绿 花 园,草儿 绿吧,我的 绿 花 园。
开吧,我的 大 红 花,花儿 开吧,我的 大 红 花。
熟吧,味道 鲜 又 甜,果儿 熟吧,味道 鲜 又 甜。

---

〔1〕 为读者便利起见,我们把本书中叙述较详而未曾列举实例的歌曲七首,译成中文,附录在此,免得读者另外去找苏联歌曲译本来参看。——译者附记

G调 2/4

田野里有一株小白桦

俄罗斯民歌

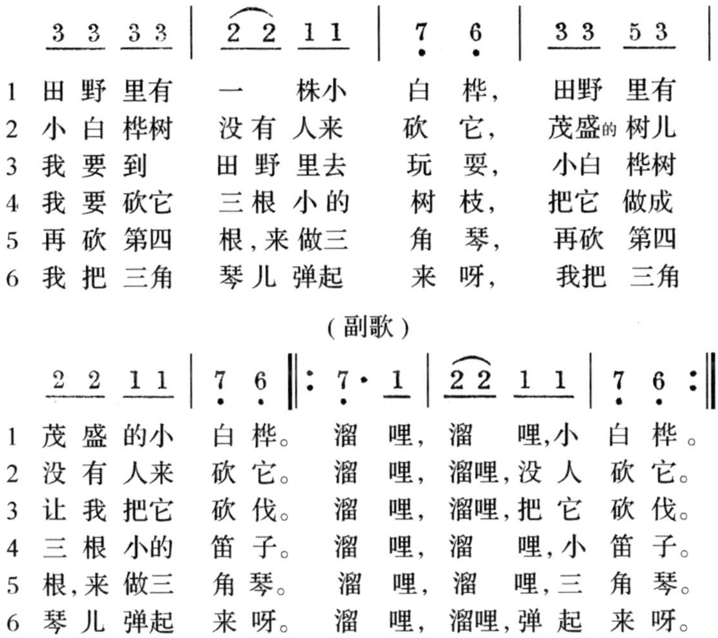

3 3 3 3 | 2 2 1 1 | 7 6 | 3 3 5 3 |

1 田 野 里有　一 株小　白 桦，　田野 里有
2 小 白 桦树　没有 人来　砍 它，　茂盛的 树儿
3 我 要 到　田 野 里去　玩 耍，　小白 桦树
4 我 要 砍它　三根 小的　树 枝，　把它 做成
5 再 砍 第四　根，来 做三　角 琴，　再砍 第四
6 我 把 三角　琴儿 弹起　来 呀，　我把 三角

（副歌）

2 2 1 1 | 7 6 ‖: 7· 1 | 2 2 1 1 | 7 6 :‖

1 茂 盛 的小　白 桦。　溜 哩，溜 哩，小 白 桦。
2 没 有 人来　砍 它。　溜 哩，溜哩，没 人 砍 它。
3 让 我 把它　砍 伐。　溜 哩，溜哩，把 它 砍 伐。
4 三 根 小的　笛 子。　溜 哩，溜 哩，小 笛 子。
5 根，来 做三　角 琴。　溜 哩，溜 哩，三 角 琴。
6 琴 儿 弹起　来 呀。　溜 哩，溜哩，弹 起 来 呀。

我要去，我要去呀

F调 2/4

民歌

5 53 | 4531 | 5 53 | 4531 |

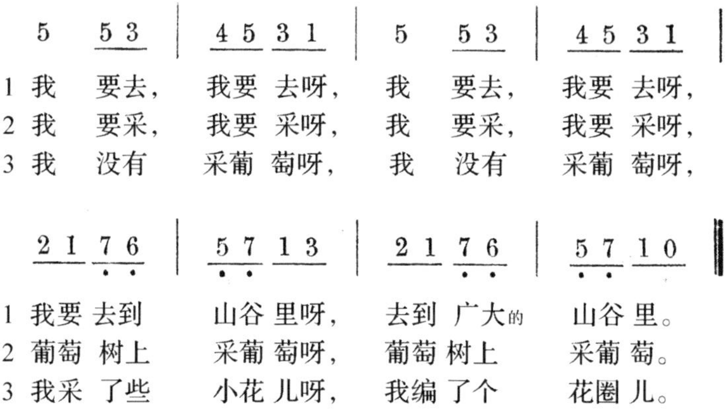

1 我 要去， 我要 去呀， 我 要去， 我要 去呀，
2 我 要采， 我要 采呀， 我 要采， 我要 采呀，
3 我 没有 采葡 萄呀， 我 没有 采葡 萄呀，

2176 | 5713 | 2176 | 5710 ‖

1 我要 去到 山谷 里呀， 去到 广大的 山谷 里。
2 葡萄 树上 采葡 萄呀， 葡萄 树上 采葡 萄。
3 我采 了些 小花 儿呀， 我编 了个 花圈 儿。

暴风雨中的摇篮曲

♭A调 3/4

普列谢耶夫词
柴科夫斯基曲

中庸速度

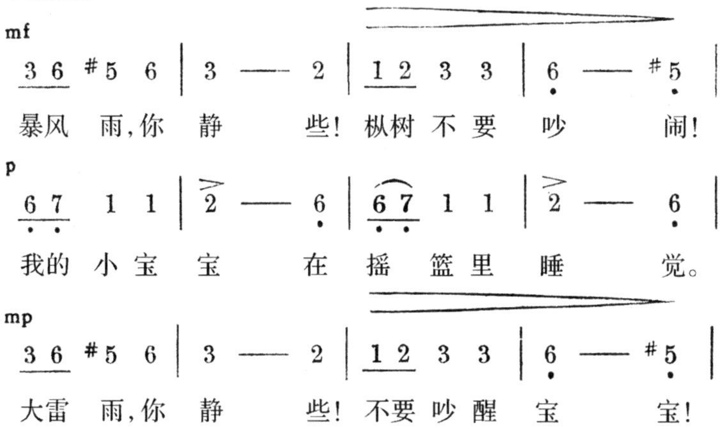

mf

36 #5 6 | 3 — 2 | 12 3 3 | 6 — #5 |

暴风 雨，你 静 些！枫树 不 要 吵 闹！

p

67 1 1 | 2 — 6 | 67 1 1 | 2 — 6 |

我的 小 宝 宝 在 摇 篮 里 睡 觉。

mp

36 #5 6 | 3 — 2 | 12 3 3 | 6 — #5 |

大雷 雨，你 静 些！不要 吵 醒 宝 宝！

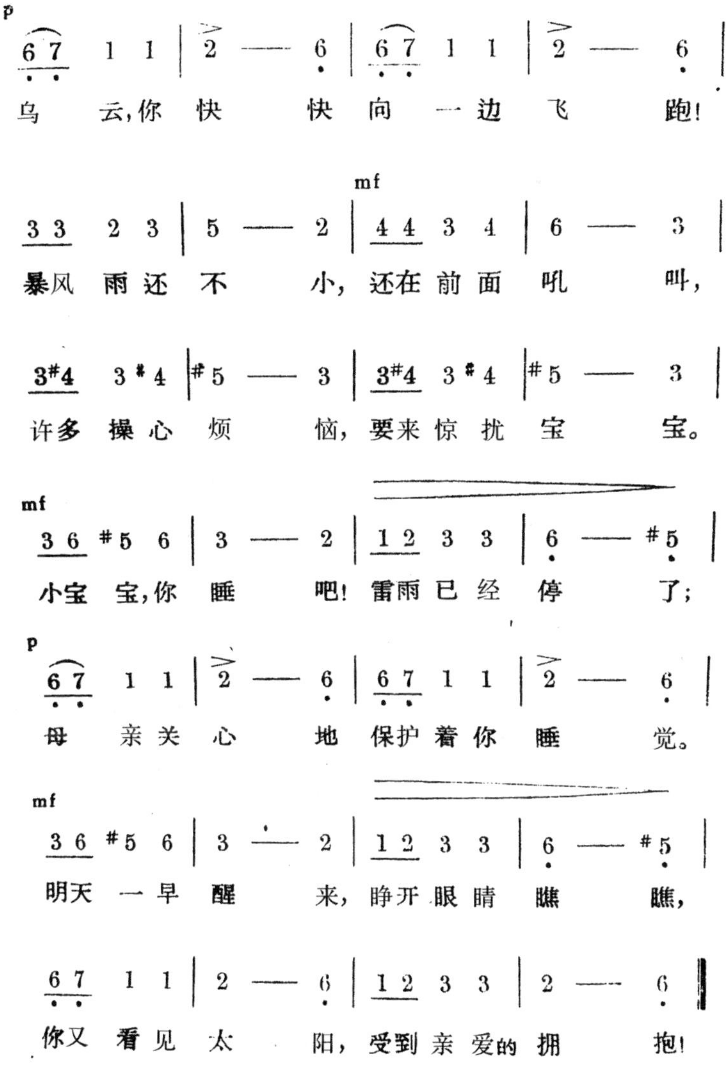

p

67 1 1 | 2 — 6 | 67 1 1 | 2 — 6 |

乌　云,你　快　快　向　一　边　飞　跑!

mf

33 2 3 | 5 — 2 | 44 3 4 | 6 — 3 |

暴风　雨　还　不　小,还在　前　面　吼　叫,

3#4 3 #4 | #5 — 3 | 3#4 3 #4 | #5 — 3 |

许多　操心　烦　恼,要来　惊　扰　宝　宝。

mf

36 #5 6 | 3 — 2 | 12 3 3 | 6 — #5 |

小宝　宝,你　睡　吧!雷雨　已　经　停　了;

p

67 1 1 | 2 — 6 | 67 1 1 | 2 — 6 |

母　亲　关　心　地　保护　着　你　睡　觉。

mf

36 #5 6 | 3 — 2 | 12 3 3 | 6 — #5 |

明天　一　早　醒　来,睁开　眼　睛　瞧　瞧,

67 1 1 | 2 — 6 | 12 3 3 | 2 — 6 ‖

你又　看　见　太　阳,受到　亲　爱的　拥　抱!

A调 6/8

牧羊姑娘

法 国 民 歌
西科尔斯卡雅作俄文歌词

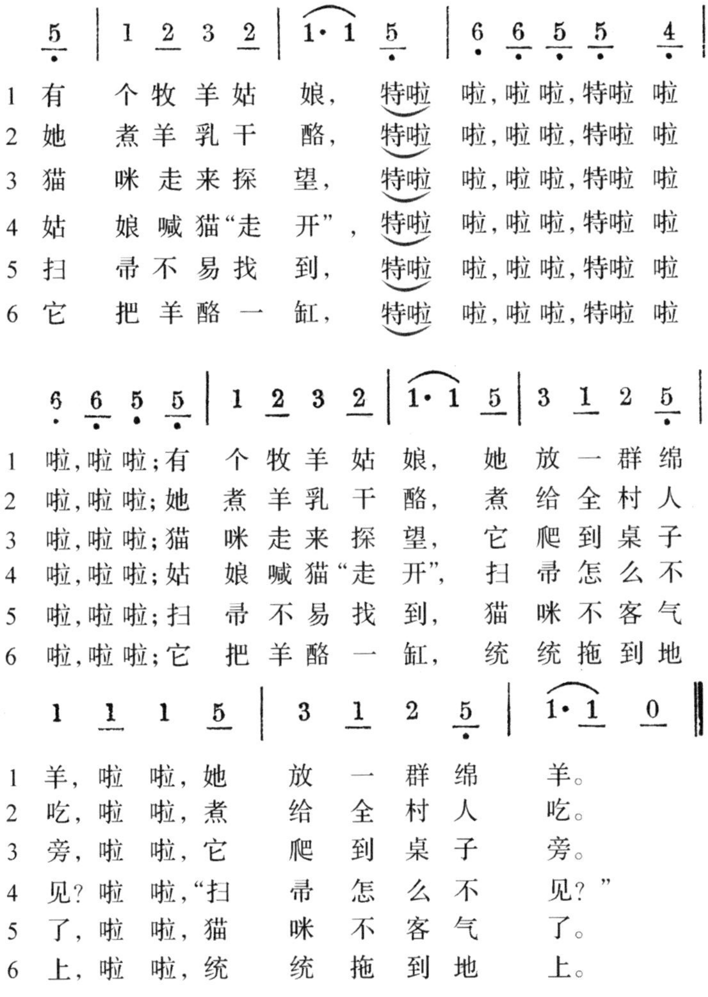

5 | 1 2 3 2 | 1· 1 5 | 6 6 5 5 4 |

1 有 个牧羊姑 娘, 特啦 啦,啦啦,特啦 啦
2 她 煮羊乳干 酪, 特啦 啦,啦啦,特啦 啦
3 猫 咪走来探 望, 特啦 啦,啦啦,特啦 啦
4 姑 娘喊猫“走 开”, 特啦 啦,啦啦,特啦 啦
5 扫 帚不易找 到, 特啦 啦,啦啦,特啦 啦
6 它 把羊酪一 缸, 特啦 啦,啦啦,特啦 啦

6 6 5 5 | 1 2 3 2 | 1· 1 5 | 3 1 2 5 |

1 啦,啦啦;有 个牧羊姑 娘, 她 放一群绵
2 啦,啦啦;她 煮羊乳干 酪, 煮 给全村人
3 啦,啦啦;猫 咪走来探 望, 它 爬到桌子
4 啦,啦啦;姑 娘喊猫“走 开”, 扫 帚怎么不
5 啦,啦啦;扫 帚不易找 到, 猫 咪不客气
6 啦,啦啦;它 把羊酪一 缸, 统 统拖到地

1 1 1 5 | 3 1 2 5 | 1· 1 0 ‖

1 羊,啦 啦,她 放 一 群 绵 羊。
2 吃,啦 啦,煮 给 全 村 人 吃。
3 旁,啦 啦,它 爬 到 桌 子 旁。
4 见?啦 啦,“扫 帚 怎 么 不 见?”
5 了,啦 啦,猫 咪 不 客 气 了。
6 上,啦 啦,统 统 拖 到 地 上。

克里姆林宫的星

D调 3/4

弗连凯尔词
克拉谢夫曲

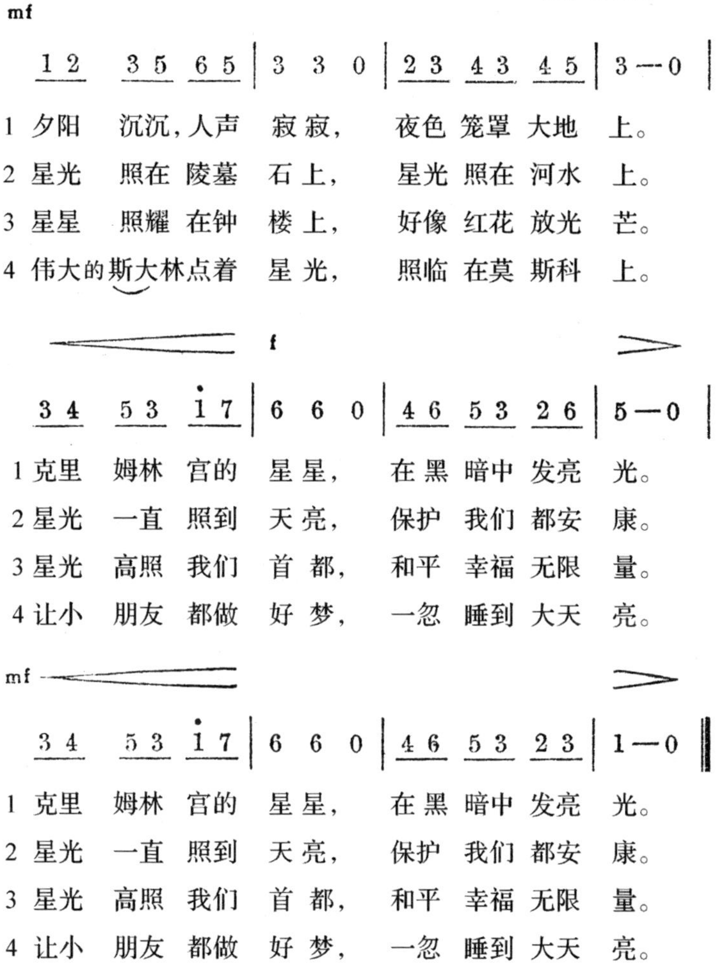

mf

12 35 65 | 3 3 0 | 23 43 45 | 3 — 0 |

1 夕阳 沉沉，人声 寂寂， 夜色 笼罩 大地 上。
2 星光 照在 陵墓 石上， 星光 照在 河水 上。
3 星星 照耀 在钟 楼上， 好像 红花 放光 芒。
4 伟大的斯大林点着 星光， 照临 在莫 斯科 上。

f

34 53 i7 | 6 6 0 | 46 53 26 | 5 — 0 |

1 克里 姆林 宫的 星星， 在黑 暗中 发亮 光。
2 星光 一直 照到 天亮， 保护 我们 都安 康。
3 星光 高照 我们 首都， 和平 幸福 无限 量。
4 让小 朋友 都做 好梦， 一忽 睡到 大天 亮。

mf

34 53 i7 | 6 6 0 | 46 53 23 | 1 — 0 ‖

1 克里 姆林 宫的 星星， 在黑 暗中 发亮 光。
2 星光 一直 照到 天亮， 保护 我们 都安 康。
3 星光 高照 我们 首都， 和平 幸福 无限 量。
4 让小 朋友 都做 好梦， 一忽 睡到 大天 亮。

冬　节

E调 4/4

萨康斯卡雅词
劳赫维尔盖尔曲

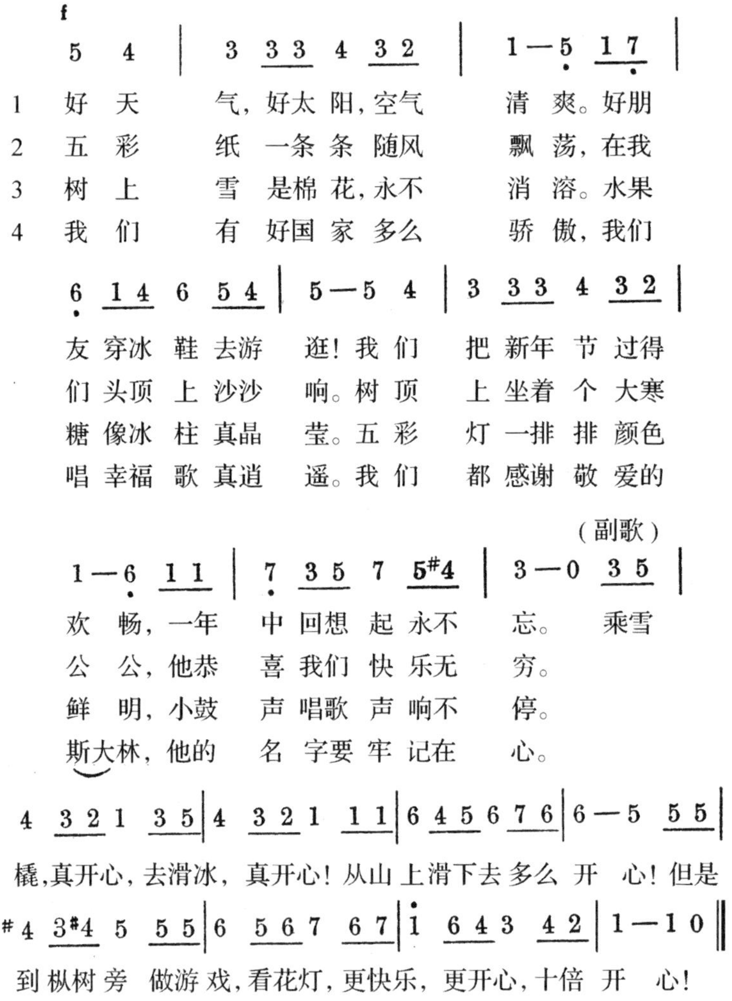

f

5 4 | 3 33 4 32 | 1—5 17 |

1 好 天 气，好太 阳，空气 清 爽。好朋
2 五 彩 纸 一条 条 随风 飘 荡，在我
3 树 上 雪 是棉 花，永不 消 溶。水果
4 我 们 有 好国 家 多么 骄 傲，我们

6 14 6 54 | 5—5 4 | 3 33 4 32 |

友 穿冰 鞋 去游 逛！我 们 把 新年 节 过得
们 头顶 上 沙沙 响。树 顶 上 坐着 个 大寒
糖 像冰 柱 真晶 莹。五 彩 灯 一排 排 颜色
唱 幸福 歌 真逍 遥。我 们 都 感谢 敬 爱的

（副歌）

1—6 11 | 7 35 7 5#4 | 3—0 35 |

欢 畅，一年 中 回想 起 永不 忘。 乘雪
公 公，他恭 喜 我们 快 乐无 穷。
鲜 明，小鼓 声 唱歌 声 响不 停。
斯大林，他的 名 字要 牢 记在 心。

4 321 35 | 4 321 11 | 6 4567 6 | 6—5 55 |

橇，真开心，去滑冰，真开心！从山 上滑下去 多么 开 心！但是

#4 3#4 5 55 | 6 567 67 | i 643 42 | 1—1 0 ‖

到 枞树 旁 做游 戏，看花灯，更快乐，更开心，十倍 开 心！

本书人名华俄对照表

四画

巴加杜罗夫　В. А. Багадуров

五画

卡巴列夫斯基　Д. Кабалевский

卡林尼科夫，维　Викт. Какинников

弗连凯尔　Н. Фреикель

弗利德　Г. Фрид

布戈斯拉夫斯基　С. Бугославский

六画

列涅夫　Ренёв

列文娜　З. Левина

列平　Лепин

西科尔斯卡雅　Т. Снкорская

七画

克尼彼尔　Л. Книппер

克拉谢夫　М. Красев

克鲁普斯卡雅　Н. К. Крупская

李亚多夫　А. Лядов

李姆斯基-柯萨科夫　Н. Римский-Корсаков

杜那耶夫斯基　И. Дунаевский

贝多芬　Бетховен

别克曼　Бекман

车斯诺科夫　П. Г. Чесноков

劳赫维尔盖尔　М. Раухвергер

八画

亚历山大罗夫,阿　Ан. Адександров

波托洛夫斯基　Потоловский

波洛文金　Д. Половинкин

波诺马尔科夫　И. П. Пономарьков

季里切耶娃　Е. Тиличеева

居伊　Ц. Кюи

孟杰列耶夫　Д. Менделеев

拉金　Радин

阿连斯基　А. Аренский

九画

洛巴乔夫　Г. Лобачёв

洛克申　Д. Л. Локшин

契切林娜　С. Чичерина

柳勃斯基　С. М. Любский

勃兰捷尔　М. Блантер

柴科夫斯基　П. Чайковский

约尔丹斯基　М. Иорданский

十画

格罗静斯卡雅　Н. Л. Гродзенская

格列特利 Гретри

格利欣科 К. С. Грищенко

格林卡 Глинка

夏茨卡雅 В. Н. Шацкая

班季娜 А. В. Бандина

乌申斯基 К. Д. Ушинский

十一画

莫罗左夫 Морозов

莫差特 Моцарт

盖尔奇克 В. Герчик

十二画

普列谢耶夫 А. Плещеев

斯塔罗卡多姆斯基 М. Старокадомский

十三画

奥斯特罗夫斯基 А. Д. Островский

奥罗娃 Н. Л. Орлова

十四画

玛里宁娜 Е. М. Малинина

维索茨卡雅 О. Высотская

十五画

鲁美尔 М. А. Румер

十六画

穆拉杰里 В. Мурадели

诺维科夫 Новиков

十七画

谢尔盖耶夫　A. A. Сергеев

十八画

萨康斯卡雅　Н. Саконская

本书曲名华俄对照表

二画

《十月革命歌》 Октябрьская песенка

《十月的旗帜》 Знамёна Октября

三画

《小溪》 Ручей

《小枞树》 Ёлочка

《小轮船》 Пароходик

《小猫咪》 Котинька-коток

《小猫瓦西卡》 Кот-Васька

《三奇迹》 Три чуда

《土拨鼠》 Сурок

《土耳其回旋曲》 Турецкое рондо

四画

《木偶兵进行曲》 Марш деревянных солдатиков

《太阳,你来》 Приди,солнышко

《五月的一天》 Майский день

《云雀之歌》 Пескя жаворонка

五画

《可爱的冬天》 Зимушка-зима

《田凫之歌》 Песенка про чибиса

《田野里有一株小白桦》 Во поле берёза стояла

《卡车》 Грузовик

《叮叮》 Тень-тень

《冬节》 Зимний праздник

《布尔巴》 Бульба

《白色的小路》 Белая дорожка

《切尔诺莫尔进行曲》 Марш Черномора

《世界民主青年进行曲》 Гимн демократической молодёжи

六画

《在小船中》 В лодке

《在花园里,在菜园里》 Во саду ли,в огорде

《在阴暗的树林里面》 В тёмном лесу

《在我的小花园里》 У меня ль во садочке

《在红场上》 На Краской площади

《在薄冰上》 Как на тоненький ледок

《在树林中》 Как в лесу,лесочке

《列宁之歌》 Песня о Ленине

《伏尔加船夫曲》 Зй,ухнем

《同志们勇敢向前进》 Смело,товарищи,в ногу

《礼物》 Подарок

《边防军人之歌》 Песня о пограничнике

七画

《我的小旗》 Мой флажок

《我们的国家》 Наш край

《我的李佐切克》 Мой Лизочек

《我的小花园》 Мой садик

《我要去,我要去呀》 Пойду ль я,выйду ль я

《我们亲爱的小女伴们》 Как пошли наши подружки

《我的竖琴,奏起来吧》 Заиграйте,мои гусельки

《我在岸上种藜》 Посею лебеду на берегу

《我们走过克里姆林宫》 Мы проходим у Кремля

《你们牺牲了》 Вы жертвою пали

《你好,枞树》 Здравствуй,ёлка

《你好,冬季客人》 Здравствуй,гостья-зима

《克里姆林宫的星》 Звёзды Кремля

《克里姆林宫的钟》 Часы Кремля

《杜鹃》 Кукушка

《快乐的鹅》 Весёлые гуси

《那不勒斯之歌》 Неаполитанокая песня

《苏沃罗夫的教导》 Учил Суворов

《苏萨宁》 Сусанин

八画

《争吵》 Спор

《争取和平的青年战士之歌》 Песня молодых борцов за мнр

《花园》 Сад

《牧童》 Пастушок

《牧羊姑娘》 Пастушка

《兔子》 Зайка

《夜莺儿,不要飞》 Не летай,соловей

《波兰革命歌》　Варшавянка

《法国古歌》　Старинная французская песня

《幸福的日子》　Счастливый день

《丧葬进行曲》　Похоронный марш

《沿着溪谷,沿着高地》　По долинам и по взгорьям

九画

《春》　Весна

《春之歌》　Весенняя песенка

《春季歌》　Веснянка

《春天春天快快到》　Приди,весна,скорее

《秋》　Осень

《飞机》　Самолёты

《风雪》　Метель

《红罂粟》　Красные маки

《保加利亚学生之歌》　Песня болгарских школьников

十画

《夏日之歌》　Летняя

《夏季圆舞曲》　Летннй вальс

《航空之歌》　Воздушая песня

《哦,姑娘在岸上走》　Ой,ходила дивчина бережком

《高呀高》　Высота,высота поднебесная

《祖国进行曲》　Песня о Родине

《爱好钓鱼的人》　Любитель рыболов

《热情者进行曲》　Марш знтузиастов

十一画

《啊,你这阴暗的森林》 Ой,ты,тёмная дубравушка

《这样的罂粟》 Вот какие маки

《伟大的友谊》 Великая дружба

十二画

《黑土地》 Земелюшка-чернозём

《跳呀跳呀》 Скок поскок

《斯大林之歌》 Песня о Сталине

《愉快的旅行者们》 Весёлые путешественники

《喜鹊》 Сорока

《绿的亚麻》 Лён зелёный

《善良的磨坊主》 Добрый мельник

《发狂吧,暴君们》 Беснуйтесь,тираны

十三画

《铃兰》 Ландыш

《感谢》 Спасибо

十四画

《滴答》 Тик-так

《睡美人》 Спящая красавица

《熊为什么在冬天睡觉》 Почему медведь зимой снит

《宁静的夜幕快落下》 Слети к нам,тихий вечер

十五画

《枞树》 Ёлка

《暴风雨中的摇篮曲》 Колыбельная песня в бурю

《枞树歌》 Ёлочная песня

十六画

《卢斯兰与柳德米拉》 Руслан и Людмила

《萧尔斯之歌》 Песня о Щорсе

十七画

《蟋蟀》 Про сверчка

十八画

《萨特阔》 Садко

《萨旦王的故事》 Сказка о царе Салтане

二十五画

《驴子杜鹃在林中》 В лесу осёл с кукушкой